La ligne noire

DU MÊME AUTEUR

Aux Éditions Albin Michel

LE VOL DES CIGOGNES, 1994
LES RIVIÈRES POURPRES, 1998
LE CONCILE DE PIERRE, 2000
L'EMPIRE DES LOUPS, 2003

Jean-Christophe Grangé

La ligne noire

ROMAN

LE GRAND LIVRE DU MOIS

Pour Priscilla

LE CONTACT

1

LES BAMBOUS.

Ils l'avaient guidé jusqu'ici, parmi les murailles bruissantes et les sentiers de jungle. Comme chaque fois, les arbres lui avaient soufflé la direction à suivre – et lui avaient murmuré comment agir. Cela s'était toujours passé ainsi. Au Cambodge. En Thaïlande. Et maintenant ici, en Malaisie. Les feuilles lui frôlaient le visage, l'appelaient, lui donnaient le signal...

Mais voilà que les arbres se retournaient contre lui.

Voilà qu'ils le prenaient au piège. Il ne savait comment cela s'était passé, mais les bambous s'étaient rapprochés, dressés, matérialisés en une cellule hermétique.

Il tenta de passer ses doigts le long de la porte. Impossible. Il gratta le sol pour écarter les planches. En vain. Il leva les yeux et ne vit, au plafond, que les palmes serrées ensemble. Depuis combien de temps n'avait-il pas respiré ? Une minute ? Deux minutes ?

Une chaleur d'étuve emplissait l'espace. La sueur lui enduisait le visage. Il se concentra sur la cloison : des brins de rotin bouchaient chaque interstice. S'il parvenait à dénouer l'un de ces fils, l'air passerait peut-être. Avec deux doigts, il tenta la manœuvre : rien à faire. Au bout de quelques secondes, il griffa le mur, s'écorcha les ongles. Il frappa la paroi avec rage et se laissa tomber, à genoux. Il allait crever. Lui, le maître de l'apnée, il allait mourir dans cette hutte, par manque d'oxygène.

Alors, il se souvint de la véritable menace. Il lança un regard par-dessus son épaule : les traînées sombres avançaient vers lui ; lentes, lourdes, des coulées de goudron. Le sang. Il allait l'atteindre, le submerger, l'étouffer...

Il se blottit contre la cloison en gémissant. Plus il s'agitait, plus il sentait enfler en lui le besoin de respirer – une faim d'air qui torturait ses poumons, montait dans sa gorge comme une bulle empoisonnée.

Il se recroquevilla et suivit la ligne d'angle du sol, espérant y découvrir une faille. Il avançait ainsi, à quatre pattes, quand il se retourna encore. Le sang n'était plus qu'à quelques centimètres. Il hurla, dos au mur, plantant ses talons dans le plancher, tentant de reculer.

La paroi céda dans son dos. Une grande giclée blanche pénétra dans la cellule, mêlée de paille et de poussière. Des mains l'arrachèrent du sol. Il perçut des cris, des ordres, en langue malaise. Il vit, en contrebas, les palmiers, la plage grise, la mer indigo. Il respira à pleine gorge. Une odeur de poisson flottait dans l'air. Deux noms éclatèrent sous son crâne : Papan, la mer de Chine...

Les mains l'emportèrent alors que des hommes se penchaient sur le seuil de la paillote. Des poings le frappaient, des harpons le blessaient. Il encaissait avec indifférence. Il n'avait qu'une idée : maintenant qu'il était libéré, il voulait la voir.

La source du sang.

L'habitante de la pénombre.

Il tendit son regard en direction de la porte arrachée. Au fond, une jeune femme nue était ligotée sur un pilori de fortune. Des blessures, par dizaines, lui lacéraient le corps – cuisses, bras, torse, visage. On l'avait saignée. On l'avait ouverte afin qu'elle se déverse en flux lents et continus sur le sol.

À cet instant, il comprit la vérité : cette obscénité était son œuvre. À travers les cris, les coups qui l'atteignaient au visage, il admettait la réalité terrifiante.

Il était le meurtrier.

L'auteur du carnage.

Il détourna les yeux. La horde des pêcheurs descendait vers la plage, l'entraînant avec fureur.

À travers ses larmes, il aperçut la corde, oscillant au bout d'une branche.

2

[Exclusif.]

UN TUEUR EN SÉRIE
SOUS LES TROPIQUES ?

7 février 2003. Onze heures du matin, heure locale. À Papan, petit village situé dans le sultanat de Johore, sur la côte sud-est de la Malaisie, c'est une journée comme les autres. Touristes, commerçants, marins se croisent sur la route qui borde la grande plage de sable gris. Soudain, des cris s'élèvent. Des pêcheurs s'agitent sous les palmiers. Certains d'entre eux sont armés : bâtons, harpons, couteaux...

Ils prennent le sentier situé au bout de la plage et montent, à flanc de coteau, dans la forêt. Leurs yeux expriment la haine. Leurs visages suintent la violence, la soif de tuer. Bientôt, ils atteignent une nouvelle colline, où la jungle traditionnelle cède la place à une forêt de bambous. À cet instant, ils s'efforcent au calme, marchent en silence. Ils viennent de repérer ce qu'ils cherchent : le toit camouflé d'une cabane. Ils s'approchent. La porte est fermée. Sans hésiter, ils plantent leurs harpons dans la paroi et l'arrachent.

Ce qu'ils découvrent s'apparente à l'enfer. Un homme, un *mat salleh* (un Blanc), torse nu, est recroquevillé près du seuil, en transe. Au fond de la hutte, une femme est attachée sur un siège. Son corps n'est plus qu'une plaie ruisselante. L'arme du crime repose à ses pieds : un couteau de plongée sous-marine.

Les pêcheurs se saisissent du coupable et l'entraînent vers la plage. Ils ont déjà préparé une potence. C'est alors que, nouveau coup de théâtre, les policiers de Mersing, ville située à dix kilomètres au nord de Papan, interviennent. Prévenus par des témoins, ils arrivent juste à temps pour éviter le lynchage. L'homme est sauvé et incarcéré au poste central de Mersing.

Telle est la scène stupéfiante qui s'est déroulée voici trois jours, non loin de la frontière de Singapour. En vérité, elle est moins étonnante qu'il n'y paraît. Les cas d'exécutions sommaires sont encore fréquents en Asie du Sud-Est. Mais cette fois, le suspect est inattendu. Il est français. Il s'appelle Jacques Reverdi et n'est pas un inconnu. Ancien sportif de renommée internationale, il a battu plusieurs fois le record mondial d'apnée en « no limits » et en « poids constant », de 1977 à 1984.

Ayant abandonné la compétition au milieu des années quatre-vingt, l'homme vivait depuis plus de quinze ans en Asie du Sud-Est. Professeur de plongée, âgé aujourd'hui de quarante-neuf ans, il rayonnait entre la Malaisie, la Thaïlande et le Cambodge. D'après les premiers témoignages, c'était un homme souriant, convivial, mais aussi solitaire, qui aimait vivre à la Robinson Crusoé, dans des criques reculées du littoral. Que s'est-il passé le 7 février 2003 ? Comment le cadavre d'une jeune femme a-t-il pu se retrouver dans la cabane qu'il habitait depuis plusieurs mois ? Et pourquoi les pêcheurs malais ont-ils aussitôt voulu rendre justice eux-mêmes ?

Jacques Reverdi avait déjà été arrêté, en 1997, au Cambodge, pour le meurtre d'une jeune touriste allemande, Linda Kreutz. Faute de preuves, il avait été libéré. Mais l'affaire, en Asie du Sud-Est, avait fait grand bruit. À Papan, lorsqu'il s'était installé, tout le monde l'avait reconnu. Et chacun le gardait à l'œil. Quand on l'a vu accueillir dans sa cabane une Danoise, du nom de Pernille Mosensen, l'appréhension, la peur sont montées d'un cran. Depuis plusieurs jours, on ne voyait plus la jeune Européenne au village. Il n'en fallait pas plus pour que les soupçons surgissent et que les consciences s'échauffent...

D'après les premiers communiqués, les médecins du General Hospital de Johor Bahru ont relevé vingt-sept blessures par « arme blanche perforante et tranchante » sur le corps de Pernille

Mosensen. Des plaies situées le long des membres, au visage, à la gorge, sur les flancs – et dans la région génitale. Un « acharnement pathologique », ont précisé les experts, lors d'une conférence de presse le 9 février.

En Malaisie, les journaux évoquent déjà l'*« amok »*, cette folie meurtrière, d'essence magique, qui s'empare des hommes dans ces régions.

Après une nuit à Mersing, Reverdi a été transféré à l'hôpital psychiatrique d'Ipoh, l'institut spécialisé le plus célèbre de Malaisie. Depuis son arrestation, il n'a pas dit un mot. Il est, semble-t-il, en état de choc. Selon les médecins, cette hébétude post-traumatique ne devrait pas durer. Passera-t-il aux aveux lorsqu'il retrouvera ses esprits ? Ou cherchera-t-il au contraire à se disculper ?

Nous nous sommes promis, à la rédaction du *Limier*, de faire la lumière sur ce cas. Dès le lendemain de son arrestation, notre équipe s'est rendue à Kuala Lumpur, sur les traces de Jacques Reverdi. Nous voulons suivre son itinéraire et vérifier s'il n'y a pas eu d'autres disparitions dans son sillage...

À l'heure où nous écrivons ces lignes, nous disposons de sources exclusives, qui laissent entendre que les révélations ne font que commencer. Dès notre prochain numéro, vous en saurez beaucoup plus sur la face cachée de ce maléfique « prince des marées ».

Marc Dupeyrat,
Envoyé spécial du *Limier*,
à Kuala Lumpur.

3

MARC DUPEYRAT sourit en relisant les dernières lignes de son article.

« L'équipe » dont il parlait se limitait à lui-même et son voyage n'avait pas dépassé le 9e arrondissement. Quant à ses « sources exclusives », elles se résumaient à quelques contacts avec l'AFP de Kuala Lumpur et les quotidiens malais. Vraiment pas de quoi casser son stylo. Il ouvrit sa boîte aux lettres électronique, rédigea quelques lignes à l'intention de son rédacteur en chef, Verghens, puis associa le texte de son article, en document joint. Il brancha son ordinateur portable sur la première prise téléphonique qu'il trouva et envoya le message.

Observant le logo qui indiquait la diffusion des données, il réfléchit. Ces petits aménagements de la vérité, c'était de la pure routine. *Le Limier* ne s'embarrassait jamais de scrupules. Pourtant, Verghens allait exiger plus : son magazine, spécialisé dans les faits divers, se devait d'avoir une longueur d'avance sur les autres journaux. Marc avait plutôt un avion de retard...

Il s'étira et contempla la pénombre mordorée qui l'entourait : fauteuils de cuir et cuivres astiqués. Depuis des années, Marc avait élu son quartier général dans ce bar d'hôtel de luxe, près de la place Saint-Georges. Il l'avait choisi parce qu'il était situé à quelques centaines de mètres de son atelier : il adorait cette atmosphère de pub british, où les effluves de café se mêlaient à la fumée de cigare, où des stars venaient se faire interviewer en toute discrétion.

Il ne pouvait écrire seul. Déjà, à l'époque de la faculté, et même du lycée, il rédigeait ses dissertations au fond de cafés bondés, enveloppé par le brouhaha et les jets de vapeur des machines à expressos. Cette présence lui permettait de surmonter son trac face à l'écriture. Et à lui-même. Marc redoutait la solitude. La maison vide où un étranger peut s'introduire pour tuer. Un froid l'emplit tout à coup ; un appel d'air à travers son corps. À quarante-quatre ans, il en était encore là, avec ses terreurs de gosse.

– Vous prendrez autre chose ?

Le serveur en veste blanche le toisait, posant un regard sur la documentation qui s'étalait sur les deux tables :

– C'est un bar, monsieur. Pas une bibliothèque.

Marc fouilla dans sa poche et ne trouva que quelques pièces. Le garçon ajouta sur un ton ironique :

– Un café, peut-être ? Avec un verre d'eau ?

– Avec un verre d'eau. Absolument.

L'homme s'éclipsa. Marc observa les euros dans sa main. Ils luisaient faiblement sous les lampes, résumant sa situation financière. Mentalement, il fit le compte de ses réserves personnelles et ne trouva rien. Ni à la banque, ni nulle part. Comment en était-il arrivé là ? Lui qui avait été, dix ans auparavant, l'un des reporters les mieux payés de Paris ?

Il posa une pièce sur la table et, d'une chiquenaude, la fit tournoyer. La vrille lui fit penser à une lanterne magique, qui aurait projeté le film de sa propre vie. Quel titre lui donner ? Il réfléchit quelques secondes et opta pour : « Portrait d'une obsession ».

L'obsession du crime.

Tout avait pourtant commencé par l'innocence.

Avec le piano. Durant son adolescence, Marc possédait une conviction. Son existence serait réglée comme une partition. Classes musicales au lycée. Conservatoire de Paris. Récitals et enregistrements de disques. Pianiste, Marc se voulait aussi pragmatique. Il refusait tout pathos, toute dérive romantique. Lorsqu'il jouait les *Variations Goldberg* de Jean-Sébastien Bach, il n'utilisait jamais la pédale, accentuant le caractère mathématique des contrepoints. Lorsqu'il interprétait Chopin, il s'efforçait de ne jamais exagérer le rubato de la main gauche, qui pouvait faire tanguer le morceau comme une vieille barque prenant l'eau. Et lorsqu'il s'attaquait à Rachmaninov, il aimait détacher, sur les oscillations ternaires de la main gauche, la mélodie à deux temps, avec une rigueur tendue, rectiligne.

Les certitudes couraient alors sous ses doigts. Il ne prévoyait pas la moindre fausse note dans son destin. Elle survint pourtant. Avec une violence foudroyante, au printemps 1975. La disparition de d'Amico, son meilleur ami, avec qui il avait partagé ses années de lycée, fit basculer son existence dans le chaos. D'ailleurs, Marc refusa, mentalement, cet événement. Il sombra dans le coma et ne reprit conscience que six jours plus tard. Lorsqu'il se réveilla, il ne se souvenait de rien. Ni de la découverte du corps, ni même des quelques heures qui avaient précédé l'événement.

Très vite, il se rendit compte que l'accident ne l'avait pas simplement bouleversé. Le drame avait eu un effet souterrain et pervers. Sa perception de la musique avait changé. Face au piano, il éprouvait maintenant un malaise pernicieux, un dégoût qui l'empêchait, non pas de jouer, mais d'interpréter, à pleine sensibilité. Une fêlure ne cessait plus de s'ouvrir. Tous ses espoirs y sombraient. Le Conservatoire, les concours, les récitals... Il n'avait rien dit à ses parents, ni au psychiatre qui le suivait depuis sa perte de conscience. Il avait passé, tant bien que mal, son bac musical. Mais la machine était cassée. Il ne pouvait plus espérer faire la différence avec d'autres virtuoses ; apporter quoi que ce soit à la grande histoire de l'interprétation. Par défaut, il choisit la littérature et s'inscrivit à la Sorbonne.

Il était en maîtrise quand ses deux parents moururent. Coup sur coup. Du même cancer. Encore engourdi par son propre traumatisme, Marc suivit de loin cette tragédie. En vérité, il n'avait jamais été très attaché à ces deux pharmaciens de Nanterre, qui ne comprenaient pas ses ambitions. Le couple lui avait toujours fait penser à deux pince-billets en résine, serrés sur la même liasse. Rien à voir avec ses rêves de musicien désintéressé. Du reste, Marc possédait une sœur, taillée sur le même modèle petit-bourgeois, qui s'était empressée de reprendre la pharmacie. Passage de relais, passage de monnaie.

Marc acheva son mémoire de maîtrise : « Apulée ou les métamorphoses du verbe », puis découvrit le marché du travail. Il rédigea avec beaucoup de soin son curriculum vitae. Il se faisait penser à un naufragé envoyant des bouteilles à la mer, peaufinant les étiquettes à défaut du message intérieur. Qui cherchait, dans l'univers professionnel contemporain, un spécialiste des poètes néoplatoniciens ? Il avait visé tous les domaines susceptibles d'utiliser sa plume : journalisme, publicité, édition... Au fond, tout cela l'indifférait : il souffrait encore de sa blessure. L'abandon du piano.

Le miracle survint. Un journal local lui envoya une réponse positive. Une simple gazette, installée à Nîmes, mais l'important était ailleurs : on allait le payer pour écrire ! Il se dévoua à son nouveau métier. Il se prit de passion pour le Sud de la France et découvrit que tous les clichés pittoresques sur cette région étaient vrais. Le soleil, les plaines d'or, les pastels de lavande ou de romarin. Chaque sensation était pour lui comme l'un de ces petits sachets d'herbes sèches qu'on glisse entre les draps. Les parfums s'insinuaient en lui ; douceur feutrée, intime, glissée entre les plis de son être.

Les années filèrent. Il progressa, gagna mieux sa vie. Il vendit ses parts de la pharmacie familiale à sa sœur et acquit une maison dans les environs de Sommières. Il avait là-bas un cercle d'amis, un cercle d'habitudes, un cercle de « fiancées ». À trente ans, il était devenu un enfant du Gard. Le drame de d'Amico lui semblait loin, l'écriture était sa seule ligne de vie – et maintenant, bien sûr, il nourrissait un projet de roman. Chaque matin, il se réveillait plus tôt pour rédiger le « chef-d'œuvre ». Mais surtout, ses troubles avaient presque disparu. Il voyait toujours un psychiatre à Nîmes et ses cauchemars reculaient. Le rouge, ce rouge qui inondait parfois les parois de son crâne, s'éclaircissait au point de disparaître dans la pulvérulence du matin, lorsqu'il s'éveillait.

À son insu, un nouveau poison s'insinuait dans sa vie : la routine. Les cercles concentriques de son existence se resserraient au point de l'étouffer. Chaque jour l'ankylosait un peu plus. Il se levait moins tôt – juste à temps pour filer à la « conf » du matin. Le soir, il allumait la télévision, sous prétexte qu'il avait « bossé comme un âne » toute la journée. Peu à peu, les préoccupations, minuscules mais concrètes, de sa vie professionnelle prirent le pas sur ses rêves d'écrivain. Il mangeait plus, s'empâtait, et prenait goût à l'inertie. Il s'était même remis au piano, mais comme on se remet au bricolage.

Alors, il la rencontra.

D'abord, il ne la vit pas. Comme dans ces tests psychologiques où l'on soumet au sujet des cartes à jouer impossibles – as de pique rouge, dix de carreau noir – et qu'il ne remarque pas, les assimilant à des cartes standard, Marc associa Sophie au paysage habituel et ne sut remarquer ses différences.

Elle était, tout simplement, la carte impossible.

Il fit sa connaissance à Saignon, dans le parc naturel du Lubéron, lors de l'inauguration d'un site archéologique. On avait découvert sur une dalle calcaire des empreintes fossilisées d'animaux préhistoriques. Ce jour-là, Sophie lui parla : elle était responsable de la communication de la fondation qui finançait le chantier. Il ne la remarqua pas. Une dame de trèfle rouge. Une reine de cœur noire. Il fallut qu'elle insistât, qu'elle l'invitât plusieurs fois, sur d'autres chantiers, financés par sa fondation, pour qu'enfin, il comprenne.

Sophie correspondait, trait pour trait, à son idéal féminin.

Elle était l'esquisse qui avait toujours plané dans son esprit. Le rêve latent qu'il n'osait préciser, de peur qu'il s'efface au contact de sa pensée. Aujourd'hui encore, il aurait été incapable de la décrire. Grande, brune, à la fois précise et vague. Il ne se souvenait que d'un équilibre inouï. Une grâce parfaite. Il l'avait toujours pensé – et il en possédait maintenant la preuve : on devait se moquer de la couleur des cheveux, de la qualité du teint, du grain de la peau. Seule compte l'harmonie de l'ensemble. La pureté des lignes, la rigueur du dessin. Comme le prodige d'une mélodie, qui peut être jouée sur n'importe quel instrument sans perdre son émotion.

Impossible non plus de dire s'il aimait son esprit, sa personnalité, puisque tout, absolument tout chez elle – remarques, décisions, attitudes –, était traversé par cette grâce indicible. Il ne l'écoutait pas : il planait. Il ne l'aimait pas : il lui vouait un culte. Il n'avait qu'un souhait : vivre auprès d'elle, accompagner cette beauté jusqu'au bout, comme on effectue un pèlerinage. Il voulait voir apparaître ses rides, apprivoiser sa beauté, sans chercher à la comprendre ni à percer son secret. Il espérait simplement s'intégrer à son histoire, comme un prêtre s'assimile à la foi, à force de prières, sans saisir les desseins de Dieu.

Dans son travail, il trouva une nouvelle énergie. Depuis deux années, il était le correspondant d'une grande agence photographique à Paris. Lorsqu'un fait divers, dans sa région, pouvait revêtir une importance nationale, il prévenait aussitôt le bureau central et on lui envoyait un photographe. Grâce à ce job, il rencontrait des reporters majeurs. Des hommes qui ne cessaient de voyager, qui vivaient à une autre échelle du réel. Marc leur proposa une collaboration – le fameux tandem journaliste-photographe –, appliquée à l'échelle du monde.

On lui fit confiance. Il voyagea, traita des dizaines de sujets. Ethnies lointaines, milliardaires délirants, guerres des gangs : tout y passait. Avec une seule condition : de l'inédit, de l'extraordinaire, de l'adrénaline, garantis sur papier glacé. Ses revenus augmentèrent. Ses prises de risques aussi. Il vendit sa maison de Sommières pour revenir à Paris. Sophie le suivait, bien sûr – d'ailleurs, tout cela lui était destiné. Paradoxalement, il effectuait ces voyages pour se rapprocher d'elle, pour nourrir leur quotidien d'un matériau incandescent, et sublimer leur relation intime. Face à sa beauté, il ne pouvait que devenir un héros. Question d'équilibre.

À la fin de 1992, Marc se lança dans un reportage important sur la mafia sicilienne. Son périple comportait plusieurs villes : Palerme, Messine, Agrigente. Il persuada Sophie de le rejoindre à la fin du parcours, à Catane, au pied de l'Etna.

C'est là-bas, dans la ville volcanique, que le drame se répéta.

Sophie disparut le 14 novembre 1992. Jamais il n'oublierait cette date. La femme sacrée, la Pythie s'évanouit dans la même couleur que d'Amico. Le rouge. Du moins le supposait-il car il n'en avait aucun souvenir. Quand il découvrit son corps, il perdit connaissance et sombra dans un sommeil sans rêve. Tout se répéta, exactement, comme la première fois. La découverte. Le choc. Le coma.

Il se réveilla dans un hôpital parisien. On lui expliqua, avec beaucoup de précaution, ce qui était arrivé. Deux mois étaient passés. On l'avait transféré à Paris. Sophie était enterrée auprès de sa famille, dans la région d'Avignon. Marc ne pouvait plus parler. Autour de lui, les vieux fantômes ressurgirent : sa sœur, les spécialistes de l'amnésie, le psychiatre qui l'avait traité la première fois. Il les écoutait, mangeait, dormait. Mais il n'éprouvait qu'une seule sensation : un goût de ciment dans la bouche, comme après une très longue séance chez le dentiste. Ce goût l'envahissait, se répandait partout, et le paralysait. Il devenait un bloc minéral. Incapable de la moindre idée, de la moindre réaction.

Il fallut attendre deux semaines pour qu'il se lève. Il s'observa dans la glace de sa chambre et se trouva, simplement, amaigri. Sa peau avait la couleur du plâtre, et sa bouche exhalait toujours le même parfum de mortier.

Un mois plus tard, ses idées se remirent en place. Il comprit qu'il avait tout perdu. Non seulement Sophie, mais aussi le dernier souvenir de Sophie. C'était ce trou noir qui l'obsédait, alors qu'il déambulait dans les couloirs de l'hôpital, en pyjama. Cette blessure de temps, cette page effacée qui lui manquerait toujours et qu'aucune greffe ne pourrait remplacer.

Puis il mesura l'étendue de sa propre métamorphose. Avec la mort de d'Amico, il avait perdu le goût du piano. Cette fois, il perdait le goût de la vie, de l'avenir, de toute activité. Il intégra une clinique spécialisée, payée avec le pactole de la maison de Sommières. Des mois passèrent. Chaque jour, Marc se regardait maigrir dans la glace. Teint d'hostie, pommettes saillantes. Il se dématérialisait, ne faisant plus le poids face au monde qui l'attendait dehors.

Il trouva pourtant une voie nouvelle : le cynisme.

Revenir de la mort de Sophie, c'était revenir du pire. Il allait donc reprendre son métier, mais sans scrupules, ni illusions. Il travaillerait pour le fric. Et même pour le maximum de fric. Il connaissait assez les médias pour savoir qu'une seule voie était réellement rentable : people et indiscrétion. Ce matin-là, il se sourit dans la glace, à l'ombre de sa moustache, qu'il avait laissée pousser pour étoffer son visage d'ascète.

Puisqu'il n'y avait plus d'espoir, il allait faire fructifier son désespoir.

Il allait devenir paparazzi.

Pour un journaliste, on ne pouvait pas descendre plus bas.

Paparazzi, c'était le fond de la bonde. Pas de valeurs, pas de principes : tout est permis si ça rapporte. En même temps, c'était un boulot de tension, d'adrénaline, qui réclamait une large part d'enquête. Et même plus : il fallait planquer, se déguiser, jouer les imposteurs. Sans compter les risques, bien réels : on ne comptait plus, dans la profession, les « cassages de gueules », les destructions de matériel. Tout ce qu'il lui fallait. Il n'était pas photographe, mais il serait un enquêteur hors pair.

Un rabatteur de coups.

En quelques années, il devint l'un des meilleurs du métier. C'est-à-dire l'un des pires. Fouineur, menteur, magouilleur. Il bascula dans une sorte d'intermonde – un marécage où il prospectait de l'or. Il fréquenta les prostituées de haut vol, les flics criblés de dettes, les indics semi-mondains. Il apprit à soudoyer les concierges, les chauffeurs, les médecins. Il devint expert dans l'art de fouiller les poubelles mais aussi de s'infiltrer dans les soirées sélectes.

Bientôt, on le surnomma « la Raflette ». Sa spécialité : voler les photographies intimes des familles projetées, pour une raison ou une autre, sur le devant de la scène. Des parents étaient dépassés par le succès médiatique de leur enfant ? Il était là, souriant, chaleureux, mais piquant discrètement les portraits posés sur la cheminée. Un père et une mère, dont la petite fille venait d'être assassinée, étaient effondrés ? Il compatissait, mais profitait du désespoir général pour fouiller dans la boîte à chaussures qui contenait les archives photographiques de la famille.

Lorsqu'il y avait de « vrais » clichés à prendre, il s'associait, selon le projet, au meilleur photographe, souvent venu d'autres horizons. Une planque vraiment chaude sur le rocher de Monaco ? Il appelait un alpiniste capable d'accéder à la Principauté sans passer par la douane, en escaladant la falaise. Une image éclair des seins d'Ophélie Winter ? Il dégotait le photographe le plus rapide – un de ces virtuoses des jeux Olympiques capables de faire un point parfait au départ du cent mètres. Une scène à saisir de nuit, à plus de huit cents mètres ? Il en parlait à un photographe animalier, spécialiste du monde nocturne et bricoleur de génie, inventeur d'objectifs à infrarouge.

En 1994, il trouva, enfin, un partenaire complet, efficace sur tous les fronts. Vincent Timpani, colosse aux cheveux longs, exubérant, graveleux, mais qui pouvait rester en planque des nuits entières et produire une image nette en toutes circonstances. Un gorille capable, le cas échéant, de tenir tête à des gardes du corps et n'hésitant pas à violer la loi – plusieurs fois, ils avaient pénétré ensemble chez des stars par effraction. Risqué, mais rentable.

Vêtus de Bombers, les blousons verts des aviateurs anglais, portant un bonnet noir roulé sur le front, ils organisaient de véritables opérations commando. Leur quotidien était mouvementé mais l'excitation toujours au rendez-vous. Ils avaient le vent en poupe. Au milieu des années quatre-vingt-dix, les magazines français se livraient une concurrence acharnée sur le terrain du people. *Paris-Match, Voici, Gala, Point de vue* menaient une guerre ouverte pour les meilleurs clichés.

Ils amassèrent une véritable fortune.

Mais Marc ne bossait pas pour l'argent. À peine s'était-il acheté, cash, un atelier dans le 9e arrondissement, qu'il n'avait même pas pris le temps de meubler. Il recherchait autre chose : l'oubli. Son seul triomphe était d'être parvenu, à force d'agitation, à faire reculer ses cauchemars et à remiser dans un coin de son esprit l'image de Sophie. Il n'avait rien réglé en profondeur. Mais c'était tout de même une réussite. Fièrement, il arborait sa peau de salopard.

Marc était un survivant.

Et les survivants ont tous les droits.

1997. Marc et Vincent rayonnaient de l'île Moustique à Gstaad, du domaine de Sperone, en Corse, à Palm Beach, en Floride. Impossible d'arrêter : la fièvre du people culminait. Marc sentait que cela n'allait pas durer. Le vent allait tourner, non seulement pour eux, mais pour tout le monde. Les magazines croulaient sous les images indiscrètes. Et aussi sous le papier bleu, apporté le lendemain de chaque publication par un huissier. Les célébrités multipliaient les coups de gueule, les tribunes libres, dans les autres médias. Et les lecteurs commençaient à se sentir mal à l'aise face à tant de voyeurisme. Le seuil de tolérance approchait.

Marc imaginait un déclin progressif, une chute lente. Il n'avait pas prévu que ce déclin surviendrait en quelques heures. Tranchant comme un couperet.

Le couperet, ce fut la nuit du 30 août 1997.

Marc s'était toujours désintéressé de Lady Diana : trop de concurrence. Il préférait travailler en solitaire, sur des coups plus tordus, plus surprenants. Il aurait donc dû apprendre la nouvelle de sa mort comme n'importe qui, le lendemain matin, le 31, à la radio ou à la télévision.

Mais non. À une heure du matin, Vincent l'avait appelé.

Marc mit plusieurs minutes à intégrer les faits. Diana et Dodi Al-Fayed poursuivis par un groupe de paparazzis sur les quais de la Seine ; l'accident sous le tunnel de l'Alma. Vincent était l'un des photographes qui suivaient la Mercedes. Au téléphone, il parlait à toute vitesse et donnait les détails en vrac : les corps encastrés dans les tôles, le klaxon bloqué qui résonnait dans le tunnel, les collègues qui avaient continué à faire des clichés et ceux qui avaient tenté d'aider les passagers.

Marc comprit que cet accident inouï sonnait le glas du métier – et de la fortune. Ça, c'était la vision à long terme. À court terme, il saisissait que le colosse avait pris des photos. Or, il avait réussi à fuir alors que les autres paparazzis avaient été arrêtés par les flics. Pour quelques heures, Vincent possédait les seules images sur le marché. Une fortune.

Marc se posa mentalement la question : était-il un homme ou un simple charognard ? En guise de réponse, il s'entendit demander, d'un ton glacé :

– Tes photos : c'est du numérique ?

Ils se donnèrent rendez-vous à la rédaction d'un des plus grands magazines parisiens. Vincent devait d'abord développer ses images en urgence – il avait travaillé avec des films argentiques. Marc arriva à deux heures trente. Quand il vit les hommes encore vêtus de leur blouson, debout autour de la table lumineuse, il comprit que les nouvelles s'étaient aggravées. Diana agonisait à l'hôpital de La Pitié-Salpêtrière. Elle avait subi deux arrêts cardiaques : les médecins étaient en train de l'opérer.

Marc s'approcha de la table où brillaient les diapositives. Il s'attendait à des images de chairs arrachées, des traînées de sang sur la carrosserie, une boucherie abjecte. Il découvrit le visage diaphane, radieux de la princesse. Ses orbites étaient légèrement tuméfiées, une goutte de sang perlait de sa tempe, mais sa beauté était intacte. Elle paraissait même, sous les signes de contusion, d'une jeunesse, d'une fraîcheur bouleversantes. C'était un ange véritable, incarné, avec des cernes, des bleus, du sang, et une présence qui serrait le cœur.

Le pire était une autre image – sans doute la dernière de Diana consciente. Captée par un flash, elle lançait un regard apeuré par la vitre arrière de la voiture, vers les photographes qui venaient de la prendre en chasse. Dans ce regard, Marc lut la vérité. La princesse n'allait pas mourir d'une faute de conduite, ni même à cause des photographes qui la suivaient ce soir-là. Elle allait mourir de ces longues années de poursuite durant lesquelles elle avait été traquée, guettée, non seulement par des photographes, mais par le monde entier. Elle allait mourir de la curiosité humaine, de cette force obscure qui avait focalisé tous les regards, tous les désirs sur elle. Une traque qui avait commencé depuis la nuit des temps. Avec le désir de voir, de savoir, inscrit dans les gènes de l'homme.

– Je vous préviens. Moi, je la vends pas.

Marc reconnut le photographe qui venait de parler : il avait les larmes aux yeux. Il comprit qu'il était l'auteur du cliché « vitre arrière », les autres, celles de Diana parmi les tôles froissées, étaient celles de Vincent. Il le chercha du regard : le géant avait l'air effaré, oscillant d'un pied sur l'autre, casque à la main.

Marc contempla les autres hommes – les journalistes de permanence, le chef du service photographique, réveillé en pleine nuit. Tous livides, blafards même, avec la lumière de la table qui les éclairait par en dessous. À cet instant, sans qu'un mot soit prononcé, il y eut un accord tacite : personne ne vendrait ni ne publierait ces images.

À quatre heures, la nouvelle tomba : Diana était morte.

Alors, la fièvre monta. Les téléphones portables n'arrêtèrent plus de sonner. Les offres provenaient des rédactions du monde entier. Les enchères s'accéléraient. Marc observait du coin de l'œil Vincent, et quelques autres photographes qui étaient arrivés entre-temps avec d'autres clichés. Ils répondaient en hésitant, prenant note du pactole qui ne cessait de monter. Parfois, ils se regardaient dans les vitres de la salle de rédaction et devaient s'interroger, eux aussi : hommes ou charognards ? Marc s'éclipsa des bureaux à six heures du matin, après s'être entendu avec Vincent : ils ne vendraient rien.

Marc marchait vers sa voiture quand son téléphone portable sonna. Il reconnut la voix : un de ses contacts au Quai des Orfèvres. « Diana. On attend son certificat de décès. Ça t'intéresse ? » Marc imagina le corps pâle, allongé sur la table d'opération. Ce corps qu'il avait lui-même profané quelques années auparavant, en fourguant des photos où on apercevait, à la naissance des cuisses de la princesse, des marques de cellulite. Le journal avait publié les images en agrandissant et en cerclant de rouge la zone « intéressante ». Marc avait empoché quatre-vingt mille francs pour ce reportage d'intérêt général. Voilà dans quel monde il vivait. Il raccrocha sans répondre.

Une heure plus tard, le flic rappela : « On vient de recevoir le certificat, par fax. On a les résultats de son analyse sanguine. Elle était peut-être enceinte. Ça t'intéresse toujours pas ? » Marc hésita encore, pour la forme, puis, poussé par une obscure volonté de toucher le fond, il dit : « Je t'attends au Soleil d'Or dans trente minutes. J'amènerai le papier. » Le Soleil d'Or était le café le plus proche du 36, quai des Orfèvres. Quant au « papier », il fallait toujours amener à son indic une rame standard à glisser dans la photocopieuse : les feuilles utilisées par les bureaux de police portaient des signes caractéristiques et constituaient, en cas de poursuites, une preuve matérielle contre ces services.

Une heure plus tard, il avait en main la copie du document. Deux heures plus tard, il le proposait à l'une des plus grandes rédactions de Paris. Un scoop inestimable. Mais la direction hésitait face à ce certificat : rien ne garantissait son authenticité et cela allait trop loin, trop fort. Au même moment, dehors, on parlait de lyncher les paparazzis et plus généralement les médias, les « assassins de Diana ». Sans être certain de publier, le magazine paya une « garantie » et prépara une mise en pages – ce fut Marc lui-même qui écrivit le papier, sur place. Mais alors, il se passa un événement inédit : les secrétaires du service sténo refusèrent de taper l'article. Trop, c'était trop. Cette révolte fit tout basculer : la rédaction renonça. Et opta pour une demi-mesure. On évoquerait la possible grossesse dans l'article, mais pas question de publier le certificat.

De rage, Marc attrapa sa pièce à conviction et fonça dans les toilettes du journal. Dans l'une des cabines, il brûla le document. À cette seconde, le dégoût explosa dans sa gorge. Aucun doute : il était bien une pure ordure. Il contempla les flammes qui se tordaient entre ses doigts et décida que le métier était fini pour lui. Depuis cinq ans, il pactisait avec le diable et il était en train de brûler, symboliquement, son contrat maléfique.

Il partit en voyage. Presque malgré lui, il retourna en Sicile, et ne mit que deux jours à se retrouver, sans même y avoir pensé, à Catane. Une sorte de pèlerinage, sauf qu'il ne se souvenait de rien. Dans les rues de lave noire, il essaya, encore et toujours, de se rappeler les quelques heures qui avaient précédé la disparition de Sophie. Quelles avaient été leurs dernières paroles ? Malgré son amour intact, malgré le fait qu'il ne passait pas un jour sans penser à elle, il était incapable de retracer ces heures ultimes.

En Sicile, il prit une nouvelle décision. À la manière d'un homme qui, traqué pendant des années, fait volte-face et choisit de combattre ses chasseurs, Marc décida de se retourner et d'affronter, enfin, ses propres démons. Ses cinq ans d'agitation, de combines, de photos indiscrètes n'avaient qu'un seul but : brouiller les cartes, masquer sa vraie hantise. Il était temps de se consacrer à sa véritable obsession.

Le crime.

Le sang et la mort.

Il proposa sa candidature à un nouveau magazine de faits divers, *Le Limier*. Marc n'avait pas le profil pour ce poste mais sa carrière démontrait ses dons d'enquêteur. À quarante ans, il repartit de zéro. Pour la cinquième fois. Après avoir été pianiste, journaliste régional, grand reporter, paparazzi, il se lançait maintenant dans le fait divers. On lui confia la chronique judiciaire. Il passa ses journées dans les cours d'assises, suivit les crimes les plus sordides, observa les assassins dans le box des accusés. Règlements de comptes, vols crapuleux, crimes passionnels, infanticides, incestes... Pas une turpitude ne manquait. Marc était déçu. Face aux accusés, il s'attendait à découvrir une vérité. La marque ancestrale du crime.

Ce qu'il voyait était plus effrayant encore : il ne voyait rien. La banalité du mal. Des visages plus ou moins repentis, plus ou moins expressifs. Qui semblaient toujours étrangers aux faits évoqués. Ces êtres humains qui avaient tué leurs enfants, massacré leur conjoint, éventré leur voisin pour quelques euros semblaient avoir été traversés par une force inconnue, étrangère.

Parfois, Marc éprouvait l'intuition inverse. La pulsion de destruction avait toujours été là, au fond de leur esprit. Elle appartenait aux gènes de l'homme, à son cerveau primitif – et n'attendait qu'une occasion pour surgir.

Les années passèrent. Il travailla sur des centaines d'affaires. Des procès, mais aussi des enquêtes criminelles non résolues – il connaissait tous les flics de la Crim, les magistrats, les avocats. Et les meurtriers. Il était autant chez lui à la « BC » du quai des Orfèvres qu'au parloir de Fresnes. Il déjeunait avec les meilleurs enquêteurs et interviewait les pires tueurs. Il cherchait, observait, chassait. Mais chaque fois, l'essentiel lui échappait. Il ne parvenait pas à contempler le visage du Mal.

Pourtant, il ne désespérait pas : après cinq années au *Limier*, il attendait toujours le cas, le « flag », la confession qui lui permettrait, enfin, de découvrir la lumière noire. Il vivait dans ses parages – il finirait bien par la surprendre.

– Un autre café, peut-être ?

Le serveur se tenait de nouveau devant lui. Marc regarda sa montre : dix-sept heures. Son bilan personnel lui avait pris plus d'une heure. Il se frotta les yeux comme s'il sortait du cinéma :

– Non, merci. Ça ira pour aujourd'hui.

Le garçon le gratifia d'un sourire satisfait ; surtout lorsqu'il le vit ranger ses dossiers et ses notes. Avant de s'éclipser, Marc fila aux toilettes pour se rafraîchir. Il se sentait aussi froissé qu'un mouchoir de jeune fille en plein chagrin d'amour.

Il s'observa dans les miroirs. Comme toujours, il ne pouvait décider à quoi il ressemblait le plus : pianiste, sorbonnard, reporter, paparazzi, journaliste criminel ? Avec son physique de petite frappe, il n'avait la tête d'aucun de ces rôles. Trapu, rouquin, moustachu, il ressemblait à un rugbyman miniature, qui aurait joué dans une équipe britannique ou irlandaise.

Il avait mis au point une panoplie pour affiner sa silhouette : il ne portait que des vestes cintrées à motifs discrets, brun et crème, et des chemises blanches à col anglais, dont il laissait dépasser les manchettes. Il n'était pas sûr de l'efficacité du résultat. Dans ses bons jours, il se trouvait très élégant, très « british ». Dans ses mauvais, il pensait au contraire qu'avec ces vestes brun chocolat, aux reflets café, il ressemblait plutôt à une vitrine de pâtisseries.

Il plongea sa figure dans l'eau fraîche. Il était sonné d'avoir remonté ainsi sa propre biographie. Aujourd'hui, qui était-il vraiment ? Il s'incarnait tout entier dans sa quête. Sa passion du crime. Cette idée le ramena au sujet de sa journée : Jacques Reverdi.

« Un tueur en série sous les tropiques », vraiment ?

Il ferma l'eau et balaya sa mèche.

Il était temps d'aller voir le visage de l'assassin.

4

LIGNES blanches et épurées.

Espace zen aux symétries impeccables.

Chaque fois qu'il pénétrait ici, il éprouvait la même sensation. Ce laboratoire de développement professionnel ressemblait à un lieu de méditation. Un vestibule aux murs blancs, où étaient exposés des tirages cadrés de noir. Puis un couloir aux petites lampes suspendues, qui s'ouvrait sur la salle des dépôts. Les photographes y donnaient leurs films et récupéraient leurs images. Encore une fois, le blanc, la pureté... tout semblait organisé pour susciter le vide de l'esprit, le recueillement de l'âme. Même les tables lumineuses, blocs blancs scintillants renvoyant leur halo laiteux à la face des reporters, finissaient par ressembler à des prie-Dieu futuristes.

Marc avait rendez-vous avec Vincent Timpani à dix-sept heures trente. Il était déjà dix-huit heures mais le géant était toujours en retard. Il se dirigeait vers la cafétéria, quand il remarqua une tête connue : Milton Savario, photographe d'origine sud-américaine, qui appartenait à la caste supérieure des reporters de news. Un ascète famélique, qui semblait toujours survivre entre deux guerres.

Savario lui fit signe. Ils se serrèrent la main. D'un hochement de tête, Marc désigna les diapositives réparties sur la table lumineuse :

– Tu ne travailles pas en numérique ?

– Pas pour ce genre de sujet, non.

– Qu'est-ce que c'est ?

– La famine en Argentine.

– Je peux ?

Marc attrapa le compte-fils – une petite loupe montée sur une armature chromée – puis se pencha sur les ektas. Un enfant squelettique, au visage sans chair, criblé de perfusions, sur un lit d'hôpital. Un nourrisson verdâtre, au crâne énorme, dans un cercueil avec des petites ailes d'ange. Une infirmière portant un gosse inanimé, aux jambes réduites à de longs os inertes, dans un escalier gris. Marc se releva :

– Ça n'a pas été trop dur ?

– Quoi ?

– Ces mômes, la famine...

Savario sourit. Sa barbe de trois jours et sa tignasse noire hirsute lui donnaient l'air d'être maquillé au charbon de bois.

– Il n'y a pas de famine en Argentine.

– Et ces photos ?

Le Sud-Américain glissa les ektas dans l'enveloppe, sans répondre. Il replia son compte-fils, éteignit la table lumineuse.

– Je te paye un café. Je te raconte le tour de magie.

Ils s'installèrent dans la cafétéria. Distributeurs, guéridons, sièges : tout était blanc. Le photographe se hissa sur le tabouret de bar.

– Pas de famine, répéta-t-il en soufflant sur son gobelet brûlant. On s'est tous fait avoir.

Il sortit de son sac photos un tirage de l'enfant sous perfusion aux membres difformes :

– C'est un polio. Rien à voir avec la faim.

– Un polio ?

– La photo a dû circuler par erreur. Dans les agences. Sur Internet. On s'est tous précipités. La famine en Argentine : cela paraissait incroyable. Mais là-bas, à Tucumán, aucun signe de faim.

– Qu'est-ce que tu as fait ?

– Comme les autres : j'ai photographié le petit polio. Tu connais le prix du billet pour l'Argentine ?

Marc n'avait pas besoin qu'on lui fasse un dessin. Une fois les frais engagés, il était hors de question pour Savario de revenir les mains vides. Quelques clichés de l'enfant famélique, quelques autres des dispensaires, des ghettos misérables, et le tour était joué. Il y aurait toujours un magazine pour acheter ces images et broder sur la malnutrition. Personne ne mentait vraiment, l'honneur était sauf – et il n'y avait pas eu perte d'argent. Le Latino tendit son café :

– À l'information !

Marc trinqua en retour. Depuis cinq ans qu'il travaillait sur les faits divers, il était sorti du tourbillon des agences, mais il constatait, avec une joie cynique, que rien, absolument rien, n'avait changé.

Une voix grave s'éleva derrière eux :

– Toujours à refaire le monde ?

Marc pivota sur son siège et découvrit Vincent Timpani. Un mètre quatre-vingt-dix, cent kilos de muscles et de chair avachis dans un costume de toile claire, qui lui donnait l'air d'un planteur sous les tropiques. Mystérieusement, le soleil semblait toujours l'habiter : il avait grandi à Nice et conservait une pointe d'accent méridional.

Il salua Marc et Savario d'un éclat de rire puis se dirigea vers le distributeur de boissons gazeuses. Savario en profita pour s'éclipser. Vincent revint vers Marc, une canette de Coca à la main. Il suivit le photographe du regard :

– Je fais fuir le héros ou quoi ?

– Tu as les images ?

Le géant sortit de sa veste trois enveloppes. Depuis le drame de Lady Diana, il s'était reconverti dans la photo de mode mais, en souvenir du passé, il acceptait parfois de bricoler quelques tirages pour illustrer les enquêtes de Marc. Il commenta, avec une mauvaise humeur feinte :

– Je me demande pourquoi je m'emmerde à reproduire ces sales gueules. Quand je pense aux filles sublimes qui m'attendent au studio...

Marc plongea dans la première enveloppe. Il en sortit un portrait anthropométrique de Jacques Reverdi. Il lut la légende inscrite sous la photo.

– C'est celle de son arrestation au Cambodge, tu n'as pas celle de Malaisie ?

– Non, m'sieur. J'ai appelé les mecs de l'AFP, à Kuala Lumpur.

Pas de portrait officiel en Malaisie. Reverdi n'est pas resté assez longtemps entre les mains des flics. Il a aussitôt été interné dans un hôpital psychiatrique et...

– Je suis au courant, merci.

Marc observait le visage de Reverdi. Les images qu'il avait vues jusqu'ici appartenaient au passé prestigieux de l'apnéiste. Des clichés rayonnants où le champion, vêtu d'une combinaison de plongée, brandissait la plaquette indiquant la profondeur de son record. Le portrait qu'il tenait maintenant était différent. Le visage étroit, musclé, rugueux de Reverdi n'était plus du tout souriant. Les commissures des lèvres s'arquaient en une expression maussade. Quant au regard, il était noir, indéchiffrable.

Il ouvrit l'enveloppe suivante et découvrit une jeune fille. Presque une adolescente. Pernille Mosensen. Des yeux clairs, une expression angélique entourée de cheveux noirs, très raides. Et une peau luminescente. Marc songea à la chair pâle de certains fruits exotiques.

– L'AFP m'a envoyé que ça, commenta Vincent. C'est la photo de son passeport. Je l'ai retouchée à l'ordinateur...

L'expression de la jeune Danoise trahissait la volonté de paraître sérieuse. Pourtant, malgré cet air sage, on sentait vibrer une jeunesse exubérante sous les cils. Un sourire qui frémissait au bord des lèvres. Il l'imaginait en train de se préparer pour son voyage en Asie du Sud-Est. Sans doute son premier grand périple...

– Et le corps ? demanda-t-il.

– *Nada*. La Haute Cour de Malaisie n'a rien communiqué. Ils ont pas l'air de vouloir faire de la publicité.

– Et l'autre ? La fille du Cambodge ?

Vincent acheva une longue goulée et poussa sur la table la troisième enveloppe :

– Je n'ai trouvé que ça. Dans les archives du *Parisien*. Et j'ai vraiment dû faire des miracles. C'est une reproduction des canards de Phnom Penh. On voit la trame de l'imprimerie.

Linda Kreutz était une rousse aux traits délicats se dessinant par petites touches à peine appuyées. Une physionomie légère, enfouie sous une tignasse frisée, qui ne faisait pas le poids face au grain d'impression du journal. Son expression se perdait dans la trame et prenait un caractère irréel. Un fantôme de news.

– Et pour celle-ci, rien sur le corps ?

– Rien de publiable. *Cambodge Soir* m'a envoyé des photos. La fille a été retrouvée dans un fleuve, trois jours après sa mort. Gonflée à exploser. La langue comme un concombre. Pas publiable : fais-moi confiance. Même dans ton canard de merde.

Marc empocha les trois enveloppes. Vincent prit un ton complice :

– Qu'est-ce que tu fous, ce soir ?

Le visage du photographe était taillé sur le même modèle que le corps : énorme, rougeâtre, avachi. Une face d'ogre, à moitié cachée par une mèche qui lui tombait sur l'œil gauche à la manière d'un bandeau de pirate. Il conservait toujours la bouche entrouverte, comme un gros dogue essoufflé. Il brandit une autre enveloppe, en affichant un large sourire :

– Ça t'intéresse ?

Marc jeta un regard : des tirages de jeunes femmes nues. Aux côtés de ses photographies officielles pour les magazines, Vincent effectuait des clichés de composite pour les mannequins débutants. Il en profitait pour les dévoiler.

– Pas mal, non ?

Son haleine brûlait d'une odeur mêlée de Coca et d'alcool. Marc feuilleta la liasse : des corps pubères, aux mensurations parfaites ; des peaux de lait, sans le moindre défaut ; des visages à l'élégance féline.

– Je les appelle ? demanda-t-il en faisant un clin d'œil.

– Désolé, répondit Marc en rendant les images. Je ne suis pas d'humeur.

Vincent reprit ses clichés avec une grimace de dédain :

– T'es jamais d'humeur. C'est ça, ton problème.

5

LES VISAGES étaient là.

À la fois familiers et terrifiants.

Tordus, écrasés, déformés contre les mailles de rotin. Jacques Reverdi maîtrisa sa peur et leur fit face : il vit les joues aplaties, les fronts plissés, les cheveux emmêlés. Leurs yeux cherchaient à le repérer dans l'ombre. Leurs mains s'agrippaient aux parois. Il percevait aussi leurs voix étouffées, leurs chuchotements mêlés, sans distinguer leurs paroles.

Bientôt, il remarqua des détails impossibles. L'un des visages avait les paupières couturées. Un autre ne possédait pas de bouche, juste de la peau opaque entre les joues. Un autre encore avait le menton en étrave, comme si l'os, retroussé, démesuré, était près de crever la chair. Un autre transpirait à grosses gouttes, mais cette suée était composée de chair liquide : elle diluait les traits, les fondait en une seule coulée.

Jacques comprit qu'il dormait encore. Ces hommes appartenaient à son cauchemar familier – celui qui ne le quittait jamais. Il s'efforça au calme. Il savait que les monstres, à travers les fibres végétales, ne le voyaient pas – il était à l'abri, dans l'obscurité. Jamais ils ne parviendraient à ouvrir l'armoire de rotin, à l'extirper de sa cachette.

Pourtant, tout à coup, il sentit leur monstruosité s'insinuer entre les fils tressés, lui passer sous la peau. Son visage se souleva, ses muscles se distendirent, ses os craquèrent... Il leur ressemblait de plus en plus ; il devenait « eux ». Il serra les lèvres pour ne pas hurler. Sa figure se disloquait, se déformait, mais il ne devait pas crier, il ne devait pas révéler sa présence dans l'armoire, il...

Son corps se raidit. Sa cage thoracique se bloqua. Son être se ferma au monde extérieur. Il imagina l'arborescence de son appareil respiratoire se fermant sur la nuit de ses organes. C'était l'apnée qu'il préférait – la plus douce, la plus naturelle. L'apnée nocturne qui surprenait les bébés dans leur sommeil et qui parfois les tuait.

Jacques ne dormait plus mais il conservait les yeux clos. Il compta les secondes. Il n'avait pas besoin de montre, ni de trotteuse. L'horloge était son flux sanguin. Ralenti. Apaisé. Au bout de quelques secondes, les voix se turent. Puis les visages s'estompèrent. Les parois de rotin reculèrent, comme si la pression, de l'autre côté, cessait. Il était le plus fort. Plus fort que les yeux, que les monstres, que les...

Il ouvrit les paupières, l'esprit absolument vide. Il inspira une pleine bouffée d'air. Il reçut en échange quelque chose d'amer et de savoureux à la fois. Une goulée de thé vert. Où était-il ? Sa conscience revint par vagues lentes. Il était allongé. La chaleur était omniprésente, dans les ténèbres. Ses cinq sens commencèrent leur travail de sonde. Il perçut le vent brûlant sur son visage. Puis une odeur lourde, capiteuse, presque écœurante : l'arôme de la forêt. La luxuriance végétale.

Des bruits étouffés. Des voix. Elles n'avaient rien à voir avec celles de son cauchemar. Elles s'efforçaient de parler anglais avec un fort accent malais : « Hello... Hello... », « Cigarettes ? »

Il tourna la tête vers la droite et discerna, à travers des barreaux de bois peints en vert, des trognes sombres, confuses. Était-il en prison ? Il tourna les yeux vers la gauche. Un ciel nocturne se déployait, vibrant d'étoiles. Non. Il était à l'extérieur.

Il s'efforça au calme – à l'analyse de chaque fait. C'était la nuit. Une nuit bleue et verte, aux effluves de tropiques. Il se trouvait dans le couloir d'une galerie. À gauche, une grande cour de ciment. À droite, le mur de barreaux, derrière lequel s'agitaient un groupe de détenus. Dans leur dos, on discernait une grande pièce ponctuée de lits en fer. Il était bien en prison. Mais une prison à ciel ouvert.

Par réflexe, il tenta de se lever. Impossible : des courroies entravaient ses poignets et ses chevilles. La seconde suivante, il aperçut la barre chromée de son lit – un lit d'hôpital. Dans le même temps, il constata qu'il était vêtu d'une tunique verte. Les prisonniers portaient la même chasuble. Un autre détail lui apparut : ils avaient tous le crâne rasé. Leurs grands yeux ouverts dans l'obscurité ressemblaient à des blessures blanches. Ricanements, grognements. Il tendit l'oreille et distingua leurs paroles, en malais, chinois, thaï... Des propos incohérents. Des mots absurdes. Des cinglés.

Il était dans un asile de fous.

Un nom lui vint à l'esprit : Ipoh, le plus grand institut psychiatrique de Malaisie. Une bouffée d'angoisse le saisit. Pourquoi l'avait-on transféré ici ? Il n'était pas fou. Malgré les visages, malgré les cauchemars, il n'était pas fou. Il chercha à se souvenir de ses derniers jours et ne put se rappeler que les feuilles de bambou, les cloisons tressées. Que s'était-il passé ? Avait-il subi une nouvelle crise ?

Des bruits retentirent derrière lui. Un raclement de fauteuil, des froissements de papier. En pleine nuit, ces sons étaient plus incongrus encore que le reste. Reverdi se tordit la tête pour voir ce qui se passait. Sous la galerie, à quelques mètres, un bureau de fer trônait, couvert de paperasses.

Le gardien, qui somnolait derrière la table, se leva dans l'ombre et ajusta sa ceinture chargée d'un flingue, d'une bombe lacrymogène et d'une matraque. Pas précisément un infirmier. Jacques se trouvait donc dans le quartier réservé aux criminels. L'homme alluma une torche et se dirigea vers lui. Reverdi ordonna en malais :

– *Tutup lampu tu.* (Éteins ça.)

Le maton fit un bond en arrière – la voix l'avait surpris. Et plus encore, les mots prononcés en malais. Après une hésitation, il éteignit sa lampe et contourna, avec précaution, le lit. Dans l'obscurité, Jacques vit qu'il tendait la main vers un commutateur.

– N'allume pas, ordonna-t-il.

L'homme s'immobilisa. Il avait l'autre main crispée sur son arme. Le silence autour d'eux était total : les autres prisonniers s'étaient tus. Au bout de quelques secondes, il lâcha le commutateur. Reverdi souffla :

– Je ne dois pas voir ton visage. Aucun visage. Pas maintenant.
– J'appelle l'infirmier. On va te faire une piqûre.
Reverdi tressaillit. En une seconde, son torse s'enduisit de sueur. Il ne devait plus dormir. Les « Autres » l'attendaient dans son sommeil, derrière les mailles de rotin.
– Non, souffla-t-il à voix basse. Pas ça.
Le Malais ricana. Il retrouvait son assurance. Il se dirigea vers un téléphone mural.
– Attends !
L'homme se retourna avec colère. Sa main se noua sur sa matraque. Il n'était plus d'humeur à se laisser emmerder par un *mat salleh*.
– Regarde au fond de ma gorge, ordonna Reverdi.
Comme malgré lui, le maton revint sur ses pas. Jacques ouvrit la bouche et demanda :
– Qu'est-ce que tu vois ?
Le Malais se pencha avec méfiance. Jacques sortit sa langue et referma violemment ses maxillaires. Le sang gicla aux commissures de ses lèvres.
– Bon Dieu..., grogna le gardien en se précipitant sur le téléphone.
Reverdi l'interpella avant qu'il n'ait décroché :
– Écoute-moi ! Si tu appelles l'infirmier, je l'aurai complètement tranchée avant qu'il arrive. (Il sourit, des bulles chaudes se formaient sur son menton.) Je dirai que tu m'as frappé, que tu m'as torturé...
L'homme ne bougeait plus. Jacques profita de son avantage :
– Tu ne vas pas bouger. Je ferai semblant de dormir, jusqu'à demain matin. Tout ira bien. Réponds seulement à mes questions.
Le Malais parut hésiter encore, puis ses épaules tombèrent, en signe de capitulation. Il attrapa, sur une table roulante, un rouleau de papier hygiénique. Avec prudence, il s'approcha de Jacques et lui nettoya la bouche. Reverdi le remercia d'un signe de tête.
– On est à Ipoh ?
L'autre acquiesça – il avait le visage barré d'une moustache, la peau grêlée de traces d'acné. De vraies crevasses qui, dans le bleu nocturne, évoquaient les cratères de la Lune.
– Depuis combien de temps je suis ici ?

– Cinq jours.

Jacques fit un rapide calcul mental :

– On est mardi, mercredi ?

– Mercredi. 12 février. Deux heures du matin.

Il n'avait aucun souvenir de la période qui le séparait du dernier vendredi. Dans quel état était-il arrivé ici ? Son corps se couvrit à nouveau de transpiration.

– J'étais... inconscient ?

– Tu délirais.

Sa sueur se glaça. Elle lui piquait la poitrine, comme des particules de peur qui l'auraient éclaboussé.

– Qu'est-ce que j'ai dit ?

– Aucune idée. Tu parlais en français.

– Dégage, ordonna-t-il.

Le gardien se raidit face au ton autoritaire, puis retourna s'asseoir derrière son bureau, dans un bruit de trousseau. Reverdi se détendit, les épaules à plat sur son lit.

Au bout d'un long moment, il ne perçut plus aucun bruit du côté du maton – endormi. De l'autre côté des barreaux verts, les murmures s'apaisaient eux aussi : tout le monde retournait se coucher.

Il tenta de se souvenir encore. Il ne voyait rien qui concernât son hospitalisation. Mais d'autres fragments jaillissaient, d'une manière confuse. Des mots. La « chambre ». Les « jalons ». Le « chemin »... Il vit les parois de bambou, les traînées de sang. La peur le saisit de nouveau. Un éclair : la femme meurtrie, s'écoulant avec douceur...

Pourquoi avait-il paniqué ? Pourquoi avait-il eu tout à coup si peur de sa compagne ? Cette perte de contrôle allait lui coûter la vie. Il se souvint que cette incohérence appartenait en réalité au processus. Chaque fois, à la fin de la cérémonie, il déraillait. Mais d'ordinaire, il était seul. Seul dans la Chambre de Pureté – et cet instant d'abandon n'avait aucune conséquence.

Il se concentra encore et remonta la scène. La femme lacérée d'entailles. Sa main, à lui, tenant la flamme. Cette pensée devint si nette, si précise, qu'il se crut de nouveau dans la Chambre... Il eut envie de caresser ce corps ouvert, ruisselant, mais il savait que c'était impossible. La source était taboue.

Pourtant, il s'approcha de sa bien-aimée et contempla ses blessures. Il admira ces rivières sombres qui se répandaient sur la peau hâlée. Il éprouva une tendresse, une reconnaissance sans limites à l'égard de ces sillons qui lui apportaient la paix.

Il se pencha. Au point d'entendre le bruissement des plaies. Au point de sentir la chaleur du corps... Il ferma les yeux et sentit, dans sa bouche blessée, le goût cuivré de son propre sang.

Lentement, le sommeil revenait.

Mais c'était cette fois un repos limpide, loin de tout cauchemar.

Il vit une dernière fois la flaque sombre qui se répandait à ses pieds, autour de sa compagne. Il s'y enfonçait lui-même comme dans un oreiller moelleux, bienfaisant, où nichaient ses pensées.

Un sourire s'épanouit sur ses lèvres.

Il n'avait plus peur : il était guéri.

6

DANS SA QUÊTE, les tueurs en série occupaient une place à part.

Aux yeux de Marc, ils étaient comme des diamants purs. Des pierres brutes. Chez eux, on ne trouvait pas de mobiles parasites, de passion aveugle, de panique de dernière minute. Aucun état d'âme qui puisse expliquer, voire excuser, l'acte meurtrier.

Rien d'autre que la pulsion de tuer.

Froide, isolée, impériale.

Il avait lu tous les livres sur la question. Les récits. Les biographies. Les autobiographies signées par les meurtriers eux-mêmes. Les ouvrages psychiatriques. Il avait lui-même rédigé des dossiers exhaustifs sur quelques-uns des plus célèbres. Il les connaissait mieux que personne. Jeffrey Dahmer, qui trouait le crâne de ses proies à la perceuse afin d'y verser de l'acide. Richard Trenton Chase, qui buvait le sang de ses victimes et plaçait leurs organes dans un mixeur, pour mieux en extraire le liquide vital. Ed Kumper, deux mètres, cent quarante kilos, cannibale, nécrophile, qui parlait à la tête de sa victime, posée sur la cheminée, pendant qu'il sodomisait son corps décapité. Ed Gein, qui se fabriquait des masques de chair avec le visage écorché de ses victimes.

En France, à partir de l'année 2000, il avait effectué des requêtes pour rencontrer des tueurs en série incarcérés. Il avait ainsi interrogé, parfois plusieurs heures, Francis Heaulme, Patrice Allègre, Guy George, Pierre Chenal... Il avait aussi interviewé leur entourage, approché leurs parents – et les familles de leurs victimes.

Chaque fois, il avait éprouvé la même déception.

Comme tous ceux qu'il avait déjà observés aux tribunaux, ces hommes étaient ordinaires. Certains étaient colossaux, d'autres crispés de tics, d'autres encore dotés de vraies sales gueules, mais leur apparence ne révélait rien de fondamental. Leur secret, leur abîme, était – et demeurait – à l'intérieur d'eux-mêmes.

Dans ces moments-là, il doutait de ses propres capacités d'enquêteur. Pourquoi ne réussissait-il pas à les comprendre ? À entrer dans leur tête ? À les imaginer en plein massacre ? Dans sa colère, il regrettait presque de ne pouvoir les surprendre en flagrant délit, les mains ensanglantées, à genoux devant leurs victimes refroidies.

À force d'étudier ces cas horribles, tout juste avait-il récolté quelques images, quelques leitmotivs, qui revenaient le hanter dans son sommeil. Il s'en félicitait. Au moins partageait-il quelque chose avec les tueurs.

Ainsi, il était obsédé par le bruit d'une lame. Celle de Francis Heaulme, lorsqu'il avait tranché la gorge d'une femme sur la plage du Moulin Blanc, près de Brest. Marc avait vu les photos de l'entaille : nette, profonde, partant du milieu du cou jusqu'à l'arrière de l'oreille gauche. La victime avait été retrouvée en maillot de bain, étendue sur les galets, et il y avait une sorte de lien cruel entre cette blessure nue, à pleine peau, et les cailloux gris livrés au vent et à la mer. C'était ce sinistre paysage qui se dessinait d'abord dans son sommeil puis, soudain, le sifflement l'arrachait au cauchemar. Le bruit de l'Opinel tranchant le cou.

Il rêvait aussi d'un tableau mystérieux représentant une femme très maigre, dont les bras étaient amputés des mains. La silhouette hiératique marchait, d'un air songeur, alors que son ventre était ouvert et ses entrailles emmaillotées. Chaque fois, au fond de son sommeil, Marc s'interrogeait : qui était-elle ? Où l'avait-il déjà vue ? Peu à peu, la réponse se formait, jusqu'à le réveiller. *Le Spectre du sex-appeal.* Un tableau de Salvador Dalí.

Marc avait enquêté, en 1998, sur une série de meurtres commis à Perpignan, où on avait soupçonné le tueur de s'inspirer de cette toile. Dans un cas, au moins, la jeune victime avait été éviscérée et amputée des mains. Le meurtrier courait encore et Marc était persuadé que, tant qu'il serait libre, son obsession, sous le signe de Dalí, planerait dans les airs et le contaminerait, lui, le journaliste solitaire qui cherchait le secret mais n'en attrapait que des bribes, des fumerolles.

Le bip de son répondeur le tira de ses pensées – depuis son réveil, il divaguait en regardant les portraits de Reverdi. La voix de Verghens retentit dans le grand espace de l'atelier : « C'est moi. Il y a trois jours que tu m'as remis ton papier merdique sur l'affaire de Malaisie. J'espère que t'auras du nouveau d'ici notre prochain bouclage. Appelle-moi ce matin. Sans faute. (Un temps.) Je te rappelle que dans quelques semaines, c'est la guerre. Plus personne n'aura rien à foutre de nos histoires. Alors, nom de Dieu : sors-nous un scoop ! »

Marc sourit à l'évocation du conflit imminent en Irak. Comme s'il avait besoin d'un compte à rebours pour se démener. Onze heures du matin. Il avait relevé sa boîte aux lettres. Aucun message de l'AFP, ni de Reuters ou d'Associated Press. Ni de ses contacts au *News Straits Times* et au *Star*, les principaux journaux de Kuala Lumpur. Aucune réponse du DPP (Deputy Public Prosecutor), l'équivalent en Malaisie du juge d'instruction, à qui il avait envoyé une requête. Aucun signe non plus de l'ambassade de France, censée rédiger un communiqué quotidien. À l'évidence, Reverdi était toujours en crise, au fond de son hopital psychiatrique. Et le nom de son avocat n'était toujours pas connu. Le point mort.

Marc partit se concocter un expresso dans sa cuisine américaine, qui s'ouvrait sur l'atelier. Il était passionné par les cafés – un de ses tics de vieux garçon. Il avait ses filières pour se procurer des arabicas uniques, des robustas rares, des grands crus de tous pays, et il avait acquis, du temps de sa richesse, une machine très sophistiquée, avec buse « vapeur » pour cappuccinos et détartreur intégré, qui permettait de distiller de vrais nectars. Il buvait chaque jour une bonne vingtaine de ces breuvages corsés et variait les marques et les origines au fil des heures. Il se décida pour un petit colombien, qu'il surnommait le « marc au diable », tant il était violent. À réveiller un mort. Tout à fait ce qu'il lui fallait.

En sirotant son jus, à petites lampées, il demeura debout, derrière le comptoir de bois blanc, promenant son regard sur son antre. Un vaste carré de cent vingt mètres carrés, à la hauteur de plafond impressionnante. Lorsqu'il l'avait acheté, il lui avait semblé qu'une telle verticalité permettrait à son esprit de prendre son envol. Huit ans plus tard, cela restait encore à prouver.

Situé au rez-de-chaussée, l'atelier s'ouvrait sur une petite cour pavée, décorée de deux palmiers nains – deux gros ananas qui montaient la garde, à travers les baies vitrées. Les autres murs soutenaient des étagères qui supportaient des livres, des partitions, des CD. Des pans entiers de sa vie qui s'élevaient jusqu'aux verrières mansardées et ne constituaient que l'antichambre de sa véritable bibliothèque : une petite pièce annexe, en contrebas, tapissée de livres spécialisés.

Tout, ou presque, ce qui avait été écrit sur les tueurs en série se trouvait ici, coincé, entassé, répertorié. Ainsi qu'une foule de vieux journaux, traitant toujours de faits divers. Ce théâtre de sang était si complet que les autres journalistes du *Limier* venaient souvent pour consulter tel ou tel ouvrage ou se remémorer un tueur historique. C'était ce réduit qui expliquait l'odeur de moisi qui planait dans le loft et qui faisait dire à Vincent, à chaque visite : « Il faut que t'arrêtes de fumer des champignons. »

Dans la grande pièce, le mobilier était réduit à sa plus simple expression : une planche posée sur des tréteaux en guise de bureau ; un coin-salon, au fond, se résumant à un canapé affaissé et des coussins épars et, à quelques mètres à droite, dans un renfoncement, le lit. Un matelas sans sommier, à même le sol, face à une table basse, qui soutenait un large téléviseur et un échafaudage de matériel électronique – lecteur DVD, magnétoscope, enceintes et autres appareils hi-fi.

Marc adorait dormir par terre. C'était la position du soldat tapi au sol, observant la base à attaquer. Ce point de vue résumait sa vie : toujours en planque, en embuscade. La nuit, il observait sa muraille de livres qui brillait à la lumière du réverbère de la cour, tandis qu'une série de petites lampes rouges, suspendues devant, évoquaient les signaux d'une piste d'atterrissage. Quand décollerait-il ? Quand trouverait-il la vérité qu'il cherchait ?

Il se fit un deuxième café et s'installa à son bureau. Il rangea le fatras de documents, notes, photos, cassettes, qui s'était accumulé autour d'un seul et même sujet. De quoi écrire une splendide biographie de Jacques Reverdi. Mais elle aurait raconté l'histoire d'un grand sportif, et non celle d'un tueur.

Ces deux derniers jours, Marc avait remonté, pas à pas, son destin. Au début des années quatre-vingt, Jacques avait été une véritable star. Articles, interviews, photos composaient l'image héroïque d'un des plus grands apnéistes de la fin du siècle. Entre Jacques Mayol et Umberto Pelizzari. Pourtant, dans ses interviews, Reverdi n'abusait jamais des clichés sur cette discipline : la quête de l'absolu, le retour à la mer nourricière, la complicité avec les mammifères marins... Au contraire, il insistait sur le caractère antinaturel de l'apnée et sur ses dangers : les risques de syncope, la menace constante de la pression, le vertige des profondeurs. Marc connaissait ce sport – il l'avait un peu pratiqué, en Corse – et se souvenait d'avoir eu des problèmes de perte de connaissance, au fond d'une crique. Il avait aussitôt arrêté ; ces évanouissements lui avaient rappelé les deux plages d'inconscience de son existence.

En réalité, le champion évoquait l'apnée comme une guerre entre l'homme et la mer. Une guerre qu'il fallait gagner avec son corps pour franchir, dans les grands fonds, une sorte de cap. Lors de ses interviews, il parlait toujours de cette frontière mystérieuse, connue de l'apnéiste seul. Celle du record, bien sûr, mais aussi celle de l'esprit. Un stade supérieur, auquel on accédait, paradoxalement, dans les profondeurs. Lorsqu'il l'évoquait, on devinait qu'au sein des ténèbres, à une pression hallucinante, alors que les poumons n'étaient plus que deux cailloux et la lumière un souvenir, le plongeur gagnait bien autre chose qu'une médaille ou une coupe...

Marc avait déniché aussi un article plus récent, publié dans *L'Express* en août 1987, en pleine fièvre du *Grand Bleu*, lorsque, en France, dans le sillage du film de Besson, des milliers d'adolescents s'étaient brusquement passionnés pour la plongée. Les reporters avaient retrouvé Reverdi, simple professeur de plongée en Thaïlande. Il apparaissait alors plus serein, beaucoup plus proche de l'image de sagesse et de spiritualité de l'apnée.

Marc était également remonté plus loin dans l'existence de Reverdi. Il avait fait alors des découvertes intéressantes, laissant entrevoir des traumatismes qui pouvaient expliquer les événements actuels.

Jacques naît en 1954, à Épinay-sur-Seine, dans le département du Val-d'Oise. Orphelin de père, fils unique, il grandit auprès de sa mère, assistante sociale. C'est une enfance sans histoire, jusqu'à ce que Monique Reverdi se suicide, en 1968. Jacques – il a quatorze ans – découvre le corps de sa mère dans leur appartement, baignant dans son sang : elle s'est tranché les veines.

L'adolescent change alors de personnalité. L'enfant timide, réservé, devient un être agressif, un voyou impulsif qui rebondit de foyer en foyer, ne cesse de commettre des vols, des actes de vandalisme, des voies de fait. À dix-sept ans, il est envoyé à Marseille, dans un « lieu de vie », un centre destiné aux adolescents difficiles. C'est le deuxième grand tournant de son existence. Là-bas, il rencontre Jean-Pierre Genoves, psychiatre très ouvert, qui l'initie à l'apnée. C'est la révélation. Jacques se passionne pour ce sport et révèle des aptitudes uniques.

Dès 1977, après son service militaire et des années d'entraînement, Jacques bat son premier record mondial en poids constant. Cette discipline est particulièrement difficile – il ne s'agit pas de descendre grâce au poids d'une gueuse puis de remonter à l'aide d'un parachute, comme dans la catégorie no limits, mais de plonger et de remonter à la seule force de ses palmes. Jacques atteint ainsi une profondeur de soixante mètres. Trois ans plus tard, il descend jusqu'à soixante-trois mètres. Parallèlement, il s'attaque au no limits et dépasse la barre des cent mètres déjà franchie par Jacques Mayol, en 1976. À partir de 1982, le champion, âgé de vingt-huit ans, marque le pas. Il abandonne la compétition et s'installe en Asie du Sud-Est où il disparaît jusqu'à ce que le succès du *Grand Bleu* le replace, brièvement, sous les feux des projecteurs.

Marc avait aussi effectué une recherche iconographique. Bien sûr, il avait débusqué de nombreuses photos du champion durant sa période de gloire. Mais il avait aussi mis la main sur un portrait de Monique Reverdi. Il avait découvert une longue femme décharnée, flottant dans une robe fleurie Laura Ashley, fermée jusqu'au cou. Une beauté languide, inquiétante. Son visage étroit était encore allongé par de longs cheveux bruns, coiffés la raie au milieu. Ce qui frappait, c'était son regard, sombre, intense, et aussi les lèvres sensuelles, au dessin de pétales, qui barraient sa figure. Face à ce cliché, Marc avait songé, curieusement, à deux stars du rock, de sexe différent : Cher et Marilyn Manson. En même temps, il y avait dans son maintien une raideur stoïque, un hiératisme de martyr. Monique Reverdi était un mélange d'image pieuse et de pochette de disque.

Marc avait réussi à parler, au téléphone, à d'anciens collègues de l'assistante sociale : de l'avis de tous, Monique Reverdi était une femme dévouée, généreuse. « Une sainte. » Pourquoi s'était-elle tranché les veines ?

De son expérience d'enquêteur criminel, Marc avait tiré une certitude : le seul point commun entre les tueurs en série était leur enfance perturbée. Violences familiales, alcoolisme, abandon, inceste... À l'évidence, ce n'était pas le cas de Jacques, choyé par sa mère. La violence de la découverte du corps avait-elle suffi à faire naître la psychose meurtrière ?

Il but une rasade de café – froid. Il devait trouver une nouvelle piste. Non pour rédiger son nouvel article, mais pour mieux comprendre le profil du prédateur. Il ordonna ses papiers, ses photographies, ses notes selon les différentes périodes chronologiques. Lorsqu'il parvint à la chemise intitulée « CAMBODGE », il s'aperçut qu'il n'avait presque rien. Le portrait de Linda Kreutz, quelques coupures de presse issues de quotidiens français... Il avait contacté l'ambassade de France à Phnom Penh, mais le personnel avait changé. Impossible d'accéder aux archives du procès, survenu en plein coup d'État. Pas moyen non plus de retrouver la trace de l'avocat cambodgien de Reverdi. D'après ce qu'il pouvait comprendre, la justice cambodgienne était plutôt confuse...

Marc eut une idée. Il avait lu quelque part que la famille de la victime était fortunée. Les Kreutz avaient certainement engagé, à l'époque, un avocat allemand pour rédiger la plainte et se constituer partie civile. Peut-être même un enquêteur privé pour faire la lumière sur l'affaire. D'instinct, Marc devinait que ces parents étaient persuadés de la culpabilité de Reverdi et qu'ils avaient dû être ulcérés par sa libération.

Sa nouvelle arrestation, en flagrant délit, pouvait leur donner des idées. Ils allaient tenter de rouvrir le dossier, au Cambodge. Oui : il y avait quelque chose à glaner de ce côté. Marc devait identifier l'avocat chargé de l'affaire.

7

MARC avait plusieurs tactiques pour obtenir ses informations – et Internet était loin d'être sa stratégie prioritaire. Trop vaste, trop confus. En général, rien ne valait un bon coup de fil et le contact humain. Il appela l'ambassade d'Allemagne, dont il connaissait le responsable de presse. Ce dernier, sans même raccrocher, contacta sur une autre ligne un ami reporter du magazine *Stern* – un spécialiste des faits divers, qui avait lui-même couvert l'affaire Kreutz. Le journaliste possédait encore les coordonnées d'Erich Schrecker, défenseur de la famille.

Quelques minutes plus tard, Marc parlait à l'avocat. Il expliqua sa requête dans son plus bel anglais : il voulait démontrer les liens éventuels entre l'accusation de Johor Bahru et les soupçons qui avaient pesé sur l'apnéiste au Cambodge. Schrecker l'interrompit sèchement :

– Désolé, je ne peux rien dire.

– Dites-moi au moins si vous relancez la procédure. L'arrestation de Reverdi en Malaisie permet-elle de faire appel au Cambodge ?

– L'affaire a été jugée. Il y a eu un non-lieu.

Au son de la voix, Marc devinait que Schrecker et la famille Kreutz avaient déjà une stratégie.

– Vous avez contacté la partie civile, en Malaisie ?

– Il est trop tôt pour dire quoi que ce soit.

– Mais les deux affaires présentent des similitudes, non ?

– Écoutez. Nous perdons notre temps, vous et moi. Je ne vous dirai rien. Vous savez qu'un avocat ne parle pas aux journalistes, sauf si cela peut servir son dossier. Celui-ci n'a besoin que d'une chose : la discrétion. Je ne prendrai pas le moindre risque.

Marc se racla la gorge :

– Vous pouvez vous renseigner sur moi. Je suis un journaliste sérieux.

– La question n'est pas là.

– Je vous promets de vous faire relire mon article. Je...

L'avocat éclata de rire, sa voix semblait rajeunir au fil des secondes :

– Si vous saviez le nombre d'articles qu'on m'a promis de me faire relire, et dont je n'ai jamais vu la couleur !

Marc n'insista pas – il n'avait pas souvenir d'avoir tenu, même une seule fois, parole dans ce domaine. Il préféra miser sur le pragmatisme :

– J'ai vingt ans de chronique judiciaire derrière moi. Je ne suis pas du genre à écrire n'importe quoi. Donnez-moi seulement la température. Vous faites un lien avec l'affaire de Papan ou non ?

Silence de l'avocat.

– Les deux systèmes de justice vont-ils collaborer ?

– Écoutez, je...

– Le DPP de Malaisie va-t-il se rendre au Cambodge ?

Le silence de Schrecker changea de résonance. L'homme souffla, avec lassitude :

– Je l'ai contacté, à Johor Bahru. Je n'ai obtenu aucune réponse. Et nous ne savons toujours pas si les Cambodgiens sont disposés à lui soumettre le dossier Kreutz.

– Pourquoi ne le donnez-vous pas, vous ?

Il éclata de nouveau de rire, mais sur un ton sinistre :

– Parce que nous ne l'avons pas. En 1997, nous n'étions que des consultants étrangers. Les Khmers sont très susceptibles sur le terrain des compétences. Pas question de laisser les Occidentaux leur donner des leçons.

L'avocat s'échauffait ; Marc sentait que l'affaire le passionnait.

– Il y a une chose que vous devez comprendre, continua-t-il. Les Khmers rouges ont tué quatre-vingts pour cent du personnel juridique du Cambodge. À l'heure actuelle, les avocats, les juges ont un niveau de formation équivalant à celui d'un instituteur. Il y a aussi la corruption, et les influences politiques. C'est le bordel absolu. À tout ça, s'ajoutent les relations plutôt difficiles entre le Cambodge et la Malaisie. Et encore, quand nous avons essayé avec la Thaïlande, nous...

– Pourquoi la Thaïlande ?

L'avocat ne répondit pas. Marc avait déjà compris :

– Il y a une procédure contre Reverdi en Thaïlande ?

Schrecker demeurait muet. Marc insista :

– Reverdi a eu aussi des ennuis là-bas ?

– Pas des ennuis, non. Il n'est accusé de rien.

Marc réfléchit à toute vitesse, en ouvrant ses chemises cartonnées. Il attrapa ses notes – il fallait qu'il montre à Schrecker qu'il connaissait le dossier à fond. Il énuméra :

– De 1991 à 1996, puis en 1998 et 2000, Reverdi a séjourné en Thaïlande. Il y est même retourné en 2001 et 2002. Il y a eu d'autres meurtres durant ces périodes ?

Pas de réponse de l'Allemand. Marc percevait sa respiration oppressée. Il ne voulait pas parler, mais une force contradictoire l'empêchait de raccrocher.

– Vous avez retrouvé des corps ?

Schrecker eut un cri du cœur :

– Pas des corps, non ! Sinon, cela serait réglé.

– Alors quoi ?

– Des disparitions.

– Des disparitions, en Thaïlande ? Avec huit millions de touristes par an ? Comment peut-on repérer des « disparitions » ?

– Il y a des convergences.

– De lieux ?

– De lieux et de dates, oui.

Marc baissa les yeux sur sa doc – un lieu revenait parmi les séjours de Reverdi :

– À Phuket ?

– Phuket, oui. Deux cas de disparitions avérées. À Koh Surin, notamment, au nord de Phuket. Le fief de Reverdi.

– La proximité géographique ne prouve rien.

– Il y a plus. (L'avocat s'exaltait de nouveau ; il avait sans doute mis des mois à dénicher ces indices.) L'une des femmes a suivi ses cours de plongée. L'autre a séjourné dans son bungalow. On a des témoins. Elle semblait amoureuse. Personne ne l'a jamais revue.

Marc frémit : le profil d'un vrai prédateur se dessinait.

– Les victimes. Donnez-moi leurs noms.

– Ça va pas, non ? On a mis des années à monter le dossier. Ce n'est pas pour qu'un journaliste foute tout en l'air !

– C'est qui, nous ?

– Les familles. On a retrouvé les familles à travers l'Europe. Nous nous sommes regroupés. Notre action converge vers la Malaisie. (Il ricana brusquement.) Il est fait comme un rat.

Schrecker paraissait surexcité – et Marc était au diapason. Combien de fois Reverdi avait-il frappé ? Il s'imaginait déjà lui-même marquant au feutre, sur une carte d'Asie du Sud-Est, les zones où l'apnéiste avait tué. En un déclic, lui revint en mémoire la définition consacrée du « tueur multirécidiviste » : « Comme la plupart des sadiques sexuels, c'est un homme très mobile qui bouge beaucoup, socialement compétent, du moins en apparence, car il est capable de projeter un masque de normalité et de ne pas effaroucher ses victimes – et il contrôle parfaitement le lieu du crime... »

Marc risqua encore :

– Vous pouvez au moins me donner la nationalité des filles ?

– Au revoir ! J'en ai déjà trop dit.

– Attendez !

Il avait presque hurlé. Il reprit un ton plus bas :

– Je voudrais voir leurs visages. Juste ça. Envoyez-moi leurs photos.

– Pour que vous les imprimiez dans votre journal ?

– Je vous jure de ne rien publier. Je veux seulement les comparer avec les autres victimes.

– Il n'y a pas de ressemblances. C'est la première chose que nous avons vérifiée.

– Seulement les photos. Sans nom, ni origine.

– Pas question. Nous n'avons que des présomptions. Et nous essayons d'instaurer une collaboration entre des pays qui ne peuvent pas s'encaisser. Avec des systèmes de justice différents. Un vrai casse-tête. Je ne prendrai pas le moindre risque pour un journaliste qui va...

– Oubliez le journaliste. Oubliez la parution. Je veux seulement comprendre cette histoire. J'en fais une affaire personnelle, vous pigez ?

Nouveau silence. Marc était allé trop loin, à son tour ; mais cette révélation parut faire mouche. Deux chasseurs s'étaient trouvés.

– Quelles garanties pouvez-vous me donner de ne pas publier ?

– Envoyez-moi les portraits par courrier électronique, en basse définition. Je ne pourrai pas les reproduire dans mon journal. Seulement les consulter sur mon ordinateur.

Après avoir noté l'adresse e-mail de Marc, l'avocat conclut :

– Je vous donnerai les périodes de séjour et les dates supposées de disparition. Pour que vous vous y retrouviez.

– Merci.

– Attention, c'est donnant, donnant. À la moindre découverte de votre côté, vous me tenez au courant.

– Comptez sur moi.

Un mensonge de plus : Marc était un solitaire. Jamais il ne partagerait ses propres données. Il allait raccrocher quand il eut une dernière impulsion. Il voulait soutirer à cet homme sa conviction intime :

– Êtes-vous certain que Reverdi est un tueur en série ?

L'avocat ne répondit pas aussitôt. Il mûrissait sa réponse. Il voulait que ses mots claquent comme une sentence.

– Une bête féroce, dit-il enfin. Dans les deux cas connus, il a frappé plus de vingt fois. Il leur a tailladé le visage, le sexe, les seins. Il agit sous l'emprise d'une crise, d'une pulsion soudaine, qui l'oblige à tuer sans précaution, sans plan préparé. Une bête féroce. Il veut seulement saigner ces pauvres filles.

Schrecker se trompait. Par expérience, Marc savait que Reverdi agissait selon un plan mûri. Sinon, il aurait été arrêté dès son premier meurtre. Il préparait au contraire son piège. Il réussissait à attirer chaque jeune femme dans son repaire, puis à faire disparaître le corps. Mais l'avocat avait raison sur un point : il agissait en état de crise. Chaotique, effrénée. Quelque chose, un détail, lui ordonnait d'assassiner. Quoi ?

Des picotements glacés le parcoururent. Voilà le genre de clé qu'il aurait aimé découvrir. L'étincelle du mal dans le cerveau du tueur. À cette idée, il demanda encore :

– Quelles sont mes chances de l'interviewer ?

– Aucune. Pour l'instant, il est dans les vapes, mais quand il reprendra ses esprits, il ne dira pas un mot. Depuis le Cambodge, il n'a plus accepté la moindre interview.

– Depuis le Cambodge ?

– Une journaliste a réussi à le rencontrer quand il était incarcéré au T-5, la prison de Phnom Penh. Mais elle n'a pas obtenu la moindre révélation. Comme d'habitude, il a joué au « prince des marées », en osmose avec les éléments. Toutes ces conneries. Il a refusé tout commentaire sur l'accusation.

– Vous avez ses coordonnées ?

– Pisaï quelque chose, je crois... Elle travaille au *Phnom Penh Post.*

Marc salua l'avocat, abrégeant promesses et remerciements. Il regarda sa montre : onze heures du matin. Dix-sept heures à Phnom Penh. Il se connecta sur Internet pour chercher les coordonnées du journal cambodgien. Il remarqua que Schrecker lui avait déjà envoyé un message électronique : les portraits des victimes de Phuket.

Marc ouvrit les deux documents, grâce au logiciel Picture Viewer. L'avocat avait raison : les disparues étaient jolies mais ne se ressemblaient pas. Et elles n'avaient aucun point commun avec Pernille Mosensen et Linda Kreutz. L'une avait un visage carré, très décidé, accentué encore par des cheveux tirés en arrière. L'autre se dissimulait derrière de longues mèches bouclées et vous regardait à l'oblique. Les seules similitudes entre ces nomades étaient leur âge et leur teint bronzé : des filles de la route et du soleil.

Schrecker avait ajouté les dates présumées de disparition : mars 1998 pour la première, janvier 2000 pour la seconde. Marc imprima les portraits, au format de ceux de Pernille et de Linda, puis les plaça côte à côte, sur son bureau, comme des cartes à jouer. Une étrange réussite, où il n'y avait qu'un seul vainqueur...

Si ces quatre femmes étaient réellement les victimes de Reverdi, pourquoi les avait-il choisies ? Possédaient-elles quelque chose que Marc ne voyait pas, un signe, une particularité, qui déclenchait sa folie meurtrière ?

Il punaisa les visages au mur puis se remit en quête des coordonnées du *Phnom Penh Post*. À la rédaction du quotidien, un journaliste anglophone lui donna les coordonnées du cellulaire de Pisaï van Tham.

Nouveau numéro :

– Allô ?

Marc commença à s'expliquer en anglais, mais la femme l'interrompit en français. Avec une évidente jubilation. Sa voix était étrange, à la fois douce et nasillarde. La journaliste ne paraissait pas étonnée par son appel ; à l'évidence, il n'était pas le premier.

– Vous voulez mon interview Reverdi par e-mail ? Mon texte en anglais ?

Marc donna son adresse électronique puis enchaîna :

– Vous êtes la seule reporter qui ait réussi à obtenir une interview de Jacques Reverdi. Depuis ce jour, il n'a plus parlé...

Il y eut un petit rire de vanité à l'autre bout de la connexion.

– Comment avez-vous fait ? Comment expliquer cette faveur ?

Un nouveau rire retentit – un miaulement ténu. Marc songea à un chat précieux. Pelage doré, yeux verts ; et langueurs calculées.

– Tout simple. J'étais femme.

– Femme ?

– Jacques Reverdi séducteur. Homme à femmes.

– Quand vous l'avez rencontré, comment était-il ?

– Charmant. (Elle miaula encore.) Homme à femmes !

Un souvenir lui traversa l'esprit. Par tradition, les apnéistes étaient de grands séducteurs. Jacques Mayol, Umberto Pelizzari : de vrais bourreaux des cœurs. Mais pour Reverdi, l'amour n'était qu'un masque. Pisaï continuait :

– Surtout sourire. Très lent, très suave. Comme fruit, vous voyez ? Et voix. Très chaude. Vous savez, femmes adorent ça... Et lui, aime femmes.

Elle commençait à lui taper sur les nerfs avec ses fautes de français et ses minauderies.

– Vous pensez qu'il est coupable ?

– Aucun doute. Il tue femmes.

– Il a été blanchi à Phnom Penh, non ?

– Ça, justice Cambodge. Mais coupable, aucun doute. J'ai senti derrière sourire... Veut la peau des femmes.

– Vous venez de dire qu'il les aimait.

– Justement. Meurtre : ultime degré de séduction. J'ai étudié français à la Sorbonne. *Dom Juan* de Molière. J'ai compris vérité profonde. La séduction, c'est destruction. Dom Juan est un tueur. Il tue Elvire. Il vole son cœur, son âme, sa vie. Reverdi, pareil. Tueur de femmes.

Elle rit encore, avec une nuance d'effroi affecté. Confusément, Marc voyait ce qu'elle voulait dire. Le meurtre, comme paroxysme de la possession. La petite chatte conclut :

– Homme à femmes. Si vous voulez interview, envoyez copine à vous.

– On peut le contacter à Ipoh ?

– Il n'est plus à Ipoh.

– Quoi ?

– Reverdi quitté l'hôpital.

Marc en oublia d'être courtois :

– Bon Dieu ! Où est-il ?

– Prison nationale de Kanara, près de Kuala Lumpur. Parti hier après-midi, jeudi 13 février. Psychiatres ont dit : guéri. En tout cas, lucide. Responsable de ses actes.

Marc ignorait s'il s'agissait d'une bonne ou d'une mauvaise nouvelle. Il n'avait pas l'ombre d'un contact. Et toujours pas de nom d'avocat.

– Qui a décidé du transfert ?

– Lui. Il a demandé à retourner dans prison... normale.

– Il a demandé... ?

– S'il y a une chose qu'il ne veut pas, c'est bien qu'on le croie fou !

8

SOUS le couvercle en plastique, la nourriture était compartimentée.

Dans la plus grande case, des franges brunes flottaient sur une sauce graisseuse – sans doute du mouton. À côté, une poignée de riz collé. Dans les deux autres fenêtres, une portion de fromage sous plastique et une petite banane noire.

Assis par terre, torse nu, Jacques Reverdi fit, mentalement, le compte des calories en présence. En additionnant ce repas au petit déjeuner et au dîner, il obtenait environ mille six cents calories. Soit environ un manque journalier de mille calories par rapport à son régime ordinaire. Il faudrait trouver le moyen de compenser ce déséquilibre.

Il leva les yeux, plaçant sa main en visière pour se protéger du soleil. À onze heures, la cour était aveuglante de blancheur. Les détenus, en file indienne, attendaient leur repas. Tous en tee-shirt blanc, ils s'abritaient dans l'ombre du mur du réfectoire. Leurs silhouettes s'étiraient sur le sol comme de longs tentacules organiques et noirs. D'autres mangeaient déjà au pied des bâtiments plus lointains, recroquevillés sur leur nourriture.

Les édifices principaux – cantine, parloir, bureaux administratifs – étaient groupés au centre de l'esplanade et paraissaient coulés directement dans l'asphalte. Les détenus circulaient en toute liberté mais, au bout de quelques pas, ils trouvaient toujours un mur fondu dans le sol ou une porte verrouillée. C'était seulement une apparence de liberté qui planait ici – un mirage.

Reverdi leva plus haut les yeux et observa les miradors qui se dressaient aux quatre coins de la cour. Entre ces tours, les murs aveugles étaient surmontés par des rouleaux de fils barbelés, dont les pointes avaient été remplacées par des lames de rasoir.

Il sourit : ce tableau hostile lui plaisait.

Tout valait mieux que de rester à Ipoh.

D'ailleurs, pour un homme arrêté en flagrant délit de meurtre, il ne s'en sortait pas si mal. Attaquant son repas avec les doigts, il fit le compte de ses coups de chance successifs. Il avait d'abord évité de justesse le lynchage, à Papan. Puis, malgré sa transe, il n'avait trahi aucun élément du Secret. Il en était maintenant certain. Sa dernière entrevue avec la psychiatre d'Ipoh, la veille de son transfert, le lui avait confirmé : personne ne savait quoi que ce soit.

Ensuite, il avait réussi à rejoindre Kanara, où il s'était fondu dans la masse. Deux mille détenus, dont les pires criminels du pays : meurtres, viols, trafic de drogue. À quoi s'ajoutait un bloc réservé aux femmes et un autre bâtiment abritant les mineurs. Une véritable ville, composée de blocs blancs ou beiges, qui reflétaient le soleil toute la journée et finissaient par mitrailler les paupières de mouches noires, tant ils éblouissaient.

En arrivant, Reverdi avait craint le pire. Au moment de la fouille, il avait remarqué que les murs du bureau d'admission étaient tapissés de coupures de presse concernant son arrestation. Les matons allaient se faire un plaisir de briser le « fauve » occidental. Il avait beau s'appeler maintenant « 243-554 », il restait une star occidentale. Un meurtrier célèbre qui bafouait, par sa seule renommée, l'autorité carcérale.

Mais il s'était trompé : la tendance était à la tranquillité. On ne l'avait même pas placé dans le quartier de haute sécurité. Par un miracle inexplicable, on le laissait libre de ses mouvements – c'est-à-dire de cuire, durant dix heures, dans cette cour.

Il commençait à croire qu'il possédait ici un ange gardien. Surtout lorsqu'il avait découvert sa cellule. Presque un studio, de cinq mètres de côté. Des murs nus, couleur crème, un sol de ciment où était roulée une natte. Tout ce qu'il aimait : pureté et dénuement. Il y avait même, à droite, un muret tapissé de faïence grise qui délimitait une salle d'eau, avec douche et chiottes. Pas de graffitis dégueulasses, pas de trou béant dans le ciment, couvert par un carton pour contenir les odeurs, pas de traces noirâtres sur le sol, marquant le passage des prisonniers prédédents. L'espace était comme neuf.

Et surtout, il était seul. Pas de grappes humaines, pas de compagnons puants, pas de voisinages de branlettes, comme il en avait connu au T-5. Pas même un codétenu, pour partager son palace. Cet isolement n'était pas une mesure de sécurité, il en était sûr, mais un véritable privilège.

Quand le maton lui avait apporté un savon et une serviette de toilette, Reverdi lui avait demandé à qui il devait tout cela. L'autre avait haussé les épaules, en signe d'ignorance.

– C'est le menu européen.

Une voix venait de s'exprimer en français, à ses côtés. Reverdi tourna la tête : un homme de petite taille, flottant dans son tee-shirt, s'était matérialisé près de lui.

– Le fromage, ajouta-t-il. C'est le petit « plus » pour les Occidentaux.

Il s'accroupit à l'asiatique, sur ses talons. Jacques ouvrit la bouche pour lui assener un « casse-toi » sans appel mais il se ravisa. Dans la cour, les autres l'observaient. Visages d'écorce brûlée des Tamils, teint safran des Malais, tons de cuivre des Chinois. Depuis des années, il côtoyait ces populations. À l'idée de leur parler, d'affronter encore leur langue, leurs manies, leurs préjugés, la lassitude le submergeait. Un Français : cela le changerait.

Il lui sourit sans répondre. L'homme était minuscule. Reverdi songea à un petit singe gris ; de ceux qui vivent en groupe pour mieux se défendre en forêt. Son visage, tanné comme du cuir, était horrible. Fendu, brisé, enfoncé. On aurait dit qu'il avait été travaillé au rasoir ou au coup-de-poing américain. Cette tête en creux évoquait Chet Baker. Chanteur et trompettiste « cool », d'une beauté langoureuse lorsqu'il était jeune, il s'était peu à peu ratatiné, raviné, jusqu'à offrir une face incurvée, aux orbites profondes, écrasée vers l'intérieur. Le détenu en rajoutait encore dans la difformité : ses lèvres étaient traversées par un bec-de-lièvre, trait oblique qui semblait lui paralyser le côté gauche du visage.

– J'm'appelle Éric, dit-il en tendant la main.

Reverdi la serra en retour :

– Jacques.

– Pas besoin de t'présenter. T'es d'jà la vedette ici.

– Il y a d'autres Français ?

– Avec toi, on est que deux. Y a aussi deux Anglais, un Allemand, une poignée d'Italiens. C'est tout pour l'Europe. On est tous tombés pour trafic. La plupart ont pris perpète. Moi, j'ai été condamné à mort. Pour trente grammes d'héro. Mais ma peine a été commuée en vingt ans de sûreté. Si on est sages, on s'ra tous libérés au bout d'dix à quinze ans. Personne se plaint. Tout vaut mieux qu'la corde.

Éric s'arrêta, regrettant sans doute d'avoir évoqué la pendaison devant Jacques. Il se laissa tomber le cul par terre et se mit à se curer les ongles des pieds.

– On a d'la chance d'être français. L'ambassade nous envoie un toubib tous les mois pour vérifier notre état de santé. Impossible de nous passer à tabac. Les matons se rattrapent sur les Indonésiens ou ceux qu'ont pas d'ambassade en Malaisie. (Il ricana, concentré sur ses orteils.) Z'en prennent plein la gueule !

Reverdi observait, debout sous le préau, un groupe de gardiens, uniformes vert sombre, matraque au poing. Ils avaient l'air plus suspects que les détenus eux-mêmes.

– Parle-moi des matons.

– Jusqu'à l'année dernière, tout roulait. C'était même plutôt peinard. Kanara passe pour une prison modèle, le genre moderne. Mais depuis décembre dernier, le chef de la sécurité a changé. Un mec du nom de Raman a déboulé avec des gars à lui. L'enfer.

Jacques appuya la tête contre le mur :

– J'ai connu toutes sortes d'enfers.

– Raman est un fêlé. Corrompu jusqu'au slip, mais ça, c'est normal. L'originalité, c'est qu'il est musulman pratiquant, à la limite de l'intégrisme, et en même temps pédé. Tout ça fait pas bon ménage dans sa p'tite tête d'enfoiré. Il a parfois des crises de fureur pas possibles. Y s'défoule sur nous. Pourtant, les raclées, c'est pas le pire. Le pire, ça s'rait plutôt les moments de douceur, si tu vois c'que j'veux dire. Pour l'instant, j'y ai toujours échappé et j'préfère pas imaginer ce qui s'passe dans les douches.

Reverdi sourit, en pensant : « Comme quoi la laideur... » Il scrutait toujours les hommes en uniforme, qui l'observaient en retour. Ils lui paraissaient fébriles – d'une nervosité anormale.

– Ils se défoncent, non ?

– Seulement les gars de Raman. Coke, acides, amphètes. Quand ils sont en descente de Yaa-Baa, t'as plutôt intérêt à être hors de portée de gourdin.

Depuis une quinzaine d'années, l'Asie du Sud-Est s'était tournée vers les amphétamines. Parmi elles, le Yaa-Baa faisait figure de fléau. Petite pilule en forme de cœur, parfumée à la fraise ou au chocolat, elle détruisait les circuits neuronaux et provoquait des crises d'une violence inouïe. En Thaïlande, les unes des journaux étaient régulièrement consacrées aux meurtres provoqués par le Yaa-Baa.

– Mais on est plus au Moyen Âge, continua Éric, s'efforçant d'être rassurant. Le directeur de la taule les garde à l'œil. Y a eu des plaintes. Au premier flag, le salopard passera en conseil de discipline, avec son « commando de la bite folle ». En attendant, on compte les jours.

Jacques considérait maintenant les taulards qui se réunissaient avec leur plateau par origine ethnique. Voûtés sur leurs doigts gluants, ils se tenaient accroupis – comme s'ils étaient en train de chier en même temps qu'ils mangeaient.

– Les communautés sont regroupées par blocs ?

– A priori, non. Mais à coups de fric, les prisonniers réussissent à se rapprocher entre eux. C'est la tendance naturelle. Les autorités ferment les yeux. À la moindre merde, tout le monde est séparé à nouveau. (Il éclata de rire.) Un coup de pied dans la fourmilière...

– Et les Blancs ?

– Noyés dans la masse. Les Anglais ont réussi à se trouver une cellule ensemble. Chez les Chinois. Les Italiens aussi, parmi les Indiens.

Reverdi songea à son petit studio avec salle d'eau. Il n'avait pas encore compris dans quelle communauté il se trouvait. À moins qu'il ne soit, tout simplement, dans le carré résidentiel, regroupant les Malais et les riches Han.

– Chaque clan a sa spécialité ?

– Je veux. Les Chinois et les Malais continuent de vivre selon leur rythme : les premiers vendent tout, les seconds ne foutent rien. Les Indiens s'occupent des problèmes administratifs : ils jouent aux avocats, rédigent n'importe quelle bafouille pour quelques ringgits. Les Indonésiens sont les esclaves. Tu pourrais t'en payer un par jour, rien qu'avec ta portion de frometon. Avec les Philippins, ça devient plus méchant.

– Le service d'ordre ?

– Des tueurs. Les pires de tous : ils ont rien à perdre.

Reverdi poursuivit son tour de propriétaire, scrutant, au-delà des bâtiments centraux, des grandes remises à toit de tôles. Éric suivit son regard :

– Les ateliers. Pour chaque bloc, t'en as un. Tu connais le principe : on nous occupe les mains pour nous vider la tête. Et on nous paye en boîtes de sardines. Mais ça te concerne pas : les mecs en préventive ont pas le droit de travailler.

Éric déroula son bras noueux :

– Au-delà de ces baraques, t'as un terrain de foot. Puis, plus loin, le long des marécages, des cabanes sur pilotis que certains mecs réussissent à s'contruire, en achetant le matos aux gardiens. Des résidences secondaires, si tu veux...

– Et ceux-là ?

Jacques désignait, à droite, trois édifices trapus, marqués de traces d'humidité.

– Le premier, c'est le *guian*. Le « manque ». C'est ici qu'on fout ceux qu'ont plus de quoi se payer leur défonce. S'ils gueulent trop, Raman les place dans le deuxième bloc : le mitard.

– Et le troisième ?

– Le troisième, c'est... c'est le...

Éric hésitait mais Jacques avait pigé.

– Le pavillon des condamnés, dit-il enfin. La potence est à l'intérieur. Y paraît que...

De nouveau, il s'arrêta. Il se plongea dans l'inspection de ses croûtes, sous ses pieds. Reverdi déglutit. Le couloir de la mort. Il s'était juré de ne pas y penser et il savait qu'à force de volonté, il y parviendrait. Son nouveau défi : vivre jusqu'à la dernière seconde en ignorant la mort.

Il leva le visage vers le soleil et sentit couler sur sa peau la lumière brûlante. Il sourit. La sensation. La vie. Il dit, en rouvrant les yeux :

– Et les chances d'évasion ?

– Zéro pour cent. On s'évade pas de Kanara.

Il songea à la phrase de bienvenue des gardiens d'Auschwitz : « Ici, il n'y a qu'une seule sortie, la cheminée. » Pour lui, ce serait la corde.

Éric enfonça le clou :

– Les murs font sept mètres de haut. Y a deux ans, des types ont réussi à les escalader en passant par le toit de la cantine. L'un s'est ouvert le ventre sur les barbelés. Un autre s'est retrouvé avec les deux genoux encastrés sous les côtes, en tombant de l'autre côté. Le dernier a été rattrapé dans les marécages, étouffé par la boue. Ils ont des chiens spéciaux ici, qui flairent les odeurs même dans la flotte. Ils les font venir des États-Unis. Des espèces de chiens mutants, adaptés au système carcéral. Mais ils ne sont jamais assez rapides : ils retrouvent que des cadavres.

Soudain, Reverdi repéra une scène bizarre. À une centaine de mètres, à gauche, dans l'angle mort d'un bâtiment, un homme au crâne rasé longeait le mur, ombre brève sur le ciment, jusqu'à rejoindre un autre détenu : un jeune garçon aux longs cheveux noirs, luisants d'huile de coco, que son short et son tee-shirt moulaient jusqu'à la raie des couilles. La créature androgyne prit l'homme par la main et ils disparurent sous une toile grise.

– Les Thaïs, commenta Éric. J'les avais oubliés. Cent ringgits la passe. Ils amassent une vraie fortune, pour se faire opérer. Je peux aussi te trouver des gonzesses. Un des gardiens les fait passer le vendredi, pendant la prière. Si tu veux, tu...

– Non. Pas de femme.

Éric parut remarquer que le torse de Reverdi était entièrement rasé.

– Les Thaïs, souffla-t-il en un rictus, c'est p't-être ton truc.

– C'est pour la plongée.

– Quoi ?

– Ma peau rasée : c'est pour la plongée. Une meilleure adhérence de la combinaison.

Éric parut soulagé :

– Si tu veux fumer ou te shooter, j'ai des plans pour...

– Pas de drogue non plus.

– Un téléphone portable ?

– Non.

Éric se tut, perplexe. Reverdi lui accorda un os à ronger :

– Quand je voudrai quelque chose, c'est à toi que je m'adresserai.

Éric lui offrit son plus beau sourire : un clavier de piano, avec touches blanches et noires. Il se mit debout, affichant l'air réjoui du démarcheur qui vient de signer un contrat.

À ce moment, une nouvelle voix apostropha Reverdi :

– *Jumpa !*

Un gardien se tenait debout devant lui. Jacques se leva avec étonnement. *Jumpa* : il n'aurait pas cru entendre ce mot avant longtemps.

Il signifiait simplement : « visite ».

9

DÈS QU'IL PÉNÉTRA dans le parloir, il sut qu'il se trouvait devant son ange gardien.

Un Chinois âgé d'une trentaine d'années, engoncé dans un costume de prix. Petit, très gras, il répondait aux attaques des Tropiques par une sueur brillante, qui le couvrait comme une fine pellicule de vernis. Dans sa main droite, il tenait un cartable de cuir rouge. Son bras gauche replié soutenait une cartouche de cigarettes, des tablettes de chocolat, des magazines. Aucun doute : son ange gardien.

Le maton le poussa à travers la salle. Pour l'occasion, on l'avait affublé de chaînes d'acier aux poignets et aux pieds. Il avait l'impression de jouer un rôle – celui du tueur sanguinaire – auquel il ne croyait pas. Les chaînes, le fusil à pompe du gardien, la cadence martiale des pas : tous ces détails convenus lui paraissaient faux ; du folklore, rien de plus. Si Reverdi avait soudain joué la carte de la réalité – étranglé son gardien avec ses fers, par exemple –, l'homme aurait été mort avant même d'avoir armé son fusil.

Le parloir était une longue salle étroite, surplombée de ventilateurs. Quelques tables étaient disposées, avec des sièges de part et d'autre. Le soleil y pénétrait par des lucarnes surélevées. Ses fins rayons se brisaient sur les angles comme des lasers luminescents.

Le Chinois posa les objets qui lui encombraient les mains et s'avança avec entrain :

– Je m'appelle Wong-Fat, dit-il en anglais, hésitant à tendre la main face aux chaînes. Je suis votre avocat. Appelez-moi Jimmy. J'y tiens. C'est mon prénom anglais.

– Je n'ai demandé personne.

L'avocat ouvrit les bras, en signe d'évidence :

– Commis d'office.

À cet instant, Reverdi sentit l'accablement l'écraser. À l'idée de la comédie à venir – interrogatoires, confrontations, reconstitution, puis la mascarade du procès, avec les magistrats malais, coiffés de leur perruque blanche –, il regrettait presque le lynchage manqué de Papan.

Wong-Fat désigna la table au gardien. Le maton assit de force Reverdi et relia ses chaînes de poignets et de pieds à un anneau rivé au sol. Pendant ce temps, le Chinois s'installait de l'autre côté de la table, déplaçant cartable, tablettes de chocolat et cartouche de cigarettes.

Reverdi observait son interlocuteur : un fils à papa, se dit-il, gavé aux pancakes américains et aux nouilles sautées. Ses mains dodues étaient manucurées. Sous sa veste, une chemise Ralph Lauren le serrait comme une peau de saucisson. Il empestait un parfum chic et viril, dont il avait dû vider la moitié de la bouteille sur son torse. Avec son teint jaune, il évoquait une figurine de cire odorante. Jacques finit par sourire : son avocat ressemblait à une bougie de Noël.

Le gardien recula jusqu'à la porte, fusil au poing. Wong-Fat attendit qu'il soit à bonne distance pour pousser les objets vers Reverdi :

– Cadeaux.

Reverdi ne dit rien. Il ne baissa même pas les yeux. Le Chinois ajouta, sans quitter son sourire lisse :

– J'espère que votre cellule vous plaît. Ces imbéciles voulaient vous placer dans le quartier de haute sécurité.

Reverdi ne réagit pas. Wong-Fat frappa gaiement dans ses mains, comme pour marquer le début de la séance. Il posa, avec précaution, son cartable devant lui, en caressa le rabat de cuir usé. Enfin, il ouvrit de deux coups de pouce les boucles dorées.

À la manière dont il avait effectué ce petit cérémonial, Jacques devinait l'attachement que le Chinois portait à son cartable – un objet qui l'avait sans doute accompagné durant toutes ses études. Écoles privées à Kuala Lumpur. Facultés anglaises. Retour à

« KL », où papa avait dû lui payer une clientèle riche et internationale. Pourquoi se retrouvait-il commis d'office dans ce dossier ?

– Je vais vous parler franchement, attaqua-t-il dans une salve de postillons. Votre affaire ne se présente pas bien. Pas bien du tout. J'ai ici le procès-verbal des policiers de Mersing. Ils attestent vous avoir surpris près du lieu du crime. J'ai également une copie du rapport d'autopsie – un document rédigé par les meilleurs pathologistes de Malaisie. Ils ont dénombré vingt-sept coups de couteau sur le corps...

Jacques conservait toujours le silence. Depuis qu'il était assis, il n'avait pas bougé d'un millimètre.

– Ils détaillent par le menu les blessures et parlent, explicitement, de « sauvagerie », d'un « acharnement pathologique »...

L'avocat s'arrêta, guettant une réaction de son interlocuteur. Elle ne vint pas. Il reprit, en piochant dans son cartable, une nouvelle liasse de feuillets :

– J'ai reçu également les résultats d'analyses du Government Chemistery Department de Petaling Jaya. Leurs résultats sont accablants. Les empreintes sur le couteau sont les vôtres. Le sang prélevé sous vos pieds et sur votre peau appartient à la victime...

Il brandit d'autres rapports :

– Il y a aussi, bien sûr, les pêcheurs de Papan. Mais je me fais fort de rejeter leur témoignage – ils sont eux-mêmes sous les verrous, pour tentative de lynchage. (Il plaqua sa main potelée sur l'ensemble des documents.) Il reste que le dossier d'accusation est lourd, Jacques. Je peux vous appeler Jacques, n'est-ce pas ?

N'obtenant aucune réponse, il répéta, quittant enfin son sourire :

– Très lourd... De ce point de vue, il n'y a aucun moyen de vous innocenter.

Reverdi discernait dans la voix, l'attitude du juriste, une espèce d'excitation. Ce jeune type n'était ni dégoûté ni horrifié par le crime à défendre. L'affaire semblait au contraire le fasciner. Jacques eut une intuition : Wong-Fat s'était porté volontaire pour approcher le « monstre ».

– Il n'y a qu'une issue : plaider la démence. C'est la seule manière d'éviter la peine capitale. Vous serez interné à vie. Mais si vous manifestez des signes de rémission, vous pouvez être libéré, après rapports d'experts, au bout d'une dizaine d'années.

Reverdi demeurait muet. Le Chinois toussa puis :

– En ce sens, votre petite crise, à Papan, a été très positive. Ainsi que votre séjour à Ipoh. Dommage que vous ne soyez pas resté à l'institut. (Il noua son poing.) Si je tenais l'abruti qui vous a fait sortir, je...

– C'est moi.

Jimmy sursauta au son de la voix.

– J'ai demandé à être transféré à Kanara.

– Je ne savais pas... C'est très regrettable... Pour plaider la...

– Je ne plaiderai pas la folie. Je ne suis pas fou.

Wong-Fat éclata de rire, se vautrant littéralement sur la table. Il ressemblait tout à coup à un mauvais élève débraillé :

– Mais c'est la seule façon d'éviter la pendaison !

– Écoute-moi, trancha Reverdi (il n'avait toujours pas bougé d'un maillon de chaîne). Jamais je ne retournerai à Ipoh. Je n'ai pas besoin d'être soigné.

Le Chinois fronça les sourcils :

– Qu'est-ce que vous voulez faire ? Plaider coupable ?

– Non.

– Vous n'allez pas clamer votre innocence, tout de même ?

– Je ne plaiderai pas. Je ne dirai rien. Que la justice malaise fasse son boulot. Cela ne me concerne pas. D'ailleurs, je ne répondrai à aucune question.

Jimmy tambourina sur son vieux cartable – il ne s'attendait pas à cela. Sa glotte tressautait comme la boule d'un bilboquet. Il regarda Reverdi, de biais, puis risqua de nouveau :

– Pour l'instant, il faut que vous promettiez une chose. (Il prit un ton de confidence.) Il ne faut laisser personne vous approcher. Surtout pas les gens de l'ambassade de France ! Ils vont vouloir nommer un consultant. Un avocat français qui se mêlera du dossier. Cela aura une très mauvaise influence sur l'affaire. Les juges malais sont susceptibles.

Jacques se taisait mais ce nouveau silence pouvait passer pour un assentiment.

– Et bien sûr, reprit l'avocat, pas de journalistes. Aucune déclaration, aucune interview. Il faut jouer profil bas. Vous comprenez ?

– Je viens de te le dire. Je ne parlerai pas. Ni au juge. Ni aux journalistes. Ni à toi.

Wong-Fat se raidit. Reverdi changea de ton :

– À moins que toi, tu me dises quelque chose.

– Pardon ?

– Si tu veux des confidences, tu dois d'abord m'en faire.

– Je ne comprends pas ce que vous...

– Chut, souffla Reverdi en plaçant son index sur ses lèvres. Pour la première fois, ses chaînes cliquetèrent.

Le Chinois éclata de rire. Un rire trop fort, exagéré : signe manifeste de gêne.

– Tu es né en Malaisie ?

Jimmy acquiesça d'un hochement de tête.

– Quelle province ?

– Perak. Cameron Highlands.

Reverdi connaissait un Wong-Fat aux Cameron Highlands. Se pouvait-il que le hasard...

– Que fait ton père, là-bas ?

– Il possède une ferme d'élevage.

– De papillons ?

– Oui. Vous... Comment le savez-vous ?

Reverdi sourit :

– Je connais ton père. À une époque, je lui achetais des produits.

Le Chinois parut totalement désorienté :

– Qu... quels produits ?

– Les questions, c'est moi. Tu as grandi là-bas, dans la forêt ?

– Jusqu'à l'âge de quinze ans, répondit Jimmy à contrecœur. Puis j'ai suivi des études en Angleterre.

– Et tu es rentré au pays ?

– À vingt ans. Pour finir mon droit à KL.

– Ensuite ?

– Je suis revenu chez moi, aux Cameron Highlands.

Ce retour dans la brousse sonnait creux. Les Cameron étaient une région d'altitude, très prisée par la société huppée de Kuala

Lumpur, mais seulement pour y passer le week-end. Jacques n'imaginait pas l'avocat s'enterrer en forêt.

– C'est ma région natale, ajouta Jimmy, comme s'il devinait le scepticisme de son interlocuteur.

Il vint une autre idée à Reverdi. Ce gros adolescent attardé lui paraissait de moins en moins net.

– Tu te balades dans la région ?

– La région ?

– Autour des Cameron Highlands, tu te promènes ?

– Oui et non. Le week-end...

Jacques perçut une odeur étrange. Une morsure acide, planant au-dessus du parfum du Chinois. L'odeur de la peur. Il insista :

– Où vas-tu ?

– Dans le Nord.

– À la frontière avec la Thaïlande ?

Jimmy se tortillait sur son siège. L'odeur se précisait. Des molécules d'angoisse planaient dans l'air. Reverdi enfonça le clou :

– Pourquoi là-bas ?

– Pour... pour chasser des papillons.

– Quels papillons ?

Jimmy ne répondit pas. Reverdi proposa :

– Des petits pubis tout beaux, tout chauds ?

– Quoi ? Je... je ne vois pas ce que vous voulez dire... C'est absurde.

Le Chinois ferma son cartable, tremblant. Jacques fixa ses mains dodues et eut une vision : le gros homme, plus jeune, se touchant dans les remises de papa, entouré de papillons, de scarabées, de scorpions, cueillant son plaisir en douce, parmi le fourmillement des insectes. Maintenant qu'il l'avait visualisé, il sut qu'il le tenait – le Chinois était prisonnier de son esprit. Il assena :

– Depuis les années quatre-vingt-dix et l'émergence du sida, les Malais font venir des vierges à la frontière thaïe. D'après ce que je sais, on peut déflorer une fillette pour cinq cents dollars. Pas grand-chose pour un rupin comme toi...

– Vous êtes fou.

Wong-Fat se leva mais Reverdi lui attrapa le poignet et le força à se rasseoir. Le geste avait été si rapide que le gardien n'eut pas le temps de sursauter. Jacques souffla :

– Dis-moi que ce n'est pas vrai ! Que tu ne vas pas, chaque week-end, t'enfiler des gamines. À Keroh, Tanah Hitam, Kampong Kalai. Tu dois t'en payer. Oh oui : quel pied de faire sauter ces petits berlingots, sans préservatif !

L'avocat resta silencieux. Ses yeux fuyaient, cherchant vers le sol un refuge. Lentement, Reverdi lui saisit la main, et dit en douceur :

– Tu ne dois rien regretter. Jamais.

Le Chinois releva les yeux. De grosses larmes coulaient sur ses joues.

– Tu connais cette phrase du Rinzai Roku ? « Si tu rencontres Bouddha, tue-le ; si tu rencontres tes parents, tue-les ; si tu rencontres ton ancêtre, tue ton ancêtre ! Alors seulement tu seras délivré ! » Tu dois tout assumer. Ne jamais connaître la honte, tu comprends ?

Il vit briller une lueur d'espoir dans les pupilles de Jimmy. C'était cela qu'il était venu chercher : la complicité avec le mal.

Jacques laissa passer une minute, dans un silence complet, pour lui permettre de retrouver son souffle, puis il reprit :

– À mon tour maintenant.

Le Chinois remua sur sa chaise. Il paraissait soulagé de ne plus être sur le gril.

– Lève-toi et place-toi dans mon dos.

Avec beaucoup d'hésitation, Wong-Fat s'exécuta. Le gardien se redressa ; il observait avec attention la scène. Jimmy lui fit un geste apaisant.

– Regarde ma nuque.

Il sentait l'haleine brève, oppressée, de l'homme derrière lui. Il sentait l'odeur prégnante, visqueuse, de sa transpiration. Par contraste, il savourait sa propre sécheresse. Sa peau n'exsudait pas. Ses cheveux en brosse ne collaient pas. Il appartenait au monde minéral.

– Qu'est-ce que tu vois ?

– Je... une trace.

– Quel genre de trace ?

– Un trait. Une sorte de cicatrice, où les cheveux ne poussent pas.

– Quelle forme a cette cicatrice ?

Silence. Il devinait le Chinois, penché sur sa nuque, choisissant soigneusement ses mots.

– Je dirais... une boucle, une spirale.

– Reviens t'asseoir.

Jimmy retrouva son siège, l'air plus calme. Reverdi prit sa voix la plus grave – celle qu'il prenait lorsqu'il donnait ses cours d'apnée :

– Ce n'est pas une cicatrice. Pas au sens où tu l'entends. Il n'y a pas eu de blessure externe. C'est une pelade.

– Une pelade ?

– Après un choc psychologique, les cheveux ne repoussent plus à un endroit de ton crâne. La peau conserve la marque du traumatisme.

– Quel... quel traumatisme ?

Reverdi sourit :

– Ce n'est pas la confidence du jour. Ce que tu dois comprendre, c'est qu'il m'est arrivé quelque chose, lorsque j'étais enfant. Depuis ce choc, je conserve ce dessin, inscrit sur ma peau. Une boucle qui rappelle la queue d'un scorpion.

Le Chinois était bouche bée. Sa glotte ne bougeait plus – il en oubliait d'avaler sa salive.

– N'importe qui d'autre aurait fait repousser ses cheveux pour masquer cette marque. Pas moi. Seule une blessure qu'on cache affaiblit.

Wong-Fat le fixait toujours. Ses paupières cillaient trop vite, comme s'il était ébloui par une lampe.

– Ma blessure n'est pas un signe de faiblesse. Ni une infirmité. C'est un signe de puissance, que tout le monde doit voir et accepter. Ne cache jamais rien, Jimmy. Ni tes désirs, ni tes péchés. Ton vice, ton goût des vierges, est ton empreinte sur le monde.

Reverdi marqua un nouveau silence – Jimmy était en extase. Puis il balaya l'air de ses chaînes, prenant un ton moins solennel :

– Si tu veux être mon ami, extirpe la honte de ton cœur. Et ne prends plus ce ton condescendant avec moi. Ne m'explique plus les lois de ton pays. Tu ne marchais pas encore que je plongeais déjà avec des pêcheurs clandestins, au large de Penang. Et surtout, ne me parle plus jamais de démence.

Jacques hurla :

– *Warden !* (Gardien !)

Il conclut d'une voix douce – comme s'il lui tendait une mangue ouverte :

– Tu peux remporter tes cigarettes. Je ne fume pas.

10

IL N'AVAIT PAS TROUVÉ ce qu'il cherchait dans sa bibliothèque.

Il tentait maintenant sa chance aux archives du *Limier*. C'était un lieu immense, labyrinthique. Le groupe d'édition propriétaire du journal avait racheté plusieurs stocks d'anciens journaux, remontant jusqu'au début du XXe siècle. En apparence, ces couloirs tapissés d'armoires métalliques semblaient abriter des contrats d'assurance ou des dossiers de Sécurité sociale. Ils dissimulaient en réalité une grande part des crimes de l'humanité – meurtres, viols, incestes. Toutes les turpitudes imaginables étaient là, soigneusement classées par années, numéros et catégories.

Marc était souvent venu travailler ici, surtout lorsqu'il rédigeait la rubrique « Les dossiers noirs de l'histoire » – des pages spécifiques du *Limier*, consacrées aux crimes du passé. Aux côtés des archives proprement dites, il y avait une salle de travail où étaient installés plusieurs bureaux et un distributeur de café. Une vraie bibliothèque.

Mais l'élément clé de toute recherche était l'archiviste « maison », Jérôme, qui semblait avoir été acheté avec les stocks. Marc ignorait son nom de famille. L'homme s'exprimait comme s'il avait vécu, personnellement, tous les procès et enquêtes remisés ici. Pas un nom, pas une date ne lui échappait. Physiquement, il frisait la caricature. Sans âge, sans signe distinctif, il portait, en toutes saisons, plusieurs pull-overs agglutinés les uns sur les autres. Un millefeuille de laine et de nylon. À la question de Marc, Jérôme l'avait orienté sans la moindre hésitation.

Tout en longeant les allées de fer, en ce lundi matin, Marc songeait au week-end qu'il venait de passer. Il n'avait pas cessé de penser à Jacques Reverdi. Tueur compulsif. Bête féroce. Séducteur. Homme à femmes... Les mots prononcés par Erich Schrecker et la petite Cambodgienne lui tournaient dans la tête. Sans doute avaient-ils raison, mais il était persuadé que personne, pour l'heure, ne connaissait la vérité sur l'homme et ses actes.

Le vendredi, il avait bâclé un nouvel article, développant plutôt l'affaire du Cambodge, en 1997. Mais déjà, il se moquait d'écrire un papier intéressant ou de débusquer un scoop pour Verghens. Une conviction montait en lui, inexorable. Jacques Reverdi était une incarnation du Mal, poursuivant un but secret. Un de ces diamants purs que Marc cherchait depuis si longtemps. Un tueur qui possédait, grâce à sa pratique spirituelle, un vrai regard sur sa névrose et pouvait donner à voir, comme en transparence, le visage du Crime.

Pendant deux jours, il s'était enfermé dans son atelier et s'était plongé, encore une fois, dans sa documentation. Coupures de presse, photographies, biographies, sites Internet : tout y était passé. Il pouvait réciter par cœur des passages entiers de cette littérature. Mais tous ces faits, enquêtes, commentaires, éloges dataient toujours de l'époque « positive » de Reverdi. Quant à l'interview de Pisaï, elle était plate comme la mer.

Le dimanche soir, harassé par quarante-huit heures de recherches stériles, il s'était convaincu d'une seule urgence : approcher l'assassin. Lui arracher, par tous les moyens, une interview.

C'était la seule manière d'en savoir plus.

Il lui était venu une idée, encore vague, qui méritait bien une petite investigation. Marc s'arrêta dans une nouvelle allée : il venait de repérer l'armoire qu'il cherchait. Il fit coulisser la porte et attrapa l'ancien numéro du *Limier*. Toujours debout, il feuilleta le journal et trouva l'article qu'il voulait relire.

C'était un dossier portant sur les correspondances entre détenus et personnes extérieures. Marc n'était pas un spécialiste du thème – il savait seulement que les tueurs en série recevaient un courrier pléthorique : insultes, exhortations au repentir, lettres de compassion, mais aussi poèmes, déclarations d'amour, tirades d'admiration...

En parcourant l'article, il se remémora les chiffres et les faits. Un tueur comme Guy George avait reçu jusqu'à cent lettres par jour au moment de son procès. Plus fort encore : les tueurs américains créaient des sites Internet où ils se présentaient – Charles Manson possédait un site très étoffé –, où ils vendaient des photos dédicacées, ou encore des tableaux, des esquisses, des textes et autres poèmes de leur cru.

Mais le reportage ne concernait pas seulement les stars. Tous les détenus étaient en appel de contacts. La correspondance en prison était un univers en soi. Une sphère d'échanges, organisée le plus souvent par des associations caritatives spécialisées. En France, elles s'appelaient « Le Courrier de Bovet », « Genepi », « Amitié sans Visage »... Des milliers de lettres transitaient ainsi. Les organisations, prudentes, conseillaient toujours aux volontaires d'utiliser des pseudonymes et de passer par l'adresse de leur siège social. Les petites annonces dans les journaux étaient aussi légion. La rubrique « Sentiments à l'ombre », par exemple, de l'hebdomadaire *L'Itinérant*, publiait des demandes de prisonniers cherchant une simple correspondante, une compagne ou l'âme sœur.

L'âme sœur.

C'était ce thème qui intéressait Marc. On ne comptait plus les idylles qui s'étaient nouées grâce à ces échanges. Deux chiffres résumaient la situation : quatre-vingt-dix pour cent des correspondants à l'intérieur étaient des hommes, quatre-vingts pour cent des correspondants à l'extérieur étaient des femmes. Très vite, les lettres prenaient un tour amoureux et, parfois, trouvaient une fin heureuse : mariage à la sortie de prison ou au sein de la taule.

Il y avait l'amour.

Il y avait aussi le sexe.

Celles qui écrivaient aux prisonniers devaient s'attendre à voir apparaître, explicitement ou entre les lignes, les fantasmes des prisonniers. Pour ces derniers, la relation épistolaire devenait un ersatz d'acte physique.

Marc poursuivit sa lecture, l'esprit chauffé à blanc. Il se souvenait que le journaliste révélait certains dérapages dans ce domaine.

Les prisonniers sont des proies faciles ; des durs, des criminels, qui se méfient de tous, mais aussi des hommes malades d'ennui et de solitude.

Il retrouva les anecdotes. En France, une femme avait « allumé » un détenu, à coups de lettres sensuelles, le poussant à révéler ses propres fantasmes. L'administration pénitentiaire s'était alarmée de ce jeu pornographique et avait découvert que la femme était en réalité mariée. Elle écrivait ses lettres avec son mari : les deux vicieux s'excitaient à la lecture des réponses...

Aux États-Unis, ces duperies prenaient un tour plus lucratif. Dans des prisons de Californie et de Floride, plusieurs prisonniers avaient entretenu une correspondance amoureuse dont la température montait à chaque nouvelle lettre. Bientôt, leurs partenaires leur avaient proposé de leur envoyer, moyennant finance, des photos suggestives d'elles-mêmes. Les types avaient payé, suant fièvre et sperme face à ces clichés de femmes qu'ils croyaient connaître. En réalité, ces confidentes n'existaient pas : il s'agissait d'un simple réseau pornographique, dirigé par des petits malins qui avaient trouvé ce moyen pour donner un peu de sel – et du prix – à leurs photos standard.

Des durs, des criminels.

Mais aussi des hommes malades d'ennui et de solitude.

Marc plia le journal et se dirigea vers la photocopieuse. Il entendait la petite voix de Pisaï : « Homme à femmes. Si vous voulez interview, envoyez copine à vous. » Il atteignit la machine et commença à photocopier le dossier, page après page, sans même rabattre le couvercle.

À mesure que la lumière du flash lui passait sur le visage, il échafaudait son plan. Soudain, son esprit fut frappé par quelques syllabes.

Élisabeth.

Tel était le prénom qu'il choisirait.

11

POUR LES CASTINGS, Khadidja avait un truc : la philosophie.

Durant ces attentes, dans des salles puant la clope et les parfums mêlés, pleines de gloussements et de messes basses, elle révisait mentalement ses cours. Quand on la parquait avec les autres, dans une pièce sans fenêtre ni mobilier, à part quelques rangées de chaises déglinguées, elle égrenait les Trois Connaissances de Spinoza. Quand on la soumettait à l'habituel examen anatomique, elle se remémorait la dialectique du « Maître et de l'Esclave » de Hegel. Et quand on lui demandait d'effectuer quelques pas dans le bureau du directeur de casting, elle songeait à la volonté de puissance de Nietzsche. Dans ces moments-là, sa concentration lui permettait d'oublier qu'elle n'était que de la viande tiède – et rien que cela. Même si cette viande postulait pour devenir la plus chère de Paris.

Aujourd'hui, elle réfléchissait à un chapitre de sa thèse de doctorat, qui portait sur la prohibition de l'inceste. Dans son livre *Les Structures élémentaires de la parenté*, Claude Lévi-Strauss constatait que le seul trait commun entre les sociétés humaines et animales, le seul point de convergence entre nature et culture, était l'interdiction de l'inceste. Une loi sociale, qui était aussi universelle.

Khadidja s'intéressait particulièrement à cette analyse. Parce que l'ethnologue se trompait : il paraissait ignorer que des sociétés antiques, parmi les plus illustres, avaient encouragé les relations consanguines. Les dynasties égyptiennes, par exemple, s'unissaient entre frère et sœur, fils et mère. Une manière de préserver le sang sacré des Rois. D'autres idées lui venaient à ce sujet mais elle n'avait rien pour écrire. Elle soupira, referma son livre et posa un regard sur les filles qui l'entouraient.

La communauté habituelle était là : les « Anorexiques Associées », les « Bimbos Bohèmes », les « Hirondelles de l'Est »... Comme chaque fois, elle fut traversée par un éclair de lucidité : que foutait-elle ici ? La réponse était simple : le fric. Quand on était une beurette de vingt-deux ans, d'origine algéro-égyptienne, qu'on avait grandi dans le quartier de « La Banane », à Gennevilliers, et qu'on mesurait, malgré une croissance fondée sur un régime exclusif de coquillettes, un mètre soixante-dix-neuf pour cinquante-sept kilos, il n'y avait pas à hésiter : il fallait tenter sa chance. À l'idée de gagner des milliers d'euros grâce à son tour de hanches ou à son regard sombre, alors, oui, une bouffée d'orgueil l'emplissait. Pas question de manquer ça.

Machinalement, elle feuilleta son book, financé par l'agence Alice, qui la soutenait dans sa croisade. Pas terribles, les photos... À moins que cela ne soit le sujet lui-même ? Cette fille au teint mat et aux boucles brunes, qui s'efforçait d'avoir l'air naturel sur le papier brillant. Pourtant, Khadidja aimait son apparence. Elle portait sa peau hâlée comme une grande pièce d'étoffe, moirée et soyeuse, dans laquelle elle se drapait en rêvant du désert. Elle aimait ce visage tout en angles, étrange, qui lui avait valu de passer pour un laideron durant son enfance et dont la beauté avait émergé, à l'adolescence, comme une île volcanique sur une mer terne. Mais surtout, elle aimait son regard, légèrement asymétrique, pupilles noires cernées d'or, enfouies sous des sourcils trop épais. Parfois, le matin, lorsqu'elle s'observait dans la glace, elle était saisie par une évidence : comment Paris avait-il pu se passer d'elle jusqu'ici ?

Elle ressentait aujourd'hui un malaise. L'angoisse du casting ? Non. C'était au moins son trentième, et elle était blindée. La gêne face aux autres filles ? Non plus. Elle était habituée à la compagnie de ces pestes magnifiques, qui vous pesaient au premier regard. Il y avait autre chose. Un détail subliminal, qui la remuait au fond d'elle-même. Elle passa en revue les candidates et repéra une blonde aux cheveux plats, à la beauté irréelle – une sorte d'ange anémique.

Khadidja songea à ces personnages de science-fiction, livides, qui cherchent une nouvelle planète parce que la leur est en perte d'énergie. Sous la courbe éthérée des sourcils, elle remarqua une étoile bleue : la pupille. Un signe de cobalt, qui évoquait une écorchure, une blessure de ciel.

Elle sentit sa nausée s'approfondir. C'était cette blonde qui la troublait. Elle repéra les signes d'alerte sous le maquillage : les cernes violacés, le nez humide, les paupières basses. « Dopée », se dit Khadidja. Une toxico, à quelques centimètres d'elle, qui l'observait sans la voir, entre deux tics de lèvres.

Khadidja tourna la tête et chercha à se concentrer de nouveau sur son livre mais il était trop tard. Les souvenirs affluaient déjà.

La Banane de Gennevilliers.

Le F3 traversé par les cris.

Les appels affolés à SOS Médecins.

Et ses parents.

Leur longue histoire empoisonnée avec l'héroïne.

La drogue avait été son berceau.

Le lit de ses origines.

Elle n'aurait su dire précisément quand et comment elle en avait pris conscience. C'était une vérité, une maladie, qui s'était peu à peu révélée à elle. À cinq ans, elle avait dû s'habituer aux repas irréguliers, aux attentes interminables, dans le préau de l'école. Elle avait dû s'adapter à l'horloge mystérieuse qui semblait régir leur vie familiale. Une horloge aux aiguilles molles, qui instaurait un temps, une succession sans aucune logique. Ses parents dînaient à deux heures du matin. Ils disparaissaient plusieurs jours, rentraient pour dormir vingt-quatre heures.

Mais surtout, elle avait dû apprivoiser la peur. La menace permanente des crises, des colères, des coups. Une violence impossible à prévoir, qui tombait sans explication. Avec toujours cette conviction confuse que la source du mal était ailleurs. Khadidja, en grandissant, finit par comprendre : la cause de tous ces chagrins, c'était la « maladie » de papa et de maman. Cette affection qui les obligeait à se faire des piqûres, à sortir la nuit en urgence – et à rester parfois à l'hôpital plusieurs semaines.

Khadidja avait neuf ans. Son regard sur ses parents se modifia. Elle oublia ses craintes, ses rancœurs, ses colères silencieuses, pour éprouver une sollicitude universelle. Les tannées, les insultes, ce n'était pas juste, surtout à l'égard de son petit frère, quatre ans, et de ses deux sœurs, six et sept ans, mais ce n'était la faute de personne. Ses parents étaient prisonniers ; ils étaient infectés – et ils n'étaient pas, en vérité, de vrais « grands ».

Khadidja avait pris les choses en main. En tant que fille aînée, elle devint, pour le foyer, la source de régularité qu'elle n'avait jamais connue elle-même. Ce fut elle qui, désormais, allait chercher son frère et ses sœurs à l'école, qui leur préparait à dîner, qui les aidait à faire leurs devoirs et leur lisait une histoire avant qu'ils s'endorment. Elle qui signait les livrets scolaires, remplissait les dossiers sociaux, gérait tout ce qu'il y avait à lire ou à écrire à la maison. Bientôt ce fut elle, à dix ans, qui alla chercher, à l'autre bout de Gennevilliers, les doses de ses parents, comme d'autres enfants descendent acheter une baguette.

Elle devint une experte. Surtout pour la préparation des shoots. Dissoudre l'héroïne dans de l'eau. Chauffer le mélange pour le purifier. Ajouter une goutte de citron ou de vinaigre pour mieux diluer la drogue. Transférer le tout dans la seringue en le filtrant à travers un morceau de coton afin qu'aucune poussière ne s'y introduise. D'autres enfants apprennent la recette du quatre-quarts, elle, c'était plutôt l'héroïne. Ou le crack, selon les périodes.

Elle se voyait comme une infirmière. Elle était obsédée par l'aseptie. Elle ne cessait d'astiquer la salle de bains, la cuisine, les toilettes – tous les points d'eau. Elle désinfectait chaque parcelle à l'alcool, se débrouillait pour obtenir plusieurs seringues d'avance, à la pharmacie. Elle savait aussi où piquer ses parents. Depuis longtemps, les veines de leurs bras étaient trop dures pour supporter l'aiguille. Cicatrices, croûtes, abcès : il fallait trouver d'autres points d'injection. Dans le pied, sous la langue, en intramusculaire.

Le jardin secret de Khadidja commençait à onze heures du soir, quand toutes les tâches familiales étaient achevées. Alors seulement, elle attaquait ses devoirs. C'était vraiment ce qu'elle préférait. Aujourd'hui encore, elle se souvenait de ses cahiers colorés, du glissement du Stypen sur les pages à carreaux bleus. La seule douceur de sa vie. L'oasis dans le cauchemar.

Les années passèrent. La situation s'aggrava. À douze ans, Khadidja avait compris que le mot « drogue » était l'exact contraire du mot « espoir ». Avec l'héroïne, on ne pouvait que descendre, dériver, dégringoler – jusqu'à la mort. Les séjours à l'hôpital se succédèrent. De plus en plus rapprochés. Par chance, jamais sa mère et son père n'étaient internés en même temps. Sinon, les quatre enfants auraient été placés dans des foyers. Lorsque l'un des parents revenait d'un séjour de sevrage, il y avait un bref répit. Mais la maladie revenait – et la folie s'aggravait.

À quatorze ans, Khadidja vivait une course contre la montre. Plus que quatre années et elle atteindrait la majorité. Chaque matin, elle priait pour que ses vieux ne crèvent pas ou ne deviennent pas fous avant cette date. Elle s'était déjà renseignée pour devenir la tutrice de son frère et de ses sœurs. Elle se tenait prête. Pas un seul jour, elle n'avait douté que tout cela finirait par une catastrophe. Mais elle imaginait une dérive progressive, une lente extinction.

Elle eut droit à une apocalypse.

Elle avait seize ans : elle venait d'entrer en première L. C'était en automne, mais elle refusait, encore aujourd'hui, de se souvenir de la date. Cette nuit-là, dans son sommeil, le cauchemar devint réel. Elle prit soudain conscience d'une odeur violente ; une odeur de feu qui l'avait toujours obsédée et qui maintenant était là, tout près d'elle. Quand elle ouvrit les yeux, elle ne vit rien. Une épaisseur noire emplissait la chambre. Sans comprendre ce qui se passait, elle murmura : « Les cendriers » et elle sut, tout de suite, que ses parents étaient perdus.

Khadidja bondit de son lit et secoua, à tâtons, son frère et ses sœurs, qui dormaient à côté d'elle. Leurs corps étaient inanimés, comme s'ils étaient passés, directement, du sommeil à la mort. Khadidja hurla, les frappa, les souleva et parvint à les arracher de l'asphyxie. Elle ouvrit la fenêtre, leur ordonna de rester là, à respirer – sans bouger.

Elle sortit et se glissa dans les ténèbres du couloir. S'appuyant à peine aux murs brûlants, elle avança à tâtons vers « leur » chambre. Elle chancelait, son corps tremblait dans la chaleur, mais sa tête était vaillante. Elle n'était déjà plus dans le temps présent : elle était dans l'avenir. Elle se jurait, au plus profond d'elle-même, de ne jamais lâcher les siens – les « petits ».

La porte était-elle vraiment rouge, incandescente, comme dans son souvenir ? Non. C'était une déformation de sa mémoire. D'ailleurs, elle l'avait ouverte d'un coup d'épaule, sans même se brûler. En revanche, à l'intérieur, les flammes se tordaient en cercles rageurs. Assis dans son lit, son père brûlait vif, apparemment indifférent au feu qui lui rongeait le visage. Le bras ouvert sur un fix, il restait immobile. Overdose. Une cigarette allumée avait fait le reste.

Khadidja chercha sa mère. Elle l'aperçut, blottie auprès de son mari, les cheveux crépitants. Elle se dit : « Ils ont rien senti, ils ont pas souffert » et, juste à ce moment, leurs corps s'affaissèrent, s'enfoncèrent à l'intérieur du lit, perdant toute matérialité. Peut-être n'était-ce qu'une hallucination, une autre déformation des larmes et des flammes... Comme cette dernière image, qui meurtrissait sa mémoire : le bras ouvert de son père se détachant du buste, tombant sur le sol comme une bûche au fond de l'âtre.

Quand elle se réveilla, elle était allongée dans un lit d'hôpital et respirait par un masque translucide. Un médecin lui parlait, d'un ton affecté. Son frère et ses deux sœurs étaient sauvés, mais il fallait aller reconnaître les corps de ses parents. N'était-elle pas l'aînée ? Deux jours plus tard, on ouvrit devant elle un tiroir réfrigéré. Ils se tenaient enlacés : impossible de les désolidariser ; deux masses noirâtres, collées ensemble par un réseau de fibres fondues.

Face à ces charognes carbonisées, Khadidja éclata en sanglots. Une véritable crise nerveuse. On l'évacua, on la consola, on la couvrit de paroles réconfortantes. Mais c'était la haine qui la submergeait. La rage, l'amertume accumulées depuis si longtemps qui explosaient enfin. Une fureur redoublée face à ces formes méconnaissables. Ils se tenaient encore en deçà de tout jugement, de toute accusation. Ils les laissaient seuls au monde, et échappaient encore à leurs responsabilités. Putains de salopards ! Elle se calma dans le couloir de la morgue. Elle se souvenait encore de la voix du médecin. Juste de ça – pas de son visage. Une voix douce, qui l'exhortait au calme. Toujours ce ton de merde. Et la vanité des mots.

Elle crut en avoir fini avec les deux monstres. Elle se trompait. Le psychologue l'avertit : un tel choc – il parlait d'un « hématome de l'affect » – ne se résorbe pas facilement. Il avait raison. À son insu, le feu s'était emparé d'elle. D'abord, elle était brûlée. Elle ne s'en était même pas rendu compte. Son avant-bras gauche conserva longtemps une peau de tortue, aux plissures minérales. Mais elle était aussi brûlée à l'intérieur. Chaque nuit, le feu revenait. Son père la regardait, avec ses pupilles en flammes. Et son bras tombait, encore et encore, lui cassant ses rêves, lui brisant le ventre. Personne ne le voyait, mais elle brûlait vive. Pendant des années, Khadidja fut convaincue d'appartenir à une génération post-atomique, comme les contaminés d'Hiroshima, dont les gènes eux-mêmes étaient grillés, et qui ne pouvaient produire que des cancers et des enfants-monstres.

Le feu provoqua d'autres ravages. Elle avait seize ans : elle ne pouvait obtenir la garde de son frère et de ses sœurs. Elle fit une demande de majorité anticipée : refusée. Ils se retrouvèrent dans des foyers différents. Khadidja s'acharna : chaque week-end, elle courait à Trappes, où vivait son frère, puis à Melun, où ses sœurs l'attendaient. Cela ne servit à rien. Au bout de deux années, alors qu'elle avait enfin dix-huit ans, ils étaient devenus des étrangers. Sans se l'avouer, chacun comprenait que ces entrevues ne leur rappelaient que des mauvais souvenirs. Les raclées. La dope. L'incendie. Et les deux tortionnaires qui avaient gâché leur enfance.

Khadidja les abandonna à leur destin. Pour leur bien. Même si cela avait donné le pire. La dernière fois qu'elle avait vu Samir, son petit frère, c'était au parloir de la prison de Fresnes, où il avait été incarcéré pour un casse dans un hôpital. Le temps de la visite, il ne lui avait parlé que d'un concours de rap auquel il participait dans la taule. Khadidja n'écoutait pas : elle l'observait et cherchait en vain, sur ce visage de brute, les traces du petit Samir qu'elle avait aimé, cajolé, protégé – celui à qui il manquait toujours des dents et qu'elle appelait son « p'tit gruyère d'amour ». Elle était repartie, en sachant qu'elle ne reviendrait plus.

Le feu se refermait sur ses pas.

Une voix l'interpella. Khadidja cligna les yeux : la moitié de la salle s'était vidée. Elle suivit l'assistante en vacillant, perdue encore dans ses souvenirs. Le bureau de sélection n'était pas plus brillant que la salle d'attente : fatras de cartons, mobilier défraîchi, effluves de tabac froid.

Derrière une table en fer, deux types à casquette de base-ball discutaient à voix basse, vautrés sur leur siège, considérant les composites éparpillés devant eux. Ils ressemblaient à deux adolescents épuisés par la masturbation, devant une collection de vieux *Playboy*. Khadidja tendit son book, sans un mot – il y avait longtemps qu'elle n'usait plus sa salive.

Les hommes regardèrent ses photos. Elle ne voyait que la visière de leurs casquettes. L'une exhibait le « N » et le « Y » entremêlés du sigle de New York. L'autre portait le logo de la marque Budweiser. Dans l'univers de la mode, à une certaine altitude, la tendance beauf est une valeur sûre. L'équivalent de l'ironie, mais dans un monde sans humour.

Les deux types finirent par ricaner. Khadidja sursauta :

– Qu'est-ce qu'il y a ?

L'un des deux releva la tête : peau bronzée, barbe de trois jours. Il attrapa l'un des composites glissés dans le book et lut le nom inscrit :

– Tes photos, c'est pas terrible, Khadidja.

– « Ra-did-ja », reprit-elle en accentuant la première syllabe. Ça se prononce « Ra-did-ja ».

– Ouais, d'accord, souffla-t-il en se frottant la nuque. Mais enfin, ton book, c'est l'catalogue de La Redoute...

– Qu'est-ce que vous lui reprochez ?

– Les cadres, le maquillage, toi. Tout.

Khadidja sentit le feu revenir, crépiter sous sa peau :

– Qu'est-ce que je dois faire ?

– Change de photographe.

– C'est mon agence qui...

– Eh ben, change aussi d'agence. Pour les sourcils, tu comptes faire quelque chose ?

– Les sourcils ?

– Je t'explique : il y a des machines. Y a aussi la cire. Ou la pince à épiler. Mais tu peux pas garder cette forêt au-dessus des yeux.

L'homme ne riait plus. Sa voix était voilée de lassitude. Khadidja devait être la cinquantième fille qu'il humiliait depuis le matin. À ses côtés, l'autre feuilletait toujours les photographies, faisant claquer les pages.

Elle eut un éclair : elle revit son père, recroquevillé sur le canapé du salon, passant ses après-midi à claquer les pages des magazines, de la même façon, les yeux fixes, attendant l'heure de sa dose...

Cette vision lui rendit sa cohérence – la révolte permanente qui la constituait comme une ossature de titane. Elle sourit en reprenant son book. Plus que jamais, elle était décidée à leur plaire, à les séduire.

Elle triompherait d'eux sur leur propre terrain.

Bientôt, ce seraient eux qui brûleraient de désir.

Et la torche serait son corps.

12

LES JOURS PASSAIENT mais l'emploi du temps restait immuable.

Cinq heures, réveil.

Par la lucarne, le bleu sombre de la nuit. En se hissant sur la pointe des pieds, Jacques pouvait observer les autres bâtiments. Des lumières palpitaient par les fenêtres. On percevait les premiers bruits – toux, pisse, ablutions. La rumeur s'élevait, feutrée encore, mais traversée de tintements, de grognements, de cris. La bête énorme s'éveillait.

Six heures, lumière.

Éclat anémique des ampoules de 60 watts. Blessure sourde sous les paupières. En contrepoint, les matons arpentaient les couloirs, cognaient à chaque porte, traversaient la cour. C'était l'heure de la nausée. Peu à peu, Jacques prenait conscience de chaque sensation, déjà intolérable.

Les murs, trop proches. La chaleur, étouffante. Le galop des cafards, le long de sa natte. Et les odeurs. Kanara, malgré tous ses efforts de propreté, était une pourriture en marche. Chaque pierre, chaque dalle, chaque faille était habitée par l'humidité. Même au plus fort de la saison sèche, les matériaux conservaient la mousson en mémoire.

D'autres odeurs s'ajoutaient : urine, merde, sueur... Le concert des exhalaisons organiques qui semblaient se renfrogner, s'épaissir entre ces murs. Puis, déjà, les effluves de bouffe. Lourds, gras, paresseux. Le petit déjeuner était en route. Mais avant, il fallait encore subir quelques épreuves.

Sept heures.

L'appel.

La maladie des prisons. Le rituel de l'appel – le *muster*, en malais – se répétait cinq fois dans la journée. Ce n'était plus une vérification, mais une conjuration ; comme si cette litanie pouvait empêcher la moindre absence, la moindre tentative d'évasion.

Bruits secs des verrous. Raclement des portes. Grondement sourd des pas. Ces sons devenaient à la longue aussi familiers, aussi intimes que les battements de son propre cœur. Rassemblement sous le grand préau. À la vue de tous ces hommes, la nausée de Jacques se renforçait. Deux mille taulards, accroupis par terre, comme des papiers chiffonnés, relégués au rang de numéros.

Sept heures trente.

Hymne national, sous le soleil.

Puis, enfin, petit déjeuner. Les prisonniers s'éparpillaient pour s'aligner de nouveau en file d'attente, le long du bâtiment de la cantine. Ensuite, la fourmilière se morcelait dans la cour – petits points concentrés sur la bouillie du matin.

Jacques profitait de ce moment pour filer aux douches. Muni de son *gayong* (une boîte en plastique contenant savon, dentifrice et nécessaire de rasage), portant sur l'épaule sa serviette et son tee-shirt de rechange, il disparaissait dans le bâtiment, situé à trois cents mètres du réfectoire. Reverdi possédait sa propre douche dans sa cellule, mais il aimait cet édifice à ciel ouvert, cet instant de solitude, parmi les grandes citernes d'eau. Il répondait à son propre appel. L'appel de l'eau...

Huit heures.

Les corvées commençaient.

Elles différaient selon les semaines. En cette fin février, il fallait gratter les grilles et les barreaux de la prison, avant que des ouvriers spécialisés viennent y déposer un revêtement antirouille. Visage masqué par un chiffon, les « volontaires » grattaient, râpaient, limaient, se couvrant d'éclaboussures de fer, se confondant peu à peu avec les barreaux de métal.

Neuf heures, fin de la corvée.

Ouverture des ateliers.

Éric l'avait prévenu : en préventive, Reverdi n'avait pas droit à ce travail. Il restait donc avec les vieux, les éclopés, les malades.

La chaleur prenait alors son essor. À mesure que les heures défilaient, elle devenait une présence incontrôlable, une sphère sans limite. Jacques s'installait sous le préau, préservant sa solitude, évitant d'écouter les conneries des autres, qui baragouinaient dans leur dialecte. Des ragots, des rumeurs, des histoires d'*amok* et de *kriss* – ces poignards malais à lame tordue, qu'on disait assoiffés de sang.

À dix heures, il commençait le sport.

Assouplissements. Abdos. Pompes. Puis haltères : on bricolait ici les poids avec des parpaings. En général, les taulards travaillent leur corps pour sortir plus forts, plus dangereux. Dans son cas, à quoi cela rimait-il ? Question de philosophie : il voulait mourir au meilleur de sa forme. Il éprouvait aussi une jouissance au présent, à maintenir son corps en éveil. Sentir cette force qui coulait sous sa peau, comme une lumière, une huile dorée qui irradiait chaque muscle, chaque parcelle de sa chair...

Il y avait un autre avantage dans cette exhibition : elle démontrait sa vigueur physique. À mesure qu'il s'activait, il devinait les yeux qui l'observaient, à travers les fenêtres des ateliers. Même les matons jaugeaient, du coin de l'œil, sa puissance à l'œuvre.

Onze heures trente.

Nouvel appel.

Midi.

Déjeuner.

Il mangeait sans goût, sans appétit, mais il comptait toujours, très précisément, les calories. Se nourrir était ici un acte de survie. Grâce à la complicité de Jimmy, il avait pu améliorer son ordinaire : un fruit, du sucre, du lait supplémentaires pour chaque journée.

Quatorze heures.

Retour aux ateliers.

Pour lui, l'heure de la sieste. Le pire moment. Les mouches, énormes, frénétiques, se fracassaient sur son visage, claquant dans le silence, cherchant les yeux. Somnolent, relégué comme les autres au rang de larve inerte, Jacques s'allongeait sur le sol et commençait à confondre, sur l'écran blanc de la cour, mouches et hommes.

Quinze heures trente.

Nouvel appel.

Les matricules, les bras qui se lèvent, les murmures... Cela tournait à l'hypnose. Mais Jacques se réveillait alors. Il s'en voulait de s'être laissé aller. Il percevait maintenant son propre corps, qui fonctionnait, palpitait parmi tous ces zombies. Machine clandestine qui marchait en douce, sous la chaleur, la surveillance, la présence des autres. Il n'était pas mort. Et jusqu'à la dernière seconde, il déborderait de cette vitalité réglée – et incorruptible.

Seize heures.

Dîner.

À partir de seize heures trente, quartier libre.

Libre de quoi ? La cour s'animait tandis que la chaleur relâchait son étreinte. Les détenus cantinaient. On pratiquait le troc ; on négociait des faveurs avec les matons ; on se payait des babioles dans une espèce de boutique, dressée sous un auvent. Et surtout, on achetait sa dope. La prison révélait sa logique interne, fondée sur une corruption totale. Tout pouvait s'obtenir, à condition d'avoir du fric ou quelque chose à échanger. Reverdi s'était arrangé avec Jimmy pour disposer d'argent – mais il n'en abusait pas. Ses désirs ne pouvaient pas être apaisés par un transistor ou des tablettes de chocolat. Encore moins par un shoot.

Dix-huit heures.

Retour dans les cellules.

Quand la porte se refermait sur lui, Jacques s'immobilisait, incrédule. Avait-il vraiment vécu une journée ? Le pire restait à venir. Une nuit de douze heures. Enfermé entre quatre murs, sans la moindre occupation. À cet instant, il haïssait sa cellule. Plus que jamais, à cette heure, elle puait la mort et le salpêtre. Un monde souterrain, invisible, composé de vermine, d'insectes et de rats, le guettait.

Ce soir-là, malgré lui, il eut un coup d'œil vers la lucarne. Un jour éclatant perçait encore. Il se souvint de la cabane parmi les bambous. La dernière Chambre. Il se rappela à quel point il avait failli à sa quête, cédant à la panique, cédant à la...

À la seconde où le mot « folie » se forma dans son esprit, il s'écroula sur le sol, les jambes brisées. Il se roula en boule, près du mur, et réprima ses sanglots. Il aurait donné n'importe quoi pour retrouver une raison d'exister, de vibrer – même pour les quelques mois qu'il lui restait.

Le claquement du verrou lui fit relever la tête. La porte de sa cellule s'ouvrit :

– *Jumpa !*

13

JIMMY WONG-FAT se tenait dans sa posture habituelle. Costume chic débraillé, cartable rouge et gobelet de café. Jacques ne pouvait admettre que ce gros lard soit devenu sa seule distraction.

– J'ai de mauvaises nouvelles, commença-t-il. J'ai reçu un premier rapport des psychiatres de Kuala Lumpur qui sont venus vous interroger pour la contre-expertise. J'espérais beaucoup de ce rapport. Leurs conclusions sont négatives. Selon eux, vous êtes sain d'esprit. Pleinement responsable de vos actes.

– Je t'avais prévenu.

Jimmy marchait autour de la table – il transpirait un peu moins que d'habitude. Jacques était enchaîné au sol.

– Vous ne semblez pas comprendre, siffla-t-il. Si je ne trouve pas une esquive, quelle qu'elle soit, tout est foutu. C'est la peine capitale !

Reverdi conserva le silence – il n'avait pas envie de répéter ce qu'il avait déjà dit. Il préféra changer de sujet :

– Tu as mes livres ?

La question déconcerta l'avocat. Après une hésitation, il fouilla dans un gros sac posé près de la table. Reverdi avait choisi de faire confiance au Chinois : il lui avait signé une procuration pour un de ses comptes en banque.

Wong-Fat posa sur le bureau une pile d'ouvrages. Jacques scruta les tranches : le Kanjur, les Yoga-Sutra, le Rubâi'yat du soufi Mawlânâ...

– Il en manque.

L'avocat sortit une liste et la déplia :

– La Bible de Jérusalem. Les Sermons de Maître Eckhart. Les *Ennéades* de Plotin. Où voulez-vous que je trouve des bouquins pareils ?

– Ils sont traduits en anglais.

Jimmy fourra la liste dans sa poche :

– Je sais, figurez-vous. Je les ai déjà commandés. (Il plongea à nouveau dans le sac.) Au moins, j'ai trouvé des pantalons à votre taille.

Il les posa sur la table, soigneusement pliés, avec un air de satisfaction. Il s'assit enfin et croisa ses mains dessus.

– Revenons aux choses sérieuses. Vous suivez votre traitement ?

– Mon traitement ?

– Les prescriptions du Dr Norman. Vous êtes censé prendre chaque jour des anxiolytiques. Je veux savoir si vous respectez cette ordonnance. Et si vous avez rencontré le psychiatre d'Ipoh, comme cela est prévu, chaque mercredi. Tout fonctionne bien de ce côté-là ?

Jacques songea à Éric, qui cantinait avec ses pilules : il n'en avait jamais pris une seule. Quant au psy d'Ipoh, il ne l'avait vu qu'une fois et le confondait avec les experts envoyés par Jimmy – des Tamils, chaque fois, qui posaient les mêmes questions vaporeuses.

– Tout roule.

– Très bien. Le fait que vous soyez sous traitement est très important pour votre profil.

Reverdi hocha la tête. Wong-Fat dressa son index :

– Il y a tout de même une bonne nouvelle. Les parents de Pernille Mosensen ont envoyé à Johor Bahru un avocat danois pour assister la partie civile. Il y a aussi une association, des Allemands, je crois, qui pointe le bout de son nez. Ils essaient d'exhumer le dossier du Cambodge. Le DPP ne va pas apprécier, croyez-moi. L'accusation est en train de se rendre antipathique. Très bon pour nous, ça.

Reverdi écoutait à peine ces arguments rabâchés. Il décida de taquiner un peu son bouffon :

– Quand tu te masturbais chez ton père, tu utilisais les insectes ?

– Je suis venu faire mon travail. Vous ne m'entraînerez pas dans...

– Et lorsque tu défonces les petites vierges, tu regardes la couleur de leur sang ?

L'avocat pinça les lèvres sur un « *Well !* » sifflant. Il ferma son cartable. Un écolier vexé. Reverdi demanda :

– Tu n'es plus intéressé par mes confidences ?

Le Chinois leva les paupières. Jacques lui adressa un sourire :

– Et si je te disais que ce n'est pas moi qui ai tué Pernille Mosensen ?

– Quoi ?

– Un enfant.

– Qu'est-ce que vous dites ?

Reverdi enroula ses épaules avec ses mains, comme s'il avait soudain très froid. Le cliquetis des chaînes ruissela sur son torse.

– L'enfant-muraille, chuchota-t-il. L'enfant qui est en moi... qui retient son souffle...

Wong-Fat se pencha, comme un prêtre contre le treillis du confessionnal :

– Répétez, s'il vous plaît.

– Tu te souviens de ma pelade ?

Il parlait la tête enfoncée entre ses bras croisés, tendant sa nuque vers Jimmy.

– Tu te souviens du choc dont je t'ai parlé ? (Sa voix était étouffée contre sa poitrine.) C'est à cette époque que l'enfant-muraille est né...

Il serra les doigts sur son crâne :

– C'est grâce à lui que je leur ai échappé.

– Échappé ? À qui ?

– Aux visages... derrière les mailles de rotin. Les visages qui s'insinuent sous ma peau. Sans l'enfant, je serais devenu...

– Quoi ? Qu'est-ce que vous seriez devenu ?

Reverdi releva la tête, avec un large sourire :

– Laisse tomber. Je plaisantais.

Le Chinois était livide. Le tumulte de ses pensées se traduisait en tics sur ses traits.

– C'est intolérable. Vous vous moquez de moi. Je ne comprends pas votre attitude. (Il attrapa son cartable et son sac de voyage.) Je préfère revenir une autre fois.

Il se leva. Jacques était déçu : il n'avait tiré aucun amusement de son petit numéro. Ce tas de graisse ne l'intéressait décidément pas.

– J'oubliais. Votre courrier.

Jimmy balança sur la table une grosse enveloppe kraft.

– Demandes d'interviews. Propositions d'avocat. Lettres d'amour. (Il ricana.) Une vraie star.

De deux doigts, Reverdi écarta les rebords de l'enveloppe. Tous les plis étaient ouverts.

– Tu les as lues ?

– Tout le monde les a lues. Vous êtes à Kanara. Pas au Sheraton.

Wong-Fat s'essuya le visage avec sa manche – sa sueur était revenue :

– Le directeur de la prison a demandé un traducteur à votre ambassade pour savoir, à la ligne près, de quoi il retournait. Après cela, il a fallu que je rachète l'ensemble aux matons. C'est la règle.

Jacques sortit quelques lettres :

– Tu te rembourseras sur mon compte.

– C'est déjà fait.

Les adresses étaient rédigées à la main. Il s'arrêta sur certaines : des écritures rondes, soignées. Des écritures de femmes. Il posa ses chaînes sur le paquet et souffla, sans regarder l'avocat :

– Merci. À la prochaine.

14

DANS SA CELLULE, Reverdi étala sur le sol sa correspondance. Au bas mot, une centaine de lettres. Une vague d'orgueil l'envahit. Il était emprisonné à Kanara depuis moins de trois semaines et le courrier avait déjà afflué des quatre coins de l'Europe, France en tête. Il répartit soigneusement les plis en trois catégories, puis se plongea dans sa lecture.

Les médias, d'abord. Il passa rapidement sur les demandes d'interviews. Quatre lettres d'éditeurs complétaient le lot : «Pourquoi n'écririez-vous pas vos mémoires » ? Il feuilleta plus vite encore le groupe suivant : les officiels. L'ambassade de France lui avait adressé plusieurs courriers, s'interrogeant sur son silence. L'institution faisait également suivre des lettres d'avocats français : des « pros » du droit international, qui avaient déjà traité des dossiers plus ou moins similaires – des Européens emprisonnés en Asie du Sud-Est pour trafic de drogues – et qui lui proposaient leurs services. Certains d'entre eux précisaient même qu'ils renonceraient à leurs honoraires. Leurs intentions étaient claires : défendre Reverdi, c'était la garantie d'être, le temps du procès, au centre de tous les regards. Il y avait aussi des requêtes d'associations humanitaires, qui voulaient s'assurer que ses conditions de détention étaient correctes. À mourir de rire.

Il balança cette chienlit dans un coin.

Il passa aux lettres des particuliers. Beaucoup plus excitantes, quel qu'en soit le registre : haine, sollicitude, fascination, amour... Leur lecture lui prit plus d'une heure. Ce fut une nouvelle déception. Elles étaient plus stupides les unes que les autres. Les insultes et les paroles de bienveillance se rejoignaient dans la même médiocrité.

Mais c'était la forme qui l'intéressait. Ce qu'on pouvait lire entre les lignes, sous les tournures de phrases. À chaque virgule, il sentait la peur, l'excitation, l'attirance. Il aimait aussi les écritures – le contact de la main sur le papier, la trace d'un frémissement, à chaque fin de mot. C'était comme si ces femmes – il n'y avait pratiquement que des lettres féminines – avaient chuchoté à son oreille. Ou effleuré sa peau. Comme les feuilles de bambou. Il ferma les yeux, laissant le souvenir le caresser. Les feuillages. Le murmure. La voie à suivre...

Puis il repartit de zéro, scrutant chaque lettre en détail, à la lumière de sa faible ampoule. Il comptait les fautes d'orthographe, les erreurs de syntaxe. Il était surpris par la banalité de ces textes. Et irrité par la familiarité du ton. On prétendait le haïr, le plaindre ou, ce qui était pire, le comprendre et l'aimer – mais toujours en affectant un ton très proche. Beaucoup trop proche.

Dans ce registre, une lettre surpassait les autres. Presque remarquable, à force de naïveté. Il la lut plusieurs fois, en y puisant un sentiment ambigu ; du mépris mêlé de colère.

Paris, le 19 février 2003

Cher Monsieur,

Je m'appelle Élisabeth Bremen. J'ai vingt-quatre ans et je prépare un mémoire de maîtrise en psychologie, à la faculté de Nanterre (Paris X), sur le profiling, cette méthode qu'on appelle en France « aide psychologique à l'enquête », qui consiste à identifier le profil psychologique d'un meurtrier d'après l'analyse de la scène du crime et des autres indices à la disposition des enquêteurs.

Au fil de mes recherches, notamment lors de mes rencontres avec plusieurs prisonniers, j'ai compris que mon sujet de mémoire était en réalité un prétexte pour aborder le thème qui m'intéresse vraiment : la pulsion criminelle.

Ces derniers mois, j'ai donc décidé de changer de sujet. De focaliser mon attention sur les détenus eux-mêmes et de tenter d'établir leur profil psychologique, hors de toute considération pénale ou morale.

J'espérais même dresser une sorte de « métaprofil », en regroupant leurs points communs, à travers leur histoire, leur personnalité, leur mode opératoire...

J'en étais là de mes recherches lorsque, le 10 février dernier, j'ai découvert les premiers articles sur votre arrestation et ses circonstances extraordinaires. À ce moment, j'ai pris une décision : concentrer entièrement mon mémoire sur... vous.

Bien sûr, une telle orientation ne sera possible qu'avec votre accord, c'est-à-dire votre aide. Je ne peux envisager un tel travail qu'en étant certaine que vous accepterez de répondre à mes questions...

Jacques arrêta sa lecture. Non seulement elle l'assimilait, froidement, à un tueur en série, mais elle le faisait dans une lettre ouverte à tous les regards, alors même que le procès n'avait pas eu lieu. C'était pareil pour la plupart des auteurs des lettres étalées par terre, mais il y avait dans celle-ci une candeur, une idiotie, qui dépassait tout.

Cela continuait sur plusieurs pages :

N'ayant pas beaucoup d'argent, je ne peux malheureusement pas effectuer le voyage, du moins pas immédiatement. Mais j'ai déjà imaginé un questionnaire, qui pourrait nous permettre d'établir un premier contact. J'aimerais vous l'envoyer au plus vite.

De mieux en mieux : elle lui demandait carrément une confession. Pourquoi pas des aveux complets ? Il poursuivit sa lecture, captivé par tant de connerie :

Comprenez ma démarche : grâce à mes connaissances en psychologie, je pense pouvoir saisir ce que d'autres n'ont pas senti, ni même effleuré.

D'ailleurs, par mes questions, et les commentaires que je vous enverrai aussitôt, je peux vous amener à voir plus clair en vous-même. Je ne suis pas encore une psychologue confirmée, mais je peux vous aider à mieux supporter certaines vérités...

Reverdi froissa la feuille dans sa main : la colère montait en lui, en vagues brûlantes. Emprisonné ici, il était exposé aux regards et à la curiosité de tous. Prisonnier d'un zoo, soumis à la contemplation indiscrète et malsaine de n'importe qui. Il ferma les paupières et chercha en lui-même une clairière de calme, afin de tempérer son corps et son esprit.

Quand il eut retrouvé la maîtrise de lui-même, il défroissa la page – il voulait achever ce voyage au bout de la bêtise.

Surprise : la dernière partie était plus intéressante. Il y captait soudain une justesse de ton qui tranchait avec le discours prétentieux du début. L'étudiante se risquait à une comparaison entre l'apnée et les meurtres :

> Peut-être vais-je trop loin, et trop vite, mais je perçois, comment dire ? une sorte d'analogie entre les fonds sous-marins et les pulsions sombres que vous subissez. Dans les deux cas, il y a l'obscurité, la pression, l'adversité. Mais aussi, d'une certaine façon, une barrière de pureté, un cap inconnu...
>
> Comment vous l'écrire ? Je ressens, entre ces actes et ces plongées, la même volonté d'explorer, de se dépasser. Et surtout, le même vertige, la même tentation irrésistible.
>
> Je voudrais saisir ce vertige, l'éprouver à vos côtés, afin de coïncider avec votre point de vue. Je ne veux pas juger, mais partager.
>
> Si, par bonheur, vous acceptiez de me guider, de me prendre par la main pour descendre, avec vous, sous la surface, alors je serais prête à tout entendre. À aller jusqu'au bout, avec vous.

Ces mots collés ensemble ne signifiaient pas grand-chose, mais Jacques percevait ici un accent de sincérité. Cette fille était prête à se jeter, corps et âme, dans un voyage vers les ténèbres. Il sentait même, avec son instinct de prédateur, une certaine duplicité entre ces lignes. Cette « oie blanche » n'était peut-être pas aussi pure que cela.

Il huma la feuille manuscrite : elle était parfumée. Une fragrance de femme. Ou plutôt : de jeune fille qui joue à la femme. Il aurait parié gros sur Chanel. *N° 5*. Oui, Élisabeth ne voulait pas simplement se faire peur, elle voulait l'allumer, le séduire, prête à le suivre jusque dans son repaire...

Il balança la lettre par terre et contempla cet amas de conneries, d'indiscrétions, de fautes d'orthographe. Une procession de cafards trottinaient déjà entre les plis de papier. À cet instant, les lumières des cellules s'éteignirent.

Vingt et une heures. Jacques poussa du pied le tas de lettres et s'allongea près du mur. La colère était passée, mais pas l'amertume. Il se moquait de la mort mais il comprenait, pour la première fois, qu'il était seul, incompris, et que son « œuvre » allait mourir avec lui.

Une idée subliminale vint interrompre ses pensées. Un détail le taraudait qu'il ne parvenait pas à identifier. Il se releva et attrapa sa torche électrique. Plaçant la lampe entre ses dents pour avoir les mains libres, il fouilla parmi les paperasses. En quelques secondes, il retrouva la lettre d'Élisabeth Bremen. Quelque chose lui avait échappé, mais quoi ?

Il la relut rapidement ; rien de neuf. Il trouva l'enveloppe, regarda à l'intérieur : vide. Il l'observa sous toutes les coutures. Au dos, il tomba sur l'adresse de l'expéditeur.

Élisabeth Bremen n'avait pas inscrit ses coordonnées personnelles, mais celles d'une poste restante, dans le 9e arrondissement de Paris.

Voilà le détail qu'il cherchait. Malgré ses belles paroles, malgré sa volonté de se rapprocher de lui, l'étudiante avait pris cette mesure de prudence. Elle avait peur. Comme les autres. Elle tendait la main vers le fauve, mais avec retenue.

Jacques éteignit sa lampe et sourit dans les ténèbres.

On allait s'amuser un peu.

15

MARC était particulièrement fier de sa lettre.

Il l'avait conçue, mûrie, peaufinée avec soin. Pas un mot, pas un détail qui n'ait été l'objet d'une longue réflexion.

Marc suivait une stratégie : il n'était pas question de ruser avec un tel meurtrier, de l'interroger d'une manière détournée. Jacques Reverdi était un être doué d'une intelligence aiguë. Un prédateur à l'instinct infaillible. Le seul moyen de retenir son attention était de l'attaquer de front, de jouer l'innocence et de lui donner l'impression, à lui, de dominer la situation.

Voilà pourquoi Marc y était allé à fond dans la prétention naïve. En même temps, à la fin de la lettre, il avait laissé transparaître une ambiguïté. Élisabeth n'était peut-être pas si idiote, si terne que cela...

Une fois son texte arrêté, il s'était penché sur l'écriture. Durant des heures, puisant dans ses archives personnelles – il recevait beaucoup de lettres de femmes au *Limier* –, il avait copié et recopié les manuscrits de ses correspondantes, reproduisant ces syllabes appliquées, se forgeant peu à peu une écriture féminine.

Il avait ensuite acheté du papier à lettres, assez onéreux, tramé, et choisi un stylo plume. Puis il avait décidé d'ajouter une touche personnelle à sa lettre : très discrètement, il l'avait parfumée. Dans un premier temps, il avait songé à un parfum de jeune fille – *Anaïs Anaïs* de Cacharel – puis il s'était ravisé. Élisabeth, vingt-quatre ans, n'allait pas utiliser une fragrance d'adolescente. Elle opterait au contraire pour un parfum de femme – force, séduction et maturité. Il avait opté pour le *N° 5* de Chanel.

La lettre était prête – il ne restait plus qu'à régler le dernier point, crucial : l'adresse de l'expéditrice. Il ne pouvait donner la sienne. Il avait pensé à une boîte postale, mais cela aurait paru trop impersonnel. Il s'était décidé pour la poste restante.

Les vrais problèmes avaient commencé avec la Poste. Il aurait dû s'en douter. Il avait toujours détesté cet organisme – la couleur jaune de ses logos, ses interminables files d'attente, son système de timbres, de vignettes, de collages, plus digne d'un atelier d'enfants que d'une entreprise du XXIe siècle. La Poste avait donc été fidèle à sa devise : « Pourquoi faire simple quand on peut faire compliqué ? »

Impossible d'ouvrir un « Contrat de réexpédition temporaire poste restante » en donnant n'importe quel patronyme. En fait, on ne pouvait recevoir ce type de courriers qu'à son propre nom. Marc avait tenté sa chance dans un autre bureau de poste, racontant cette fois un mensonge : il souhaitait ouvrir un « contrat de réexpédition » pour une amie, immobilisée par un accident, et domicilier ce contrat ici, dans ce bureau. Il viendrait chercher lui-même les lettres.

Sceptique, l'agent lui avait alors expliqué la procédure : son amie devait remplir une procuration à son nom, à lui. Mais attention : en présence d'un facteur, qui jouerait le rôle de témoin. Marc croyait rêver. Alors seulement, on pourrait envisager un contrat de réexpédition, mais Marc serait obligé de présenter, chaque fois, les deux pièces d'identité : la sienne et celle de son amie.

Marc était sorti du bureau éberlué, tenant ses formulaires vierges. Il avait considéré le problème sous tous les angles, et saisi la seule véritable difficulté : il devait se procurer le passeport ou la carte d'identité d'une femme. Il serait ensuite obligé de conserver ce patronyme pour ses lettres.

Où trouver un tel document ? Il possédait une solide expérience des vols et des effractions. Souvenirs de « la Raflette ». Mais il n'allait pas cambrioler, au hasard, un appartement. Il pensa se rendre dans une piscine et forcer le vestiaire d'une baigneuse qu'il aurait repérée. Mais il n'était pas question d'impliquer une personne réelle dans un tel projet. Après tout, il s'agissait de tendre un piège à un tueur. L'impasse.

Le lendemain matin, au réveil, il eut une illumination. Il fallait voler le passeport d'une touriste – une femme de passage en France. Il songea à la Cité Universitaire, située près de la porte de Gentilly : la plus grande concentration d'étudiants étrangers à Paris. Il visita le campus : un agglomérat d'architectures diverses, rappelant les grandes expositions universelles du siècle dernier. Il croisa un palais italien, un manoir anglais, une église luthérienne, enchaîna les galeries aux ornements latins, les façades de briques, les perrons à figures africaines. Où aller ? Dans un dortoir ? Et à quel moment opérer ? En plein jour ?

L'idée : les vestiaires d'une installation sportive.

Il trouva le gymnase des Arts et Métiers, au sud du campus. Un bloc soviétique de sept étages, dont le sous-sol abritait une salle de sport. Il se glissa dans le couloir, aperçut en contrebas, à travers des fenêtres grillagées, l'espace tapissé de linoléum vert, strié de marquages. Coup de chance : un match de volley se disputait à ce moment. Un match féminin ! Il trouva les vestiaires : pas même fermés.

Face à une rangée de portemanteaux, des casiers en fer étaient scellés par des cadenas. Il avait apporté le nécessaire. Il glissa un tournevis dans la première anse de métal et la fit sauter. Au troisième placard, il avait son passeport – une Allemande. Pourtant, excité par ces intimités violées, ces odeurs de femmes et ces sous-vêtements qu'il surprenait, il poursuivit son pillage. Il découvrit d'autres passeports, des cartes d'étudiantes... Il devait en être à la dixième armoire lorsqu'il tomba sur un trésor. Un coup de chance inouï : un passeport suédois au prénom... d'Élisabeth !

Son poing se referma sur le document couleur bordeaux. Il fouilla encore le sac et trouva la carte d'étudiante correspondante, à l'adresse de la Cité U. Il ne regarda même pas le visage. Le nom était parfait : Élisabeth Bremen.

Le lendemain, il retourna au deuxième bureau de poste, rue Hippolyte-Lebas, là où l'agent lui avait expliqué les démarches à effectuer. L'homme, un petit Asiatique à queue-de-cheval, fit la grimace :

– Vous n'avez pas suivi la procédure. Il faut que le facteur...

Marc ne lui laissa pas achever sa phrase : il fit passer sous la vitre le passeport et la carte d'étudiante d'Élisabeth.

– Elle habite à la Cité Universitaire. Un vrai labyrinthe.

– Qu'est-ce qu'elle a au juste ? demanda l'agent d'un ton plus conciliant.

– La hanche. Elle s'est brisé la hanche. En jouant au volley-ball.

Le postier hocha la tête, sans conviction, observant les documents. Derrière Marc, la file d'attente s'allongeait. L'Asiatique leva un œil :

– Je ne comprends pas un truc dans votre histoire. Vous voulez recevoir le courrier de cette fille, d'accord. Mais pourquoi pas chez vous ?

Marc avait prévu l'objection. Il s'approcha de la vitre et plaça, ostensiblement, sa main gauche devant son interlocuteur. Il avait glissé une alliance à son annulaire. Un truc qu'il utilisait déjà à son époque « Raflette » – pour inspirer confiance.

– Chez moi, c'est compliqué.

– Compliqué ?

Marc frappa trois coups à la vitre avec son alliance. Le préposé baissa les yeux et parut comprendre.

– Alors, c'est d'accord ?

L'agent acheva de remplir les cases des formulaires réservées à l'administration :

– C'est dix-neuf euros.

Marc paya, sentant la sueur s'écouler dans son dos. L'Asiatique lui rendit plusieurs récépissés et conclut :

– Quand vous viendrez chercher son courrier, amenez toujours ses documents d'identité. Pas de passeport, pas de lettre. C'est clair ? Et passez par moi : je suis le responsable de la poste restante.

Il lui fit finalement un clin d'œil, en signe de complicité. Sur le trottoir, Marc aurait dû se réjouir, mais un fond d'angoisse le tourmentait. Confusément, il appréhendait la suite des événements.

À partir du 1er mars, il retourna à la Poste chaque matin.

C'était absurde : une lettre de Paris mettait au moins dix jours pour atteindre la Malaisie. Ensuite, l'administration pénitentiaire devait stocker les plis avant de les donner aux prisonniers. Plus tard encore, au cas où Jacques Reverdi déciderait de lui répondre, il faudrait encore compter entre dix et quinze jours avant que le courrier ne lui parvienne. Soit plus de trois semaines, dans la version la plus optimiste. Or, il avait envoyé sa lettre le 20 février.

Pourtant, chaque matin, une force magnétique l'entraînait vers la rue Hippolyte-Lebas. Le postier (il s'appelait Alain et était d'origine vietnamienne) s'était détendu face à son visiteur. Il se permettait même quelques plaisanteries. « Bonjour mademoiselle ! », criait-il quand il voyait apparaître Marc. Ou bien il prenait un ton de flic derrière sa vitre, et demandait : « Z'avez vos papiers ? »

Ses vannes sonnaient creux.

Et les jours passaient, sans réponse.

Côté boulot, Marc assurait le quotidien, sans zèle excessif. Il avait travaillé sur d'autres faits divers et quelques personnages pittoresques : l'étrangleur du Pas-de-Calais, le violeur à la CX...

Mais déjà, la motivation au journal tombait. Les ventes étaient en chute libre. Les prévisions de Verghens se vérifiaient : la guerre en Irak était imminente et les lecteurs ne se préoccupaient plus que de ce compte à rebours. En période de crise, le public n'éprouve plus le même désir de se plonger dans des histoires violentes et glauques : la menace du présent lui suffit.

Le 9 mars, les Américains n'avaient toujours pas bombardé l'Irak.

Marc n'avait toujours pas reçu de lettre.

Ce soir-là, il rendit visite à Vincent.

À vingt heures, il pénétra dans le studio photographique du colosse. L'artiste était en pleine séance : des photographies de composites, pour une apprentie mannequin. C'était son véritable fonds de commerce. Vincent travaillait pour les agences ou directement pour les modèles, et se faisait alors payer au noir. Une véritable affaire, du point de vue fiscal.

Il avait mis au point un style d'images branchées, fondé sur le flou, qui faisait fureur parmi les agences et les magazines. La rumeur courait même parmi les modèles que ces clichés portaient bonheur...

Ce triomphe stupéfiait Marc. Ce qui avait commencé comme une blague était devenu un filon. En cette fin d'hiver 2003, le géant, qu'il avait connu habillé en parachutiste anglais, casque à la main et doigts toujours tachés de cambouis, était devenu l'un des photographes les plus sollicités de Paris. Il avait même acheté son studio, au fond d'une école d'architecture, rue Bonaparte, dans le 6e arrondissement.

Marc se glissa dans la pénombre. Debout derrière son appareil, à la lisière des lumières du plateau, Vincent pérorait sur la meilleure manière de « traverser les apparences ». Assistants, coiffeuse, maquilleuse, stylistes l'écoutaient religieusement tandis qu'une jeune fille androgyne était épinglée par les projecteurs éclatants.

Vincent fit un signe explicite : « terminé pour aujourd'hui ». Un assistant se précipita sur son appareil, extrayant le film comme s'il s'agissait d'une sainte relique. D'autres coururent vers les groupes générateurs. Des flashes crépitèrent encore, émettant de longs sifflements. Quand le colosse aperçut Marc, il ouvrit les bras avec exagération :

– T'avais disparu ou quoi ?

Sans répondre, Marc suivit du regard le jeune mannequin qui disparaissait dans le vestiaire.

– Laisse tomber, fit Vincent. Encore une qui mange quand elle se brûle...

Il désigna une série de polaroïds sur sa table lumineuse :

– J'ai beaucoup mieux en magasin, tu veux voir ?

Marc ne jeta même pas un coup d'œil. Vincent ouvrit la porte d'un petit réfrigérateur, situé au fond du studio, près du local de développement :

– Toujours pas d'humeur, hein ?

Il s'approcha en décapsulant une canette de bière. Marc comprit qu'il était déjà ivre. Le photographe compensait le défaut d'adrénaline de son nouveau métier par de fortes quantités d'alcool. Le soir, il devenait terrifiant. Soufflant comme un bœuf, l'haleine brûlante, il vous fixait de son seul œil visible, à la fois brillant et injecté. Pourtant, ce fut lui qui dit :

– T'as une sale gueule. Viens. Je t'emmène dîner.

Ils finirent dans un petit restaurant de la rue Mabillon. Un lieu comme les aimait Marc : bondé, enfumé, assourdissant. Un bouillon de chaleur humaine où le brouhaha général pouvait tenir lieu de conversation. Mais Vincent ne se laissait pas déborder par le vacarme : il monologuait sur les perspectives de son propre avenir, tout en enchaînant les bières.

– Tu t'rends compte ? beuglait-il. Deux de mes filles sont passées directement au tarif quarante ! Grâce à mes photos. Le flou, j'te dis : c'est la manne ! J'ai décidé de jouer aussi l'agent. Je shoote gratis les premières photos et je prends un pourcentage sur les contrats qui suivent. Je peux faire aussi bien que les agences, qui ne foutent rien, de toute façon. Je suis un magicien. Un révélateur !

Il disait cela sur le ton du séducteur qui veut devenir proxénète. Sourire aux lèvres, Marc tendit son verre d'eau gazeuse et regarda Vincent en transparence :

– Au flou !

Le colosse leva sa chope en retour :

– Aux tarifs quarante !

Ils éclatèrent de rire. À ce moment, Marc n'avait qu'une seule question en tête : Élisabeth avait-elle, oui ou non, une chance de recevoir une réponse de Jacques Reverdi ?

16

– ÇA VIENT DE MALAISIE.

Le sourire du Vietnamien rayonnait. Il glissa une enveloppe sous la paroi de plexiglas. Marc l'attrapa et dut se mordre les lèvres pour ne pas hurler. C'était une lettre froissée, raturée, qui avait été déchirée puis refermée ; mais c'était ce qu'il attendait : une réponse de Jacques Reverdi.

Quand il découvrit, sous les tampons et biffures de l'administration, l'écriture penchée, régulière, formant le nom de « Élisabeth Bremen », il sentit son rythme cardiaque s'altérer, s'approfondir dans sa poitrine. Il salua brièvement Alain et courut jusqu'à son atelier.

Là, il verrouilla sa porte, tira les rideaux des baies vitrées et s'installa derrière son bureau. Il alluma une petite lampe halogène, chaussa des gants de coton, ceux qu'on utilise pour manipuler les tirages photographiques. Enfin, il ouvrit l'enveloppe avec un cutter puis, avec précaution, comme s'il saisissait un insecte rare et friable, il sortit la lettre. Une simple feuille de papier quadrillée, pliée en quatre.

Il la déploya sur son bureau et, le cœur battant, se mit à lire.

Kanara, 28 février 2003

Chère Élisabeth,

Un séjour en prison est toujours une épreuve : promiscuité des criminels, ennui lancinant, humiliations et, bien sûr, souffrance de l'enfermement. Les distractions y sont plutôt rares. C'est pourquoi je tiens à vous remercier pour votre lettre si enthousiaste, si volubile.

Il y avait longtemps que je n'avais pas autant ri.

Je vous cite : « Grâce à mes connaissances en psychologie, je pense pouvoir saisir ce que d'autres n'ont pas senti, ni même effleuré. » Ou encore : « Par mes questions, et les commentaires que je vous enverrai aussitôt, je peux vous amener à voir plus clair en vous-même... »

Élisabeth, savez-vous à qui vous avez écrit ? Imaginez-vous un seul instant que j'aie besoin de quelqu'un pour voir « clair en moi-même » ?

Mais d'abord, avez-vous réfléchi aux implications de votre lettre ? Vous vous adressez à moi comme à un assassin, aux crimes avérés. Vous oubliez un détail : je ne suis pas encore jugé. Mon procès n'a pas eu lieu et ma culpabilité, que je sache, reste à démontrer.

Je vous rappelle que tout courrier en prison est ouvert, lu et photocopié. Vous avez un tel aplomb, vous manifestez tant d'assurance lorsque vous décrivez mes « pulsions sombres » et ma « psychologie » que vous semblez posséder des éléments déterminants à propos de ma culpabilité. Votre petite lettre constitue donc une présomption supplémentaire contre moi.

Mais là n'est pas l'important.

L'important, c'est votre arrogance. Vous vous adressez à moi comme si, sans le moindre doute, j'allais vous répondre. Renseignez-vous : je n'ai pas accepté une interview depuis des années. Je n'ai pas livré la moindre explication à quiconque. D'où sortez-vous vos certitudes ? Pourquoi imaginez-vous que je vais répondre aux questions d'une étudiante, qui prétend m'analyser ?

D'ailleurs, que savez-vous au juste sur moi ? Quelles sont vos sources ? Des journaux ? Des documentaires ? Des livres écrits par d'autres ? Comment comprendre une personnalité en empruntant de tels chemins ?

Quant à vos comparaisons entre l'apnée et mes « pulsions », sachez qu'il n'y a que moi qui choisisse mon absolu, et que tout cela est inaccessible aux autres êtres humains.

Élisabeth, je vous en prie : jouez à la psychologue avec les jeunes délinquants de Fresnes ou de Fleury-Mérogis. Des associations spécialisées vous mettront en contact avec des détenus à votre mesure, dignes de vos petits « travaux pratiques ».

Je ne veux plus jamais recevoir une lettre de ce genre. Je vous le répète : un séjour en prison est une épreuve. Assez pénible en soi pour ne pas avoir à subir, en plus, les insultes d'une Parisienne prétentieuse.

Élisabeth, je vous dis adieu. J'espère ne pas vous relire de sitôt.

JACQUES REVERDI

Marc demeura immobile un long moment. Il observait la page quadrillée. Elle ressemblait maintenant à un poing venu s'écraser sur son nez. Avec la puissance d'un buffle.

Il était complètement sonné. Pourtant, sa tête était en fusion. Ses pensées s'entrechoquaient, prenaient des trajectoires différentes ; un feu d'artifice d'idées contradictoires.

Qu'est-ce que cette lettre signifiait ? Avait-il réellement échoué ? Était-ce la première et dernière réponse qu'il recevrait jamais de Reverdi ? Ou restait-il au contraire, sous les mots, sous les insultes, un espoir ?

Il la relut encore. Plusieurs fois. Finalement, il trancha : cette missive était une victoire. Des signes discrets, placés en filigrane, lui envoyaient des encouragements. Il s'était trompé dans la forme, d'accord, mais le tueur ne lui fermait pas sa porte.

> Dailleurs, que savez-vous au juste sur moi ? Quelles sont vos sources ? Des journaux ? Des documentaires ? Des livres écrits par d'autres ? Comment comprendre une personnalité en empruntant de tels chemins ?

Marc était tenté de traduire : « Si vous voulez connaître la vérité, remontez à la source. Posez-moi les bonnes questions. » Il péchait sans doute par optimisme, mais il ne pouvait admettre que Reverdi eût pris la peine d'écrire à Élisabeth simplement pour l'insulter. Entre les lignes, l'apnéiste glissait d'autres appâts :

> ... sachez qu'il n'y a que moi qui choisisse ma pureté et mon absolu, et que tout cela est inaccessible aux autres êtres humains.

L'homme ne disait pas : « Je suis innocent. » Il disait : « Vous ne comprenez pas. » N'était-ce pas une façon d'attiser sa curiosité ? Marc sentait des frissons lui cingler la peau. Il avait toujours été convaincu que Jacques Reverdi n'était pas un simple tueur en série, un « tueur compulsif », comme le décrivait Erich Schrecker.

Sous les meurtres, il y avait une cohérence.

Une quête.

Sourire. Oui, finalement, il avait réussi son coup. Son attaque frontale avait irrité le criminel, mais elle l'avait fait réagir. Et cette lettre était une invitation à creuser, à questionner, à lever les apparences.

Marc, toujours muni de ses gants de coton, attrapa un paquet de feuilles et le stylo-plume qu'il réservait à Élisabeth. Il fallait répondre tout de suite. Dans la chaleur de l'émotion. Il fallait qu'Élisabeth lui explique qu'elle pouvait changer de méthode, qu'elle pouvait, simplement, écouter, comprendre, se laisser guider...

Mais d'abord, mea culpa.

17

Paris, lundi 10 mars 2003

Cher Jacques,

Je viens de recevoir votre lettre. Je suis mortifiée. Me pardonnerez-vous ma maladresse ? Comment ai-je pu être si stupide ? Jamais je ne voudrais vous porter préjudice. Encore moins vous offenser...

Je n'avais pas pensé au problème des lettres ouvertes. Je dois avouer que je n'ai aucune connaissance des règles et des procédures qui ont cours dans les prisons malaises. Je suis désolée d'avoir pu, dans ma manière de m'exprimer, accréditer des faits qui ne sont ni prouvés, ni démontrés. Là encore, j'avoue mon ignorance : je ne sais pas exactement où en est l'enquête. Mes connaissances se limitent à ce que j'ai pu lire dans la presse française.

Pardon, pardon, pardon... En aucun cas, je ne voudrais aggraver votre situation face à la justice.

Mais laissez-moi vous expliquer les raisons profondes de ma requête. Je vous connaissais bien avant les événements de la Malaisie – et ceux du Cambodge. Je vous connais depuis l'époque de vos performances sportives. Je suis passionnée par l'apnée : à l'âge de huit ans, je regardais en boucle *Le Grand Bleu*. Je restais fascinée, des heures, à imaginer ce que peut être la sensation des profondeurs. Ce qu'on peut éprouver à descendre, sans respirer, très loin au-delà des limites de l'homme. À cette époque, déjà, votre nom brillait en première place dans mon petit panthéon intime.

Aujourd'hui, on vous accuse de meurtres. Vous ne souhaitez pas en parler : je respecte votre silence. Mais votre personnalité n'en demeure pas moins extraordinaire. Paradoxalement, les actes dont on vous suspecte aujourd'hui sont si éloignés de vos prouesses sportives, de votre image de sagesse et de paix, que cette situation renforce encore mon intérêt pour vous. Ce lien hypothétique entre le bleu profond et le noir extrême, ce parcours impossible entre le bien et le mal, me donne le vertige. Quelle que soit la vérité, l'arc de votre destin est grandiose.

Voilà ce que j'espère – je devrais écrire : ce que je n'ose espérer. Que vous m'offriez quelques souvenirs personnels, que vous me racontiez des événements qui vous tiennent à cœur. N'importe lesquels. Émotions sous-marines. Souvenirs d'enfance. Anecdotes sur Kanara... Ce que vous voudrez, pour peu que ces mots marquent le début d'un échange.

Rien ne vous oblige à m'écrire. Et je n'ai plus d'arguments pour vous convaincre. Mais je suis sûre d'une chose : je pourrais être pour vous une oreille amie, complice, attentive. Je ne parle plus de l'étudiante en psychologie. Je parle simplement d'une jeune femme qui vous admire.

N'oubliez jamais que je suis prête à tout entendre. C'est vous qui fixerez les limites, les frontières de notre relation.

Les abysses, il y en a de toutes sortes.

Et tous m'intéressent.

En attendant – en frémissant – de vous lire...

ÉLISABETH

Marc sortit de là en sueur.

Il avait littéralement les mains fondues à l'intérieur de ses gants. Il avait rédigé ce texte à plusieurs reprises, les doigts serrés sur son stylo, chaque fois avec la même fièvre. C'était l'écriture qui n'était pas au point. Maintenant, il avait la lettre manuscrite : du pur Élisabeth. En la relisant, il s'aperçut que le ton était emphatique, sentimental. Peut-être devait-il réfléchir avant de l'envoyer ? Il décida au contraire de la laisser telle quelle. C'était une réaction à chaud. Et Reverdi sentirait cette spontanéité.

La nuit tombait. Il était plus de dix-sept heures. Marc n'avait pas vu la journée passer. Il n'avait pas entendu le téléphone, ni songé au monde extérieur. Maintenant que l'obscurité emplissait l'atelier, il lui semblait que des eaux noires le submergaient lui aussi. Un malaise dont il prenait seulement la mesure : durant ces quelques heures, il avait été, réellement, Élisabeth.

Un café, sans hésiter. Il se choisit un cru italien, bien dense, et mit en marche sa petite usine chromée. Il sentit avec réconfort le parfum amer de l'expresso. Il savourait déjà, à l'avance, cette brûlure concentrée, qui allait couler au fond de ses entrailles – et l'arracher à sa transe.

Il but un premier jus, en lança aussitôt un autre. Tasse en main, il retourna s'asseoir, plus calme, et contempla ces lignes, écrites de la main d'une femme qui n'existait pas. La sueur avait transpercé ses gants. La feuille était gondolée. Tant mieux : Reverdi noterait aussi ce détail. Il imaginerait la fièvre d'Élisabeth. À moins qu'il n'imagine des larmes ? Pas mal non plus... Au passage, Marc s'interrogea : devait-il parfumer ou non cette lettre ? Non. On n'était plus dans la séduction, mais dans l'urgence.

Il scella la lettre, enfila sa veste, attrapa ses clés et prit l'enveloppe : il fallait qu'il se grouille avant que la poste ne ferme. Il avait décidé d'envoyer son pli en express. Tant pis si l'envoi avait l'air précipité. Tant pis si sa lettre, avec sa mention « urgent », retenait l'attention des surveillants de Kanara. Il ne pouvait pas attendre encore un mois avant une réponse – si réponse il y avait.

Il ne prit pas le chemin de la rue Hippolyte-Lebas : il ne voulait pas tomber sur Alain. Il opta pour la poste de la rue Saint-Lazare, en bas du 9e arrondissement. En entrant dans le bureau, il retint sa respiration. Comme la première fois, il avait l'impression, en envoyant cette lettre, de plonger dans l'inconnu. Mais cette fois, il franchissait un nouveau palier de compression, vers les couches sombres des eaux glacées.

18

– GOSOK KUAT SIKIT ! (Frotte plus fort !)

Sous le soleil, Jacques Reverdi était à genoux. Armé d'une brosse en fer et d'un seau d'eau de Javel, il tentait d'effacer l'ineffaçable : l'empreinte de sueur humaine, de crasse imprégnée dans l'un des murs de la cour. Des traces incrustées dans le ciment, aussi profondément que des fossiles. Malgré ses efforts, les taches ne diminuaient pas. Il aurait fallu racler, ronger, attaquer la pierre avec une ponceuse.

Au-dessus de sa tête, Raman l'observait. Pieds écartés, mains serrées sur la ceinture. L'homme murmurait des injures entre ses lèvres serrées, promettant que la matraque allait bientôt donner corps à ses paroles.

Reverdi était indifférent. Ni la douleur physique, ni les insultes ne l'atteignaient. Il songeait à un morceau de verre. Les mots, les coups le traversaient comme la lumière traverse une vitre. Dans de tels moments, il se transformait en prisme, décomposant le spectre de ses propres réactions, éliminant celles qui pourraient l'affaiblir : honte, douleur, crainte...

– *Celaka punya mat salleh !* (Bâtard de Blanc !)

Un coup de pied l'atteignit au flanc. La peau lui brûlait tellement qu'il sentit à peine cette douleur supplémentaire. Un nouveau coup se perdit dans la souffrance de l'air. Reverdi lança un bref regard au-dessus de lui. Raman faisait de nouveau les cent pas. Il serra les dents, reprit sa brosse et dressa, mentalement, le portrait de celui qu'il cherchait à éviter depuis son arrivée à Kanara.

Abdallah Madhuban Raman, cinquante-deux ans, père de cinq enfants, musulman rigoriste, pure quintessence d'autorité et de sadisme. Au pénitencier du Cambodge, Reverdi avait connu des fonctionnaires de la cruauté. Des surveillants qui avaient intégré la brutalité comme un des devoirs de leur fonction. Raman n'avait rien à voir avec cette version tempérée du maton. Le Malais bandait pour la souffrance. Il vibrait pour elle. C'était un pur psychopathe, plus dangereux que tous les tueurs de Kanara réunis.

Malais, il avait aussi du sang tamil dans les veines. Son visage était noir, percé de grosses narines qui rappelaient les naseaux d'un taureau. Ses pupilles étaient plus noires encore et sa face écrasée, scarifiée par des rides profondes, évoquait celle d'un Aborigène d'Australie.

Le salopard avoisinait le mètre quatre-vingt-cinq, taille exceptionnelle en Malaisie, et portait en permanence, malgré la chaleur, une veste sombre à galons, serrée à la taille, qui partait en arêtes dures de chaque côté. À sa ceinture, il arborait une batterie de menaces – flingue, matraque électrique, bombe lacrymogène, clés... On racontait qu'il avait crevé l'œil d'un détenu avec la clé qui ouvrait la dernière porte : celle du dehors.

Pratiquant fanatique, membre de la secte interdite « al arqam », Raman était aussi un homosexuel en perpétuelle ébullition. Éric l'avait prévenu, mais son appétit excédait les pires prévisions. L'ordure ne pensait qu'au cul. Il était entouré d'un clan sur mesure – des matons de même obédience sexuelle, amateurs de musculation et de sports de combat. Des pédés durs qui aimaient torturer et casser les gueules, que Raman « payait » en chair fraîche. Tous les détenus étaient hantés par les cris qui s'élevaient des douches, en fin d'après-midi. Mais Éric se trompait : les victimes ne se faisaient pas violer. Seulement laminer de coups, jusqu'à l'évanouissement. Alors, les matons baisaient entre eux, enivrés par l'odeur du sang.

Dans ces moments-là, le tortionnaire en chef sortait le premier du bâtiment maudit, titubant, aveuglé par le soleil et le remords. Chacun l'observait, de loin, terrifié, redoutant d'autres représailles.

– Arrête ! clama Raman dans son dos. Terminé pour aujourd'hui.

Jacques avait toujours su que son statut de star occidentale lui vaudrait un régime de faveur. La corvée de ce matin marquait le début des festivités.

– Demain, tu feras un autre mur, reprit le gardien en s'approchant. Et ainsi de suite. (Il promena son regard de carbone sur la cour.) Je veux plus voir une tache de sueur sur ces putains de murs !

Reverdi se releva et trouva les yeux du maton. Il lui souffla, en malais :

– Tu viens de perdre un point, mon gars.

D'un geste, Raman dégaina sa matraque et frappa le torse nu de Reverdi. Il eut juste le temps de replier ses bras pour protéger ses côtes.

– C'est moi qui compte les points ici !

Reverdi ne baissa pas les yeux. Raman leva encore sa matraque puis, tout à coup, sourit, de ses dents trop blanches, comme s'il venait de trouver une autre cruauté au fond de son esprit.

– Le jour où on te pendra, ordure, tu pourras plus regarder personne avec ces yeux-là. On te foutra une cagoule sur la gueule et c'est la dernière chose que tu sentiras.

Jacques hocha lentement la tête :

– Tu sais que les pendus bandent comme des boucs ? Tu pourras enfin me sucer, ma puce.

Le gourdin s'écrasa à nouveau. Reverdi se plaça de côté, in extremis, et se prit le coup dans le creux de l'épaule. Sa clavicule gauche craqua net. La douleur le traversa à l'oblique pour ricocher contre son omoplate. Il recula, vacilla, mais ne tomba pas. Les larmes aux yeux, il lança sa brosse dans le seau, d'un geste nonchalant :

– Je te jure que lorsque je partirai d'ici, ton autorité ne sera plus la même.

Raman écrasa son pouce sur le connecteur d'électricité de sa matraque mais stoppa son geste. Les autres détenus s'avançaient. Tous les yeux étaient braqués sur eux. L'atmosphère vibrait d'un espoir confus. Tous attendaient un duel au sommet entre les deux hommes, deux géants – le Blanc et le Noir.

Mais le gardien n'était pas assez fou pour prendre un tel risque. Il rengaina son gourdin et tourna les talons, sans un mot. Il marchait d'un pas si sec, si mécanique, qu'il paraissait boiter. La chaleur blanche disloquait sa silhouette à mesure qu'il s'éloignait.

Onze heures du matin.

Jacques soulevait ses haltères, ressentant à chaque mouvement la même douleur. Sa clavicule : cassée ou pas cassée ? En guise de réponse, il levait ses parpaings. Il voulait effacer cette souffrance par celle qu'il s'infligeait à lui-même, en torturant ses muscles.

Une voix l'interpella. Reverdi s'arrêta net, allongé sur son banc, les bras repliés. Il se demanda qui pouvait oser le déranger dans un moment pareil. Il bloqua ses muscles, posa lentement les poids sur leurs fourches et se releva, dégoulinant de sueur.

Le *tengku*.

Reverdi aurait dû deviner qu'il s'agissait de lui. Seul ce môme était assez inconscient pour l'interrompre en plein exercice physique. En langue malaise, *tengku* désigne une position royale – un lien de parenté, même éloigné, avec un des neuf sultans du pays. Hajjah Elahe Noumah appartenait à la famille du sultan de Perak. Il était emprisonné à Kanara pour trafic de stupéfiants. Il avait été arrêté en possession de quatre cents grammes d'héroïne. En général, un membre d'une famille royale ne se retrouvait jamais en prison : un simple coup de téléphone réglait le problème. Mais cette fois, le père avait voulu donner une leçon à son fils, en le laissant croupir quelques mois à Kanara. Une manière brutale de lui faire passer le goût de la défonce.

– Je te dérange ? demanda-t-il en anglais.

Reverdi attrapa son tee-shirt sans répondre. Une nouvelle douleur jaillit quand il l'enfila. Il était certain que sa clavicule était pétée. Merde.

Hajjah s'assit face à lui, sur le ciment chaud. C'était un jeune homme gracieux au long cou et à la peau cuivrée. Il était diplômé de nombreuses universités anglaises mais son cerveau était grillé par la drogue. Ses yeux, globuleux comme des prunelles d'autruche, étaient absolument fixes. Ils semblaient scruter un versant invisible du monde.

– Qu'est-ce que tu veux ?

– Je voudrais...

Le *tengku* marqua un temps d'hésitation.

– Accouche.

Reverdi ne pouvait admettre qu'une partie de lui-même soit brisée – détériorée. Il se voyait déjà avec un bras en écharpe. Hajjah se décida enfin :

– Combien tu prendrais pour me protéger ?

– Te protéger ? Contre qui ?

– Les Chinois. Les Philippins.

– Pourquoi les Chinois t'emmerderaient ? T'es leur meilleur client.

En voulant sevrer son fils, le père d'Hajjah avait fait un mauvais calcul. En termes de drogue, l'aristocrate était au paradis à Kanara, d'autant plus que sa mère lui envoyait en douce des petites fortunes.

– Je... J'ai un pressentiment. Ça va pas durer.

– Pourquoi ?

– Si mon père découvre ce que ma mère me donne, je...

Hajjah s'arrêta en plein milieu de la phrase. Il donnait toujours l'impression d'avaler les derniers mots au lieu de les prononcer. Reverdi sentait monter une sensation d'écœurement : ce toxico lui rappelait Ipoh et ses zombies sous médocs.

– Si tu n'as plus d'argent, comment tu pourras me payer ?

– Je pourrais... Enfin... Je pourrais devenir ta...

Hajjah baissa les yeux. Reverdi comprit sa gêne. Il quitta son banc :

– T'es pas mon genre, ma choute. Si je te protège, ça ne sera ni pour le cul, ni pour l'argent.

– Pour quoi alors ?

– Parce que je l'aurai décidé. C'est tout. Casse-toi.

Le fils à papa lui lança un regard méprisant, sans bouger. Malgré son poids plume, malgré sa fragilité, il continuait de se comporter ici en aristocrate. Reverdi haussa la voix :

– Casse-toi, je te dis !

Le toxico déguerpit, trottinant sur le bitume comme une souris aux pattes fragiles.

La sirène de l'appel retentit. Onze heures trente. À cet instant, il comprit la vraie raison de sa mauvaise humeur. Ce n'était pas l'enfoiré malais, pas plus que sa clavicule fêlée. Pas même la menace qui se resserrait autour de lui, dans la prison. Non, c'était la fille. Élisabeth. Voilà ce qui le préoccupait.

Malgré lui, il attendait sa lettre. Jimmy devait venir aujourd'hui et il était déjà angoissé à l'idée qu'il n'ait rien pour lui. Cette dépendance l'ulcérait. Comment pouvait-il être accro à un tel détail ?

Jimmy semblait particulièrement en forme. Il mettait toute sa passion dans cette affaire et paraissait toujours attendre, en retour, quelques manifestations de complicité de la part de son « client ». Jacques n'était pas encore enchaîné au sol qu'il attaqua :

– La semaine a été très positive. Les pêcheurs ont renoncé à vous charger. En fait, je leur ai proposé un arrangement : s'ils ne témoignent pas, vous ne portez pas plainte. On oublie leur tentative d'homicide. Le marché est favorable pour tout le monde.

Il le laissa parler, l'abandonnant à sa propre satisfaction.

– Ce n'est pas tout. J'ai découvert qu'il y avait eu une grave erreur de procédure, lors de votre arrestation. Dans l'affolement, les policiers n'ont pas consigné par écrit les conditions de l'interpellation. De plus, vous n'avez rien dit au poste central. C'est un fait déterminant pour la loi malaise. Dans le procès-verbal, vous n'existez tout simplement pas. Je vérifie la jurisprudence et...

– Tu as des lettres ?

Il rejoignit son repaire.

À l'heure du déjeuner, les douches étaient désertes. Il longea les lavabos et se blottit dans une des cabines, comme un écolier qui se cache pour fumer.

Sa correspondance avait presque doublé de volume mais il n'avait pris qu'une seule lettre. Au premier coup d'œil, il avait reconnu l'écriture. Les formes rondes des voyelles, les hautes boucles des « l » et des « b ». Elle avait envoyé sa nouvelle lettre en express. L'impatience était donc aussi manifeste à l'autre bout de la chaîne.

Sa première lecture ne dura que quelques secondes, mais un sourire demeura fixé sur ses lèvres. Il avait vu juste. Il allait pouvoir s'amuser avec cette fille. En substance, Élisabeth lui demandait pardon et lui assurait qu'elle était prête à tout entendre : « Les abysses, il y en a de toutes sortes. Et tous m'intéressent. »

Il faillit éclater de rire.

Il y avait une chose que cette greluche n'avait pas comprise.

Ce n'était pas lui qui allait passer à confesse.

Mais elle.

19

KHADIDJA savait qu'il s'agissait d'un rêve.

Mais, le temps du rêve, elle vivait la scène comme un souvenir.

Elle se tenait devant une porte fermée. Une paroi de contreplaqué misérable, qui aurait pu être enfoncée d'un coup d'épaule. Pourtant, elle la considérait comme un porche sacré, un seuil interdit, qui diffusait une chaleur mystérieuse. Khadidja entendait, derrière la porte, les craquements du feu. Secs, nets, comme ceux que produisent des branches d'acacia dans un foyer.

Elle avança encore. À cet instant, la porte s'arracha, comme aspirée vers l'intérieur. Un souffle de fournaise lui dévora la face. Une bombe rouge, qui la cingla aux yeux, mais ne la brûla pas.

Elle découvrit la chambre ardente. Cernée par les flammes. Des bourrasques de fumée jaillissaient du sol. Des lambeaux de papiers peints s'affaissaient. Dans ce naufrage, tous les objets paraissaient emportés, aspirés par des mâchoires frémissantes : lampe de chevet, couvertures, vêtements... Khadidja fit un pas et plissa les yeux, pour mieux distinguer les formes au fond du lit.

L'homme assis était son père. Il paraissait attendre un médecin. Ou un croque-mort. Il était en flammes et sa peau diffusait des miasmes sombres. Il semblait réfléchir, concentré, alors que son visage n'était plus qu'un crépitement noir. À sa vue, Khadidja éprouvait une appréhension, un malaise, mais sans rapport avec la terreur qu'elle aurait dû ressentir. Une sorte de trac, comme au moment de monter sur une estrade, pour une remise de prix.

Une voix lui chuchota : « N'aie pas peur. Il veut te dire quelque chose. » Elle se tourna et vit que le personnage qui lui parlait était en feu lui aussi. Il avait le crâne rasé, était vêtu d'une toge. Elle le reconnaissait : c'était le bonze d'une photo célèbre, qui s'était immolé au Vietnam, se consumant sur le trottoir, en position du lotus. Il était debout maintenant, mais toujours chauve, toujours enflammé. Ses orbites ne comportaient plus de pupilles, alors que ses dents, très blanches, refusaient de brûler. Il posa sa main sur l'épaule de Khadidja. Ce contact la rassura. N'éprouvant plus aucune peur, elle se dirigea vers le lit et comprit qu'elle marchait sur une mer rouge, qui roulait sous ses pas.

Elle s'assit face à son père, comme au chevet d'un convalescent. Mais alors, il la fixa avec cruauté. Deux cratères volcaniques remplaçaient ses yeux :

– J'ai du sable dans le cerveau.

Khadidja recula. L'homme se mit à rugir, les flammes jaillissant de ses lèvres :

– J'ai du sable dans le cerveau. C'est ta faute !

Il ouvrit son bras, noir et dur comme une branche d'arbre calcinée. Khadidja découvrit la seringue plantée dans le pli du coude. Cette image était la plus absurde de toutes : son père ne se piquait plus dans le bras depuis des années. Il répétait :

– C'est ta faute (sa voix crépitait mais, comme pour le bonze, l'émail de ses dents restait intact dans l'haleine de fumée). T'as pas nettoyé le coton !

Khadidja se leva, horrifiée. La voix crissait :

– Y avait du sable. Du sable dans le coton. C'est ta faute !

Khadidja voulut se justifier mais un coton enflammé se plaqua sur sa bouche. La voix sifflait toujours dans les craquements du feu : « C'est ta faute ! » Elle tenta de répondre encore, mais le tampon la brûlait et l'étouffait à la fois. Ses mots ne dépassaient pas le seuil de sa conscience : « C'est pas vrai... J'ai fait comme d'habitude... J'ai tout nettoyé... »

Khadidja se réveilla en une convulsion.

Son oreiller était trempé de sueur et de larmes.

Elle sentait encore l'odeur de brûlé dans sa gorge alors que sa conscience était opaque. Elle tendit son bras hors du lit et sentit la fraîcheur des tommettes sous ses doigts. Ce contact la ramena à la réalité. Elle se redressa, prenant garde de ne pas se cogner contre le plafond mansardé. Sa chambre était minuscule – à peine cinq mètres carrés. Rien n'était à sa taille ici.

Elle se frotta les yeux pour retrouver sa lucidité. La fumée s'évacua. Les images de fournaise disparurent. Combien d'années encore devrait-elle subir ce cauchemar ? Combien de temps vivrait-elle avec ce remords absurde ?

Elle jeta un coup d'œil au réveil : trois heures du matin. Elle ne parviendrait pas à se rendormir. Elle s'allongea de nouveau, sentant la nausée l'envahir.

À mesure que sa raison revenait, une certitude se formait : elle devait devenir mannequin. S'arracher de ses origines de merde. Quitter cette chambre de bonne. Atteindre le vrai confort. Grâce au fric, grâce à l'ascension sociale, elle parviendrait à échapper à son passé, à ses cauchemars.

Elle sourit dans l'obscurité.

C'était bien une idée de pauvre : penser que l'argent pouvait tout effacer.

Elle songea à ses derniers castings. Échec sur échec. Son agence lui assurait pourtant qu'elle devait persévérer : son physique possédait un « potentiel ». Mais pourquoi ne la retenait-on jamais ? Elle entendit la voix du connard à casquette new-yorkaise lui répondre : « Ton book, c'est le catalogue de La Redoute. »

Il fallait faire d'autres photos, plus modernes, plus tendance. Elle en avait parlé au patron de l'agence, qui refusait de payer le moindre cliché supplémentaire. Alors quoi ?

Sa nausée la travaillait toujours, alourdissant son corps, ses pensées.

Elle se dressa sur un coude et prit sa décision. Ces photos, elle allait se les offrir elle-même. Elle allait reprendre son boulot, à la cafétéria de Casino, à Cachan. Tant pis pour les odeurs de graillon. Tant pis pour le chef pète-sec. Tant pis pour la racaille, qui la matait à travers la vitrine du self comme si elle était un plat parmi les autres.

Elle sortit du lit, courbée sous la soupente.

Vomir, d'abord.

Puis attendre le jour, pour retrouver du boulot.

20

MARC ne prêtait aucune attention à la guerre en Irak. Depuis le 20 mars, les tirs de missiles américains redoublaient sur Bagdad, et cela ne lui faisait ni chaud ni froid. Une piqûre de moustique sur le dos d'un rhinocéros. Sa seule préoccupation était de savoir si ce conflit influençait, d'une manière ou d'une autre, le trafic du courrier international. Depuis deux semaines, il patientait, se perdant en conjectures, imaginant le parcours de la lettre de Reverdi, se demandant toujours s'il ne péchait pas par excès d'optimisme. Le tueur n'avait peut-être aucune envie d'écrire à Élisabeth...

En attendant, Marc étudiait, toujours et encore, son dossier. Et conservait un œil sur l'affaire de Papan. Mais le dossier semblait clos. Depuis le début du conflit, plus personne, en Malaisie, ne se souciait de Reverdi. Chaque matin, il consultait sur le Net les journaux de Kuala Lumpur, vérifiait les dépêches des agences, appelait l'ambassade de France. Chaque fois, on l'accueillait comme s'il était fou, comme s'il s'était trompé d'espace-temps. N'avait-il pas entendu parler de la guerre ? Le seul point positif était qu'il avait obtenu, enfin, le nom de l'avocat de Jacques Reverdi : Jimmy Wong-Fat. Mais il n'avait reçu aucune réponse aux requêtes qu'il avait envoyées.

Pendant ce temps, *Le Limier* tournait au ralenti. Ses ventes étaient au plus bas et ses journalistes en hibernation. Dans cette torpeur, Marc vivait au rythme de sa promenade matinale vers la rue Hippolyte-Lebas. Alain l'accueillait, sourire aux lèvres, lui servant toujours une nouvelle blague. Pourtant, il semblait avoir deviné qu'il y avait « anguille sous roche », un enjeu personnel dans cette histoire. Chaque matin, Marc repartait les épaules basses et le Vietnamien commençait à le regarder avec compassion. Même ses vannes se faisaient plus douces, plus encourageantes.

Jusqu'au samedi 29 mars.

Ce jour-là, il lui glissa une nouvelle lettre sous la vitre.

Kanara, le 19 mars 2003

Chère Élisabeth,

Je n'ai pas la réputation d'être un cœur tendre. Pourtant, votre nouvelle lettre m'a touché. Vraiment. J'y ai perçu un élan de sincérité, une spontanéité qui m'a ému. J'ai constaté que vous aviez abandonné le pauvre jargon des psychologues et que vous aviez renoncé à toute hauteur prétentieuse.

Ce nouveau ton m'a plu, parce qu'il sonnait juste.

Élisabeth, si vous voulez établir une relation franche avec moi, il faut que vous me persuadiez que cette sincérité est réelle. Alors seulement, je pourrais peut-être, à mon tour, me livrer. Et vous écrire comme à une amie.

Si vous voulez obtenir quelque chose de moi, il faut que vous me livriez d'abord quelques éléments sur vous. Des confidences.

Je suis un plongeur, un apnéiste. Je ne peux envisager une relation – même par lettre, même ici, dans cette prison – qu'en termes de profondeur. C'est au fond de vous-même que je lirai la vérité de notre échange. C'est en plongeant sous votre chair que je saurai si, oui ou non, je peux vous écouter, me rapprocher de vous.

Accepterez-vous de vous confier ? J'attends votre réponse. Notre avenir est entre vos mains. Vous seule déterminerez la nature de notre apnée.

À bientôt,

Jacques Reverdi

Comme la première fois, Marc demeura pétrifié.

Mais sa stupéfaction était cette fois d'une autre nature. Il était incrédule face à l'ampleur de sa victoire. Jamais il n'aurait pu imaginer un virage aussi radical, dans un délai aussi court. Était-ce un piège ? Mais de quel piège pouvait-il s'agir ? Et pour attraper quoi ?

Non. Le changement de ton avait été payant, voilà tout. Le prédateur avait senti la sincérité de la deuxième lettre. À cela s'ajoutaient l'ennui, la solitude, la cruauté de la prison. Même un Reverdi, dans un tel contexte, devait être plus sensible aux sollicitations extérieures.

Sans quitter ses gants, Marc attrapa le feutre et le bloc qu'il utilisait pour ses brouillons. Sa réponse tenait en deux mots : « Bien sûr. » Il accorderait toutes les confidences que le tueur exigerait.

Tout en rédigeant sa lettre, Marc tremblait d'excitation. S'il continuait ainsi, s'il ne commettait pas d'erreur, il obtiendrait de vraies confessions : il en était certain. Au seuil de la mort, l'assassin lui dirait tout. Alors, peut-être, il comprendrait la pulsion criminelle. Il contemplerait l'étincelle noire.

En trente minutes, il avait achevé son texte. La rédaction, de la main d'Élisabeth, lui prit une autre demi-heure. Il s'améliorait dans chaque discipline : conception du message, rédaction manuscrite... Comme les deux premières fois, il fit une copie grâce à son fax. Archives personnelles. Puis il regarda sa montre : onze heures trente.

De nouveau, il courut jusqu'à la poste de la rue Saint-Lazare. On était samedi et le bureau fermait à midi. En chemin, un passage inquiétant de la lettre de Reverdi lui revint à l'esprit, ternissant sa joie : « C'est en plongeant sous votre chair que je saurai si, oui ou non, je peux vous écouter, me rapprocher de vous... » Lorsqu'un homme ordinaire vous écrit cela, c'est étrange. Mais lorsqu'il s'agit d'un tueur capable d'enfoncer vingt-sept fois son couteau dans le corps d'une femme, il y a de quoi prendre la formule au pied de la lettre...

Marc se raisonna. Le monstre était sous les verrous. Dans quelques mois, il serait exécuté. D'ici là, Marc devait jouer serré et arracher son secret.

En passant le seuil de l'agence, il se sentait de nouveau léger. Lorsqu'il glissa sa lettre et demanda « en express », il fut même pris d'une sorte d'ivresse. Il franchissait un nouveau cap. Nouvelle pression, nouveaux risques...

La postière demanda :

– Vous avez dit quelque chose ?

Marc fit signe que non, mais ses lèvres l'avaient trahi. À l'idée de sa plongée, il avait murmuré : « Attention à la syncope. »

21

MERCREDI 2 avril 2003, réfectoire de la prison de Kanara.

Depuis deux semaines, ils avaient droit à des images télévisées, nocturnes, abstraites, de la nouvelle guerre du Golfe. Des pétales de lumière. Des bouquets de soufre. Des sillons de feu sur fond de nuit verdâtre. Avec des commentaires pro-irakiens qui se limitaient à la solidarité naturelle entre musulmans. En prison, ces événements prenaient une résonance lointaine et vague. Tout le monde s'en foutait.

Mais ce soir, c'était différent.

Les images diffusées étaient autrement proches.

Et angoissantes.

Un homme, le visage barré par un masque hygiénique, portant des gants chirurgicaux et un sac-poubelle en guise de combinaison, nettoyait avec application un hall d'immeuble. Le commentaire précisait qu'il s'agissait d'un complexe résidentiel de Kowloon, sur la partie continentale de Hongkong, où plus de deux cent cinquante familles avaient été placées en quarantaine.

Dans le réfectoire, chaque détenu regardait l'écran en silence, comme s'il contemplait les prémices de la fin du monde. Debout au fond de la salle, Jacques Reverdi considérait lui aussi cette scène, en se demandant, pour la millième fois, quel profit il pourrait tirer du SRAS. Son instinct guerrier lui soufflait qu'il y avait quelque chose à puiser dans ce contexte. Mais quoi ?

Depuis environ deux mois, on parlait de la maladie. Les Chinois avaient commencé à raconter que Hongkong et la province de Guangdong, dans le Sud, en Chine méridionale, étaient frappés par une épidémie de grippe mortelle. Peu à peu, on avait appris que cette grippe était une pneumonie inhabituelle – « atypique » disaient les journaux. Au mois de mars, la nouvelle fut officielle : une pneumonie, de nature inconnue, très virulente, se propageait à Hongkong et à Canton, provoquant des centaines de morts. La contamination se développait aussi en Asie du Sud-Est. On évoquait des cas mortels dans les pays frontaliers à Hanoi au Vietnam, à Singapour.

La panique n'avait pas été longue à se répandre dans la taule. Les Chinois furent d'abord placés en quarantaine. Plus personne ne voulait les approcher, comme s'ils étaient déjà atteints par le virus. Ensuite, des détenus montrèrent des signes de la maladie. Fièvre, sueur, toux... Des symptômes psychologiques, mais les masques hygiéniques s'arrachaient déjà à prix d'or. Ainsi que les médicaments chinois traditionnels, amulettes, vinaigre...

Et les informations continuaient d'affluer, de plus en plus alarmantes : l'alerte mondiale avait sonné. On décrivait la maladie comme une affection foudroyante. Elle tuait en quelques jours, sans possibilité de soins. Et il suffisait d'une infime parcelle de salive ou de sueur contaminée pour la contracter.

Reverdi refusait de s'inquiéter. Au fil de ses voyages, il en avait vu d'autres. Il avait croisé la lèpre, la peste, et nombre d'affections contagieuses. D'ailleurs, il était déjà condamné. Mais il devait admettre que les news n'étaient pas très encourageantes. Il était même surpris que les autorités pénitentiaires laissent filtrer de telles informations. Chacun ruminait cette certitude : si le SRAS pénétrait dans la prison, tout le monde y passerait, en quelques semaines. Kanara se transformerait en un monstrueux bouillon de mort.

Le programme télévisé passa à la guerre en Irak, mais plus personne n'écoutait. La rumeur montait déjà, dans le réfectoire. Des voix demandaient pourquoi les prisonniers qui nettoyaient la taule ne portaient aucune protection. D'autres parlaient d'une pétition pour qu'on place les Chinois dans un autre bâtiment. Les Chinois eux-mêmes, relégués dans un coin, commençaient à gueuler. Tout cela puait la baston imminente.

Reverdi préféra s'éclipser.

Dehors, c'était la frénésie de dix-sept heures. Les taulards s'activaient dans la cour, avant d'être enfermés de nouveau, pour toute la nuit. On troquait, on achetait, on trafiquait. Chacun gueulait, s'agitait, s'énervait. D'autres au contraire parlaient à voix basse, un portable dans le creux de la main. Des fourmis s'arrachant des miettes d'espace et d'espoir...

Reverdi longea le mur du réfectoire et rejoignit la cour des cuisines, d'où s'exhalaient des effluves si abjects que personne ne s'y risquait. À cette heure, c'était un carré rose, qui ressemblait à un lit de braises. Un ruisseau coulait au centre : eaux grasses et déchets flottants. Jacques commença à faire les cent pas, en ayant l'impression de patauger dans une fange en fusion.

Il abandonna le SRAS pour passer à son sujet favori : Élisabeth. Il attendait sa lettre. Et cette impatience l'agaçait de plus en plus. Le petit jeu qu'il mûrissait à l'égard de l'étudiante lui occupait beaucoup trop la tête. Pour être efficace, un chasseur devait toujours rester lisse et froid.

Et lui se tordait les mains, à compter les jours.

Jeudi 10 avril, parloir de la prison.

– J'ai de bonnes nouvelles.

Reverdi soupira :

– Tu as toujours de bonnes nouvelles.

Wong-Fat ne se laissa pas désarçonner :

– Nous avons marqué un nouveau point. Nous...

– Tu sais ce qui m'intéresse.

Jimmy se mordit les lèvres. Jacques lut dans ses yeux une déception qui l'amusa. Le Chinois était jaloux.

– Vous voulez parler des lettres ? Je les ai amenées. Je...

Jacques fit un geste explicite. L'avocat déversa les enveloppes sur la table. Leur nombre était en baisse. L'effet de la guerre. Et du SRAS. Ou même de l'usure : on l'oubliait déjà en Europe.

Il les feuilleta rapidement. Sa main se plaqua sur une lettre. Il venait de reconnaître son écriture. À cet instant, la vue des bords ouverts lui fit mal. Il comprit l'avertissement : il ne pouvait plus supporter cette violation de son intimité – de « leur » intimité.

Il prit la lettre d'Élisabeth et abandonna les autres :

– On remet notre rendez-vous à demain.

– Jacques, votre procès est dans quelques semaines et...

Reverdi secoua violemment ses chaînes, afin que le gardien vienne le libérer :

– Demain, répéta-t-il. J'aurai un service à te demander.

– Quel service ?

– Demain.

Le crépuscule, encore une fois.

Impossible de se rendre dans son repaire habituel.

À cette heure, les douches étaient occupées. Les « soirs de paix », les homos s'y cachaient pour pratiquer leurs jeux érotiques. Les « soirs de Raman », personne ne s'y risquait.

Il ne pouvait non plus se rapprocher des cuisines : pas question de lire sa lettre dans les remugles de bouffe. Il décida de retourner dans sa cellule, quitte à s'y enfermer et à se priver de dîner.

Reverdi contourna les édifices centraux, longea le bâtiment C et retint son souffle pour affronter le D, là où se trouvait ce qu'il appelait le « mur des lamentations ». Une sorte de parapet, qui donnait sur un terrain vague, où les travestis thaïs, en contrebas, tapinaient. La plupart des taulards n'avaient pas de quoi se payer une vraie passe, alors ils restaient là, derrière le muret, regard tendu, genoux fléchis, se branlant comme des épileptiques, en observant les travelos faire leurs effets de jupons. Reverdi les aurait bien grillés sur place avec un lance-flammes, rien que pour rendre quelques degrés de dignité à l'humanité.

Il atteignit le batiment B, où se trouvait sa cellule. Il grimpa l'escalier et emprunta une coursive. Sous ses pas, un grand filet était tendu pour empêcher les tentatives de suicide. Des oiseaux agonisants étaient toujours pris au piège dans les mailles. Il fila le long de la galerie. Des musiques s'entremêlaient, se répercutant contre les murs – raps violents contre romances sucrées. Des groupes se tenaient sur le seuil des cellules ouvertes, jouant aux dés, trafiquant encore, menant des conciliabules interminables. Leur sueur finissait par créer une brume puante, une sorte d'humidité poisseuse, qui collait sous les pieds nus.

Jacques parvint dans sa cellule et, sans hésiter, claqua la porte, sachant qu'il ne pourrait plus la rouvrir. Il s'assit en tailleur et glissa les doigts dans l'enveloppe déjà déchirée.

Mentalement, il ordonna à la feuille pliée de ne pas le décevoir.

Paris, le 29 mars 2003

Cher Jacques,

Votre lettre m'a plongée dans une profonde exaltation. J'étais si heureuse que vous ayez saisi mes intentions, perçu ma sincérité !

Aujourd'hui, vous me demandez des gages de franchise. Sans comprendre ce que cela signifie, je vous réponds : « Tout ce que vous voudrez. »

Vous n'avez qu'à m'interroger, je n'aurai aucun secret pour vous. Mais je vous préviens : je ne suis qu'une étudiante sans histoires. Une Parisienne qui vit pour étudier et tenter de comprendre les autres. Ma personnalité en elle-même n'a rien de bien passionnant. Pourtant, si cette mise à nu peut être un pont tendu entre nous, alors, oui, je vous dirai tout...

En espérant qu'ensuite, vous me livrerez à votre tour quelques clés de votre personnalité. Puis-je espérer cela ? Puis-je prier pour que vous m'offriez un jour quelques révélations ?

Jacques, cher Jacques, j'attends vos questions... J'ai hâte de vous lire et de voir votre écriture me parler, indirectement, de moi. De nous.

J'attends votre lettre. Et, pour être sincère, je n'attends plus que cela.

ÉLISABETH

Reverdi contempla le ciel par la lucarne – rouge ardent. La chaleur de la lettre se diffusait en lui. Une coulée de vie qui se répandait dans ses veines, s'instillait à travers la moindre fibre de son corps. Une ventilation de bonheur.

Une nouvelle fois, il se félicita de son discernement. Il était toujours ce prédateur qui sait choisir sa proie. Il allait obtenir ce qu'il voulait de cette fille. Et ses confessions, au-delà de la transgression, de l'indiscrétion qu'elles impliqueraient, promettaient même d'être intéressantes...

Il allait pouvoir pénétrer son intimité.

Et déceler la couleur de son sang.

22

– ÇA NE VA PAS ? Qu'est-ce que vous avez ?

Jacques Reverdi ne parvint pas à répondre. Il était plié sur son siège, arc-bouté contre la table ; la douleur traversait son ventre comme une sonde brûlante. Il songeait à ces tisons de fer rouge que les chasseurs du Grand Nord enfoncent dans l'anus des renards pour ne pas abîmer leur peau.

Jimmy se pencha au-dessus du bureau :

– Vous... vous voulez que j'appelle un médecin ?

Reverdi se recroquevilla sur ses chaînes. Il avait réussi à tenir jusqu'au parloir, mais maintenant...

– Non, haleta-t-il. Une dysenterie. Ça... Ça n'arrête pas. J'ai même dû m'arrêter aux chiottes en venant ici. Je...

Il n'acheva pas sa phrase. Ses mots se perdirent dans un gémissement. Jimmy se leva et contourna la table. Reverdi jeta un regard par-dessus son épaule et aperçut le garde, qui hésitait à venir lui aussi. Il comprit qu'il avait le temps. À cette seconde, il quitta son ton plaintif et murmura :

– Dans le couloir. Les chiottes.

Jimmy sursauta :

– Qu... quoi ?

– Les troisièmes chiottes à gauche en partant de la porte, ordonna Reverdi à voix basse. Derrière la chasse d'eau. Une lettre.

– Qu'est-ce que... Qu'est-ce que vous racontez ?

Reverdi l'attrapa par le revers de sa veste – avec son dos, il cachait la scène au planton :

– Écoute-moi, fils de pute. J'ai bouffé des *cili padi* (piments) hier soir pour être dans cet état-là aujourd'hui. Pour m'arrêter dans ces chiottes au moment de la visite.

– Vous savez bien que je peux pas...

– Ta gueule. En sortant d'ici, fais comme moi. Va pisser. Prends la lettre. Glisse-la dans ton froc. Troisièmes chiottes en partant de la porte.

– Qu'est-ce... qu'est-ce que je dois en faire ?

– Tu l'envoies de ton bureau de Kuala Lumpur. Dans les conditions que je vais t'expliquer. L'adresse est sur l'enveloppe.

Reverdi relâcha son étreinte. Un violent spasme lui secoua les tripes et les fit revenir, en un crépitement atroce, façon rognons flambés dans une poêle. Il n'était pas sûr de ne pas se chier dessus, là, en plein parloir.

– Ce... Ce n'est pas régulier, risqua encore Jimmy.

– Qu'est-ce qui est régulier ? demanda-t-il en serrant les fesses. Les petites filles que tu défonces ?

– Si vous comptez me faire chanter, je...

– Tu vas faire ce que je te demande et basta.

L'avocat passa un index dans son col de chemise :

– Imaginez qu'on me surprenne. Cela compromettrait mon travail dans ce...

– Fais ce que je te dis. Envoie cette lettre. (Il grimaça un sourire.) Mais attention. Ne t'avise pas de la lire. Elle est comme une cicatrice. Si tu tentes de l'ouvrir, je le sentirai dans ma chair. Dans ce cas, je te promets de belles représailles.

23

– IL NE S'AGIT PAS de drogue, au moins ?

Marc ne répondit pas. Il regardait, à travers la glace, le pli entre les mains d'Alain. Il était stupéfait. Il était venu à la poste, comme chaque matin, mais il n'attendait rien avant le 20 avril.

Or, aujourd'hui 15 avril, une lettre était là.

Une enveloppe plastifiée aux initiales DHL.

– Qu'est-ce qu'il y a là-dedans ? demanda le postier.

– Je n'en sais rien.

– Ça vient encore de Malaisie. (Alain se pencha, regarda autour de lui, puis murmura, près de la vitre :) Ça sent l'embrouille votre histoire...

Marc conserva le silence. Il avait seulement envie de passer par-dessus le comptoir pour attraper l'enveloppe.

– Depuis que vous avez ouvert cette adresse en poste restante, vous n'avez reçu que trois lettres. Toujours de Malaisie. Qu'est-ce que ça signifie ?

– Ne vous en faites pas. Je peux avoir ma lettre ?

Le postier fit mine de ne pas la lâcher :

– Et votre amie, comment va-t-elle ?

– Mon amie ?

Alain sourit en contemplant le visage de Marc, pris en flagrant délit d'oubli. Il lut sur l'enveloppe le nom de la destinataire :

– Élisabeth Bremen. Votre copine, soi-disant alitée. Qui ne reçoit que des lettres de Malaisie.

– Elle a passé pas mal de temps là-bas, improvisa Marc, comprenant enfin que la situation tournait au vinaigre. Elle est étudiante en économie.

– Et sa hanche ?

– Sa hanche ?

– Son accident. Le volley-ball.

Marc avait un mal fou à se concentrer sur les questions d'Alain. Ses pensées tournoyaient : Reverdi s'était donc débrouillé pour lui envoyer sa réponse en expédition rapide, à l'abri des contrôles de la prison. Qu'y avait-il dans ce pli ?

– Elle se remet, dit-il avec effort. Elle en a encore pour plusieurs semaines au lit. Vous me filez ma lettre, oui ou merde ?

Alain se raidit. Avec lenteur, comme à regret, il plaça le pli plastifié dans le tambour qui jouxtait le guichet.

– C'est pour ses études, sourit Marc. Ne vous en faites pas.

Il attrapa l'enveloppe. Tout de suite, il aperçut, en haut à gauche, l'adresse de l'expéditeur.

JIMMY WONG-FAT
7TH FLOOR, WISMA HAMZAH-KWONG HING
NO.1. LEBOH AMPANG
50 100 KUALA LUMPUR, MALAYSIA

L'avocat de Jacques Reverdi ; il se souvenait de son nom. Leur échange allait maintenant passer par lui – sans doute pour plus de discrétion.

Marc sortit de la poste comme un dément. Il devait se faire violence pour ne pas déchirer, là, sur le trottoir, la bordure adhésive du pli.

Il courut jusqu'à son atelier, serrant son bien sur son cœur.

Kanara, le 10 avril 2003

Chère Élisabeth,

Tu acceptes les règles de notre partage et je m'en réjouis. C'est donc toi qui vas parler, avant que je ne prenne moi-même la parole.

Tu l'as compris : j'ai besoin de gages.

Et ces gages sont écarlates.

Il existe une traduction de la Bible qu'on appelle la « Bible de Jérusalem », dans laquelle un passage m'a toujours frappé. Il s'agit de la Genèse, 9, 1 à 6. Ces chiffres ne te disent sans doute rien : il s'agit simplement de la fin de l'histoire de Noé et de son arche.

On garde toujours une image positive de ce personnage qui revient, accompagné par les couples d'animaux, pour peupler la terre. La vérité est plus cruelle : Noé revient avec la nourriture des hommes. Après le déluge, la colère de Yahvé est tombée. L'espèce humaine peut vivre, mais elle le peut seulement en sacrifiant les animaux. C'est la faveur accordée par Dieu : les hommes peuvent maintenant tuer les bêtes et s'en nourrir.

Mais Yahvé précise une chose, essentielle : ils n'auront pas le droit de boire le sang, qui est « Sa » propriété. C'est une constante, dans toutes les religions : le sang est toujours versé sur l'autel, personne ne doit y toucher. Parce que le sang, et, à ce sujet, la Bible de Jérusalem est explicite, c'est l'âme de la chair. Et l'âme appartient à Dieu.

Pourquoi je te raconte cela ? Parce que cette idée correspond à une vérité profonde. Montre-moi ton sang, je te dirai qui tu es...

Quelques questions suffiront. Réponds-moi avec précision et je t'ouvrirai, en échange, les portes de mon esprit.

Dans ta première lettre, tu m'écris que tu as vingt-quatre ans. Je suppose que tu n'as pas encore vécu de nombreuses histoires d'amour. Mais je suppose aussi que tu n'es plus une jeune fille. Es-tu passée à l'acte, Élisabeth ? À quel âge ? Te souviens-tu de cette première nuit ?

Je ne veux pas les détails sentimentaux. Une seule chose m'intéresse : as-tu regardé, après l'acte, les traces de toi-même laissées entre les draps ? As-tu eu ce regard, discret, presque réflexe, sur ces quelques parcelles de toi-même que tu abandonnais à jamais ?

Te souviens-tu de la couleur de ce sang ? Décris-moi ces petites îles brunes, Élisabeth, en détail, et avec tes mots. Raconte-moi ce que tu as éprouvé, lorsque tu as pris conscience de cette perte. Ce sang perdu, c'était un peu de ton âme que tu sacrifiais.

Remontons le temps encore.

Avant la perte de la virginité, il y a eu un autre cap. La matrice féminine s'est éveillée en toi. Là encore, du sang. Là encore, un non-retour... Comment s'est passée cette autre « première fois » ? Je ne te demande pas les circonstances. Je veux seulement que tu me décrives cette première saison, tiède et inconnue.

Plonge dans tes souvenirs et trouve les mots justes pour me donner à voir, là, sur la page, la couleur de ce liquide intime... Parle-moi aussi d'aujourd'hui : comment est ton sang menstruel ? Comment vis-tu ce flux régulier ?

Dernière question – tu vois, je ne te demande pas grand-chose... As-tu le souvenir d'une blessure, accident ou autre, où ton sang aurait coulé ? Quelle était sa couleur ? Qu'as-tu ressenti à sa vue ? Sous la douleur, n'y avait-il pas d'autres sensations, plus troubles ? Une volupté vague, née de cette émergence du sang, de cette expansion face au monde extérieur ?

Je m'arrête : je ne veux pas influencer tes réponses. Écris-moi vite, Élisabeth. Que tes confidences scellent notre pacte, comme ces enfants qui s'entaillent les poignets pour mêler leurs sangs.

Dernier point, essentiel : dans ta prochaine lettre, glisse un portrait photographique. Je veux, absolument, contempler ton visage. Et le visualiser lorsque je penserai à toi.

Enfin, précision technique : il n'est plus question que nos échanges passent par l'adresse de la prison. Tu dois maintenant envoyer tes lettres à l'adresse de mon avocat, par DHL. Si nos liens doivent se resserrer, qu'ils soient aussi plus rapides.

J'attends de te lire – et de te voir.

JACQUES

Marc était glacé – et brûlant à la fois.

Le prédateur sortait du bois.

Il révélait sa nature vicieuse et violente. Son obsession du sang. En soi, c'était déjà un scoop. Mais ce virage était aussi angoissant : Reverdi s'approchait d'Élisabeth comme d'une proie. Il voulait la renifler. Sentir son sang. Pourquoi ? Pour mieux l'imaginer lacérée de coups de couteau ?

Marc tendit devant lui ses mains, toujours gantées : elles tremblaient par secousses. D'excitation et de peur. Plutôt que de réfléchir des heures à la faille tectonique qu'il venait d'ouvrir, il se leva.

Il n'avait qu'une seule chose à faire.

Se mettre en quête des réponses exigées.

24

– VOUS VENEZ pour votre femme ?

– Je ne suis pas marié.

– Une amie à vous ?

– Non... Je, enfin...

– Enfin quoi ?

La gynécologue souriait mais sa voix trahissait l'impatience.

Son visage ridé était brun et rond comme une galette de sarrasin. Il en émanait la même douceur, la même saveur familière. Ses cheveux courts, très blancs, contrastaient avec sa peau sombre et en renforçaient le caractère usé, réconfortant.

Le bureau cadrait avec cette impression bienveillante : on respirait ici une intimité de meubles anciens, de bibelots vernis, patinés par les âges et les mains. Les femmes enceintes devaient apprécier ce refuge, en plein 6e arrondissement.

– Je reçois très peu d'hommes ici, reprit-elle face au silence de Marc.

Il s'attendait à la remarque. Il avait préparé un mensonge :

– Je suis écrivain. Dans mon prochain roman, le personnage central est une femme. Or, je n'y connais rien. Je veux dire : sur ce qui constitue l'intimité d'une femme.

– Qu'est-ce que vous appelez « intimité » ?

– Eh bien... Je veux vraiment donner l'impression d'être à sa place, vous comprenez ? Je voudrais notamment retracer quelques souvenirs... marqués par le sang. Le sang des règles. De la virginité. Des blessures.

– Pourquoi le sang ?

Elle le fixait de ses yeux sombres. Ils avaient la couleur grise des perles noires. Mal à l'aise, Marc rajusta sa veste :

– Appelons ça la « licence » de l'auteur. Je pense que c'est un symbole fort.

La vieille femme n'avait pas l'air convaincu. L'entrevue menaçait d'être plus difficile que prévu. Il avait obtenu ce rendez-vous in extremis, après une journée d'enquête inutile.

Il avait d'abord potassé les livres de gynécologie, dans les librairies spécialisées – il n'y avait rien compris. Et ces ouvrages ne possédaient pas l'essentiel : le grain personnel, la voix du témoignage. Il s'était décidé, le lendemain, à consulter une spécialiste. Cette gynécologue était la seule à lui avoir proposé un rendez-vous dans la journée, à dix-neuf heures.

– Que voulez-vous savoir au juste ?

Il sortit un bloc et un crayon :

– Ça ne vous dérange pas si je prends des notes ?

Elle eut un geste de désinvolture.

– Pour commencer, j'aimerais savoir si le sang des hommes et celui des femmes ont la même composition.

– Bien sûr que non.

– Qu'est-ce qui change ?

– Les hormones. Le sang de la femme est chargé d'œstrogènes et de progestérone.

Marc écrivit les termes en phonétique – il n'osait pas lui faire répéter.

– Ces hormones jouent-elles un rôle sur la couleur du sang ?

– Non. Sur l'humeur, plutôt. Les changements brusques de dosages, au fil du cycle menstruel, créent des sautes d'humeur, des périodes de dépression. Je suis parfois obligée de prescrire des patchs de progestérone, pour éviter les coups de cafard.

– Pouvez-vous me parler du sang des règles ?

– De quel point de vue ?

– Son aspect. Sa couleur. D'abord, s'agit-il d'un sang très abondant ?

La spécialiste s'accorda un temps de réflexion. Son teint de brique s'absorbait dans le demi-jour.

– C'est variable d'une femme à l'autre. Les règles sont parfois très importantes. Parfois, il ne s'agit que de quelques gouttes. Cela change aussi au fil de la vie. Les jeunes filles saignent souvent comme des fontaines. Leur mécanique n'est pas encore réglée.

– Et la couleur ? Est-elle toujours la même ?

– En général, oui. Un sang sombre. Veineux, peu oxygéné.

– Excusez-moi. Je ne comprends pas la relation entre ces mots.

– On doit vraiment reprendre par le début... Le corps humain est irrigué par deux circuits. Le premier, celui des artères, part du cœur et diffuse dans les organes un sang chargé d'oxygène. Le second, le réseau des veines, constitue le voyage retour, quand l'hémoglobine ne contient plus beaucoup d'oxygène. Il est donc beaucoup plus sombre.

– Quel est le rapport ?

– C'est l'oxygène qui donne sa teinte claire au sang.

– Pourquoi les règles appartiennent-elles au deuxième circuit ?

– C'est un vrai cours d'anatomie, dites donc... La femme possède, sur la paroi de son utérus, une muqueuse qui se gonfle de sang au fil du cycle. Des réserves pour l'embryon à venir. La mère nourrit son fœtus comme elle nourrit ses muscles et ses fibres : avec son hémoglobine. En fin d'ovulation, s'il n'y a pas d'embryon, l'utérus réagit automatiquement et laisse s'écouler ces réserves inutiles. Ce sont les règles. Même si le sang n'a pas servi au fœtus, il s'est vidé de son oxygène. Il est donc plutôt foncé. Et terni encore par les particules de la muqueuse.

Tout en écrivant, Marc cherchait à imaginer ce liquide qu'il n'avait jamais vu :

– S'il contient des particules, il n'est pas très fluide ?

– Non. Plutôt épais, un peu boueux.

Penché sur son bloc, il notait chaque adjectif, chaque caractéristique. La vieille dame n'allumait pas et le bureau devenait de plus en plus sombre.

– Passons au sang, disons, de la virginité...

La gynécologue regarda rapidement sa montre – ce rendez-vous devait lui paraître ridicule.

– Pouvez-vous m'expliquer le phénomène ? (Il eut un petit rire gêné.) Il faudrait reprendre de zéro de ce côté-là aussi.

– C'est encore plus simple. Le sexe de la femme possède, au

fond de sa cavité, une membrane : l'hymen. Quand la verge pénètre l'orifice pour la première fois, elle perce cette membrane.

– C'est elle qui saigne ?

– Oui. Mais attention : en général, elle est déjà plus ou moins perforée. Il suffit d'un coup de gant de toilette, ou que la jeune fille se soit caressée.

Marc attrapa ce dernier détail. Peut-être y avait-il matière à décrire quelque chose d'intime, dans la jeunesse d'Élisabeth... Il demanda :

– Quelle est sa couleur ?

La femme ne répondit pas. On ne voyait plus que ses cheveux blancs, provoquant un violent clair-obscur avec son teint de terre cuite. Elle paraissait de nouveau réfléchir. Par ses questions maladroites, Marc la forçait à revenir à des connaissances élémentaires.

– Là encore, dit-elle enfin, il s'agit d'un sang très brun. Il contient des particules de la paroi hyménéale. Et aussi, bien sûr, des sécrétions vaginales. A priori, tout cela se passe dans un contexte de plaisir.

– A priori ?

Marc était preneur de toute digression, de tout avis personnel.

– Ce plaisir est rarement au rendez-vous, poursuit la gynécologue. Il y a le déchirement, la nouveauté du rapport sexuel. Tout cela est, qu'on le veuille ou non, très brutal. Ce sang est celui d'une blessure. D'une blessure intérieure. Il marque la fin d'une ère...

La voix devenait rêveuse. Peu à peu, Marc captait une atmosphère particulière dans le bureau. Les murs, les meubles s'assombrissaient comme les parois d'une grotte. Les paroles de la spécialiste revêtaient une dimension ancestrale et magique. Il avait l'impression d'écouter un oracle. La femme parut s'en rendre compte. Elle brisa le charme en s'éclaircissant la voix :

– Cela vous ira comme ça ? J'ai d'autres rendez-vous.

Elle mentait. Elle ne voulait pas s'abandonner à l'envoûtement.

– Excusez-moi, dit-il plus vite, mais je vous avais parlé d'un troisième sang : celui des blessures, disons, accidentelles... Pouvez-vous me dire quelque chose là-dessus ?

Elle alluma sa lampe en soupirant. Un abat-jour en toile parcheminée, veinulée de rouge. Dans la lumière d'or, son visage parut plus âgé encore. Un faciès ridé, asséché, comme exhumé des sables.

– Je n'ai rien à dire, répliqua-t-elle. Ce sang est... ordinaire.

– Aucune différence d'aspect entre celui de l'homme et de la femme ?

– Aucune, non. La composition n'y change rien. Je vous le répète : si la blessure a touché les artères, le sang sera rouge vif. Si ce sont les veines, il sera plus sombre. C'est tout.

– Vous avez des photos ?

– Des photos ?

– Oui. Des différents sangs dont nous avons parlé.

– Je ne vois pas ce que j'en ferais. La seule chose que je possède, ce sont des clichés médicaux, à l'échelle microscopique.

– On y perçoit les couleurs ?

– Non. Désolée. (Elle plaqua les mains sur son bureau.) Maintenant...

Les phrases de Reverdi lui revinrent à l'esprit : « ... trouve les mots justes pour me donner à voir, là, sur la page, la couleur de ce liquide intime... »

– Attendez, insista-t-il. Si vous acceptiez le jeu des métaphores, de prêter quelque valeur symbolique à chacun de ces sangs, que diriez-vous ?

– Écoutez...

– Quelques mots seulement.

La femme hésita, puis se recula dans son fauteuil de bois. Elle ferma les yeux. Les rides autour de ses orbites se serrèrent en un bref sourire.

– Je dirais que le sang de la virginité est dense. Chargé. C'est à la fois la vie, mais aussi la mort. La fin de l'innocence, de la liberté. La sexualité existe chez l'enfant, mais elle n'est pas encore une prison. Les désirs sont de simples apparitions, qui traversent le corps de manière fugace. Avec la puberté, et la défloration, ces feux follets s'incarnent, se colorent de rouge, deviennent des puissances organiques qui ne vont plus quitter l'adolescente...

Elle rouvrit les yeux.

– Je vous le répète : ce sang est celui d'une blessure. Une plaie qui ne cicatrise jamais. C'est la vocation même du désir. Un appel perpétuel. Insatiable.

– Si vous deviez caractériser sa couleur, sur la palette d'un peintre, que diriez-vous ?

– Un rouge brun. Entre limon et framboise. Quelque chose qui a à voir avec des alluvions, mais aussi la fraîcheur d'une pulpe. « Laque de garance » serait le nom exact de la couleur.

Marc notait avec fébrilité : l'oracle avait trouvé sa voix.

– Je ne sais pas si vous connaissez la peinture. Il y a un tableau célèbre de Bonnard, qu'on cite toujours pour désigner la laque de garance : *La Femme au chat*. L'arrière-plan est de cette nuance. Un fond compassé, coagulé, mais aussi plein d'une vie nouvelle, riche, sucrée.

Marc n'aurait pu espérer mieux : la gynécologue devenait poète. Il enchaîna :

– Pour le sang des règles ? Vous avez un nom de couleur ?

– Ocre rouge. Là aussi, il y a l'idée de boue. Une boue brune, un déchet. Les règles, c'est un rendez-vous manqué. Il y a toujours dans ce flux une déception, un gâchis. C'est une nourriture qui n'a pas trouvé son usage. (Elle s'arrêta et répéta, d'un ton plus ferme.) Oui, ocre rouge. Un deuil brun. Une terre nourricière, jetée au fond d'une tombe.

– Vous pourriez citer un tableau ?

– Non. Plutôt un paysage. Ces villages maussades de Belgique ou des Pays-Bas, tout en briques, enfoncés dans la terre, tassés par la pluie.

Marc écrivait de plus en plus vite – Élisabeth avait de quoi noircir des pages.

– Juste un mot sur les blessures, glissa-t-il, et je vous laisse. (Il inventa.) Dans mon livre, mon héroïne a un accident de voiture. Je voudrais opposer ce sang « ordinaire » à celui, plus féminin, dont nous venons de parler.

Elle eut une grimace qui figea son visage en un masque funèbre. Durant une seconde, Marc songea aux figures brûlées de Pompéi.

– Lorsque j'étais interne, j'ai vu passer pas mal d'accidentés. Je me souviens de ma surprise face à tout ce sang. J'étais sidérée par sa vivacité, sa brillance, sa... fougue. C'était comme de la vie volée, surprise en flagrant délit d'agitation. Un rouge carmin.

– Un tableau ?

– Un tableau très vif, oui, où la couleur serait une fanfare. La *Grande Parade sur fond rouge* de Fernand Léger. Vous connaissez ?

– Non.

– Essayez de la voir. Vous comprendrez. Le fond de la toile est laqué d'un rouge vibrant. Au premier plan, les personnages de cirque sont tous blancs. (Elle sourit à l'évocation du tableau.) Globules rouges, globules blancs : oui, la vérité du sang est dans cette fanfare.

Disant ces mots, elle plaqua de nouveau les mains sur son bureau :

– Eh bien, nous n'avons pas si mal travaillé, non ?

Pas si mal, en effet.

En un seul rendez-vous, il avait obtenu toutes les réponses qu'il cherchait. Il lui restait maintenant un dernier problème à régler : la photo d'Élisabeth.

Il n'avait cessé d'y réfléchir depuis la veille. Pas question d'envoyer le véritable portrait d'Élisabeth Bremen – celui du passeport, que Marc avait conservé. D'abord, il ne voulait pas impliquer davantage cette Suédoise qui, il l'espérait, était rentrée dans son pays. Mais surtout, son visage, carré comme un pavé, ne correspondait pas aux goûts de Reverdi.

Il fallait chercher ailleurs, et Marc avait déjà son idée.

D'autant plus qu'il n'était ici qu'à deux pas.

25

– LE FLOU, c'est le seul moyen de capter la beauté.

Le colosse sortit la pellicule et la marqua d'un coup de dent. Il enfourna un nouveau film dans le boîtier :

– La beauté n'a rien à foutre d'une image précise, superpiquée. Je te parle pas de l'apparence, Khadidja, mais de l'esprit. Le *« spirit »*, tu piges ? Tourne-toi. Non. De trois quarts. Voilà.

Un flash l'éclaboussa, suivi d'un long sifflement. Khadidja hésitait à signaler au géant qu'elle était en train de passer un doctorat de philosophie et que ses considérations à deux balles sur le flou, l'esprit et la beauté auraient fait bonne figure dans un bêtisier de la pensée esthétique. Mais tout le monde était d'accord : Vincent Timpani était un photographe génial. Dans le petit monde des mannequins, on ne parlait que de lui et de ses composites flous, qui séduisaient tous les magazines et les couturiers. Il enchaîna, comme en écho :

– C'est pour ça que mes photos marchent. Même ces tarés de bookers et ces connasses de rédactrices perçoivent la différence. Seule une photo tremblée peut saisir l'essence du sujet. Fixer ce qui est immatériel. Tourne-toi encore. Très bien. Quand je lève la main, tu fais un pas en avant puis tu reviens en position...

En d'autres circonstances, elle aurait trouvé tout cela ridicule. Mais elle évoluait dans un univers grotesque : il fallait qu'elle s'adapte. Et cette séance, elle l'avait voulue. Elle avait bossé dur, économisé – et même renoncé à passer son permis de conduire pour payer, de sa poche, ces nouveaux clichés. Les dernières marches vers la gloire.

– Maintenant. Tu me regardes. Quand je te le dis, tu te décales sur la droite... Vas-y... OK... (Un nouveau flash claqua.) Dans la philosophie bouddhiste...

Khadidja n'écoutait plus. En réalité, ce pachyderme au costume chiffonné lui plaisait. Dans le milieu de la mode, on devait le considérer comme un ours échappé d'un cirque, qui aurait réussi à ôter sa muselière. Il était lourd, grossier, parfaitement décalé. Mais il était aussi franc, joyeux, et semblait avoir vécu une autre vie avant celle-ci. Et puis, il était le premier type depuis des mois qui ne lui avait pas demandé, l'air pénétré, à propos de la guerre en Irak : « En tant que musulmane, qu'est-ce que tu en penses ? »

– Maintenant, tu t'assois en tailleur. Voilà... Super. Attention : nuque droite. À mon signal, tu te penches en avant et... merde.

Le flash ne s'était pas déclenché. Vincent cria, au-delà des parapluies de lumière :

– Qu'est-ce qui se passe avec les Balcar ?

Lourd silence en réponse. Machinalement, Khadidja entoura ses épaules de ses bras comme si elle était nue. Elle portait en réalité une robe étroite, composée de damiers pastel qui lui rappelaient les colliers de bonbons qu'elle suçait quand elle était petite.

Le photographe hurlait maintenant, appuyant sauvagement sur la télécommande qu'il venait d'arracher du boîtier :

– Qu'est-ce qu'ils ont encore, ces putains de Balcar ! Arnaud ? ARNAUD !

Une silhouette se mit en mouvement, fonçant sur les groupes générateurs posés au pied des projecteurs. Vincent souffla :

– OK, Khadidja. On fait une pause. Moi, j'travaille pas dans ces conditions.

– Moi non plus.

C'était une plaisanterie, mais personne ne l'entendit. Khadidja se glissa dans l'ombre comme dans une piscine bienfaisante. Ses yeux retrouvèrent avec bonheur l'obscurité. Elle adorait ce studio : un grand carré aux murs de ciment peint, couleur vert d'eau, peuplé seulement de parapluies de lumière et de hautes toiles colorées, au fond.

Elle s'approcha de la table lumineuse, éteinte, où étaient déployés ses premiers polaroïds. Pour se donner une contenance, elle fit mine de les passer en revue. Une faible musique grésillait quelque part – moitié ethnique, moitié électronique.

– Vous buvez quelque chose ?

Elle se tourna vers la voix et découvrit un homme trapu devant le réfrigérateur ouvert. Sa silhouette se découpait à contre-jour sur la lumière glacée : épaules larges, bras courts. Un lutteur miniature, en veste anglaise et manchettes blanches.

– Un Coca, acquiesça-t-elle.

– Light ?

– Non.

L'homme plongea dans le frigo puis s'approcha, une canette de Coca dans une main, une bouteille de bière dans l'autre.

– Le sucre, ce n'est plus le pire ennemi du mannequin ?

– Je ne suis pas encore mannequin. J'en profite.

Elle rit, sans conviction, en saisissant la canette. Elle détestait ce ton badin, cette légèreté convenue, d'usage à Paris, qui ne rimait à rien. L'inconnu sourit, sans doute pour lui faire plaisir, puis se pencha sur ses photographies : des premiers essais, sans maquillage.

Pendant qu'il contemplait les polaroïds, elle le détailla. Rarement, elle avait vu un personnage si original. Il était roux et portait, horreur absolue, la moustache. Ses cheveux, très fins, versaient en une mèche légère, lisse comme du caramel glacé, et son look, veste à carreaux et col anglais, accentuait encore son allure « british », tendance Sherlock Holmes.

Il buvait sa bière à petites goulées, ne cessant de balayer sa mèche d'un geste sec. Il y avait chez lui quelque chose de forcé, de brutal. Et en même temps, elle sentait, avec ses antennes de Mère Teresa, une vulnérabilité, une blessure. Elle respirait aussi l'odeur d'une dépendance. Ce type était drogué – pas à l'héroïne ni à la coke. Autre chose encore...

– Je ne vous dis rien sur votre physique, finit-il par dire en relevant la tête. On a déjà dû tout vous dire.

– Tout, c'est le mot.

Elle se creusa la tête pour être drôle, futée, parisienne, mais rien ne vint. La voix de Vincent la sauva :

– Vous avez fait connaissance ?

Il sortait du local de développement. Il s'approcha de son pas lourd, faisant bringuebaler ses poches, puis attrapa, entre les mains de l'autre, la bouteille de bière :

– Khadidja Kacem, dit-il en la désignant du goulot. « Future étoile éphémère » de notre petit monde vaniteux. D'ailleurs, elle ne le sait pas encore mais tout ça (il désigna le studio) est gratuit pour elle. Oui, ma reine : si tu es d'accord, on s'associe. Tu payes rien pour les clichés mais on s'entend sur les contrats à venir.

Khadidja était stupéfaite – elle ne savait pas s'il s'agissait d'une arnaque ou au contraire d'une aubaine. Elle ignorait même si c'était possible, contractuellement, avec son agence. Pour l'heure, elle souffla :

– Eh bien, merci, je...

– Marc Dupeyrat, coupa Vincent en enroulant d'un bras amical les épaules du rouquin. Mon meilleur ami. Et le journaliste le plus tenace que je connaisse. Lui et moi, on a fait les quatre cents coups, il y a longtemps.

L'homme se cassa en deux, en guise de salut.

– Vous travaillez pour quel journal ? demanda-t-elle.

Ce fut Vincent qui répondit :

– *Le Limier*. (Il fit un clin d'œil à son ami.) Un journal de faits divers.

– Je... je connais pas, avoua Khadidja.

Le journaliste replaça encore sa mèche :

– Vous ne perdez rien.

Khadidja détestait les hommes qui se dévalorisaient à plaisir. C'était en général le signe d'une vanité excessive. Comme si, dans une autre vie, ils auraient pu valoir beaucoup plus. Ou qu'ils se plaçaient si haut, de toute façon, qu'ils pouvaient dédaigner leur propre existence.

– Un chasseur de crimes, reprit Vincent. Un amateur de cadavres bien saignants. M. Dupeyrat pourrait diriger une des plus grandes rédactions de Paris, mais non : il préfère passer sa vie dans les tribunaux d'assises et sur les scènes de crimes...

Khadidja n'écoutait plus. Elle prenait conscience que chaque détail s'aiguisait, vibrait, chantait littéralement sous sa chair. La pureté des murs verts et nus du studio ; le parfum de la laque sur ses cheveux ; la lourdeur des bijoux d'argent qui pesaient sur sa peau... Chaque sensation se cristallisait, gagnait en acuité, immortalisait l'instant. Elle connaissait ces symptômes, cette secrète effervescence de tout son être. L'excitation amoureuse. Vincent la sauva une nouvelle fois :

– C'est pas tout ça, faut qu'on y retourne. Le flou, ça n'attend pas.

Il frappa dans ses mains :

– On reprend le boulot ! Arnaud : c'est bon, les Balcar ?

Khadidja suivit du regard Vincent, qui fonçait vers le plateau. Malgré son poids, il déclenchait, dès qu'il s'agitait, une espèce de sillage de fièvre, un tracé luminescent. Marc murmura :

– Allez-y. Il n'est pas du genre patient.

Khadidja sourit et chercha encore quelque chose à dire. Pas la moindre idée. Merde. Elle regagna le plateau. Le maquilleur l'arrêta à l'orée des projecteurs, brandissant ses pinceaux. Malgré elle, elle lança un regard vers la pénombre. Elle aurait juré que le journaliste l'observait, mais d'un air préoccupé, presque contrarié. « Un drogué, se dit-elle encore. Un homme qui vit dans une obsession que nul ne peut partager. » Et elle sentit une chaleur monter en elle...

Le maquilleur la libéra. Elle plongea dans l'arène. Elle avait la délicieuse impression d'être une princesse, au centre de tous les regards. Vincent ordonna :

– On reprend la même position, en tailleur. Très pur. Tu fais ressortir ton côté zen.

Khadidja sourit à cette nouvelle connerie et s'exécuta. Elle se sentait en suspens, transcendée par le nouveau sentiment qui l'emplissait. Une eau volatile, plus légère que l'air.

À ce moment, malgré sa gaieté, malgré les projecteurs, tout s'assombrit. Elle venait de songer à son propre secret.

Sa malédiction qui lui interdisait l'amour.

La brûlure indienne.

Les petites filles appellent ainsi la torture qu'elles s'infligent les unes aux autres. Cela consiste à serrer le poignet de sa victime avec les deux mains, puis à les tourner en sens inverse, créant un frottement douloureux.

La brûlure indienne.

La torture portait bien son nom. Lorsqu'elle était enfant, Khadidja imaginait toujours les Indiens vrillant un morceau de bois dans un lit de feuilles sèches, faisant naître un filet de fumée puis, peu à peu, quelques étincelles...

C'était exactement ce qu'elle ressentait lorsqu'elle faisait l'amour. La souffrance qu'elle subissait quand on la pénétrait. Le frottement des chairs restées sèches, près de s'enflammer. Elle avait consulté plusieurs gynécologues. Le diagnostic était toujours le même : elle souffrait d'une absence de sécrétions vaginales. Il n'y avait pas d'explication pathologique. « Tout est dans la tête », lui répétait-on.

Sans blague ? Les médecins lui parlaient de frigidité, de blocage, de thérapie... On lui prescrivait aussi des médicaments, des pommades, pour les « cas d'urgence », tout en lui glissant l'adresse d'un spécialiste – un psychiatre sexologue.

Khadidja acquiesçait, sans préciser qu'elle avait déjà subi cinq ans d'analyse qui lui avaient permis de « dépasser » quelques-uns de ses traumatismes, notamment son éducation sous le signe de l'héroïne. Mais ces années d'introspection n'avaient rien pu faire contre le feu. Khadidja brûlait encore. Asséchée pour toujours. Un vrai désert, peuplé d'os d'animaux morts, blanchis par le soleil.

Pourtant, elle tombait souvent amoureuse. Un regard, un sourire suffisait, sur les bancs des amphithéâtres. Ou même au self, à Cachan. Elle se sentait alors tout endolorie, presque grippée. Pour elle, l'amour était cette irradiation fiévreuse, mais aussi réconfortante, qui remontait sous ses seins, étoilait tout son torse. Un corail rouge : c'était ainsi qu'elle visualisait le désir qui s'ouvrait en elle. En retour, bien sûr, elle remportait un succès unanime. Une vraie reine de Saba, qui subjuguait les hommes. Mais très vite, ils semblaient comprendre que quelque chose clochait. Ils sentaient, avec leur instinct très sûr pour éviter toute complication, que Khadidja n'était pas comme les autres. Trop sombre, trop tordue...

– Ho, Khadidja ? Qu'est-ce que tu fous ? Je te demande, pour la dernière fois, de te lever : c'est possible, tu crois ?

Elle s'exécuta. Entre deux flashes, elle tentait d'apercevoir le rouquin. Était-il toujours là ? La regardait-il ? Elle se sentait attirée par ce journaliste énigmatique. En même temps, tous ses capteurs la prévenaient du danger : un obsédé, indifférent aux autres, rivé sur ses hantises.

– Tourne-toi, maintenant. Stop ! Voilà, de trois quarts... Très bien.

Elle avait beau se concentrer sur l'ombre des parapluies : personne.

– Khadidja ? Merde. Tu peux me virer ce sourire béat, ouais ?

Elle venait enfin de le repérer, près de la table lumineuse. Et, à l'instant exact où elle l'apercevait, s'était produit un miracle. Une scène d'amour comme il n'en survenait que dans les comédies musicales égyptiennes dont elle raffolait.

Se croyant à l'abri des regards, le journaliste avait volé un de ses polaroïds et l'avait glissé dans sa poche.

26

QUAND Jacques Reverdi apprit qu'une visite médicale « monstre » était organisée dans la prison pour détecter d'éventuels cas de SRAS, il sut que c'était le coup de chance qu'il attendait. Mais il ne voyait pas comment profiter, concrètement, de l'occasion. Il y avait réfléchi durant quatre jours sans trouver de réponse.

Maintenant, le 23 avril, à onze heures du matin, il attendait son tour, dans l'immense file d'attente, et n'avait toujours pas la moindre idée.

En réalité, à cet instant, il s'en foutait.

Parce que depuis deux jours, il était encore sous le choc.

Le choc du visage.

Il n'avait jamais compris le mépris qui planait sur le critère physique, lorsqu'il s'agissait de juger une femme. Comme si elle devait avant tout être un génie, une sainte, une mère, dégoulinante de qualités morales. Comme si l'apprécier, l'adorer pour son visage, son corps, son apparence, était une injure. Les femmes elles-mêmes voulaient toujours être aimées pour leur « beauté intérieure ».

Pures conneries.

Le don de Dieu, le seul, était la beauté physique. Le visage, surtout. Le miracle de l'harmonie, de l'équilibre, s'y concentrait. Et intimait le silence. Pas un mot, pas un souffle... Il fallait admirer, c'était tout. Le reste n'était que scories, souillures, pollution. Tout ce qu'on appelait « échange », « partage », « connaissance de l'autre » n'était que mensonges. Pour une raison simple : dès qu'une femme parlait, elle mentait. Elle ne pouvait s'exprimer autrement. C'était sa nature ancestrale. La gangue difforme, repliée, sournoise dont elle ne pouvait s'extraire.

Il avait toujours choisi ses compagnes pour leur beauté. Croiser un visage dans la rue : c'était à la fois aussi simple et difficile que cela. Ensuite, ce n'était que stratégie, calcul, manipulation. Dès qu'il parlait à son « élue », il commençait lui-même à mentir. Il pénétrait dans le cercle abject de la relation humaine. Alors même que ces femmes croyaient le découvrir, le cerner, elles ne faisaient que s'éloigner de lui, s'enfonçant dans le piège qu'il leur tendait.

Une chanson de Georges Brassens lui revint en tête.

Je veux dédier ce poème
À toutes les femmes qu'on aime
Pendant quelques instants secrets...

« Les Passantes. » Ces vers l'avaient toujours obsédé. Ils lui semblaient résumer l'essence même de sa Quête. Ce drame intime et éternel, qui consiste à laisser filer un beau visage dans un train, dans la foule, dans une rue, alors même qu'un irrésistible élan vous pousse vers lui. Seul cet éblouissement premier compte. L'étincelle primordiale.

Voilà pourquoi, alors qu'il s'apprêtait à extirper des confessions à Élisabeth, et à en tirer quelque maigre plaisir, il avait été subjugué par la photographie.

Il ne s'attendait pas à cela – pas du tout.

Plus qu'un visage, les traits d'Élisabeth étaient une révélation.

Sous des boucles brunes, l'expression était fine, acérée, soutenue par de hautes pommettes et de forts sourcils. En même temps, il émanait une douceur, une tendresse de la partie inférieure de la figure. La bouche surtout, lèvres ourlées et claires, exprimait une sensualité mutine, presque amusée.

Mais c'étaient les yeux qui captivaient l'attention. Des iris noirs, à la précision de quartz, cernés d'un anneau scintillant (peut-être un liséré d'or, mais la photo, un polaroïd, était en noir et blanc), et légèrement asymétriques. Cet étrange décalage dans l'axe des pupilles était irrésistible. Il traversait directement les habituels filtres de la perception, les préjugés, les habitudes, et faisait voler en éclats tout repère, toute protection. On se retrouvait nu face à ce regard et on se sentait fondre, capituler, touché déjà au plus profond de soi.

« Touché », c'était le mot exact.

Une blessure en soi-même ne cessait plus de s'ouvrir. Un désir, déjà douloureux. Un appel, une anxiété... Si Jacques avait croisé cette « passante » sur les plages de Koh Surin ou parmi les ruines d'Angkor, il l'aurait immédiatement choisie. Jamais il ne l'aurait laissée devenir une de ces « espérances d'un jour déçues ». Et elle aurait constitué sa plus belle proie. À elle seule, elle balayait toutes celles qu'il avait sélectionnées.

Ce visage changeait tout.

Désormais, Jacques avait décidé de jouer le jeu de la confession.

Et même au-delà.

Dans la file d'attente, une bousculade éclata.

Des hommes s'agitèrent, des cris retentirent. Reverdi sortit de ses pensées. C'était peut-être le coup de chance qu'il attendait. Il fendit la mêlée et découvrit un homme à terre, secoué de tremblements, cambré sur l'asphalte. Ses lèvres moussaient d'écume sanglante. Ses yeux étaient révulsés. « Épilepsie », pensa Jacques. Le type n'allait pas tarder à bouffer sa langue.

« Poussez-vous ! » hurla-t-il en malais. Il ôta son tee-shirt et le roula sous la nuque de l'homme, qui tressautait sur le bitume. Il attrapa la cuillère qu'il gardait toujours sur lui et l'enfonça dans la bouche du malade. Il dut s'y prendre à plusieurs fois. Puis il cala son instrument contre le palais. L'air put passer de nouveau dans l'œsophage.

Enfin, il tourna le corps sur le côté pour éviter que le type ne s'étouffe avec ses vomissements. Il était hors de danger. La crise allait passer. À cet instant, il reconnut l'épileptique : un Indonésien, un tueur de femmes surnommé « Vitriol », parce qu'il utilisait de l'acide pour les défigurer.

– Qu'est-ce qui se passe ?

Jacques se tourna vers la voix. Un visage, barré d'un masque hygiénique vert pâle, apparut dans la foule. Il s'écarta. Le médecin ausculta l'Indonésien, dont les spasmes ralentissaient déjà. Il effectua les mêmes gestes que Reverdi, vérifia sa nuque, sa gorge.

Il abaissa son masque chirurgical. C'était le vieux médecin de la prison, un Indien du nom de Gupta. Il demanda à la cantonade :

– Qui a fait ça ?

Reverdi fit un pas en avant et dit en malais :

– Moi. Il faut lui injecter du Valium.

Le docteur fronça les sourcils. C'était un vieillard au teint de cirage, aux cheveux plaqués sur le front. Il passa à l'anglais :

– Tu es médecin ?

– Non. J'ai fait du secourisme.

Gupta jeta un regard à l'Indonésien qui vomissait par brèves secousses. La cuillère brillait encore au fond de sa gorge, telle une pièce à conviction :

– D'où tu viens ? Europe ?

– France.

– Tu es là pour quoi ?

– Vous êtes bien le seul à ne pas le savoir. Meurtre.

Le toubib hocha la tête, comme s'il se souvenait maintenant d'un « prisonnier spécial ». Deux infirmiers arrivèrent : ils embarquèrent Vitriol sur une civière. Le toubib se leva à son tour, remit son masque et dit à Jacques :

– Toi, tu viens avec moi.

Reverdi connaissait bien l'infirmerie : c'était ici qu'il venait chercher ses médicaments, avant chaque déjeuner. Le lieu se résumait à un bloc en préfabriqué, dont les murs étaient recouverts de lattes de bois noir. À l'intérieur, il y avait trois pièces : une grande salle comportant des lits de fer, un cabinet de consultation, au fond, et, sur la gauche, un réduit où étaient entreposées les « archives » – des kilos de dossiers jaunis par les saisons sèches et les moussons successives.

D'ordinaire, cette baraque était l'endroit le plus calme de la prison. Seuls quelques éclopés gémissaient sur leurs lits, en attendant d'être transférés à l'Hôpital Central. Aujourd'hui, c'était la foule : on se pressait entre les murs branlants, on jouait des coudes, on s'agitait, au point que tout le bâtiment menaçait de verser dans un sens ou un autre. Des médecins déguisés en cosmonautes avaient aménagé des « salles de consultation » autour de chaque lit, où s'agglutinaient des détenus hésitants, effrayés, sous le contrôle de gardiens en armes, qui ne semblaient pas plus rassurés. Tout le monde paraissait redouter un ennemi invisible, qui menaçait d'attaquer d'un instant à l'autre : le SRAS.

– Suis-moi, souffla Gupta derrière son masque.

Ils tranchèrent la foule. Le médecin avait une démarche étrange, il roulait des épaules, à mi-chemin entre le voyou et le bossu. Reverdi le suivait, dominant la foule d'une tête. Il entendit un toubib qui râlait face aux veines invisibles d'un drogué. Un autre qui hurlait parce qu'il venait d'être éclaboussé par une gerbe d'hémoglobine.

La visite médicale semblait se résumer à une monstrueuse prise de sang. Il coulait à flots. Dans les flacons, les tuyaux, les veines. Des dizaines de récipients étaient remplis, étiquetés, emportés dans des casiers à trous. Reverdi fut pris de nausée. Il ne pouvait supporter la vue de ce sang – l'exact contraire de sa Quête. Un sang d'hommes. Un sang impur.

Gupta ouvrit une porte coulissante. Reverdi pénétra, avec soulagement, dans le cabinet paisible. Un solide bureau de chêne, des dossiers en pagaille, une toise de bois, une balance, un panneau de lecture portant des lettres de toutes tailles. Un vrai dispensaire de province.

Le médecin enleva une pile de dossiers de la chaise qui faisait face au bureau :

– Assieds-toi.

Gupta s'installa à son tour et abaissa de nouveau son masque. Son visage brun était partagé entre l'épuisement et la mauvaise humeur. Jacques songea à un encreur qui aurait trop servi, et qui porterait la marque de plusieurs tampons différents.

– Tu es là pour quoi au juste ?

– Pour rien.

Gupta soupira :

– J'ai de la chance de vivre dans cet univers d'innocents.

– Je n'ai pas dit que j'étais innocent.

Le vieil homme l'observa avec attention. Il reprit :

– Quel est le motif d'accusation ?

– Le meurtre d'une femme. Une Européenne. À Papan. Jacques Reverdi : vous n'avez jamais entendu prononcer ce nom ?

– Je n'ai aucune mémoire, soupira-t-il. Ici, c'est plutôt un atout. D'ailleurs, ce que tu as fait hors de ces murs ne me concerne pas.

Il croisa ses mains et conserva de nouveau le silence quelques secondes. Un silence nerveux, électrique. Ses talons ne cessaient de trépigner sous la table. De l'autre côté de la porte, le brouhaha paraissait augmenter.

– Je connais bien l'épileptique de tout à l'heure... Vitriol. Il est sous traitement mais il revend ses comprimés. Tu sais que tu lui as sauvé la vie ?

– Tant mieux.

– Ou tant pis. Il a tué plus de vingt femmes. Mais encore une fois, là n'est pas la question. Tu es en préventive ?

– Oui.

– Pas de boulot en atelier, donc ?

– Non.

– En cas d'épidémie de SRAS, tu accepterais de nous aider ?

– Aucun problème.

– Tu n'as pas peur d'être contaminé ?

– Je suis déjà mort. Cent pour cent de chances d'être condamné.

– Très bien. Enfin, je veux dire...

La rumeur, de l'autre côté de la porte, montait encore. Un médecin gueulait parce qu'une série de flacons pleins venaient de s'écraser par terre. Jacques pensa au sang – tout ce sang extirpé des veines, qui brillait de sa lumière sombre...

Par association d'idées, il songea à la lettre d'Élisabeth. Ses confessions avaient été une autre bonne surprise. Elle s'exprimait avec intelligence, originalité. Cette manière d'évoquer son propre sang : les noms de couleur, les comparaisons avec les tableaux... Il en avait éprouvé une subtile excitation. Ces images sollicitaient tous ses sens et, il devait l'avouer, il s'était masturbé plusieurs fois en lisant et relisant ces mots enchanteurs.

– Ho, je te parle !

Jacques se redressa sur sa chaise. Gupta s'était levé et avait remis son masque.

– Tu commences demain, dit-il d'une voix étouffée. Je m'occupe de la paperasse. Dans tous les cas, SRAS ou pas, on a besoin de monde ici.

Reverdi se leva à son tour. À ce moment, il aperçut ce qu'il cherchait, inconsciemment, depuis son entrée dans ce bureau : une prise de téléphone.

Malgré lui, il sourit.

Le coup de chance qu'il attendait était donc survenu.

– Je serai heureux de me rendre utile, murmura-t-il.

27

UNE SEMAINE plus tard, il n'avait toujours pas envoyé sa réponse à Élisabeth. Pas avant d'obtenir certaines confirmations. Son projet nécessitait des préparatifs – et il attendait d'avoir tout réglé avant de lui donner ses directives.

Quatorze heures.

Il se dirigea vers l'infirmerie.

La veille, les résultats des prises de sang étaient tombés : tous négatifs. Pas un seul cas d'infection lié au SRAS dans la prison. Du coup, il avait craint qu'on lui retire son poste à l'infirmerie, mais Gupta avait su convaincre les autorités qu'il avait besoin du matricule 243-554. Reverdi bénéficiait désormais d'une liberté de mouvement inouïe. À croire que, dans le grand bouleversement de la fausse épidémie, on l'avait oublié. Même Raman lui lâchait la bride.

Le boulot au dispensaire était répugnant mais il ne se plaignait pas. En une semaine, il avait compris de quoi il retournait. Le combat majeur était l'infection. Plaies purulentes, ulcères suintants, gangrènes galopantes. Il y avait aussi les eczémas, les irritations, les allergies qui foisonnaient sous l'effet de la chaleur. Les taulards se grattaient jusqu'à l'os, gonflant à vue d'œil. On trouvait également les éclopés habituels, chutes et autres fractures ouvertes. Sans compter le fond quotidien : dysenteries, béribéri, paludisme, tuberculose...

Quant aux urgences, il avait déjà participé à cinq interventions. Un suicide à la lame de rasoir, un passage à tabac, une chute mystérieuse dans les escaliers, une autre chute, plus mystérieuse encore, dans une gamelle de soupe brûlante ; enfin, un « psy » qui avait tenté de s'étouffer en mangeant sa propre merde. La routine.

En réalité, la « grande affaire » se situait ailleurs. Malgré les efforts de Gupta pour une médecine juste, l'infirmerie était surtout le lieu d'un business infatigable, contrôlé par Raman. L'entrée y était payante et les soins avaient leur prix. À quoi s'ajoutait un commerce incessant de tranquillisants et autres produits chimiques. Reverdi lui-même exploitait le système : il n'aurait pu rêver meilleure place pour revendre ses médicaments et renouveler sa clientèle – cinquante pour cent des taulards soignés à l'infirmerie étaient des toxicos en manque.

Jacques n'était plus qu'à quelques mètres du bloc quand on l'appela. Il se tourna avec méfiance, ayant reconnu la voix. Raman.

– Approche.

Jacques obtempéra mais resta hors de portée de matraque.

– Faut qu'on parle, toi et moi, souffla le surveillant en malais, lançant des regards circulaires.

– De quoi, chef ?

– De ton nouveau job.

Il ne cilla pas, observant le visage noir de Raman – un morceau de météorite venue d'une galaxie diabolique. Il savait de quoi voulait parler le salopard – le partage des gains sur les ventes illicites de l'infirmerie, notamment celles de ses propres pilules. Mais il feignit l'innocence :

– Il faudrait plutôt en parler avec le Dr Gupta, non ?

Raman demeura immobile, puis, soudain, sourit. Ses traits se tenaient toujours en embuscade. Chaque nouvelle expression vous prenait par surprise.

– Tu veux jouer au con ? Comme tu voudras. Je voulais aussi te poser une question. Tu sais pourquoi un chirurgien est présent au moment de la pendaison ?

Ses muscles se tendirent :

– Non, chef.

– Parce que faut toujours le recoudre. Le pendu. (Il empoigna sa propre gorge.) La corde déchire les chairs, tu piges ? J'espère que c'est pas contre ta religion, au moins ?

Reverdi conserva le silence. Un long moment. Puis, imitant Raman, il sourit brutalement :

– Mieux vaut être recousu mort que vivant.

Il lui fit un clin d'œil. Raman le regarda, indécis. Il finit par dire :

– Ton avocat est là. Au parloir.

Jimmy l'attendait dans sa posture habituelle. Un café fumant posé sur la table, devant lui. Jacques fixa le gobelet blanc. L'avocat attaqua son discours de circonstance, après que Reverdi eut été enchaîné au sol. Mais il l'arrêta net :

– Ton café est bon ?

Wong-Fat hésita, lança un regard au gardien :

– Excellent.

– Meilleur que d'habitude ?

Il acquiesça. Son visage de cire ruisselait. Jacques tendit le bras :

– Je peux y goûter ?

L'autre acquiesça. Reverdi jeta à son tour un coup d'œil au maton, qui sommeillait dans la chaleur. Il saisit le gobelet et le dissimula à son regard. Il plongea ses doigts dans le café brûlant et en sortit un objet électronique, enveloppé de plastique.

Objet minuscule, chromé, aussi plat qu'une calculette.

Sourire.

Il pouvait maintenant écrire à Élisabeth.

28

Kanara, le 1er mai 2003

Pardon pour ce retard, mais je devais procéder à certains préparatifs en vue de nos nouvelles relations. De plus, je travaille maintenant à l'infirmerie de la prison, ce qui prend beaucoup de temps et d'énergie.

J'ai lu avec attention ta dernière lettre. J'ai beaucoup apprécié tes réponses. Bien plus : j'ai été séduit par ta manière de t'exprimer, de décrire ces détails qui te concernaient au plus près et qui me tiennent à cœur.

Mais surtout, j'ai découvert ton visage. Je dois t'avouer que j'ai été ébloui. Jamais je n'aurais pu soupçonner, lorsque j'ai lu ta première lettre, qu'un tel visage se cachait derrière ta grossière requête.

Élisabeth, je crois aux visages comme on croit aux cartes géographiques. On peut y lire en surface la composition des sols, l'atmosphère des régions, les jungles intérieures... Les visages recèlent la réalité interne des êtres. J'ai surpris dans tes traits une intelligence et une volonté de comprendre qui devraient nous permettre d'aller très loin ensemble.

C'est donc à mon tour de te répondre. Mais je dois te prévenir : je n'ai pas besoin de tes questions. Je sais ce qui t'intéresse. Je sais ce que tu espères...

Pourtant, je dois te décevoir : de telles vérités ne se racontent pas. Ce sont des expériences trop fortes, trop pleines, qui saturent l'être. Je n'ai pas envie d'essayer de noircir des pages sur un tel sujet. L'appauvrir avec des mots, le souiller avec des explications.

Si tu veux comprendre mon histoire, Élisabeth, il n'y a qu'une seule voie à suivre : la mienne. Au sens littéral du terme.

Il existe, quelque part en Asie du Sud-Est, entre le tropique du Cancer et la ligne de l'Équateur, une autre ligne.

Une ligne noire.

Jalonnée de corps et d'effroi.

Tu peux la suivre aujourd'hui si tu acceptes d'être guidée, à distance, par mes conseils. Cela t'intéresse-t-il ? Bien sûr. Je peux imaginer tes yeux noirs qui étincellent, tes lèvres couleur de miel qui frémissent en lisant ma proposition...

Si tu acceptes d'effectuer ce voyage, tu comprendras ce qui s'est réellement passé sur ma route.

Ton périple ne sera pas facile. Les indices ne seront pas nombreux. Et ne compte pas sur moi pour être trop explicite. Tu devras deviner toi-même les événements, éprouver, dans ta chair, les rouages de l'histoire, les causes et les effets de la ligne noire.

À chaque étape, tu m'enverras tes conclusions. Tu décriras avec précision ce que tu as trouvé, ce que tu as compris, ce que tu as éprouvé. Si tu es sur la bonne voie, je t'offrirai de quoi avancer.

En cas d'erreur, il n'y aura pas de seconde chance.

Je retournerai à mon silence.

Il est aussi important que tu comprennes une chose. Si tu me réponds « oui », aujourd'hui, il n'y aura pas de retour en arrière. Tu seras liée à moi, à jamais. Par un secret indicible.

Enfin, dernier point, fondamental. Lorsque j'évoquerai les actes qui t'intéressent, jamais je ne dirai : « je ». Je suis peut-être l'auteur de ces actes. Mais peut-être s'agit-il d'un autre, que je connais bien, qui est près de moi, ou en liberté. Je suis le seul à posséder la réponse et je ne suis pas prêt, pour l'instant, à te la révéler.

Contente-toi de suivre « Ses » conseils.

Es-tu prête pour cette expérience, Élisabeth ? Te sens-tu assez forte pour endosser ce rôle ? Pour remonter jusqu'à la source des ténèbres ?

Écris-moi vite, par la même filière. Ensuite, nous changerons de mode de communication. Donne-moi une adresse e-mail. J'ai pu mettre au point, ici, un système qui me permettra de t'écrire, incognito, par voie électronique.

Bientôt, je ne pourrai plus sentir l'empreinte de ta main sur le papier. Ni songer à ton beau visage penché sur ta table lorsque tu m'écris. Mais alors, je t'imaginerai sur les routes d'Asie du Sud-Est.

Un jour, tu m'as confié : « Des abysses, il y en a de toutes sortes. Et tous m'intéressent. » Il est temps de me le prouver.

Je t'embrasse, ma Lise.

JACQUES

Marc ne leva pas tout de suite sa tête de sa lettre : il pleurait.

De joie. D'émotion. Et aussi de frousse.

Il avait attendu si longtemps cette nouvelle lettre. On était le 6 mai. Il faisait le siège de la poste depuis la mi-avril. Il était devenu à moitié fou à force de patienter, ne travaillant plus, ne se rasant plus, dormant à peine.

Mais le résultat valait cette souffrance.

Un meurtrier en série allait, enfin, se confesser à lui.

Mieux encore : il allait le guider, le placer dans ses propres pas.

Toujours muni de ses gants, il prit une feuille et écrivit, sans l'ombre d'une hésitation, une réponse enthousiaste, laissant un blanc pour l'adresse électronique. Il relut son texte et ne vit pas une seule modification à apporter. C'était un texte d'amour, éperdu, aveugle, d'une jeune femme prête à tout pour suivre son mentor.

Soudain, il prit conscience qu'il avait rédigé, directement, sa lettre en utilisant l'écriture manuscrite d'Élisabeth. Tout un symbole...

Il releva les yeux et contempla le mur qui lui faisait face. Il y avait placardé tous les portraits de l'apnéiste qu'il possédait. Une manière de se rapprocher de son complice-adversaire. Maintenant, une forêt de Reverdi le regardait. Triomphant, en combinaison de plongée. Souriant, face au soleil des Tropiques. Maussade, en gros plan, le menton barré par une ardoise anthropométrique...

« Il existe, quelque part en Asie du Sud-Est, entre le tropique du Cancer et la ligne de l'Équateur, une autre ligne.

Une ligne noire.

Jalonnée de corps et d'effroi. »

Marc sourit, les yeux brûlants de larmes :

– Combien en as-tu tué, mon salaud ?

29

PREMIÈRE PRIORITÉ : l'adresse e-mail.

Marc fonça dans un cybercafé, situé près de l'avenue Trudaine. Il était hors de question d'utiliser son propre ordinateur pour ouvrir une boîte aux lettres électronique au nom d'Élisabeth. Il n'y connaissait rien en technologie mais il était certain que l'initialisation d'une adresse électronique laissait des traces.

Assis devant un PC anonyme, il choisit un serveur d'origine française, « Voilà », et remplit le questionnaire préalable afin de créer une boîte aux lettres gratuite – tout paiement laissant également une empreinte.

Chaque renseignement qu'il donna était faux, et concernait exclusivement Élisabeth Bremen, une Parisienne de vingt-quatre ans qui n'existait pas. Il inventa une adresse personnelle, dans le 9e arrondissement, pour plus de cohérence, une date de naissance, un mot de passe, puis choisit un libellé électronique. « lisbeth@voila.fr ».

Telle était sa clé pour les ténèbres.

Ensuite, il fila avec sa lettre au bureau de dépôt de DHL, dans la gare de Bercy – pas question de faire prendre son pli à son adresse personnelle. À midi, il avait réglé ce premier problème. Il repartit d'humeur joyeuse. Tout cela ressemblait à un jeu. Pourtant, l'angoisse affleurait à la surface de sa conscience.

Certains passages de la lettre étaient particulièrement inquiétants, comme celui où Reverdi évoquait un « autre » que lui-même, qui serait le véritable assassin, encore en liberté... Marc haussa les épaules. Le tueur bluffait : il en était sûr. Juste une mesure de précaution, au cas où leur correspondance serait surprise et utilisée contre lui.

Dans le taxi qui le ramenait chez lui, il dressa la liste des achats à effectuer et des mesures à prendre, en vue de son voyage. Il décida qu'il réglerait tout dans les deux journées à venir. On était le 6 mai. Le 8 était un jour férié, qui ouvrait un de ces ponts interminables que Marc avait en horreur. Pas question d'attendre la semaine suivante.

Mais d'abord, place nette.

En quelques heures, il reprit le contrôle de sa vie. Il se lava, se rasa, s'astiqua de fond en comble. Puis il courut au pressing, où il avait abandonné plusieurs vestes, ainsi qu'une série de pantalons et de chemises. « C'est un pressing. Pas un dépôt-vente », marmonna la patronne. Marc paya sans un mot.

Rentré chez lui, il décolla du mur les photos de Reverdi et les rangea soigneusement dans un carton d'archives. Il tria ensuite ses articles, notes et communiqués. Il rassembla ses copies de lettres, ainsi que celles de Reverdi. Parmi ces éléments, il tomba sur le portrait de Khadidja, dont il avait fait une copie.

Il devait admettre que cette fille était sublime. Sous la régularité des traits, elle possédait un mouvement indompté qui la rendait plus belle, plus puissante que la plupart des autres mannequins. Peut-être étaient-ce ses pupilles, légèrement décalées. Ou ses pommettes trop hautes qui, selon la lumière, projetaient des ombres verticales, presque menaçantes, sur le reste du visage. Ou cette langueur qui lui passait dans les yeux comme un voile...

Dès qu'il l'avait vue, il avait songé à ces concertos pour piano, de Bartók et de Prokofiev, où les mélodies, cernées d'accords dissonants, paraissent jaillir d'une gangue de violence et en deviennent plus belles, plus pures. Il posa la photographie sur son bureau et lui sourit.

Virtuellement, il partageait cette fille avec un tueur.

Mais ni l'un ni l'autre ne l'approcheraient plus.

Il boucla son carton et le rangea dans son annexe, la petite pièce aux parfums de champignons. Remiser toute cette documentation, sur laquelle il avait tant rêvé, était symbolique : il revenait dans le monde réel. Son contact avec Reverdi n'était plus une chimère.

Mais le concret, maintenant, c'était aussi l'argent.

Toute la soirée, Marc fit le compte des frais à engager. Un billet aller-retour pour l'Asie du Sud-Est n'était pas excessif, à condition de maîtriser ses dates de départ et d'arrivée. Mais Marc ne savait pas où il allait exactement, ni combien de temps il resterait. Tout juste supposait-il qu'il sillonnerait les pays où Reverdi avait vécu : Malaisie, Cambodge, Thaïlande... Il lui faudrait donc acheter un billet « open », sans date de retour fixée – le plus onéreux. Et emprunter d'autres vols, sur place, pour rejoindre chaque pays limitrophe.

Il avait l'expérience des voyages. Il évalua son buget de déplacement, entre les vols internationaux, nationaux, et les locations de voitures, à environ quatre mille euros. À quoi s'ajoutaient les hôtels, les restaurants et les imprévus. Il statua pour une somme globale de cinq mille euros.

À ces frais, s'ajoutait l'achat d'un ordinateur et ses logiciels – il était hors de question d'utiliser son MacIntosh et son modem pour communiquer avec Reverdi. Il estima, en visant les premiers prix, que deux mille euros suffiraient. Si on ajoutait une marge de confort à ce total, on obtenait un budget global d'environ huit mille euros.

Où pouvait-il trouver une telle somme ?

Il consulta, par acquit de conscience, son compte en banque. La jauge ne dépassait pas les mille euros. Tout juste de quoi achever le mois, en subsistant, comme d'habitude, façon trappeur. Il vérifia ses autres comptes. Vides. Aucun placement. Aucune économie. Depuis près de six ans, Marc vivait ainsi, sans filet, au jour le jour.

Il eut une pensée incrédule pour son âge d'or, où un mois à cent mille francs était un « petit » mois. Qu'avait-il fait de tout ce fric ? Il songea à son atelier : c'était tout ce qu'il possédait. Était-il prêt à le vendre pour entreprendre ce voyage ? Non. Il n'y était pas si attaché que cela, mais une mise en vente prendrait du temps. Et surtout, il ne s'imaginait pas déménager. C'était son antre. Son repaire, tapissé de ses notes et de ses livres. Une annexe de son cerveau.

Il se coucha, en gardant les yeux rivés sur sa blibliothèque, qui brillait à la lumière du réverbère de la cour. Il se promit de solliciter un emprunt à sa banque, le lendemain, à la première heure.

Le matin, après plusieurs cafés, il se lança – mais ne prit pas la peine de se déplacer. Il était tellement sûr de la réponse de son agence qu'il s'expliqua par téléphone.

– Je ne comprends pas, fit le banquier après un long silence, ce voyage est professionnel ?

– Absolument.

– Pourquoi ne demandez-vous pas l'argent à votre journal ?

– C'est un scoop. Je veux en rester propriétaire. Croyez-moi : il y a d'énormes intérêts à la clé.

Il sentait le scepticisme de l'autre. Il changea de tactique et rappela sa belle époque, le temps où il déposait sur son compte des chèques à cinq zéros. Il n'avait pas toujours été un client difficile...

– Justement, trancha le banquier. Nous aidons surtout les clients qui suivent la courbe inverse. Des clients difficiles qui deviennent plus « faciles ». Vous comprenez, n'est-ce pas ?

– Je vous assure qu'il s'agit d'un excellent investissement. Avec cette enquête, je vais renouer avec les années fastes.

– Eh bien, renouez. Nous verrons ensuite.

Marc se retint pour ne pas passer aux insultes et raccrocha. Ce n'était pas le moment de changer de banque, ni d'ajouter des galères administratives à son emploi du temps.

L'autre possibilité, c'était *Le Limier*. Là encore, il connaissait la réponse. Verghens n'alignerait pas le moindre euro sans savoir de quoi il retournait – et sans s'octroyer le projet.

– Pourquoi ce fric ? demanda-t-il avant que Marc ait fini sa phrase.

– Un coup important.

– J'ai bien compris. Mais de quoi s'agit-il ?

– Je ne peux pas te le dire. Pas pour l'instant.

– C'est un scoop, peut-être ?

– Exactement.

– Pas d'info. Pas de pognon.

– C'est bien ce que je me disais. Je t'appelle à mon retour.

Ils négocièrent sa mise en disponibilité. Verghens n'était pas d'accord mais il devait à Marc de nombreux jours de vacances. Finalement, il dut capituler et lui accorda trois semaines de congé.

Il ne restait plus qu'une solution : Vincent. À l'idée de taper son ancien associé, celui à qui il avait tout appris, un renvoi acide lui brûla la gorge. Comment en était-il arrivé là ? Mendier auprès de son propre disciple... Il se conforta en se disant qu'il menait une croisade. Il était un guerrier. Un missionnaire. Et les missionnaires sont toujours pauvres. Cette misère constitue même leur signe de supériorité.

À midi, quand il poussa la porte du studio photographique, rue Bonaparte, il avait décidé de se placer, mentalement, au-dessus de toute gêne, de toute honte. Pourtant, malgré ses résolutions, lorsqu'il fallut parler, l'humiliation lui bloqua la gorge. Vincent lui facilita les choses :

– Combien ? demanda-t-il.

Mû par un obscur ressentiment, Marc multiplia par deux la somme qu'il avait prévu de demander :

– Dix mille euros.

Vincent traversa son grand bunker. Il ouvrit la porte noire de son local de développement. Au fond, Marc le savait, il y avait un coffre-fort. Pour le matériel, mais aussi pour le fric que les jeunes mannequins lui donnaient en liquide.

– Cinq mille euros, dit-il en posant une liasse sur la table lumineuse. C'est tout ce que j'ai ici. Je te fais un chèque pour le reste.

Marc acquiesça, le regard rivé sur l'argent. Il aurait dû prononcer une phrase de remerciement, mais les muscles de sa gorge étaient trop tendus. Il réussit tout juste à articuler, en prenant le chèque :

– Je te rembourserai...

– Ça presse pas.

– Merci, lâcha-t-il enfin.

– C'est moi qui te remercie. Si t'avais pas décidé d'arrêter nos conneries de paparazzis, je serais encore dans mon arbre, à guetter les starlettes. Et j'aurais raté ma chance.

– Tant mieux.

Marc tenta de sourire, mais ses traits se crispèrent. Vincent le raccompagna jusqu'au seuil. Un lourd rideau dissimulait la porte – une armature d'acier peint, encadrant une vitre épaisse.

– Finalement, continua-t-il en soulevant le rideau, cette histoire de Diana, tout ce bordel, ç'a été mon salut. Dommage qu'on puisse pas en dire autant pour toi.

Marc reçut ces mots comme un coup de cravache. En réaction, son esprit s'embrasa. Il se vit collecter les confessions de Reverdi, découvrir un secret inouï au fond des jungles d'Asie. Il se vit écrire un document unique retraçant son expérience, gagner des prix prestigieux de journalisme, il se vit...

– Mon heure arrive aussi, dit-il les dents serrées. T'en fais pas.

– Qu'est-ce que tu mijotes ?

– Secret professionnel.

– Un jour, tu deviendras dingue avec tes histoires de tueurs.

Les mâchoires plus fermées encore, Marc murmura :

– C'est une quête. J'ai des raisons profondes de la faire.

– Je les connais, tes raisons. Elles devraient plutôt te faire fuir en courant.

– Tu n'es pas dans ma tête.

Vincent lui pressa le bras, avec affection :

– Personne ne voudrait être dans ta tête.

Quinze heures, FNAC Digitale, boulevard Saint-Germain.

Marc redoutait ce genre d'expédition. L'attente, la chaleur, le jargon technologique ; les réponses toujours plus compliquées que les questions ; le choix illimité de produits, alors que le premier ordinateur venu ferait l'affaire...

– C'est exactement ce qu'il vous faut, assura le vendeur.

Marc considéra le nouveau MacIntosh qu'on lui proposait : pur, léger, inconnu. Il s'imagina, perdu parmi les fichiers d'aide, mettant deux heures pour débusquer une fonction qu'il sollicitait d'une chiquenaude sur son ordinateur actuel. Il eut une idée. Pour ne pas perdre de temps, il devait acheter exactement le même modèle que le sien :

– Je voudrais une machine de la génération précédente.

– Vous plaisantez ou quoi ? Ça date au moins de deux ans !

Marc n'en démordit pas. Le vendeur eut une grimace de dégoût :

– On fait plus ce genre d'antiquités. Il faut vous orienter vers le marché d'occasion.

À ces mots, son idée gagna des points. Acheter un ordinateur ayant déjà servi, référencé sous le nom du premier propriétaire. Avec un peu de chance, il contiendrait encore les logiciels qui, eux aussi, seraient enregistrés au nom du précédent utilisateur... Une nouvelle façon de brouiller les pistes.

Il partit d'humeur triomphante, avec l'adresse d'un marchand d'occasions situé plus loin sur le boulevard Saint-Germain. Il savourait le moindre rouage de sa stratégie.

C'était un jeu.

Mais aussi une menace.

Marc trouva exactement ce qu'il cherchait. Un MacIntosh Powerbook, doté d'un modem à l'ancienne et fonctionnant selon un vieux système Mac OS 9.2. Une bonne vieille machine, balisée et familière.

Le type du magasin lui proposa de rédiger une facture à son nom : il refusa. On lui offrit une garantie d'un an. Il refusa : il fallait donner ses coordonnées.

En allumant l'engin, dans le magasin, il s'aperçut que la chance était avec lui : le disque dur abritait déjà des logiciels de traitement de texte et de courrier électronique, ouverts au nom de l'ancien propriétaire. Parfait. Le vendeur lui rappela qu'il était illégal d'utiliser ces programmes. Il lui proposa d'acheter les mêmes, dans des versions neuves.

– Je vais réfléchir, souffla Marc, mais c'était tout vu.

Il paya en liquide puis fila avec son carton sous le bras. Dans la voiture, qui retournait sur la rive droite avec lenteur – il était dix-huit heures, la circulation s'engluait –, Marc fit le compte de ses écrans de protection.

Un ordinateur et des logiciels au nom d'un autre. Une boîte aux lettres électronique ouverte par Élisabeth Bremen. Des lignes téléphoniques appartenant à des cybercafés. Et bientôt à des hôtels asiatiques. Pas un seul élément ne permettait de remonter à Marc Dupeyrat.

Littéralement, il n'existait pas.

Mais de quoi avait-il peur ? Que Reverdi découvrît la supercherie ? Comment pourrait-il mener la moindre enquête en prison ? C'était déjà un miracle qu'il parvienne à envoyer des e-mails de Kanara. Son avocat ? Non : il était certain que ce « Wong-Fat » n'était au courant de rien. Un simple instrument, un satellite dans la galaxie Reverdi.

La vérité, il la connaissait : il prêtait des pouvoirs paranormaux au tueur apnéiste. Des dons de divination. Des aptitudes d'ubiquité. Oui : il le redoutait, comme si l'assassin avait pu sortir de prison, ou se glisser parmi les circuits électroniques...

À dix-huit heures, Marc parvint à se faufiler dans une agence de tourisme, qui s'apprêtait à fermer, rue Blanche. Il prit ses renseignements sur les tarifs des vols qui l'intéressaient et les contraintes administratives à prévoir. Sur les trois pays qu'il visait, seul le Cambodge exigeait un visa – et on pouvait l'obtenir sur place, à l'aéroport. Il se renseigna aussi sur le SRAS : rien à craindre de ce côté-là. La maladie semblait maîtrisée. En tout cas en Asie du Sud-Est. Marc remercia la fille du comptoir et promit de revenir lorsqu'il connaîtrait, exactement, sa date de départ.

Ce soir-là, Marc prépara, virtuellement, son sac de voyage. Il lista ce dont il avait besoin et se dit, par exemple, qu'un petit appareil photographique numérique serait le bienvenu. Au fil des lieux que Reverdi lui indiquerait, il pourrait prendre des clichés et effectuer de véritables repérages. Qui sait ? Peut-être que l'assassin le guiderait sur ses propres scènes de crimes...

À cette idée, il tressaillit encore. Se rendait-il vraiment compte de ce qu'il était en train de faire ? Comment allait-il utiliser ces informations, obtenues d'une manière aussi tordue ? Il n'était même pas sûr de les exploiter. Il travaillait pour lui-même. Son scoop ne serait peut-être jamais connu, mais l'essentiel était ailleurs : il allait plonger dans le cerveau du tueur. Il allait regarder, droit dans les yeux, le Mal.

Et peut-être, enfin, comprendre.

La fatigue lui tomba dessus, à vingt-trois heures, comme un lambris de plâtre. Il se coucha sans dîner, presque à tâtons.

Quelques heures plus tard, il ne dormait toujours pas. Il observait, dans l'obscurité, la tache blanche que formait la carte d'Asie du Sud-Est dépliée près de son lit. Sa bonne humeur, son excitation s'étaient évaporées. Il ne restait plus qu'un noyau d'angoisse dans son torse, toujours plus dur, toujours plus blessant. *« Il existe, entre le tropique du Cancer et la ligne de l'Équateur, une autre ligne... »*

C'était un jeu.

Mais surtout une menace.

30

– ON L'A SORTI de terre tel quel : il était intact.

– Le corps n'était pas décomposé ?

– Intact, je vous dis. On appelle ça « l'incorruption du cadavre ».

Khadidja était plutôt désorientée. Quand Vincent l'avait invitée à ce dîner chez lui, elle avait imaginé une réunion de rédactrices de mode, de stylistes homosexuels, aux babillages bruyants et futiles. En réalité, il n'y avait ici que des reporters et des photographes.

– Incroyable, insistait celui qui parlait. À croire qu'on l'avait enterré la veille. (Il éclata de rire.) Les Italiens crient déjà au miracle !

D'après ce que Khadidja avait compris, ce journaliste venait d'effectuer un reportage sur les miracles en Italie. Par chance, il avait assisté à l'exhumation du pape béatifié Jean XXIII, en vue de sa canonisation. Or, le corps du futur saint, mort dans les années soixante, était parfaitement conservé.

Le reporter était incapable de parler d'autre chose : c'était un type efflanqué, moulé dans un chandail marin. Malgré son visage tailladé de rides, sa mèche bien peignée et son col de chemise blanc lui donnaient l'air d'un écolier très sage.

Un vieil Italien, aux yeux alourdis de poches et à la voix épaisse comme une liqueur, pointa ses baguettes vers l'exalté (c'était une soirée sushis) :

– Toi, t'es resté trop longtemps en Italie.

L'aventurier balaya l'objection d'un geste, prenant l'expression d'un visionnaire incompris.

– C'est à cause des conservateurs.

Tous les regards se tournèrent vers la femme qui venait de parler : une blonde maigrichonne, aux cheveux ternes, dont le long visage rappelait un biscuit à champagne.

– Quels conservateurs ? rétorqua le journaliste. Le pape n'avait pas été embaumé.

– Je parle des agents conservateurs dans la bouffe. On en absorbe tellement que ça finit par nous conserver nous-mêmes... Notre corps ne se décompose plus. C'est prouvé scientifiquement.

Il y eut un silence, puis, d'un coup, tout le monde éclata de rire. La blonde insista, furieuse :

– Je plaisante pas ! Il y a des études là-dessus et...

Sa voix fut couverte par l'arrivée de Vincent, qui apportait une caravelle de bois clair, constellée de sushis. Le pont était tapissé de rouleaux fourrés à l'avocat, le bastingage constitué de tranches de saumon, les voiles figurées par des feuilles d'algues.

– Et si vous arrêtiez un peu de dire des conneries ? Khadidja va penser que vous êtes encore plus à l'ouest que les mecs de la mode !

Quelques regards se posèrent sur elle. Les convives étaient assis sur des coussins, autour d'une longue table basse, au milieu du studio photographique. Vincent avait prévenu : « Pas assez de chaises, soirée japonaise ! »

Comme d'habitude, Khadidja aurait aimé trouver une repartie, fine et amusante, mais elle n'eut aucune idée. Elle esquissa un vague sourire et attendit, en rougissant, qu'on passe à un autre sujet.

Elle s'interrogeait encore : pourquoi Vincent l'avait-il invitée ? La draguait-il ? Non, le plan était différent. Le spécialiste du flou l'avait prise sous son aile – elle participait de son grand projet de « conquête du marché ». Il prétendait qu'il allait la transformer en top-modèle. En tout cas, elle devait admettre que ses photos étaient magnifiques. Étranges et brumeuses.

– Qu'est-ce que vous en pensez ?

Khadidja sursauta :

– Pardon ?

– Le terrorisme tchétchène : qu'est-ce que vous en pensez, vous ?

Elle avait encore raté un chapitre. Son voisin de table la fixait : un chauve qui portait ses derniers cheveux en couronne. Il ressemblait à un empereur romain.

– Eh bien...

Elle balbutia une réponse, se cramponnant à ses baguettes. Elle s'était armée pour le conflit irakien mais n'avait pas eu le temps de bûcher l'expansion du terrorisme islamiste. Elle se sentait de plus en plus mal à l'aise. Les odeurs d'algues, les relents de poisson cru la prenaient à la gorge. Elle détestait les sushis.

Pourtant, dans ce marasme, elle avait une raison de se réjouir.

Il était là, à l'autre bout de la table.

Marc Dupeyrat. L'amoureux solitaire, qui avait volé sa photo, ici même, un mois auparavant. Il avait l'air plus buté que jamais, planqué derrière sa mèche et son affreuse moustache. Il ne lui avait même pas lancé un coup d'œil. Timidité ? Confusion ?

Depuis la photo dérobée, elle s'était monté tout un film dans le style qu'elle adorait. Elle possédait une collection de vieilles cassettes VHS de ces comédies musicales égyptiennes, léguées par sa grand-mère, qui y avait joué des petits rôles dans les années soixante. Des histoires romantiques, où on se mettait à chanter pour un oui pour un non, où l'amour triomphait toujours, la misère reculait, les hommes étaient beaux, bons et gominés...

Pour un film de ce genre, le polaroïd volé était un excellent début. Khadidja imaginait Marc admirant son portrait, chantant dans son appartement. Ou hésitant devant son téléphone, n'osant pas l'appeler. Ou encore dînant avec Vincent, orientant discrètement la conversation sur elle. Lorsqu'elle était arrivée au dîner, elle avait l'espoir confus qu'il serait là. Mais maintenant, elle était confrontée à un mur.

C'était la fin du repas. Il fallait agir. Elle but deux sakés, coup sur coup, puis se concentra sur son souvenir – l'homme en train de voler son portrait. Elle s'accrocha à cette scène comme à un parachute et se glissa jusqu'à lui, alors que chaque convive tentait de s'extraire de la table basse :

– Marc, je voulais vous dire...

Il se redressa, avec un étrange déclic de la nuque :

– Quoi ?
– J'ai acheté *Le Limier*. Pour voir ce que c'était.
– Vous avez du temps à perdre.
Toujours ce ton sarcastique. Il lui parut tout à coup très raide, très con. Mais il était trop tard pour reculer :
– Au contraire. J'ai trouvé ça... intéressant. D'un point de vue sociologique.
Il hocha la tête, sans conviction. À l'évidence, cette conversation lui déplaisait. La scène était ridicule : elle était à quatre pattes, et lui toujours assis par terre.
– J'aurais aimé vous en parler. Vous savez, à part les photos, je prépare une thèse de philosophie. Je travaille sur l'inceste. Vous avez dû enquêter sur...
– Désolé. Je ne bosse pas au *Limier* en ce moment. Si vous voulez, je vous donnerai les coordonnées d'un collègue.
Khadidja sentait la colère frémir sous sa peau. Elle s'assit en tailleur et le regarda franchement :
– Vous travaillez pour un autre journal ?
– C'est un interrogatoire ou quoi ?
– Excusez-moi.
Il finit par sourire :
– Non. C'est moi qui m'excuse. Je ne sais pas me tenir. (Il balaya sa mèche.) Je dois partir en voyage.
– Une enquête ?
– Une sorte d'enquête. Un projet personnel.
– Un livre ?
– Trop tôt pour le dire.
Plus il parlait, moins il en disait. Khadidja éprouvait maintenant une joie perverse à fouiller son secret :
– Vous partez pour longtemps ?
– Je ne sais pas.
– Où ?
– Vous êtes vraiment curieuse. Je suis désolé, mais c'est vraiment... personnel.
Elle eut envie de le gifler mais elle murmura :
– Peut-être qu'avant votre départ, on aura le temps de se revoir.
Il se leva d'un bond, avec une souplesse étrange, féline.

– Cela aurait été avec plaisir. Mais ça sera trop court.

Il contourna la table et se perdit dans la fumée et le brouhaha – sans un regard, sans un adieu. Khadidja se leva à son tour. Elle était pétrifiée. Le vide qui l'emplissait pesait des tonnes, l'ankylosait jusqu'au bout des doigts.

Pourquoi cette attitude ? Avait-elle rêvé lorsqu'elle l'avait vu dérober la photo ? L'avait-il prise pour une autre raison ? Un fétichiste ? Un maniaque ? Ou bien avait-il senti ses problèmes à elle : la brûlure indienne ?

À cette pensée, sa solitude l'entoura comme un cercle de flammes. Au fond du crépitement, une voix criait :

« J'ai du sable dans le cerveau ! C'est ta faute ! »

31

QUELLE EMMERDEUSE !

Il descendait à pas rapides la rue des Saints-Pères. Bon sang : que lui voulait cette fille ? Elle l'avait littéralement harcelé. Et ces questions sur son voyage ! À croire qu'elle était au courant du projet...

Marc avait décidé de rentrer à pied jusque chez lui, pour se dénouer les nerfs. Mais quand il parvint sur la place du Louvre, il tremblait toujours de la même fureur. Il traversa l'esplanade, sans quitter des yeux le bitume. Pas un regard pour la pyramide étincelante. Pas un cil pour les galeries, qui dessinaient de longues séries d'arcs bleutés.

La présence de Khadidja l'avait tout de suite mis mal à l'aise. Il avait passé un dîner atroce, sentant la femme qui l'observait, le sondait. En conclusion, il avait fallu qu'elle vienne lui parler. Et voilà maintenant qu'elle se révélait être une intellectuelle ! Rien à voir avec l'apprentie mannequin standard, sans couleur ni relief. Il ne comprenait pas l'attitude de cette fille. Dans un autre espace-temps, il aurait pu croire qu'elle lui courait après.

Place du Palais-Royal, il se calma un peu en apercevant l'édifice de la Comédie-Française, brillant dans les ténèbres. Deux heures du matin. Un vent tiède soufflait sur la nuit parisienne, comme pour en balayer les derniers gaz d'échappement et obtenir l'image la plus pure, la plus parfaite. Fontaines éclairées ; cercles de pierres ; longues galeries aux colonnes grises. Un véritable décor du XVIIe siècle, comme jailli d'une pièce de Molière. On s'attendait presque, sous les lanterneaux, à voir apparaître le Commandeur à la poursuite de Dom Juan.

Marc s'assit sur le rebord d'une des fontaines et sentit la fraîcheur de l'eau monter vers lui, l'enlacer comme dans une féerie. Il ferma les yeux, puis les rouvrit, plusieurs fois de suite. Chaque fois, les lumières des arcades se précisaient un peu plus dans sa conscience, s'enfonçaient en lui. Telles des aiguilles d'acupuncture, qui auraient touché ses méridiens de citadin.

Avec le calme, la lucidité revint. Il plongea ses doigts dans l'eau glacée puis se passa la main sur le visage, avant d'admettre la vérité.

Sa colère, il l'éprouvait contre lui-même.

Pourquoi se mentir ? Il était séduit par Khadidja. Comme n'importe quel homme face à une telle beauté. Mais alors qu'un autre aurait tenté sa chance, lui, il avait volé sa photographie pour l'envoyer à un tueur en série. Voilà le genre de mec qu'il était...

Il n'aimait pas l'amour : il aimait la mort.

L'image de Sophie balaya aussitôt ces réflexions. Il était maudit, il le savait. Et malheur à celui ou celle qui l'approcherait de trop près. Il en avait déjà eu la preuve. Deux fois. Voilà pourquoi il devait se tenir à distance de l'amour. Et même de l'amitié. Marc Dupeyrat, quarante-quatre ans, sans épouse ni enfant. Un simple chasseur de crimes, incapable de partager son existence avec qui que ce soit.

Il se remit en marche. La colère avait cédé la place au désespoir. L'avenue de l'Opéra n'arrangeait rien. Longue, large, vide, plus vide encore avec ses boutiques à touristes aux vitrines mortes, qui semblaient appartenir à une autre planète.

Lorsqu'il approcha du Palais-Garnier, il contourna, de loin, ses lumières tapageuses et plongea dans la rue de la Chaussée-d'Antin, totalement noire, où quelques prostituées erraient, solitaires, comme si elles s'étaient trompées de vie. Enfin, il parvint au pied de la colline du 9e arrondissement, qui s'élevait au-dessus de l'église de la Trinité.

Sous son crâne, une énorme idée noire faisait son chemin...

Un quart d'heure plus tard, il pénétrait dans son atelier. Il hésita à allumer. Il apercevait les cartes d'Asie du Sud-Est, punaisées au mur, son sac, qu'il avait abandonné en cours de préparation. Et surtout, son ordinateur, dont le couvercle ouvert brillait dans la pénombre.

Ce fut l'instant de vérité.

Il n'était pas en colère contre Khadidja.

Ni contre lui-même ou sa stratégie hasardeuse.

Il était simplement irrité, infecté, anéanti par l'échec.

Jacques Reverdi ne lui avait pas envoyé d'e-mail.

Depuis plus d'une semaine, il attendait – et avait maintenant perdu tout espoir. Chaque jour, il avait consulté sa boîte aux lettres dans les cybercafés du quartier : aucun message. Reverdi avait abandonné Élisabeth. Il avait renoncé à leur projet commun.

Il s'entendit, une heure plus tôt, prévenir Khadidja : « Je dois partir en voyage. » C'était faux. Personne ne l'avait appelé. Il avait imaginé mille fois son départ, mais on ne lui avait pas écrit. Pas le moindre signe. Un enfant oublié, avec sa valise, sur le quai d'une gare.

Toujours debout, au seuil de l'atelier, il ressentit un flux électrique le long de ses nerfs. Une envie irrépressible de consulter la boîte aux lettres d'Élisabeth. Peut-être que ce soir...

C'était absurde : il avait déjà vérifié sur le chemin du studio de Vincent, à vingt heures, dans un cybercafé situé boulevard Saint-Germain. Et rien ne pouvait s'être passé depuis sa dernière consultation : la nuit s'achevait à peine à Kanara. Pourtant, la fébrilité ne le lâchait plus, une véritable démangeaison dans les membres.

Mais où aller à cette heure ? Il était trois heures du matin. Son regard tomba de nouveau sur son ordinateur. Il s'était juré de ne jamais utiliser ni son Mac, ni sa ligne téléphonique. Aucun lien direct ne devait se nouer, même une seule fois, entre Marc Dupeyrat et Jacques Reverdi.

Mais cette nuit, la tentation était trop forte.

Il opta pour une demi-mesure : utiliser sa ligne de téléphone mais avec son nouvel ordinateur portable – celui d'Élisabeth.

La machine ne mit qu'une minute à présenter son logo de bienvenue.

Marc sollicita le logiciel de courrier électronique et donna le mot de passe d'Élisabeth. Tout à coup, il se raisonna. Il prenait un risque inutile. Tout cela par simple nervosité. Il saisit sa souris pour stopper l'opération avant la connexion quand il reçut une pierre dans le thorax. Il n'avait plus de souffle.

Il avait reçu un e-mail.

Un expéditeur inconnu du nom de « sng@wanadoo.com ».

Code limpide :

« sng » pour « sang ».

« Sang » pour « Reverdi ».

La main tremblante, il ouvrit le message. Sa tête prit feu quand il lut :

« Maintenant. Kuala Lumpur. »

LE VOYAGE

32

MARC traversa la zone duty-free de l'aérogare 2D de Roissy-Charles-de-Gaulle. Cigarettes, bouteilles d'alcool, sucreries : les denrées étaient entassées en murailles, comme en prévision d'un siège. Il découvrit d'autres boutiques, franchit les effluves des parfums, ignora les vêtements chics, les équipements technologiques, les gadgets inutiles. Il songeait à un sas de consommation, aux lumières trop violentes, où les vitrines surchargées vous ordonnaient d'acheter jusqu'au délire, comme si c'était pour la dernière fois.

Il s'installa dans la salle d'embarquement, tapotant légèrement le cartable qui contenait son ordinateur. Il avait mis deux jours à se résoudre au départ. Après le message de Reverdi et son effet d'exaltation, il s'était dégrisé brutalement, prenant la mesure des véritables enjeux du voyage. Tout le dimanche, il avait ruminé. Parfois, il grelottait de frousse et pensait à tout abandonner. La seconde suivante, il éprouvait une chaleur bienfaisante – la satisfaction d'avoir réussi à prendre au piège un meurtrier redoutable. Au fond, que risquait-il ?

C'était le choix de la première destination qui l'inquiétait. Pourquoi la Malaisie ? Reverdi n'allait-il pas demander à Élisabeth de venir le visiter à la prison de Kanara ? Impossible : ce n'étaient pas les règles du jeu. Il s'agissait plutôt de suivre le fil de la vérité, mais à rebours, en commençant par la fin. Là où tout s'était achevé pour Reverdi.

Peu à peu, il remonterait jusqu'à la source de la « ligne ».

Le mardi, il s'était enfin décidé : il s'était inscrit en liste d'attente sur le vol du lendemain de la Malaysian Airlines. Puis, à dix heures du matin, il s'était risqué à envoyer son premier e-mail à Reverdi, d'un cybercafé du quartier. Il avait annoncé son départ mais n'avait donné ni sa date d'arrivée exacte, ni les coordonnées de son vol, prenant encore d'inexplicables précautions.

Durant cette dernière journée, il avait attendu une réponse – en vain. Sans doute recevrait-il des consignes à Kuala Lumpur. Il était maintenant sûr que Reverdi l'enverrait à Papan, au sud-ouest du pays, où il avait été arrêté. La voix de l'hôtesse retentit dans la salle : on embarquait.

Il retrouva avec plaisir le logo de la Malaysian Airlines – ce seul signe lui rappelait ses années de reportages. Puis les hôtesses, sans doute chinoises, dont le teint très pâle contrastait avec leur robe turquoise. Les couleurs, les sourires : tout prenait déjà un goût d'Asie, suave et doucereux. Marc se blottit à sa place, près du hublot, et sentit aussitôt la fatigue s'abattre sur lui. La compression de ses tympans, au moment du décollage, l'acheva.

L'avion n'avait pas atteint son altitude de croisière qu'il dormait déjà.

Quand il se réveilla, tout était immobile. Dans la pénombre, on ne percevait plus que le chuintement du système de pressurisation et le bruit lointain des réacteurs. Marc lança des regards autour de lui. Les passagers, sous leur couverture, évoquaient des cocons monstrueux, avec des pansements sur les yeux. Marc se passa la main sur le visage : il sortait lui-même d'un cauchemar effrayant.

En s'excusant à voix basse, il bouscula ses voisins et partit se rafraîchir dans les toilettes. Il s'observa dans la glace puis murmura : « d'Amico », « Prokofiev », « La Fontaine »... Depuis combien de temps n'avait-il pas fait ce rêve ?

Il ne s'agissait pas d'un rêve, il le savait, mais d'un souvenir.

Il retourna s'asseoir et se prépara à affronter sa propre mémoire.

1976. Lycée Jean-de-la-Fontaine.

Marc venait d'intégrer une classe pilote, où les élèves partageaient leur temps entre l'enseignement classique et la pratique de la musique. Dans ce lycée traditionnel, ils ressemblaient à des objecteurs de conscience, qui auraient dit « non » à la physique et à la géographie au profit de l'harmonie et du contrepoint. Une autre différence les marquait : pour la plupart, ils étaient de sexe masculin. Or, La Fontaine était un lycée de jeunes filles. Mais surtout : ils étaient pauvres. C'était leur grande singularité dans ce repaire de filles de famille, situé dans les beaux quartiers du 16e arrondissement. Marc, seize ans, comprit tout de suite que son chemin jusqu'au bac ressemblerait à une mise en quarantaine, où il faudrait oublier toute velléité de drague – les jeunes héritières les toisaient, lui et les siens, comme des clochards qui auraient forcé les portes du palais.

Il s'en moquait : il était plutôt intéressé par les différences qui régnaient à l'intérieur même de leur classe. Comme sur un clavier de piano, il y avait, parmi les élèves, les touches blanches et les touches noires. Les notes pleines, majeures et sans mystère, et les notes altérées, mineures, tourmentées. Il y avait les musiciens qui appartenaient à la lumière, à la simplicité, et ceux qui appartenaient à la douleur – les oiseaux blessés.

Les premiers avaient choisi la musique comme ils auraient choisi la fonction publique. Ils étaient pour la plupart fils de musiciens d'orchestre et avaient opté eux-mêmes pour des instruments d'ensemble – basson, alto, trombone... Les autres, les poètes, jouaient du piano, du violon, du violoncelle. Ils se rêvaient concertistes, compositeurs, révolutionnaires – et suicidés.

Les touches blanches n'étaient pas moins douées que les touches noires. Au contraire. La musique coulait sous leurs doigts avec évidence. Pour eux, l'oreille absolue, le sens de l'harmonie, la virtuosité allaient de soi, comme la faculté de respirer ou de marcher. Les touches noires jouaient avec passion, mais manquaient souvent de technique. En un sens, et c'était cela le plus étrange, les touches blanches « étaient » la musique. Elle ne leur posait aucun problème. Encore moins d'angoisse.

Les touches noires étaient l'ombre de la musique.

Bien sûr, Marc appartenait à la partie sombre de la classe. Il s'était lié avec les éléments les plus obscurs. Grégoire Debannier, homosexuel exubérant, spécialiste de la musique de la Renaissance, qui racontait avec complaisance ses frasques sexuelles dans les toilettes du Palace puis, sans aucune raison, entonnait une chanson de Clément Janequin. Éric Chausson, colosse aux orbites basses, cancre, rugbyman, mais aussi bouddhiste et sorcier. Une brute rivée sur son silence, dont les doigts épais ne cessaient de feuilleter des petits « Que sais-je ? » consacrés à la spiritualité et qui pouvaient égrener, avec la plus pure légèreté, les arpèges des Impromptus de Schubert. Philippe Manganeau, qu'on aurait pu prendre pour une touche blanche, tant son allure était banale, mais qui était pourtant l'un des plus rebelles. Avec ses lunettes d'écaille, ses chemises écossaises et ses parents assureurs, il vivait ses origines bourgeoises comme une maladie génétique. Il caressait son violon à la manière d'un terroriste qui caresse sa bombe avant l'attentat. Et quand il parlait de tout larguer, chacun savait qu'il serait le premier à le faire, parce qu'il avait absolument « tout » à perdre et qu'il s'en réjouissait d'avance.

Mais le plus noir d'entre tous, le vrai prince des ténèbres, c'était d'Amico. Marc ne se souvenait plus de son prénom, seulement de ses origines italiennes et de sa grosse tête flamboyante à chevelure noire. Au départ, d'Amico était violoncelliste. Mais il s'était spécialisé dans les instruments à cordes exotiques : guitare péruvienne, balalaïka, viole mongole... À ses yeux, la musique possédait une vocation cabalistique, qui révélait le sens secret de l'univers. Marc se souvenait de ses questions matinales, en cours de maths : « Comment exprimer le Mal ? murmurait-il. Par le chromatisme. Les demi-tons expriment le glissement vers Thanatos... » Ou sa passion pour la quinte altérée, surnommée « la quinte du diable ». Lorsque d'Amico composait, il s'agissait toujours d'aubades « maléfiques », d'oratorios dédiés aux « spectres » ou de cantates « diffamatoires », qui accumulaient les ruptures, les dissonances.

D'Amico participait à toutes les matières avec enthousiasme. Il multipliait les interventions, se portait toujours volontaire pour les exposés. Marc le revoyait encore, debout sur l'estrade, faisant écouter à la classe stupéfaite le finale du *Deuxième concerto pour piano* de Prokofiev, en mimant, joues gonflées et paumes ouvertes, la corne de brume qui couvrait les staccatos du piano. Ou encore, en cours de lettres, déclamer un exposé sur Howard Phillips Lovecraft, en répétant, index dressé, coulant un regard noir vers la professeur, comme si elle était personnellement responsable de ce qu'il assenait : « Lovecraft était éboueur ! É-bou-eur ! Personne ne l'a jamais compris ! »

L'adolescent avait réussi à se faire détester de tous, à l'exception de Marc. Sa fébrilité, son comportement imprévisible, ses réflexions absurdes suscitaient l'incompréhension et la haine. Des détails aggravaient sans cesse le malaise qu'il provoquait : lorsqu'il éclatait de rire, c'était toujours trop fort, et comme à moitié, s'arrêtant en suspens. Lorsqu'il essayait d'être drôle, il tombait à côté et s'énervait à la manière d'un enfant incontrôlable. Il multipliait les habitudes bizarres. Il portait des bottines de mauvais cuir, dont il ne fermait jamais les fermetures Éclair. Lorsqu'il se mouchait, il contemplait longuement sa propre morve, avant de replier son mouchoir avec soin. Plus inquiétant, d'Amico ne se séparait jamais d'un rasoir – un objet ancestral, à manche de corne, piqué à son père, coiffeur à Bagnolet. Souvent, on pouvait le voir, dans un coin de la cour, trancher lentement les pages de son livre fétiche *Le Moine*, de Matthew Gregory Lewis. Les jeunes héritières l'avaient surnommé Jack l'Éventreur.

Finalement le rasoir fut le seul élément qui trouva sa cohérence. Près de trente ans après les faits, Marc s'interrogeait encore : aurait-il pu prévoir ce qui s'était passé ? Aurait-il dû percevoir la signification de cette arme, qui ne quittait jamais le violoncelliste ? La véritable question était : combien de temps un corps humain met-il pour se vider de son sang ?

Marc, lui, avait mis un cours entier – quarante-cinq minutes – à s'inquiéter de l'absence de son meilleur ami. Il avait pris le chemin de l'infirmerie et s'était arrêté, par réflexe, dans les toilettes, au bout du couloir du troisième étage. Il avait longé les lavabos, poussé plusieurs portes, puis aperçu les bottines ouvertes, dans la dernière cabine. D'Amico baignait dans un carré de sang, tête contre la cuvette. Au lieu d'assister au cours de géographie, il avait préféré s'ouvrir les veines. Par bravade – mais une bravade dans son style, c'est-à-dire inintelligible –, il s'était placé lui-même le manche du balai des toilettes dans la bouche.

Ce geste avait une explication : Marc l'apprit plus tard par Debannier, le spécialiste de la Renaissance. Il avait initié l'Italien aux plaisirs homosexuels et ce dernier avait apprécié l'expérience. Trop, sans doute. À l'idée d'annoncer cette métamorphose à ses parents – un coiffeur macho et une mère bigote –, il avait préféré descendre définitivement du train.

L'explication sonnait creux. Marc le savait : d'Amico n'aurait pas craint d'avouer son homosexualité à ses parents. Au contraire : il ne manquait jamais une occasion de les scandaliser. D'ailleurs, il en était sûr : le balai dans la bouche leur était destiné, « personnellement ». Alors pourquoi ce suicide ? La seule explication que Marc avait pu trouver – et c'était bien la signature de d'Amico –, c'était qu'il n'y en avait pas. Une fois de plus, il s'agissait d'un acte incohérent. Qui donnait au personnage son ultime non-sens.

L'autopsie avait conclu que d'Amico, assis sur la cuvette, s'était évanoui en perdant son sang. Il avait glissé et s'était brisé la nuque sur le rebord de faïence. L'hémorragie s'était arrêtée. Il n'y avait donc pas eu autant de sang que dans le cauchemar récurrent de Marc. En vérité, il n'en avait aucun souvenir. Lorsqu'il avait découvert le corps de son ami, Marc s'était évanoui. Il s'était réveillé une semaine plus tard, la tête vide. Il ne se rappelait ni la scène, ni même les quelques heures qui l'avaient précédée. C'était cette amnésie rétroactive qui l'obsédait. Il était certain d'avoir parlé à d'Amico avant la classe. Que s'étaient-ils dit ? Marc aurait-il pu prévoir – empêcher – ce suicide ? Pire encore : avait-il eu au contraire un mot malheureux qui avait précipité l'acte du musicien ?

Le signal lumineux s'alluma dans la cabine.

Ils étaient en train d'atterrir.

Il boucla sa ceinture et sentit qu'une nouvelle détermination le saisissait. L'importance de sa mission lui apparut de nouveau. Il se rapprochait du tueur. Il se rapprochait de la vérité de la mort. Confusément, il espérait que ce voyage le libérerait de ses propres hantises.

33

KLIA. Kuala Lumpur International Airport.

Une sorte d'immense centre commercial, sur plusieurs niveaux, où la température ne devait pas excéder quinze degrés. Lorsqu'on atterrit en Asie du Sud-Est, on s'attend à une chaleur suffocante. Mais c'est souvent un froid polaire qui vous attend, à hauteur de la fournaise qui rôde au-dehors.

Marc récupéra son bagage et s'orienta à vue, repérant un train intérieur qui le propulsa dans un autre satellite par lequel, après une longue marche, il put enfin accéder à la touffeur tropicale.

Le choc fut de courte durée. Une température sibérienne l'attendait dans le taxi. Se carrant dans son siège, il retrouva la Malaisie qu'il connaissait. Il était venu à deux reprises. La première fois pour réaliser une série de reportages sur les familles de sultans qui règnent sur le pays à tour de rôle. La seconde pour couvrir, en 1997, le tournage du film *Entrapment*, avec Sean Connery et Catherine Zeta-Jones, qui racontait un braquage au sommet des tours Petronas, les plus hautes de Kuala Lumpur – et du reste du monde.

À dominante verte, la ville flamboyait à l'horizon. Sur un plateau cerné de collines et de forêts, ses tours de verre se dressaient comme les pièces d'un échiquier géant. Flammes de schiste, lames de glace, flèches translucides : à cette distance, elles miroitaient dans le soleil et évoquaient des flacons de parfum ou de lotion d'après-rasage.

À l'intérieur de la ville, on découvrait des avenues larges et boisées, toujours aérées. Rien à voir avec les mégapoles asiatiques surchauffées, fourmillantes, accablées de misère et de pollution. Kuala Lumpur était une cité résidentielle géante, qui respirait l'opulence. Elle arborait ce vernis artificiel propre aux villes américaines, où tout est neuf, propre, bien peigné – mais où tout sonne creux, factice. Seuls les mosquées à dôme coloré et les anciens bâtiments coloniaux anglais donnaient un grain de réalité à ce décor, rappelant qu'il y avait eu une vie ici avant la croissance économique et la fièvre moderne.

Marc donna au chauffeur les noms d'avenues du centre : Jalan Bukit Bintang, Jalan Raja Chulan, Jalan Pudu, Jalan Hang Tuah... C'était là que se situaient les grands centres commerciaux, les hôtels de luxe, mais aussi, dans les rues perpendiculaires, les petites « guest-houses » à prix raisonnables. Dans une impasse, il dénicha, entre deux salons de massage, un hôtel à sa mesure.

Il avait à peine posé son sac qu'il branchait son ordinateur portable sur la prise téléphonique pour consulter ses messages. Un e-mail de Reverdi l'attendait.

Objet : KUALA – Reçu le 22 mai, 8 h 23.
De : sng@wanadoo.com
À : lisbeth@voila.fr

Mon Élisabeth,

Tu dois maintenant être arrivée à Kuala Lumpur. Une ville trop neuve, mais dans laquelle on peut facilement trouver ses marques, prendre ses habitudes, comme dans un bel appartement moderne.

Je veux d'abord te souhaiter la bienvenue et te dire bonne chance. J'espère, au plus profond de moi-même, que tu réussiras à atteindre « notre » objectif. Mais je veux aussi te rappeler, une dernière fois, les règles de l'échange. Tu n'auras droit à aucune question. Tu devras te débrouiller avec les strictes informations que je te donnerai. Tu n'auras pas droit non plus à l'erreur : à la moindre conclusion fausse, tu n'auras plus jamais de mes nouvelles.

Mais je suis confiant : tu m'as déjà prouvé ton intelligence – et ta détermination. Alors, lis bien ce qui suit. Ton premier indice concerne le « Chemin de Vie ».

À Kuala Lumpur, il y a moyen de trouver les photographies de Pernille Mosensen – je parle, bien entendu, des images « après » sa transformation. Trouve ces photos, Élisabeth, et contemple-les.

Tu découvriras le Chemin de Vie.

La route qu'Il trace dans la nudité du corps.

Mais attention, tu devras observer des clichés du corps rincé. Absolument nettoyé. C'est essentiel. La vérité n'apparaîtra que sur la pureté de la peau.

Bonne chance.

Marc eut l'impression que la climatisation avait baissé de plusieurs degrés. Il était entré dans le jeu. De combien de temps disposait-il ? Reverdi ne donnait aucun délai. Mais Marc savait qu'il devait aller vite. Démontrer l'efficacité d'Élisabeth. Et stimuler l'intérêt de son correspondant.

Il réfléchit à sa première mission. Accéder au dossier médico-légal de Pernille Mosensen et aux clichés du corps. Reverdi insinuait que ce dossier se trouvait à Kuala Lumpur. Pourtant, le crime s'était déroulé à Papan et l'instruction se déroulait à Johor Bahru, la capitale de la province de Johore.

Il décrocha le téléphone et appela son contact, au bureau de l'AFP de KL : une journaliste nommée Sana. Après lui avoir brièvement expliqué les raisons de sa présence en Malaisie – un reportage exclusif sur l'affaire de Papan –, il aborda le sujet de l'autopsie. Sana confirma ses craintes : tout s'était passé à Johor Bahru. « Aucune chance de trouver des documents à KL ? » Sana eut un rire ténu, qui lui rappela Pisaï, la journaliste du *Phnom Penh Post*. Compte tenu de l'importance du cas, un comité d'experts avait été nommé. L'un d'eux était Mustapha Ibn Alang, médecin légiste à Kuala Lumpur, une célébrité qui tenait une chronique judiciaire dans le *News Straits Times*. Un personnage haut en couleur qui, selon Sana, avait la « langue bien pendue ». Marc sut qu'il tenait son homme. Après avoir noté ses coordonnées, il promit à la journaliste de l'inviter à déjeuner durant son séjour et raccrocha.

Il composa aussitôt le numéro et tomba, comme il s'y attendait, sur un répondeur. Il prit sa voix la plus grave et sollicita une interview, en laissant les coordonnées de son hôtel.

Il reposa le combiné. Les dés étaient jetés. Il était, officiellement, en reportage à Kuala Lumpur. Son nom allait apparaître, à la périphérie de l'affaire. Cette présence menaçait-elle sa manipulation ? Pas du tout. C'était toute la perfidie de son imposture : Élisabeth Bremen recueillait les premiers indices et Marc Dupeyrat menait l'enquête...

Après une douche tiède, son excitation retomba, laissant la place à la nausée du décalage horaire. Il s'affala sur le lit et alluma la télévision. Il n'y avait rien d'autre à regarder : sa chambre, minuscule, ne possédait pas de fenêtres.

Il se mit à zapper. Un kaléidoscope des différentes réalités de la Malaisie défila. Une chaîne montrait un conseil des Sultans : des hommes au teint d'or sombre, trônant autour d'une table ovale, portant médailles, tuniques moirées et turbans scintillants. Une autre laissait la parole à un grand chef cuisinier chinois, qui rappelait, rictus aux lèvres, que tout ce qui se consommait, se vendait ou s'achetait en Malaisie, était d'origine chinoise. Une autre chaîne offrait des images d'une fête fastueuse, où de magnifiques Eurasiennes, moulées dans des robes signées Dior ou Gucci, côtoyaient des femmes portant le *tudung*, le voile malais.

La sonnerie du téléphone le tira d'un gouffre noir. Il s'était endormi. À l'écran, des pirates à l'air canaille montaient à l'abordage d'un vaisseau anglais.

– Allô ?

– Morcdoupéro ?

– *What* ?

– *Mister* Doupéro ?

Marc reconnut enfin son nom. Le réveil de la table de chevet indiquait 17 heures 10. Il avait dormi plus de trois heures. Il répondit en anglais :

– C'est moi.

– Docteur Alang. Vous m'avez laissé un message.

L'accent était traînant, presque américain. Marc se leva d'un bond et coupa la climatisation qui produisait un raffut d'enfer, puis il se présenta en détail, concluant sur son intention de l'interviewer.

– Vous n'êtes pas le premier, *man*.

– Je sais, mais...

– L'instruction est en cours. Je ne peux rien dire.

– Bien sûr, mais...

Il éclata d'un rire tonitruant :

– On peut toujours se voir. Je vous attends au polo-club de Sengora.

– Où ?

Il épela à toute vitesse le nom du club.

– À tout de suite, *man*.

Marc n'eut pas le temps de répondre : l'autre avait déjà raccroché.

34

DANS le crépuscule, Kuala Lumpur était rose et bleue. Les tours incandescentes brûlaient à feu doux, telles des mosaïques de braises, alors que d'autres blocs, vert translucide, paraissaient prêts à les éteindre de leur fraîcheur.

Marc avait indiqué au chauffeur, phonétiquement, le nom du polo-club. Son regard se fixait, à l'horizon, sur les tours Petronas, vers lesquelles ils se dirigeaient. À cette distance, elles évoquaient deux épis de maïs géants surmontés d'antennes colossales. Ils longèrent un hippodrome. L'atmosphère de rêve se renforçait encore. Tout semblait piqué de parcelles d'or, de brouillard rose. Mais le plus étrange était l'absence de contraste entre les buildings bleutés et les collines verdoyantes. À cette heure, les deux fronts échangeaient leurs couleurs, à la manière de flux liquides. Les immeubles prenaient une teinte végétale et les forêts se creusaient de reflets de verre, de flaques d'argent.

Le taxi stoppa le long d'une rangée d'arbres. Marc se retrouva dans une sorte de brousse. Des barrières de bois délimitaient un vaste corral. Le nom du polo-club était indiqué sur un panneau, style Far West. Au-delà, des bâtiments de rondins se découpaient dans la poussière grise, laissant entrevoir, par endroits, le miroir vert du champ de courses.

Il pénétra dans l'enclos. Ses pieds s'enfonçaient dans le sable. L'air se chargeait d'effluves de crottin et de transpiration chevaline. Malgré l'aspect délabré des écuries et la puanteur, Marc sentait qu'il évoluait maintenant dans le monde des nantis. Il aperçut un manège couvert où des enfants vêtus de polos Ralph Lauren se cambraient sur leur selle, des box où des pur-sang patientaient, les sabots emmaillotés de chaussettes. De vraies loges d'artistes. Où était donc le spectacle ?

– Tu es le *Frenchie* ?

Marc se retourna. Un homme mince, aux épaules étroites, en blouse blanche, sortait d'une écurie. Cheveux longs et noirs, moustaches tombantes de bandit mexicain. L'homme s'avança, en ôtant des gants de caoutchouc ensanglantés :

– Alang. (Il lui serra la main.) Salut, *man*.

Mustapha Ibn Alang ressemblait à sa voix. Un pur Malais, tendance moderne. Un teint doré, des traits chafouins, un regard noir, effilé, sous des sourcils touffus. C'était la coupe de cheveux qui valait le détour : en pétard sur le front, en longue vague huilée sur la nuque. Alang ressemblait à un rocker des années soixante-dix, tendance « *glitter* ». Il fourra ses gants dans les poches de sa blouse, couverte de sang elle aussi :

– Tu me prends en pleines heures sup, prévint-il de son accent traînant. On brise aujourd'hui les mâchoires des jeunes chevaux, pour le polo. Ça me change de mes cadavres !

Il partit d'un nouvel éclat de rire. Ses dents claires traversèrent son visage sombre rappelant une noix de coco qui éclate. D'un coup, son expression rusée, clandestine, devint franche, altière, éblouissante. Marc se souvint des paroles de la journaliste : « Un personnage haut en couleur. » Oui, il avait bien devant lui une star de KL. Le sol se mit à trembler.

– Le match commence. Une mousse au club-house, ça te dit ?

Le club-house était une longue terrasse surélevée, sous un auvent de palmes. Un bar tropical, en bois noir, trônait au centre. Une forte odeur de bière chauffée par le soleil planait.

Au loin, sur le terrain de polo, les cavaliers partaient furieusement dans une direction, puis revenaient tranquillement, comme calmés de leur colère passagère. Marc s'approcha de la tribune. À cette distance, les chevaux ressemblaient à des petits caramels à moitié sucés et les joueurs à des particules blanches tressautantes. Au-dessus, le ciel était sublime : longs nuages mauves, rouges, argentés, déployés sur l'horizon verdoyant comme des princesses alanguies au bord d'un bassin de nénuphars.

Alang revint avec deux chopes. Il présenta à Marc des aristocrates septuagénaires, des fils à papa qui jouaient aux mauvais garçons, en blouson de cuir, des belles Chinoises, très sexy dans leur tenue de polo de cuir fauve. Musclées, trempées de sueur, elles représentaient l'exact contraire des quelques Malaises en *tudung*, immobiles et grasses, qui grignotaient leurs pâtisseries d'un air boudeur, ignorant ouvertement le match.

Marc regarda sa montre – une heure était déjà passée. Il avait l'expérience des interviews. Au premier coup d'œil, il devinait le profil de son interlocuteur : bavard impénitent, qui vous ensevelissait de détails inutiles, taciturne à qui il fallait arracher chaque mot, ou encore champion de la digression, qui mettait des heures pour en venir au fait. Alang appartenait à cette dernière catégorie. L'entrevue menaçait de durer une partie de la nuit. Comme pour confirmer ses inquiétudes, le légiste demanda :

– T'as dîné ?

Fracassé par le décalage horaire, Marc espérait un petit restaurant européen, discret et retiré. Alang l'emmena au Hard-Rock Café, en plein centre-ville. Un lieu hurlant, mal éclairé, où les odeurs de sauce barbecue tournaient en cyclones.

Ils s'installèrent dans un box, entourés de trophées rock : la guitare d'Eric Clapton, les lunettes d'Elton John, le spencer de Madonna... Marc lançait des regards incrédules autour de lui. Les serveurs, tablier rouge et crayon derrière l'oreille, couraient entre les tables, tenant en équilibre des montagnes de tacos et de cheeseburgers. La clientèle était diverse : adolescents braillards, vêtus de panoplies américaines, mères de famille voilées, régnant sur des rangées d'écoliers déjà trop engraissés, Occidentaux éméchés coulant des regards goguenards vers le bar.

C'était là-bas que se situait le clou du spectacle : des jeunes femmes beaucoup trop effrontées pour être honnêtes. Des Chinoises, des Thaïes, des Birmanes, des Indiennes... Des peaux bronze, cuivre, porcelaine, des yeux qui variaient à l'infini les lignes asiatiques, et des corps, d'une souplesse exquise, qui se déhanchaient sur les bons vieux tubes FM.

– Elles ne sont pas au menu.

Marc se tourna vers Alang. La musique faisait trembler les couverts :

– Quoi ?

– Je dis : elles ne sont pas au menu, mais je peux aller leur parler au dessert.

Marc se sentit rougir. Il plongea le nez dans sa carte.

– Quel âge tu as ? hurla le légiste.

– Quarante-quatre ans.

– Moi, quarante-six. Tu aimes le rock ?

– Quoi ?

Marc n'entendait pas la moitié des mots. Alang s'approcha. Son œil brillait de malice :

– Tu sais ce qu'on est en train d'écouter ?

– *Sweet Home Alabama*. Lynyrd Skynyrd.

– Pas mal. Et tu sais ce qui leur est arrivé ?

– La moitié du groupe s'est tuée, dans un accident d'avion, en 1977.

– Je vois que j'ai affaire à un connaisseur. Le rock, c'est ma passion. Je prépare une encyclopédie, en anglais, pour l'Asie du Sud-Est.

Marc sentit un danger se rapprocher. Alang planta ses coudes dans la table. Il portait une chevalière et une gourmette en or :

– Qu'est-ce que tu dirais d'un petit quiz ?

Marc comprit tout à coup que sa coiffure était la réplique exacte de la coupe de David Bowie, période *Diamond Dogs*.

– Qu'est-ce qu'il y a à gagner ? demanda-t-il.

– Si tu réussis le test, tu me demandes ce que tu veux.

– Sur le dossier Reverdi ?

– Tout ce que je sais là-dessus. Aucune censure.

Marc possédait une culture musicale prodigieuse. Si le piano l'avait lâché jadis, lui n'avait jamais oublié sa première passion. Et si sa spécialité était la musique classique, il connaissait aussi à fond l'univers du rock.

Il but sa bière d'un trait et prononça :

– J'attends les questions.

Tout y passa. L'origine des yeux vairons de David Bowie ? Une bagarre avec un camarade d'enfance qui paralysa sa pupille gauche. Le nom du chanteur soul qui, après être tombé de scène, était devenu pasteur, croyant voir dans sa chute un « signe de Dieu » ? Al Green. Le nom du musicien qui s'était imposé au sein d'un groupe célèbre en virant le batteur en plein concert afin de prendre les baguettes à sa place ? Keith Moon, batteur légendaire des Who...

Deux heures plus tard, ils sortirent dans la touffeur de la nuit. Marc vacillait. Il n'avait pas touché à son assiette. Les bières accumulées, les questions d'Alang, la proximité des prostituées, tout cela avait transformé sa tête en fournaise.

Sur le trottoir, un Indonésien au regard éteint leur donna des cartes de visite. Marc crut à une publicité pour un service de livraisons de pizzas mais le document était au nom de MONSIEUR RAYMOND. Elle précisait : « toutes les filles qu'il vous faut ! » Il suffisait de commander par téléphone.

– Viens, dit Alang en balançant la carte à terre. Je connais beaucoup mieux.

Ils reprirent la voiture d'Alang. Ils traversèrent des quartiers en construction, longèrent des terrains vagues, plongèrent dans une ruelle, puis stoppèrent sous un néon rouge qui indiquait « El Niño ». Même éméché, Marc mesurait l'absurdité de la situation. Le deuxième round du quiz allait se dérouler au fond d'un bar mexicain. En pleine capitale malaise.

Marc tenait ses promesses : il était imbattable. Quel chanteur destroy s'était présenté comme candidat à la mairie de San Francisco avec pour slogan « Apocalypse now » ? Jello Biafra, le leader des Dead Kennedys. Quel compositeur mettait à l'amende ses propres musiciens, en cas de fausses notes ? James Brown. Quel artiste avait failli mourir étouffé, lorsqu'il était enfant, agressé par un malfaiteur dans sa maison ? Marilyn Manson.

À deux heures du matin, après plusieurs tequilas, Marc tenta de revenir au sujet qui l'intéressait. En guise de réponse, Alang glissa un regard de connaisseur sur les petites Philippines déguisées en Mexicaines qui s'endormaient près des bouteilles. Les enceintes diffusaient une version mariachi de *Hey Joe !*, chanté par Willy deVille.

– Par hasard, demanda-t-il, tu connais le métier de sa femme ? Je veux dire : à Willy ?

– Elle est sorcière. Sorcière vaudoue, en Louisiane.

Le légiste leva son verre minuscule :

– *Man*, vraiment, tu me plais.

– Parlons de Jacques Reverdi...

– Patience. On a toute la nuit.

Ils se retrouvèrent dans une boîte de jazz, saturée de fumée. Au fond de la salle, brillaient les reflets fauves d'une contrebasse et les éclats d'une laque de piano. Passaient aussi quelques robes rouges de putes chinoises. Marc commençait à se demander qui était Alang. Pourquoi lui consacrait-il toute cette nuit ? Il se prit à redouter un projet homosexuel...

– Tu te souviens de Peter Hammill ? demanda le légiste à son oreille.

Marc n'en pouvait plus, mais il acquiesça : Hammill était le leader d'un groupe-culte des années soixante-dix, Van Der Graaf Generator. Un auteur-interprète unique, au timbre déchirant, surnommé le « Jimi Hendrix de la voix ».

– Tu connais ses albums solos ? Ceux qu'il a enregistrés après la séparation du groupe ?

Marc ne répondait plus. L'autre enchaîna :

– Tous ces albums ne parlent que d'une chose, *man* : son divorce. (Alang enserra son épaule, dans une solidarité d'ivrognes.) Je vais te dire : un divorce, on s'en remet jamais...

Marc comprit enfin à qui – ou à quoi – il devait sa nuit de cauchemar. Alang était un homme abandonné, une plaie ouverte qui refusait de cicatriser.

Ce fut à quatre heures du matin, dans une boîte techno, au sous-sol d'un grand hôtel, qu'il demanda enfin :

– Qu'est-ce que tu veux savoir au juste ?

Marc avait préparé une série de questions qui devaient l'amener, progressivement, et en finesse, aux photos du corps nettoyé de Pernille Mosensen. Mais après les heures qu'il venait de vivre, et le taux d'alcool qui coulait dans ses artères, il dit simplement :

– Je veux voir le corps de la victime.

– Ça fait longtemps qu'elle est enterrée au Danemark.

– Je parle des photos. Les photos du corps. Rincé.

Dans l'obscurité lacérée d'éclairs stroboscopiques, Alang se pencha vers lui :

– Qui t'a filé le tuyau ?

En une seconde, Marc dessoûla. Une sonde de glace le traversa de part en part. Une découverte essentielle était là, à portée de main.

– Personne, mentit-il. C'est juste pour... compléter mon dossier.

Alang se leva, en frappant le dos de Marc :

– Alors, tu vas pas être déçu du voyage !

35

C'ÉTAIT UN DESSIN.

Un réseau rigoureux de blessures.

Au premier coup d'œil, Marc comprit ce que Reverdi voulait montrer à Élisabeth. Les entailles étaient nombreuses, mais parfaitement ordonnées. Un véritable schéma d'anatomie, constitué d'incisions horizontales, qui partaient des tempes, creusaient la gorge, au-dessus des clavicules, puis se déployaient le long des bras – biceps, plis du coude, poignets... Sur le torse, le motif reprenait sous les aisselles, contournait les poumons puis s'étrécissait aux hanches. Les plaies descendaient ensuite, dans la région génitale puis sur les jambes.

La série rappelait les pointillés des patrons qu'utilisent les modélistes dans les métiers de la couture, pour indiquer les lignes où l'on doit tailler, couper, coudre...

Jusqu'ici, on avait parlé des vingt-sept coups de couteau et évoqué la sauvagerie du meurtre. Comme tout le monde, Marc avait supposé une violence anarchique, un désordre barbare. Le cadavre nettoyé montrait au contraire les traces d'un acte soigné, méthodique.

Malgré l'heure et la nausée, Marc avait retrouvé toute sa lucidité. Ces photographies changeaient totalement la donne. Reverdi n'était pas un tueur compulsif, agissant sous l'emprise d'une crise. Il avait pris son temps pour dessiner ce motif abominable – et le supplice avait duré des heures.

– La voie du sang, *man*.

Marc leva les yeux. Ils se trouvaient dans le bureau d'Alang, au General Hospital de Kuala Lumpur. Quelques mètres carrés encombrés de dossiers, et déjà glacés par la climatisation. On entendait au loin le chant des muezzins. Vendredi matin : toute la ville vibrait de prières.

Le médecin, affalé dans son fauteuil, croquait une barre au chocolat. Il répéta :

– La voie du sang. Reverdi a suivi le réseau des veines.

Marc songea : « le Chemin de Vie ».

– Explique-moi, demanda-t-il.

Alang se leva et contourna le bureau. Il tendit sa barre chocolatée vers le cliché, répandant des graines de sésame sur le papier brillant :

– À la base du cou : veines jugulaires. Sous les aisselles : veines axillaires. Dans l'entrejambe : veines iliaques. Dans les cuisses : veines fémorales... Je pourrais te donner tous les noms. Il a transpercé chaque veine importante. En revanche, il a soigneusement évité les artères.

– Pourquoi ?

Le légiste retourna s'asseoir. Son détachement coïncidait avec le froid du bureau :

– Parce qu'il l'a saignée. Vivante. Et qu'il voulait que son plaisir dure. S'il avait tranché les artères, le sang aurait jailli en quelques giclées énormes et basta. Les veines sont soumises à moins de pression. Le sang y coule plus lentement. C'est pour ça aussi qu'il a contourné le cœur et les poumons. Il voulait que la machine fonctionne jusqu'au bout.

– Concrètement, comment a-t-il fait ?

Alang mima avec sa friandise :

– Il a placé son couteau de plongée à l'horizontale, puis il a tranché chaque veine, coupant la route au flux sanguin. Exactement comme nos planteurs, qui incisent l'écorce de l'hévéa pour recueillir le latex. Je te le répète : ce fils de pute a pris son temps. Il voulait la voir se répandre, s'écouler, se vider. Dans la cabane, les infirmiers ont dû mettre des bottes pour arriver jusqu'à elle.

Marc passa à un autre cliché. Le gros plan d'une incision noirâtre, légèrement croûtée :

– Il faut des connaissances médicales pour effectuer un tel... dessin ?

– Plutôt, ouais. Reverdi a fait un vrai boulot d'anatomiste. Je ne sais pas où il a pêché ces connaissances...

– Il était professeur de plongée. Il a fait du secourisme.

– Alors, ça peut coller. Les veines, c'est le premier truc qu'on apprend dans les urgences. À cause des piqûres, des perfusions.

Marc regarda de plus près la photographie de l'entaille. Ce qu'il avait pris pour une croûte n'en était pas une :

– Ces traces noires, autour de la blessure, on dirait une brûlure...

– Exact. Reverdi a brûlé, ou simplement chauffé les plaies.

– Pourquoi ?

– Toujours pour la même raison. Pour éviter que le sang ne coagule. Comme un chauffe-plat, qui préserve la fluidité des graisses. Encore une fois, il bande pour le sang qui s'écoule.

Cette réflexion lui rappela un autre détail :

– Dans la cabane, on n'a pas retrouvé des traces de sperme ?

– Rien du tout. Le camarade n'a pas envoyé la sauce.

C'était une des originalités de Reverdi. Fondamentalement, les tueurs en série substituent la mort à l'amour. Le meurtre remplace pour eux l'acte sexuel. La plupart du temps, ils jouissent sur la scène du crime, avant, pendant, ou après la mise à mort. Mais l'apnéiste semblait se contrôler. À moins qu'il ne recherche encore autre chose.

– Le vrai mystère, ajouta Alang, c'est le nombre des entailles. Plus de la moitié d'entre elles étaient inutiles.

– Qu'est-ce que tu veux dire ?

– Imagine la scène.

Alang ouvrit les mains, comme s'il écartait les rideaux d'un théâtre :

– Il entaille d'abord les tempes, puis la gorge. Le temps qu'il parvienne aux hanches, la victime est déjà exsangue. Les premières plaies ont déversé tout le sang du corps. Pourquoi alors continuer à l'inciser ?

Marc suivit sur le premier cliché l'arborescence des blessures, parfaitement symétriques, jusqu'au bout des doigts.

– Pour la beauté du geste, proposa-t-il. Il a voulu percer chaque membre, chaque partie de la même façon.

– Peut-être. Mais les autres plaies coulaient toujours. Tout ça a dû finir en vraie boucherie. Je ne sais même pas comment il a pu s'y retrouver.

Marc eut un éclair :

– Peut-être a-t-il fait des garrots ?

– On y a pensé, mais cela aurait laissé des traces différentes. Des hématomes. Non, il y a là un mystère.

Marc tenta de rassembler ses idées. Plus il en apprenait, plus Jacques Reverdi apparaissait comme un meurtrier complexe, raisonné. Un homme qui suivait un objectif secret.

– Vous avez rédigé un rapport officiel ?

– Bien sûr. Tout est entre les mains de la Haute Cour de Johor Bahru.

– Je n'avais jamais entendu parler de tout ça.

Alang sourit :

– Heureusement qu'on ne dit pas tout aux journalistes. Surtout aux étrangers. Il y a autre chose que tu ignores.

Le médecin, toujours avachi dans son fauteuil, ouvrit avec nonchalance un dossier et saisit une liasse de feuillets agrafés.

– Les analyses toxicologiques de la victime. Le sang de Pernille Mosensen était sucré.

– Quoi ?

Alang se redressa. Feuilletant rapidement la liasse, il pointa un passage surligné en vert :

– Le taux normal de glucose dans le sang est d'un gramme. On est ici à un gramme trente.

– Pernille Mosensen était malade ?

– On a tout de suite pensé au diabète. Mais on s'est renseignés : elle était en pleine forme. Non, ce sucre est lié au meurtre.

Marc sentit ses muscles se tendre sous sa peau :

– De quelle façon ?

– On pense qu'il lui a fait bouffer des produits sucrés juste avant de l'assassiner. Les analyses ont révélé aussi des traces de vitamines, d'oligo-éléments. Un vrai festin.

Une vision infernale lui traversa l'esprit : Pernille refusant d'engloutir des friandises, des pâtes de fruits, du chocolat. Sa bouche tordue, ses dents serrées, alors que sa salive trop sucrée débordait de ses lèvres.

– Cela rend-il le sang plus... fluide ?

– Non. On est arrivés à une autre conclusion.

Alang laissa passer quelques secondes. Il ménageait son suspens. Il cueillit un scalpel sur le bureau, qu'il devait utiliser comme coupe-papier, puis le pointa vers Marc :

– Reverdi a changé le goût de ce sang. Il voulait qu'il soit plus doux, plus suave...

– Tu veux dire... ?

– On pense qu'il en a bu, ouais. C'est un vampire, *man*. Un fêlé qui aime le sang sucré. À Papan, il a été interrompu, mais je suis sûr qu'il y en a eu d'autres et alors, il a eu droit à sa pinte. Quand les pêcheurs l'ont surpris, il était en transe. Il n'avait même pas l'air de piger ce qui se passait. Reverdi a de véritables crises de... transformation. Il devient une créature. Un vampire. Un monstre de film.

Marc fit mine d'acquiescer mais il n'y croyait pas. Trop gros, trop vulgaire. Et quel lien avec le Chemin de Vie ? Il passa à un autre chapitre :

– Vous avez contacté les autorités du Cambodge, pour comparer ces données avec celles concernant Linda Kreutz ?

Alang plaça ses pieds sur le bureau :

– Bien sûr. J'ai même parlé avec le toubib qui a pratiqué l'autopsie, à Siem Reap. Le type est moins catégorique sur le tracé des blessures. Le corps était détérioré par son séjour dans la flotte. Mais le Khmer est d'accord avec nous sur les incisions. Notre DPP, le Deputy Public Prosecutor, va peut-être aller à Phnom Penh.

Marc songeait à l'avocat allemand et aux deux autres victimes supposées, en Thaïlande. Si on avait pu retrouver leurs corps, on aurait sans doute surpris le même motif sur leurs chairs. La signature de Reverdi. Le tracé de sa folie.

Il se leva. Des brûlures acides lui travaillaient l'estomac – il n'avait rien mangé depuis plus de vingt heures.

– Je peux garder les photos ?

– Non.

– Merci.

Alang rit :

– Tu ne crois pas que tu pousses un peu, non ? J'ai déjà beaucoup trop parlé.

Marc ne répondit pas. Le légiste soupira, puis ouvrit un tiroir :

– On peut dire que je t'ai à la bonne.

Il posa sur la table une cassette vidéo VHS.

– Cadeau. La première interview de Jacques Reverdi, quand il est arrivé à l'hôpital psychiatrique d'Ipoh. La chef de service est une copine. Un vrai scoop. Même le DPP ne l'a pas vue.

Marc sentit la sueur de son visage se cristalliser. Il attrapa la cassette et demanda, d'une voix tremblante :

– Reverdi... Il parle du meurtre ?

– Il est en état de choc.

– Il en parle ou non ?

Marc avait haussé la voix. Alang esquissa une moue désinvolte :

– Oui et non. C'est étrange.

– Qu'est-ce qui est étrange ?

– Tu te feras une idée par toi-même.

Marc se pencha au-dessus du bureau :

– Je veux ton avis. Qu'est-ce qui est étrange ?

– Il parle du meurtre comme s'il en avait été le témoin, et non l'auteur. Comme s'il avait assisté à l'opération sans y participer. C'est encore plus terrifiant que tout le reste. Reverdi a l'air d'un innocent. Un innocent venu du fond des âges.

– Du fond des âges ?

Pour la première fois, Alang quitta son ton sarcastique :

– Du fond de sa propre enfance.

36

– COMMENT vous appelez-vous ?

Pas de réponse.

– Comment vous appelez-vous ?

Pas de réponse.

– Comment vous appelez-vous ?

– Jacques... (Une hésitation, puis :) Reverdi.

Marc avait secoué le Chinois de l'hôtel pour récupérer un magnétoscope. Il contemplait maintenant les plus récentes images de l'assassin de Pernille Mosensen. La bande indiquait, en bas de l'écran : « February 11th, 2003. »

Crâne rasé, amaigri, vêtu d'une chasuble de toile verte, l'apnéiste était sanglé aux accoudoirs d'un fauteuil en acier, à l'extrémité d'une table. Sa voix était pâteuse, comme alourdie par les médicaments. Invisible à l'écran, un psychiatre l'interrogeait, en anglais.

– Savez-vous de quel crime on vous accuse ?

Pas de réponse. Reverdi ne semblait pas écouter : traits creusés, teint gris ; malgré le bronzage, sa peau se confondait avec ses cheveux ras, couleur de pierre. Il se tenait cambré sur son siège, muscles contractés. À la fois hébété et tendu comme un arc.

– De quel crime, Jacques ?

Marc se penchait sur l'écran pour mieux distinguer les yeux de Reverdi, mais la caméra était placée en hauteur. La qualité de l'image, médiocre, n'arrangeait rien. Tout ce qu'il vit – ou crut voir –, ce furent des pupilles dilatées, concentrées sur un point imaginaire.

– Vous êtes accusé du meurtre de Pernille Mosensen.

L'apnéiste tendit le cou, comme si son col le démangeait. Il attendit longtemps avant de répondre, en anglais :

– C'est pas moi.

– Vous avez été surpris sur le lieu du crime, auprès de la victime.

Silence.

– La femme venait de recevoir vingt-sept coups de couteau.

La voix du psychiatre n'était ni grave, ni aiguë – et aggravait le malaise. Reverdi parut déglutir. Ou réprimer un sanglot.

Marc s'attendait à contempler un monstre. Un masque d'épouvante. Il ne voyait qu'un fou. Grand. Beau. Et tragique.

La voix reprit, toujours entre deux timbres :

– C'était votre couteau, Jacques.

Silence.

– Vous étiez couvert du sang de cette femme.

Silence, puis :

– C'est pas moi.

Marc ferma plusieurs fois les paupières pour rompre la fascination qu'il ressentait. Il observa le décor de la scène. Une pièce ensoleillée et dépouillée, qui aurait pu être une cellule de prison ou un bureau administratif, n'importe où sous les Tropiques. Seul, sur le mur de droite, un panneau vitré, destiné à visionner les radiographies, rappelait qu'on était dans un hôpital.

Le médecin insistait :

– Vos empreintes étaient sur le couteau.

Reverdi s'agitait sur son siège. Ses poignets entravés se soulevaient, par saccades. Les veines jaillissaient sur le dos de ses mains. Il murmura :

– Pas moi. Quelqu'un d'autre.

– Qui ?

Pas de réponse.

– Qui d'autre aurait pu commettre ce meurtre ?

Reverdi conservait son regard fixe, vitreux, mais son corps s'animait de plus en plus. Comme si la démangeaison se renforçait. Dans un coin de l'image, deux infirmiers apparurent brièvement. Deux colosses, prêts à bondir – la tension montait.

L'apnéiste répétait, d'une voix engluée :

– ... autre... Quelqu'un d'autre.

– Quelqu'un d'autre... à l'intérieur de vous ?

– Non. Dans la chambre.

– La chambre ? Vous voulez dire... la cabane ?

Le médecin parla plus fort. Marc comprit enfin pourquoi ce timbre le troublait : c'était la voix d'une femme.

– La hutte était fermée de l'intérieur, Jacques. Personne n'était avec vous.

– La pureté. C'est la pureté.

– Quelle pureté ? De quoi parlez-vous ?

Ses avant-bras se levèrent d'un coup. Ses liens claquèrent. Les veines de ses mains semblaient près de fissurer la peau.

– Jacques ?

La psychiatre haussa encore le ton – sa voix frémissait :

– Qui, Jacques ? Qui était avec vous ?

Pas de réponse. Claquements des sangles.

– Quand on vous a découvert, vous étiez seul.

Pas de commentaire.

– Seul dans la cabane. Avec une femme lacérée de blessures.

Pas de commentaire.

– Pourquoi avez-vous fait ça, Jacques ?

– Cache-toi.

L'ordre avait été murmuré, en français. Un chuchotement à peine perceptible.

– Quoi ? demanda la psychiatre, en anglais. Qu'avez-vous dit ?

Reverdi dressa le cou. Les veines de sa gorge saillirent comme des racines arrachées à la terre. Ses lèvres s'ouvrirent. Une voix d'enfant en jaillit, affolée :

– Cache-toi. Cache-toi vite !

– Jacques, de quoi parlez-vous ? Qui doit se cacher ?

La femme avait compris la phrase française. L'apnéiste se cambra encore. Il releva le menton et toisa la spécialiste, mais à la manière d'un homme ivre, qui ne distingue plus rien.

– Cache-toi vite, papa arrive !

Le médecin se pencha. Son bras apparut dans le cadre : elle prenait des notes sur un bloc. Elle était voilée. De son autre main, elle fit un signe explicite à l'un des infirmiers : se tenir prêt pour une injection.

Elle reprit en français, avec un fort accent :

– Jacques, que dites-vous ? Expliquez-vous !

En guise de réponse, Jacques Reverdi ferma les paupières. Un rideau sur son théâtre intérieur.

– Jacques ?

Aucune réponse. Son visage s'étira, se creusa, pâlit. Ses orbites devinrent des trous noirs. Ses lèvres s'effilèrent comme des câbles.

La psychiatre jeta son bloc et se précipita. Elle plaça deux doigts sur la gorge de Reverdi et se mit à hurler en langue malaise. Branle-bas de combat dans la pièce. Un infirmier attrapa un masque respiratoire, un autre une seringue. Marc ne comprenait rien.

Alors, la femme en *tudung* empoigna la tête de Reverdi et lui cria en français :

– Respirez, Jacques. RESPIREZ !

Un infirmier passa devant l'objectif, bouscula la caméra – tout se brouilla.

Écran noir.

Marc stoppa le magnétoscope, puis appuya sur la touche de rembobinage. Il était en sueur. Pour ne pas perdre un mot de la bande, il n'avait pas mis la climatisation. Il était sidéré par ce qu'il venait de voir. Une fenêtre ouverte sur la folie du tueur.

Les dernières secondes, surtout, le bouleversaient. L'apnée. Reverdi se réfugiait dans l'apnée. C'était une fermeture, une carapace qui le protégeait du monde extérieur.

Cela allait même plus loin. En retenant sa respiration, Reverdi se préservait non seulement du monde extérieur, mais aussi de lui-même. De ses voix intérieures. Submergé par un souvenir, ou une hallucination, il avait cessé de respirer. « Cache-toi vite, papa arrive. » Qu'est-ce que cela signifiait ?

Marc s'assit sur son lit et réfléchit encore. Le père était le grand absent du destin de Reverdi. Né de père inconnu : les biographies ne mentionnaient jamais la moindre figure paternelle. Pourtant, le tueur avait prononcé cette phrase incompréhensible – d'une voix de petit garçon : « Cache-toi vite, papa arrive ! » Comme si tout à coup, il revivait une émotion précise...

Marc regarda sa montre : huit heures du matin. Soit une heure du matin à Paris. Il chercha dans son agenda électronique les coordonnées personnelles de l'archiviste du *Limier*. Jérôme. L'homme ne dormait pas.

– T'as vu l'heure ? marmonna-t-il.

– Je suis en voyage.

– Où ?

– Malaisie.

Jérôme ricana :

– Reverdi ?

– Si tu en parles à Verghens, je...

– Je ne parle à personne.

Il disait vrai. Enfoui dans ses archives, l'archiviste ne s'exprimait que lorsqu'on le sonnait. Marc prit son ton le plus doux :

– Je me demandais... Tu pourrais vérifier quelque chose pour moi ?

– Dis toujours.

– Je voudrais que tu cherches dans le dossier Reverdi – il est bien né de père inconnu ?

– Oui. On a seulement l'identité de la mère. Monique Reverdi.

Pas une hésitation. La mémoire de Jérôme valait tous les ordinateurs. Marc continua :

– Tu pourrais contacter la DDASS, pour identifier le père ?

– On n'ouvrira jamais le dossier pour nous.

– Même avec tes contacts ?

– Je peux essayer. Mais les chances sont faibles.

– Y a-t-il aussi un moyen de savoir si Reverdi a lui-même fait cette démarche pour connaître le nom de son père ?

Jérôme rit une nouvelle fois :

– Ça, c'est dans mes cordes.

– Envoie-moi un mail quand tu auras l'info.

Marc le remercia et raccrocha. À cet instant, la nausée se rappela à son souvenir. Son corps n'avait plus aucun repère temporel, son organisme avançait en crabe, entre la nuit qu'il avait manquée et celle qui se déroulait en France. La faim aiguisait encore son malaise. Il aurait dû manger, ou s'écrouler, mais la petite voix d'enfant, terrifiante, revint tinter à ses oreilles. Il revit le visage minéralisé, au bout des veines tendues de la gorge. Il avait besoin d'un café.

L'hôtel ne disposait pas de service d'étage. Marc descendit au rez-de-chaussée, où était installé un distributeur d'eau brûlante. Pas de sachet de Nescafé. Il dut se rabattre sur le thé – un pauvre Lipton sans saveur, qu'il fit infuser très longtemps. En jouant au pendule avec son sachet, il tentait d'ordonner ses pensées.

Le voyage promettait d'être efficace. Moins de vingt-quatre heures qu'il était en Malaisie et il accumulait déjà les découvertes. La technique de la saignée. Le nouveau profil de Reverdi, le « tueur organisé ». La quasi-certitude que Linda Kreutz avait subi le même supplice. Le détail du sucre, qui orientait les soupçons vers un éventuel vampirisme...

Et maintenant cette voix d'enfant qui laissait deviner un traumatisme paternel. Encore une fois, Marc revit le visage creusé, figé de Reverdi qui ne respirait plus. Le secret du tueur était de l'autre côté de ce masque.

À cette idée, il songea à Élisabeth. Il allait presque oublier d'écrire à Reverdi. Il balança le sachet dans la poubelle et remonta l'escalier. Dans sa chambre, il brancha la clim à fond et se mit au travail, tout en engloutissant deux parts de cake qu'il avait piquées près de la machine.

En quelques minutes, il trouva les mots, les tournures, la « musique » de l'étudiante. Après la nuit qu'il venait de passer, après ces heures d'investigation dans la peau de Marc Dupeyrat, cela tenait du prodige. Le plus étrange était qu'il prenait un ton enjoué : malgré le sujet, malgré la violence, l'étudiante était fière de ses découvertes.

Élisabeth raconta « sa » rencontre avec le médecin légiste. Le corps rincé de Pernille. Le réseau des veines : le Chemin de Vie. Au fil du message, Marc opéra une censure. Il n'écrivit pas un mot sur les autres indices. Le sucre. L'apnée. Le père.

Le système fonctionnait toujours à deux vitesses.

Élisabeth ouvrait le chemin, Marc approfondissait.

Il envoya son e-mail. Il éprouvait un sentiment de puissance. Pour l'instant, il contrôlait la situation. Mais il ne pouvait étouffer son trouble face à son étrange parcours : s'incarner dans une femme pour s'identifier à un homme. Être Élisabeth pour devenir Reverdi. Il y avait vraiment de quoi devenir schizophrène.

À cette idée, il s'endormit, tout habillé, sur son lit.

37

QUAND il se réveilla, il ne savait plus où il était. Bien que la lumière fût toujours allumée, sa chambre sans fenêtre ne lui présentait aucun repère. Seul le vacarme de la climatisation lui donnait l'impression d'être plongé au fond d'un réacteur d'avion.

Il regarda sa montre : seize heures. Il s'assit sur le lit et se saisit le front à deux mains. La migraine lui enserrait la tête. Sa langue lui paraissait énorme. Il murmura : « Un café. » Mais à l'idée de descendre au rez-de-chaussée et d'actionner la machine, sa nausée se réveillait déjà.

Il leva les yeux et vit son ordinateur, posé sur le guéridon.

À tout hasard, il connecta son modem.

Objet : KUALA 2 – Reçu le 23 mai, 11 h 02.
De : sng@wanadoo.com
À : lisbeth@voila.fr

Ma Lise,

Tu me confortes et me réconfortes.

Parmi tous ceux qui ont tenté de m'approcher, de m'écrire, de m'interroger, je t'ai choisie. Aujourd'hui, je m'en félicite. J'étais certain que tu serais digne de ta mission.

Tu as trouvé le Chemin de Vie. Tu sais ce qu'Il recherche et ce qu'Il aime contempler. Tu as donc compris que nous nous placions, Lui et moi, au-delà d'une frontière sacrée.

La frontière du sang.

Nous évoluons sur un territoire peu fréquenté, Lise. Un territoire dangereux, où nous faisons jeu égal avec Dieu. Je t'ai déjà parlé du passage de la Bible de Jérusalem où le Seigneur rappelle que le sang, c'est l'âme. Dans le même chapitre, au verset 6, il est dit : « Qui verse le sang de l'homme, par l'homme aura son sang versé. » Seul Dieu a le droit de le faire couler. Celui qui transgresse cette loi devient le rival du Seigneur.

Celui dont tu suis les traces a franchi ce pas. Il a défié Dieu – et assume cet outrage. Si tu veux le comprendre, tu dois chercher encore. Le rituel comporte d'autres règles. Des étapes très précises. Tu dois saisir comment, exactement, Il procède. Comment Il prépare la mise à nu de l'âme...

Tu dois trouver les « Jalons d'Éternité ».

« Qui Volent et Foisonnent... »

Prends de l'altitude, ma Lise. Cherche dans le ciel. Et souviens-toi de cette vérité : il n'y a qu'une façon de contempler l'éternité ; la retenir, pour quelques instants.

Mon cœur est avec toi.

JACQUES

Un café.

Un putain de café en urgence.

Il descendit les escaliers en se tenant aux murs. *Les Jalons d'Éternité. Qui Volent et Foisonnent.* Reverdi devenait de plus en plus mystérieux. Et Marc pressentait que ce vocabulaire hermétique allait empirer. À mesure que le meurtrier ouvrirait les portes de son univers, les termes deviendraient de plus en plus ésotériques – et incompréhensibles.

Le ravitaillement en Nescafé avait été effectué. Il se bricola un liquide brunâtre et se demanda, après l'avoir goûté, s'il ne préférait pas le thé de ce matin. Tout en tournant sa barrette en plastique, les mots de Reverdi circulaient, à contresens, dans sa tête. *« Cherche dans le ciel. » « Prends de l'altitude. »* Il se dit que ces mots, derrière leur résonance métaphorique, possédaient peut-être une signification concrète.

Il remonta l'escalier en quelques enjambées. Il s'empara de la carte de la Malaisie et scruta les altitudes. Dans ce pays à fleur de mer, les sommets n'étaient pas légion. Il repéra les Cameron Highlands, une région de montagnes qui se déployait à environ deux cents kilomètres au nord de Kuala Lumpur, et qui dépassait les 1 500 mètres d'altitude. Le nom lui disait quelque chose. On lui avait déjà parlé de cette station résidentielle, offrant hôtels de luxe et terrains de golf. Marc feuilleta son guide et trouva confirmation de ses souvenirs.

Reverdi lui désignait-il cette direction ? Un professeur de plongée n'avait rien à faire en pleine montagne. Une idée lui vint pour vérifier son hypothèse. Peut-être y avait-il eu un meurtre, ou une disparition, dans ces hautes terres ?

Il appela les archives du *News Straits Times.* La voix à l'appareil – une femme – était avenante. Marc appelait pour connaître les horaires et modalités de consultation, mais il décida de tenter sa chance par téléphone. Il se présenta et résuma sa requête, sans indiquer le lien avec Reverdi. Avait-on signalé, ces dernières années, un meurtre dans les Cameron Highlands ? Ou simplement une disparition ?

De mémoire, l'archiviste ne voyait pas. Elle lui demanda de rester en ligne. Il entendit le claquement des touches d'ordinateur, puis elle reprit l'appareil : il n'y avait rien. Pas trace d'un meurtre, ni du moindre fait divers dans les Cameron Highlands, depuis au moins huit ans. Pour une recherche antérieure, il fallait se déplacer pour consulter...

Marc raccrocha après quelques formules de politesse. Inexplicablement, sa conviction se resserra d'un tour. Reverdi avait chassé dans ces sommets. Il avait laissé les traces de ces mystérieux « jalons ». En hauteur. Il décida de partir dès le lendemain matin.

À ce moment, les gargouillis de son ventre lui rappelèrent qu'il achevait sa deuxième journée à jeun. Ce n'était plus de la distraction, mais une grève de la faim. Il prit sa clé et claqua la porte de sa chambre.

La lumière du jour, ce fut comme de placer sa tête entre deux cymbales résonnantes. Quant à la chaleur, elle produisit sur lui un effet immédiat. Marc sentit fondre sa peau, au point d'avoir aussitôt les doigts fripés de sueur. Il avait l'impression d'évoluer dans un sauna, tout habillé.

Dans la rue de son hôtel, les terrasses de restaurant dégorgeaient sur les trottoirs, jusqu'à inonder la chaussée – les voitures, roulant au pas, devaient contourner les tables, et éviter que les fourchettes ne rayent leur carrosserie.

Marc commanda un « *fried rice* », le grand classique de la cuisine chinoise. Il adorait ces riz qui recèlent plein de surprises. Crevettes, légumes, amandes, oignons, fragments d'omelette... Tout cela était cuit, fondu, saisi, dans la même vague dorée.

Cameron Highlands.

Il se répétait ces syllabes à chaque bouchée.

Il était certain qu'un indice l'attendait là-bas.

38

JALAN RUCHING.

La route des Chats.

Selon son plan, c'était la voie à suivre pour sortir de la ville.

Tôt le matin, Marc avait loué une voiture – une Proton, le véhicule standard de Malaisie, avec conduite à gauche. Il dépassa les grands immeubles du centre et mit le cap vers le nord. Les faubourgs de la ville n'en finissaient pas, alternance de parcs et de quartiers résidentiels. Marc fixait au loin les collines qui flottaient dans la lumière naissante.

Il trouva l'autoroute, l'Express 1, et plongea dans un nouvel univers, composé de vergers sombres, aux troncs parfaitement alignés dans la terre rouge : les hévéas. Il roula ainsi, toujours plein nord, durant cent cinquante kilomètres, croisant de temps en temps des pitons rocheux, des temples indiens aux décorations de fête foraine, des mosquées aux dômes de céramique verte.

Un paysage idéal pour réfléchir.

Le matin même, il avait reçu un message de Jérôme. L'archiviste n'avait rien trouvé : pas d'information sur l'identité du géniteur de Reverdi, ni aucune trace d'une demande personnelle de Jacques à la DDASS, concernant ses origines. Une impasse.

Il prit la sortie 132, en direction de la ville de Tapah, puis emprunta une nationale à double sens, où chacun se comportait comme si la voie était à sens unique. Au loin, les collines prenaient de l'ampleur, de la majesté, jusqu'à devenir des montagnes.

Marc aperçut le panneau CAMERON HIGHLANDS. Il allait s'engager dans cette voie quand un autre nom le fit piler. IPOH : 20 KILOMÈTRES. La ville où se trouvait l'hôpital psychiatrique de Reverdi. Là même où avait été tournée la cassette vidéo.

Marc s'attendait à un institut à l'anglaise : portail de pierre, pelouses impeccables, bâtiments blancs. Il découvrit un pénitencier gigantesque, une ville dans la ville, entourée de fils barbelés, cernée par une voie ferrée et dotée de sa propre gare.

Il était treize heures. Malgré le jour, un samedi, l'activité semblait battre son plein. Le personnel soignant rentrait de déjeuner. Marc dut attendre de longues minutes que la meute des cyclistes, motocyclistes, conducteurs et piétons s'engouffre sous le haut porche de ciment – une rentrée d'usine à la chinoise.

Il suivit le mouvement et trouva bientôt le centre administratif, qui constituait un quartier à part entière. En attendant un responsable, il contempla par les fenêtres le campus, vaste plaine jalonnée de bâtiments gris et de champs cultivés. Il devinait qu'on pratiquait ici un genre de psychiatrie libérée, où les patients vivaient en communauté et devenaient agriculteurs ou artisans.

Enfin, le directeur le reçut. Un Indien au visage indolent et aux gros yeux de laque. Marc s'expliqua : la France, l'enquête, Reverdi. Au bout d'un long silence, l'homme appela par téléphone le Dr Rabaiah Mohd Norman, le médecin qui avait soigné Jacques Reverdi.

Quelques minutes plus tard, la porte s'ouvrit sur la femme que Marc avait aperçue sur la cassette. Elle était vêtue d'une longue robe beige et était coiffée d'un *tudung* de même teinte. L'ensemble lui donnait l'allure d'une statue de glaise dont seule, la tête aurait été modelée.

La psychiatre s'avéra pleine de malice. Elle ne cessait de décocher des traits d'humour, appuyant ses paroles d'un large sourire, qui révélait des dents éclatantes et chevalines.

– Je vous propose un tour du propriétaire, dit-elle. Nous parlerons en chemin.

Ils sillonnèrent le site, avec la voiture de Marc. Ils croisèrent des fermes, des cultures, des terrains de jeu. Une immense liberté planait sous le soleil. Le Dr Norman donnait des chiffres – il y avait ici deux mille patients, soixante-cinq par pavillon, cinquante par unité agricole...

– Nous arrivons dans le quartier de sécurité.

Ils pénétrèrent dans un enclos sous haute surveillance : miradors, poteaux coudés, fils barbelés et barreaux à toutes les fenêtres. Un véritable camp de concentration. Sauf que les barreaux étaient peints en vert et qu'ils offraient une grande variété de motifs, rappelant les croisées ciselées d'une mosquée.

Près du parking, Marc aperçut les premiers patients, errant sur la pelouse : noirs, tannés, tondus. Ils portaient tous une chasuble verte – celle de Reverdi dans la cassette – et semblaient plus noirs encore sous le soleil éblouissant. Des traits plats, un regard sans relief, comme enfoncés par la lumière.

À l'intérieur, le bâtiment s'ouvrait sur une grande cour. Tout autour, une galerie bordée d'arcades donnait accès à des couloirs, des bureaux, des salles. Tout était en ciment peint, écaillé, usé de soleil, de pluie, de chaleur.

Ils suivirent l'un des couloirs, où le panneau FORENSIC WARD se répétait. Marc ne se souvenait plus du sens exact du mot, mais cela avait à voir avec la médecine légale. Ils tombèrent sur un bureau : une simple table de bois, posée contre le mur, précédée par un long sillage de dossiers jaunis, entassés sur le sol.

Un patient était interrogé par un médecin, sous la surveillance d'un gardien. Assis de part et d'autre de la table, leurs rôles étaient sans équivoque : blouse blanche d'un côté, menottes de l'autre. Le Dr Norman, toujours tout sourire, échangea quelques mots en langue malaise avec le médecin, puis se retourna :

– Un nouveau venu. Un Algérien. Il paraît qu'il parle français.

Elle se pencha et dit au détenu en anglais, désignant Marc :

– Ce monsieur vient de Paris. Vous pouvez parler français avec lui, si vous voulez.

– *No way*, répondit l'Algérien d'un air buté.

Il avait un visage osseux. Ses prunelles se perdaient au fond de ses orbites. Marc remarqua qu'il portait aussi des chaînes aux pieds. La psychiatre tourna les talons :

– Comme vous voudrez, c'était juste pour vous détendre.

Marc lui emboîtait le pas quand il entendit « patron... ». Il pivota au mot français. L'Algérien lui souriait, offrant une belle collection de dents de travers. Ses yeux brûlaient au fond des arcades. Il fit un signe de tête vers la psychiatre :

– Celle-là, quand je lui aurai tranché la chatte, on se la bouffera ensemble. (Il lui fit un clin d'œil.) Tu la préfères crue ou cuite ?

Marc repartit sans répondre. « Crue ou cuite » ? Il rejoignit la spécialiste qui obliquait déjà vers la gauche. Ils découvrirent un réfectoire, puis s'enfoncèrent dans un nouveau couloir aux cellules verrouillées. Tout était désert. Au bout, un gardien leur ouvrit une nouvelle porte.

Ils entrèrent dans une grande salle, plongée dans la pénombre – les rideaux étaient tirés. Marc battit plusieurs fois des paupières avant de détailler les lieux. Un immense dortoir, surplombé de lents ventilateurs, contenant, au bas mot, cinquante lits, disposés contre les murs. La paix, la quiétude, se renforçait ici. Une télévision marchait, quelque part, à bas régime. Des hommes dormaient. D'autres sillonnaient l'allée centrale, traînant les pieds. Ils ne portaient plus de tuniques vertes, mais des vêtements ordinaires.

– Ils attendent leur libération ? hasarda Marc.

– Au contraire, ceux-là ne sortiront jamais. Ils ont été frappés par l'*amok*.

– Le quoi ?

– L'*Amok*. C'est ainsi qu'on appelle en Malaisie la folie meurtrière. Le jeune que vous voyez là-bas, en tee-shirt blanc, a crevé les yeux de sa petite fille pour qu'elle ne regarde plus la télé. L'autre, là-bas, a tué sa femme, l'a débitée en quartiers et a balancé ses morceaux par la fenêtre du quatrième étage. Cet autre, au fond, a...

– Je crois que j'ai compris.

Le sourire de Norman s'élargit, toutes dents dehors :

– Vous êtes très fort. Cela fait vingt ans que j'y travaille et je n'ai toujours pas compris.

Ils avancèrent encore. Elle serrait des mains, lançait des sourires, inclinait son voile, très à l'aise. Une véritable ambassadrice de l'Unesco. Au bout de la salle, un rideau dissimulait une autre pièce. Un atelier d'informatique, où plusieurs écrans remplaçaient les lits alignés. Un canapé de tissu reposait dans un angle : ils s'y assirent côte à côte. Les patients les regardaient, sans oser s'approcher, dessinant un grand cercle autour d'eux.

– Depuis mon doctorat, poursuivit la psychiatre, je travaille sur le phénomène de l'*amok*. En Occident, il y a longtemps que vous avez remplacé les notions de possession ou de sorcellerie par des termes comme « hystérie » ou « schizophrénie ». En Malaisie, les choses ne sont pas si simples. Tout le monde s'accorde à dire que l'*amok* correspond à une crise de démence, au sens le plus médical du terme. Mais chacun pense aussi que les démons jouent un rôle dans l'affaire.

Elle eut un geste ample :

– Nous associons toujours psychiatrie et croyance. Il n'est d'ailleurs pas dit que cela soit moins efficace qu'une vision strictement clinique. Dans la mesure où un patient croit aux diables qui le possèdent, on peut dire qu'ils existent, non ? La raison n'est qu'un certain réglage de la lucidité. Tout est vrai, puisque tout est perception...

Marc ne suivait plus très bien, mais il se laissait bercer par cette voix douce, ce sourire perpétuel. Il en oubliait presque Reverdi. Les regards appuyés des patients le ramenèrent à la réalité :

– C'est ici qu'il était... détenu ?

– Jacques ? Les derniers jours, oui.

Elle prononçait son prénom à l'anglaise : « Jack. »

– Selon vous, il a été frappé par l'... *amok* ?

– Il a agi sous l'effet d'une crise, c'est certain. Pourtant, je pense qu'il n'a jamais perdu le contrôle. Sa raison n'était pas aliénée.

– Il était conscient de ses actes ?

– Je dirais plutôt qu'il a agi sous l'effet d'une de ses consciences.

– Il est schizophrène ?

Elle leva les deux paumes, comme pour dire : « Pas si vite. »

– Nous avons tous plusieurs personnalités. Plus ou moins accentuées.

– Mais peut-on dire que le Reverdi qui a tué Pernille Mosensen est le même que l'homme qui est devenu champion du monde d'apnée ?

Elle s'enfonça dans le canapé, posant un regard détaché sur les patients, toujours immobiles :

– La conscience humaine n'est pas un noyau unique. C'est plutôt une roue. Un champ de possibles. Une loterie qui tourne et s'arrête, de temps à autre, sur un chiffre. Le meurtre est un des chiffres de Jack.

Marc décida de jouer franc-jeu avec le Dr Norman. Il évoqua la cassette. Le sourire de la psychiatre disparut :

– Qui vous l'a donnée ?

Il ne répondit pas. Elle enchaîna :

– Alang, n'est-ce pas ? Je me demande pourquoi notre meilleur expert en pathologie criminelle est cet olibrius... (Elle lui lança un coup d'œil oblique.) Quelles sont vos conclusions ?

– Mes conclusions ?

– Oui : qu'avez-vous pensé de cette scène ?

Le moment idéal pour tester ses hypothèses :

– Je crois que Reverdi se protège par l'apnée.

– Exact. Mais de quoi ?

– Des autres. Et aussi de lui-même. De sa folie.

Le sourire de la spécialiste réapparut :

– Vous avez raison. Jack utilise l'apnée comme une carapace. Contre les personnalités qui l'assaillent. Contre sa schizophrénie.

– C'est vous qui utilisez le mot maintenant.

– Je voulais tout à l'heure relativiser vos convictions. Mais il est clair que Jack est torturé par des personnalités distinctes. Elles veulent prendre la place du Jacques Reverdi qu'il s'efforce d'être. Le Reverdi officiel. Vous connaissez son histoire, n'est-ce pas ?

– Par cœur.

– C'est l'histoire d'un homme volontaire. Un bloc qui a toujours obtenu ce qu'il voulait. Jack a suivi une ligne absolument droite. Cette droiture est inversement proportionnelle à la menace d'éparpillement qui le hante.

Marc était convaincu de la justesse de ce diagnostic. C'était une évidence qui l'éclairait peu à peu.

– Maintenant, continua-t-elle, parlons de l'apnée. J'ai étudié cette discipline. J'ai voulu comprendre pourquoi Jack s'était persuadé que cette attitude le protégeait. Il y a bien sûr l'autonomie physique. À ce moment-là, il n'a plus besoin du monde extérieur.

Mais il y a autre chose, de plus profond. Savez-vous ce qui se passe dans l'organisme quand on ne respire plus ?

Marc sentait les regards dilatés des *amoks* posés sur eux.

– Eh bien, le sang n'est plus oxygéné, il...

– Le corps est en danger. Contrairement à tous les clichés de plénitude et de sérénité, l'apnée provoque une tension, un état d'alerte. L'organisme se concentre sur lui-même. Un réflexe de vasoconstriction survient dans les membres supérieurs et inférieurs. Le sang, avec sa réserve d'oxygène, reflue vers les organes vitaux : le cœur, les poumons, le cerveau. On ne peut imaginer concentration plus forte. L'homme, littéralement, devient un noyau dur. Centré sur ses forces vitales. C'est exactement ce que cherche Reverdi. Il fait bloc contre ses démons intérieurs... Mais je crois qu'on peut aussi étendre ce phénomène aux meurtres.

Marc tressaillit :

– Aux meurtres ?

– Rappelez-vous ce qu'il a fait à la jeune Danoise. Il a saigné la pauvre fille. Je pense que dans ces moments-là, la scène du crime devient une sorte d'expansion de lui-même. Il *déplie* son être dans cet espace et y provoque un afflux de sang, pour mieux se protéger. Exactement comme lorsque l'hémoglobine reflue vers le cœur et les poumons, au sein de son corps.

– Comment pouvez-vous être certaine de cela ?

– J'ai une autre question pour vous, se contenta-t-elle de répondre. Vous souvenez-vous de ses dernières paroles, sur la cassette ?

Marc n'hésita pas. Il prononça en français :

– « Cache-toi vite, papa arrive. »

Elle hocha lentement sa tête voilée :

– C'est peut-être un souvenir. Un traumatisme. Ou peut-être une hallucination. Je n'ai pas obtenu de réponse sur ce sujet. Mais il y a une certitude. Son comportement de défense est déclenché par l'arrivée symbolique du père. Voilà l'ultime menace : la personnalité paternelle. Il craint que cette personnalité se glisse en lui. Il a peur de devenir son père.

La psychiatre ordonnait des éléments essentiels, comme un puzzle, mais pas de la façon dont Marc l'aurait fait. Il rétorqua :

– D'après mes informations, Jacques Reverdi n'a pas connu son père. Comment pourrait-il craindre sa venue ? Ou son influence ?

– C'est exactement ce que je veux dire : ce qui compte, c'est son absence. Car alors, la figure paternelle peut revêtir tous les visages, toutes les personnalités. Cette présence polymorphe est la source de la schizophrénie de Jack. Il a peur d'être son père. C'est-à-dire n'importe qui, n'importe quoi. Au moment de ses crises, son être devient un point d'interrogation, une faille béante.

Marc comprit tout à coup où Norman voulait en venir :

– Vous pensez que ces figures potentielles pourraient être négatives ?

– Elles sont toujours négatives.

– Elles pourraient être criminelles ?

La psychiatre se recula contre l'accoudoir du canapé, pour s'éloigner de Marc et mieux le contempler :

– Jacques Reverdi est convaincu que son père était un criminel. Il tue quand il ne parvient plus à se défendre contre cette certitude. Quand l'apnée ne parvient plus à le protéger. Son père entre alors à l'intérieur de lui-même. Il se diffuse dans son « moi » comme un poison dans le sang.

– Je ne comprends pas. Vous venez de dire que le meurtre était au contraire un rite de protection.

Elle prit un ton ironique :

– C'est tout à la fois, *mon cher*... (Elle prononça ces dernières syllabes en français.) Jack appelle le sang de sa victime pour renforcer sa forteresse, comme un enfant qui dressait des murailles de sable face à la mer. Mais il est déjà trop tard. La vague est là. Elle détruit tout. Son acte criminel est la preuve que « papa » est arrivé... Chacun de ses meurtres est un mélange de panique et de résignation. De révolte et d'acceptation.

Marc prit le temps de réfléchir. Ces conclusions cadraient avec ses propres hypothèses, jusqu'ici mal définies. À cet instant, il comprenait une autre vérité, évidente lorsqu'on suivait la chronologie de Reverdi. Jusqu'à l'âge de quatorze ans, il avait été protégé contre cette menace par sa propre mère. Quand elle s'était suicidée, le jeune homme nu, sans protection, avait été assailli par la figure menaçante du père... Il résuma cette hypothèse à voix haute. La psychiatre confirma :

– Il y aurait aussi beaucoup à dire sur la disparition de la mère... C'est le deuxième traumatisme qui fonde la personnalité de Reverdi. Cette trahison – car Jack considère ce suicide comme une trahison – a été l'étincelle qui a allumé sa pulsion criminelle.

Un frisson saisit Marc :

– Vous voulez dire qu'il tue depuis l'adolescence ?

– Non. Le passage à l'acte demande toujours un temps de mûrissement. Vous êtes un spécialiste. Vous connaissez ces chiffres : les tueurs en série commencent en général leurs sinistres exploits à l'âge de vingt-cinq ans. Je pense que le profil de Jack suit cette règle. L'absence du père et la trahison de la mère ont « mûri » en lui, comme une tumeur, jusqu'à le transformer en prédateur. Il tue autant pour ressembler à son père que pour se venger de sa mère. Il hait les femmes. Toutes des traîtresses. Il veut les voir « saigner ».

Ce terme rappela à Marc un autre fait : Monique Reverdi s'était ouvert les veines. « Jack » reconstituait la trahison initiale. Il conclut :

– Pourquoi l'avez-vous libéré ? Je veux dire : pourquoi avez-vous renvoyé dans une prison classique un tel... malade ?

– Parce qu'il me l'a demandé. Quand il est sorti de sa crise hallucinatoire, c'était sa seule préoccupation. Retourner auprès de criminels ordinaires. Surtout ne pas rester chez les fous. Je n'avais aucune raison de lui refuser cela. Après tout, il n'a plus que quelques semaines à vivre.

– Vous l'avez libéré comme ça, sans traitement, sans assistance ?

– Non. Il suit une médication à Kanara, et un de nos psychiatres se rend là-bas, une fois par semaine.

Le Dr Norman regarda sa montre et se leva. Le rendez-vous était terminé. Ils marchèrent vers la porte. Les *amoks* les suivaient toujours de leurs grands yeux allumés. Sur le seuil, la psychiatre lui demanda :

– Je peux vous poser une question... personnelle ?

Il fit un signe positif de la tête, tentant de sourire, mais l'angoisse lui paralysait la face.

– Avez-vous eu des contacts avec Reverdi ?

– Non, mentit Marc. Il refuse toute interview.

Elle lui prit les mains :

– Si jamais vous réussissez à l'approcher, à lui parler, tenez vos promesses. (Elle ajouta un sourire, comme pour atténuer l'avertissement.) Ne le trahissez jamais. C'est la seule chose qu'il ne pourrait pas vous pardonner.

39

IL HAÏSSAIT le football.

On lance une balle à un chien, pas à un homme. Il regardait, assis sur les gradins bricolés du stade, les autres détenus disputer un match. Ils gueulaient, frappaient, couraient après la « baballe ». À dix heures du matin, alors que le soleil pesait déjà des tonnes. De vrais connards.

Par réaction, Jacques songea à sa propre discipline. Rien à voir avec ce sport de rase-mottes. L'apnée offrait la clé de l'univers, qui n'était pas, comme beaucoup le pensaient, au fond de la mer, mais ailleurs.

D'ordinaire, il n'invoquait jamais ses souvenirs de plongée. D'abord pour n'éprouver aucune mélancolie. Mais aussi pour ne pas souiller les profondeurs au contact de la surface. Pourtant, aujourd'hui, il était d'humeur radieuse et, les yeux fermés, il se laissa aller au jeu de la réminiscence. Malgré lui, il inclina la tête brièvement, donnant le signal pour qu'on libère la gueuse.

La seconde suivante, il était dans l'eau.

Un bouillonnement de bulles l'entoura. Puis la grande masse bleue, immobile, apparut, traversée de bancs de poissons – des nuages d'écailles et de lumière. Un coup d'œil vers le bas : l'horizon sans fin s'ouvrait sous ses pieds. Mais le poids de la gueuse l'entraînait déjà vers d'autres sensations.

Moins dix mètres. La pression devenait omniprésente. Un kilo supplémentaire par centimètre carré, tous les dix mètres. Durant une épreuve de no limits, le plongeur lesté descend à la vitesse de deux mètres à la seconde. Le fond l'aspire littéralement. L'océan se referme sur lui.

Moins vingt mètres. Jacques ne cessait de souffler dans son pince-nez, pour compenser la pression qui augmentait toujours. Étreinte implacable, traversant la peau, agissant sur chaque muscle, chaque organe. À moins vingt-cinq mètres, les poumons se réduisaient à deux poings serrés, dans lesquels l'air était totalement comprimé.

Moins trente mètres. La lumière s'éloignait. Le bleu gagnait en intensité. En solidité. Aucune peur pourtant. Aucun malaise. Au contraire : la masse de l'eau répartissait les dernières parcelles d'oxygène à travers tout le circuit sanguin. L'organisme était nourri, assouvi, équilibré. Les artères et les veines formaient une seule et même sarbacane dans laquelle la mer soufflait sans discontinuer, à travers l'épiderme. Le corps fonctionnait en circuit fermé. En indépendance totale.

Moins cinquante mètres. L'indigo. Pour parvenir à cette frontière, cela n'avait pris que quelques secondes, et désormais, le temps ne comptait plus. On croit toujours que le temps de l'apnéiste est sous haute tension, à fleur de panique. C'est faux : l'apnée place en dehors du temps.

Moins soixante mètres. Son cœur battait maintenant à vingt pulsations par minute, pour soixante-dix en temps normal. Limiter l'agitation du corps... Réduire la consommation d'oxygène... Vivre seulement de soi... En autarcie totale, dans l'ombre et le froid...

Il écoutait l'océan, dans une relation d'intimité complète. Une autre idée reçue : le silence de la mer. À cette profondeur, la masse sans limite des fonds compressait, cristallisait chaque son, au point de le transformer en un objet matériel, translucide, aux arêtes de verre.

Moins quatre-vingts mètres. Le ventre de la mer. Au bout de la plongée, il y avait le record. Au fond de l'obscurité, il y avait la plaquette à saisir. Celle de la limite. Celle de l'interdit. Ensuite, il serait temps de lâcher la gueuse et d'ouvrir le parachute pour remonter. Mais à côté du record à battre, il y avait un autre acte à accomplir.

Moins cent mètres. Les ténèbres, enfin. Les vastes régions du néant. À ce moment, son état était souverain. Il n'était ni perdu, ni menacé de dissolution. Il s'était trouvé au contraire. Dans cette solitude unique, il était temps d'ouvrir la porte.

De passer de l'autre côté de la mer.

Pas question de se tromper, de chercher dans l'obscurité qui l'entourait. La porte n'était pas là. Les yeux devaient au contraire se tourner vers l'intérieur. Au fond de soi. Tel était le secret du plongeur : l'ultime porte, celle qui donnait sur la lumière, se trouvait au plus profond de sa conscience...

Soudain, il ouvrit la bouche pour respirer l'air ensoleillé. Il était proche de la syncope, tant son souvenir avait été violent. Il cligna les yeux pour découvrir avec stupeur son environnement. La plaine pelée et jaunâtre, qu'on appelait ici le « stade ». Les barbelés, les miradors, les bancs de bois gris, qui servaient de tribunes. Et ces abrutis qui couraient toujours après le ballon.

Il sourit. Aujourd'hui, il les contemplait avec tendresse. Il les aimait. Tous. Sans exception. Son souvenir l'avait réconcilié avec le temps présent.

Et surtout, il était auréolé par une autre présence.

Élisabeth.

Depuis qu'il avait reçu son message, il était transcendé.

Il discernait une logique secrète dans son destin. À quelques semaines de sa propre mort, au terme du chemin, il avait enfin rencontré l'amour. Cette femme était différente. Elle possédait une part d'innocence, bien sûr, mais aussi de vraies ténèbres, qui lui permettaient de le comprendre, lui. Et d'avancer sur ses traces, sans crainte ni préjugé.

D'instinct, il devinait qu'il pouvait l'aimer, telle qu'elle était. Il n'était pas nécessaire de la purifier, comme les autres. Elle acceptait sa propre noirceur. Elle pressentait, déjà, la Couleur du Mensonge. Voilà pourquoi elle était digne de lui. Voilà pourquoi elle allait comprendre son œuvre.

En quelques heures, elle avait réussi à voir les images du dernier sanctuaire – le corps de Pernille Mosensen. Elle avait deviné ce qui s'était passé. Elle soupçonnait déjà les prémices du rituel. Ce qu'il recherchait à travers son patient travail. Il ne doutait plus qu'elle réussirait à cheminer jusqu'au bout de la vérité.

Dans quelques jours, elle identifierait les Jalons d'Éternité.

Puis les étapes suivantes.

Jusqu'à Lui.

Il se félicitait aussi – sur un mode mineur – de l'efficacité de leur système de communication. Il n'avait eu aucune difficulté à utiliser l'agenda électronique miniature. Il avait d'abord songé à le brancher sur un téléphone portable, mais les matons se livraient à une traque sans merci des cellulaires. Il était donc revenu à sa première idée. Dénuder les fils de la ligne téléphonique intérieure de l'infirmerie puis, parmi ce réseau, trouver les câbles extérieurs sur lesquels connecter sa machine. De cette façon, il passait des appels indétectables. Des connexions qui, officiellement, n'existaient pas.

Ensuite, il avait ouvert une adresse e-mail, gratuite, sur un serveur de grande envergure – Wanadoo. Personne, à l'exception d'Élisabeth, ne connaissait cette adresse. Il pouvait envoyer et recevoir des messages en toute discrétion, parmi les millions de connexions du réseau. Un acte de romantisme clandestin, technologique – et invisible.

Les prisonniers braillaient toujours, s'efforçant d'envoyer la balle dans des buts de fortune. Ils beuglaient en malais, en chinois, en anglais. Une bouillie de langues à l'image de leur cerveau. Par contraste, ses pensées et ses désirs lui parurent d'une pureté exquise.

Il laissa divaguer son esprit. Et appela un autre souvenir. Celui d'un film en noir et blanc qu'il avait vu à la cinémathèque de Marseille, adolescent. *Pickpocket*, de Robert Bresson. L'histoire d'un homme qui avait choisi de se situer au-dessus des lois. D'ordinaire, les actes d'un malfrat sont décrits comme des faits souterrains, cachés, inférieurs. Ici, le parcours du voleur était une quête élevée, transcendante, un chemin de grâce. En contemplant ces images, Jacques avait aussitôt compris que son destin serait identique. Et l'analogie se poursuivait aujourd'hui.

Dans le film de Bresson, le voleur croisait sur sa route une femme. Il ne voyait pas aussitôt en elle la figure aimée. Il s'obstinait sur sa voie solitaire. Mais dans la dernière scène, alors qu'il était arrêté, il murmurait à sa compagne, à travers le treillis du parloir : « Oh, Jeanne, pour aller jusqu'à toi, quel drôle de chemin il m'a fallu prendre... »

Il fouilla dans sa poche, sortit la photo d'Élisabeth et répéta : « Pour aller jusqu'à toi, quel drôle de chemin il m'a fallu prendre. »

Il s'aperçut qu'il avait parlé à voix haute. Il regretta aussitôt cette faiblesse. Aucune de ses pensées ne devait franchir la frontière de ses lèvres. Son monde occulte était comme une grotte rupestre, dont les peintures se corrodent au contact de l'air.

Le banc craqua à ses côtés. Éric venait de s'asseoir. Reverdi glissa la photo dans sa poche.

– Il faut que je te parle.

Jacques songea au trafic des médicaments, qu'il avait repris à son compte, à l'infirmerie.

– Ne t'en fais pas pour les médocs. Je te filerai ta com.

– Sympa. Mais j'suis venu te parler d'autre chose.

– Quoi ?

– De Raman.

Jacques soupira : le salopard en chef était le leitmotiv de toutes les conversations. Le démon qui peuplait tous les esprits.

– Qu'est-ce qu'il y a encore ?

Le bec-de-lièvre prit un air de conspirateur, et s'approcha. Les os de son visage étaient incurvés, comme s'ils avaient été enfoncés à coups de marteau.

– Le bruit court qu'il a le sida.

– Il y a un mois, tous les Chinois avaient le SRAS.

– Je déconne pas, Reverdi. Il a subi une prise de sang, comme nous tous. Ses résultats étaient positifs. Il est en train de les contaminer.

– Qui ?

– Les mômes du bâtiment E. Les mineurs.

Reverdi soupira une nouvelle fois. À Kanara, tout le monde semblait penser qu'il n'y avait que lui, le « grand Jacques », pour se dresser contre Raman. Par réflexe, il songea à Élisabeth. Pas question de bouger. Il devait rester un prisonnier modèle et vivre, par l'esprit, auprès de sa bien-aimée.

– C'est pas mes oignons.

– Ce sont des mômes. Il les force à le sucer. Il les encule sans préservatif. Cet enfoiré va tous les tuer.

– Je ne peux rien faire.

Éric se pencha encore. Son haleine diffusait une puanteur de décomposition. Jacques imagina sa langue sous la forme d'une charogne. Le gnome dit, mi-sérieux, mi-ironique :

– T'es le maître ici, Reverdi. Tu peux pas laisser faire ça sur ton territoire.

La flatterie était grossière mais le mot « maître » provoqua un déclic. Il s'en voulut d'être encore sensible à ce genre de vanités. Surtout dans ce royaume de dégénérés. Pourtant, Éric avait raison : il était écrit que le gardien devait mourir. Depuis l'instant où il l'avait obligé, lui, à racler la sueur des murs. À la seconde exacte où il l'avait forcé à s'agenouiller. Aucun être humain qui l'avait humilié ne pouvait rester vivant.

Dès lors, pourquoi ne pas accélérer le mouvement et sauver quelques gosses ? Une idée l'éclaira. Il allait intégrer Élisabeth à sa décision : « Quand elle aura identifié les Jalons, se dit-il, je lui offrirai la peau de Raman. »

– Attendons quelques jours, dit-il. On ne peut pas agir comme ça.

40

EN MALAISIE, les Cameron Highlands étaient célèbres. Impossible de feuilleter un guide sans tomber sur un long passage consacré à cette région. Pour tous les Malais, ces terres faisaient figure de paradis, parce qu'elles s'ouvraient sur un miracle : la fraîcheur. À plus de 1 500 mètres d'altitude, on échappait aux moussons humides et aux saisons brûlantes. Au-dessus des brumes, il y avait le froid.

Les Anglais, les premiers, avaient colonisé ces sommets, bâtissant des manoirs, taillant des terrains de cricket, plantant des champs de thé – et interdisant tout accès aux Malais. Puis, une fois les colonisateurs évacués, les riches autochtones avaient pris leur place, construisant à leur tour des hôtels de luxe, déployant des parcours de golf, creusant toujours et encore les gigantesques forêts primaires.

Car, avant d'atteindre ces verts paradis, il y avait la jungle.

Marc roulait maintenant sous de hautes voûtes de feuilles. Il suivait des virages en lacets bordés, à droite, par les falaises couvertes de lianes et, à gauche, par des précipices d'émeraude. La route ne cessait de monter en épingles à cheveux et on discernait, en contrebas, le fil d'asphalte de la route parcourue.

Marc savourait cette première rencontre avec la forêt dense. Il avait stoppé la climatisation de sa Proton et roulait fenêtres ouvertes, afin de sentir la fraîcheur qui s'accentuait à chaque virage. Parfois même, il fermait les yeux, planant littéralement, cherchant à mettre un nom sur les parfums qui venaient à sa rencontre. En réalité, il improvisait, répétant comme une prière les noms qu'il avait lus dans son guide : palmiers, cocotiers, tualangs, orchidées, rafflésies...

À d'autres moments, des bribes de son entrevue avec le Dr Norman venaient le secouer de sa béatitude. « Ne le trahissez jamais. C'est la seule chose qu'il ne pourrait pas vous pardonner. » La trouille le prenait alors, beaucoup plus fraîche que les hautes terres. Il se répétait les questions : y avait-il danger, oui ou non ? Reverdi pouvait-il deviner la combine ? En mettant les choses au pire – son imposture dévoilée –, que risquait-il ? Le tueur était sous les verrous – et virtuellement condamné.

La route montait toujours. Les premiers signes de l'Empire britannique apparurent. D'abord, les plantations de thé. Des terrasses, en paliers ordonnés, exhalant dans l'air des senteurs humides, presque moisies. De loin, ces cultures ressemblaient aux étages de royaumes anciens, enclavés dans le grand vert. Parfois, les champs étaient bruns, compacts, taciturnes. D'autres fois, ils brillaient comme des petits pains de mousse, légers, luminescents.

Puis des hôtels se présentèrent. Manoirs blancs aux colombages noirs, fenêtres à vitraux colorés et cours de graviers gris, dans le plus pur style « british ». Aussitôt après, la jungle primaire se refermait, intacte. À croire qu'on avait rêvé. Puis, de nouveau, un terrain de golf apparaissait. Ou un hôtel de luxe, avec sa piscine turquoise...

Marc devait avoir dépassé 1 500 mètres d'altitude quand il découvrit les premiers villages de huttes. Cela aussi, les guides en parlaient : les Orang-Asli, littéralement, le « peuple des origines ». Des hommes des bois, en pagnes, qui survivaient sarbacane à la main, entre les chantiers immobiliers et les voyageurs en 4 × 4.

Il ralentit, et comprit qu'ils ne composaient qu'une attraction touristique de plus. En fait de pagnes, ils portaient des tee-shirts Reebok et leurs sarbacanes avaient été remplacées par des antennes radio. Accroupis devant leurs cases, ils vendaient les produits de la forêt : miel, pousses de fleurs, scarabées ou scorpions épinglés sur des morceaux de carton.

À ce moment, un groupe surgit des coteaux de la jungle. Ceux-là tenaient d'autres instruments. Marc les rattrapa et observa la longue tige de bois qu'ils portaient sur l'épaule. Des filets à papillons. Sans doute une autre spécialité de la région...

Il freina brusquement.

« Cherche vers le ciel. »

« Des Jalons qui Volent et Foisonnent. »

Des papillons !

Dès la première ville, Ringlet, un coup d'œil dans les boutiques lui confirma son intuition : les papillons étaient la spécialité de la région. Il pénétra dans l'une des échoppes et se fit expliquer le phénomène : les Cameron Highlands avaient développé des espèces endémiques, liées à l'altitude, dont la beauté était unique au monde.

Il reprit sa route. À Tanah Rata – deux milles mètres d'altitude –, il trouva un restaurant chinois et s'installa au fond de la salle. À quinze heures, le lieu était désert. Il commanda un café. Les papillons. Il ne parvenait pas à s'extraire cette idée de la tête. « Cherche vers le ciel. » « Des Jalons qui Volent et Foisonnent. » Cela pouvait coller.

Buvant à petites lampées une mousse brune aux relents javellisés, il imagina des pratiques meurtrières et perverses, à base de papillons. Reverdi lui apparut, déposant ces insectes sur les femmes ensanglantées, plaquant les ailes colorées sur les plaies, observant cette caresse palpitante sur les incisions.

Un détail lui revint. Le taux de glucose anormal. Reverdi avait forcé Pernille Mosensen à ingurgiter des aliments sucrés. Pour attirer les papillons ?

Il commanda un second café. Il lui vint à l'esprit une restriction. Cette hypothèse rappelait le roman de Thomas Harris, *Le Silence des agneaux*, où le tueur plaçait des chrysalides dans la gorge de ses victimes. Or, Marc en était certain, Reverdi ne subissait aucune influence. Jamais il ne se serait inspiré des crimes d'un autre. Et surtout pas issus d'un roman. D'une fiction qui, à ses yeux, avait valeur de chimère. Alors quoi ?

Assis dans la salle faiblement éclairée, il distinguait, au-delà de la terrasse, la rue principale de la petite ville. Le mélange des styles régnait toujours : des épiceries asiatiques, des bâtiments coloniaux et aussi, plus curieux, des chalets, des constructions montagnardes – Tanah Rata ressemblait à un village alpin.

Il se concentra sur les passants. Des écoliers, bringuebalant leurs cartables sur le dos. Des adultes nonchalants, multipliant les origines : Malais, Chinois, Indiens. Des touristes aussi, apportant leur propre note exotique. Il se concentra sur deux jeunes femmes, blondes et roses, portant des gros croquenots et d'énormes sacs à dos. Sa conviction revint en force.

Reverdi était venu ici.

Il avait chassé sur ces sommets.

Il se leva et paya.

Les papillons : il n'avait qu'à vérifier.

Il visita les ateliers d'encadrement, où les lépidoptères sont placés sous verre. Il posa ses questions dans l'indifférence générale. Les ouvriers chinois daignaient à peine lever les yeux de leur ouvrage. Il partit à l'assaut des serres d'élevage, aux alentours de la ville, où on cultive des plantes secrètes – les seules dont se nourrissent les chenilles des plus belles espèces. Nouvel échec. Chacun reconnaissait le portrait de Jacques Reverdi – mais pour l'avoir vu à la une des journaux. Il grimpa dans les hauteurs de la ville, sonnant aux portes des riches grossistes han, ceux qui exportent à travers le monde papillons, insectes et reptiles. Mêmes dénégations : personne n'avait jamais rencontré Reverdi.

À dix-huit heures, Marc se mit en quête d'un hôtel. Exténué, il refusait encore de s'avouer vaincu. Mais le crépuscule lui brouillait les idées. Le doute s'insinuait. Reverdi avait parlé de hauteur et il s'était précipité à la montagne. Ensuite, il s'était inventé un film à propos de ces papillons. Tout cela ne reposait sur rien...

Les hôtels de la ville étaient complets. Marc s'aventura dans les environs de Tanah Rata. Il découvrit un manoir en crépi blanc, avec créneaux revêtus de lierre, hautes cheminées et parasols sur la terrasse, à rayures blanches et noires. Le Lake House.

L'Indien à l'accueil demanda, avec un accent britannique exagéré :

– Nous allons chercher votre matériel ?

– Mon matériel ?

– Vous n'êtes pas chasseur ? Chasseur de papillons ?
– Pas du tout.
Le visage sombre se fendit d'un sourire servile :
– Excusez-moi. Nous avons déjà ici un Français. Un chasseur très connu. Alors, je pensais...
Marc fit le compte. Chasseur. Français. Forêt. Confusément, ce profil le rapprochait de Reverdi. Il décida de tenter sa chance. La dernière de la journée.
– Ce chasseur, il est rentré de sa journée ?
Le portier prit une expression narquoise :
– Il vient de partir, au contraire.
– À six heures du soir ?
– Monsieur, nous parlons de papillons nocturnes.

41

L'HEURE VERTE.

Ce fut le terme qui lui vint aux lèvres, lorsqu'il descendit de voiture. Il avait suivi les indications de l'Indien : emprunter la route jusqu'au panneau indiquant la « mission luthérienne », puis prendre en face le sentier qui s'enfonçait dans la végétation. Il avait roulé pendant trois cents mètres, jusqu'à ce qu'il ne puisse plus avancer en voiture. Le chemin stoppait à flanc de colline, s'ouvrant sur une jungle foisonnante, en étages, qui se refermait également au-dessus de sa tête.

L'heure verte.

Le moment où l'ombre s'épanche sous les arbres. Où tout semble s'agencer pour que la forêt s'assoupisse, mais où elle s'éveille au contraire. Marc était transporté. Les bruits, autour de lui, devenaient assourdissants. Castagnettes en rafales, sifflements aigus, raclements sourds : des cohortes d'oiseaux, invisibles, s'excitaient sur leurs branches. Parfois, d'autres sons s'élevaient, simplement de passage : ronflement d'un vol de corbeaux, tintement d'un bec rieur, qui s'éloignait aussitôt entendu. Mais surtout, en toile de fond, résonnait le long cliquettement des herbes hautes, roseaux, palmes ou fougères, qui bordaient le sentier et l'invitaient, comme des vagues, à plonger dans leurs flots.

Il se mit en route. Le portier avait dit : « Attendez la nuit et repérez la lumière. » Le chasseur nocturne utilisait des projecteurs. Il descendit le flanc de la colline. La morsure du vent se précisait. Il releva son col de veste et s'enfonça encore.

Les herbes, les arbres s'agitaient, se creusaient, se déhanchaient, comme pris d'une excitation langoureuse au contact de l'ombre. Les odeurs s'élevaient, se vivifiaient. Tous les sens de la forêt étaient ouverts. Marc ne parvenait pas à identifier la cause de cet éveil. Qu'attendait la jungle ? Pourquoi s'animait-elle ainsi ?

Alors, la pluie survint.

D'abord quelques touches. Puis un clapotis régulier, qui couvrit les cris d'oiseaux. La forêt, assoiffée, asséchée par les heures brûlantes de la journée, vidée de ses essences par la fournaise, se réveillait pour boire.

Il descendait toujours. Un vieux court de tennis apparut parmi les feuillages. Toujours le même paradoxe : alors qu'il pensait avoir renoué avec la sève primitive du monde, il croisait les traces omniprésentes de la civilisation. Mais dans une version délabrée : des feuilles mortes, des lianes, des lierres avaient pris la place du filet et des marquages.

Il contournait l'esplanade quand la véritable averse commença. Marc avait renoncé à s'abriter. Au contraire, il s'avançait en bordure des précipices, pour admirer les paliers de jungle, qui miroitaient sous ses pieds. Les frondaisons ressemblaient maintenant à des rouleaux sombres, oscillant dans la pluie pour se résoudre en une écume verdoyante. Toute la végétation roulait, brillait, crépitait, révélant un vert qui n'était plus une couleur mais un cri.

Il descendit encore et rencontra une rivière. Il se retourna par réflexe : l'obscurité avait effacé son chemin. Plus de sentier, plus de court de tennis, plus de voiture... Juste un décor indistinct, comme si la nuit lui tournait le dos. « Repérez la lumière. » Il n'y avait pas le moindre signe de projecteur alentour.

Il choisit de traverser le cours d'eau, en suivant un gué de cailloux, qu'il apercevait vaguement dans l'ombre, à quelques mètres sur sa gauche. Quand il eut atteint l'autre rive, trempé jusqu'à la taille, les ténèbres avaient achevé leur œuvre. Il avança encore, à tâtons, se maudissant de n'avoir pas pris une lampe, quand une voix retentit :

– *What's going on ? Who is here ?*

Stupéfait, Marc prononça quelques mots en français. Seul le silence lui répondit. Puis, d'un coup, alors que rien ne le laissait prévoir, un jet de lumière blanche éclaboussa les arbres, avec une violence de bloc chirurgical.

Marc se protégea les yeux. Clignant les paupières, il aperçut, environ dix mètres plus haut, un rectangle de lumière parfait, sans tache ni faille. En même temps, il perçut le ronflement du groupe générateur. Sur le drap – car c'était un drap blanc, tendu sur un cadre métallique –, se découpa une silhouette vêtue d'un poncho de pluie.

L'homme s'avança et dit en français :

– Mettez ça.

Il lui tendait des lunettes de soleil. Lui-même portait, sous sa capuche, des lunettes aux verres de mercure :

– Ma lumière est très forte en UV. Autant se protéger.

Marc chaussa ses lunettes et contempla le piège qui se couvrait déjà d'insectes.

– On ne sait pas pourquoi la lumière les attire. On suppose qu'ils prennent les étoiles comme points de repère et qu'ils se jettent sur la moindre source lumineuse. Ça les rend dingues. Ils ont plusieurs milliers d'yeux, vous savez ? Qu'est-ce que vous faites là ? Ça vous intéresse, les papillons ?

Marc l'observa. Masqué par sa capuche et ses lunettes d'argent, son visage était peu visible. Mais ses traits paraissaient brillants, musclés, comme lavés par la pluie.

Marc décida de parler franchement :

– Je suis journaliste. Spécialisé dans les faits divers. J'enquête sur Jacques Reverdi.

Le chasseur émit un sifflement d'admiration :

– Vous devez être acharné pour être remonté jusqu'à moi.

Marc se réchauffa sous ses frusques trempées. L'homme connaissait donc Reverdi. Il demanda d'un ton naturel :

– Quelles étaient vos relations ?

L'entomologiste s'approcha de la toile tendue. Le rectangle était déjà assombri d'insectes, grésillant, se cramponnant au drap avec leurs petites pattes adhérentes.

– On s'est croisés plusieurs fois, dit-il en saisissant avec précaution un papillon gris. Les guêpes, les abeilles, les moustiques formaient autour de lui un nuage bourdonnant.

– Où ?

– Ici. Dans la forêt.

– La nuit ?

– La nuit, oui. Il rôdait. Comme moi.

Marc frissonna. Reverdi lui apparut : élancé, silencieux, à l'affût. Il ne savait pourquoi, il le « voyait » en combinaison de plongée. Une peau noire, à la fois mate et brillante. Une panthère.

– Il chassait les papillons ?

– Je ne pense pas, non. Je ne l'ai jamais vu avec le matériel.

Une forte odeur d'ammoniaque se distilla dans l'air détrempé. Le chasseur venait de saisir un bocal en plastique. Il plongea le lépidoptère à l'intérieur. Marc crut à une hallucination : le papillon criait. L'homme referma le bouchon de liège en souriant :

– C'est un sphinx. Une des plus importantes espèces nocturnes. Celui-là, c'est un *Acherontia atropos.* Un sphinx « tête-de-mort ». On l'appelle comme ça à cause du motif sur ses ailes. Il crie et n'hésite pas attaquer les ruches pour piller le miel. Vous vous souvenez du *Silence des agneaux* ? C'est le papillon que le tueur place dans la gorge de ses victimes.

Le Silence des agneaux, encore une fois. Non, décidément, il ne sentait pas cette piste. La folie meurtrière de Reverdi était unique. Marc agitait les mains pour écarter les insectes.

– L'ammoniaque..., murmura le chasseur. Ça les rend stones avant l'exécution.

Il sortit une seringue. Malgré lui, Marc détourna la tête. Sur le drap, des tourbillons de bestioles rivalisaient avec les rafales de l'averse.

– Selon vous, insista-t-il, qu'est-ce qu'il cherchait dans la forêt ?

L'homme referma son bocal sur sa victime puis glissa le tout sous son poncho :

– Je ne sais pas. Un insecte particulier, sans doute. Un truc rare.

– Il ne vous en a jamais parlé ?

– Non.

– Vous n'avez aucune idée ?

– À un moment, j'ai cru qu'il travaillait sur certaines espèces diurnes, dont la chenille se nourrit de bambous.

– Pourquoi ?

– Parce que je l'ai surpris plusieurs fois parmi ces arbres. Mais en réalité, il cherchait autre chose. Je n'ai jamais su quoi.

– Comment était-il ? Je veux dire : en général ?

Le chasseur n'eut aucune hésitation :

– Sympa. On buvait des coups à l'aube, à l'hôtel. Il disait qu'il n'avait pas besoin de lumière pour « voir » la forêt. Qu'il ne respirait plus quand il approchait sa proie. Il était spécial... Mais plutôt cool. (Il s'arrêta et parut réfléchir.) C'est vrai ce que racontent les journaux ?

Marc ne répondit pas – les engins volants redoublaient leurs assauts. Il luttait contre une irrésistible envie de fuir à toutes jambes. L'homme enchaîna, comme si ses pensées étaient naturellement revenues à sa discipline :

– À mon avis, il bluffait : ce n'était pas lui qui chassait.

– Qui d'autre ?

– Les Orang-Asli. De vrais experts. Il devait leur montrer les bêtes qu'il cherchait et ils partaient en quête.

– Je pourrais les interroger ?

– Non. Ils ne parlent pas anglais. Et la plupart sont bourrés du matin au soir. Quant à retrouver exactement ceux qui bossaient pour Reverdi...

– Il y a une autre solution ?

Le chasseur repéra un autre sphinx sur sa toile foisonnante.

– Allez voir Wong-Fat. C'est un des marchands han.

Marc battait toujours des bras. Une neige noire virevoltait autour de sa tête :

– Je les ai tous rencontrés aujourd'hui. (Il soufflait, crachait pour éviter d'avaler un insecte.) Aucun ne connaissait Reverdi.

– Celui-là le connaît. Il connaît tout le monde. C'est un cador. Il vit dans les hauteurs de Tanah Rata. Une grande villa sur pilotis : vous ne pouvez pas la rater.

Il sentait l'impatience de l'homme qui ne cessait d'observer son piège. Mais Marc avait une dernière question :

– Les papillons sont-ils attirés par le sucre ?

– Non. Le sel, plutôt.

– Le sel ?

– Je connais ici des sources salines où on peut voir de splendides concentrations. Ça vous intéresse ?

La scène qu'il avait imaginée – les papillons suçant le sang sucré des femmes – s'évanouit.

– Non, merci.

Il ôta ses lunettes de soleil et les lui rendit. Alors seulement, il prit conscience que la lumière électrique avait baissé. Quand son regard tomba sur le projecteur, derrière le drap, il vit que la lampe était entièrement couverte d'insectes. Une carapace noire, mouvante, s'agglutinait sur le verre brûlant. Le visage du chasseur grouillait aussi de rides animées et brunes.

Il balbutia quelques paroles de remerciement et dévala la pente.

42

LA MAISON de Wong-Fat avait un air de villa californienne. Une bâtisse sur pilotis, en bois brun, dressée au sommet de la colline qui domine la ville. En sonnant, Marc aperçut, en contrebas, les câbles téléphoniques qui traversaient le ciel, le ruban de la route qui s'affinait au fil de la descente. Il songea à San Francisco et ses rues abruptes.

Le portail s'ouvrit. On le fit attendre dans un petit jardin gris. Juste une dalle de ciment, accotée à une piscine turquoise pas plus grande qu'un puits. Seul, un arbre avait poussé près du grillage d'enclos. Ses racines fissuraient la pierre jusqu'à se glisser sous une balancelle rose. Le chasseur de papillons avait raison : Marc n'avait pas visité ce marchand.

Des boîtes métalliques étaient alignées le long des murs. Des boîtes de conserve, des pots de peinture qui grondaient, vibraient et avaient une fâcheuse tendance à avancer toutes seules. Marc n'avait aucune difficulté à imaginer ce qui grouillait là-dedans. La nuit précédente, après son expédition forestière, ses rêves avaient été peuplés de guêpes et de bourdons. Il y avait aussi des bouteilles remplies de miel, des bocaux contenant de la cire d'abeille.

– Qu'est-ce que vous voulez ?

Le ton était hostile. Wong-Fat s'encadrait dans les portes vitrées, près de la balancelle. Il devait avoir une soixantaine d'années mais il portait son âge à la chinoise : pas de rides, pas de cheveux blancs. Un visage grêlé comme la peau d'une orange. Rien qui trahisse quoi que ce soit de sa personne.

Marc s'excusa – on était dimanche – et expliqua, toujours dans son plus bel anglais, les raisons de sa visite. L'enquête. *Le Limier*. Jacques Reverdi.

– Je ne dirai rien.

Cela avait le mérite d'être clair. Quelques secondes passèrent ainsi, dans un silence ponctué de craquements, de bourdonnements provenant des boîtes. Marc était à court d'idées – et aussi d'énergie. Il dit sans conviction :

– Écoutez... J'ai parcouru douze mille kilomètres et...

– Pas un mot sur cet homme. Au revoir, monsieur.

Les grondements autour d'eux s'amplifièrent, comme si les insectes sentaient la colère de leur maître. Marc effectua un geste de lassitude et tourna les talons. Puis, dans un sursaut, il revint sur ses pas :

– Je vous en prie. C'est très important pour moi.

– Je n'ai rien à vous dire. Si je devais parler, ce serait à la police de mon pays.

Marc sentit une nuance souterraine dans l'intonation. Durant ses interviews, il écoutait les timbres, les inflexions des voix. Un discours subliminal était toujours perceptible. Ainsi, le marchand d'insectes voulait dire exactement le contraire. Parler à la police : c'était la dernière chose qu'il souhaitait. Marc tenta un coup de bluff :

– Alors, allons-y ensemble. Vous parlerez au poste de Tanah Rata.

L'homme lui lança un regard furieux.

– Au revoir.

Il se dirigea vers le portail et attrapa la poignée de la grille. Marc le rejoignit, mais pour lui barrer la route :

– Très bien. J'y vais seul et je reviens avec eux.

Les doigts se crispèrent sur les barreaux.

– Qu'est-ce que vous voulez au juste ?

La voix était moins agressive.

– Tout ce que vous savez sur Reverdi. Ce qu'il vous achetait et pourquoi. Je vous jure que ça restera entre nous.

– Entre nous ? Un journaliste ?

Le soleil était déjà haut. Marc se plaça dans l'ombre de l'arbre.

– J'en parlerai seulement dans mon article. Sans citer mes sources.

– Quelle garantie pouvez-vous me donner ?

– La garantie du bon sens. Mes lecteurs sont français. Ils s'intéressent à Jacques Reverdi, pas à Wong-Fat. Votre nom ne dirait rien à personne.

Le marchand ne lâchait pas la grille, mais son corps se détendit. Marc avait l'intuition qu'il ne bougerait plus. Tout se passerait ici, en quelques minutes. Il attaqua aussitôt :

– Qu'est-ce que vous avez vendu à Reverdi ?

– Je ne peux pas le dire.

– Vous avez peur d'être accusé de complicité ?

Wong-Fat le regarda, avec étonnement.

– Il ne s'agit pas de ça. Pas du tout.

– Que craignez-vous alors ?

L'homme observait intensément le sol. L'ombre des feuillages, au-dessus d'eux, dansait sur ses traits grêlés.

– C'est à cause de mon fils.

– Votre fils ?

Marc ne comprenait rien.

– Mon fils... (Il désigna la maison, la piscine, les boîtes qui frémissaient encore.) Pas un scorpion, pas un papillon que je n'aie vendu pour lui. Pour lui offrir le meilleur. Les écoles privées. La faculté de droit, en Grande-Bretagne...

Il s'arrêta. Les bestioles, dans leur prison, semblaient aussi se calmer. À l'unisson avec leur maître.

– Mon fils. Un bon à rien. Un homme mauvais.

– Mauvais ?

Son visage paraissait crispé sur cette idée. La légèreté des ombres contrastait avec la fermeté de ses traits. Marc jeta un œil sur les branches : elles étaient constellées de longs insectes verts, en forme de brindilles. Inexplicablement, le nom de ces bestioles lui vint au bord des lèvres : des phasmes. D'où sortait-il cette connaissance ?

Wong-Fat répéta :

– Des pulsions mauvaises.

Marc ne voyait pas le lien avec Jacques Reverdi. Mais il fallait laisser aller la confession.

– Nous sommes dans un pays où certaines choses sont plus faciles qu'ailleurs... Pour quelques ringgits, on peut satisfaire beaucoup de désirs. En Thaïlande, c'est pire. Une poignée de bahts et tout est possible.

L'homme s'arrêta. Ses paroles étaient tournées vers lui-même. Marc était fasciné par les sillons des phasmes qui défilaient sur ses traits.

– À son retour d'Angleterre, mon fils partait de plus en plus souvent vers le nord, à la frontière thaïe. Une fois, je l'ai suivi. J'ai répéré chaque bordel où il se rendait. J'ai interrogé les *tauke* – les Chinois qui tiennent ce genre d'établissements. Sur les goûts, les préférences de mon fils. Ce que j'ai appris m'a fait horreur.

De nouveau, le silence, avec, au fond, un pianissimo de timbales, de faibles roulements de caisse claire.

– Au début, il cherchait simplement des vierges... (Il eut un bref sourire, une sorte de tic.) C'est odieux, mais dans nos régions, c'est classique. Surtout avec le sida. Et puis, chez les Han, les vierges passent pour une source de jouvence. Mais ce n'était pas ce qui intéressait mon fils. Pas du tout.

Les insectes dessinaient toujours un croquis de terreur sur son teint bistre :

– Il buvait leur sang. (Il planta ses yeux dans ceux de Marc comme pour braver son jugement.) Il les déflorait et buvait leur sang.

Marc songea au soupçon d'Alang : Reverdi en vampire. Il se rappela aussi les renseignements qu'il avait demandés à Élisabeth : le sang des règles, de la virginité. Non. Il n'y croyait pas. Wong-Fat continuait, emporté par son élan :

– J'ai découvert des choses plus immondes encore. Il demandait aux autres filles de lui garder les préservatifs usagés. Il exigeait qu'on lui pisse dessus. Qu'on ligature son sexe, pour qu'il ne puisse pas jouir. Il faisait subir aux gamines des choses que je n'oserai pas vous répéter. Je me suis rendu compte qu'il volait des scorpions, des serpents, pour ses séances. Des fillettes de dix ans. Il terrifiait tous les bordels de la frontière. Et c'est moi qui payais ça !

Nouveau silence. Le soleil devenait insupportable. Le marchand ne semblait pas s'en rendre compte.

– Quand je suis rentré à Tanah Rata, je l'ai empoigné. Les mots ne venaient pas. Je lui ai craché au visage. Il m'a souri et m'a dit : « Continue, j'adore. » Je me suis mis à le frapper. À le cogner de toutes mes forces.

Wong-Fat avala un sanglot, avec difficulté. Marc pressentait qu'il n'était pas fréquent de voir un Chinois pleurer.

– Je ne pouvais plus m'arrêter. J'ai frappé, frappé... Une haine incroyable se libérait. À croire que je l'avais toujours haï.

Il sourit tout à coup, admirant le paysage dévasté de sa vie :

– Quand j'ai réussi enfin à m'arrêter, il était couvert de sang. J'ai entendu quelque chose d'aigu, de ténu... Il pleurait. Mon petit garçon pleurait. Je me suis précipité. Toute ma haine m'avait quitté. Je l'ai pris dans mes bras et là, j'ai cru mourir : il riait. Il riait !

Wong-Fat s'arrêta, puis envoya un coup de pied dans une boîte de chicorée qui traînait là : le couvercle s'ouvrit et libéra de gros tricornes, qui s'envolèrent dans un ronflement d'hélicoptère.

– Ce salopard était recroquevillé sur sa propre jouissance. J'ai vu ses mains : il avait les deux poings serrés sur son entrejambe. Il se touchait pendant que je le tabassais.

Il fixa Marc de ses yeux noirs, aux contours jaunâtres :

– Je suis un homme simple, monsieur. J'ai toujours vécu avec les insectes. Tout ce que j'ai gagné, c'est grâce à eux. Comment je pourrais comprendre des déviations pareilles ? Je l'ai chassé. C'est un monstre.

Il y eut un long silence. Marc ne voyait toujours pas la raison de cette confession. Il s'aperçut qu'un phasme trottinait sur sa main. Il ne bougea pas, de peur d'interrompre les confidences :

– Et Reverdi ? Quel est le lien avec votre fils ? Ils se connaissent ?

– Mon fils est aujourd'hui avocat, à Kuala Lumpur.

– Et alors ?

– Mon fils est l'avocat de Jacques Reverdi. Il a été soi-disant commis d'office. Mais je sais qu'il a payé pour avoir l'affaire. Il est fasciné par ce tueur.

La révélation explosa dans son esprit. Comment n'avait-il pas fait le rapprochement ? Lui qui avait envoyé ses plis à « Jimmy Wong-Fat » ? Le vampire était le défenseur de Jacques Reverdi. Soudain, un malaise le saisit : Jimmy était le seul être humain, avec lui et Reverdi, à connaître l'existence d'Élisabeth. Cette fois, il secoua son bras, pour se débarrasser des insectes.

– Il est allé à Reverdi comme un disciple va à son maître, conclut le Chinois. Pour se perfectionner dans le domaine du mal. Je ne veux pas qu'on sache que moi aussi, je connaissais cet assassin. Cela pourrait aggraver les soupçons sur mon fils.

Marc sentit que le marchand avait terminé ses aveux. Sans lui révéler l'essentiel.

– Pouvez-vous au moins me dire ce qu'il vous achetait ?

Le négociant nia de la tête et ouvrit la grille :

– Non. Je veux oublier tout ça. Maintenant que je sais que Reverdi est un tueur, je devine ce qu'il fait aux filles.

– Quoi ?

L'homme cracha par terre :

– Laissez tomber. Ça dépasse l'entendement.

La vérité était là, toute proche, mais il savait déjà qu'il ne l'obtiendrait pas.

– Je vous en prie... Qu'est-ce qu'il vous achetait ? Répondez-moi. Sinon, je vais voir les flics, je...

– Allez voir qui vous voudrez. Je m'en fous. Au fond, je n'attends plus qu'une chose : qu'on pende Reverdi. Au plus vite. Avant qu'il n'ait fait de mon fils un tueur.

43

LA ROUTE prenait feu dans le crépuscule.

Marc roulait pied au plancher, ne se préoccupant plus de tenir ni sa gauche ni sa droite. Submergé par son sentiment de défaite. Reverdi lui avait bien indiqué la direction des Cameron Highlands. C'était là-bas qu'un secret était à découvrir. Mais il l'avait manqué. Il n'avait pas découvert les « Jalons d'Éternité ».

Un voyage pour rien.

Et des conséquences sans retour.

« Tu n'auras droit à aucune erreur », avait écrit Reverdi. Marc sentait brûler un goût d'amertume dans sa gorge. Il frappa son volant et se concentra sur la route.

Les forêts s'approfondissaient, la ligne de l'horizon flambait. Le paysage entier devenait une liqueur rose, lourde, languissante. Dans ce tableau, les voitures, flèches de métal surchauffé, filaient, vibraient, en images accélérées, saccadées. On était dimanche soir : un retour de week-end, version fulminante.

À la sortie de l'autoroute, aux environs d'Ipoh, sur la nationale qu'il avait déjà repérée à l'aller pour ses dangers, le chaos culminait. Alors que le paysage perdait toute précision, les voitures fonçaient sans prudence. Elles doublaient sur la droite, sur la gauche, au centre, mordant les bas-côtés, klaxonnant pour se frayer un passage qui n'existait pas – qui ne pouvait pas exister.

Cramponné au volant, Marc braquait en retour, évitant de justesse les collisions. Bientôt, la poussière ocre s'assombrit au point de devenir noire. La circulation se ralentit. Tout le monde dut rouler au pas. Des flaques d'huile sur la chaussée : un accident. Une fumée noirâtre laissant échapper, par convulsions, une vision de l'enfer.

Une voiture avait déboîté, sur la droite, et percuté un camion, qui fonçait en sens inverse. Elle brûlait maintenant, encastrée sous la calandre du semi-remorque. Impossible de ne pas imaginer le conducteur, tranché en deux. On ne voyait rien, mais le sang, les flammes, l'odeur faisaient foi. Comme tous les autres, parvenu au niveau de la scène, Marc plissa les yeux dans cette direction, redoutant ce qu'il pourrait voir...

Les secours n'étaient pas encore arrivés mais plusieurs automobilistes marchaient le long de la chaussée, cramponnés à leur téléphone portable. Marc avançait toujours. Il crut, avec soulagement, avoir dépassé la zone menaçante, quand il aperçut une forme sombre reposant dans l'herbe.

Un bras.

Un bras sectionné, projeté à plus de vingt mètres de l'impact.

Quelques conducteurs l'avaient remarqué, mais personne n'osait y toucher. Dans ce détail horrifique, Marc vit un présage. Il fallait qu'il abandonne l'enquête – dans le cas peu probable où l'enquête ne l'abandonnerait pas d'elle-même. Un danger planait. Il fallait qu'il stoppe cette machination. Qu'il rentre à Paris aussi vite que possible.

À cet instant, il saisit la raison de sa peur. L'idée, encore confuse, que Jacques Reverdi n'était pas seul. Que son avocat, le gros pervers, pouvait constituer un instrument de vengeance à l'extérieur de la prison. Que se passerait-il si le tueur découvrait la combine ? S'il lançait son « chien » à la poursuite de l'imposteur ?

Il accéléra sans se retourner.

Il retrouva sa chambre d'hôtel à vingt-deux heures.

Sans air ni fenêtre. Il brancha l'air conditionné à fond et vida ses poches dans le vacarme de la ventilation. Il avait encore dans la gorge l'odeur de chair grillée. Il se sentait sale, souillé, imprégné de mort et de poussière.

Il déposa sur le guéridon ses clés, les cartes de visite du Dr Norman, des marchands d'insectes qu'il avait rencontrés, puis une carte qu'il ne reconnut pas, écrite en idéogrammes chinois.

Il la retourna : le verso était rédigé en alphabet latin.

La carte de « Monsieur Raymond », qu'on lui avait donnée sur le trottoir du Hard-Rock Café. Marc lut la ligne sous les coordonnées téléphoniques : « Toutes les filles qu'il vous faut. »

Pourquoi pas ?

Pour effacer le goût de la mort, il avait besoin d'un traitement de choc.

Tout de suite, elle plut à Marc.

Petite, athlétique, elle évoquait une enfant gymnaste. Ses cuisses bombées, ses seins busqués soulevaient une fine robe de mousseline noire. Sa présence diffusait une énergie sensuelle, une force de désir, qui coupait le souffle, asséchait la gorge.

Mal à l'aise, elle s'assit dans l'unique fauteuil de la chambre et se planqua derrière sa mèche. Son visage cadrait avec le caractère fruste du corps : traits rudes, pommettes saillantes, yeux en chas d'aiguille. « La beauté d'un poignard », pensa Marc. Mais il fantasmait : c'était une simple frimousse de paysanne déguisée en pin-up.

– *Where do you come from ?*

– *Miam-Miam.*

– *I'm sorry. I didn't get the name. Where do you come from ?*

– *Miam-Miam.*

Il lui fallut un bon moment pour saisir qu'elle venait du Myanmar, nouveau nom de la Birmanie. Il paya d'avance et les malentendus redoublèrent. Il rêvait d'ôter lui-même sa robe ou, mieux encore, lui remonter doucement jusqu'en haut des cuisses. La Birmane se déshabilla en quelques gestes, comme dans un vestiaire de filles avant une compétition de natation.

Elle lui désigna la douche. Marc sourit, imaginant déjà ses caresses à travers la vapeur, sa longue chevelure lui frôlant le torse. La professionnelle se coiffa d'un bonnet de douche puis se mit en devoir de lui laver la verge comme elle aurait gratté la rouille sur une vieille grille.

Lorsqu'ils rejoignirent le lit, la gymnaste se plaça à califourchon sur son ventre, plaçant ses mains sur sa poitrine. Enfin, les massages... Marc ferma les yeux, attendant que les petites pincées de plaisir ponctuent son corps, puis que la langue vienne huiler ses muscles jusqu'à atteindre le sexe. Au lieu de cela, il eut droit à quelques coups de poing dans les côtes, puis, rouvrant les yeux, il l'aperçut qui farfouillait dans son sac. Elle en extirpa un préservatif dont elle déchira l'enveloppe d'un coup de dents, comme le sachet d'une seringue. Chaque geste était bref, précis, « pro ».

Marc avait espéré un Kama-Sutra torride.

Il subissait une visite médicale.

Quelques minutes plus tard, pourtant, la jouissance vint. Brève comme une boulette de riz avalée d'un trait. La jeune fille fit mine de dormir, afin d'éviter de parler en anglais, qu'elle ne connaissait pas.

Marc, sans faire de bruit, se releva et s'assit près du guéridon. Il installa près de lui la lampe de chevet et rabattit l'abat-jour vers le mur. Puis il ouvrit son ordinateur. Il ne pouvait plus attendre. Il devait écrire à Reverdi. Avouer son échec et trouver le moyen d'obtenir la clémence du tueur.

Ses velléités de rentrer à Paris avaient déjà disparu. Sa crainte de Jimmy également. Il n'y avait aucune raison qu'il soit découvert. Ou de craindre un fils à papa détraqué.

Il commença sa lettre, sans hésitation. Il n'avait qu'à écouter son cœur : sa déception, son amertume, sa rage à bien agir, qui s'étaient soldées par une impasse. Emporté par son propre style – c'est-à-dire celui d'Élisabeth –, il/elle supplia Reverdi de lui accorder une nouvelle chance.

Au bout d'une demi-heure, Marc se sentit mieux. Comme réconforté, dans la peau de cette jeune femme qui ne voulait pas être abandonnée. Même si chaque mot lui faisait mal, même si chaque syllabe le renvoyait à son échec, il savourait cette relation intime, cette liaison spirituelle, où il pouvait parler, à mots ouverts, de ce qui était sa seule préoccupation : le secret d'un assassin.

Il entendit la porte claquer.

Il vit la chambre, les murs aveugles, le lit défait. Miam-miam s'était envolée. Il était si absorbé par sa lettre qu'il ne l'avait même pas entendue se lever, s'habiller, saisir son sac...

Il mit encore quelques secondes pour saisir la sinistre vérité.

En cet instant, il préférait écrire à Jacques Reverdi plutôt que de refaire l'amour avec cette prostituée.

Il préférait être Élisabeth Bremen plutôt que Marc Dupeyrat.

44

L'AXE était un des restaurants les plus « tendance » de Paris. Khadidja en avait déjà entendu parler, et elle redoutait le pire. Mais au premier coup d'œil, elle apprécia l'architecture. Un grand espace blanc, épuré, où s'alignaient une rangée de compartiments ouverts. Sur le mur opposé, un comptoir étroit courait, accentuant encore les perspectives du lieu.

Ces lignes claires lui rappelaient l'un de ses vieux rêves. Elle espérait un jour pouvoir visiter une chapelle, située à Ibaraki, au Japon, dont elle avait vu des photos. L'architecte, Tadao Ando, avait creusé dans le mur du fond deux axes, vertical et horizontal, par lesquels le soleil pénétrait et dessinait une croix. Khadidja adorait cette idée : une croix de lumière pure. Lorsqu'elle aurait l'argent nécessaire, elle se l'était juré, elle irait au Japon, se recueillir dans cette chapelle. C'était son but secret.

En fait de chapelle, Vincent rota :

– Désolé. Petit SOS de mon organisme.

Il se hissa sur la pointe des pieds :

– Je sais pas ce qu'ils foutent, là, à nous faire attendre...

Ils se tenaient dans le vestibule, faiblement éclairé. Il régnait dans cette antichambre l'impatience ordinaire des restaurants branchés, où chacun attend, fébrile, sa table, craignant d'être mal placé ou, pire encore, refoulé. Khadidja se sentait insouciante au contraire. Elle aurait pu dîner n'importe où avec Vincent. Elle était seulement curieuse de savoir ce qu'il souhaitait « fêter » ce soir.

Ils furent placés à l'une des meilleures tables. Un compartiment de caillebotis, qui sentait bon la résine.

– Je te préviens, avertit Vincent en ôtant sa veste, ici, c'est frugal. Plutôt du genre « Anorexiques Anonymes ».

Khadidja l'appréciait de plus en plus. Gros, large et sans gêne, il paraissait prendre un vrai plaisir à emmerder tout le monde. Sa chemise était toujours maculée de taches. De larges auréoles décoraient ses aisselles. Et il diffusait une odeur qui ne devait rien aux fragrances raffinées vantées par les magazines. Dans le milieu de la mode, Vincent était un constant pavé dans la mare. Mais un pavé en pierre ponce, qui éclaboussait et refusait de couler.

Khadidja lut la carte avec soin, se régalant des associations de mots, de genres, et même de langues. Les noms d'épices croisaient ceux des salades paysannes. Les viandes les plus classiques se saupoudraient de sucre et de saveurs douces. Des poissons de la Baltique rencontraient des légumes tropicaux.

Elle-même appartenait à cette culture métissée. Elle n'avait jamais foutu les pieds au Maghreb mais elle agrémentait son look ordinaire – veste et jean – d'éléments ethniques, tendance Sahara. Lourds bijoux d'argent, tuniques moirées, parfum entêtant mêlant le jasmin et le musc... Elle s'était même teint les doigts au henné.

– T'as choisi ? demanda Vincent.

– Je n'y comprends pas grand-chose.

– Tu veux que je t'explique ?

– Non. Je m'en fous.

Vincent ricana :

– Plus snob que les snobs, hein ?

– Je garde mes distances, c'est tout. Je viens de Gennevilliers. Une cité qu'on appelait « La Banane ». Tu vois le genre. Je tente ma chance dans ce métier pour gagner ma vie. Pas pour changer de peau.

Vincent porta un toast – il avait déjà commandé un cocktail glacé, couronné de fines pépites de sel :

– À La Banane !

À cet instant, Khadidja nota un détail qu'elle n'avait jamais remarqué. Vincent portait une marque à l'annulaire de la main gauche.

– Tu as été marié ?

Machinalement, Vincent regarda ses doigts. Une ombre passa sur ses traits. Il hocha lentement la tête.

– Un mauvais souvenir ?

– Disons que je me suis brûlé à ce jeu-là.

Khadidja ne dit rien. Elle devinait que Vincent allait développer la confidence. Il ajouta, en effet :

– Pour moi, le mariage, ç'a été un genre d'incendie chimique.

Elle joua l'ironie, pour désamorcer la gravité qui s'installait :

– Original, comme métaphore.

– Pas une métaphore, une expérience... pratique. (Il ne quittait pas son ton sérieux.) Au fil des années, entre un homme et une femme, tout brûle, tout se consume. Je veux dire : ce qu'ils ont de meilleur. Un jour, ils se réveillent parmi les cendres.

– Mais pourquoi « incendie chimique » ?

– Parce qu'il reste entre eux les matériaux les plus durs, les pièces non inflammables. La haine. L'amertume. La rancœur. Et la peur. Quand j'étais reporter, j'ai couvert pas mal de catastrophes. Des crashes. Des explosions d'usines. Il reste toujours des carcasses noirâtres, des machins incorruptibles, qui refusent de cramer. Ce genre de tableaux me rappellent mon mariage.

Le garçon arriva. Ils commandèrent. Lorsqu'il eut disparu, Vincent regarda le fond de son verre. Il le faisait tourner en suivant ses reflets circulaires.

– J'ai compris au moins une chose, murmura-t-il. Les femmes portent l'amour en elles.

– Comme les hommes, non ?

– Non. Elles ont le feu sacré. Elles « croient » en l'amour, comme les intégristes croient en Dieu. Quelle que soit la fille que tu rencontres, quelle que soit son attitude, son insouciance apparente, son indépendance, elle conserve toujours en elle, parfois très profondément, ce feu sacré.

Elle frémit à ces évocations répétées du feu. À croire que Vincent faisait exprès d'user de cette image. Mais elle se sentait aussi en complicité. Il poursuivait :

– Comme ces bonnes femmes dans l'Antiquité qui veillaient sur un brasier qui ne devait jamais s'éteindre.

– Les vestales.

– C'est ça. (Il lui fit un clin d'œil.) Il faudrait plus de mannequins dans ton genre.

Le sommelier arriva, d'un pas de trique. Vincent lui prit la bouteille des mains et lui fit signe de décamper.

– Chaque femme est un temple, répéta-t-il, en remplissant leurs verres. Avec cette flamme à l'intérieur. Qui ne s'éteint jamais.

Khadidja était étonnée par la tournure de la conversation. Évoquer ces figures antiques avec le « roi du flou » : Paris recelait de sacrées surprises. Elle demanda, malgré elle :

– À l'époque, comment tu t'en es sorti ?

Il vida son verre d'un trait :

– Grâce à l'alcool. (Il gloussa pour lui-même.) Non, je déconne. Grâce à un pote, avec qui j'ai fait équipe pendant plusieurs années. On était paparazzis. Un tandem d'enfer.

Khadidja devinait la suite. Son cœur s'accéléra.

– Ton copain rouquin ?

– Lui-même. Marc Dupeyrat. Celui qui t'a tapé dans l'œil.

– Je le trouve plutôt... bizarre.

– C'est le moins qu'on puisse dire. Lui aussi a vécu une expérience singulière.

– Encore une affaire de « feu sacré » ?

– Bien pire que la mienne.

La gravité de Vincent s'accentua encore. Le dîner devenait carrément funèbre. Khadidja croisa ses bras sur la table et planta son regard dans l'œil de son interlocuteur :

– Tu en as trop dit ou pas assez, mon petit père...

Il tenta de rire et nia de la tête, secouant ses cheveux longs :

– Oublie tout ça : on est là pour faire la fête.

– On la fera après.

– Ça m'étonnerait qu'on ait encore la pêche.

– Je prends le risque.

Vincent renifla fortement, regarda si le serveur n'arrivait pas avec les plats – mais bien sûr, personne n'était en vue. Alors il dut attaquer :

– C'est arrivé avant que je le connaisse. En 1992. Il travaillait sur un sujet plutôt chaud, concernant la mafia sicilienne. Il devait passer plusieurs semaines là-bas. Il a demandé à sa fiancée de le rejoindre.

La gorge de Khadidja se serra :

– Comment elle s'appelait ?

– Sophie. Pour lui, ce trip en Sicile était une sorte de voyage de fiançailles. Il comptait l'épouser peu après.

Elle baissa la tête pour dissimuler son désarroi – chaque mot la blessait :

– Qu'est-ce qui s'est passé ?

– La fille a été assassinée.

Khadidja releva les yeux. Vincent souriait tristement, en remplissant de nouveau son verre. Il but une goulée et fit claquer sa langue :

– Ils s'étaient installés à Catane, une des grandes villes de Sicile. Un jour, en fin d'après-midi, alors que Marc revenait de visiter la prison des mineurs de Bicocca, il a découvert son corps dans la pension qu'ils habitaient.

Khadidja comprenait maintenant la raison de la personnalité étrange de Marc. Un traumatisme originel. Cela aurait pu créer un lien avec elle-même, mais non : cette histoire isolait Marc, totalement. Un veuf hermétique, fermé sur son chagrin.

– C'était un contrat de la mafia ?

– On n'a jamais su, mais ce n'était pas leur style. Plutôt l'œuvre d'un cinglé. Le genre « tueur en série ».

– Qu'est-ce qu'il lui a fait ?

– Je crois qu'on s'aventure sur un très mauvais terrain. Pas du tout le genre de sujet pour un dîner aux chandelles.

– Raconte-moi.

– Tu es certaine de vouloir les détails ?

– J'ai le cœur bien accroché, crois-moi.

Vincent se voûta sur son siège et scruta la bouteille de vin, dont les reflets noirs évoquaient maintenant une lampe magique. Il reprit d'une voix profonde :

– Marc n'a jamais voulu me donner les détails. Mais j'étais comme toi : je voulais en savoir plus. Alors, j'ai téléphoné à des collègues paparazzis italiens, qui possédaient eux-mêmes des contacts avec les carabiniers, en Sicile. En une semaine, j'ai eu toutes les informations. J'ai même récupéré le dossier complet de l'instruction. Tu sais, en Italie, les paparazzis sont...

– Qu'est-ce que tu as découvert ?

– Le pire. La pauvre fille est tombée sur un psychopathe.

Il s'arrêta, hésitant encore. Il empoigna la bouteille et remplit une fois de plus son verre. Après une gorgée, il reprit :

– D'abord, il l'a sérieusement cognée. Puis il l'a bâillonnée et attachée sur le lit de la chambre avec les cordes des rideaux. Il est parti dans la cuisine et a trouvé des gants en caoutchouc. Il a fouillé dans l'armoire et a piqué les baskets de Marc, en caoutchouc également. Ensuite, il a déniché une rallonge électrique, dont il a dénudé la prise femelle. Il a branché la prise mâle sur le secteur puis il a torturé sa victime. Il l'a pénétrée avec son câble de 220 volts. Il l'a sodomisée, toujours avec sa rallonge. Il lui a retiré son bâillon et l'a forcée à sucer les fils sous tension. D'après le rapport d'autopsie, ses gencives étaient complètement brûlées. Comme ses organes génitaux.

Vincent but encore un coup. Il était emporté malgré lui par ses confidences :

– Ce n'est pas tout. Le salopard a continué son carnage. À ce stade, elle devait être morte. J'espère en tout cas. Après les électrochocs, le tueur a trouvé dans la cuisine un couteau de pêcheur, avec une lame courbe, qu'on utilise pour trancher les filets emmêlés. Il lui a ouvert le ventre, du pubis jusqu'au larynx. Il a sorti les entrailles et les a répandues à travers la chambre.

Les plats arrivèrent. Beaucoup trop tard. Vincent continua de sa voix rauque :

– Quand Marc est rentré chez lui, il a découvert le spectacle. Les viscères figés sur le parquet. La bouche noire, gonflée en un rictus abominable. Les baskets, ses propres baskets, dans la mare coagulée.

Khadidja demeurait muette. Elle évoluait en cet instant dans un espace de non-être. Elle ne chutait pas : elle volait, légère, au-dessus des gouffres de néant. Enfin, au bout d'un siècle, elle entendit sa voix demander :

– Comment il a réagi ?

– Il n'a pas réagi. Il est tombé dans le coma. Pendant trois semaines. Quand il s'est réveillé, il ne se souvenait plus de rien. Il parlait de Sophie au présent. Pour qu'il accepte la réalité, cela a pris encore des mois. Il a été soigné dans une clinique spécialisée, à Paris. Le grand jeu. Mais il n'a jamais retrouvé la mémoire. Tout ce qu'il sait sur cette affaire, c'est ce qu'on lui a raconté.

– On lui a donné les détails ?

– Il s'est chargé de les trouver. Il est retourné en Sicile. Il a harcelé les flics italiens. Il a mené sa propre enquête. Sans résultat. À Catane, au pays de l'Omerta, il n'avait aucune chance. Alors il est devenu obsédé par la pulsion criminelle elle-même. Il a d'abord tenté d'étouffer cette obsession en s'agitant, comme moi, dans la presse people puis, des années plus tard, il s'est lancé dans les faits divers. C'était sa seule voie possible.

– Mais pourquoi ?

– Pour comprendre. Comment un homme avait pu faire ça à sa femme.

Khadidja ne parvenait plus à former la moindre pensée. C'était horrible : elle était jalouse d'une morte. Vincent se força à rire – le vin lui alourdissait la voix :

– Ne fais pas cette tête. À sa façon, Marc a trouvé son équilibre. (Il rit à nouveau.) Précaire, certes, mais il s'en sort tout seul, sans psy ni pilules. C'est déjà pas si mal. Même si à mon avis, sa thérapie est risquée.

Khadidja fut traversée par une autre interrogation :

– Où est-il en ce moment ? Il m'a parlé d'un voyage...

– À mon avis, il bricole quelque chose du côté de Jacques Reverdi.

– Reverdi ?

– Tu lis pas les journaux ? Le type qui a zigouillé une touriste, en Malaisie. Un ancien champion d'apnée. Il est en attente de son procès. Je suis presque sûr que Marc s'est mis dans la tête de récupérer ses confessions. C'est son rêve : pénétrer, rien qu'un instant, le cerveau d'un tueur.

Khadidja n'avait plus de questions. Elle était effondrée. Par pure contenance, elle attrapa sa serviette, et découvrit une enveloppe cachée dessous, sans doute glissée par Vincent.

– Qu'est-ce que c'est ?

– Une surprise. Ton premier contrat. Dommage qu'on ait foutu en l'air l'ambiance.

Khadidja y jeta un bref coup d'œil, puis sourit :

– Si c'est une blague, c'est pas drôle. Il y a marqué : « tarif quarante ».

Vincent leva de nouveau son verre :

– C'est ça qu'on était censés fêter ce soir, ma douce. Pour toi, la vie va devenir une vaste blague.

45

– VIENS. Y a urgence.

Éric l'attrapa par l'épaule. Le geste même impliquait une situation grave : jamais il n'aurait osé poser la main sur Reverdi, à moins de circonstances exceptionnelles. Jacques lâcha ses haltères et suivit le Français. Il était treize heures. La prison était écrasée par la chaleur.

Ils franchirent la cour en trottinant – le ciment brûlait sous leurs pieds nus. Autour d'eux, les ombres étaient si denses, si brèves, qu'elles semblaient plantées dans le sol. Ils reprirent leur souffle à l'abri du réfectoire, accroupis le long du mur.

– Où tu m'emmènes, là ?

Éric ne répondit pas. Les deux mains en appui sur les genoux, il désigna d'un signe de tête le bâtiment C. Encore cinquante mètres à parcourir sous le soleil.

Le diablotin reprit sa course. Reverdi l'imita, à contrecœur. Ils avançaient en levant haut les pieds, tentant d'effleurer seulement le sol. Quelques secondes plus tard, ils étaient de nouveau à l'ombre. Éric regardait plus loin encore – le terrain de football puis, au-delà, la lisière des marécages. La plaisanterie avait assez duré :

– Où on va ? rugit Reverdi. Merde !

Éric s'élança de nouveau, sans répondre. Jacques lui emboîta le pas, ravalant sa colère. Ils franchirent un portail cerné de fils barbelés, puis atteignirent le stade. Sur deux cents mètres, il n'y avait plus trace d'un seul abri, excepté les buts abandonnés, qui ressemblaient dans cette solitude à des potences.

Ils ne parvenaient plus à courir – la chaleur les broyait, transformait leurs membres en poudre fine. Mais ils marchaient toujours d'un pas rapide, haussant les talons, rappelant la démarche mécanique des athlètes de marathon. Un nain et un géant, portant le même tee-shirt blanc, le même pantalon de toile informe. « Un vrai duo de comiques », se dit Jacques, les dents serrées.

Finalement, cette course absurde le distrayait. Depuis deux jours, il ruminait l'échec d'Élisabeth. Il ne décolérait pas. Dans un geste de fureur, il avait même failli déchirer sa photographie. Comment avait-elle pu faillir ? Comment avait-elle pu se rendre aux Cameron Highlands sans y trouver l'indice ? Il s'était trompé : cette fille ne valait pas mieux que les autres.

Ils atteignirent l'extrémité du terrain puis dévalèrent une pente de ciment, chauffée à blanc. Éric prévint :

– On y est.

– Où ?

Il tendit le doigt. Reverdi distingua de grosses canalisations, au bout du terrain. Des toiles enchevêtrées étaient tendues le long du béton. Au-delà, c'étaient les barbelés inextricables. Puis, plus loin encore, les marécages...

– Le quartier des sidéens.

Reverdi sentit une coulée glacée dans son dos. On lui en avait déjà parlé. Une fois, des matons, gantés, masqués, avaient ramené à l'infirmerie un cadavre de cette zone. À Kanara, le sida était encore considéré comme une lèpre. Les gardiens n'osaient même pas frapper les séropositifs. Le directeur avait regroupé les « malades » dans un même bloc. Mais le jour, ils se retrouvaient ici. À la frange. Exclus parmi les exclus.

Ils s'approchèrent. Malgré lui, Reverdi éprouvait un mélange de curiosité et d'appréhension. Les malades en phase terminale ne passaient pas par l'infirmerie. Ils étaient directement transférés à l'Hôpital Central. Dans quel état étaient ceux-là ? Il imaginait des corps rachitiques, privés de défenses immunitaires, frappés par toutes sortes de maladies...

Il se trompait. Les habitants des lieux ressemblaient à des prisonniers standard : calcinés, hirsutes, vêtus de loques. Et en pleine forme. Certains jouaient aux cartes, d'autres s'agglutinaient près de braseros, au pied des tuyaux. Il régnait ici une animation débordante, insouciante.

À l'écart, un grand feu bouillonnait de fumée noire, autour duquel une dizaine de détenus s'agitaient, le visage enturbanné d'un tee-shirt. L'odeur était insoutenable.

– Ils fabriquent du meth.

Reverdi connaissait cette drogue. Une saloperie très facile à produire, avec des dissolvants, des produits amaigrissants, des liquides à déboucher les chiottes... Un vrai nectar. Cette production ne présentait qu'un seul problème : le risque d'explosion. Personne ne voulait manipuler une mixture aussi instable. Mais ici, la drogue avait trouvé ses artisans. Des mecs déjà condamnés qui ne craignaient pas de voler en éclats sur le ciment.

Éric se dirigea vers l'entrée des canalisations. Reverdi suivit. Le choc de l'ombre, après le soleil, lui fit l'effet d'un coup de marteau. Il dut s'arrêter : il ne voyait plus rien. Peu à peu, ses yeux s'habituèrent à l'obscurité. C'était une véritable avenue, cylindrique, peuplée comme un couloir de métro aux heures d'affluence. Des groupes étaient assis, collés à la sphère. Des tentes en haillons étaient installées. Éric s'avança, écartant les oripeaux. Des flammes vacillaient, dans une forte odeur de pétrole. Des hommes étaient accroupis, en posture animale. D'autres étaient allongés, grelottant sous des chiffons. Reverdi ne savait pas si ces gars avaient le sida, mais ils étaient tous en manque.

Il retrouvait les fantômes qui venaient mendier à l'infirmerie n'importe quel médicament, pour soulager leurs souffrances. Ils revenaient ensuite ici, dans ces tuyaux abandonnés. À trafiquer leurs pilules. À se faire des fixes d'eaux usées. À se contaminer les uns les autres avec des seringues usagées. Il ne se posait plus de questions sur les motivations d'Éric. Quelqu'un se planquait dans ce mouroir.

Ils enjambèrent des corps inertes. Jacques repérait des signes familiers. Veines boursouflées et dures ; membres bleuis d'hématomes ; visages crevés d'os. Il remarquait aussi des mains sans doigts, des pieds sans orteils. Un classique dans les prisons : les héroïnomanes, enfoncés dans leur trip, perdaient toute sensibilité. Pendant qu'ils planaient, les rats venaient leur dévorer les extrémités. Ils se réveillaient plus tard, rongés comme des jambons à l'os.

Reverdi réalisa qu'ils étaient parvenus dans une sorte de « salle de conseil ». Des hommes, immobiles, étaient assis en tailleur, autour d'un feu central, les yeux fixes. Seules leurs mâchoires s'activaient. Elles mastiquaient, inlassablement. Ces bouches semblaient possédées par un démon, alors que le reste du corps était mort.

– Le *dross*, souffla Éric. Le déchet de la pipe d'opium. C'est tellement dur qu'on peut plus le fumer. Alors, ils le mangent. Ils le mâchent jusqu'à pouvoir l'avaler et en tirer quelques effets...

Reverdi sentit une nouvelle vague de fureur le saisir.

– J'en ai plein le cul de ta visite guidée. Tu vas m'expliquer ce qu'on fout là !

Le bec-de-lièvre lui servit un sourire noyé de sueur. Une tête de poisson baignée de graisse :

– T'énerve pas. On est arrivés.

– Mais où, putain ?

Éric désigna le fond du tuyau, sur sa gauche. Une ombre grelottait, recroquevillée, les genoux ramenés contre le torse. Reverdi se pencha. C'était Hajjah, le fils à papa qui claquait l'argent de maman pendant que papa croyait lui infliger une « vie à la dure ». Il était méconnaissable. La peau sur les os. Le regard creusé. Il ne cessait de renifler.

Éric murmura :

– Il a voulu jouer au plus fin : traiter en direct avec les Chinois. En représailles, Raman a convoqué son père et lui a tout raconté. Le fric en douce. La dope. Tout. Le père a coupé, vraiment, les ponts. Hajjah a rien pris depuis cinq jours. Et il est couvert de dettes.

Reverdi se souvint que le môme, mû par un pressentiment, était déjà venu lui demander de l'aide.

– Tu peux me dire ce que j'en ai à foutre ?

– S'il paye pas, les Han vont lancer les Philippins sur lui...

Jacques tourna les talons sans répondre. Éric l'attrapa par son tee-shirt. Cette fois, Reverdi le plaqua contre la paroi voûtée.

– N'insiste pas, souffla-t-il, sinon...

– Y a que toi qui puisses faire quelque chose, implora le nain. Négocie avec les Chinois. Qu'ils lui accordent un délai... Son père va finir par raquer...

Il noua son poing pour lui faire définitivement avaler son bec-de-lièvre, mais à cet instant, il eut un flash qui le stoppa net. Sur le visage d'Éric, se superposaient les traits magnifiques d'Élisabeth. Ses pupilles noires, légèrement asymétriques. Son sourire pâle, à peine inscrit sur sa peau brune. Pourquoi se mentir ? Il l'aimait. Il en était fou : il ne pouvait pas l'abandonner.

Il baissa la main et relâcha Éric, qui glissa sur le mur incurvé. Il venait de prendre une décision. Il n'allait pas donner une chance à Hajjah, mais à sa bien-aimée. Il allait lui donner un nouvel indice. Si elle réussissait, alors il sauverait le môme...

– Ma réponse dans deux jours, dit-il en jetant un regard au gosse immobile.

46

LE VERT était la couleur de Kuala Lumpur.

Le gris était celle de Phnom Penh.

Les grandes avenues étaient bordées d'immeubles plats, à un seul étage, couleur de ciment. Les arbres, aux frondaisons si larges qu'elles se touchaient au-dessus de l'asphalte, étaient gris eux aussi. Sur la chaussée, des milliers de vélos, de mobylettes, de cyclo-pousse n'offraient pas plus de couleur. Et toutes les silhouettes qui les chevauchaient, masquées d'un sarong, flottaient sur leurs selles comme des drapeaux de cendre.

En débarquant à Phnom Penh, à 17 heures, Marc avait dû régler sa montre : une heure de moins qu'à Kuala Lumpur. En réalité, il avait régressé d'un siècle ou deux. Finies les grandes tours de verre, les galeries commerciales, la frénésie de consommation. Le rêve asiatique adoptait ici un profil beaucoup plus modeste – les frêles épaules khmères. Le développement économique balbutiait. On revenait ici dans l'Asie intime, ancestrale, foisonnante.

Dans son taxi, Marc exultait. Ce matin encore, il pensait que tout était fini. Reverdi ne donnait plus de nouvelles. Le contrat était rompu. Tout le lundi, il avait hésité sur la suite des opérations : retourner aux Cameron Highlands ? Continuer l'enquête en solitaire ? Rentrer à Paris et s'avouer vaincu ? Il ne parvenait pas à accepter sa défaite.

Le mardi après-midi, il avait capitulé. La mort dans l'âme, il avait appelé la compagnie Malaysian pour connaître les horaires des vols de retour puis il avait effectué une réservation.

Le lendemain, consultant sa boîte aux lettres pour vérifier sa réservation, il avait découvert un message de Reverdi.

Un e-mail hyper-sibyllin, mais qui signifiait que le contact était renoué. L'assassin avait simplement écrit :

« Cambodge. »

Marc avait bouclé son sac et filé à l'aéroport, en quête d'un avion pour Phnom Penh. Il avait réussi à embarquer à seize heures – un record de rapidité. Moins d'une heure plus tard, il atterrissait dans la capitale khmère. Durant le vol, il avait soupesé ce simple mot comme une pépite d'or. Reverdi lui donnait une nouvelle chance. Une nouvelle voie pour identifier les Jalons d'Éternité.

« Cambodge ».

Il le plaçait sur la piste d'un autre de ses meurtres.

Linda Kreutz.

Février 1997.

Angkor.

Les doigts serrés sur son sac, Marc s'enfonçait maintenant dans la ville morne. Il était déjà venu ici, une fois, en 1994, pour réaliser un reportage sur la famille royale. Il se souvenait du caractère atone de la ville. Le grand gris qui recouvrait tout. Pas seulement les murs, mais aussi les âmes. Vingt ans après, le Cambodge était toujours en état de choc, assourdi par le génocide des Khmers rouges. C'était un pays cerné par les fantômes, où on parlait à voix basse, où chacun survivait avec ses blessures, et ses morts.

Par la vitre du taxi, Marc surprenait pourtant une secrète effervescence. Les bâtiments n'avaient aucun caractère, mais les commerces regorgeaient de couleurs, de détails, d'écritures ourlées. Étoffes, paillettes, matériel hi-fi entreposés sur les trottoirs... Même feutrée, même assourdie, la vie était là. Elle débordait et, paradoxalement, semblait plus réelle qu'à Kuala Lumpur. À la différence de la capitale malaise, où tout était lisse, ordonné, climatisé, les matières et les hommes retrouvaient ici leur texture, leur relief, leur sensualité.

Dans le soir, les avenues viraient peu à peu au crème, au beige, au rose, accusant leurs trottoirs de latérite, leurs franges de terre piétinés par des pieds nus. Les bâtiments paraissaient s'évaporer en une nuée de poussière rouge, révélant leur chair de brique.

L'air se couvrait de pigments, se fragmentait en milliards de particules. Et, au bout des avenues, le soleil paraissait attirer à lui ces nuages pourpres, abandonnant à l'obscurité des silhouettes vides, des ombres mortes... Dans ce creuset rougeoyant, même les mobylettes, traits noirs enracinés au sol, semblaient s'envoler, rouler vers le ciel, montant à l'assaut des nuages.

Alors, le Palais Royal apparut.

Des toitures étincelantes, des ornements ciselés, des flèches miroitantes, entourés par de hauts murs aveugles, jaune safran. Ces bâtiments ressemblaient à une flottille d'or, aux mâts dressés, aux voiles gonflées, rentrant lentement au port, à l'intérieur de l'enceinte.

Marc était arrivé. Non pas qu'il comptât dormir au palais, mais dans l'hôtel situé juste en face. Le Renaksé, l'hôtel des Occidentaux, aussi décrépit que son voisin était clinquant. Marc avait séjourné ici lors de son premier voyage.

L'édifice possédait un vrai charme. Situé au fond d'un parc, abrité par de grands arbres secs, il s'ouvrait en deux galeries ajourées, aux carrelages crème et chocolat, qui donnaient accès aux chambres. Des grands fauteuils d'osier ponctuaient la terrasse centrale, incitant à la rêverie tropicale.

Le temps qu'il remplisse sa fiche, au comptoir, Marc aperçut, installés dans ces fauteuils, quelques spécimens d'Occidentaux qui cadraient bien avec le décor. Pas des touristes ordinaires ; plutôt des routards, des journalistes épuisés, ou encore des salariés d'ONG, nombreuses dans ce pays en reconstruction, qui paraissaient toujours débordés et inutiles.

Marc se glissa dans la galerie, redoutant de rencontrer une vieille connaissance ou d'avoir à entamer une conversation. Sa chambre était lugubre. Grande, vide, sombre, elle était seulement dotée d'un lit de bois noir, sous un ventilateur en panne. Les fenêtres, qui donnaient visiblement sur les cuisines, étaient obstruées par des volets verrouillés. La température devait s'élever ici à plus de trente-cinq degrés.

Il haussa les épaules : il ne comptait pas rester à Phnom Penh. Son enquête l'amènerait forcément sur les traces de Linda Kreutz, à Siem Reap, près des temples d'Angkor.

Son enquête...

Mais par quoi commencer ?

Il n'attendait plus de message. Il savait qu'Élisabeth était à l'épreuve : elle devait progresser seule. Toutefois, il brancha son ordinateur et se connecta à la ligne téléphonique.

Il avait reçu un nouveau signe. Reverdi avait simplement écrit :

« *Cherche la fresque.* »

47

MARC se réveilla à neuf heures du matin. Il jura : il venait de rater le vol pour Siem Reap. Il allait devoir passer une journée à Phnom Penh en attendant l'avion du soir. Comment s'occuper ? Cette nuit, il avait réfléchi à l'ordre de Reverdi : « Cherche la fresque. » Le jeu de piste reprenait de plus belle. Et il n'avait pas de doute sur le lieu où il devait chercher : les temples d'Angkor, qui comptaient des milliers de bas-reliefs et d'ornements. Cela promettait.

Après un petit déjeuner frugal, il décida de tirer profit de ces quelques heures dans la capitale et d'en revenir aux bonnes vieilles méthodes. Celles qu'un journaliste français utiliserait pour avancer dans son enquête. Après quelques coups de téléphone, il prit une « mobylette-taxi » et se rendit au principal journal francophone de la ville : *Cambodge Soir*.

Ses locaux se situaient dans une rue de terre battue, au cœur du centre-ville. Un immeuble gris, marqué d'humidité, agrémenté d'un écriteau bleu et blanc, dans le style des anciens panneaux de rues parisiens.

Après avoir demandé à voir le rédacteur en chef et donné sa carte de visite, il fit les cent pas dans le hall : une pièce sombre, de ciment nu, où étaient entreposées des mobylettes empestant l'essence. Au fond, sous un escalier, s'ouvrait une salle plus obscure encore, dont la seule fenêtre était bouchée par des paquets de journaux. Marc s'avança, intrigué par ce capharnaüm.

Une salle d'archives.

Durant sa carrière, il en avait vu de nombreuses mais celle-ci battait tous les records de désordre et d'abandon. Chaque mur était tapissé de casiers, d'où débordaient des liasses de papier sale. Des journaux si vieux, si détériorés, qu'ils rappelaient plutôt des lianes mortes qu'une mémoire imprimée. Le centre de l'espace était encombré par un tas d'ordinateurs cassés, mêlés à des fauteuils brisés, cul par-dessus tête, et à des livres tachés de cambouis.

Inexplicablement, cet espace sinistre lui rappela une autre salle d'archives, pourtant beaucoup plus propre, qu'il avait arpentée en Sicile. Après la mort de Sophie, il y était retourné pour y trouver des photos du corps – tel qu'il l'avait découvert mais dont il ne se souvenait plus. Il revoyait encore ces clichés : la bouche carbonisée, le ventre ouvert, les viscères sur le sol. Mais il les revoyait avec la netteté du papier glacé. Impossible de se souvenir du moindre détail... réel.

– Vous êtes là pour Reverdi ?

Marc se retourna. Une silhouette se découpait à contre-jour, dans l'encadrement de la porte. La question l'étonnait : le raccourci avec l'affaire de Papan lui paraissait un peu rapide.

– Je ne suis pas le premier ? hasarda-t-il.

– Ni le dernier, je le crains, dit l'homme en s'approchant. Son arrestation a réveillé les curiosités.

Il tendit sa main, au-dessus des ordinateurs fracassés :

– Rouvères. Rédacteur en chef.

La main avait à peu près la consistance des liasses qui les entouraient. Marc ne pensait pas qu'une telle caricature puisse encore exister. Rouvères était un parfait spécimen d'épave coloniale, comme on en trouve dans les romans d'aventures du siècle dernier. Il aurait pu être un planteur ruiné, un trafiquant d'objets d'art, ou un ancien officier d'Indochine...

Il n'était pas si âgé pourtant, mais les années d'alcool avaient compté double, voire triple. Un vieillard de cinquante ans, au cuir gris, au crâne clairsemé, sur lequel quelques cheveux planaient en brume vague. Marc nota qu'il avait la braguette ouverte, et que les boutons de sa chemise étaient attachés de travers. Un beau modèle de Français d'exportation.

Marc se présenta puis attaqua, le plus largement possible :

– Qu'est-ce que vous pouvez me dire sur cette affaire ?

– Beaucoup de choses, dit Rouvères avec un sourire de vanité. Je suis sans doute le meilleur spécialiste du dossier à Phnom Penh. Malheureusement, je ne peux pas passer ma vie à renseigner les visiteurs.

– Donc ?

Rouvères accentua son expression satisfaite :

– Je répondrai à trois questions. À vous de choisir. Comme dans les contes pour enfants. (Il dodelina de la tête, en détachant les syllabes.) Je serai le « bon génie » de la lampe.

Le bon génie avait de telles poches sous les yeux que Marc éprouva la soudaine envie de les percer avec une seringue, rien que pour voir quel élixir elles contenaient. Ce n'était pas difficile à deviner : whisky ou cognac...

Il se concentra pour trouver la bonne question, la plus efficace. Il demanda sur une impulsion :

– Je voudrais voir une photo.

– Une photo ?

– Un portrait de Linda Kreutz. Lorsqu'elle était vivante.

Sa demande était absurde – il avait déjà vu le visage de la victime et cela n'apporterait rien. Mais il avait envie de mieux la connaître.

– Aucun problème.

Rouvères enjamba les vieux PC et les sièges éventrés, comme un pêcheur muni de grandes bottes dans un marigot. Il réussit à atteindre le mur opposé où s'élevait une armoire métallique. Il l'ouvrit et révéla des étagères chargées d'enveloppes kraft.

Il feuilleta l'amoncellement puis en extirpa un cliché. Marc resta debout pour contempler le portrait. Il se souvenait de la première photographie, dénichée par Vincent, à moitié effacée et comme écrasée par les grains de l'imprimerie. Cette fois, il tenait un vrai tirage, net et en couleurs, de format 21 × 29,7.

Linda Kreutz posait avec un jeune moine drapé d'orange vif. Le même sourire les liait l'un à l'autre, comme un ruban soyeux autour de deux fleurs. Elle portait un large sarouel, des sandales de cuir, un débardeur blanc. Un look touchant de jeune baba cool.

Mais c'était son visage qui suscitait un vrai élan de tendresse.

Des traits pâles, laiteux, saupoudrés de taches de rousseur. Sa chevelure rousse vaporeuse mangeait sa figure et lui donnait l'air d'un petit animal caché, à la fois espiègle et craintif. Elle avait aussi, à cet instant, une expression épanouie, heureuse. Marc se prit à imaginer les rêves de cette jeune fille qui, à vingt-deux ans, avait claqué la porte de la maison familiale, à Hambourg. Elle était sans doute partie vers l'Asie en quête d'aventure, de mysticisme, mais aussi du grand amour...

Rouvères commenta de sa voix grasse :

– C'est une photo qu'on a retrouvée parmi ses affaires, dans son hôtel, à Siem Reap.

Tout à coup, Marc comprit que son expression radieuse était dirigée vers l'objectif. Vers celui qui avait pris la photo. En un frisson, il se dit que l'image avait peut-être été saisie par Reverdi lui-même, parmi les ruines d'Angkor.

– J'attends votre deuxième question, prévint Rouvères.

Marc devait choisir cette fois une question utile. Il songea à s'orienter vers sa propre énigme : les Jalons d'Éternité. Mais il se ravisa : ces termes constituaient son avantage, un atout personnel, même s'il ne parvenait pas à les déchiffrer. Pas question d'en parler avec un inconnu.

Il se rappela le dernier ordre de Reverdi : « Cherche la fresque. » Ce terme n'évoquait peut-être pas un véritable ornement, peint ou sculpté, mais plutôt le dessin des blessures. Le tueur lui soufflait de se pencher sur les plaies de Linda Kreutz, afin qu'il comprenne cette fois la signification des « jalons »... Avant même de mieux considérer cette hypothèse, il ordonna :

– Parlez-moi des blessures.

– Soyez plus précis dans votre question.

– Les blessures de Linda Kreutz. Étaient-elles symétriques ? Pouvait-on repérer une sorte de... dessin sur le corps ?

Rouvères parut réfléchir, toujours enfoui à mi-jambes parmi les ordinateurs fracassés et les sièges crevés.

– Le corps avait séjourné plusieurs jours dans le fleuve, dit-il enfin. Il était en très mauvais état.

– L'eau n'a pas pu effacer les blessures elles-mêmes.

– L'eau, non. Mais les anguilles, oui.

– Les anguilles ?

– Le corps de Linda était truffé d'anguilles d'eau douce. Elles s'étaient glissées à l'intérieur du ventre, en passant par la bouche, le sexe, mais aussi les plaies. Le corps, puisque vous tenez aux détails, était... éventré de l'intérieur. Dernière question ?

Encore une impasse. Il n'avait plus qu'une seule possibilité pour soutirer à l'ivrogne une révélation. Rouvères parut sentir l'embarras de Marc. Il fouilla dans ses liasses et attrapa plusieurs numéros de *Cambodge Soir* :

– Tenez, dit-il en tendant les journaux. C'est la série d'articles que j'ai consacrés au sujet. La découverte du corps. L'arrestation de Reverdi. Les faits convergents de l'enquête. Tout y est. Avant de griller votre dernière chance, lisez tout ça. Pourquoi ne pas revenir demain ?

Marc n'avait pas le temps. Il saisit les exemplaires et les regarda intensément, comme si un simple coup d'œil pouvait lui permettre d'en intégrer le contenu. Il lui vint une idée :

– Donnez-moi une réponse, ordonna-t-il.

– Qu'est-ce que vous voulez dire ?

– Une réponse de votre choix. Celle qui m'avancerait vraiment.

Rouvères eut un large sourire. Ses poches sous les yeux se ridèrent :

– Vous trichez, mon vieux.

– Faites comme si je vous avais posé la question.

Le rédacteur se cambra légèrement en arrière, comme pour mieux considérer la proposition. Après un long silence, il murmura :

– Le vrai mystère, dans cette affaire, c'est : pourquoi Reverdi a-t-il été libéré ? Les éléments du dossier démontraient sa culpabilité. Alors, pourquoi un non-lieu ?

Marc ne s'attendait pas à cette orientation juridique. Il se souvenait des explications de l'avocat allemand. L'incompétence des juges. Le procès bâclé. La situation politique. Il risqua :

– À cause du contexte cambodgien, non ?

– Oui. Mais pas seulement. Reverdi a été innocenté grâce à un témoignage.

– Vous voulez dire : un alibi ?

– Non, une caution morale. Une personnalité importante est venue plaider sa cause.

Il n'avait jamais entendu parler de ça :

– Qui ?

– Une princesse. Un membre de la famille royale.

– La princesse Vanasi ?

Le nom avait éclaté sur ses lèvres. De toutes les figures princières qu'il avait rencontrées, elle était celle qui l'avait le plus marqué. Une légende vivante. Rouvères eut un sourire admiratif. Marc expliqua :

– J'ai réalisé un reportage sur la famille royale, il y a quelques années.

Rouvères hocha la tête, agitant ses mèches filandreuses :

– Elle a connu Reverdi sur le site d'Angkor, lors d'une campagne de réhabilitation. Elle est venue témoigner. Elle a décrit un homme dévoué, cultivé, généreux. Ce portrait a inversé la tendance au tribunal. Cela équivalait à une amnistie royale. Allez la voir : son point de vue est plutôt... inattendu.

48

QUATORZE HEURES.

À l'ouverture des portes du Palais Royal, Marc paya son ticket pour la visite. La meilleure des couvertures : la peau du touriste anonyme. Il avait même acheté un sac, une sorte de gibecière, pour accentuer son apparence inoffensive.

Il n'avait pas le choix. Il avait omis de signaler un détail à Rouvères : il était grillé auprès de la famille royale. Comme toujours, lors de la publication de son reportage, il n'avait pas tenu ses promesses de discrétion. Son nom risquait de traîner sur la liste noire du service du protocole. Il avait donc imaginé un plan audacieux pour rencontrer la princesse, qui vivait dans la partie privée du palais.

Marc suivit la troupe, au fil d'une étroite allée à ciel ouvert, jusqu'à la grande ouverture de l'enceinte royale : une esplanade immense, tapissée de pelouses, ponctuée de temples et de pavillons dorés, dont le soleil paraissait saupoudrer les toits d'un pollen de lumière.

Il dépassa les autres touristes, qui s'arrêtaient devant chaque pagode, et rejoignit une galerie ajourée.

À l'abri du soleil, il se rapprocha des tours du pavillon Chanchaya, où il avait l'espoir de surprendre la princesse. Un mur d'enceinte cloisonnait cette partie. Il chercha un passage, une ouverture, suivant toujours la galerie.

Il aperçut une double porte de bois entrouverte, barrée d'une chaîne : deux soldats montaient la garde. Marc s'abrita à l'ombre d'une colonne et s'arma de patience. Il était certain qu'un relâchement dans la surveillance se présenterait.

S'asseyant contre le pilier, il fit mine de lire son guide. Il laissa aller ses pensées. Il ne voulait plus cogiter sur l'enquête : trop de questions, pas assez de réponses. Il ne savait même pas pourquoi il tentait de rencontrer la princesse Vanasi. Par simple plaisir, peut-être.

Il ferma les yeux et se remémora le personnage.

Sa première rencontre avait été un moment inoubliable.

Vanasi avait été élevée par sa grand-tante, la reine Sisowath Kossomak, responsable de la troupe de « danse céleste ». Grandissant auprès du pavillon Chanchaya, où s'entraînaient les danseuses, la petite fille s'était passionnée pour cette discipline et avait montré des dons uniques. À seize ans, elle était devenue à son tour la première danseuse du ballet. Beaucoup plus qu'une artiste : une figure divine, qui jouait le rôle d'intercesseur entre la famille royale et les dieux. À cette époque, on la surnommait Apsara, du nom de la principale divinité de la cosmogonie khmère.

Puis le premier coup d'État était survenu, en 1970, la contraignant à l'exil. D'abord en Chine, ensuite en Corée du Nord, pendant que les Khmers rouges prenaient le pouvoir et massacraient la moitié de la population de son pays. Des années plus tard, elle était revenue à la frontière de la Thaïlande, dans les camps de réfugiés, pour enseigner la danse auprès de son peuple. Dans les années quatre-vingt-dix, sa famille avait pu rentrer à Phnom Penh. C'était alors qu'elle avait connu Reverdi.

Le nom du tueur interrompit ses souvenirs. Machinalement, il tendit le regard vers le portail. Une heure était passée. Les deux gardes n'étaient plus là. Attrapant son sac, il bondit et pénétra dans les jardins interdits.

Le nouveau parvis était couvert de buissons fleuris. Le léger chuintement des arroseurs remplaçait le murmure des touristes. Le pavillon Chanchaya n'était qu'à cinquante mètres.

Il se dirigea vers le gigantesque auvent de pierre, surplombé de flèches et de cornes d'or. Montant les marches, il éprouva le même choc que la première fois. L'espace, ouvert au vent et au soleil, était absolument vide : une simple surface de marbre, striée par l'ombre oblique des fines colonnes, abritée par un plafond peint, représentant les dieux et les démons de la danse khmère. On percevait, au-delà de la terrasse, la rumeur du trafic qui courait en contrebas, sur le boulevard Charles-de-Gaulle.

Marc avança. Au fond, un autel supportait un grand bouddha, troublé par la fumée des bâtons d'encens. Une odeur de cuivre, alliée aux senteurs âcres du bois de santal, planait dans la lumière pigmentée. Il s'approcha encore : au pied de la statue, les coiffes métalliques des danseuses reposaient sur des trépieds. Tout semblait baigner dans la miséricorde mordorée du bouddha.

Un bruissement retentit sur sa droite.

Elle était là, accoudée à la balustrade, le regard tourné vers la circulation.

Frêle, minuscule, drapée dans une longue étoffe bleue. Marc se souvenait que le bleu était une teinte royale. La princesse était la seule personne à pouvoir porter cette couleur dans l'enceinte du palais. Mais ce qui frappait, c'était la texture du tissu – une soie dure, lamée d'or, dont chaque pli cassait, diffusant un éclat rare, presque réticent.

Marc toussa. Elle jeta un regard par-dessus son épaule et ne manifesta aucune suprise.

– Votre Altesse, dit-il en français, esquissant une révérence ridicule. Je me suis permis de... Enfin, je ne sais pas si vous vous souvenez de moi... Je suis journaliste. Je m'appelle...

– Je me souviens de vous.

Elle se tourna complètement et s'appuya contre la rambarde, les deux mains croisées dans le dos.

– Vous nous aviez promis un long article dans le *Figaro Magazine*. Nous nous sommes retrouvés dans *Voici*, avec la liste des dépenses journalières de notre famille. L'article s'intitulait : « Vie de château au Cambodge. »

Elle parlait un français parfait, sans le moindre accent. Marc s'inclina de nouveau :

– Il ne faut pas m'en vouloir. Je...

– J'ai l'air de vous en vouloir ? Pourquoi êtes-vous revenu ? Un autre article sur ma vie privée ?

Marc ne répondit pas. Vanasi était la même que dans son souvenir. Des traits d'écorce, impassibles. Des yeux très noirs, à peine bridés. Son expression était grave, lointaine. Mais ses prunelles sombres étaient aussi traversées par un éclair – une ligne de foudre entre les nuages. Quelque chose d'exalté qui paraissait soulever légèrement ses sourcils.

– J'enquête sur Jacques Reverdi, dit-il en devinant qu'il devait aller droit au but. Vous avez témoigné en sa faveur au procès.

Elle confirma de la tête. Elle paraissait de moins en moins surprise. Il enchaîna :

– Je reviens de Malaisie, où il est emprisonné pour le meurtre d'une jeune femme. Sa culpabilité ne fait aucun doute. Et je crois qu'elle ne faisait pas de doute non plus ici, au Cambodge.

Elle conserva le silence, regardant distraitement les jardins, derrière Marc. Il tenta de la provoquer :

– S'il n'avait pas été libéré en 1997, une femme serait encore vivante, en Malaisie.

Elle finit par esquisser quelques pas, le long du balcon. Sa robe descendait jusqu'à ses pieds. Elle paraissait glisser sur le marbre.

– Vous vous souvenez de mon histoire, n'est-ce pas ?

La question n'appelait aucune réponse.

– J'ai tout eu puis tout perdu... (Elle ébaucha un sourire, sa main caressait la balustrade.) En un sens, cela faisait bonne mesure. J'ai été princesse, danseuse étoile, créature divine. J'ai connu les fastes royaux, la vie de star. Puis j'ai subi l'exil. La tristesse de Pékin. L'hallucinant régime de la Corée du Nord, où mon oncle tournait ses films.

Marc se souvenait de ce détail inouï. En dehors du pouvoir politique, le prince Sihanouk n'avait qu'une seule autre passion : le cinéma. Il tournait des films, des mélodrames romantiques, il enrôlait de force ministres, généraux, ainsi que les ambassadeurs occidentaux pour camper les « étrangers ». Vanasi continuait :

– J'ai découvert la folie meurtrière. Le génocide des Khmers rouges. Je n'étais pas là pour le voir, mais je savais ce qui se passait ici. L'exode. La famine. Les travaux forcés. Les nourrissons tués à la baïonnette, les hommes et les femmes massacrés à coups de bâton, abandonnés dans les marécages. En 1979, je suis retournée dans les camps, à la frontière thaïe. Je voulais être près de mon peuple.

On a raconté que j'étais revenue pour enseigner la danse, réveiller les mentalités, sauver notre culture. C'est faux : j'étais revenue, simplement, pour mourir avec les miens. Nous étions près d'un million, perdus dans la jungle, sans soins ni nourriture. Qui se souciait à ce moment de la danse khmère ?

C'est seulement plus tard, dans les années quatre-vingt-dix, que je suis revenue au Cambodge et que je me suis concentrée sur la sauvegarde de notre culture, notamment à Angkor. Jacques Reverdi travaillait avec les démineurs.

Elle s'arrêta puis prononça d'un ton rêveur :

– Durant des soirées entières, il me parlait de l'apnée. De ses plongées en mer profonde, de la mémoire des coraux, de l'intelligence des mammifères marins. Il était aussi passionné par l'architecture des temples. C'était un être... rare.

Marc songeait aux blessures ordonnées de Pernille Mosensen. Aux anguilles qui s'étaient glissées dans les plaies de Linda Kreutz. Comment cette femme pouvait-elle s'aveugler à ce point ?

Elle ajouta d'une voix sèche :

– Il a suffi que je vienne raconter cela au procès pour faire tomber les accusations. Il n'y a rien de plus à dire.

– C'est surtout votre présence, je crois, qui a pesé dans la balance. Le fait que vous vous déplaciez, en personne, pour prendre sa défense.

– Non. Les charges ne tenaient pas. Il n'y avait pas de preuves directes. On ne peut condamner un homme tant qu'il subsiste le moindre doute.

– Et maintenant, qu'en pensez-vous ?

Elle tendit son regard vers le boulevard. Le brouhaha de la ville montait dans la lumière.

– Je ne peux imaginer que ce soit lui.

– Votre Altesse, c'est un flagrant délit. Il a été surpris à Papan près du corps.

– Alors, il n'était pas seul.

Marc tressaillit :

– Quoi ?

– Il y a un autre homme.

Le souffle coupé, Marc s'appuya contre une colonne. Elle s'approcha, haussant la voix :

– Quelqu'un lui dicte ses actes. Ou agit à sa place. Une âme damnée qui possède une emprise totale sur lui. Personne ne peut m'ôter cette idée de la tête. Jacques Reverdi ne peut être le seul coupable.

Marc était sidéré. Sous son crâne, la blancheur du soleil se transformait en éclair bleuté, révélant soudain des gouffres jusqu'ici plongés dans l'obscurité. Il se souvint que Reverdi avait toujours préféré parler de l'assassin à la troisième personne. Et si ce « Il » existait vraiment ?

Il songea de nouveau au grand absent de l'histoire : le père de Jacques. Et s'il vivait encore ? S'il était un assassin, comme le supposait le Dr Norman, mais dans la réalité, et non dans l'imaginaire de l'apnéiste ?

Marc balaya ces hypothèses. Il fallait qu'il s'en tienne à ses pistes – et aux messages de Reverdi lui-même.

Vanasi se dirigeait vers les jardins. Marc courut pour la rattraper.

– Votre Altesse... une dernière question.

– Quoi ?

– Savez-vous pourquoi Reverdi s'intéresse aux papillons ?

Elle s'arrêta net :

– Les papillons ? Qui vous a dit cela ?

– Eh bien, je... Il me semblait qu'en forêt, il...

– Les papillons ? Jamais de la vie. Jacques était passionné par les abeilles.

– Les... abeilles ?

– Les abeilles et le miel. Un miel très rare, surtout. Je ne me souviens plus du nom.

Marc fut frappé par plusieurs images. Les Aborigènes, accroupis au bord de la route, présentant leur miel dans des bouteilles de Coca-Cola. La terrasse de Wong-Fat, où des flacons abritaient le liquide mordoré. La vérité était sous ses yeux et il n'avait pas su la voir.

« Les Jalons qui Volent et Foisonnent. »

« Cherche du côté du ciel. »

Les abeilles.

Le miel.

Il demanda, la gorge sèche :

– Où achetait-il ce miel ? Je veux dire : ici, au Cambodge ?

– Je ne suis pas sûre... À Angkor, je crois. Il y a là-bas un apiculteur célèbre. On le surnomme « le maître d'or ».

Les points se reliaient comme une figure géométrique parfaite.

Le miel.

Angkor.

Linda Kreutz.

Marc salua précipitamment la princesse et partit au pas de course, serrant sa gibecière contre lui. Un bref instant, il fut tenté de passer au-dessus de la balustrade et d'atterrir directement sur le boulevard.

49

VOL DOMESTIQUE, direction Siem Reap.

En complète surchauffe.

Quarante minutes dans les airs, les yeux rivés sur son bloc, à écrire ses conclusions. Ou plutôt ses hypothèses.

Le tueur était passionné par le miel. Or, le sang de Pernille Mosensen était anormalement sucré. Il y avait fort à parier que Reverdi faisait ingérer à ses victimes des quantités importantes de miel. Pourquoi ? Il n'aurait su le dire, mais il pressentait que cette substance jouait un rôle purificateur dans la cérémonie.

Lointainement, planaient encore dans sa tête les paroles de Vanasi sur la « rareté » de Reverdi. Son discours panthéiste. Le miel appartenait à cet univers. Il nota : « Ne boit pas le sang de ses victimes. Leur donne du miel pour les purifier, les rapprocher de la nature. Le sang sucré enveloppe la victime comme le liquide amniotique protège le fœtus. » L'apnéiste se profilait de plus en plus comme un « tueur écologiste ».

Écologiste.

Et mystique.

Marc captait, dans la nature même du miel, une proximité, une parenté avec une certaine poésie religieuse, très ancienne, qu'il connaissait bien pour l'avoir étudiée durant sa maîtrise. Une poésie qui pouvait revêtir un double sens érotique. Le grand exemple, c'était le Cantique des Cantiques. Marc griffonna, dans un coin de sa page, une citation de l'œuvre :

« Vos lèvres, ô mon épouse,
sont comme un rayon qui distille le miel. »

Il connaissait par cœur ce texte biblique, qui ne cessait de recourir aux métaphores liquides : le sang, le vin, le lait, le miel... Et aussi aux parfums issus de la nature : myrrhe, lis, encens... Reverdi, de la même façon, célébrait son union avec sa victime grâce à des éléments essentiels, primordiaux.

C'était un acte d'amour.

Une cérémonie à la fois cosmique et érotique.

Marc écrivait d'une main tremblante. « Se renseigner aussi sur les processus physiologiques liés au miel. » Quelle quantité fallait-il ingurgiter pour que le sang atteigne le taux de glucose de celui de Pernille Mosensen ? Combien de temps prenait sa digestion ? Reverdi retenait-il ses victimes prisonnières durant des jours ? Ou seulement quelques heures ?

Il lui restait surtout à découvrir pourquoi Reverdi associait les termes de « jalons » et d'« éternité ». Quel lien les abeilles possédaient-elles avec l'infini ?

Une chose était sûre : ces mots dissimulaient un acte de cruauté. Le miel donnait naissance à une torture spécifique. Wong-Fat, le marchand d'insectes, avait dit : « Maintenant que je sais que Reverdi est un tueur, je devine ce qu'il fait aux filles. » Or, le Chinois ignorait le détail du sang sucré, non publié par la presse. Il avait pourtant compris la fonction du miel dans le sacrifice. Pourquoi ?

Le contact du train d'atterrissage sur le tarmac s'infiltra dans ses os comme un rayon de mort.

Siem Reap était la suite logique de Phnom Penh.

Du moins d'après ce qu'il pouvait en voir, en pleine nuit. Grands arbres aux frondaisons lasses ; poussière grise qui, dans la lumière des phares, prenait une teinte argentée ; bâtiments plats, compacts et austères.

Dans le centre de la ville, il s'arrêta dans le premier hôtel venu. Le Golden Angkor Hotel. Quinze dollars la nuit. Petit déjeuner compris. Air climatisé. Et une propreté sans faille.

Quand Marc pénétra dans sa chambre, il apprécia les murs clairs, le lino impeccable, l'odeur javellisée. Il songea à une galerie d'art contemporain. Avec l'énorme ventilateur au plafond en guise de sculpture exposée.

Un espace pur.

Un espace de réflexion.

Tout ce qu'il lui fallait.

Il reprit le fil de ses pensées, étendu sur le lit. Les questions continuaient à tourner, inlassablement, sous son crâne. Mais d'abord, devait-il écrire un e-mail à Reverdi ? Non. Mieux valait attendre Angkor et la rencontre avec l'apiculteur. Alors seulement, Élisabeth démontrerait qu'elle avait su exploiter sa deuxième chance.

Il éteignit la lumière. D'autres idées venaient le tarauder. Comme cette théorie du deuxième homme. Vanasi avait réussi à instiller le doute dans son esprit. Marc ne pouvait exclure l'idée d'un complice.

De nouveau, l'énigme du père vint se poser. Était-il possible qu'il existe, quelque part, un père criminel, qui ait influencé, voire formé, ou même aidé, Reverdi dans ses turpitudes ? La danseuse royale avait dit : « Il n'est pas le seul coupable. » Et le Dr Alang lui avait soufflé, à propos de la cassette vidéo : « Il parle du meurtre comme s'il en avait été le témoin, et non l'auteur. » Marc entendait encore la petite voix de Reverdi devenu enfant : « Cache-toi vite, papa arrive... »

Marc secoua énergiquement la tête. Non. Impossible. Il devait abandonner cette théorie absurde. Il s'était déjà pris une suée en imaginant l'avocat détraqué, le dénommé « Jimmy », devenir le bras armé de Jacques. Il n'allait pas maintenant inventer un père diabolique, qui pourrait être sur ses traces...

Il remisa tous ses délires dans un coin de sa tête et ferma les yeux sur cette pensée rassurante :

Jacques Reverdi était seul.

Et lui était deux, avec Élisabeth.

50

LE LENDEMAIN matin, Marc loua un scooter : les ruines d'Angkor étaient situées à cinq kilomètres. Il traversa Siem Reap, vaste ville de province qui ne possédait pas de traits particuliers, puis atteignit un barrage à péage qui marquait l'entrée du site archéologique.

Avant d'entrer, Marc s'offrit un petit déjeuner asiatique : un grand bol de nouilles tièdes, saupoudrées de pièces de bœuf et de lamelles de carottes froides. Revigoré, il paya sa dîme aux gardiens ensommeillés. Au passage, il se renseigna sur l'apiculteur. Les hommes hochèrent la tête, pouce en l'air : « *Honey very good...* »

Marc reprit la route. Elle était absolument droite, à travers la brousse grise. Sans ramification ni tournant : juste une piste bitumée, taillée dans la forêt, pour vous emmener « là-bas ».

Il croisa quelques paysans à vélo, enfouis sous des bottes de palmes ; des cahutes où on vendait l'essence dans des bouteilles de whisky ; des éléphants se préparant à une rude journée de promenades touristiques. Il contemplait surtout les grands arbres argentés, dont il avait lu, encore une fois, les noms dans son guide : banians, fromagers, bananiers...

Un virage le surprit. Plutôt un angle droit, qui se brisait contre un fleuve immobile, nappé de nénuphars. Marc s'arrêta, et scruta les eaux stagnantes. Pas de panneau. Aucun passant. Il sentit, pure intuition, que quelque chose se profilait sur la gauche, derrière la ligne des arbres, après le premier méandre du fleuve.

Il passa une vitesse et prit cette direction. La route s'asséchait, s'empoussiérait. Des petites feuilles venaient racler le sol. La vibration du moteur se mêlait à leurs frottements sur l'asphalte. Marc ne cessait de lancer des regards vers la rive d'en face, sentant qu'une présence allait jaillir.

Alors, tout à coup, il vit, coiffant la surface des nénuphars et la frange verdoyante des feuillages, les tours légendaires d'Angkor Vat. Cinq épis de maïs, aux contours ciselés, disposés en éventail, qui étaient devenus, dans la mémoire collective, le symbole absolu des temples nés dans la jungle.

D'abord, Marc n'y crut pas. Comme toujours, face à un tableau trop célèbre, il ne trouvait pas ses repères. Il ne reconnaissait pas l'image qu'il avait en tête. Tout cela sonnait faux. Désaccordé. Puis, presque aussitôt, le sentiment contraire le saisit : une familiarité naturelle s'épanouit dans sa conscience. Comme s'il avait toujours vécu auprès de ces édifices.

Il ne s'arrêta pas. D'après son plan, le chemin était encore long pour atteindre le Bayon, autre temple majeur, près duquel l'apiculteur entretenait ses ruches. Il suivit la piste, toujours droite, toujours nue, au fil du fleuve.

Au bout de dix minutes, un portail monumental apparut, au bout d'un pont de pierre, cerné de guerriers et de dragons. Une lourde ogive, construite de blocs vert-de-gris, surmontée d'un immense visage placide, dont la sagesse et la douceur semblaient sortir de ses lèvres souriantes, à la manière d'une buée vaporeuse.

De l'autre côté, ce n'était pas la ville, mais encore la forêt. Marc roulait toujours. Les dimensions du site étaient vertigineuses. La jungle, haute, aérée, semblait ne plus finir. Cheveux au vent, respirant l'air ensoleillé, Marc savourait le paysage. Il admirait les hauts fûts cendrés, les frondaisons immenses, qui s'ouvraient devant lui comme des mains, en signe d'accueil.

Bientôt, au bout de la route, les arbres parurent s'immobiliser. Marc crut à un effet de la lumière. Mais non : à mesure qu'il approchait, les cimes refusaient de s'éloigner ; les feuilles ne bougeaient plus. Elles dessinaient maintenant des traits, des courbes, des ornements. De la pierre. Le premier temple, taillé à même la forêt, était en vue. Des tours et des terrasses se creusaient au fond des frondaisons. Marc révisa encore son impression. Des visages. Des visages à fleur de jungle... Chaque trait de latérite, chaque bloc de grès révélait un front, un regard, un sourire. Le temple venait à lui comme une procession de dieux, calme et lente.

Il était arrivé. Le Bayon, surnommé la « forêt des visages ». Marc en fit le tour. Sur le troisième côté, il repéra, en haut des marches, un mur sculpté. Il stoppa son scooter et s'approcha, enjambant les centaines de blocs écroulés, épars sur le sol.

Cette façade était d'une complexité extraordinaire : plusieurs terrasses s'étageaient, supportant chaque fois des dizaines de visages, variant les expressions, les regards, les couronnes. Dans les niches, des danseuses apparaissaient, des guerriers se découpaient. Tout était taillé, travaillé, ciselé.

Marc, portant toujours sa gibecière de touriste, songeait aux artistes qui avaient sculpté ces merveilles. Il avait l'impression de pénétrer dans leur cerveau. Comme si chaque détail, chaque encoignure révélait un aspect de leur conscience, de leur exigence, de leurs obsessions. Cette réflexion lui rappela Reverdi et son empire nocturne.

« Cherche la fresque. »

Voilà le lieu qu'il désignait. Il s'agissait de ces bas-reliefs en marche, dont les soldats « regardaient » le domaine de l'apiculteur.

Oui, il en était sûr, le miel n'était plus loin.

51

MARC découvrit la ferme, à cinquante mètres, dans l'axe du bas-relief, derrière un groupe de hauts fromagers. Deux bâtiments sales, disposés en forme de L, dont les toits étaient couverts de feuilles mortes. Un panneau annonçait fièrement : LABORATOIRE DE FORÊT. Sur la gauche, des dizaines de boîtes de bois surélevées : les ruches. Tout autour, bourdonnaient des nuages d'abeilles.

Des gamins, aux allures de chats sauvages, dansaient, tournaient, s'agitaient entre les rangées, rivalisant de rapidité avec les insectes. Marc aperçut, au milieu de la horde, une silhouette qui n'était pas plus haute que les autres, mais qui semblait beaucoup plus âgée. Le « maître d'or ». À le voir, le surnom paraissait exagéré. Un squelette rabougri, la tête enveloppée d'un sarong usé, rougi de latérite. Par-dessus, il portait un chapeau de paille, qui maintenait devant sa figure un lambeau de filet de ping-pong vert.

L'homme s'avança vers Marc, écartant son voile sur un visage cuit et raviné. Les enfants l'accompagnaient. L'un portait des croquenots sans lacets, un autre était enroulé dans une veste de faux tweed, bouclée avec une ficelle, un autre encore était vêtu d'un imper sur son torse nu. Ils portaient tous le même filet vert devant les yeux. *Los Olvidados*, version asiatique. Parvenus près de Marc, ils soulevèrent en un seul mouvement leur visière et révélèrent le même regard de malice.

Marc se présenta, en langue anglaise. L'apiculteur dut percevoir son accent et répondit en français. Un français de la vieille école.

– Je suis enchanté, monsieur... Je m'appelle Som.

Son visage, en forme de pomme de pin, brillait d'un reflet narquois. Les mômes autour de lui ne cessaient de piailler, de le bousculer. Il éclata de rire – la moitié de ses dents étaient en or.

– Et voici fils et petits-fils. Passé un certain âge, vivre sans enfants, c'est devenir tout sec. Il y a beaucoup de tristesse à vivre que pour soi-même. Vous trouvez pas ?

Marc acquiesça sans conviction. Les derniers gamins qu'il avait vraiment approchés reposaient dans des tiroirs d'acier inoxydable, au fond d'une morgue. Meurtres. Pédophilie. Inceste. La sarabande habituelle.

Pour éviter toute question sur sa propre famille, il parla aussitôt de la mort de Linda Kreutz – il ne cessait d'agiter les bras pour chasser les abeilles. La scène lui rappelait les Cameron Highlands : il tournait dans le même cercle.

– Cette jeune femme..., grimaça l'apiculteur. Vraiment, c'est bien triste. Mais que de bruit autour d'elle ! Savez-vous combien d'assassins sont encore en liberté au Cambodge ?

Marc prit une mine de circonstance. Il s'attendait à l'incontournable lamentation sur le génocide khmer mais il se trompait : Som n'était pas un rabat-joie. Il ôta ses gants et demanda :

– Vous venez interroger moi sur Jacques Reverdi ?

Son français présentait quelques lacunes, mais pas son esprit. Marc fit « oui » de la tête, remarquant que les mains du vieux, tachées de latérite, offraient toute la gamme des rouges et des bruns – de l'ocre à l'orange, en passant par différents carmins. Les abeilles et les enfants avaient disparu. Les oiseaux s'en donnaient maintenant à cœur joie.

– Je ne peux rien vous dire sensationnel, continua-t-il en frappant ses gants sur son bras. J'aimais beaucoup Jacques. Il venait me voir quand il travaillait sur le chantier du Ba-Phuon.

Marc n'était pas prêt à écouter de nouveaux éloges :

– Vous savez peut-être qu'il a été pris en flagrant délit de meurtre, en Malaisie ?

Le vieil homme secoua vigoureusement son chapeau de paille. Chacun de ses mouvements distillait une odeur sucrée, légèrement écœurante :

– C'est vrai. Mais j'ai du mal à y croire. Surtout la méthode. Si sauvage. Jacques est un homme très réfléchi, très... (il tourna ses doigts rouges vers sa poitrine)... intérieur.

Marc ne souhaitait pas évoquer, encore une fois, les multiples personnalités du tueur. Il prit un ton ferme :

– Écoutez...

– Non. Vous. Écoutez. Jacques, grand homme, pour la méditation. L'apnée avait apporté à lui calme de l'esprit. Vous savez comment on pratique méditation ?

– Non.

Le vieillard fit tourner son index en hauteur :

– Ce soir, dans votre chambre, observez ventilateur. Les pales tournent si vite qu'on peut pas les distinguer. Le cerveau humain, pareil. Nos pensées vont trop vite. Impossible de les démêler.

Il ralentit son geste :

– Mais arrêtez le ventilateur. Regardez chaque pale qui se précise, retrouve sa forme... Faites pareil avec esprit. Détachez chaque idée. Observez-la sous tous ses angles. Voilà le rôle de la méditation. Transformer la pensée en objet fixe...

Marc soupira :

– Quel rapport avec Reverdi ?

– Il était le champion. Le maître. Pouvait isoler une idée, la considérer sous tous ses aspects. L'apnée lui a donné pouvoir.

Marc fut distrait par un bruit étrange, qui persistait sous les cris des oiseaux. Un bruissement languissant qui, il le comprenait maintenant, se poursuivait depuis son arrivée.

Il tourna la tête et aperçut, derrière lui, à la droite des ruches, une muraille de petites feuilles serrées, très vertes, très légères, qui se creusaient et ondulaient comme des vagues. Des bambous. Ce « laboratoire de forêt » comportait une bambouseraie.

Fuyant ce murmure, il s'approcha d'un comptoir, où reposaient des bouteilles et des bocaux, poisseux et dorés. Il devait revenir à l'objet de sa visite :

– C'est ce miel que Reverdi vous achetait ?

L'apiculteur sautilla auprès de lui.

– Non. Ça, miel pour manger. Jacques achetait miel pour soigner.

– Pour soigner ?

De sa main rouge, il saisit un petit flacon :

– Miel très rare, qui referme les plaies. (Il écrasa son index sur son pouce.) Coagule le sang. Comment vous dites en français ? Hé-mo-sta-tique.

Marc lui prit la fiole des mains. Elle était gluante. Des abeilles volaient encore autour.

– Ce miel permet de coller des chairs blessées ?

– Le meilleur pour cicatriser. Reverdi l'achetait pour les blessures de coraux. D'habitude très longues à cicatriser. Avec ça, pas de problème... Mettez sur plaie. Le miel sèche, les vaisseaux et la peau se referment. En quelques secondes. Rien de mieux !

Marc avait l'impression de chuter à l'intérieur de lui-même.

Il scrutait les reflets du verre comme le fond d'un creuset d'alchimiste. Les paroles de Wong-Fat cinglaient sa mémoire : « Maintenant que je sais que Reverdi est un tueur, je devine ce qu'il fait aux filles. » Et il avait ajouté : « Ça dépasse l'entendement. »

Marc faillit éclater de rire.

Et d'effroi.

Oui : ça dépassait l'entendement.

Marc venait de comprendre, lui aussi, l'atrocité du rite.

Modus operandi.

Roulant à fond sur son scooter, Marc faisait le point sur sa découverte.

En guise de point de départ, la réflexion du Dr Alang : pourquoi l'assassin avait-il pratiqué vingt-sept blessures pour saigner un corps qui, au bout de la dixième entaille, était complètement vidé ?

Réponse : parce que le sang n'avait pas encore coulé.

Reverdi, après avoir pratiqué chaque incision, refermait aussitôt les chairs, à l'aide du miel hémostatique. Il creusait ainsi chaque blessure, la clôturant avec le liquide qui s'asséchait aussitôt. Lorsqu'il avait achevé son œuvre, il libérait le sang en une seule fois.

Comment ?

Avec une flamme.

En approchant une bougie ou un briquet, il liquéfiait le miel qui avait collé les chairs. Alors, les plaies s'ouvraient et le sang s'écoulait en un seul mouvement.

Marc possédait la preuve de cette dernière manœuvre. Les marques de brûlures qu'il avait lui-même remarquées sur les images. Alang supposait que l'utilisation du feu visait à empêcher le sang de coaguler. Il se trompait : la chaleur servait à fluidifier le miel.

À cet égard, un autre mystère se levait : la présence du sucre dans le sang. Depuis le début, Alang imaginait que ce sang avait été enrichi de sucre, par l'intermédiaire d'aliments, à l'intérieur du corps. Mais c'était l'inverse qui s'était produit : le sucre et le sang s'étaient mélangés à l'extérieur de la chair, lorsque le miel avait fondu, se diluant avec l'hémoglobine qui s'écoulait des plaies !

Marc serrait son guidon. La route se brouillait devant ses yeux. Il possédait désormais toutes les réponses aux questions de Reverdi. Il comprenait chaque terme, chaque virgule de son langage ésotérique.

Des Jalons qui « Volent et Foisonnent » ?

Des blessures couvertes de miel, « habitées », symboliquement, par les abeilles.

Des Jalons « d'Éternité » ?

Des entailles qui s'ouvraient sur la mort, avec un temps de retard.

Reverdi n'avait-il pas écrit, en guise d'indice : « Il n'y a qu'une façon de contempler l'éternité ; la retenir, pour quelques instants » ?

Oui : grâce au miel, Reverdi retenait la mort.

Il retenait le liquide vital pour mieux le libérer, en une seule fois.

Et transformer sa victime en fontaine de sang.

52

DANS sa chambre, la lumière de midi se projetait sur les murs blancs avec une violence insoutenable. Il ferma les doubles rideaux d'un seul geste. La pénombre le calma. Les tissus bruns ne diffusaient plus qu'un halo orangé – une teinte de thé. Il saisit son ordinateur dans son cartable mais, au moment où il l'ouvrait, il fut frappé d'une hallucination.

Sur le mur qui faisait face à son lit, il vit, comme sur un écran de cinéma, la scène du meurtre de Linda Kreutz. Il s'écroula sur le lit et ne quitta plus des yeux la projection terrifiante.

La cérémonie de Jacques Reverdi.

C'était une cabane.

Une hutte au toit de palmes, aux cloisons tressées. Au fond, dans l'ombre, la jeune femme était attachée sur une chaise, nue. Elle s'agitait mais ne parvenait pas à bouger d'un centimètre, ni à déplacer sa chaise, solidarisée au sol. Elle tentait aussi de crier, mais un bâillon la réduisait au silence. Seuls, ses cheveux vaporeux remuaient sans bruit, comme un étendard désespéré.

Marc n'aurait su dire pourquoi, mais il « voyait » des bougies, posées devant elle, sur le sol, en arc-de-cercle. Le point de vue se déplaça latéralement et Reverdi apparut dans le champ, nu lui aussi, assis en tailleur, de l'autre côté des flammes palpitantes. Il paraissait en état de dévotion – de prière.

D'un bond, il se leva. Un couteau de plongée se matérialisa

dans sa main droite, devenant, par le reflet des cierges, une tige d'or. Il posa sa pointe sous la clavicule droite de Linda. La peau, compressée par les liens, se bombait et semblait inviter la lame. Il l'enfonça sans effort.

Marc étouffa un gémissement.

Reverdi maintint l'arme dans la chair et, de son autre main, approcha un pinceau luisant de miel. Il en badigeonna le contour de la blessure. Alors seulement, il tira, très lentement, le couteau, tout en peaufinant l'obturation de quelques touches sucrées. Lorsqu'il sentit que le miel s'asséchait et soudait les lèvres de la plaie, il l'extirpa complètement.

Indifférent aux hurlements muets de la femme, à ses contorsions inutiles, il passa à la blessure suivante. Un nouveau Jalon d'Éternité, le long du Chemin de Vie. Puis il passa à une autre encore...

Sur le mur, Marc voyait tout. La lueur mordorée de la cabane. L'ombre vacillante du tueur, sur les parois tressées. Les deux corps nus, ruisselants de sueur, se faisant face dans un subtil mélange de sensualité et de religiosité.

Marc ne savait plus s'il dormait ou s'il était éveillé. Il n'avait plus conscience du temps. Tout à coup, il constata que le corps était prêt. Couvert d'incisions, brillant de miel, mais sans la moindre goutte d'hémoglobine – prêt à crever, dans tous les sens du terme.

Lentement, Reverdi posa son arme et son pinceau, puis saisit une des bougies. Avec précision et dextérité, il caressa chaque plaie de sa flamme, faisant fondre les traces de miel. Chaque fois, quelques bulles d'or se formaient à la surface de l'entaille puis, au bout d'une seconde, les chairs s'entrouvraient, le sang perlait. Tout cela allait si vite que le meurtrier semblait tenir dans sa main un éclair, un zigzag de lumière.

Alors, à la manière d'une digue craquant sous la puissance d'une crue, le corps de Linda Kreutz s'ouvrit. Bouche étouffée sur un cri d'effroi, la jeune Allemande écarquilla les yeux en voyant se répandre son propre sang. Sa peau bronzée devenait le territoire d'une inondation hallucinante. Nervures, ruisseaux, rivières... Le suc s'écoulait, le corps tout entier s'assombrissait, se répandait sur les lattes du sol, transformant la hutte en une terrifiante boîte de Pandore.

Marc se rua dans les toilettes. Il vomit sa peur, son dégoût, la puissance de sa vision. Il vomit sa proximité avec le tueur. Il vomit le tueur, qui l'habitait désormais. Les spasmes le soulevaient du sol. Il s'étouffait, suffoquait, rendait l'âme...

Il tomba à genoux, posant le visage, de côté, sur la cuvette. La fraîcheur de la faïence lui parut bienfaisante, au-delà de toute limite. Mais son visage flambait encore. Les vaisseaux sanguins de ses tempes, qui avaient éclaté, lui semblaient fourmiller à la surface de sa peau. Sans quitter sa position, il tendit le bras vers le lavabo et trouva, à tâtons, le robinet. Il fit couler l'eau et laissa sa main dessous.

De longues minutes passèrent ainsi, où le froid, peu à peu, se répandit dans son organisme. Enfin, il parvint à se lever. Il s'aspergea le visage puis regagna la chambre. La chaleur lui parut paroxystique. Il brancha l'air conditionné, le ventilateur mécanique, et s'aperçut seulement à cet instant, à travers les rideaux, qu'il faisait nuit.

Son délire avait duré tout l'après-midi.

Il décida de prendre une douche.

Pour retrouver complètement ses esprits.

Trente minutes plus tard, Marc était allongé sur son lit, lavé, peigné – et l'esprit clair. Ou à peu près. Vingt heures. S'il avait été raisonnable, il serait sorti pour engloutir quelque chose, une bonne plâtrée de riz, par exemple. Mais à l'idée précisément d'avaler quelque chose, la douleur de son estomac se réveilla. Non : il avait mieux à faire. Il devait maintenant écrire.

Au monstre.

Au bourreau.

Il alluma son ordinateur, connecta le modem et s'installa sur le lit. Il fallait développer les conclusions d'Élisabeth, dans les moindres détails. Elle avait réussi, elle avait compris la vérité. En échange, son « bien-aimé » devait maintenant lui donner de nouveaux indices.

Marc ne devait plus lâcher le tueur.
C'est pourquoi il décida d'y aller à fond.

Objet : ANGKOR – Envoyé le jeudi 29 mai, 20 heures.
De : lisbeth@voila.fr
À : sng@wanadoo.com

Mon amour,

J'ai failli te perdre et j'ai cru devenir folle. Tu es revenu à moi et c'est maintenant comme une lumière qui m'emplit de nouveau, m'inonde de bonheur.

Mais ton absence a eu une vertu positive. Elle a créé en moi un déchirement qui a balayé les dernières scories de mon esprit et m'a permis de voir au fond de mon âme. Lorsque j'ai cru que tu m'avais abandonnée, j'étais nue, perdue, comme arrachée à moi-même. J'ai su alors que le sens de ma vie était de te suivre... jusqu'au bout.

Désormais, je sais que cette quête est le voyage inespéré qui donnera un sens à ma vie. Une quête qui m'enrichit, m'exalte, me purifie, et tisse entre nous un lien unique.

Mon amour : tu m'as offert une nouvelle chance et je l'ai saisie à pleines mains. J'ai suivi ton ordre. J'ai suivi tes mots.

J'ai trouvé la fresque à Angkor. J'ai parlé avec le « maître d'or », l'apiculteur qui maîtrise l'élevage des abeilles et la culture du miel que tu utilises.

Enfin, j'ai trouvé la voie. J'ai déchiffré la signification des « Jalons d'Éternité »...

Marc écrivit plus d'une heure, sur ce même ton passionné. Il donna les moindres circonstances de sa quête – évoquant même son passage à *Cambodge Soir*, sa rencontre avec la princesse Vanasi. Il ne voulait rien cacher de ses victoires. Il savait que Reverdi imaginerait la belle Élisabeth, aux allures de Khadidja, en train d'arpenter les rues de Phnom Penh, le parvis du Palais Royal, les ruines d'Angkor Thom...

Ensuite, il raconta ce qu'il imaginait : les entailles suivant les veines, la cicatrisation spontanée au miel, l'ouverture à la flamme.

Quand il eut achevé son long message, il l'envoya sans le relire. Il ne voulait rien retoucher – en conserver la spontanéité. Plus que jamais, il s'étonnait de sa capacité à endosser la peau d'Élisabeth. Ce ton enflammé, cette admiration amoureuse lui venaient naturellement. Et il préférait ne pas trop descendre en lui-même pour savoir où il pêchait ces mots troubles...

Mais il y avait pire : la crise d'hallucination qu'il avait subie dans l'après-midi. Durant quelques heures, il avait été Reverdi.

Son profil devenait de plus en plus confus. Cinquante pour cent Élisabeth. Cinquante pour cent Reverdi. Où était le véritable Marc ?

Trois heures du matin.

Il ne dormait toujours pas. Dans l'obscurité, les mains croisées derrière la nuque, il observait son ventilateur qui tournait inlassablement. Les paroles de l'apiculteur lui revenaient : « Les pales tournent si vite qu'on ne peut pas les distinguer. Le cerveau humain, pareil. Nos pensées vont trop vite. Impossible de les démêler. »

Pour se distraire, il tenta, mentalement, d'isoler une partie de l'hélice. S'il y parvenait, peut-être qu'une nouvelle idée lui apparaîtrait. Le vieillard avait dit : « Transformer la pensée en objet fixe. »

Soudain, il se redressa : une évidence venait de le saisir. Il devait faire part au monde des résultats de ses recherches. Il ne pouvait garder une telle quête, une telle exploration, pour lui.

Un livre.

Il devait écrire un livre.

Un document qui raconterait son aventure. Un témoignage unique sur sa descente aux enfers. Il fallait qu'il diffuse son expérience, qu'il révèle aux autres le secret qu'il était en train de mettre à nu. Il isolait, tel un chercheur scientifique, un virus maléfique. C'était une date dans l'histoire de la connaissance humaine !

À cet instant, son sang se figea. En vérité, il ne pourrait rien publier. Même après l'exécution de Reverdi. Pour une raison élémentaire : il serait aussitôt inculpé pour « dissimulation de preuves » et « entrave à la justice ». On comprendrait qu'il avait mené son enquête, en toute discrétion, qu'il avait réussi à obtenir des informations essentielles mais qu'il avait suivi le procès sans bouger, sans offrir la moindre contribution.

On condamnerait ses méthodes abjectes – son imposture, ses mensonges. Et son indifférence à l'égard des familles des victimes. Pas une fois, il n'avait envisagé de livrer des renseignements aux parents sur la disparition de leurs enfants...

Un salopard de journaliste, une ordure cynique, qui méritait un châtiment : voilà les distinctions auxquelles il aurait droit.

Sans compter qu'il avait déjà été condamné à deux reprises, en 1996 et 1997, pour « harcèlement », « violation de vie privée » et « vol par effraction ». Il n'avait échappé que de justesse à la taule. Cette fois, il écoperait d'une peine de prison ferme.

Il essaya de se détendre, d'accepter cette déception. Il se concentra encore sur le ventilateur et tenta, une nouvelle fois, d'arrêter mentalement le mouvement et de visualiser une des pales. À mesure que son attention se focalisait, il sentit une autre idée affleurer à son esprit. Une pensée encore confuse, mais qui pouvait le sortir du tunnel...

Alors, d'un coup, il sut.

Un roman.

Il devait écrire un roman de fiction, qui raconterait la vérité, sans que personne le sache. Il lui suffirait de se démarquer des faits officiels, révélés par les médias, et tout le monde croirait à une histoire imaginaire. Oui. Il allait écrire un roman qui allait sonner furieusement « vrai » parce que tout, ou presque, y serait vrai.

Une vague s'ouvrit en lui. Quelque chose d'enfoui, d'enterré dans son cœur depuis des années. Ses rêves déçus de romancier. Ses espoirs étouffés d'écrivain. Depuis combien d'années avait-il renoncé à écrire une œuvre littéraire ? Depuis combien de temps ce projet était-il remisé dans le fatras de ses désillusions ?

Mais aujourd'hui, c'était décidé.

Son histoire allait faire l'objet d'un thriller implacable.

Un thriller écrit de l'intérieur.

Sous la dictée d'un assassin.

53

JACQUES REVERDI contemplait le corps d'Hajjah Elahe Tengku Noumah, membre de la famille royale du sultanat de Perak.

Le môme venait d'être retrouvé mort dans sa cellule.

À trois heures du matin, lors d'une ronde.

Deux « volontaires » avaient été appelés pour transporter le cadavre. Reverdi était de l'équipe. Ils l'avaient installé dans la salle de consultation de l'infirmerie, en attendant son transfert à la morgue de l'Hôpital Central. Le Dr Gupta, mal réveillé, avait demandé à Jacques de veiller le corps, puis était reparti se coucher.

Les premières constatations s'orientaient vers le suicide. Le jeune aristocrate s'était pendu dans sa cellule, avec le câble de son téléviseur. Pendu : Reverdi était d'accord. Mais certainement pas de son plein gré. On avait découvert le gamin à genoux sur le sol, les vertèbres cervicales brisées, le câble fixé aux canalisations du lavabo.

Qui se pendait à genoux, à la seule force de sa volonté ?

Un homme comme Jacques, peut-être, mais pas un gosse comme Hajjah.

Un fils de famille dont le moindre effort avait été noyé dans la gélatine du fric. Dès qu'il avait été seul avec le corps, Reverdi avait palpé ses membres inférieurs. Les articulations des jambes étaient molles – brisées. La scène était facile à imaginer. Les Philippins, commandités par les Chinois, avec la bienveillance de Raman, avaient surpris Hajjah dans sa cellule. Ils l'avaient bâillonné et lui avaient garrotté le cou avec le fil de la télévision qu'ils avaient fixé aux tuyaux. Ensuite, ils avaient tiré sur ses jambes, à l'horizontale, de toutes leurs forces, jusqu'à lui craquer les vertèbres.

Sous les ongles de la victime, Reverdi avait également remarqué des traces de peau. Le gamin avait tenté de se défendre, tandis que les salopards l'écartelaient. Quelle chance avait-il contre des tueurs qui auraient liquidé n'importe qui pour un paquet de cigarettes ?

Une fois, Hajjah lui avait demandé sa protection.

Il avait répondu « on verra ».

Une autre fois, Éric avait imploré son aide.

Il avait répondu « on verra ».

On voyait maintenant.

Et il n'avait pas levé le petit doigt pour défendre le gamin.

Il n'en éprouvait aucun remords. La prison n'est pas fondée sur un système d'entraide ou de solidarité. C'est un monde où les intérêts personnels cohabitent, sans se mêler. À l'occasion, ils peuvent s'accorder sur un objectif commun mais la règle est de ne jamais sortir de son propre cercle d'existence. Une logique de rats, où l'intelligence ne s'applique qu'à sa survie immédiate.

Pourtant, maintenant, tout était différent.

Profitant de cette veillée funèbre, entouré de bocaux de formol et de désinfectants, Jacques avait consulté, dans l'infirmerie déserte, sa boîte aux lettres électronique, en utilisant son agenda miniature.

Une merveille l'attendait : Élisabeth avait trouvé la voie. Elle avait compris la signification des Jalons d'Éternité. Et elle utilisait maintenant un langage de pur amour.

Jacques avait rédigé un message à son tour, libérant lui aussi sa parole et donnant de nouvelles instructions. Chaque fois, il éprouvait une appréhension vague. Avait-il raison de lui faire confiance à ce point ? Ces mots, ces faits, jusqu'à aujourd'hui, n'étaient jamais sortis de sa conscience...

Mais il n'avait pas le choix.

C'était le seul chemin pour s'unir à Élisabeth.

Une heure plus tard, on le ramena à sa cellule, avant le premier appel.

Il se dirigea vers sa salle de bains et attrapa sa brosse à dents.

À l'extrémité du manche, enfouie parmi les poils, il avait enfoncé une lame de rasoir. Une arête meurtrière totalement invisible. Il passa doucement son index sur la lame.

Il était temps de venger Hajjah.

Et d'offrir son tribut de sang à Élisabeth.

54

DIMANCHE 1er juin, Thaïlande.

Treize heures.

L'île de Phuket cachait bien son jeu.

L'aéroport modeste, les échoppes de souvenirs, les cabanons peints des agences de tourisme : tout respirait un parfum tropical et insulaire. Un modèle de destination exotique.

En réalité, Phuket était une des zones les plus chaudes de la Thaïlande. Un haut lieu du tourisme sexuel. Marc savait qu'il pénétrait dans un nouveau cercle des enfers. Après la Malaisie et ses blessures en pointillés, le Cambodge et ses plaies soudées au miel, qu'allait-il découvrir en Thaïlande ?

Le samedi matin, quelques heures après avoir envoyé son message, il avait reçu une réponse.

Objet : TAKUA PA – Reçu le 31 mai, 8 h 30.
De : sng@wanadoo.com
À : lisbeth@voila.fr

Mon amour,

J'attendais avec impatience que tu retrouves ta route. « Notre » route. Cette ligne qui nous unit, tendue sous le monde des apparences et l'univers médiocre des hommes.

Lise, mon amour, tu as su renouer ce lien. Tu as même choisi de libérer notre langage et je t'en suis reconnaissant. Pour moi aussi, ce silence a été une véritable blessure...

Tes découvertes nous autorisent maintenant à nous rapprocher encore. Il n'y aura bientôt plus de limites dans notre union.

Mais auparavant, tu dois franchir la troisième étape. Tu dois t'orienter vers la Thaïlande. Plus précisément une île du Sud-Est...

Marc avait manqué la navette du matin à Siem Reap et avait dû patienter jusqu'au soir pour regagner Phnom Penh. Là, il s'était de nouveau installé au Renaksé et avait attendu le lendemain matin pour prendre un autre vol, en direction de Bangkok. Aussitôt qu'il avait atterri, sans quitter l'aéroport, il avait emprunté un nouvel avion vers Phuket, aux environs de onze heures du matin.

Un autre terrain de chasse du tueur : l'apnéiste avait exercé là-bas durant des années. Ses indications étaient de plus en plus précises :

À Phuket, loue une voiture et remonte la côte vers le nord. Traverse le pont et gagne le continent, en direction de la frontière birmane. Lorsque tu parviendras à Takua Pa, tu recevras de nouvelles consignes.

Très important : tu dois maintenant louer un téléphone cellulaire, sur lequel tu connecteras ton ordinateur, afin de pouvoir recevoir mes messages n'importe où sur ta route.

En conclusion, Reverdi présentait le nouvel indice à découvrir :

La méthode n'est pas tout, mon amour. Un rite a besoin d'un espace particulier. Un lieu sacré où chaque geste revêt un sens supérieur, où chaque mouvement est un symbole.

Tu te diriges maintenant vers un de ces lieux. La Chambre de Pureté. Maintiens le cap. Tu vas bientôt pénétrer dans l'espace même du Secret...

Le Chemin de Vie.

Les Jalons d'Éternité.

Et maintenant, la Chambre de Pureté.

Reverdi le guidait, tout simplement, vers une scène de crime. Marc était en ébullition : il sentait, physiquement, qu'il se rapprochait du tueur, qu'il pénétrait dans son royaume.

À cinquante mètres de l'aéroport, abrité sous des palmiers, Marc repéra les agences de location de voitures. De simples kiosques de bois blanc. Il choisit une Suzuki Caribbean, un genre de jeep décapotable, couverte d'une toile bleue, dotée de l'air conditionné. Il loua aussi un téléphone portable et ouvrit un abonnement, sur le même contrat.

Le patron de l'agence l'accompagna jusqu'à sa voiture et le mit en garde contre la mousson. Elle commençait dans le Nord. Marc faillit lui répondre qu'il ne craignait pas la tempête.

Il roulait au contraire vers l'œil du cyclone.

Au fil de la route, il ne cessait de penser à son roman. Durant ces deux derniers jours, il avait déjà ordonné ses notes autour d'une trame policière. Rien de plus facile : son voyage était déjà, en lui-même, un roman policier. Depuis qu'il avait eu cette idée, il n'avait plus éprouvé le moindre doute. Ce projet le confortait dans sa quête, sur tous les fronts. Le travail de fiction lui permettrait de mieux s'identifier, par l'imaginaire, au tueur. Dans ses notes, il avait déjà commencé à écrire « je », lorsqu'il prenait le point de vue de l'assassin.

Marc se prenait aussi à caresser des mirages moins désintéressés. Et s'il écrivait un best-seller ? Il rêvait tout à coup de succès, de gloire, d'argent...

Il atteignit Takua Pa à dix-sept heures. Une ville de province, plate et poussiéreuse, avec quelques réservoirs d'eau en guise de repères. Situé à l'intérieur des terres, cet ancien comptoir portugais n'avait rien à voir avec les stations touristiques qu'il avait croisées toute la journée. Il n'y avait pas ici un seul étranger, et il dut tourner longtemps pour trouver un hôtel.

Enfin, derrière l'unique station-service, il découvrit un bloc blanchâtre, décrépit, qui ressemblait à un hôpital recyclé. Le seul palace de Takua Pa. À l'intérieur, l'analogie se renforçait encore : longs couloirs gris, portes étroites, fenêtres grillagées. Un véritable asile. Marc paya d'avance et accéda au quatrième étage.

La nuit tombait. Il alluma l'ampoule nue qui constituait l'éclairage de sa chambre. Une simple cellule, sans mobilier, ni décoration. Un lieu de passage où on ne pouvait rien voler ; pas même un souvenir.

Il connecta son ordinateur : pas d'e-mail. Il se décida à dîner dehors. Près de la pompe à essence, il trouva quelques tables en terrasse et avala son *fried rice* habituel. Lorsqu'il remonta dans sa chambre, il n'était que dix-neuf heures. Toujours pas de message. Il s'allongea et détailla la carte de la côte thaïe. La frontière birmane était encore à deux cents kilomètres. Où Reverdi l'emmenait-il ?

Marc rouvrit son ordinateur et plongea dans ses brouillons. Il affina son synopsis. La seule différence avec sa propre aventure était que, dans le roman, l'assassin n'était pas encore sous les verrous. L'enquêteur, plus malin que Marc lui-même, obtenait ses résultats à force d'investigations, sans l'aide ni les conseils du tueur, dont on suivait parallèlement les « exploits ».

À vingt-deux heures, il ferma son clavier, après avoir vérifié encore sa boîte aux lettres, puis il éteignit. Sa dernière vision fut une colonne de fourmis qui montait le long du mur.

La sensation suivante fut une main qui lui saisissait l'épaule. Confusément Marc songea au gars du comptoir, au rez-de-chaussée, mais il n'avait pas demandé à être réveillé. Il tourna la tête et vit une bougie dans la main de l'homme. La cire qui ruisselait sur ses doigts serrés était du miel. Il se retourna d'un seul mouvement : Reverdi se penchait sur lui. Visage émacié, crâne rasé, torse nu. Il lui souriait, en murmurant : « Cache-toi vite, papa arrive ! »

Marc tomba du lit.

Un cauchemar.

Juste un cauchemar.

Il regarda sa montre. Quatre heures quarante-cinq.

Il ouvrit son ordinateur. Le message était arrivé.

Objet : KUALA – Reçu le 2 juin, 4 h 10.
De : sng@wanadoo.com
À : lisbeth@voila.fr

Mon amour,

Tu es maintenant à Takua Pa. Je profite d'une garde à l'infirmerie (je suis monté en grade ici) pour t'écrire les nouvelles directives.

Dès que tu liras ces lignes, reprends la route. Toujours plein nord. Jusqu'à Khuraburi. Là, roule jusqu'à la sortie de la ville : sur ta droite, tu verras une agence de tourisme, Jinda Tours. C'est la seule qui organise le voyage, en bateau, vers une île du large : Koh Surin.

Prends un billet aller et retour pour la journée. Pas de nuit sur place. Pas de visite guidée sous-marine. Un détail : ne donne pas de faux nom. Ne cherche pas à rester discrète. Souviens-toi toujours de cette règle : moins tu te caches, moins on te voit.

Une fois sur l'île, quitte le groupe et pars de ton côté. La Chambre de Pureté ne sera plus loin. À toi de la découvrir. Pénètre à l'intérieur et observe chaque détail. Alors tu comprendras mieux ce qui s'est passé, réellement, dans cet espace soustrait au monde.

Mon cœur est avec toi.

JACQUES

Marc ferma son cartable et son sac puis descendit au rez-de-chaussée. Il faisait encore nuit. Le hall de l'hôtel était désert. Le gardien sommeillait dans l'ombre. Il sortit sans un bruit et rejoignit sa voiture.

Il partait comme un voleur.

Un voleur de secrets.

55

DEUX HEURES plus tard, Khuraburi apparut dans l'aurore. La ville avait déjà un pied dans la mangrove. Ses maisons basses paraissaient glisser vers les eaux, sous les palétuviers. Au bout de l'artère principale, Marc trouva l'agence. Il n'était que sept heures du matin, mais tout paraissait déjà cuit par le soleil.

Marc s'inscrivit pour le départ de huit heures. Aussitôt, on l'installa dans un car, avec d'autres Occidentaux, qui surgissaient par petits groupes, mal réveillés, hagards.

Il y avait des Suédois, des Allemands, des Américains, et des Thaïs. Coup de chance, aucun Français en vue : Marc redoutait d'avoir à s'expliquer sur son périple. En même temps, il avait le sinistre sentiment que son secret était apparent – comme une tache de naissance sur son visage.

Au bout de quelques kilomètres, ils atteignirent l'embarcadère. Un grand Speedboat, blanc et lisse, les attendait. Ils embarquèrent sous un ciel d'orage. Marc songea aux avertissements du loueur de voitures. Mais à mesure que le bateau glissait parmi les méandres des marécages, le soleil réapparaissait. Ils rejoignirent la mer sous un éclat dur et sans faille. La mousson serait pour une autre fois.

Installé à la poupe du navire, Marc réfléchissait au post-scriptum du message de Reverdi. Une sorte de conseil supplémentaire :

Lise, mon amour, lorsque tu chercheras la Chambre de Pureté, lorsque tu marcheras dans la forêt, n'oublie jamais d'observer, de capter chaque détail autour de toi. À mesure que tu t'approcheras de la Chambre, un autre signe t'attend. Quelque chose sans quoi rien ne serait possible...

Souviens-toi des « Jalons qui Volent et Foisonnent ». Il y aura, dans la jungle, un autre mouvement à saisir. Une respiration, un frémissement qui annoncera l'imminence de la Chambre...

Le rite est vivant, mon amour. Il n'est jamais lettre morte. Cherche le mouvement, au sein de la végétation, et tu découvriras la Chambre...

Marc n'aimait pas l'allusion aux Jalons qui avaient failli lui coûter l'enquête. Il n'était pas prêt à buter encore contre une énigme végétale ou animale. Que désignait Reverdi ? Une nuée d'insectes ? Un vol d'oiseaux ? Une rivière ?

Il pressentait que le tueur intégrait son rite à la forêt et le considérait comme un élément parmi d'autres de la nature. Un acte vivant, organique, qui s'insérait dans le biorythme de la jungle. Peut-être même en faisait-il une condition sine qua non à l'équilibre de la faune et de la flore. Marc se souvenait d'un tueur en série, aux États-Unis, Herbert Mullin, qui pensait empêcher des tremblements de terre par ses meurtres et déchiffrait le degré de pollution de l'air dans les viscères de ses proies.

Au bout de deux heures de traversée, ils parvinrent à Koh Surin. Une île d'émeraude, posée sur un bleu de violence. Tout paraissait d'une virginité originelle. Hors de l'homme.

Pourtant, en mettant le pied à terre, Marc découvrit la catastrophe. Des centaines de touristes campaient sur la plage, dans des tentes alignées, à l'abri des arbres. Ils grouillaient comme des cafards, proliférant, saccageant la beauté qu'ils prétendaient admirer.

Marc s'était renseigné : Koh Surin était un parc national. Toute construction y était interdite. Les exploitants thaïs avaient contourné la loi en installant un gigantesque camping. Quelques baraques de bois offraient les services minimum. L'une d'elles portait les mentions, peintes à la main : DIVING, SCUBBA, SNURCKLING. Reverdi avait sans doute travaillé ici, en tant que moniteur de plongée...

Il attrapa sur un comptoir une carte de l'île et abandonna ses compagnons à leur programme – ils essayaient déjà masques et palmes en vue d'un « *diving tour* ».

Koh Surin était un fragment de terre, en forme de cacahuète, qui ne dépassait pas deux kilomètres de longueur. Il pouvait largement en faire le tour avant la fin d'après-midi et rejoindre son groupe pour le départ. Il remonta la plage vers l'est, croisant d'énormes racines de palétuviers, puis plongea sous les palmiers. Aussitôt, il découvrit un sentier, à flanc de coteau, qui permettait de suivre le rivage en hauteur, sous la végétation.

Il était onze heures. La forêt frémissait d'ombres et de lumière. Les feuilles, les lianes murmuraient des confidences d'eau et de sève, à travers les taches du soleil. De temps à autre, Marc apercevait la mer, en contrebas. À chaque crique, la couleur des flots changeait. Infusions légères de turquoise ou de jade. Profondeurs mentholées ou blocs de lavande, à l'épaisseur de gouache.

Parfois, Marc surprenait un groupe de Thaïs, qui se baignaient d'une manière originale : entièrement habillés, harnachés de gilets de sauvetage, ils portaient vaillamment masque et tuba, alors qu'ils n'avaient de l'eau que jusqu'aux genoux.

Toute l'île fourmillait d'un tourisme consternant, et pourtant, Marc éprouvait le sentiment d'une solitude totale. Il sut à cet instant qu'il coïncidait avec Jacques Reverdi. Son mode d'existence contradictoire. Solitaire et secret, dans des lieux trop fréquentés, toujours menacés par la civilisation.

Marc perçut un changement autour de lui. Une sorte d'allégement, de raffinement des sons. Et aussi une attention, une bienveillance qui s'orientaient vers lui. La jungle se penchait, l'entourait, le caressait... Il mit quelques secondes à comprendre : les bambous. Il se trouvait dans un grand buisson de graminées qui se balançaient dans le vent avec langueur. Par pure intuition, Marc s'enfonça parmi les feuillages : un sentier descendait vers la gauche, jusqu'au bord du rocher qui surplombait la mer.

Il n'avait pas fait vingt pas qu'il aperçut, enfoui sous les feuillages, un toit noir. Avec une certitude absolue, il sut qu'il avait trouvé la « Chambre de Pureté ». La hutte dans laquelle Jacques Reverdi avait vécu – et sans doute sacrifié l'une de ses victimes.

56

UN CARRÉ de planches et de palmes, posé dans une minuscule clairière. Au moindre souffle de vent, les feuilles des bambous léchaient ses murs, couvraient son toit. Marc tendit l'oreille : rien ne bougeait à l'intérieur. Il en fit le tour avec précaution : la porte, les fenêtres étaient scellées.

Il se décida à forcer l'ouverture.

La première sensation fut l'odeur de moisi. En même temps, il notait l'atmosphère très saine de l'espace. D'une façon ou d'une autre, la hutte avait été préservée des saisons des pluies.

Il fit quelques pas et scruta le décor. Des murs nus, un plancher de bois, une table et une chaise dans l'angle le plus éloigné, sur la droite. Une natte de raphia, racornie, sur la gauche. Pas de trace de sang. Aucun signe de violence. Marc distingua dans la pénombre, posé le long du mur, du matériel de plongée : ceinture de plombs, bouteille d'air comprimé, détendeur, veste de néoprène, lampe frontale...

Il était bien dans la tanière de Jacques Reverdi, moniteur de plongée.

Mais pourquoi « Chambre de Pureté ? »

Il marcha encore. Quelque chose ne cadrait pas dans cette case. Un détail ne coïncidait pas avec sa situation physique. Il referma la porte. Le noir total tomba sur lui. C'était impossible. Dans ce genre de paillotes, la lumière du soleil filtre toujours par une multitude d'orifices.

Il rouvrit la porte et observa les murs avec attention : les rainures entre les planches avaient été soigneusement bouchées avec du fil végétal. Du rotin ou du raphia. Il leva les yeux et suivit la jonction entre le toit et les cloisons – d'ordinaire, il y a toujours à cet endroit une bande ouverte, une aération naturelle. Ici, la ligne avait été calfeutrée par des feuilles de palmes croisées et serrées, une nouvelle fois, avec des liens de rotin. Marc baissa le regard. Incroyable : les espaces entre les lattes du plancher avaient été aussi obstrués avec du silicone. Il observa la porte et obtint confirmation du système : elle était aussi entourée de fibre végétale, de manière à ce qu'une fois fermée, elle ne laissât plus pénétrer la moindre parcelle d'air.

La Chambre de Pureté.

Reverdi avait soigneusement préparé sa cellule, afin qu'aucune scorie, aucune poussière ne puisse plus entrer.

Les lignes du dernier message lui revinrent en mémoire :

« Un rite a besoin d'un espace particulier. Un lieu sacré où chaque geste revêt un sens supérieur, où chaque mouvement est un symbole. »

Marc songea aux crises d'apnée de Reverdi, quand il se fermait au monde en cessant de respirer. Il reproduisait le même phénomène, à une autre échelle. La cabane calfeutrée devenait l'espace de son moi – de sa folie. Le prolongement de sa personne. Le Dr Norman avait dit : « ... la scène du crime devient une sorte d'expansion de lui-même. Il *déplie* son être dans cet espace et y provoque un afflux de sang, pour mieux se protéger... »

Encore une fois, la psychiatre avait vu juste. Marc commençait à trembler, malgré la chaleur. Il se projeta, mentalement, à l'intérieur du corps de l'apnéiste, lorsqu'il ne respirait plus. Il imagina le sang convergeant vers ses organes vitaux. Des organes rouges, palpitants, des braises au fond de l'âtre... Le processus était identique dans cette chambre : le sang se concentrait en son centre, dans le carré de pureté.

Marc suffoquait. Malgré lui, il avait retenu sa respiration.

Il se dirigea vers la porte.

Sur le seuil, il se retourna.

Distinctement, la scène du crime se déroulait devant lui.

Jacques Reverdi était assis en position du lotus, yeux fermés, entouré de cierges, de bâtons d'encens, de flacons de miel. Le silence, la netteté semblaient circuler dans l'espace. Pas une poussière, pas une once d'air n'y pénétrait. Seul, le bruissement des bambous, au-dehors, se faisait entendre. À la manière de prières psalmodiées par des fidèles.

Jacques ouvrit les yeux et contempla la femme qui s'agitait sous ses liens. Elle était plongée dans l'ombre et ressemblait à une chrysalide de douleur, se tordant pour libérer un papillon de sang. Il se leva...

Marc se plaqua contre le chambranle. Il voulut fuir, mais n'y parvint pas. Il sentait la fournaise de la hutte. Il respirait les fumigations. Des odeurs venues de très loin, empreintes de terres arides et de jungles moites. Des vers du Cantique des Cantiques lui traversèrent la mémoire :

> « *Qui est celle-ci qui s'élève du désert*
> *comme une fumée qui monte des parfums de myrrhe,*
> *d'encens et de toutes sortes de poudres de senteur ?* »

Reverdi enfonça une première fois son couteau, dans la gorge. Marc hurla : il venait de sentir, au bout de ses doigts, le heurt de la lame contre une vertèbre. Il sortit de la cabane et s'enfuit, en écrasant les bambous sous ses pas. Il lui semblait entendre les gémissements de la victime bâillonnée.

57

À DIX-SEPT HEURES, Marc était à l'embarcadère de Koh Surin, prêt à repartir. Un touriste parmi les autres. Il ne tremblait pas. On ne lisait rien sur son visage. Sa performance l'étonnait lui-même. Nul n'aurait pu deviner l'expérience qu'il venait d'endurer. Il s'installa à l'avant du speedboat, comme à l'aller, et fixa la terre qui s'éloignait.

Le bateau, moteur en bas régime, contourna le flanc est de l'île. Marc suivait du regard la côte qu'il avait parcourue à pied. Il percevait même le bruissement des bambous dans le vent. Il sentit de nouveau les feuilles sur son visage, les vagues verdoyantes parmi lesquelles il avait « nagé ».

Une autre vérité lui apparut.

Quand il avait choisi cette direction, il avait cru agir à l'instinct. En réalité, il s'était souvenu, inconsciemment, des derniers mots de Reverdi : « Cherche le mouvement, au sein de la végétation, et tu découvriras la Chambre... »

Les bambous.

Voilà ce que le tueur lui avait désigné.

Il se remémora d'autres faits. La cabane de Papan, où Pernille Mosensen avait été tuée, était située au sein d'une forêt de bambous. Le chasseur de papillons, aux Cameron Highlands, avait surpris plusieurs fois Reverdi parmi ces graminées. Marc entendait aussi le bruissement qui avait accompagné sa rencontre avec l'apiculteur, à Angkor.

Reverdi tuait à l'ombre des bambous.

Marc était même convaincu que ces derniers jouaient un rôle dans le rite. Avaient-ils une valeur purificatrice ? Fallait-il les traverser pour se « laver » du monde inférieur ? Ou, au contraire, s'agissait-il d'une rencontre aggravante ? D'un fait déclencheur, qui lui rappelait un traumatisme et provoquait le désir de tuer ? Marc sentit de nouveau le frôlement des feuilles sur sa peau – étrange caresse qui évoquait celle de mains nonchalantes...

Le bateau naviguait maintenant en haute mer. Marc ferma les yeux et alla plus loin dans ses pensées. Il s'identifia à Jacques. Quand la forêt s'animait autour de lui, quand les ombres tremblaient devant lui, quand les feuilles venaient frôler ses tempes, alors il devenait fou. Son désir meurtrier affleurait pour éclore, telle une plante vénéneuse.

Marc ouvrit les paupières et regarda les autres passagers. Il ne reconnut personne. Il avait hâte d'être dans sa voiture, à l'abri, pour tracer jusqu'à Phuket. Là, il consignerait tout, dans son ordinateur, et l'insérerait dans la trame de son roman.

Il se fit la réflexion qu'il n'avait pas de titre pour son thriller.

58

« FRENCH KISS », « Pinocchio » « Soï Cow-Boy »... Les noms des boîtes, inscrits en lettres de lumière, dansaient dans les flaques de pluie. Chaque façade affichait une originalité, une petite trouvaille. L'une brillait sous un fer à cheval. Une autre dessinait un anneau de Saturne. Une autre encore représentait l'entrée d'un sous-marin. Mais sur le seuil, il y avait toujours des femmes.

Des jeunes filles plutôt, portant des costumes plus ou moins en rapport avec le thème de la maison mère. Vestes à franges, uniformes fendus ou, plus simplement, strings et morceaux d'étoffe enflammant les corps. Toutes, elles dansaient au rythme d'une techno assourdissante. Parfois, elles se regroupaient pour faire la chenille, tournant le dos à la rue, jambes écartées, fesses hautes, évitant une rivière de glaçons lancés du bar. D'autres fois, elles venaient chercher le chaland en lui glissant la main entre les cuisses. Quelques-unes encore s'avançaient, secouant à deux mains leurs seins nus, le téton estampillé d'un cœur fluorescent.

Marc marchait, ses bagages à la main, ayant conscience de son allure incongrue. Il avait conduit tout l'après-midi. Malgré la pluie, malgré la nuit qui était tombée à six heures, il avait tenu sa moyenne. À vingt-deux heures, alors qu'il roulait au hasard à travers l'île, le long d'une route mal éclairée, il était tombé sur une véritable explosion solaire. Patang : le quartier le plus chaud de Phuket. Il n'avait pas résisté. Il avait garé sa Suzuki dans un parking surveillé, puis avait plongé dans la frénésie. En quête d'un hôtel. Et de nouvelles sensations.

Obscurément, il devinait que Reverdi avait rôdé dans ces lieux.

Des odeurs de bouffe l'assaillaient. Ail, oignon, piment, coriandre... Les désirs, les appétits se mêlaient dans son organisme. Les filles elles-mêmes, dorées et fines, lui rappelaient des petites sucreries caramélisées. Malgré le poids des sacs, malgré sa fatigue, son érection montait : les jeunes Thaïes possédaient une véritable force magnétique. Pas à cause de leur costume suggestif ou leurs manières d'allumeuses, mais au contraire parce que, quoi qu'elles fassent, elles recelaient toujours une touche d'innocence, une parcelle de pureté à avilir. Petits museaux de chat, paysannes farouches dont les pommettes hautes supplantaient le maquillage et les accoutrements aguicheurs. C'était précisément ce « reste de rizière » qui était excitant.

Il observait aussi les Occidentaux. Les jeunes, en groupes, canettes de bière à la main, dissimulant leur gêne derrière des rires goguenards ; les vieux, solitaires, nageant ici comme des requins en eaux paisibles ; les routards, épuisés, posant sur cette sarabande un regard blasé. Mais au fond de tous ces yeux, il y avait toujours le même désir nu. Le même appétit, cru et vil, pris la main dans le sac...

Marc s'intéressait surtout à une autre catégorie : les femmes étrangères. Épouses éberluées, mal à l'aise, au bras de leur mari ; jeunes filles sacs au dos, à la recherche d'un refuge bon marché, tentant de manifester leur colère contre ce « marché aux esclaves » par une expression courroucée. Toutes, elles semblaient perdues. Paumées. Coincées entre le désir des mâles, qui n'avait jamais été aussi clair, mais qui ne leur était pas destiné, et la haine des putes thaïes, qui les détestaient de se rincer l'œil ici comme les hommes.

Marc songea à Linda Kreutz, à Pernille Mosensen. Aux deux victimes présumées de Reverdi en Thaïlande. Sa conviction se renforça : le prédateur avait chassé ici. Ce quartier était une autre forêt, bien plus folle, plus inextricable que celle des Cameron Highlands ou d'Angkor.

Marc imaginait le tueur rassurant ses jeunes compagnes, les emmenant à l'abri de cet enfer, leur expliquant, d'un ton résigné, que « l'Asie, ça fonctionne ainsi ». Et déjà, de sa voix grave, apaisante, les séduisant, les hypnotisant... Il accéléra le pas, en quête d'un hôtel.

Au rapport.

Dans sa chambre, il évita de s'allonger, pour ne pas s'endormir aussi sec, et se força à écrire à Reverdi. Élisabeth avait la parole. Elle raconta le périple à Koh Surin, décrivit ses découvertes. Tout cela d'une traite, sans la moindre hésitation. Marc eut juste la force de connecter son modem sur la prise téléphonique et d'envoyer son message. Il n'était pas allongé qu'il dormait déjà.

Quand son couteau buta, une nouvelle fois, contre un os, il ouvrit les yeux. Il découvrit sa chambre traversée de flashes de lumières roses et bleues. La musique secouait les murs et le plancher. Il baissa les yeux : sa main était encore crispée sur une arme imaginaire. Deux heures du matin. Il n'avait dormi que trois heures. Et, bien sûr, il avait rêvé de meurtre. Des plaies croûtées et sucrées. Des chairs violentées par des crans de chrome. Le crime ne le quittait plus. N'était-ce pas ce qu'il avait espéré ?

Il tituba jusqu'à la salle d'eau et s'enfouit sous la douche. L'eau demeurait tiède dans les canalisations brûlantes. Face au miroir du lavabo, il s'observa. Bronzé, amaigri, hirsute : un voyageur qui serait resté trop longtemps au soleil et aurait brûlé tous ses repères. Qui était-il aujourd'hui ? Il eut recours à sa formule rituelle : cinquante pour cent Élisabeth ; cinquante pour cent Reverdi ; cent pour cent imposteur.

Son rêve, comme l'hallucination dans la cabane, avait été d'un nouveau genre. Traversé de sensations physiques réelles. Il n'imaginait plus les crimes, il les vivait. Que se passait-il ? Il n'avait pas d'explication, mais il décida de profiter de la proximité du rêve, fourmillant encore dans son corps, pour rédiger une partie de son roman. Noter les sensations précises, pathologiques, du tueur.

Écriture automatique.

Ses deux mains virevoltaient sur le clavier de l'ordinateur, sans passer par la réflexion ni la conscience. Un autre que lui-même décrivait son désir de meurtre, son plaisir de voir le sang couler, sa jouissance à faire souffrir. Dans un coin de sa tête, Marc laissait courir. Il gardait ses distances face à cet être imaginaire qui s'exprimait, maintenant, à sa place. Ne faisait-il pas à cet instant œuvre de romancier ? N'était-ce pas son rôle de prêter son cerveau, le temps de la rédaction, à son personnage ?

Soudain, il fit une découverte qui le glaça : il était en érection, alors même qu'il décrivait une scène de meurtre. Paniqué, il jeta un regard à la fenêtre : l'aube se levait.

Il enfila sa chemise, attrapa sa clé et bondit dehors, boutonnant sa liquette en descendant les marches. Il fallait qu'il perce l'abcès, qu'il apaise son corps, d'une façon ou d'une autre.

59

DANS LES RUES, il n'y avait plus l'ombre d'une jeune fille, ni le moindre charme à saisir. Il ne restait plus que quelques putes sur le retour. Pas des vieilles dames, non, des tapineuses sans âge, esquintées, épuisées, arborant un maquillage criard. Elles relevaient leurs jupes sur leurs cuisses grasses, au passage des derniers michetons, ou leur envoyaient des apostrophes d'une voix de corde. Dans la lumière, le spectacle paraissait blafard, abject, couleur de pus.

Marc se dirigea vers les bars qu'il avait repérés la veille. Fermés. Ou vides. Il marcha encore. Les éboueurs passaient des jets d'eau sur la chaussée. Des couples titubaient à la recherche de leur hôtel. Des mendiants apparaissaient. Des femmes partaient faire leur marché, portant leur bébé en bandoulière, indifférentes aux façades de stuc, aux enseignes éteintes. Le jour révélait toute la laideur, l'imposture du décor. La peinture s'écaillait. Les murs étaient marqués d'humidité.

L'esprit saturé par son désir, Marc ne voyait, dans ce délabrement, qu'un obstacle, un contretemps à sa satisfaction. Il avait beau croiser maintenant de vrais monstres – des putes faméliques, ou au contraire énormes, prêtes à exploser sous le soleil naissant –, des images fébriles se superposaient à cette réalité affligeante. Sillon d'ombre entre des seins gonflés, naissance de jeunes pubis, creux de fesses, ourlés et doux... Il avançait, accélérant le pas. Où étaient-elles ? Où étaient les filles ? Il devrait peut-être pénétrer dans les fonds de cour, les arrière-boutiques, monter dans les chambres...

Il entendit des rires graves sur sa droite. Accoudés à un bar, des flics thaïs devisaient, costume rutilant et arme au poing. Plus loin, dans un retrait de rue, il en aperçut d'autres, qui tabassaient un homme à coups de crosse. Oui : on levait le décor. Les rouages ignobles apparaissaient. Ceux qui permettaient à la vitrine de fonctionner, à la coulée occidentale de venir se griser et faire le plein de sexe chaque soir. Marc courait presque. Il était malade. Il devait trouver son remède...

Il vit encore quelques silhouettes malsaines, seins dressés et barbe naissante, de l'autre côté d'un carrefour. Des travestis. Il s'orienta dans leur direction, sans réfléchir. À cet instant, il fut stoppé par un spectacle qu'il n'attendait pas.

La mer.

Au détour de la rue, l'immensité était là, étincelante, paisible. Cette vision le figea. Rien de plus écrasant, de plus étranger à son vice que cette grandeur infinie, libre, indifférente. Alors, une autre présence anéantit définitivement ses velléités troubles.

Dans la rue claire, jonchée encore de papiers gras et de bouteilles vides, des jeunes filles sortaient des bordels, en douce procession. Elles n'avaient plus rien à voir avec les allumeuses déchaînées de la veille. Cheveux humides, sans maquillage, vêtues d'un simple sarong. Toutes, elles portaient un bol de riz, qu'elles déposaient sur la chaussée. Marc ne comprenait rien à ce manège, quand il les vit arriver.

Silhouettes drapées d'orange, crâne brillant, légers dans le vent matinal comme de délicats lampions de papier. Les moines. Certains portaient une ombrelle, d'autres avançaient à deux, bras dessus, bras dessous. Ils paraissaient irréels sur ce champ de bataille encore fumant. Ils se saisirent des offrandes, inclinant plusieurs fois la tête, alors que les jeunes filles étaient agenouillées, les deux mains jointes sur le front. L'heure de la prière et du pardon...

Marc resta dans le soleil, abasourdi.

Complètement dégrisé.

Pourtant, le serpent se tordait encore au fond de son ventre.

Dans sa chambre, la brûlure réapparut, dévorant son entrejambe. Sans hésiter, il fonça dans la salle de bains, rabattit la lunette de plastique et se masturba. Des images chaotiques éclatèrent dans son esprit. Vêtements arrachés, seins dévoilés, pubis à nu, offerts, envoûtants... De vrais morceaux de chair, suspendus dans sa tête comme des photos à peine sèches, fixées à des crochets de boucher. Il forçait des jeunes filles. Il les pénétrait, savourant leurs larmes, leur humiliation. C'était abject mais, très loin, dans les coulisses de son théâtre, il notait avec soulagement : pas de scènes de meurtre, pas d'images de blessures.

Au moins, il ne bandait plus pour le sang.

Enfin, la libération vint, en longues secousses fiévreuses. Il y avait dans ce jaillissement quelque chose de malade. La purge d'une plaie purulente. Il se sentit apaisé. Plus qu'apaisé : différent. Il n'avait plus rien à voir avec le cinglé qu'il était encore quelques secondes auparavant.

Comme tous les hommes, il connaissait de longue date cette sensation. Cette rupture totale, frontière radicale entre l'inflammation du désir et le brusque retour à la raison. Mais ce matin, la fracture possédait une violence inédite. Littéralement, il était un autre. Il regardait ses doigts tachés de sperme, hébété, et ne comprenait pas ce qui s'était passé.

Il en tira une conclusion à propos du tueur. Tout devait se passer de la même façon pour Reverdi : avant qu'il n'ait étanché sa soif de destruction, rien d'autre ne devait compter. L'univers entier devait être assujetti à son fantasme. Ensuite, après sa danse de mort, il devait sombrer dans un état de stupeur, d'incrédulité. À Papan, les pêcheurs l'avaient trouvé ahuri. Il semblait découvrir en même temps qu'eux le cadavre de Pernille Mosensen. Marc se rappelait aussi l'homme gris, sanglé à son fauteuil, dans la salle d'Ipoh, qui répétait : « C'est pas moi... » À cet instant, Jacques n'était pas sorti de son état de choc. Il devait ressentir une panique confuse à l'idée du crime commis. Et refuser l'idée qu'il en était l'auteur...

Finalement, les choses étaient peut-être plus simples que Marc ne l'imaginait. Jacques était seul, au sens propre comme au sens figuré. Il ne possédait pas de complice. Il ne souffrait pas de schizophrénie. Il subissait seulement des pulsions morbides qui, lorsqu'elles explosaient, exigeaient d'être satisfaites, sans discussion.

En revanche, lorsqu'il choisissait sa victime, lorsqu'il achetait son miel, lorsqu'il préparait sa Chambre de Pureté, passant ses liens de rotin dans le moindre interstice, il gardait la tête froide. Il mettait en place chaque détail de la cérémonie, sachant que la crise allait survenir, que l'appel irrésistible allait bientôt résonner. Un peu comme les ethnies primitives préparent l'autel du sacrifice, en attendant qu'un « tigre-dieu » ou un « King Kong » vienne réclamer son tribut de chair fraîche.

Voilà ce qu'était Reverdi : un simple fidèle.

Dévoué à ses propres démons.

Marc se leva de la cuvette et plongea une nouvelle fois sous la douche. Les yeux fermés, il demeura de longues minutes sous le jet tiède, attendant d'être lavé, corps et esprit, des derniers miasmes de sa transe. Il n'oubliait pas qu'avant son expédition dérisoire, sa première érection était née d'une scène de meurtre. Ensuite, il n'avait pas cherché à tuer, bien sûr : seulement à faire l'amour. Mais cela avait été la même folie, la même perte de contrôle... À quelle distance se tenait-il encore de la « ligne noire » ? Combien de pas encore pour la franchir ?

Il sortit de la douche et prit une décision. Il devait quitter l'Asie au plus vite, sous peine de perdre la raison. Il fallait en finir avec Reverdi. Découvrir son ultime secret et lâcher l'affaire avant qu'il ne soit trop tard. Rentrer à Paris. Achever son livre. Oublier le cauchemar et embrasser le succès.

Sur une impulsion, il attrapa son téléphone portable et composa le numéro de Vincent. Il voulait entendre une voix amie. Une voix réelle, « normale ». Pas de réponse. Il était deux heures du matin à Paris. Le géant dormait ou n'était pas encore rentré.

Alors, mû par une autre idée, inexplicable, Marc chercha dans son sac la photographie de Khadidja qu'il avait emportée pour mieux se conditionner, en cas de panne d'inspiration. Les larmes aux yeux, il admira ce visage magnifique, cet étrange regard qui lui avait toujours évoqué une dissonance musicale, puis il s'endormit d'un coup, serrant le cliché sur sa poitrine.

60

DIX HEURES du matin, sous le cagnard.

Allongé au sommet d'un des murs de séparation des douches, les deux bras repliés contre le torse, Jacques Reverdi attendait. Raman ne résisterait pas. Malgré l'heure, malgré les risques...

Actuellement, le minet qui avait ses faveurs était un Indonésien du nom de Kodé, seize ou dix-sept ans, qui avait pris perpète pour avoir égorgé sa mère avec un fragment de tuyau d'échappement. Chaque jour, aux environs de dix-huit heures, le chef de la sécurité le rejoignait ici, alors que les autres détenus retournaient dans leurs cellules.

Reverdi sourit.

Aujourd'hui, les choses allaient se passer d'une manière différente.

Un grand liquide blanc, aveuglant, se répandait parmi les cabines à ciel ouvert, claquant sur la céramique en miroitements aigus. Chaque mur, chaque angle vibrait comme ces panneaux réfléchissants qu'utilisent les photographes. Jacques évitait de baisser les yeux sous peine d'être ébloui et de perdre l'équilibre.

Il demeurait immobile, dans l'axe du mur, ventre et visage collés contre l'arête, respirant l'odeur du mastic entre les carreaux. En caleçon, il ne sentait plus la brûlure du soleil. À ce stade, il était lui-même une fournaise. Une matière incandescente, dont la moindre parcelle était cuite, dont le moindre mouvement distillait des effluves de feu.

Quand les courbatures devenaient intolérables, il se remémorait son plan, et tout son organisme se coulait dans cette logique. Ses membres ankylosés s'ajustaient, se glissaient dans le projet, comme autant de cartouches dans une culasse de fusil.

Raman ne résisterait pas.

Reverdi était allé trouver Kodé. Il lui avait ordonné d'allumer le maton, après le petit déjeuner, et de l'attirer dans les douches – précisément dans cette cabine. Le gardien se méfierait, mais Reverdi pouvait compter sur le charme de la petite tantouze. En quelques semaines, il avait éclipsé tous les travelos du bâtiment D.

Jacques connaissait les manies de Raman. Il se déshabillait, ne gardant que ses chaussures à semelles de crêpe et sa matraque électrique. Avant d'enculer les mômes, il leur balançait de violentes décharges, afin de leur contracter les fesses au maximum et d'éprouver, au moment de la pénétration, une sensation de dépucelage. Il leur déchirait l'anus, savourant le sang qui coulait entre ses jambes et lubrifiait la pénétration, caressant leur peau encore frissonnante d'électricité...

Reverdi noua ses deux poings sur sa brosse-rasoir. Il avait amené des gants de crin, parce que Raman faisait l'amour à l'indienne, en s'enduisant le corps d'huile de sésame. Sous sa langue, il sentait aussi l'aiguille à points de suture et le fil chirurgical qu'il avait récupérés à l'infirmerie. D'un coup d'œil, il repéra, en bas, dans le carré de douche, le seau contenant les abats. Comme en écho à sa stratégie, il entendait les Chinois, au loin, s'agiter sur le seuil des cuisines : le principal chef des gangs han fêtait aujourd'hui son anniversaire. Depuis une semaine, lui et les siens mettaient au point un banquet, destiné à toute la communauté chinoise.

Reverdi sourit encore à l'idée du festin.

Il allait apporter sa petite contribution au menu.

Soudain, du bruit.

La lumière blanche se mit à vivre, à battre, le long des douches. Jacques banda ses muscles. Par réflexe, il eut un bref mouvement vers sa pelade, comme il aurait touché un fétiche, puis il enfila les gants. Il entendit des ricanements, ceux du môme. Aussitôt après, un cri de douleur. Raman venait de calmer son compagnon d'un coup de matraque.

La porte de la cabine s'ouvrit avec violence.

Kodé plongea tête la première contre le ciment, complètement nu. Reverdi pouvait voir ses cheveux briller d'huile de coco, ses muscles rouler sous sa peau comme des petites perles. Raman entra dans son sillage et referma la porte. À poil lui aussi, avec sa matraque et ses chaussures de crêpe. Jacques n'était qu'à cinquante centimètres de sa tête.

L'Indonésien s'était recroquevillé contre les carreaux, croupe dressée. Raman lui balança une série de coups dans les reins, les fesses, les cuisses. Chaque décharge l'envoyait valdinguer contre le mur et rehaussait encore son cul, tendu, vibrant, excitant. Le gamin hurlait.

Reverdi laissa faire. Après tout, cette « victime » avait tranché la gorge de sa mère, d'une oreille à l'autre.

Un coup.

Convulsion électrique.

Il contemplait, fasciné, le dos noir de Raman. Ses vertèbres jouaient sous sa peau luisante, à la manière de phalanges dans un gant de soie noire. Son corps était du fil de muscle. Une charpente de pure violence, qui exhalait en même temps une douce odeur de sésame.

Un coup encore.

L'égorgeur suppliait. Fesses serrées, tremblantes. Même Reverdi était ébranlé par ce spectacle d'humiliation sexuelle.

Quand il sentit monter en lui une érection, il sut qu'il devait agir.

Il déroula son bras sur la gauche et parvint à atteindre le mur d'en face. En appui sur les deux angles, il déploya son corps au-dessus de la cabine, l'enveloppant soudain d'une ombre géante. Raman, matraque en l'air, se retourna pour comprendre ce qui se passait.

Reverdi plongea. Il poussa le maton contre la paroi, lui plaqua sa lame de rasoir à la base du pubis et lui écrasa la main sur la bouche. L'homme se cambra, les yeux exorbités. Jacques ordonna au gamin :

– *Get out.*

Le gosse ne bougeait pas, secoué de spasmes.

– *I said : GET OUT !*

Il s'évapora. La porte rebondit contre les carreaux. Reverdi la referma du talon, sans lâcher prise. Lui aussi avait gardé ses chaussures : la matraque électrique déclenchait des étincelles sur le sol trempé. Il se félicita aussi d'avoir songé aux gants : le pervers dégoulinait d'huile.

Raman ne bougeait plus, respirant par les narines. Reverdi était frappé par la beauté de leur face-à-face : corps de bronze, corps de cuivre. Deux athlètes à la lutte – ou à l'amour. Pour le moment, l'ambiguïté tenait.

Il enfonça légèrement sa brosse-rasoir. Juste de quoi faire perler le sang. Il sentait contre son poing serré les muscles abdominaux du gardien : plus durs qu'un contrefort d'acier. Durant une seconde, il craignit que sa lame ne puisse pénétrer une telle carapace, mais la sensation tiède le rassura – le sang coulait déjà.

Les narines de Raman palpitèrent. Ses yeux injectés disaient : « Tu n'oseras pas. » Mais ses sourcils multipliaient les rides sur le front, hurlant le contraire. Le doute. L'incertitude. La panique. Il venait d'apercevoir les abats dans le seau.

Jacques sourit, à quelques centimètres de son visage.

Il sentait l'aiguille et le fil sous sa langue. Il demanda en malais :

– Tu te souviens de ce que je t'ai dit une fois ?

Raman tremblait, battant des paupières. Reverdi ajouta :

– Il vaut mieux être recousu mort que vivant.

En un seul geste, il plongea sa lame dans le pubis du Malais et la remonta jusqu'aux poumons.

61

MARC se réveilla à quatorze heures.

La chambre était inondée de lumière. Ses draps étaient à essorer. Il n'avait aucun souvenir de ses rêves et s'en félicitait. Il tenait toujours la photo froissée de Khadidja dans sa main. Il la lâcha comme un objet sacré et aperçut, sur la chaise, face au lit, son ordinateur.

Sa bouée, sa borne, son seul repère.

Il tendit le bras et attrapa la machine.

Objet : RANONG – Reçu le 3 juin, 8 h 10.
De : sng@wanadoo.com
À : lisbeth@voila.fr

Mon amour,

Tu as pénétré dans la Chambre de Pureté et, sans le savoir, tu as pénétré « Son » cœur. Le cœur palpitant de l'Artisan Suprême. Une nouvelle fois, tu as compris l'indice. Une nouvelle fois, tu es entrée en intelligence avec Son Œuvre.

Lise, j'aime tes mots, tes déductions, tes conclusions. Ta manière de saisir et de décrire l'Indicible. De t'insinuer comme une eau claire dans Son Sillage.

Maintenant, il n'existe plus qu'un seul secret à découvrir. Les autres indices, les autres étapes n'étaient que des marches pour accéder à ce but.

La Couleur de Vérité.

Tel est le dessein de l'Œuvre : apercevoir, durant quelques fractions de seconde, la Couleur de Vérité, qui est aussi la Couleur du Mensonge.

Si tu suis précisément mes instructions, tu pourras toi-même, sinon la contempler, du moins l'imaginer.

Désormais, la procédure de nos échanges doit se modifier. Pour des raisons que je t'expliquerai plus tard, il va y avoir ici, à Kanara, du grabuge. Je risque de ne plus pouvoir t'écrire ni te lire durant plusieurs jours.

J'associe donc à ce message plusieurs « documents joints », que tu devras consulter dans l'ordre chronologique. Attention : tu ne pourras lire chaque message qu'après avoir exécuté les indications du précédent. Cette condition est essentielle. D'ailleurs, tu ne comprendras leur signification qu'en respectant cette règle.

La Quête touche à sa fin, mon amour. Lorsque tu posséderas l'Ultime Connaissance, je serai, en un sens, libéré. Je serai nu devant toi. Et tu seras revêtue de lumière.

Alors, nous pourrons nous unir.

Je t'aime.

JACQUES

Marc préférait ne pas s'attarder sur ces déclarations d'amour. Que voulait-il dire quand il promettait de s'unir à Élisabeth ? Il ne voulait pas non plus réfléchir aux nouveaux termes du jeu de piste : « la Couleur de Vérité », « la Couleur du Mensonge ». L'habituelle sauce ésotérique.

Il devait, simplement, s'en tenir aux ordres. Il ouvrit le premier document joint, rédigé sur le logiciel Word.

Où que tu sois à Phuket, retourne au centre de l'île et prends la 402. Oriente-toi vers l'aéroport. Tu trouveras sur cette route le Bangkok Phuket Hospital.

Au service des urgences, un bureau est ouvert à l'intention des prostituées et des toxicomanes. Ce service offre des soins gratuits ainsi que des objets de prévention – des préservatifs, mais aussi des seringues hypodermiques.

Va là-bas et récupère une seringue sous vide. Alors, seulement, tu ouvriras le deuxième document joint.

Un flux de glace reflua dans ses veines. L'évocation d'une seringue impliquait une injection – ou un prélèvement. Sur quoi ? Sur qui ? Il n'y avait pas mille réponses : Jacques Reverdi l'orientait maintenant vers l'une de ses victimes. Le prélèvement serait à effectuer sur un cadavre.

Au fond, il n'était pas étonné par ce dénouement. Il l'avait toujours pressenti. Son Initiation devait s'achever dans un des sanctuaires du tueur. Reverdi avait tué de nombreuses fois. Où étaient ces corps ? Comment les cachait-il ? La réponse était au bout des « documents joints », mémorisés dans son ordinateur. Il fut tenté de les ouvrir tout de suite – il y en avait sept – mais il se ravisa. Il devait suivre les règles. La stratégie du maître.

Il déboula à l'hôpital à quatorze heures. Le ventre vide, l'esprit enfiévré. L'acquisition de la seringue ne posa aucun problème. Pas une question, pas un formulaire à remplir. Le service était habitué à une clientèle déglinguée. Et Marc avait la tête de l'emploi. D'ailleurs, un médecin voulut l'ausculter. Il refusa mais demanda *« something for headache »*. Il avait une migraine à fendre le crâne.

Marc avala son aspirine et embarqua la boîte, à titre de réserve. Sur le parking de l'hôpital, il lut le deuxième document.

> Prends de nouveau la route du continent, direction Takua Pa. Cette fois, poursuis ton chemin. Direction Ranong, près de la frontière birmane. Il y a environ quatre cents kilomètres à parcourir. Soit dix heures de conduite.
>
> N'hésite pas à t'arrêter pour dormir car tu devras parvenir aux environs de Ranong de jour. Pour repérer le signe, au bord de la route. Cherche le cercle, ma douce. L'œil dans la terre. Dès que tu l'apercevras, tu ouvriras le document suivant.
>
> Sois patiente : tu ne cesses de t'approcher de moi...

Il roula plein nord.

Halluciné, tremblant, avec la seringue sous plastique qui roulait sur son siège passager.

À la tombée de la nuit, il n'avait même pas atteint Takua Pa. Il s'arrêta dans un « resort », constitué de bungalows engrappés sur une colline, face à la mer. Il s'endormit à vingt heures, sans même avoir allumé son ordinateur.

À cinq heures, le lendemain, il était de nouveau au volant.

En pleine nuit, la route creusait la jungle noire. Peu à peu, la végétation devint grise, puis, à mesure que l'horizon s'éclairait, les murailles passèrent au bleu. Les lianes, les arbres, les feuilles prirent l'apparence d'une forêt d'épingles. De lentes vapeurs s'élevèrent des frondaisons – la canopée s'éveillait. Enfin, le bleu s'arracha de l'ombre pour devenir fraîcheur, fertilité, luxuriance. Le vert. Une pyrotechnie de feuillages et de cimes...

Marc ne quittait pas des yeux l'asphalte, cadrant en même temps l'horloge du tableau de bord. À dix heures, il dépassa Takua Pa. À midi, Khuraburi. Les panneaux annonçant Ranong se multipliaient. S'il ne lâchait plus l'accélérateur, il pouvait parvenir à la frontière birmane avant seize heures.

À cinquante kilomètres de Ranong, les voitures s'espacèrent. Plus l'ombre d'un car ni d'un touriste. La région retrouvait sa majesté primitive. À ce moment, la forêt chauffée à blanc semblait près de s'enflammer. Les sucs, les sèves, les résines s'évaporaient en parfums, essences, gaz inflammables... Pourtant, Marc grelottait dans sa voiture, la climatisation réglée à fond. Lorsqu'il essuyait la sueur de ses paupières, il avait l'impression de toucher du gel. « Cherche le cercle », se répétait-il. « L'œil dans la terre. » Il ne cessait d'observer les vallées qui se déroulaient en contrebas de la route. Que devait-il trouver ? Un panneau ? Une construction ? Une route ?

À vingt kilomètres de Ranong, il remarqua une canalisation béante, émergeant d'un coteau. Il ralentit. Le cylindre de béton ressemblait à un organe crevé, jaillissant d'un ventre ouvert. Marc nota qu'il s'était trompé d'échelle. L'objet était beaucoup plus loin qu'il n'avait cru : au fond du précipice. C'était un véritable chantier abandonné.

La première sphère, énorme, surplombait des coudes, des tronçons de métal enlisés dans la boue. Soudain, dans l'ombre des parois, des hommes apparurent, plus petits que des fourmis. Ils portaient tous des lampes frontales, encore allumées. Des mineurs. Marc comprit qu'il était arrivé. L'œil dans la terre : une mine. Il se gara au bord de la route et ouvrit le troisième document.

Après le cercle, tu prendras la première route à gauche. Au bout de cinq kilomètres environ, tu trouveras un embarcadère. Ne cherche pas de panneau : ce n'est même pas un port. Juste un ponton d'où partent les pêcheurs d'ambre, qui se risquent au-delà de la frontière birmane.

Là, trouve un marin et demande-lui de t'emmener à Koh Rawa-Ta. Même avec ton accent, il comprendra : c'est une des îles face au littoral. Sois généreuse : aborder Koh Rawa-Ta est difficile, à cause des coraux du rivage.

Lorsque tu seras en vue de l'île, ouvre, sur le bateau, le document suivant. Tu y découvriras les dernières instructions.

Je tremble en écrivant ces lignes, mon amour, parce que je t'imagine en train de les lire. Cela signifie que tu n'es plus qu'à quelques kilomètres de la Vérité.

Ma Lise, je te tends la main. Au-dessus des hommes. Au-dessus des apparences et des mensonges.

Au-dessus de la médiocrité et de la raison, je t'ai trouvée.

À toi de me trouver maintenant.

Marc ferma doucement le couvercle de son ordinateur. Il nota que, dans l'élan de la passion, Reverdi n'utilisait plus la troisième personne. Les masques tombaient. Le temps des distances, des précautions, était révolu.

Il tourna la clé de contact et prit la route de l'île.

62

LORSQU'IL parvint à l'embarcadère, un orage couvait. Malgré lui, Marc sourit. Tout s'agençait parfaitement. Le rendez-vous qu'il avait manqué la veille, à Koh Surin, avec la mousson, allait survenir aujourd'hui, au moment de l'étape cruciale.

Le temps qu'il gare sa voiture, les premières pluies commencèrent. Non pas le déluge attendu, mais seulement quelques prémices. Ce que les Asiatiques appellent les « pockets rain ». « Poches de pluie » ou « pluies de poche » : Marc n'avait jamais compris.

L'appontement était misérable. Il ressemblait à un cimetière marin, le long d'un bras de mer. Barques à sec, rafiots rouillés, à demi enlisés dans une boue sombre, rongés de sel et de varech. De l'autre côté, quelques baraques aveugles se détachaient dans la mangrove, sur des pilotis hauts comme des cheminées d'usine. Tout était désert.

Il trouva pourtant un pêcheur, assis dans sa barque, qui réparait ses filets. Il avait un teint de jaguar, absolument noir. Marc prononça plusieurs fois le nom de « Koh Rawa-Ta ». L'homme l'attaqua à trois mille bahts. Marc négocia pour la forme. Il s'interrogeait surtout sur l'horaire. Il montra sa montre : dix-sept heures trente. Le pêcheur indiqua sur le cadran qu'ils atteindraient l'île à six heures. Soit, pratiquement à la nuit. Il n'aurait qu'une demi-heure pour trouver le dernier indice.

Mais il ne pouvait plus attendre. Pas question de patienter encore une nuit. Il courut chercher dans sa voiture un poncho de pluie, une torche électrique, son ordinateur – et sa seringue. L'homme l'aida à monter à bord et empocha deux mille bahts. Marc s'installa à la proue. C'était une barque typique de la région, très étroite, qui ne comportait qu'un moteur fixé sur une longue hampe au bout de laquelle tournait l'hélice.

Le pêcheur manœuvra. Ils suivirent le dédale des marécages puis atteignirent l'estuaire. L'eau était noire, comme contaminée par l'orage. Chaque remous, chaque secousse avait une épaisseur de mazout. Au sortir des marigots, les vagues se soulevèrent. Les flots prirent un ton brun-jaune, ferrugineux. Marc éprouvait le sentiment de traverser des ères immémoriales. Âge de bronze, âge de fer...

L'horizon ressemblait à un fil de plomb, tendu et noir. Toute la mousson semblait s'y concentrer, en une bande dure, compacte. Les nuages, couleur de sang caillé, étaient zébrés d'éclairs. Des rideaux de pluie assombrissaient encore le décor, par endroits, en zones de ténèbres.

Marc serrait son matériel sous son poncho. Autour du bateau, la mer retrouvait maintenant un ton indigo. Il jeta un coup d'œil vers le marin. Debout à l'arrière, comme un gondolier, il désigna une direction, d'un signe du menton, sur la droite. Dans l'air brouillé, venaient d'apparaître les îles solitaires.

Couvertes de jungle, elles ressemblaient à des émeraudes posées à fleur d'eau. L'homme tendit son doigt. Koh Rawa-Ta était celle du milieu. Comme pour souligner son geste, un éclair gicla du ciel et illumina, précisément, ce dôme de végétation.

Ils naviguèrent près de vingt minutes. Marc captait maintenant des détails : les pans de falaises grises, les arbres croulant sous les lianes, le liséré d'écume blanche qui marquait la frontière entre la mer et la terre. Le marin arrêta son moteur à deux cents mètres du rivage. Impossible d'approcher : plus assez de fond. Reverdi l'avait prévenu. Mais il devait exister une passe, un moyen d'accoster... Il était temps d'ouvrir le quatrième message. Tendant son poncho au-dessus de l'ordinateur, il cliqua sur l'icône.

Mon amour,

Tu es donc parvenue auprès de l'île. Il va falloir maintenant t'orienter à l'intérieur du joyau. Souviens-toi : à Koh Surin, tu as découvert la respiration qui entoure chaque Chambre de Pureté. Cherche ici le même souffle et tu trouveras le lieu...

Les bambous. Il devait débusquer une forêt de bambous sur Koh Rawa-Ta. Mais cela ne lui donnait pas le moyen d'accoster. Il continua à lire.

Lorsque tu auras découvert la Chambre, tu devras plonger dans son ombre. Là, quelque chose t'attend. Une église.

Tu dois trouver cette église, ma douce, et la traverser. Remonter la nef, le transept, l'abside... Jusqu'à trouver les croisillons où on respire les parfums d'encens.

Alors, prélève avec ta seringue la pureté qui plane dans ces hauteurs. C'est ici que se trouve le Secret.

La Couleur de Vérité.

Qui est aussi celle du Mensonge.

Maintenant, mon amour, je ferme les yeux.

Et je t'imagine face au Secret.

Lorsque tu seras éblouie par cette lumière sombre, nous pourrons nous unir. Le Secret scellera nos âmes et nos corps, en une seule et même Grâce.

Je t'aime.

Sous son poncho, Marc étouffa un juron. Il ne comprenait rien au message. Pas l'ombre d'une indication pour aborder l'île. Quant aux considérations sur l'« église » et les « croisillons », cela battait tous les records d'hermétisme.

Ils s'étaient un peu rapprochés : cent mètres environ. Marc plissa les yeux et ne vit aucune clarté particulière parmi les feuillages : pas de bambous à l'horizon. Il fit signe au pêcheur qu'il voulait effectuer le tour de l'île. Le marin répondit par une grimace. Il ne cessait, avec le plat de sa paume, d'exprimer le manque de profondeur. Marc sortit mille nouveaux bahts. Le pilote les empocha. En maugréant, il fit gronder son moteur.

La barque chassa de l'arrière, effectua une boucle pour contourner l'île par la droite. Le marin suivit un itinéraire précis, parmi les coraux qui écorchaient les flots. Marc ne repérait toujours pas les petites feuilles. Seulement des bois serrés, bruns et denses, creusés parfois de cavernes. Il songeait à *L'Île des morts*, le célèbre tableau de Böcklin. C'était la même présence morbide, le même recueillement secret, tapis au fond de la jungle.

La lumière ne cessait de décliner. Marc estima qu'il ne disposait plus que de quinze minutes. Ils longeaient maintenant une falaise, qui piquait droit dans la mer. Une plage apparut, aux palmiers si penchés qu'ils semblaient horizontaux.

Toujours pas de bambous.

La nuit tombait. La pluie redoublait. Le pêcheur fit un geste explicite : ils devaient rentrer. Marc lui répondit par un autre mouvement : continuez ! Le Thaï fit non de la tête et amorça sa manœuvre, sans attendre de réponse.

À cette seconde, un bruissement caractéristique vint frapper les oreilles de Marc. Un frôlement léger, foisonnant, languide. Le vent charriait le son puis le remportait aussitôt, tel un mirage sonore. Mais il en était certain : les bambous étaient là, quelque part, le long du récif.

Au moment où la barque tourna, se glissant entre deux grosses vagues, Marc aperçut le ruban vert clair, juste au-dessus de la plage, sur la droite. Les feuillages semblaient former, entre les palmiers durs, un nuage immatériel. Il hurla, tendant son index. Le pilote fit de nouveau « non » et poursuivit son demi-tour.

Sans hésiter, Marc serra dans sa poche la seringue sous vide puis ôta son poncho et plongea dans la mer. La fraîcheur de l'eau altéra sa respiration. Il eut l'impression de pénétrer dans la chair même de l'orage. Aussitôt, il fut emporté par le courant. Aspiré dans un couloir ménagé par les coraux. Il battait des bras, se cognant, se raclant le ventre, s'arrachant les coudes sur les concrétions. Mais un petit miracle était à l'œuvre : le courant l'emmenait vers le rivage... Il s'obligea à ne plus bouger : se fit léger, sentant les crêtes des coraux lui frôler le ventre.

Il échoua enfin et sortit de l'eau. Sous la lune, la plage paraissait aussi blanche que de la craie. À mesure qu'il s'éloignait du ressac, il percevait mieux le chant des feuilles. Leur cliquettement devenait assourdissant. Des rires de sorcières. Marc se retourna vers la mer – le marin était toujours là. Il semblait furieux. Pourtant, Marc était sûr qu'il l'attendrait.

Il se dirigea vers la forêt de bambous, qui surplombait la plage. Au bout de quelques pas, il repéra, plus distinctement, la forme qu'il avait cru discerner du bateau.

Une cabane sur pilotis, accotée à la falaise.

Un simple bungalow fermé, agrémenté d'une terrasse. Quatre mètres de largeur environ. Cinq de profondeur. L'antre d'un Robinson Crusoé. Ou juste une remise pour du matériel de plongée. Soudain, une angoisse inexplicable le saisit. Et si on l'attendait là-bas ? Si Reverdi lui avait donné rendez-vous avec *quelqu'un d'autre* ? En une seconde, ses hypothèses les plus cinglées déferlèrent : le père, l'avocat... Il se raisonna mais décida de faire d'abord le tour de la hutte.

Il alluma sa torche et se glissa entre la cloison et la falaise. Personne, bien sûr. Il inspecta la surface des murs. Un seul coup d'œil lui confirma ce qu'il savait déjà : la cabane avait été « traitée ». Chaque interstice avait été obturé avec des fils de rotin et du silicone.

Réapparaissant de l'autre côté de la cabane, il se rendit compte que la nuit s'était éclaircie. Il leva les yeux. Les nuages fuyaient. La lune pleine brillait comme un soleil froid. Le sable, miroitant, troué de pluie, évoquait maintenant une surface de nacre. Il éteignit sa lampe et se sentit mieux, en prise directe avec la lumière nocturne.

Il monta sur la terrasse. De nouveau, il constata le calfeutrage. Le pas de la porte. Les rainures de la fenêtre. La faille entre la cloison et le plancher. Tout était bouché. Un bref instant, il se dit que le cadavre était à l'intérieur, mais c'était impossible. Reverdi n'avait pas mis les pieds en Thaïlande depuis au moins six mois – il n'aurait jamais laissé pourrir un corps, même dans un espace protégé.

Marc se plaça face à la porte et l'attaqua à coups de pied. Ses gestes étaient entravés par ses vêtements mouillés. La porte céda. Il l'arracha complètement de ses gonds afin que l'éclat de la lune pénétrât à l'intérieur. La paillote était vide, ou presque. Une bouteille d'air comprimé. Un détendeur blanchi de sel. Des plombs. Une lampe frontale. Aucune signe de lutte ni de violence. Aucune trace de sang ou de cire de bougie. Aucun objet suspect. Le repaire inoffensif d'un homme sauvage.

Qu'était-il censé trouver ici ? « Lorsque tu auras découvert la

Chambre, tu devras plonger dans son ombre. Là, quelque chose t'attend. Une église. » Il suivait maintenant le raisonnement du tueur. En sacrifiant ses victimes, il croyait les purifier. Elles devenaient elles-mêmes des espaces sacrés. Des « églises ».

Il frappa le sol du talon. Pas de double fond dans le plancher. Il songea à l'élévation sur pilotis du bungalow. La solution était plus simple : Reverdi avait enterré le cadavre dans le sable, sous la case.

Il ressortit et plongea sous les fondations. À quatre pattes, il observa la surface, les feuilles mortes, les pilotis, mangés par les buissons – rien à signaler. Sans hésiter, ni même réaliser ce qu'il faisait, il commença à creuser, à mains nues.

Très vite, il trouva le meilleur mouvement pour déblayer – glisser les deux bras dans le sable, les croiser en les ramenant, à la manière d'une pelleteuse, derrière lui. De temps à autre, il changeait de position, s'asseyant dans le trou et repoussant les monticules des deux talons.

Il se retrouva dans une vraie fosse, à bout de souffle. Il creusa encore, tête la première, sentant les crabes lui frôler le front, trottiner le long de ses bras. Lorsqu'il fut parvenu à un mètre de profondeur, il se redressa et se dit qu'il délirait. Il n'y avait pas de corps ici.

Soudain, il se pétrifia. À ses pieds, le trou avait bougé. Les ténèbres brillaient, dessinant des mouvements luisants. Un sifflement jaillit, puis deux, étouffés par les micas. Des serpents. Marc bondit en arrière et tenta de remonter à la surface. En vain. Les bestioles se faufilaient entre ses pieds. Blanchâtres. Sinueuses. Abominables. Il s'immobilisa. Les serpents disparurent sans le mordre : un miracle. Il chuchota :

– Les gardiens du temple.

Aucun doute : le nid avait été placé par Reverdi lui-même. Une ultime mesure de protection à l'encontre des éventuels visiteurs. Mais comment avait-il pu prendre le risque de tuer Élisabeth ? Marc pressentait sa logique de cinglé : il l'offrait en sacrifice au destin. Si elle était l'Élue, les serpents l'épargneraient. Sinon, il n'y aurait rien à regretter...

– Putain de salopard, murmura Marc.

Ce piège lui redonna du nerf. Il démontrait qu'il y avait bien quelque chose enfoui là-dessous. Après avoir sondé la fosse, pour s'assurer que la voie était libre, il creusa de nouveau, les dents serrées, redoublant de rage. Arc-bouté, ahanant, il s'enfouissait dans le trou. Il avait du sable dans la bouche, dans les yeux, les oreilles. Toujours rien. N'en pouvant plus, il se remit debout, vacilla, puis se laissa tomber sur le cul.

Ce fut comme une décharge électrique.

Son poids n'avait pas produit le son mat attendu. Plutôt un froissement. D'un bond, il se retourna et déblaya avec frénésie. En quelques gestes, ses mains rencontrèrent un objet enveloppé de plastique. Il ne craignait pas le contact du cadavre. Au contraire, cette forme pâle, argentée, qui se dévoilait peu à peu, l'hypnotisait. Il parvint à dénuder le torse jusqu'aux hanches.

Sous le plastique, le cadavre était parfaitement conservé. Tête, épaules, hanches : tout se dessinait avec précision. La peau, très blanche, semblait immaculée, à l'exception des blessures noires qui marquaient, sous les plis transparents, le Chemin de Vie. L'ensemble avait un caractère de propreté aseptique.

Depuis combien de temps cette femme était-elle morte ? Elle aurait dû être rongée par les vers et les crabes. Reverdi utilisait sans doute une technique d'embaumement. Ou une méthode de protection imparable. Marc se souvenait d'un reportage qu'il avait effectué sur un « artiste anatomiste » allemand inventeur d'une technique de conservation des corps : « la plastination ».

Il dénuda complètement les jambes. Sans réfléchir, il remonta et écarta les flancs de sable, creusant un tunnel jusqu'à l'air libre. Puis il revint sur ses traces, s'allongea sur le ventre et attrapa le cadavre par les épaules. Ses mains glissaient sur le plastique, qui semblait huilé, enduit d'un baume de protection. Enfin, il parvint à saisir le corps et à le tirer jusqu'au-dehors. À cet instant, il éprouva la répulsion qu'il avait cru éviter.

C'était une femme, bien sûr.

Son visage était livide, osseux. Les yeux, luisant au fond des orbites, ressemblaient à deux billes de verre. Les lèvres trop fines étaient retroussées sur des gencives blêmes, dans lesquelles perçaient des petites dents cruelles, dessinant un rictus crispé. Marc pensa : « Un cadavre albinos. » Même les cheveux, sous le plastique, paraissaient décolorés.

Il traîna encore le corps jusqu'à l'extraire des feuillages qui entouraient les pilotis. Elle était très petite. Une dépouille d'enfant. Sa peau luminescente paraissait entretenir une complicité avec la lune. Marc s'assit dans le sable humide et observa l'enveloppe, plaquée sur le corps, scellée par de grosses agrafes. Soudain, il eut une idée démentielle.

Cette victime n'était pas embaumée : elle était lyophilisée.

Reverdi l'avait asséchée. Il en avait extrait toute l'eau et l'avait ainsi soustraite aux menaces de la décomposition. Puis il était parvenu à la placer sous vide, à la manière des aliments promis à une longue conservation. Marc n'imaginait pas de méthode précise mais il était certain que le tueur avait utilisé son matériel de plongée. Notamment le compresseur, pour envoyer, non pas de l'air, mais du vide sous le plastique.

Il était temps de procéder au prélèvement. Marc sortit la seringue de sa poche. Il s'agenouilla devant la femme, comme en prière, et se concentra encore sur les termes du tueur :

> Tu dois remonter la nef, le transept, l'abside... Jusqu'à trouver les croisillons où on respire les parfums d'encens.

Marc imagina le plan d'une église et le superposa sur le corps. La nef était sans doute le buste. Mais l'abside ? Il croyait se souvenir que c'était la partie supérieure de l'église – l'arc de cercle où se trouve l'autel. Donc la tête. Quant au transept, cela devait être la partie intermédiaire, entre nef et abside : le thorax, où se trouvent les organes vitaux. Tout cela était vraiment vaseux. Mais où étaient les croisillons ? Ils étaient situés de part et d'autre de la nef. En un éclair, il eut la révélation : les poumons.

La suite du message confirmait cette option :

> ... où on respire les parfums d'encens...

Il devait piquer dans cette région. Afin de prélever les vestiges de l'atmosphère que la victime avait respirée au moment de mourir. Les traces physiques d'une matière volatile, les particules d'un pigment inhalé durant l'agonie.

Telle était l'apothéose.

Il se pencha et scruta la poitrine. Il n'avait aucune connaissance physiologique. Où étaient, exactement, les poumons ? Son aiguille serait-elle assez longue pour atteindre les alvéoles ? Il songea aux côtes. Il devait enfoncer son aiguille entre les côtes supérieures, sous les seins.

Il commença à palper le torse, à travers le plastique. Tout en manœuvrant, Marc comprenait un autre aspect du rituel. Reverdi ne calfeutrait pas la Chambre pour la protéger des agressions extérieures. C'était le contraire : il voulait empêcher que le parfum qu'il y avait répandu s'échappe au-dehors. Il voulait « envelopper » les corps avec un encens, une senteur, les transcender grâce à ces fragrances.

Marc se décida à piquer entre la première et la deuxième côte, en partant du haut de la cage thoracique. Mais il hésita encore : devait-il arracher l'enveloppe du cadavre ou piquer à travers ? Devait-il ôter le sachet de la seringue ou simplement le percer en enfonçant l'aiguille ? Il décida d'opérer à travers les membranes, sans rien toucher. Pour conserver le maximum d'aseptie.

Il ferma les yeux et planta l'instrument. La chair n'offrit aucune résistance. De la poudre friable. Il remonta la pompe. Il ouvrit les paupières et observa sa seringue. Il ne voyait rien – en tout cas aucune couleur dans le cylindre.

Lorsque le piston eut achevé sa course, il se pencha encore, afin d'extraire l'aiguille avec le maximum de précaution. Dans son mouvement, il s'appuya sur l'épaule gauche du corps. Le bras se brisa net. Marc hurla. Le plastique se déchira. Il aperçut le membre détaché, la poudre de peau et d'os qui se répandait parmi les plis transparents. Ce corps était tellement sec qu'il cassait comme du verre.

Marc comprit qu'il avait violé la mise sous vide : la décomposition du cadavre ne prendrait maintenant que quelques jours. Étouffant un gémissement, il glissa la seringue dans sa poche. Il poussa le corps jusqu'à sa tombe puis, en détournant la tête, il repoussa rapidement le sable par-dessus. Mentalement, il demanda pardon à cette inconnue dont les crabes allaient bientôt dévorer le visage.

63

– NOUS AVONS un problème.

Jimmy Wong-Fat se tenait sur le seuil de la cellule. Jacques se demandait par quel miracle il avait pu parvenir jusqu'ici. Depuis la découverte du corps de Raman, tous les bâtiments étaient bouclés. Aucun détenu n'était autorisé à sortir. Les visites étaient annulées jusqu'à nouvel ordre.

– Nous avons un problème.

Reverdi se redressa sur sa natte, invitant l'avocat à s'installer à ses côtés. Le Chinois resta debout.

– L'autopsie de Raman est terminée. Certains détails « techniques » font porter les soupçons sur vous.

– Quels détails ?

– Le fil qui a été utilisé pour coudre ses lèvres, ses yeux et son abdomen est d'origine chirurgicale. On ne trouve ce fil qu'à l'infirmerie.

– Je ne suis pas le seul à travailler là-bas. Ni le seul à avoir eu des problèmes avec cette ordure. Même ici, il faut des preuves pour accuser.

L'avocat ignora la réflexion :

– Il y a aussi le mystère des entrailles.

– Les entrailles ?

– Les viscères retrouvés dans le ventre de Raman. Ce n'étaient pas les siens.

– Non ?

– Les viscères d'un porc.

Jacques haussa les sourcils. Jimmy l'observait de ses yeux fendus.

– De porc ! Vous vous rendez compte de ce que ça signifie pour un musulman ? Le tueur a prélevé ses organes et placé dans son abdomen les tripes d'un cochon de lait. Ensuite, il a recousu les chairs !

Il songeait à la tête du légiste lorsqu'il avait pratiqué l'autopsie. Le musulman n'avait sans doute jamais contemplé d'aussi près des charcuteries. D'un ton détaché, il demanda :

– D'où venait ce... matériel ?

Wong-Fat se planta devant lui, jambes écartées. Il tenait toujours son cartable rouge, comme un petit animal familier :

– Des cuisines. Tout porte à croire qu'il s'agit des tripes du cochon de lait que la communauté chinoise avait fait rentrer dans la prison, pour fêter je ne sais quoi. Bon Dieu, cette bestiole avait déjà provoqué un scandale !

Reverdi aurait cru que la découverte de son châtiment l'aurait plus amusé. En réalité, il n'éprouvait rien : il ne pensait qu'à Élisabeth. Il avait hâte de reprendre contact avec elle. Il demanda pour la forme :

– On a retrouvé... enfin, « l'intérieur » de Raman ?

– Non. Et personne n'a remarqué que les tripes du cochon avaient disparu. Vous savez pourquoi, n'est-ce pas ?

– Je devine, oui.

– L'assassin a replacé les entrailles de Raman dans le corps de l'animal. Ce sont ses tripes que les Chinois ont bouffées avant-hier soir. Seigneur : des abats humains !

Jacques laissa aller sa nuque contre le mur. Il n'éprouvait rien, mais appréciait le timing parfait de l'opération. Les Chinois, commanditaires du meurtre d'Hajjah, avaient bouffé leur propre maître d'œuvre. Il murmura :

– La surprise du chef, en somme.

Jimmy pointa son index. La colère gonflait ses veines sous sa peau :

– Vous avez tort de rire. Tout le monde sait que c'est vous, Jacques. Vous seul pouviez oser un crime pareil !

Il demeura muet. L'avocat reprit :

– Avec le dossier que j'ai monté ! Tout est foutu. Qu'est-ce qui vous a pris ? (Il se pencha vers lui, brillant de sueur et d'incrédulité.) Vous vous moquez donc de mourir ?

D'un saut, Reverdi se leva et attrapa, à l'autre extrémité de la cellule, une des bougies qui brûlaient parmi des bâtons d'encens posés sur un cageot renversé. L'ensemble évoquait un autel de prière.

– Tu crois en la réincarnation ? demanda-t-il à Jimmy.

– Non.

Jacques saisit une autre bougie, éteinte, et s'approcha de l'avocat.

– Il existe une métaphore classique pour exprimer la transmigration de l'âme. (Il alluma le second cierge avec le premier.) Les corps se consument, mais la flamme, elle, passe simplement de l'un à l'autre. Elle est éternelle.

– Qu'est-ce que ça veut dire ?

Reverdi sourit et lui plaça dans la main une des chandelles :

– Cela signifie que je ne mourrai pas. Je me réincarnerai.

Wong-Fat considéra la petite flamme entre ses doigts : il ne savait pas quoi en faire. Il la remit à sa place, sur le pupitre de dévotion. À cet instant, il remarqua la photographie fixée sur le mur, au-dessus des fumigations.

– Qui est sur la photo ?

– Ma femme.

Le Chinois tourna la tête :

– Quoi ?

– Nous ne sommes pas encore mariés. Mais je veux célébrer cette union avant d'être exécuté.

Jimmy observa le portrait. Il demanda, d'une voix étrange :

– C'est la fille des lettres ? La fille de Paris ?

– La loi malaise m'y autorise.

Jimmy se releva. Son expression avait changé : ses traits s'étaient creusés, ses lèvres tremblaient. Il paraissait bouleversé.

– Mais... vraiment, c'est sérieux ? Vous voulez vous unir avec...

Il ne put achever sa phrase. Jacques le dévisagea : l'obèse était au bord des larmes. C'était à hurler de rire. Il avait donc cru à une relation profonde. Complicité, amitié, voire plus, si affinités... Reverdi chuchota d'un ton réconfortant, comme pour le consoler :

– Ce n'est pas pour tout de suite : elle n'est pas encore prête.

– Pas encore prête ?

L'avocat reprit son ton professionnel :

– Mais de quoi parlez-vous, bon sang ?

Reverdi s'agenouilla près de la photographie. Il effleura de ses doigts le visage d'Élisabeth :

– Son initiation n'est pas terminée.

– Vous avez encore des contacts ? Je n'ai plus reçu aucune lettre, je...

Reverdi ferma les yeux :

– Je la sens qui vient. Elle se rapproche de moi...

Il se remit debout et fixa Wong-Fat :

– Ce n'est plus qu'une question de jours.

64

LE CINQUIÈME message tenait en trois mots : *« File à Bangkok. »* Marc ne s'était pas fait prier. De la frontière birmane, il était reparti aussi sec et avait tracé toute la nuit, s'arrêtant seulement pour prendre de l'essence. Il avait roulé neuf heures d'affilée et atteint l'aéroport de Phuket à cinq heures du matin. Là, il avait dormi deux heures, recroquevillé dans sa Suzuki, serrant toujours sous son poncho sa seringue – son butin, son talisman. Il s'était réveillé, mi-glacé, mi-brûlant, juste à temps pour attraper le premier vol pour Bangkok.

Depuis son expédition sur l'île des morts, il était obsédé par le contenu de la seringue. Elle n'abritait, à l'œil nu, qu'un gaz volatil, légèrement teinté de lymphe et de particules rosâtres. La « Couleur de Vérité », vraiment ? Qu'avait-il prélevé au fond du poumon de la victime ? En quoi cet échantillon allait-il lui révéler la clé du rite ?

L'arrivée dans la capitale lui apporta un calme relatif. Il était heureux de retrouver la vie, la rumeur bourdonnante des voitures, l'indifférence familière des gratte-ciel. Sur l'autoroute, la mégapole lui parut même d'un bleu apaisant. C'était sans doute l'influence du ciel pur, qui se coulait dans les tours de verre.

Une fois dans la cité, il dut réviser son jugement. Bangkok craquait sous sa propre pression. Étouffée par ses constructions, son trafic, son souffle asphyxiant. Des immenses ponts de béton pénétraient dans les rues de force, écartant les immeubles, imposant un monde nouveau, aveugle et triomphant. L'asphalte était partout, recouvrant des quartiers entiers, figeant les ruelles. On semblait pressé ici d'enterrer le passé, comme s'il s'agissait d'un cadavre honteux.

Ballotté dans son taxi, Marc lisait les instructions du sixième document :

> Dirige-toi vers l'hôpital de Siriraj. En venant de l'aéroport, longe la rive du fleuve en taxi jusqu'à trouver une station de bateaux-bus. Là, achète un ticket pour la station « Pran Nok », qu'on appelle aussi « Wang Lang ». Quand tu seras parvenue à cette station, ouvre le document suivant.

Marc paya le chauffeur et grimpa dans un bateau. Hagard, il contemplait les contrastes de la ville avec indifférence. Les baraques de bois brun, posées sur des îles verdoyantes, surplombées par des tours modernes. Les stupas et les pagodes plantés parmi des citadelles d'acier et de béton. Les barques en forme de feuilles croisant des hors-bord vrombissants... Tout cet univers lui paraissait fébrile, malade. Même les passagers, autour de lui, lui semblaient brouillés, terreux, pollués.

Pran Nok s'ouvrait sur un marché. La foule y était si serrée qu'on avait du mal à descendre du bateau. Marc trouva un banc reculé, dans l'espace grillagé de la gare, et ouvrit le septième document. Il songea au Septième Sceau de l'Apocalypse.

Ce qu'il lut le sidéra, mais il n'avait plus le choix.

Il se jeta dans l'agitation. Les trottoirs vomissaient leurs commerces jusque sur la chaussée. Les échoppes multipliaient les braseros, les gazinières, les plaques chauffantes, augmentant encore la touffeur de l'air. Marc croisa, dans le désordre, des crêpes parfumées, des vapeurs brûlantes, des pâtes translucides, aux couleurs fluorescentes, des brochettes grésillantes, des poissons aux peaux croûtées, aux chairs blanches...

Il atteignit l'hôpital Siriraj, mais le dépassa. Ce n'était pas sa destination finale. Reverdi lui indiquait un laboratoire d'analyses médicales, situé dans la même rue, quelques numéros plus loin. Il devait trouver là-bas un chimiste du nom de Kantamala, un militant écologiste qui effectuait en douce des analyses d'échantillons, accablantes pour les grandes compagnies industrielles.

Où Reverdi l'avait-il connu ? C'était sans importance et Marc avait d'autres chats à fouetter. Il devait maintenant jouer un vrai rôle face à l'expert. Il possédait les noms, les termes – et même les répliques à prononcer pour sa requête.

Il poussa la vitre teintée du laboratoire et découvrit, à l'intérieur, un comptoir aussi blanc qu'un bloc de banquise. Marc demanda Kantamala. Au bout de quelques secondes, il vit arriver un grand Thaï en blouse immaculée. Teint sombre, cheveux longs noués en une queue-de-cheval, expression hostile. L'homme se dérida quand Marc prononça le nom d'un écologiste anglais, donné par Reverdi.

Ils sortirent sur le trottoir. Kantamala alluma une cigarette. Une Kron Tip, la marque locale. Il demanda en anglais, sur un ton de conspirateur :

– Qu'est-ce qu'on a aujourd'hui ?

– Un mort. Empoisonnement.

Kantamala fronça les sourcils :

– Un... mort ? Où ?

– Je ne peux rien dire.

Le Thaï tirait sur sa cigarette avec avidité. Dans la rue saturée de pollution, cela ressemblait à un double suicide.

– J'ai besoin de précisions. Un mort, c'est chaud. J'ai pas l'habitude de...

– Je ne sais rien moi-même. Je crois qu'il s'agit d'une mine, près de Ranong...

Il improvisait mais le nom parut plaire à Kantamala.

– Ça m'étonne pas ! Ils utilisent du mercure là-bas et...

– En tout cas, c'est urgent. On attend les résultats pour ouvrir une procédure.

L'autre confirma de la tête. Crispé sur sa cigarette, il ne cessait de lancer des coups d'œil méfiants par-dessus son épaule.

– Mais ce mort, insista-t-il, qu'est-ce qui s'est passé ?

– J'en sais rien. Il a respiré un gaz. Quelque chose de pas clair.

– Qu'est-ce que t'as comme échantillon ?

Marc plaça sa seringue dans la main du chimiste.

– On a pratiqué une ponction dans ses poumons.

– Merde.

Marc prit un air résolu :

– Si c'est trop lourd pour toi, je...

Kantamala balança sa clope :

– Reviens dans deux heures.

Marc se posta à la table d'un restaurant installé sur le trottoir, d'où il pouvait surveiller les vitres fumées du laboratoire. Ce poste d'observation le rassurait, comme si Kantamala avait pu fuir avec « sa » pièce à conviction.

Il commanda un thé. Il n'avait plus l'estomac assez accroché pour le café. À cet instant, il avait la tête vide. Épuisée par trop de réflexions, de découvertes, d'angoisse. Il laissa résonner dans sa conscience les vers du Cantique des Cantiques :

« Qui est celle-ci qui s'élève du désert
comme une fumée qui monte des parfums de myrrhe,
d'encens et de toutes sortes de poudres de senteur ? »

Il n'attendait plus que cela. Identifier le parfum ou l'encens que Jacques Reverdi avait utilisé. Alors, il en était sûr, un miracle se produirait. Cette dernière information bouclerait le cercle, donnerait sa cohérence à l'ensemble.

Il se disait cela, encore et encore, comme une prière. Mais sans conviction. La pollution, la chaleur, la fatigue le transformaient en somnambule.

Il se réveilla de sa litanie et regarda sa montre. Deux heures étaient passées, sans qu'il en ait eu conscience. Rien n'avait changé dans la rue. Le marché exhalait toujours ses odeurs intenables, les voitures dégageaient toujours leur gaz empoisonné. Les jambes flageolantes, Marc se dirigea vers le laboratoire.

– Tu te fous de ma gueule ?

Le chimiste paraissait furieux, clope au bec.

– Qu'est-ce que tu as trouvé ?

– Rien.

– Comment ça, rien ?

– Aucune trace de pollution, ni de substances étrangères.

– C'est pas possible... L'échantillon vient d'un poumon. Il...

– Ça, je veux bien te croire. Mais ton gars n'est pas mort empoisonné. Il est mort d'asphyxie.

Marc releva les yeux : l'homme flottait devant lui.

– Ta seringue contenait de la myoglobine, une molécule musculaire, qui fixe les gaz. Je l'ai analysée. Saturée à quatre-vingts pour cent de gaz carbonique.

Marc ne trouvait rien à répondre. Kantamala continua, pompant sur sa cigarette :

– Il n'y a pas eu intoxication. Ton mec n'a rien respiré. Rien du tout. Il est même mort de ça. Étouffé. Mais pas avec un oreiller sur la tête. Il n'y a aucune trace de traumatisme. Pas le moindre signe d'épanchement pleural : ce liquide jaunâtre qui apparaît autour du poumon après une mort violente. Non : ton mec est mort lentement, par manque d'oxygène, en respirant son propre gaz carbonique.

Toute la rue tanguait sous ses pieds. Le chimiste monta le ton :

– Je ne sais pas à quoi vous jouez mais je ne marche plus dans vos combines. Ce truc n'a rien à voir avec l'écologie. C'est un meurtre, tu piges ?

Marc recula vers la chaussée, parmi les voitures, les étals, les passants. Il était comme absorbé par l'hallucinante vérité.

L'arme du crime n'était pas le couteau.

Mais la cabane.

La Chambre de Pureté, qui agissait comme un étouffoir.

Telle était la marque de Reverdi.

Le maître de l'apnée tuait ses victimes en les privant d'oxygène.

65

MARC plongea dans la foule et remonta la rue Pran Nok jusqu'à la station des bateaux-bus. Il retrouva son banc, à l'ombre des grilles, et rassembla les derniers éléments. Il possédait, enfin, le modus operandi, dans ses moindres détails.

D'abord, le tueur séquestrait sa victime dans une hutte totalement calfeutrée. Il attendait, patiemment, qu'elle consomme la réserve d'oxygène de la Chambre. Combien de temps prenait ce supplice ? Au moins des heures. Peut-être même des jours...

Marc imaginait la femme bâillonnée, ligotée, respirant de plus en plus difficilement, sentant le poison carbonique emplir ses poumons. Jacques Reverdi l'observait. Il contemplait la mort à l'œuvre. Assis en tailleur, à l'autre bout de la case, savourant le spectacle de cette fille qui hurlait en silence, muselée, la gorge à vif...

À quel moment pratiquait-il les incisions ? Sans doute durant cette attente. Mais, contrairement à ce que Marc avait imaginé, il ne rouvrait pas aussitôt les plaies. Il laissait sa victime s'asphyxier, avant de la saigner.

Ici, l'hypothèse coinçait. Le seuil critique d'étouffement s'étirait sur des heures : comment Reverdi tenait-il ? Cette attente surpassait, et de loin, ses capacités d'apnéiste. En un flash, comme un ultime rouage qui prenait sa place, il revit la bouteille de plongée, dans le premier repère, puis dans le second. Il avait négligé ce détail mais les bouteilles avaient leur rôle à jouer. Pendant que sa victime agonisait, le tueur respirait de l'air comprimé, les lèvres serrées sur le détendeur.

À ce stade, la femme devenait une sorte de baromètre pour mesurer la composition de l'air. À mesure qu'elle s'agitait, suffoquait, Reverdi évaluait le vide de la pièce. Chacun de ses cris muets, de ses râles était comme un indice de la pureté en marche. Lorsque la victime n'était plus qu'à quelques secondes de mourir, alors, la Chambre était prête.

Reverdi pouvait passer à l'acte.

Il arrachait son masque et se mettait en apnée.

Telle était l'incroyable vérité : Reverdi ne craignait pas cet espace mortel car il pouvait rester plusieurs minutes sans respirer. La pureté de la hutte était « sa » pureté.

Encore une fois, Marc songea aux paroles du Dr Norman, à propos de la scène du crime, qui était une extension de la personnalité de Reverdi. Plus que jamais, la psychiatre avait raison. La Chambre de Pureté était devenue une projection de son corps. Son être, sa puissance s'étaient étendus jusqu'aux murs de la cellule.

La victime mourait, véritablement, dans le « royaume » de Reverdi. Au sein de sa forteresse : l'apnée.

Marc retourna à la scène. L'air sain n'existait pratiquement plus maintenant, les bougies tremblaient, la femme faiblissait.

Alors, avant le dernier souffle, Reverdi saisissait une chandelle et passait la flamme sur les plaies pour les ouvrir, en faisant fondre le miel séché. Dans le même temps, il ôtait le bâillon de sa victime, afin qu'elle puisse happer les dernières goulées d'air. Il y avait un vice extrême dans cette méthode car la bouche haletante et la flamme se disputaient les ultimes parcelles d'oxygène. Le cierge tuait la femme de deux manières distinctes : en faisant fondre le miel des blessures, mais aussi en lui volant de l'air...

Marc pratiqua un arrêt sur image. Pourquoi Reverdi tuait-il deux fois sa victime ? En l'asphyxiant et en la saignant ?

Il n'avait pas encore tout compris.

Il se concentra encore et emprunta les yeux du tueur. Il contemplait le sang qui giclait des bras, des cuisses, du torse (il notait, au passage, la raison d'être des lampes frontales qui jonchaient le sol des cases : dans une pièce privée d'air, les cierges finissaient par s'éteindre ; pour voir son œuvre jusqu'au bout, Reverdi devait utiliser l'électricité). Marc admirait, malgré lui, l'hémoglobine qui s'écoulait par ses multiples sources, à la manière de torrents de montagne. Ce corps supplicié devenait un glacier de sang, fondu au feu.

Il eut un nouvel éclair. Le rouge. Le rituel visait exclusivement à cela. Contempler la couleur écarlate, dans un espace absolument pur.

L'absence d'oxygène devait posséder un effet sur la teinte du sang. Une transmutation chimique devait se réaliser entre l'hémoglobine et le gaz carbonique.

Marc avait besoin d'un expert. Un seul nom lui vint à l'esprit : Alang, le légiste. Il tâtonna dans ses poches et trouva le téléphone portable qu'il avait loué à Phuket.

Le toubib décrocha aussitôt. Dès qu'il reconnut la voix, il éclata de rire. Cette spontanéité, cette gaieté transpercèrent Marc. Il faillit s'effondrer en larmes mais s'accrocha à ses propres mots :

– Je t'appelle pour un conseil. Une question à te poser.

– Moi aussi : un troubadour écossais, en manteau rouge, reconverti dans l'élevage de saumons ?

Marc soupira. Il s'extirpa de l'instant présent et réfléchit, remuant ses souvenirs musicaux. L'absurdité de la situation dépassait tout :

– Ian Anderson, du groupe Jethro Tull.

– Je t'adore. Qu'est-ce que tu veux savoir ?

Marc ferma les yeux. La chaleur le frappait à pleine violence. Un rideau de sueur s'agglutinait sur ses paupières.

– Imagine, je dis bien, imagine, qu'on fasse couler du sang dans une pièce totalement privée d'oxygène...

– Sois précis. Tu parles d'un sang stocké en laboratoire ou du sang d'un corps blessé ?

– D'un corps. D'une blessure.

– Cela concerne Reverdi ?

– Qui d'autre ? Les blessures s'écoulent dans une atmosphère confinée, sans oxygène.

– Je ne comprends pas : ta victime est déjà morte dans ce cas ?

Marc faillit hurler mais s'efforça au calme :

– Tout se passe en un seul mouvement : la victime perd son

sang alors qu'elle suffoque. La scène se déroule dans une pièce sous vide, tu comprends ?

– Continue.

– Cette absence d'oxygène aurait-elle une influence sur la couleur du sang ?

– Plutôt, ouais.

– De quelle couleur serait-il dans ce cas ?

– Pas de couleur.

– Quoi ?

– Le sang serait noir. Parfaitement noir. C'est l'oxygène qui donne sa couleur rouge à l'hémoglobine. Sans lui, le sang devient très sombre. C'est pour ça que les veines, à la surface de la peau, sont bleues : peu oxygéné, le sang y est brunâtre. C'est pour ça aussi que le corps d'une victime asphyxiée est gris. Le phénomène est connu : on appelle ça la cyanose, du grec *« kuanos »*, qui signifie : « bleu sombre ». À mon avis, dans ton cas, le sang serait particulièrement foncé.

Marc répéta, incrédule :

– Pourquoi ?

– Parce que l'hémoglobine n'aurait plus aucun contact avec des molécules d'oxygène, ni à l'intérieur du corps, ni à l'extérieur. Ce serait une pure désoxyhémoglobine. Un sang si sombre qu'il serait noir. En Malaisie, ce « sang noir » est l'objet de beaucoup de légendes. C'est la couleur même de la mort et...

Il n'entendait plus les paroles d'Alang. Il avait toujours possédé cette information. La gynécologue qu'il avait rencontrée, à l'époque de son enquête parisienne, lui avait dit : un sang sombre. Un sang veineux, peu oxygéné.

Le noir.

Le sang noir.

La quête de Jacques Reverdi.

Transformer chaque femme en fontaine de sang noir.

« La Couleur de Vérité, qui est aussi la Couleur du Mensonge. »

Marc raccrocha. Il vacillait, dans la blancheur du soleil. Des taches sombres dansaient sous ses paupières. Il était près de s'évanouir. La vérité le pénétrait comme un suc lent et trop riche, saturé d'évidences, de logique, de folie...

Il allait devoir s'habituer à cette démence.

Car c'était cette pulsion criminelle qu'il avait voulu contempler, droit dans les yeux.

Combien Reverdi avait-il tué de femmes pour s'émerveiller face au noir absolu ?

66

FUIR.

Fuir avec le secret.

Marc reprit un taxi et traversa Bangkok, en direction de l'aéroport. Il ne voyait rien, n'entendait rien, ne sentait rien. Assourdi par les battements de son propre cœur. Ses doigts s'enfonçaient dans son sac, à en blanchir ses jointures. Quitter ce pays. Quitter le cauchemar. Emporter son secret le plus loin possible.

Il retrouva la neutralité de l'aéroport avec soulagement. Il se dirigea vers le comptoir des classes économiques, puis se ravisa. Compte tenu de son état, et du trésor qu'il détenait, il décida de s'offrir un retour grand luxe.

Il s'orienta vers le guichet de la Cathay Pacific, une des plus prestigieuses compagnies aériennes asiatiques, et acheta un billet de première classe. Un violent coup de marteau sur sa tirelire : pas moins de cinq mille euros pour un simple retour. Mais tant pis – ou tant mieux : une manière d'écorner l'avance sur droits qu'il allait arracher aux éditeurs. Par réflexe, il serrait toujours son sac. Son ordinateur. Son livre. Son avenir.

Un tel billet donnait accès au salon VIP de l'aéroport. Un grand espace mordoré, tout en lignes et symétries strictes.

Marc vit dans ce lieu de rigueur un symbole. Le temps de l'ordre, de la structure, était venu. Il décida, en attendant son vol, d'écrire la trame définitive de son roman. Maintenant qu'il possédait son point d'arrivée, il lui était facile de tirer la ligne décisive.

Il se dirigea vers le bar et se prépara une assiette d'amuse-gueule. Il remplit aussi une coupe de champagne, puis fila droit dans le business-center, grande cage vitrée où s'ordonnaient des ordinateurs, des téléphones, des fax.

Il s'installa, brancha son ordinateur sur le secteur électrique. Avant de commencer le boulot proprement dit, il devait effectuer le ménage. Il se connecta avec son serveur « Voilà » et ouvrit la page d'accueil. En quelques manipulations, il clôtura son abonnement. Le programme lui demanda s'il était sûr de sa décision et lui signala qu'il avait un dernier message : sans doute l'ultime rendez-vous de Reverdi, au parloir de la prison de Kanara. D'un geste, Marc confirma la résiliation. Il effaça pour toujours le dernier message et son adresse e-mail.

Désormais, tout contact avec Élisabeth était impossible.

Élisabeth Bremen était morte.

Morte et enterrée.

Dans quelques semaines, ce serait au tour de Jacques Reverdi.

Jugé et exécuté.

Il ne resterait plus rien de cette passion épistolaire, de ce grand amour fictif. Plus rien, excepté un roman qui, si Marc s'appliquait un peu, pouvait devenir un succès.

Mais Élisabeth méritait des funérailles plus sérieuses. Il ferma son ordinateur, le glissa dans son cartable, puis partit aux toilettes, machine sous le bras, après avoir cueilli une boîte d'allumettes sur le comptoir du bar. Il verrouilla une cabine et fouilla dans la poche dorsale de son cartable. C'était là qu'il planquait, en manière de porte-bonheur, le portrait de Khadidja.

Il vérifia qu'il n'y avait pas de capteurs de chaleur au-dessus de lui puis, avec précaution, il maintint la photographie au-dessus de la cuvette et l'enflamma. Il contempla le feu qui mordait le papier brillant, rongeait le visage de la beurette. Il lui envoya un sourire, en murmurant :

– Adieu, Élisabeth...

Lorsque les derniers débris noirâtres atterrirent au fond de l'eau, il tira la chasse et se souvint d'une scène identique, vécue des années plus tôt. Lorsqu'il avait détruit, dans les toilettes d'un célèbre magazine, le certificat de décès de Lady Diana. À l'époque, ce petit brasier avait sonné son adieu à la princesse – et à son métier de paparazzi.

Aujourd'hui, son destin prenait encore une fois un tournant.

Il quittait Élisabeth et devenait écrivain...

De retour dans le centre d'affaires, il s'attaqua au plan du roman. Son propre calme l'étonnait. En réalité, c'était une paix de surface, frémissante. Sa nausée le taraudait toujours et son angoisse menaçait d'exploser, à chaque seconde, en un long cri. Il était le complice d'un assassin. Il était le seul être au monde à posséder son secret.

Un bref instant, il fut tenté de changer totalement de cap : retour en Malaisie, contact avec le juge, témoignage sur l'honneur, et lettres en guise de pièces à conviction... Cela ne dura pas. Il vida sa coupe de champagne et se mit à écrire. À quoi servirait d'éclairer ces crimes dans le cadre d'un procès réglé d'avance, alors qu'il pouvait en faire un splendide thriller ?

Il se concentra sur son synopsis. La rédaction du texte lui prit moins d'une heure. Sans le moindre retour en arrière. Enfin, il relut ses vingt pages avec satisfaction. Non : le mot était trop faible. Il savoura chaque mot avec une exaltation proche de la transe. Ses mains tremblaient. Son cœur bondissait par à-coups. Il était certain qu'il tenait une intrigue « énorme ». Une petite révolution. Il en était d'autant plus convaincu qu'il n'y était pour rien.

Il contemplait, sur la surface miroitante de son ordinateur, un pur diamant. La folie, toute en transparence, de Jacques Reverdi. Il l'avait trouvée, isolée, nettoyée – et il la contemplait maintenant sous tous les angles.

Dans son effervescence, Marc se dit qu'il pouvait, dès maintenant, appâter un éditeur. Il n'en connaissait qu'un, un spécialiste des faits divers pour qui il avait rédigé plusieurs textes.

Il chercha dans sa messagerie – la vraie, celle de Marc Dupeyrat – l'adresse électronique de son contact.

Il transforma son synopsis en message électronique et rédigea quelques lignes d'introduction, expliquant qu'au cours d'un voyage en Asie du Sud-Est, il lui était venu cette idée d'intrigue. Il achevait son message par la question : « Cela vous intéresse-t-il ? »

Il connaissait la réponse. Il s'apprêtait à envoyer l'ensemble du message quand il s'aperçut qu'il n'avait toujours pas de titre. Sans hésiter, il inscrivit, au début de son texte, en lettres capitales :

SANG NOIR

LE RETOUR

67

LORSQU'IL ouvrit les yeux, l'avion traversait les nuages de Paris.

Marc songea à des vieilles guenilles poisseuses. La saleté, l'odeur de la ville étaient restées au fond de ses yeux, de ses narines – et même à l'intérieur de l'avion, dans sa classe « business », il lui semblait les retrouver. Il regarda par le hublot : les lumières de l'Île-de-France, minuscules, vacillaient dans le trouble de l'aube. En ce matin du jeudi 5 juin, Marc était incapable de la moindre pensée.

Il n'avait dormi que quelques heures, se tournant et se retournant sur son siège. Le voyage s'était déroulé sous tension. Membres raides, mains brûlantes. Dès le décollage son exaltation du salon VIP s'était muée en angoisse et rien n'avait pu l'en sortir : ni les brochettes au satay, ni les hôtesses ravissantes, ni le choix de films sur son écran : Marc avait tout perçu à travers sa crise. Son vol s'était transformé en une maladie de quatorze heures.

– Attachez votre ceinture, s'il vous plaît.

Marc s'exécuta. À mesure qu'il se réveillait, ses idées reprenaient leur place. Il aperçut le plateau de son petit déjeuner, posé sur la tablette à ses côtés. Dévorant œufs brouillés et croissants, il songea à son aventure, ses découvertes, son livre. Il avait réussi. Il possédait l'esprit d'un tueur. Il se tenait au sein de sa folie, tel l'archéologue pénétrant dans la chambre funéraire d'une reine. Et maintenant, il était loin. À douze mille kilomètres du tueur. À l'abri dans sa ville. Maître de son butin. Il allait pouvoir continuer son voyage, par l'imaginaire. Porté par la fiction, il allait approfondir son étude, exploiter le moindre signe, la moindre cohérence de l'univers du meurtrier.

Quand l'avion toucha le sol, son pressentiment se noua en certitude. Il était parvenu au bout de l'angoisse : la lumière l'attendait, la vérité allait coïncider avec la célébrité, la richesse et, enfin, la paix.

À six heures du matin, l'aéroport de Roissy ressemble aux tableaux métaphysiques de Giorgio De Chirico. Immense rotonde déserte, où l'existence paraît perdre tout repère, toute légitimité. Un grand vide en forme de coquillage, où la vacuité de l'être résonne sans fin.

Sur le tapis roulant, son sac fut un des premiers à apparaître – privilège des « premières » et des « business ». Il l'attrapa et bondit dans le jour incertain. À bord du taxi, l'effet de guenilles se renforça. La lumière morne semblait poisser les vitres. Le long de l'autoroute, des plaines s'étendaient, terrains vagues oubliés, champs de bataille vidés de leurs cadavres. Il avait souvent éprouvé cette sensation de fin du monde, après un long voyage, à l'aube. Le pressentiment qu'il s'était passé quelque chose durant son absence. Une guerre atomique, un tremblement de terre... Seules, les affiches de publicité restaient debout, ultimes convulsions d'un monde en déroute.

Marc les regardait sans les voir. C'étaient des panneaux gigantesques, tirés par des câbles, qui se déployaient dans le vent matinal comme les voiles d'un vaisseau.

Soudain, il hurla au chauffeur :

– Arrêtez-vous !

L'homme fit un bond :

– Quoi ?

– Arrêtez-vous !

– Vous êtes malade ? Vous... vous voulez vomir ?

– STOP !

De mauvaise grâce, l'homme ralentit et s'engagea sur la bande d'arrêt d'urgence.

– Reculez.

– Ça va pas non ?

Marc maugréa en ouvrant sa portière :

– Putain de Dieu...

Il sauta sur le bitume, tenant toujours son ordinateur. Il y avait plus de trois cents mètres à parcourir pour remonter jusqu'à l'affiche qu'il venait d'apercevoir. Il la dépassa et courut encore, pour prendre un recul supplémentaire.

Enfin, haletant, il se retourna.

Khadidja était là, sur quatre mètres de hauteur, scrutant l'horizon de ses yeux noirs.

Marc ne retrouvait pas son souffle, le cœur dans la gorge. Il cherchait au fond de son crâne une explication. C'était pourtant simple à imaginer : Vincent avait fait du beau travail. Durant son absence, il avait décroché un contrat d'importance à l'apprentie mannequin.

En quelques semaines, Khadidja était devenue une star.

Un visage qui devait se multiplier dans toutes les rues de Paris.

Et elle le méritait. Cette constatation absurde lui traversa l'esprit. Elle était sublime. Tournée de trois quarts, elle lançait son regard sombre, véhément, sur le monde. Au fond de ces pupilles de jais, il y avait aussi une douceur, un frémissement liquide qui rappelait les reflets d'une laque. Une tendresse inaccessible, protégée par les pommettes hautes. Cette impression de forteresse, de protection minérale, était renforcée encore par les boucles noires qui, idée du styliste ou du photographe, étaient fixées par du gel et plaquées sur les tempes, comme des tatouages d'encre de Chine.

L'image était sépia, tirant vers l'or. Une teinte arabisante, proche du henné, qui coïncidait avec le visage émacié de Khadidja et son costume – une veste blanche cintrée, à col mao, aux arabesques brodées, rappelant les motifs cachemire.

Elle ressemblait à la fois à une muse des années hippies et à une bégum qui aurait fui le palais de son nabab en lui volant son costume. En bas de l'affiche, des lettres ornées indiquaient le nom du parfum, *Élégie*, aux côtés d'un flacon dont la forme évoquait la lampe d'Aladin.

Marc tomba à genoux.

Elle était sublime – et lui, il était un ver de terre.

Dans un spasme, il vomit son petit déjeuner : œufs brouillés, croissants, jus d'orange. Il ne mesurait pas encore les conséquences de la catastrophe. Mais il devinait qu'il était embarqué dans une machine infernale, possédant sa propre cadence, ses propres rouages.

Vacillant, trébuchant, s'essuyant les lèvres avec sa manche, Marc rejoignit le taxi. Quand il s'effondra sur son siège, l'homme s'exclama, en lui tendant des Kleenex :

– Vous êtes spécial, vous...

– Roulez.

– Pas de problème ! On est là pour ça.

Marc n'entendait plus rien, le cerveau dans du coton. Son œsophage le brûlait et son cœur creusait des trous d'air dans sa poitrine.

– Vous avez un portable ?

Le chauffeur ricana :

– De mieux en mieux. Qu'est-ce que vous croyez ? Vous avez pas loué une limousine, mon vieux, et...

Marc balança une poignée d'euros sur le siège passager :

– Filez-moi votre portable !

Le chauffeur jeta un bref coup d'œil aux billets :

– D'accord. Pas la peine de s'énerver.

Il fouilla sous sa veste et tendit de sa main gauche son téléphone. Marc composa le numéro de Vincent – le poste fixe, à côté de son lit. Au bout de huit sonneries, le colosse décrocha :

– Ouais ?

– C'est moi. Marc.

– Marc ? D'où t'appelles ? À Paris, il est super tôt, là, je...

– Je suis à Paris.

Froissements de draps, voix engluée : l'ours sortait du sommeil.

– Qu'est-ce qui te prend ?

– Je viens d'atterrir. Je t'appelle pour les affiches.

– Les affiches ?

– La campagne de Khadidja.

La voix se fit plus claire :

– T'as vu ça ? C'est dingue, non ? (Il se rengorgeait d'orgueil.) Pour un premier coup, c'est un coup de maître, comme on dit. Je t'avais prévenu... Cette petite, c'est la nouvelle Laetitia Casta. Si tu voyais le chiffre sur le contrat !

– Ce que je veux savoir, c'est l'étendue de la campagne : nationale ou internationale ?

Il y eut un silence.

– Pourquoi ? demanda enfin Vincent.

– Réponds-moi.

Le géant soupira avec lassitude :

– Ton voyage t'a pas arrangé. Nationale. Ils font un gros lancement en France. Après ça, ils verront. C'est un consortium de parfumeurs. Ils mettent le paquet et... (Il s'arrêta.) Je comprends pas : qu'est-ce que ça peut te foutre ? Tu viens d'arriver à Paris et tu...

– Côté journaux : qu'est-ce qui est prévu ?

Vincent souffla une nouvelle fois :

– Les parutions classiques. Féminins, hebdos... Vraiment, tes questions, c'est...

– L'annonce paraîtra dans les versions internationales de ces canards ?

– Non. Le contrat est strict là-dessus. Uniquement le territoire français et francophone.

– Sûr ?

– C'est moi qui ai rédigé les contrats. (Il éclata de rire.) Agent, mon p'tit père : qu'est-ce que tu dis de ça ? Je suis un nouvel homme. En pleine mutation. Et toi, ton voyage ?

Marc raccrocha sans répondre. Ils venaient de parvenir à la porte de Bagnolet. Au-dessus du boulevard périphérique, trois panneaux exhibaient encore la silhouette de Khadidja.

Avec son col Mao, elle faisait un splendide ange de la mort.

68

– JE NE VOUS COMPRENDS PAS.

L'éditeur de Marc était une éditrice.

Renata Santi. Cela sonnait comme un pseudonyme – et c'était, en effet, un pseudonyme. Renata avait inventé ce nom lorsqu'elle débutait. Elle avait alors fondé les publications Santi puis s'était mariée et avait créé une nouvelle société, sous le nom de son mari : Casal. Plus tard, après avoir divorcé et vendu ses parts des deux entreprises, elle aurait pu, enfin, prendre son nom de jeune fille. Mais plus personne n'aurait su qui elle était. Elle avait donc conservé son nom de guerre et initié une troisième maison, Lorenzo, comme s'appelait son fils.

Il y avait de quoi s'y perdre, et Marc n'était pas certain d'avoir tout compris. Il avait travaillé avec Renata sur plusieurs témoignages à réécrire en urgence pour coïncider avec l'actualité.

– Je ne vous comprends pas, répéta-t-elle. Votre synopsis était passionnant. Pourquoi renoncer ?

Marc ne répondit pas. Ils étaient dans le bureau de Renata, au premier étage d'un immeuble du 6e arrondissement, aux fenêtres en arc de cercle.

– Si vous craignez l'ampleur du boulot, continua-t-elle, je peux vous faire aider. Nous avons des spécialistes. Mais je sais que vous travaillez vite, et bien.

Marc sourit au compliment. Il avait attendu le mardi suivant, le 10 juin, après un lundi férié, pour prévenir Renata de sa décision. Entre-temps, ses pires prévisions s'étaient confirmées : le visage de Khadidja s'exhibait sur tous les murs de Paris. Il ne pouvait rien faire contre cette campagne. Sinon se terrer dans un coin d'ombre, en espérant que Reverdi ne tombe pas dessus, à travers un magazine français, par exemple.

– Pour notre maison, c'est l'occasion que j'attends depuis longtemps. Frapper un grand coup sur le terrain de la fiction. Nous pourrions même être prêts pour septembre et prendre à contre-pied la rentrée littéraire.

Marc observait la femme. Un vrai phénomène. Proche de la soixantaine, elle conservait des cheveux très noirs, sans doute teints, longs et bouclés, qui ensevelissaient un visage poudré blanc. Large d'épaules, elle ressemblait à un chanteur de hard rock, d'autant plus qu'elle s'habillait toujours en noir. En détaillant ces plis sombres, on surprenait l'étrange coquetterie de ces vêtements accumulés : un gilet souple, une chasuble de marin, un tee-shirt Petit Bateau, un pantalon corsaire qui s'arrêtait au-dessus de ses mollets de cycliste, eux-mêmes gainés dans des collants satinés.

– Si c'est une question d'argent...

– L'argent n'a rien à voir avec ça.

Elle se cambra sur son siège en une position souveraine. Ses lèvres charnues, brun sombre, lui conféraient un air boudeur.

– Alors quoi ?

– Le projet ne m'intéresse plus, c'est tout.

– Dommage. Vraiment dommage.

Machinalement, elle feuilleta le synopsis que Marc lui avait envoyé de l'aéroport de Bangkok. Pourquoi s'était-il donc précipité ce jour-là ?

– C'est un succès assuré. Sans compter votre personnalité...

– Quoi, ma personnalité ?

– Vous savez bien...

– Non. Je ne sais pas.

– Vous avez un passé... sulfureux. Ancien paparazzi. Traqueur de scandales. Et maintenant spécialiste des faits divers. Tout cela aurait donné une crédibilité supplémentaire à votre livre.

– Ce n'est pas un document.

Elle sourit – sa lèvre supérieure s'avançait sur l'inférieure.

– Bien sûr. Mais on voit bien de quel côté vous avez pêché votre inspiration.

Le sang de Marc se figea :

– Qu'est-ce que vous voulez dire ?

– Ce tueur apnéiste, là, qui a été arrêté en Malaisie : vous vous êtes inspiré de Jacques Reverdi, non ?

Cette seule évocation lui retourna le ventre. Comment avait-il pu imaginer qu'on ne ferait pas le rapprochement ?

– Si c'est lui qui vous fait peur, continua-t-elle, Reverdi ne sera bientôt plus qu'un souvenir.

La grosse femme fit glisser un journal dans sa direction :

– L'édition du *Monde* d'aujourd'hui. Reverdi n'a plus aucune chance d'échapper à la peine capitale. Son avocat s'est suicidé.

Il faillit tomber de sa chaise. Le titre occupait la colonne de gauche du journal, sur la première page. Il lut seulement les quelques lignes qui introduisaient l'article. Jimmy Wong-Fat s'était pendu dans la remise de son père, aux Cameron Highlands, durant le week-end.

Il ne savait pas comment interpréter la nouvelle. Seuls des éclats de souvenirs jaillissaient. Les papillons. Les serres. Le visage de Wong-Fat père, criblé d'insectes, hurlant : « Je veux qu'il meure ! »

Un parfum capiteux de musc l'enveloppa. Renata se penchait sur lui.

– Avec un peu de chance, souffla-t-elle de sa voix grave, on pourrait publier au moment de l'exécution...

Marc se recula, s'extirpant de l'instant de glace. Il devinait, d'instinct, pourquoi l'avocat avait mis fin à ses jours. Reverdi s'était acharné sur lui et avait sans doute renoncé à ses services. Le fils à papa pervers, qui espérait une « initiation », n'avait eu droit qu'à sa colère. Et cette colère n'avait qu'une motivation : l'absence de nouvelles d'Élisabeth.

Sa trahison.

Il en était certain : Reverdi était responsable de ce suicide. Il était capable de tuer à distance. À travers les murs de sa prison. Sa puissance parviendrait-elle à l'atteindre, lui ?

Il repoussa le journal vers son interlocutrice :

– Je suis désolé, Renata. Je n'écrirai pas ce livre.

69

UNE SEMAINE PLUS TARD, il avait changé d'avis. Renata l'avait appelé près de dix fois. Elle avait monté sa proposition financière jusqu'à cinquante mille euros. Un chiffre extraordinaire : pour ses autres livres, Marc n'avait jamais touché plus de dix mille euros. Une telle somme donnait la mesure des espoirs de l'éditrice.

Mais l'argent n'avait rien à voir avec sa décision.

Durant ces quelques jours, il s'était de nouveau plongé dans l'actualité de Reverdi, qui ressuscitait depuis le suicide de Wong-Fat. Il avait lu tous les articles. Il avait contacté les correspondants et les journalistes qu'il connaissait à Kuala Lumpur – sans dire un mot de son propre passage en Malaisie.

Il avait même constitué un « sous-dossier » consacré à Jimmy et obtenu les détails de son acte décisif. L'avocat était retourné chez son père, dans les hauteurs des Cameron Highlands, le dimanche 8 juin. Il s'était pendu dans le local des stocks – Marc pouvait imaginer le réduit rempli de papillons, de scarabées, de scorpions. Un lieu de cauchemar pour une mort sordide. Il n'avait pas laissé un mot – et nul n'avait pu retrouver le dossier qu'il avait préparé pour la défense de Jacques Reverdi.

Au fil de ces lignes, Marc avait aussi appris que le chef de la sécurité de Kanara, un dénommé Raman, avait été assassiné quelques jours plus tôt. Selon les journalistes malais, de forts soupçons pesaient sur Reverdi mais aucune preuve n'avait pu être apportée. Un autre geste de colère ? Non : à ce moment, Jacques n'avait aucune raison de se douter de la trahison d'Élisabeth. En revanche, Marc se souvenait que, le 3 juin, il avait prévenu Élisabeth qu'il allait y avoir du « grabuge » dans la prison. Il savait donc que le meurtre de Raman serait commis. Parce qu'il en était l'auteur ?

Mais l'information capitale était ailleurs. Jacques Reverdi ne marchait pas vers la mort : il y courait. Il avait refusé de prendre un nouvel avocat et, selon les journalistes du *News Straits Times* et du *Star*, il avait sombré dans un mutisme complet, que personne n'expliquait. Il ne fréquentait plus que les personnalités religieuses de la prison – imams et prêcheurs musulmans. Dans le même temps, l'enquête préliminaire s'achevait. Sur sa complète culpabilité.

Marc n'avait donc plus rien à craindre du monstre. Aucun risque non plus qu'il découvre, d'une manière ou d'une autre, la supercherie du visage. Plongé dans son silence, entouré de rigoristes de l'islam, Reverdi était désormais, et pour toujours, coupé du monde extérieur.

Dès lors, il décida d'aller au bout de son projet.

Et se mit au travail, tout l'été.

D'abord, dans son atelier.

Puis dans une maison du sud de la France, prêtée par Renata.

Ses notes, précises, brûlantes, lui permirent d'avancer à grande vitesse. Plus de vingt pages par jour. Marc écrivait dans une transe perpétuelle. Parfois, il s'arrêtait et relisait : il s'effrayait lui-même. Au fil des chapitres il s'identifiait au tueur. Il s'attardait sur les détails violents et sadiques des crimes. Le ton utilisé atteignait la vérité d'un journal intime. Dans ces moments-là, il se souvenait de Patang, de sa crise, de sa quête de prostituées à travers les rues...

Pourtant, malgré cette identification, Marc éprouvait une déception. Il n'avait pas saisi l'essentiel – l'essence même de la pulsion criminelle. Sa jouissance. Il avait franchi, d'une certaine façon, la Ligne noire. Mais en dépit de cette réussite, il demeurait étranger à ce désir de destruction, cette soif de souffrance. Il s'était simplement rapproché de l'horreur, sans la comprendre, ni l'éprouver. Il ne goûtait toujours pas le plaisir du mal, l'érection du sang.

N'aurait-il pas dû s'en réjouir ?

Il en ressentait une étrange amertume, au contraire. Il n'avait pas achevé sa mission. Il n'avait pas été aussi loin qu'il aurait dû, au nom de Sophie.

À la fin juillet, il avait en main une première version.

Durant deux mois, il avait été totalement indifférent à la réalité. Ni la chaleur qui écrasait l'Europe, ni la disparition de Marie Trintignant, morte sous les coups de son amant, ne lui avaient tiré la moindre attention.

Marc évoluait désormais dans un autre monde.

Il écrivait « Sang noir » – l'histoire d'un tueur apnéiste.

Il avait conservé, dans ses grandes lignes, l'intrigue du synopsis. L'aventure d'un journaliste solitaire, qui remonte la piste d'un tueur en série à travers l'Asie. Il s'était démarqué de l'histoire officielle de Jacques Reverdi mais en avait conservé deux éléments clés, qui tendaient un pont direct avec le tueur réel : tout se passait en Asie du Sud-Est et son meurtrier était un professeur de plongée, ancien apnéiste.

Il avait respecté les étapes de sa propre enquête. Le Chemin de Vie. Les Jalons d'Éternité. La Chambre de Pureté. Le Sang Noir. Pour les décors, les sensations, Marc n'avait eu qu'à recopier son carnet de bord – des notes dictées par les pays eux-mêmes. Il avait seulement changé les noms et les lieux.

À titre de touche personnelle, il avait resserré le suspense en inventant un contrepoint dramatique. Parallèlement à l'investigation du héros, le tueur maintenait prisonnière une jeune touriste, qu'il s'apprêtait à sacrifier. Le livre alternait les deux points de vue, les deux histoires, jusqu'à ce qu'elles se rejoignent au moment de l'affrontement final.

La seule vraie faiblesse du livre était l'événement que Marc avait dû inventer de toutes pièces : le traumatisme du tueur. Il ignorait pourquoi Jacques Reverdi était devenu ce prédateur sans pitié, assoiffé de sang noir. Tout comme il ignorait ce que signifiait la petite phrase : « CACHE-TOI VITE, PAPA ARRIVE ! » Ou pourquoi les feuilles de bambou déclenchaient sa pulsion meurtrière.

Encore une fois, il était parti des miettes du réel. Il avait imaginé que le meurtrier, adolescent, avait découvert le corps de sa mère saignée à blanc – ce qui était le cas pour Jacques. Mais il avait ajouté, dans son livre, qu'elle n'était pas tout à fait morte.

Le futur tueur était confronté à une moribonde, qui lui révélait l'identité de son père, un être atroce, tout en lui caressant le visage de ses mains ensanglantées. Des mains noirâtres, légères, dont le contact avait provoqué le double traumatisme du sang noir et du frôlement des feuilles.

Lorsqu'il relut son premier jet, Marc fut satisfait. Ce n'était pas de la grande littérature mais dans ses transes, notamment dans les passages de violence, il s'était surpassé. Finissait-il par écrire comme Reverdi ? Ou comme Élisabeth, rendue visionnaire par son maître ?

Il travailla encore. Il traversa la canicule sans la sentir. Il entendit vaguement parler des milliers de morts, victimes de la chaleur. Il vit, dans les journaux, les images des cadavres placés dans les entrepôts frigorifiques de Rungis. Il n'éprouvait qu'indifférence. Sa tête était entièrement prisonnière de son roman. Il écrivait, transpirait, maigrissait, et s'incarnait, totalement, dans ses pages.

Au début du mois de septembre, il avait achevé l'œuvre. Un pavé de quatre cents pages, qu'il décida de porter en personne à Renata Santi. Il se sentait léger – au sens figuré comme au sens propre : il avait perdu sept kilos. Et, malgré son teint hâlé, il était complètement affaibli, exsangue.

La fournaise avait légèrement reculé mais elle demeurait présente dans la ville, au fond de la pollution, comme la lente respiration d'un animal brûlant.

Lorsque le taxi quitta les rues étroites du quartier de la place Saint-Georges et atteignit le boulevard Haussmann, le visage de Khadidja l'accueillit encore sur les murs de la ville.

C'était la campagne la plus longue de l'histoire de la publicité.

70

– C'EST MAGNIFIQUE.

Renata Santi n'avait mis que deux jours à lire le manuscrit. Elle redressa la tête, secoua ses longues boucles, en un geste théâtral – elle ressemblait à un Louis XIV de parodie.

– Ce tueur et sa quête du sang noir, vraiment... D'où sortez-vous des idées pareilles ?

Marc eut un mouvement d'épaules, modeste.

– Votre imaginaire... est glaçant. Sans flagornerie, c'est un des meilleurs thrillers que j'aie jamais lus. On tient un best-seller, mon petit, faites-moi confiance. Quand je pense aux pauvres récits sur lesquels nous avons travaillé ensemble... Mais nous allons rattraper le temps perdu !

Marc était maussade. Malgré ces compliments, il éprouvait une obscure tristesse d'avoir achevé le livre. Renata continuait :

– Nous devons aller très vite. Frapper un grand coup. Il n'y a pas grand-chose à corriger. On pourrait le publier en octobre. Qu'en pensez-vous ?

Marc ne répondit pas : le trac lui serrait l'estomac.

– Cette année, la rentrée littéraire est plate comme un trottoir. On va créer l'événement ! (Elle fit un grand geste du bras, comme si elle déployait un horizon éblouissant.) D'abord, campagne de publicité. Affiches. Teasings à la radio. Vous savez ce que c'est, non ?

Marc acquiesça. Renata parlait d'une voix de gorge, comme à court de souffle :

– J'ai déjà quelque chose en tête... Sur la couleur du sang. Je vous promets un truc bien effrayant !

Il demeurait muet. Elle ajouta, sur un ton de confidence :

– Avec un peu de chance, nous pourrions même tomber juste.

– Juste quoi ?

– Eh bien, vous savez... Le procès Reverdi.

Marc se raidit :

– Je croyais qu'on s'était entendus, vous et moi. Il n'est pas question de faire le moindre lien avec cette affaire, pigé ?

Renata leva ses deux paumes :

– Aucun problème. Mais les journalistes y penseront. Ce sera la première question qu'ils vous poseront.

– Alors, je ne ferai pas d'interviews.

– Je ne saisis pas vos craintes, ni vos scrupules. D'abord le fauve est en cage. Et surtout, votre roman est une vraie fiction. On peut penser à Reverdi, c'est vrai, au début. Mais ce que vous développez ensuite est tellement... spécifique. Chacun reconnaîtra la puissance de votre imagination.

Marc avait la gorge sèche. Aurait-il le courage de mentir jusqu'au bout ? Le cran de défendre le livre d'un autre ?

– Maintenant, reprit Renata, au boulot. (Elle frappa le manuscrit du plat de la main.) J'ai placé des Post-it là où vous devez retravailler. Trois fois rien. Pendant ce temps, on avance sur la couverture. Dans quinze jours, on sera à l'imprimerie !

Marc était paralysé sur son siège. L'évocation de Reverdi avait creusé un grand vide au fond de son ventre. Un souvenir lointain lui revint à l'esprit. Lorsqu'il cassait la baraque avec Vincent : ils étaient riches, fiers, débordants de vitalité – et cinglés. Ils avaient décidé une nuit de rejoindre un groupe qui pratiquait le saut à l'élastique au-dessus du pont de Chatou.

Cette nuit-là, il n'avait pas voulu se dégonfler. Harnaché de sangles et de boucles, il avait grimpé sur le parapet, face au vide. Avant même de sauter, il s'était senti mourir. Les flots noirs à plus de quarante mètres sous ses pieds lui tendaient le miroir de sa propre mort. Et en même temps l'attiraient, l'emplissaient déjà.

Il éprouvait maintenant la même sensation.

Sauf qu'aujourd'hui, il ne portait ni sangles, ni harnais, ni aucun élastique aux pieds.

71

– SALUT, Élisabeth !

Marc se retourna, abasourdi. L'utilisation du prénom avait été comme un coup de matraque sur sa nuque. Il traversait la place Saint-Georges et une main venait de lui toucher l'épaule. Il dut se concentrer pour reconnaître l'homme qui se tenait devant lui, à travers les étincelles qui dansaient sous ses paupières.

Alain.

L'agent des postes.

– Comment qu'elle va ? demanda-t-il en éclatant de rire.

Marc avait oublié ce personnage, qui tenait jadis son destin entre ses mains. Tout cela lui semblait dater d'un siècle. Debout sur le trottoir, Alain paraissait plus petit encore qu'assis derrière son comptoir. Teint mat et queue-de-cheval : un Peau-Rouge miniature.

Marc balaya sa mèche, d'un geste réflexe, et chercha une réplique : il ne trouvait rien. Il ne savait même pas si le postier parlait d'une Élisabeth réelle ou s'il avait compris depuis longtemps qu'elle n'existait pas.

Il finit par balbutier :

– Heu... tout va bien, maintenant.

Alain le gratifia d'un clin d'œil :

– Il faut qu'elle vienne chercher ses lettres.

– Elle a reçu des lettres ?

Le Vietnamien éclata de nouveau de rire :

– Vingt-huit !

Trente minutes plus tard, Marc sortait du bureau de poste, les bras chargés d'enveloppes. Alain avait bien voulu les lui remettre, bien que le contrat de réexpédition soit expiré depuis longtemps.

Il s'arrêta pour lire les enveloppes. Elles portaient toutes le même en-tête, un symbole écrit en arabe. À l'évidence, après la mort de Jimmy, Reverdi avait utilisé une association musulmane pour expédier son courrier en toute discrétion. Il comprenait mieux les articles selon lesquels Jacques s'entourait d'islamistes.

Marc regarda les dates d'affranchissement. Pendant près de trois mois, le tueur amoureux avait écrit une lettre tous les trois jours. Elles étaient classées par ordre chronologique. Il ne résista pas à la tentation d'en ouvrir quelques-unes, là, sur le trottoir.

Il commença par la première, datée du 12 juin :

> Mon amour,
>
> Je n'ai reçu aucun e-mail de toi depuis dix jours. J'ai d'abord été inquiet. J'ai eu peur qu'il ne soit survenu un accident sur la dernière île. Mais non : j'en aurais entendu parler. Il s'agit sans doute d'une panne technique. Pour une raison ou une autre, tes messages ne parviennent pas dans ma boîte aux lettres. Je ne sais pas si tu reçois les miens. Pour plus de sûreté, je te réécris à ton adresse parisienne...

Marc engouffra la feuille dans son enveloppe. Il ouvrit la lettre suivante. 15 juin. Ses yeux tombèrent au hasard sur ces lignes :

> ... Je comprends de moins en moins ton silence... Que s'est-il passé à Phuket ? Pourquoi cette absence de nouvelles ?...

Troisième lettre. 19 juin. Changement de ton radical :

> ... Ce que j'avais pris pour une panne s'avère être une fermeture volontaire de ton adresse électronique...

Marc sauta plusieurs paragraphes et lut :

> ... Serait-ce un jeu ? Si c'en est un, je ne peux admettre ton inconscience. Tu sais désormais qui je suis. Tu sais que c'est moi qui fixe les règles...

À la fin du texte, le tueur se radoucissait :

... C'est une douleur de ne plus te lire, mais encore un bonheur de t'écrire, à la main, comme à nos débuts...

Marc froissa la lettre. Il piocha une enveloppe datant du début juillet. L'écriture était moins régulière :

Élisabeth,
Ton silence revêt maintenant une signification que je maintiens à distance. Trois syllabes que je me refuse à prononcer. Car, tu le sais, elles pourraient avoir des conséquences définitives. Tu es mon élue. Tu es celle que j'ai choisie. Je t'accorde encore un sursis...

Marc glissa encore une fois jusqu'à la conclusion :

... Tu peux encore m'écrire à mon adresse électronique. Fais-le vite avant qu'il ne soit trop tard. Ni toi ni moi ne voulons cela.

Il renonça à lire d'autres plis, plus récents. Il tremblait des pieds à la tête. Il lança un regard autour de lui : passants, voitures, boutiques... Il les discernait dans une version brouillée, comme au fond d'un aquarium. Il n'appartenait plus à ce monde ordinaire. Il portait désormais une marque rouge, qui l'excluait – le condamnait.

Il s'appuya contre un mur et se raisonna.

Que se passait-il qu'il n'avait pas prévu ? N'avait-il pas imaginé mille fois cette colère ? Que craignait-il au juste ? Encore une fois, il prêtait des pouvoirs surnaturels à Jacques Reverdi. Derrière les barreaux, il ne pouvait rien. Et il ne connaissait même pas l'existence de Marc Dupeyrat.

Dans quelques semaines, l'ennemi serait jugé et exécuté.

Affaire classée.

Ce raisonnement ne lui apporta aucun réconfort. Il serrait son courrier contre son torse. Il fallait s'en débarrasser. Brûler ces lettres. Conjurer la malédiction.

72

LORSQUE le taxi parvint au bout du tunnel de la Défense, Marc ne reconnut rien. Il faisait fausse route. Il ne retrouverait jamais ici les terrains vagues qui avaient marqué son enfance. Nanterre avait fait peau neuve. Les constructions étaient si nombreuses, si étincelantes qu'elles avaient effacé jusqu'au souvenir des territoires abandonnés qu'il cherchait.

– Où on va exactement ?

– Continuez tout droit, répondit-il au chauffeur. Jusqu'à la place de La Boule.

Il avait dit cela au hasard. Il tentait de se remémorer ces quartiers. La grande zone des tours, au nord, dont les blocs portaient des noms poétiques : les « Fontenelles », les « Champs-aux-Merles », les tours « Aillaud », surnommées les « tours-nuages »... Le vieux Nanterre, à l'ouest, aux pavillons de briques, serrés les uns contre les autres. Puis, au-delà encore, après la préfecture et l'université, le vrai no man's land, un ghetto crevé de terrains vagues, de cités délabrées, de casses et d'usines abandonnées. C'était ce quartier qu'il visait, dont la plus célèbre cité s'appelait, justement, La Folie.

– Et maintenant ?

Ils étaient parvenus place de La Boule. Jadis surplombé par un pont-toboggan, le rond-point était maintenant aussi plat et ordonné qu'un jardin public. Tout autour, Marc ne voyait que des bâtiments de verre bleuté, des espaces verts, des pavillons rénovés.

– Allez jusqu'à la gare de Nanterre-ville. On verra après.

– Après, c'est la zone.

Il n'en espérait pas tant. Il observait maintenant les rues où il avait grandi, où ses parents possédaient leur pharmacie. Depuis combien d'années n'avait-il pas mis les pieds au cimetière du Mont-Valérien, où ils étaient enterrés ? Depuis combien de temps n'avait-il pas vu sa sœur ? Il s'était toujours senti étranger à sa famille, à ses propres origines. Pourtant, aujourd'hui qu'il voulait se perdre sur la Terre, trouver un repli secret dans l'univers, c'était naturellement vers Nanterre qu'il s'était dirigé.

– Prenez le boulevard de la Seine.

– Vous êtes sûr ?

– Suivez la direction des cités Komarov.

Le nom lui était revenu sur les lèvres. Les dernières cités avant le fleuve. La voiture passa sous le pont du RER et tomba sur un paysage inespéré : des immeubles gris, des usines, des voies ferrées... Marc reprit confiance.

– Je dois trouver de l'essence.

Le chauffeur lui lança un regard soupçonneux.

– Je suis en panne, expliqua Marc. Ma voiture est en rade plus loin. Trouvez-moi une pompe.

Le taxi stoppa dans une station. Marc acheta un bidon et le remplit. Au même instant, un orage éclata. Une lente marée noire submergeait l'horizon. Les nuages s'écrasaient les uns contre les autres, provoquant des étincelles malsaines, aux teintes d'hématomes. Marc songea à l'île des morts, lorsque la mousson l'avait accompagné dans son dernier périple. « Un nouveau signe », se dit-il.

Il cueillit, sur le présentoir de la caisse, un briquet et régla l'ensemble. Puis il courut jusqu'au taxi, alors que la pluie commençait.

– Continuez tout droit et prenez la première à droite.

Ses souvenirs se précisaient. Enfant, il venait ici avec d'autres mômes, d'autres fils de bourgeois, pour se faire peur, asticoter les chiens et les pauvres.

Le boulevard de la Seine s'achevait sur une rue déserte, cernée d'un côté par d'immenses cuves et de l'autre par des petits pavillons condamnés, aux fenêtres murées. Tout était intact. Une cour des Miracles sans miracle...

Quand il aperçut les cubes noirâtres des cités Komarov, il ordonna :

– Arrêtez-moi ici.

Le chauffeur était de plus en plus sceptique :

– J'vous préviens. J'vous attends pas.

Marc le paya en répétant que sa voiture était stationnée plus loin. Quand il sortit, la pluie redoublait. Grasse, sombre, huileuse. Elle se mêlait à une poussière rougeâtre, qui s'élevait du sol sous l'impact des gouttes.

Il ignora les immeubles aux portes déglinguées et emprunta la ruelle. Il marcha ainsi près de dix minutes, tenant toujours ses enveloppes d'une main et son bidon d'essence de l'autre. Il longeait un mur aveugle, couvert de graffitis et d'annonces de messageries roses. Au fond, le limon gris de la Seine l'attendait.

Il parvint à une barrière, rouge et blanche, sur laquelle on avait écrit au marqueur, en lettres serrées : *« Seigneur Dieu, je te demande pardon pour mes péchés... »* Tout à fait de circonstance.

Il se glissa sous l'obstacle et accéda à la berge. Un chemin de halage – une bande de terre étroite et déserte. En face, les bois épais de l'île Saint-Martin. L'isolement du lieu, en pleine ville, était stupéfiant : un mélange de pleine campagne et d'abandon industriel. Il était nulle part et il était arrivé.

Il descendit le long du fleuve et marcha encore, croisant d'énormes plots d'arrimage. De l'autre côté, une péniche rouillée abritait des squatters, dont les chiens hurlaient sous la pluie. C'était la seule présence vivante à un kilomètre à la ronde. Il s'éloigna et découvrit une « centrale d'incendie », un bâtiment sans fenêtres, dont les pilotis s'enfonçaient dans l'eau. Il plongea sous les structures et se réfugia au pied d'un des pylônes.

Là, sur la coursive de fer, il groupa les premières lettres – celles qu'il avait déjà lues – et les arrosa d'essence. Il alluma une enveloppe, froissée en flambeau, puis la balança sur le tas imbibé. Les flammes produisirent un claquement sourd. Elles s'élevèrent au-dessus de l'eau morne, qui courait sous la passerelle grillagée.

Marc les observait. Brûler ses remords était son destin. Le certificat de décès de Lady Diana. Le portrait de Khadidja. Mais il n'était pas sûr, cette fois, que les flammes suffiraient.

Il allait jeter les dernières lettres quand il s'arrêta. Il en ouvrit une datée de fin juillet. L'écriture était maintenant tremblée, tourmentée.

... Les trois syllabes, que je me refusais encore à prononcer, simplement pour te protéger, explosent maintenant dans mon esprit : trahison.

Marc songea aux paroles de la psychiatre d'Ipoh : « Ne le trahissez jamais. C'est la seule chose qu'il ne pourrait vous pardonner. » Il lut, quelques paragraphes plus bas – la fumée lui piquait les yeux :

... Tu t'es enfuie, tu m'as abandonné. En un sens, je ne peux t'en vouloir : quel avenir y avait-il avec moi ? Je ne t'en veux pas non plus de profiter de la situation, quel risque y a-t-il à fuir un homme sous les verrous ?

Mais il y a une chose que tu sembles avoir oubliée : tu possèdes quelque chose qui m'appartient. Tu dois me rendre mon Secret...

Marc fit une boule avec la feuille et la balança dans le feu. Dans un geste de fureur, il jeta tout le paquet, ou presque. Trempé jusqu'aux os, il regardait les débris de papier noirci qui s'envolaient dans le fleuve. Il aurait voulu s'engloutir lui aussi dans ce feu humide, dans ce courant lourd qui emportait ces vestiges vers nulle part.

Plus que deux lettres dans ses mains. Il en déplia une. Écriture électrique, traversée d'à-coups. Le papier était percé par endroits :

... Tu me forces à prendre des décisions que je n'aurais jamais voulu envisager. Mais encore une fois, tu as emporté quelque chose qui m'est cher... Et il n'y a qu'une façon de le reprendre...

Marc ne parvenait plus à respirer. L'oppression l'écrasait, à lui craquer les côtes. Qu'est-ce que Reverdi voulait dire ? Il sauta plusieurs lignes puis :

... Mon Élisabeth... Souviens-toi de cette citation : « Ce papier est ta peau, cette encre est mon sang. » Il existe un pacte entre nous. D'une façon ou d'une autre, tu vas devoir honorer ton serment...

Marc jeta la menace dans le brasier. L'écriture se tordit parmi les flammes. Mais sa conviction se précisa : non, cette fois, le feu ne suffirait pas. Rien ne serait effacé. Rien ne serait oublié.

Plus qu'une lettre. Il l'abandonna au foyer sans l'ouvrir. La dernière citation tournait encore dans sa tête :

« ... Cette feuille est ta peau, cette encre est mon sang... »

Il ne savait pas quand, ni comment, mais il était certain que cela allait lui tomber dessus.

D'une façon ou d'une autre, le sang allait couler.

73

RENATA SANTI avait bien fait les choses.

Plutôt que d'organiser un cocktail littéraire dans ses bureaux, ou dans un quelconque restaurant vieillot, elle avait loué, pour la soirée, les locaux d'une nouvelle boîte de nuit, Les Remises, située le long de la Seine, dans les derniers docks désaffectés du pont de Tolbiac. En ce mardi 14 octobre, on fêtait le lancement de *Sang noir*, premier roman de Marc Dupeyrat, best-seller annoncé.

Le lieu était inhabituel, mais il entrait en cohérence avec la stratégie de Renata : elle voulait marquer sa différence avec les conventions du monde de l'édition. Sans dissimuler son plaisir, elle jouait les iconoclastes en publiant son thriller en pleine rentrée littéraire, clamant bien fort son intention d'en faire l'événement de la saison.

Pour l'heure, elle avait effectué un parcours sans faute.

Comme promis, elle avait réussi à publier le livre en un mois. Marc était impressionné. Il avait déjà travaillé sur des documents brûlants, édités en quelques semaines, mais il pensait qu'un roman prendrait plus de temps. Pas avec Renata. À mesure qu'il achevait ses modifications, son manuscrit passait entre les mains des correcteurs.

Parallèlement, la couverture et la mise en pages étaient définies – Renata avançait sur tous les fronts. Chaque fois, elle consultait Marc, mais seulement pour la forme. Il avait bien compris qui était le patron. À la fin du mois de septembre, tout était prêt, il ne restait plus qu'à imprimer, tandis que les « bonnes feuilles » étaient envoyées aux journalistes et que la campagne marketing commençait.

Ce soir, le résultat était là : avant même d'être en vente, le livre était un succès. On parlait du roman dans les médias et il était de bon ton de murmurer que ce « polar » comptait parmi les meilleurs livres de la rentrée. Renata se frottait les mains : tandis que les auteurs se bousculaient pour se placer sur la liste des prix littéraires, elle remplissait ses carnets de commandes et envoyait des palettes entières dans les grandes surfaces. « Un phénomène ! » « Une apocalypse ! » martelait-elle à travers ses bureaux.

Marc était aux anges. Grisé, il se laissait porter par ce doux roulis. Les compliments, les flatteries, les propositions – et le chèque : il avait touché la deuxième moitié de son à-valoir. Son premier réflexe, maintenant que l'œuvre était achevée, avait été de rembourser Vincent pour les frais du voyage. Une manière de boucler, définitivement, l'affaire Reverdi.

Depuis le sinistre exorcisme de Nanterre, ses angoisses avaient disparu. La date du procès de Jacques était fixée au 5 novembre. Le meurtrier avait été interrogé par le DPP mais avait refusé de répondre – une attitude particulièrement « aggravante ». Il ne restait plus qu'à organiser une reconstitution puis le suspect serait transféré à la prison de Johor Bahru, où aurait lieu son procès. D'après la presse de Malaisie, les juges ne mettraient que quelques jours pour l'envoyer à la potence.

Un autre fait tranquillisait Marc : les affiches de Khadidja, enfin, avaient disparu des murs parisiens. Et la campagne de presse était terminée. Dans un accès de prudence, il avait aussi vérifié un détail : Élisabeth Bremen – la vraie, celle dont il possédait toujours le passeport – avait quitté la Cité Universitaire en juin, et n'était plus réapparue. Encore un verrou qui se bouclait.

Enfin, Marc avait pris soin de revendre son ordinateur, toujours au nom de l'ancien propriétaire. Le matériel avait changé de mains sans qu'à aucun moment, son nom apparaisse quelque part. Le passé était enterré. Il n'avait plus qu'à savourer le succès à venir et, pourquoi pas, réfléchir déjà à un nouveau roman...

Il se dirigea vers le bar, d'un pas nonchalant. Il découvrait avec plaisir ce lieu un peu déjanté. Une sorte d'entrepôt, aux murs bruts, aux armatures d'acier, où la musique résonnait comme au fond d'une lessiveuse en zinc. Des odeurs d'algues et de moisi planaient, sans doute à cause de la Seine toute proche, qui léchait les pilotis du bloc, sous leurs pieds. D'ailleurs, dès qu'on s'éloignait de la chaleur des projecteurs, on grelottait à cause de l'humidité. Il sourit : l'idée de secouer un peu la communauté littéraire, pas vraiment familière de ce genre d'atmosphère, lui plaisait bien. Et puis, la musique était si forte qu'il était impossible de parler. Un bon moyen pour faire taire tout le monde, et étouffer dans l'œuf les critiques et médisances.

Marc atteignit le bar en état d'apesanteur.

Khadidja plongea dans la foule.

Elle connaissait Les Remises. Elle adorait ce grand souk, où ses copines mannequins venaient faire leur marché. Il y avait celles qui cherchaient « l'homme de leur vie », celles qui traquaient une « pompe à fric », ou simplement un mec avec une super-« teub ». Ces docks glacés abritaient un trafic infini de relations possibles, dans un vacarme de tremblement de terre.

Elle aussi, ce soir, allait faire son marché. Elle était certaine de le revoir. Au début de l'été, lorsqu'elle avait appris que Marc était rentré, elle lui avait envoyé un e-mail de bienvenue. Pas de réponse. Elle avait ensuite risqué un message sur son répondeur. Silence total.

À la fin du mois de juillet, à l'occasion d'une séance photos, elle avait discrètement interrogé Vincent : Marc s'était enfermé quelque part, dans le Sud, afin d'achever un livre. Quel livre ? Vincent l'ignorait. Le principal était ailleurs : Marc avait une excuse. Un cas de force majeure. Il ne fallait pas déranger « l'artiste ».

Maintenant, c'était officiel : Marc Dupeyrat avait écrit une œuvre de fiction, *Sang noir*, qui bénéficiait d'un « buzz » très positif. Khadidja frémissait à l'idée de le féliciter. Elle avait décidé de passer l'éponge. D'oublier son attitude déplaisante, son silence, sa grossièreté. Pour ne retenir qu'un seul geste : le vol du polaroïd, au printemps précédent... Elle s'était tant de fois repassé cette scène que ces quelques secondes étaient plus usées, dans son esprit, que ses cassettes VHS de comédies égyptiennes.

Elle jouait des coudes dans la cohue. Elle était impatiente de retrouver le petit homme, métamorphosé en écrivain. Elle-même n'avait-elle pas changé ? Chaque semaine, elle se glissait entre les pages de papier glacé des magazines, déambulait sur les podiums. On lui avait même proposé plusieurs contrats d'exclusivité avec de grandes marques de parfums et de produits cosmétiques.

Elle avait déménagé – un quatre-pièces qu'elle avait choisi, exprès, dans l'immeuble où elle avait passé trois ans de sa vie prisonnière d'une chambre de bonne. Elle avait aussi passé son permis de conduire et décidé de remettre sa soutenance de thèse à l'année suivante. L'argent était là : il fallait l'attraper. Freud et Lévi-Strauss pouvaient bien attendre.

Oui : Marc et elle avaient fait un sacré chemin.

Le moment était maintenant venu de se retrouver – au sommet.

Mais où était-il ?

En retrait, Marc marquait la cadence avec sa tête et contemplait le décor. Au-dessus de la foule, une estrade se dressait où se détachaient, en ombres chinoises, quelques danseurs. Un véritable théâtre balinais. Un détail parachevait le sortilège : d'énormes ventilateurs secouaient les silhouettes, à la manière de figurines de papier. À droite, surplombant la scène, un DJ semblait astiquer ses platines avec ses coudes, misant ce soir sur les années quatre-vingt et mitraillant la salle des « tubes » pleins de vieux synthétiseurs gargouillants et de voix suraiguës.

Le champagne commençait à faire son effet. Marc contempla les visages. Il ne reconnaissait personne. Et pour cause : Renata s'était occupée de tout. Elle avait invité les grandes figures de l'édition, les célébrités de la « jet-set ». Or, il ignorait tout du monde littéraire et il y avait bien longtemps qu'il ne suivait plus les évolutions de la galaxie people.

Soudain, pourtant, il reconnut une tête. Puis deux. Puis trois. Ça ne collait pas : ces types étaient des collègues. Des chroniqueurs judiciaires, des journalistes de faits divers, des photographes de news. Qu'est-ce qu'ils foutaient là ? Il aperçut même Verghens, qu'il n'avait pas invité...

Il traversa la mêlée et repéra Renata Santi, en grand conciliabule, près du buffet. Il l'attrapa par le bras et l'emmena à l'écart.

– Qu'est-ce que c'est que ce merdier ? hurla-t-il. Vous m'aviez parlé d'un cocktail littéraire. Il y a tous les charognards de Paris. Les spécialistes des faits divers. On était convenus de ne faire aucun lien avec Reverdi !

Renata prit un air offusqué, en se libérant de son emprise :

– Je n'y suis pour rien, je vous assure ! Quelques noms ont dû se glisser, je...

– Vous me prenez pour un con ? Mon livre est un roman. Bon Dieu ! C'est de la fiction ! Rien à voir avec la réalité !

Renata changea d'expression, sa bouche s'ourla en un sourire de figue :

– Vous êtes un rabat-joie. Regardez-les ! dit-elle en lui prenant le bras à son tour. Ils sont verts de jalousie. Vous avez réussi ce qu'aucun d'entre eux n'est parvenu à faire. Vous avez transformé votre expérience de terrain en création artistique. Vous avez eu assez d'imagination pour écrire un roman. Un vrai !

Marc se prit un mauvais frisson. Il s'arracha à son tour des mains de la bonne femme et s'enfouit parmi la foule. Les épaules, les coudes, les étoffes le frôlaient. Il se souvint de la jungle de Thaïlande. Les feuilles de bambou. Le miel doré fondant sous la flamme avant que le couteau...

Il se hissa sur la pointe des pieds pour apercevoir le bar.

Un verre, en urgence.

Khadidja crapahutait toujours.

Elle connaissait beaucoup de monde, au moins de vue. Elle repérait les stars, les personnalités branchées, les têtes qu'on voyait dans *Gala* et *Voici*. Elle affrontait cette cadence régulière de petits sourires, qui la touchaient comme des étincelles électrostatiques et qu'elle renvoyait aussitôt, par la même voie volatile.

Il y avait ici aussi des personnalités intellectuelles. Des philosophes, des sociologues, des écrivains qu'elle n'aurait jamais pensé pouvoir rencontrer. Ceux-là lui souriaient et lui tendaient leur verre. Petite leçon de choses : il était donc plus facile d'approcher ces hommes brillants dans la peau d'un mannequin en vogue que dans celle d'un docteur en philosophie. Ce détail la confortait dans sa ligne d'attaque. Elle devait jouer de son physique comme d'une arme – « la torche serait son corps ».

Une ombre géante lui barra la route. Une éclipse soudaine sur les lumières.

– Où t'étais ? hurla Vincent. Ça fait dix minutes que je te cherche.

Il tenait une coupe pétillante dans chaque main. Khadidja hurla à son oreille :

– J'admirais. C'est super, non ?

– Génial. (Il lui tendit une coupe.) Champagne ?

Elle ne buvait jamais. Pas à cause de l'islam, qu'elle ne pratiquait pas, mais à cause de ses parents, qu'elle avait trop pratiqués. Elle fit « non » de la tête puis songea à Marc.

À l'idée de le revoir, elle attrapa la coupe et la but cul sec.

– On danse ?

Troisième whisky.

Verre en main, appuyé contre un pylône, Marc répondait encore aux sourires, aux félicitations d'un signe de tête, mais le cœur n'y était plus. Heureusement, la musique coupait court à toute conversation. Il était sidéré par la vitesse à laquelle l'angoisse l'avait de nouveau saisi. Une simple allusion à la réalité – le procès, Reverdi – et le voilà qui tremblait comme un épileptique. Cette impression de réconfort qu'il avait éprouvée ces dernières semaines n'était qu'un mince vernis. Jacques Reverdi ne l'avait jamais quitté – ne le quitterait jamais.

Un homme se pencha vers lui :

– J'aime pas les balances.

– Quoi ?

– Je disais : y a une sacrée ambiance !

Marc acquiesça, le souffle altéré. Il s'enfila une rasade de whisky. Le rythme de la musique s'élevait en sarabande grondante, l'emplissait, le submergeait à mesure que la brûlure de l'alcool lui passait dans les veines.

Un autre invité lui agrippa l'épaule :

– J'aimerais pas être à ta place.

– Hein ?

– On m'a parlé d'une belle mise en place !

Marc recula. Il voyait les visages blafards – carnaval de masques crispés dans la lumière, lambeaux de peau flétrie collés sur les os. Les projecteurs stroboscopiques figeaient les expressions, exagéraient les traits, dépeçaient les figures. Il regarda son verre – des étincelles dorées couraient entre ses doigts. Il considéra l'objet comme un talisman, source de ses hallucinations, puis but une nouvelle gorgée. Il n'entendait plus rien et commençait à s'enfoncer dans la terreur pure.

À cet instant, il la vit.

Sa silhouette ondulait à travers le souffle des ventilateurs. Son corps tanguait alors que ses boucles brunes, en même temps que ses bracelets aux poignets, se balançaient à contretemps. Ce mouvement semblait isoler, cristalliser l'oscillation de ses hanches, lançant des reflets d'étoffes. Marc songea à un tamis de sable retenant seulement quelques grains d'or en suspens.

Il se rappela ces peintres du XIXe siècle qui ajoutaient une vertèbre au dos de leurs sujets pour affiner leur fluidité, leur grâce. Combien de vertèbres avait-on ajoutées à Khadidja ? Il était hypnotisé. Il la regardait encore, roulant des hanches, appuyant légèrement sur le talon gauche puis sur le droit, créant un anneau de Vénus autour de sa taille, alors qu'au bout de ses bras fins, les anneaux d'argent allaient et venaient, tels les plateaux d'une balance très ancienne...

Une autre image explosa sous ses paupières. Khadidja s'agitait maintenant sur un siège – un pilori laqué de miel –, enfonçant ses propres liens dans ses chairs. Ses blessures suturées se gonflaient alors qu'elle tendait son corps pour respirer. D'un coup, sa chair brune s'ouvrit de toutes parts, ruisselant d'encre noire, dessinant des scarifications fatales...

Marc baissa les yeux, apercevant son reflet difforme dans son verre vide. Il avait aiguisé le désir d'un meurtrier grâce à l'image de cette brune affolante. Il l'avait offerte à un tueur fou. Et en même temps, durant des semaines, il avait été « elle », pensant, agissant, écrivant comme elle.

Son verre éclata entre ses doigts trop serrés.
Hébété, il regarda le sang couler dans sa paume.
Il avait été « elle ».
Et maintenant, il comprenait qu'il l'aimait.

Du haut de l'estrade, et malgré les projecteurs qui l'éblouissaient, elle repéra le petit rouquin, dans un angle mort. Triste comme un lutin abandonné.

D'un bond, elle sauta sur le sol. Elle faillit se ramasser et prit la mesure de son ivresse – talons aiguilles et champagne, l'équation frisait le désastre. Pourtant, avant d'attaquer sa proie, elle se fraya encore un chemin jusqu'au bar et arracha des mains d'un serveur une nouvelle coupe. La tenant au-dessus de la mêlée, elle parvint à revenir sur ses pas, sans perdre une goutte du breuvage.

À quelques mètres de Marc, elle se glissa derrière une colonne puis jaillit de sa cachette, dans son dos :

– Salut ! dit-elle en éclatant de rire.

Marc fit volte-face, sans dire un mot. Il paraissait hostile.

– Toujours aimable !

Elle pouffa et s'appuya sur son épaule pour ne pas tomber.

– Ça fait longtemps que je veux te dire un truc, hurla-t-elle dans son oreille : vraiment, tu crains !

Elle gloussa puis vida sa coupe d'un trait. À travers sa conscience brouillée, tout cela lui semblait follement drôle. Il la regarda avec colère :

– T'as bu ou quoi ?

– J'essaie en tout cas ! J'ai réussi à atteindre le bar que deux fois en une heure.

Elle rit encore, mais Marc était sinistre. Il saisit la bouteille de whisky posée sur une table et remplit le verre de Khadidja, avec une sorte de rage contenue. La vue de cette boisson épaisse dans sa coupe légère lui parut obscène. Elle eut un brusque éclat de lucidité : tout cela était lugubre, mortifère.

Un sentiment de dérive s'empara d'elle. Elle avait rêvé d'autre chose pour leurs retrouvailles. Les larmes lui montèrent aux yeux alors que le sol tanguait sous ses talons. Elle avait l'impression que l'entrepôt s'était détaché de la berge, flottant sur la Seine.

Elle but une nouvelle gorgée trop chaude et se redressa, trouvant le pylône derrière elle :

– Tu sais qu'on a aussi un truc à fêter, avec Vincent ?

– Quoi ?

– Une nouvelle campagne. *Élégie*, en long et en large.

Marc lui attrapa le poignet, à enfoncer ses bracelets dans sa chair :

– Pas à l'étranger, au moins ?

Khadidja se libéra et baissa les yeux : son bras était taché de sang.

– Qu'est-ce que c'est que ça ?

Marc lui saisit encore le poignet – cette fois, elle sentit le contact poisseux de l'hémoglobine : il était blessé. Il cria à son tympan :

– Pas à l'étranger ?

« Ce mec est fou », pensa-t-elle. En une seconde, elle le détesta.

– Énorme campagne en Asie, mon cher, lui cracha-t-elle au visage. Japon, Chine, Thaïlande, Malaisie. Un truc de ouf. Et je te parle pas des thunes ! (Elle changea de ton, des sanglots dans la gorge.) Marc ! Marc ? Où tu vas ?

74

À LA PREMIÈRE SONNERIE, Marc ouvrit les yeux : il était dans son lit. C'était un miracle. Il n'avait aucune idée de la manière dont il était rentré chez lui. Il esquissa un geste et aperçut sa main bandée. Deuxième miracle. Pas le moindre souvenir d'être allé à l'hôpital, ni même d'avoir croisé un médecin dans cette nuit de cauchemar.

Nouvelle sonnerie.

Il tenta de bouger et prit conscience de sa métamorphose. Son crâne – non seulement la paroi osseuse, mais aussi la membrane et le cerveau – s'était transformé en pierre. Sa tête, d'une lourdeur et d'une dureté indicibles, était écrasée contre l'oreiller, enfoncée par sa propre masse. Jamais sa nuque ne serait assez puissante pour soulever un tel poids.

Nouvelle sonnerie.

Proche, stridente, insoutenable. L'image de Khadidja se forma dans son esprit. Elle dansait sur la scène, son corps ondulant d'une manière mystérieuse. En guise de commentaire, il entendait sa voix, penchée sur lui : « Vraiment, tu crains ! »

Quatrième sonnerie.

Maintenant, il pouvait ciller. Il revenait à la vie. Il ne lui fallut que quelques secondes pour se souvenir de la catastrophe annoncée par Khadidja. *Élégie* bénéficiait d'une nouvelle campagne en Asie. Le cauchemar ne finissait plus. Le visage d'Élisabeth allait rejoindre Jacques Reverdi jusque dans sa cellule. Impossible qu'il ne tombe pas dessus.

Il pouvait sentir, par anticipation, toute sa colère. Il la voyait s'élever, comme on pressent dans le désert l'arrivée de l'harmattan. Une fumée lente, obscure, empoisonnée, au ras de l'horizon. Une rage qui allait bientôt s'abattre sur lui et l'écraser comme un insecte.

Marc parvint, très légèrement, à bouger. Au bout d'un temps – interminable –, il fit basculer son poids sur le côté et se plia en deux, tel un soldat blessé au ventre. Ce seul mouvement lui parut charrier une flaque de whisky au fond de ses tripes. Non seulement il avait la gueule de bois, mais aussi une crise de foie.

Les sonneries ne cessaient plus.

Il se hissa sur un coude, tendit l'autre bras. Le soleil emplissait, en rais obliques, l'atelier. Quelle heure était-il ? Il attrapa le combiné.

– Allô ?

– Verghens.

La voix traversa plusieurs couches de brume avant d'atteindre la zone sollicitée du cerveau. Il se souvint que l'homme était présent à la soirée. Marc souffla :

– Qu'est-ce qu'il y a ?

– Je te réveille pas au moins ? (Le ton était chargé d'ironie.) Charmante, ta petite fête. Mais va falloir que tu émerges. J'ai du boulot pour toi.

Marc retrouva quelques bribes de lucidité. Il dit d'une voix de papier de verre :

– Je n'écris plus d'articles.

– Je sais que t'as la grosse tête, mon pote, mais c'est un cas de force majeure. Une nécro.

– Qui ?

Verghens soupira et laissa passer les secondes. Marc le retrouvait, comme en conférence de rédaction, toujours à retenir les informations, à ménager ses suspenses. Enfin, il lâcha :

– Reverdi est mort hier. Seize heures, heure malaise. C'est tombé cette nuit.

Marc glissa à terre, sentant la surface dure du parquet. Reverdi ne pouvait avoir été exécuté – il n'avait même pas été jugé.

– Comment ?

– Accident de la route. La bagnole qui l'emmenait dans le Sud, pour la reconstitution, a fait une embardée, au-dessus d'un pont. Elle a traversé la rambarde et piqué dans le fleuve.

Un rideau de glace s'abattit sur sa conscience. Il était maintenant parfaitement lucide. La présence de l'eau ne signifiait qu'une chose : Jacques Reverdi était vivant. Il demanda :

– Ils ont retrouvé le corps ?

– Pas encore. Seulement ceux des gardiens. Ils draguent le fleuve. Mais il y a un très fort courant, paraît-il, et... Qu'est-ce qu'il y a ? Ça va pas ?

Marc comprit, avec un temps de retard, qu'il était en train de rire. Son rire s'élevait, s'amplifiait, explosait dans sa gorge. Tout cela lui semblait tellement comique... Son histoire, son imposture, ses mensonges – et maintenant son succès, là, imminent, qui allait lui être ravi par sa malédiction.

Parce qu'il n'avait plus le moindre doute.

Jacques Reverdi, avec la complicité du fleuve, s'était évadé.

Et était en marche vers lui.

75

SON PREMIER RÉFLEXE fut de se terrer dans son atelier. Pour attendre le tueur.

Durant la journée du 15 octobre, il ne cessa pas de consulter les articles du *New Straits Times*, du *Star* ainsi que les communiqués des différentes agences de presse. Reuters. Associated Press. AFP.

Voilà ce qu'il reconstitua : le 14 au matin, Jacques Reverdi devait être transféré de Kanara à Johor Bahru, pour effectuer une reconstitution le lendemain, à Papan, sur le littoral de la mer de Chine.

Le fourgon était parti à six heures du matin et avait pris le « North South Expressway » en direction du sud. Deux cents kilomètres plus loin, aux environs de Tangkak, à neuf heures, le véhicule avait effectué une brutale embardée, encore inexpliquée, sur le grand pont qui surplombe le fleuve de Muar. La voiture avait traversé la balustrade et chuté vingt mètres plus bas.

Sans aucun doute, le choc avait tué net le conducteur et l'autre passager, à l'avant. D'après les premiers témoignages, le fourgon n'avait mis que quelques secondes à couler alors que le courant l'emportait déjà, loin du point d'impact. Un des deux gardiens à l'arrière, qui était menotté à Reverdi, avait été repêché, noyé, à quatorze heures, à plus de cinq kilomètres en aval. Où était le Français ? Pourquoi n'était-il pas à l'autre bout de la chaîne ? Personne ne parlait encore d'évasion. Les recherches continuaient pour retrouver son cadavre et celui du deuxième gardien. Selon les experts, il y avait peu d'espoir de les localiser – le courant était ici très puissant et de nombreux méandres s'ouvraient sur la mangrove, infestée de crocodiles.

Ça, c'était la version officielle. Mais Marc imaginait ce qui s'était réellement passé. D'une façon ou d'une autre, Reverdi avait provoqué l'accident sur le pont. Dès que la voiture avait touché le fleuve, le rapport de force s'était inversé. Le prisonnier menotté était devenu le maître. Les matons, empêtrés dans leur uniforme, avec leurs armes et leurs chaînes, avaient paniqué. Ils s'étaient agités à mesure que l'eau pénétrait dans l'habitacle. En quelques minutes, ils s'étaient noyés.

L'apnéiste au contraire avait gardé son calme. Il avait retenu sa respiration, ralentissant son rythme cardiaque, se laissant submerger par les eaux. Puis il avait fouillé les poches des cadavres qui l'entouraient et s'était libéré de ses menottes. Il avait ouvert la porte du véhicule, ou brisé une fenêtre, et nagé jusqu'à la rive. Peut-être même l'avait-il atteinte sans sortir la tête de l'eau. Combien de temps avait pris une telle évasion sous-marine ? Trois minutes ? Quatre ? Dans tous les cas, un temps raisonnable pour un apnéiste de son calibre.

Marc n'avait aucun doute : Jacques Reverdi était vivant.

Et lui, il était un homme mort.

Il ne répondait plus au téléphone. Ni sur son portable, ni sur sa ligne fixe. En début d'après-midi, il ne prit qu'un appel : celui de Vincent. C'était lui qui, avec Khadidja, l'avait récupéré dans les escaliers des Remises, et l'avait emmené aux urgences de Cochin. Puis il l'avait déposé chez lui, inconscient, et bordé comme un bébé.

Au téléphone, Marc le remercia mais n'évoqua pas l'affaire Reverdi. À l'évidence, le géant ignorait la nouvelle. À dix-sept heures, pris d'une brutale inspiration, il répondit aussi à Renata Santi, qui avait déjà appelé cinq fois. Il fit une dernière tentative pour éviter la catastrophe.

– Il faut arrêter la publication, ordonna-t-il sans préambule.

– Pardon ?

– On doit tout stopper.

L'éditrice partit d'un grand éclat de rire :

– Vous êtes fou ? Pourquoi ?

– J'ai mes raisons.

– C'est à cause de la mort de Reverdi ? Vraiment, Marc, je saisis de moins en moins...

– Arrêtez la publication !

– Impossible. Les livres sont déjà en librairie, depuis ce matin.

– On doit pouvoir stopper les livraisons suivantes, non ?

– Vingt mille bouquins ont été mis en place. Arrêtez de faire l'enfant, Marc. Je vais finir par me fâcher. D'ailleurs, cette histoire d'accident en Malaisie est excellente. Les demandes d'interviews pleuvent et...

Marc raccrocha. Il s'effondra sur le sol. Et demeura assis par terre, anéanti, durant plusieurs heures, à écouter les messages qui se multipliaient sur son répondeur. Les exigences hystériques de Renata, les demandes répétées de Verghens, les assauts de collègues journalistes et aussi – c'était le bouquet – plusieurs appels de Khadidja, qui téléphonait pour savoir s'il allait mieux.

Enfin, la nuit se glissa dans l'atelier, entre les rideaux tirés. Il ne bougeait toujours pas. Il n'avait même pas la force de se concocter un café. Son propre piège se refermait sur lui, et il en éprouvait une sorte de soulagement. Depuis le début, il le savait : tout cela finirait mal. Il n'y avait plus qu'à attendre la mort.

À aucun moment, il n'eut l'idée de boucler ses valises, de prendre la fuite. Pas plus qu'il n'imagina prévenir la police. Pourtant, c'était la solution la plus rationnelle. Il aurait d'abord du mal à convaincre les flics mais il possédait un dossier solide – notamment les lettres de Reverdi. Des documents qui constituaient aussi un dossier à charge contre lui : dissimulation de preuves, complicité de meurtres... Il se revoyait encore exhumer le cadavre sur l'île des morts.

Oui, il était complice. Il aurait pu faire progresser l'enquête mais il n'avait rien dit. Il aurait pu renseigner les parents des disparues, aider les avocats impliqués, comme Schrecker, mais il n'avait pas bougé. Il avait préféré écrire son livre, sans tenir compte du procès, ni du chagrin des familles. En parfait égoïste. Le « prix Pulitzer » des ordures, voilà ce qu'il méritait. Et accessoirement, quelques années de taule...

Marc avait déjà été condamné deux fois par la justice française, pour violation de domicile et vol par effraction. Il ne bénéficierait d'aucun sursis. La prison ou la mort : y avait-il à hésiter ?

Bien sûr que non. Pourtant, lorsqu'il envisagea cette solution, au cœur de la nuit, il la repoussa. Il était terrifié par l'idée de l'incarcération. Et il ne pouvait se résoudre à se livrer à la police sans avoir de certitudes. Après tout, peut-être se montait-il la tête. Reverdi était mort et la voie était libre.

Jeudi 16 octobre.

Il macéra encore une deuxième journée.

Il ne bougeait que pour consulter les journaux sur Internet : rien de nouveau. Les équipes de police parlaient déjà d'abandonner les recherches.

La nuit suivante, à deux heures du matin – neuf heures du matin en Malaisie –, il fut saisi d'un sursaut. Il pouvait réagir. Obtenir au moins des informations de première main, en contactant les personnes qu'il connaissait. Le nom d'Alang jaillit naturellement dans son esprit.

Le médecin légiste n'avait pas son ton habituel. Marc devina tout de suite qu'il savait « quelque chose » :

– Qu'est-ce qui se passe ?

– L'autopsie du chauffeur du fourgon. Le légiste de Johor Bahru m'a téléphoné... pour avoir un conseil.

– À quel propos ?

– Il y a une... anomalie. Le chauffeur n'est pas mort de noyade. Ni de l'impact de la chute.

– Qu'est-ce qui lui est arrivé ?

– On a retrouvé l'aiguille d'une seringue plantée dans sa nuque. Après analyse, les médecins ont découvert aussi des bulles d'air dans sa moelle épinière. On lui a injecté de l'air entre les vertèbres cervicales. La mort a dû être instantanée.

Marc se souvenait que Reverdi avait décroché un poste à l'infirmerie. Avait-il accès aux seringues ? Il demanda :

– Il pouvait atteindre la nuque du chauffeur ?

Alang hésita. Sa voix était blanche :

– Reverdi n'a pas voyagé dans un fourgon traditionnel mais dans une voiture sécurisée, qui comportait seulement un grillage entre le chauffeur et les places à l'arrière. À travers les mailles, il a pu enfoncer l'aiguille et provoquer l'accident. L'information est encore confidentielle mais...

Marc coupa court aux précautions d'Alang – ils s'étaient compris l'un et l'autre. Il le remercia et lui promit de rappeler. L'évasion ne faisait plus de doute.

Cette certitude lui fit l'effet d'un électrochoc.

À l'aube du vendredi, il décida de s'activer.

Non pas fuir.

Non pas prévenir la police.

Mais affronter Jacques Reverdi.

Et d'abord, tenter de deviner ce qu'il allait faire.

Combien de temps mettrait-il pour revenir en Europe ?

Un évadé ordinaire avait peu de chances de passer inaperçu en Malaisie. Mais Reverdi connaissait le pays en profondeur et parlait la langue. Il maîtrisait aussi les pays voisins – Thaïlande, Vietnam, Birmanie... – et savait sans doute comment les rejoindre en toute discrétion. D'autre part, c'était un homme qui s'était toujours tenu prêt à ce genre d'éventualité. Il devait posséder, depuis toujours, un « plan B ».

Marc attrapa la carte d'Asie du Sud-Est et tenta d'imaginer son parcours, tout en évaluant le temps que cela prendrait. Avec le doigt, il suivit le fleuve Muar. Par la mer, Reverdi pouvait rejoindre l'Indonésie. Il pouvait aussi descendre au sud et atteindre Singapour – mais Marc n'y croyait pas : trop proche de Johor Bahru. Il pouvait également retourner à Kuala Lumpur et se perdre dans la ville...

Marc, sans savoir pourquoi, penchait plutôt pour une fuite vers les pays limitrophes, là où il pouvait s'enfouir dans la jungle.

Là, il remonterait vers les zones de tourisme. Un arbre se cache parmi les arbres. Un Blanc parmi les Blancs. Hôtels internationaux, clubs, tours-operators... Reverdi allait mettre la main sur un nouveau kit d'identité – passeport, permis de conduire, argent liquide... – et s'évanouir parmi un groupe d'Occidentaux.

Un tel périple lui prendrait deux ou trois jours, pas plus. Ensuite, il pourrait s'envoler de Bangkok ou d'Hanoi et rejoindre un pays d'Europe. Belgique. Pays-Bas. Royaume-Uni. Allemagne. Puis rejoindre Paris par le train ou la route. À l'opposé d'un banal fuyard, qui attendrait que les choses se tassent pour bouger, Reverdi allait agir le plus vite possible. Avant même que les autorités malaises ne concluent à son évasion.

Trois jours sur le territoire asiatique, trois jours encore pour effectuer une escale dans un pays d'Europe et prendre la direction de la France, sous une nouvelle identité. Soit environ six jours.

Jacques Reverdi s'était évadé le 14.

On était le 17.

Il restait encore à Marc trois jours pour se préparer.

À quoi au juste ?

Il réfléchit encore.

Que ferait Reverdi en priorité, en arrivant à Paris ?

La réponse était simple : il se rendrait à l'adresse d'Élisabeth. Poste restante, rue Hippolyte-Lebas, 9e arrondissement.

Marc attrapa sa veste et partit au pas de course.

Il fallait prévenir Alain.

Et le protéger.

76

– COMMENT ÇA, il n'est pas là ?

Marc était trempé de sueur : il avait couru jusqu'au bureau de poste. Il fixait avec intensité la femme assise à la place d'Alain :

– Il est en congé ?

La postière ne cessait de remonter ses lunettes en fronçant le nez. Son expression était contradictoire, à la fois éberluée et méfiante.

– Il n'est pas là, c'est tout.

– Il est malade ?

Elle le fixa à travers les transparences : la vitre et ses lunettes.

– Pourquoi ces questions ?

Marc devait réagir à toute vitesse. Hors de question d'évoquer Élisabeth Bremen ; ni quoi que ce soit qui concernât la poste. Il eut un éclair :

– C'est à propos de la cérémonie de dimanche. Je suis le propriétaire du local où ils organisent leur messe.

Pendant des années, Marc avait vécu dans un immeuble de la rue de Montreuil, qui jouxtait une église catholique vietnamienne. Un simple entrepôt où une communauté se retrouvait chaque dimanche. Le regard de la postière s'éclaira :

– À Vanves ?

Marc était tombé juste, mais il ne fallait pas s'engouffrer dans la brèche :

– Non. Je parle de la paroisse rue de Montreuil. Une cérémonie est prévue, samedi. Mais ce n'est plus possible. Il faut que je parle à Alain. Vous avez ses coordonnées personnelles ?

La femme retourna un formulaire de lettre recommandée et le lui tendit :

– Écrivez-lui un mot là-dessus. Je lui transmettrai.

– Je dois lui parler moi-même !

– C'est impossible.

– Pourquoi ?

Son nez se plissa de nouveau comme un galon de tissu :

– C'est son jour de dialyse.

Marc accusa le coup – il se souvenait vaguement qu'Alain avait plaisanté plusieurs fois sur ses problèmes de santé et ses « vidanges ». À l'époque, Marc n'avait pas compris. À vrai dire, il n'avait même pas écouté :

– L'opération a lieu à l'hôpital ?

– Non. Chez lui. Une hémodialyse à domicile. Il possède le matériel.

– Donnez-moi ses coordonnées.

– Je ne les ai pas.

– Seulement son nom de famille. Je ne sais même pas comment il s'appelle !

La postière hésitait. Marc frappa le comptoir :

– Bon Dieu : cent Vietnamiens vont se déplacer pour rien demain !

Il avait hurlé. L'accent de sincérité parut convaincre la fonctionnaire :

– Il s'appelle Alain van Hêm.

Marc attrapa un stylo enchaîné à un socle et demanda :

– Comme un « nem » ?

– Très drôle.

Marc eut un tel regard que la femme recula sur son siège.

– Je ne plaisante pas. Épelez-moi son nom.

– « V.A.N. » puis « H.E.M. ». Avec un accent circonflexe sur le « E ». Il habite dans le 13e arrondissement. Le quartier chinois.

Marc courut vers la porte. Sur le seuil, il s'arrêta, pris soudain d'un doute :

– Personne n'est venu demander du courrier au nom d'Élisabeth Bremen ?

– Jamais entendu ce nom. (Elle fronça encore le nez, ses carreaux remontèrent.) Quel rapport avec votre histoire d'église ?

Marc bondit dehors. Il vacillait dans l'air pollué de Paris. Étourdi par les mensonges. La peur. Les voitures qui passaient à toute allure. Il enfonça ses mains dans ses poches et se mit en marche, en quête d'un bar-tabac. Il pénétra dans le premier rencontré et commanda un expresso sans s'arrêter au comptoir.

Il plongea au sous-sol et s'engouffra dans une cabine téléphonique. Sous la tablette, il trouva un annuaire. Il feuilleta les pages, s'efforçant de respirer lentement. Dialyse ou pas dialyse, il n'aimait pas l'absence d'Alain van Hêm. Pas aujourd'hui. Voilà :

ALAIN VAN HÊM
70, RUE DU JAVELOT
TOUR SAPPORO

Il tenta d'appeler le numéro de téléphone. Pas de réponse. En route pour le quartier chinois.

Il parvint sur le parvis de l'immeuble à treize heures.

La trouille ne le lâchait plus. La sueur enduisait tout son corps, comme la pellicule d'eau qui se glisse sous les combinaisons de plongée et réchauffe la peau. Sauf qu'ici, le vernis était glacé.

Avançant d'un pas rapide, il voyait se rapprocher la tour. Elle paraissait grossir, absorber tout l'horizon. Il pénétrait dans son ombre tel Jonas dans le ventre de la baleine.

Il poussa la première porte vitrée et étouffa un juron. Il n'avait pas le code d'entrée pour ouvrir la seconde. Il dut attendre, transpirer, tourner en rond dans le sas jusqu'à ce qu'un vieillard han arrive.

Dans le hall, il faillit hurler encore quand il vit la muraille de boîtes aux lettres. Il s'efforça à la patience et lut, méthodiquement, chaque nom, en partant de la gauche, rangée après rangée. Au milieu de la quatrième, il repéra son homme : douzième étage, porte 12238.

Il appela le premier des quatre ascenseurs mais s'aperçut qu'il ne desservait que les numéros impairs. Il appuya sur un autre bouton. Mauvaise pioche : celui-ci montait directement au vingtième étage. C'était la tour infernale. Marc trouva enfin le bon ascenseur et y plongea.

Douzième étage. Marc longea les couloirs, ponctués de portes rouges, toutes identiques. Le numéro était inscrit en haut à droite, sur une plaque de cuivre : 12236... 12237... 12238. Marc s'appuya d'une main contre le chambranle pour reprendre son souffle. Enfin, il sonna.

Pas de réponse.

Il plaça son oreille contre la porte. Aucun bruit. Il sonna encore. Le dérangeait-il en pleine « vidange » ? Un renvoi acide lui brûla la gorge. Il frappa plus fort, avec le poing, puis fixa la serrure. Un simple modèle de sûreté à cylindre.

Il plaqua la main en hauteur et appuya. La paroi s'écarta : pas verrouillée. Marc sortit de sa poche une simple carte de visite puis la glissa sous le pêne. Dans le même temps, il exerça une poussée de l'épaule et souleva la porte de ses gonds. Le mécanisme s'ouvrit.

Tout de suite, une odeur singulière lui crispa les narines.

Un mélange de bouffe et de métal.

Du sang.

Il songea à l'hémodialyse. Il savait en quoi consistait l'opération : filtrer son propre sang en le faisant circuler à travers plusieurs membranes. Si Alain avait procédé à l'opération aujourd'hui, il n'était pas surprenant qu'une telle puanteur circule. Pourtant, la peur ne le quittait pas. Il avança dans le vestibule. Les battements de son cœur menaient une cadence discrète, montant crescendo, façon *Boléro* de Ravel.

Il découvrit un petit séjour, aux allures de maison de poupée. Papier peint à rayures ; canapé à fleurs, table basse, bibelots dans une vitrine ; des livres aux reliures identiques, sans doute achetés par correspondance. Il suivit un couloir. À gauche, la cuisine. À droite, la chambre. Vides. Au fond, une porte entrouverte sur des carreaux blancs : la salle de bains.

L'odeur avait maintenant la lourdeur d'une peinture fraîche.

Tous ses capteurs étaient au rouge.

De deux doigts, il poussa la porte et dut s'adosser à l'encadrement.

C'était bien le jour de la dialyse.

Mais Alain avait été sérieusement aidé dans sa manœuvre.

Il était nu, ligoté sur un fauteuil médical, avec du fil à sécher le linge et du câble télé. À ses côtés, un appareillage, composé d'un long tube, de compteurs à quartz et de deux pompes : la machine à filtrer le sang.

On avait tranché le conduit qui partait de la saignée du bras du Vietnamien et on l'avait dévié, tel un tuyau d'arrosage, vers des récipients posés à ses pieds. Bocaux d'épices. Flacons de sauce aigre-douce. Bouteilles coupées d'eau minérale. Tous avaient été vidés de leur contenu puis remplis à ras bord, dégoulinants et poisseux.

Marc recula contre un angle de faïence.

Il allait devoir sérieusement réviser ses comptes.

Parce que Jacques Reverdi était déjà à Paris.

Il visualisait la scène. À mesure que le prédateur interrogeait sa victime, il maintenait son pouce à l'extrémité du tuyau coupé afin de le boucher. Si Alain ne répondait pas, il libérait le flux et remplissait un récipient. Une autre question, un autre flacon. Et ainsi de suite.

Mais Reverdi avait fait pire.

Après avoir obtenu les réponses à ses questions, il avait enfoncé le tuyau dans la gorge d'Alain, le forçant à boire son propre sang. Le postier avait été étouffé par le breuvage. Le sang encore frais lui sortait par la bouche, le nez, les oreilles. La tête était gonflée, les joues pleines, les tempes boursouflées.

En s'approchant, Marc constata que la machine était encore en marche : les derniers centilitres, poussés par la pression, continuaient à pénétrer le cerveau d'Alain. Ce visage n'allait pas tarder à exploser.

Marc était étonné de conserver sa lucidité. Seule l'urgence le tenait debout. Qu'avait pu dire le postier ? Pas grand-chose, hormis le fait que c'était un homme qui venait chercher le courrier d'Élisabeth. Pour le reste, Alain ne connaissait que le prénom de Marc. Il ne lui avait demandé qu'une seule fois son passeport, lorsqu'il avait ouvert le « contrat de réexpédition », huit mois auparavant. Aucune chance qu'il se souvienne de quoi que ce soit.

Marc bénéficiait donc d'un sursis. Il recula avec précaution, cherchant à se rappeler s'il avait posé sa main quelque part. Non. Vieux réflexe de fouineur qui ne laisse jamais de trace.

Sur le seuil de la salle de bains, il se dit qu'il devait arrêter la machine, pour éviter l'ultime outrage. Il revint sur ses pas mais, face aux boutons de commande, il s'immobilisa. Il n'avait pas la moindre idée du fonctionnement du système, et à l'idée de commettre une maladresse – augmenter la pression par exemple, provoquant l'explosion du crâne –, il préféra renoncer.

Parvenu dans le salon, il rouvrit la porte d'entrée, la main emmaillotée dans sa manche, et jeta un coup d'œil sur le palier : personne. Avant de s'enfuir, il chercha dans sa mémoire une prière – juste quelques mots – pour demander pardon à Alain.

Il ne trouva rien.

Il abandonna le Vietnamien à sa pression.

77

PAR PRUDENCE, il emprunta l'escalier et descendit un étage à pied. Au onzième, il appela l'ascenseur. Dans la cabine, il s'effondra. Il s'accroupit par terre, dos à la paroi de fer, et se mit à sangloter. Il était perdu et, il le savait, virtuellement mort. Il ne cherchait même pas à imaginer les souffrances qui l'attendaient.

Les portes s'ouvrirent au cinquième étage. Marc n'eut que le temps de se remettre debout. Deux adolescents chinois entrèrent, en ricanant. Marc se plaqua contre la cloison du fond, retenant souffle et sanglots. Les gamins sortirent au rez-de-chaussée, sans un regard pour lui. Il laissa les portes se refermer. La cabine descendit encore. Il s'aperçut que la tour était si gigantesque qu'elle possédait un deuxième rez-de-chaussée...

Quand les parois s'écartèrent à nouveau, il découvrit une galerie commerciale, donnant sur des jardins à ciel ouvert. Il avança de quelques pas et écarquilla les yeux. En un étage, il avait été propulsé à Hongkong ou à Pékin. Tous les visages étaient chinois. Toutes les voix étaient chinoises. Les néons dessinaient des calligraphies, projetant des lumières rouges, bleues ou jaunes. Des remugles de nourriture, chargés d'ail et de soja, planaient dans l'air.

Marc titubait. Un homme le bouscula. Il se retrouva plaqué contre la vitre d'un magasin de CD et de DVD. Des enceintes diffusaient une mélodie romantique. Il était paralysé, les bras en croix.

Avec peine, il se remit en marche, poursuivi par la petite voix aigre de la chanson. Ses yeux lui évitaient les obstacles mais n'analysaient pas les visages ni les objets rencontrés. Il avançait comme un somnambule, sans qu'aucun détail lui soutire la moindre pensée ou réaction.

Il prit conscience qu'il n'avançait plus. Devant lui, dans la vitrine, quatre exemplaires du même livre trônaient fièrement sur leur socle. La couverture, sur fond noir, affichait en lettres rouges : *SANG NOIR*. Dans un autre espace-temps, Marc aurait été heureux – ou ému par ce spectacle.

Mais à cet instant, il n'était ni heureux, ni ému.

Simplement terrifié.

Jacques Reverdi était-il passé par cette galerie commerciale en quittant l'appartement d'Alain ? Avait-il vu ce livre ? Combien de temps lui avait-il fallu pour tout comprendre ? Marc ne doutait pas que le postier eût donné son prénom. Grâce au roman, Reverdi possédait le patronyme complet.

Marc s'élança sous les voûtes. Il n'avait pas effectué deux pas qu'il reçut un nouveau choc. Un uppercut dans le foie. Dans la vitrine d'une parfumerie, le visage de Khadidja le regardait.

Il s'approcha, chancelant. C'était un panneau cartonné sur un support. Marc ne foutait jamais les pieds dans une parfumerie – il ignorait donc que la campagne de publicité pour *Élégie* se poursuivait maintenant, en toute discrétion, sur les lieux de vente.

Reverdi avait-il déjà rencontré Élisabeth dans une de ces vitrines ?

Il tenta de reprendre sa course, coincé entre la couverture de son livre et les affichettes de Khadidja. Il se faisait penser à un trappeur prisonnier de son propre piège, la jambe coincée entre des mâchoires de fer.

Il se retourna brutalement – il lui semblait avoir vu, dans le reflet de la vitrine, la silhouette d'un homme au crâne rasé. Un homme qui aurait pu être Reverdi. Non : il n'y avait personne. Personne d'occidental en tout cas.

À ce moment, il eut un éclair de lucidité.

Ses lèvres prononcèrent malgré lui :

– Khadidja.

78

EN ROUTE vers la rue Jacob, Marc ne cessait d'appeler Vincent. Aucune réponse. Pas même de message. Cela ne signifiait pas que le photographe était absent. Au contraire, quand il travaillait, il déconnectait son cellulaire et sa ligne fixe. Marc exhorta le chauffeur à foncer, ce qui ne provoqua que des soupirs et des remarques sur la « circulation de plus en plus merdique » à Paris.

Marc s'enfouit dans ses pensées – qui se résumaient à une seule : sauver Khadidja. Il fallait la cacher, la protéger et, d'une façon ou d'une autre, lui expliquer. Parmi toutes ses raisons de paniquer, cette perspective d'explication était la plus forte.

Comment lui raconter toute l'histoire ?

Le taxi n'avançait plus. Un embouteillage sur le boulevard Saint-Michel. Il tenta une nouvelle fois le numéro de Vincent. En vain. Il était certain que le géant saurait où était Khadidja. Il prévoyait également de le mettre en garde. Mentalement. Marc suivait le chemin du tueur : des affiches, il contacterait la société des parfumeurs ou l'agence de publicité. En quelques coups de fil, il débusquerait les coordonnées de Vincent, ou même de Khadidja.

La voiture était toujours à l'arrêt. Marc paya le chauffeur, expliquant qu'il allait finir la course à pied. L'autre grogna : « Bonjour la solidarité. » Il remonta le boulevard au trot, puis descendit la rue Médicis, à droite, le long des jardins du Luxembourg. Parvenu au coin de la rue de Tournon, l'image de Renata Santi jaillit dans son esprit. Elle aussi était en danger. Il composa son numéro, tout en continuant à marcher.

– Marc ? Où êtes-vous ? Ça fait trois jours que je...
– J'ai vu le livre.
– Vous êtes content ?
Sa voix pulmonaire lui donnait toujours un ton précipité. Marc devait jouer le jeu, le temps de quelques répliques :
– Super.
– Mais vous n'avez pas répondu aux requêtes de...
– Renata, j'ai quelque chose à vous demander.
– Dites. Avec les premiers échos que je reçois des libraires, vos désirs sont des ordres.
– Un homme vous a-t-il contactée à propos du livre ? Quelqu'un de bizarre ?
– Bizarre dans quel style ?
Marc comprit qu'il faisait fausse route. Jamais Reverdi n'aurait l'air étrange ni suspect. Au contraire. Pourtant, il insista :
– Je ne sais pas. Un journaliste que vos attachées de presse ne connaîtraient pas. Un type qui voudrait m'approcher, pour une raison ou une autre. Pas d'appel de ce genre ?
– Non.
– Pas de présence anormale, devant vos bureaux ?
– Vous commencez à me faire peur...
Marc dévalait la rue Bonaparte.
– Écoutez-moi. Si vous voulez vraiment me faire plaisir, quittez votre bureau et trouvez-vous un coin tranquille, qui ne soit pas votre appartement. Et surtout, ne dormez pas chez vous ce soir.
– Qu'est-ce que c'est que cette histoire ? Vous devenez franchement inquiétant, Marc.
– Je vous expliquerai tout demain. Juré. Mais pour ce soir, suivez mes instructions, d'accord ?
– Eh bien... (Sa respiration bourdonnait dans les graves.) C'est un peu original comme requête, mais d'accord... J'ai connu de drôles d'oiseaux mais vous avez la palme !
Marc raccrocha – il était parvenu rue Jacob. Il tourna à gauche, atteignit le portail. Son cœur cognait sous ses côtes. Ses jambes flageolaient. Le studio avait son apparence habituelle : grandes baies vitrées, occultées par des rideaux. Il tendit la main vers la sonnette.
Son geste s'arrêta net.

La porte de verre était ouverte. Marc sentit ses jambes céder pour de bon. Il pivota et s'appuya contre la vitre. Un craquement fissurait son corps. Une longue déchirure d'os, qui traversait tous ses membres.

Jacques Reverdi l'avait précédé.

Et il était peut-être encore sur les lieux...

Il se souvint qu'un commissariat était situé à cent mètres de là, rue de l'Abbaye. Mais il songea à Vincent et se retourna, face à l'embrasure. Après tout, il était le seul responsable de ce cauchemar.

Sans un bruit, il poussa la porte. Le studio baignait dans un silence de sanctuaire. Tous les rideaux étaient tirés. Seules, quelques lucarnes en hauteur diffusaient un filet de lumière. Il lui suffit de deux pas pour obtenir une confirmation : Reverdi était passé – et déjà reparti.

Des centaines de photos jonchaient le sol. Le tueur avait retourné les archives de Vincent, afin de trouver les images et les coordonnées de Khadidja Kacem, alias « Élisabeth Bremen ».

Mais il y avait beaucoup plus grave.

Au-delà des projecteurs éteints, Vincent était assis dans son fauteuil – un siège à roulettes que Reverdi avait poussé au centre du plateau. Le gros homme était de dos, tête baissée, tourné vers les grandes toiles colorées qui se déroulaient jusqu'au sol. Sa posture ne laissait aucun doute : refroidi. Autour de lui, un tas de photographies étaient répandues en arc de cercle.

Marc avança, lui-même plus mort que vivant. Sa tête était comme une chambre noire, qui ne révélait plus que des images de destruction.

Vincent était nu, comme Alain, mais dans une version XXL, monstrueuse. Plis de chair, compressés encore par les torsades du ruban adhésif qui l'immobilisait dans le fauteuil. Son corps de baleine portait la trace de multiples blessures. Pas de celles que Reverdi pratiquait sur ses victimes féminines – incisions fines et nettes, sans bavure. Cette fois, c'étaient de belles et franches entailles. Rageuses, barbares, profondes. D'après les gerbes brunes qui en avaient jailli, atteignant parfois deux mètres de longueur, Reverdi avait choisi pour l'occasion les artères et non les veines ; gros débit et forte pression.

Pourtant, Marc comprenait qu'une fois encore, Reverdi avait, dans un premier temps, obturé les plaies avec du ruban adhésif. De nouveau, il avait pratiqué son chantage au sang, attendant les réponses à ses questions, avant de « lâcher la sauce ». À chaque refus, à chaque silence, il avait arraché un pansement bricolé, ouvrant une vanne de mort.

S'approchant, Marc remarqua un détail singulier. Les longs cheveux couvraient entièrement le visage baissé, mais certaines mèches paraissaient torsadées et dures, comme des dreadlocks de Jamaïcain. Doucement, très doucement, Marc glissa sa main sous le menton de Vincent et lui releva le visage.

Le tueur avait arraché les yeux du photographe et enfoncé dans ses orbites des pellicules déroulées. Une seconde encore, et Marc comprit que la tête du cadavre avait été placée selon un axe spécifique. Ce visage énucléé « regardait » quelque chose, situé dans le dos de Marc.

Il se retourna et aperçut des traces sanglantes autour des grandes toiles de papier coloré. Sans hésiter, il les arracha une à une et découvrit la suite du message.

Sur le dernier fond, couleur parme, l'assassin avait écrit avec le sang de sa victime :

VOIR N'EST PAS SAVOIR !

Marc se recula et buta contre le cadavre. Il vit toute la pièce basculer et comprit qu'il perdait connaissance. In extremis, il se rattrapa à l'épaule de son ami martyrisé. À ce seul contact, il hurla – un cri du ventre qu'il retenait depuis sa première visite chez Alain. Il hurla encore, et encore. Plié en deux sur son souffle, sur sa rage, sur sa peur. Il hurla, jusqu'à se déchirer les cordes vocales.

Puis il tomba à genoux, sanglotant sur les photos éparses sur le sol, collées par le sang séché.

C'est à cet instant qu'il comprit la conclusion du message.

Tous ces clichés ne représentaient qu'un seul sujet : Khadidja.

Vincent avait-il donné son adresse ? Sans aucun doute.

Qu'avait-il pu dire d'autre ? Rien. Il ne savait rien. À l'idée des tortures inutiles qu'il avait subies, Marc sentit une nouvelle vague de sanglots le soulever – mais il s'arrêta net.

Peut-être pouvait-il encore sauver Khadidja.

Il se releva, marcha jusqu'au bureau et utilisa le téléphone fixe de Vincent. Le numéro du portable de Khadidja était en mémoire. Pas de réponse. Marc songea à Marine, sa maquilleuse personnelle. Son numéro était également programmé. Elle répondit à la troisième sonnerie.

– Marc ! Comment ça va ?

Il lança un coup d'œil aux orbites crevées de Vincent, à l'inscription sanglante, aux photos de Khadidja coagulées. Il dit :

– Ça va.

– Qu'est-ce que tu voulais ?

Il tourna le dos au massacre et raffermit sa voix :

– Je cherche Khadidja.

– Ho, ho, ho..., gloussa la maquilleuse.

– Tu sais où elle est ?

– Avec moi. On est en pleines prises de vue.

Le soulagement lui décrocha quelque chose, très loin, au fond de la poitrine :

– Où êtes-vous ?

– Au studio Daguerre.

– Quelle adresse ?

– 56, rue Daguerre, mais...

– J'arrive.

– La séance n'est pas terminée, je...

– J'arrive.

Marc allait raccrocher quand il demanda :

– Quelqu'un l'a appelée cet après-midi ? Sur son cellulaire ?

– Aucune idée. Pourquoi ?

– Écoute-moi bien. D'ici mon arrivée, elle ne répond pas au téléphone. Elle n'écoute pas ses messages. Personne ne l'approche, excepté l'équipe de prises de vue. Compris ?

Marine ricana :

– Tu deviens très exclusif. Elle va a-do-rer ça !

79

LE PLATEAU DU STUDIO était entièrement cerné par des paravents miroitants. Des hautes feuilles d'aluminium qui renvoyaient des éclats brisés, des froissements de vaisseau spatial dans toute la pièce.

Ce décor étincelant paraissait poser d'énormes problèmes techniques. Cinq assistants couraient dans tous les sens et pas un seul des projecteurs n'était dirigé vers le plateau lui-même mais orienté selon des angles obliques, afin d'obtenir un éclairage indirect.

Il régnait dans le studio un silence chirurgical. Des prises de vue de « pros ». Une réunion d'experts. Marc avança de quelques pas, le plus discrètement possible, jusqu'à la lisière de la clairière aveuglante.

Khadidja était là, seule, dans la lumière blanche.

Vêtue d'une combinaison en mailles argentées, elle ressemblait à une créature extraterrestre, tout juste descendue de la planète Perfection. Une planète où les habitants possédaient des mensurations sans faille ; où chaque attitude ressemblait à une rivière de grâce translucide.

– OK. On reprend la position de tout à l'heure. C'est bon la lumière, là ?

Marc accusa le coup. La simple voix du photographe, donnant des ordres dans la pénombre, lui rappela son ami. Il était venu tant de fois dans son studio... Vincent dirigeant ses photos floues, à coups de commentaires philosophiques bidon. Vincent éclatant de rire, en décapsulant une canette. Vincent sortant ses photos salaces de son pantalon froissé. Marc bloqua sa respiration pour ne pas pleurer et se concentra sur Khadidja.

Elle se tenait les mains sur les hanches, jambes écartées, à la manière d'une James Bond Girl des années soixante-dix. Elle paraissait tenir tête au halo blanc qui la cernait et consumait les bords de sa silhouette.

– Maintenant, tu avances d'un pas. Tu te places de trois quarts. Voilà. Tu souris. Avec une pointe d'arrogance...

L'expression demandée s'épanouit sur ses lèvres claires. Un tel sourire possédait une incidence directe, aiguë, sur une partie profonde de soi, une membrane ancestrale, oubliée. Comme ces sondes qui se perdent dans les ténèbres de la Terre et découvrent des poches emplies de liquides fossiles, encore palpitants.

– Nickel. Tu reviens de face. Légèrement cambrée.

Khadidja s'exécuta. La courbe du dos fléchit. Le mouvement aurait pu être vulgaire, aguicheur, mais c'était ici une nonchalance naturelle qui semblait directement descendre du sourire jusqu'aux plus infimes ramifications des membres. Marc trépignait sur place : il avait envie de traverser le plateau, de l'empoigner par la main et de fuir avec elle. Il fallait cacher ce trésor, avant qu'il ne soit trop tard.

Le déclic grave de l'appareil résonnait, suivi aussitôt par le sifflement du flash, puis le moulinet du boîtier. Déclic. Sifflement. Moulinet... Une cadence ternaire. Mais aussi un glas. L'image de Vincent revint lui lacérer la mémoire. Il se tourna dans l'ombre : cette fois, il allait exploser. Pleurer ou vomir. Ou les deux à la fois.

– C'est bon. On arrête !

Marc s'appuya au mur, toujours plié en deux, quand il sentit un parfum très dense, mélange de pigments arides et d'huiles douces. Il pivota : Khadidja se tenait devant lui. À la fois irréelle et trop présente, dans sa combinaison à mailles scintillantes.

– Parmi les visiteurs possibles, t'étais tout en bas de la liste.

Elle n'avait pas l'air surprise – Marine l'avait prévenue.

– Un message urgent ? continua-t-elle.

– Je pensais t'inviter en week-end.

– Carrément.

Il tenta de sourire, mais l'effort lui arracha un spasme de souffrance.

– Je... je voulais simplement te montrer un endroit que j'aime beaucoup. Pas loin de Paris.

– Quand ?

– Maintenant.

– De mieux en mieux. Le grand auteur kidnappe les jeunes filles.

L'ironie moqueuse devenait sarcastique. Marc choisit une autre carte – l'orgueil blessé.

– Écoute, dit-il d'un ton rapide, j'agis sur une impulsion. C'est déjà assez difficile pour moi. Si tu n'en as pas envie, on en reste là. Aucun problème.

Elle hocha la tête, sans le quitter des yeux. Ses boucles noires ruisselaient autour de son visage.

– Attends-moi. Je vais chercher mes affaires.

80

MARC se souvenait parfaitement du lieu.

Un relais-château situé aux environs d'Orléans, qui comptait un manoir et ses dépendances, dans un parc de plusieurs dizaines d'hectares. Lorsqu'il était paparazzi, il avait souvent planqué aux abords de cet hôtel. Un refuge secret, élitiste, où les personnalités célèbres venaient consommer leurs liaisons illégitimes, à l'abri des regards indiscrets. À l'époque, en arrosant quelques gars du personnel, il était régulièrement informé des arrivées de couples « porteurs ».

Son coup de chance était que Khadidja possédait une voiture – parce qu'il l'invitait à la campagne, mais il n'avait pas de véhicule. La jeune femme, qui portait un beau « A » au cul de sa Twingo, conduisait avec un plaisir évident. Elle venait de passer le permis, expliqua-t-elle : c'était son premier grand trajet !

Durant le voyage, Marc essaya de nourrir la conversation mais la peur, la confusion, la souffrance se mêlaient dans tout son être au point qu'il parvenait à peine à achever ses phrases. Il avait réglé le rétroviseur extérieur droit afin de pouvoir observer lui-même la route à l'arrière. Au cas où ils seraient suivis. Khadidja était tellement concentrée sur sa conduite qu'elle n'avait pas remarqué ce détail.

Une fois sortis de l'autoroute, ils prirent une départementale. Marc n'eut aucune difficulté à retrouver son chemin, malgré la nuit qui s'avançait. Enfin, au détour d'un virage, il repéra le mur d'enclos, verdi de mousse, camouflé parmi les arbres, puis les deux tours du manoir, qui perçaient les frondaisons.

La Twingo franchit le portail et glissa dans la cour de gravier. Lorsque Khadidja découvrit la façade ensevelie sous le lierre, elle émit un sifflement admiratif. Malgré son état, Marc percevait le charme de cette femme : chaque mot qu'elle prononçait, chaque geste qu'elle effectuait respirait une spontanéité, une fraîcheur déconcertantes, qui n'avaient rien à voir avec ses allures de déesse du Maghreb. Plus on la connaissait, plus son statut d'icône intouchable reculait. Elle était avant tout une jeune femme enjouée, cultivée, qui ne mâchait pas ses mots et qui portait sa beauté comme un manteau léger, qu'elle aurait oublié d'ôter.

Après qu'elle se fut garée, à grand renfort de jurons, de grincements, de calages, ils sortirent de la voiture et prirent la mesure de l'édifice éclairé dans la nuit. Le bâtiment principal était une ferme grise, en forme de « U », dont les anciennes écuries, à gauche, accueillaient maintenant des salles de séminaire et un restaurant. Les fenêtres des chambres se déployaient en série, au premier étage, le long du corps de logis. Face au manoir, dans le parc, on apercevait les dépendances qui abritaient des suites aménagées, comme autant d'îlots de discrétion. Marc se détendit légèrement : entouré par les murs d'enclos et les chênes centenaires, il se sentait, pour la première fois de la journée, en sécurité.

Le hall d'entrée confirmait l'impression de bien-être rustique, sans fioriture. Murs de pierres apparentes, tapis épais sur parquet de bois ciré, armures de fer bombant le torse. Marc ne craignait plus qu'un danger – que le concierge ou le garçon d'étage le reconnaisse et lui souffle une information indiscrète, qui aurait jadis intéressé « la Raflette ». Mais non : le personnel avait changé et on les traita comme un couple standard, s'accordant un week-end aux chandelles.

Marc choisit deux chambres mitoyennes, avec porte communicante, parlant à l'écart de Khadidja, pour ne pas avoir l'air du pauvre séducteur qui tisse sa toile. Dans un coin de son esprit, là où la peur n'avait pas encore tout dévasté, il souffrait de cette situation – de son allure de dragueur à la petite semaine qui tendait un piège à sa secrétaire.

La visite des chambres aggrava encore la caricature. Lit à baldaquin, courtepointe de velours, minibar bourré de bouteilles de champagne : les armes du traquenard. Marc n'osait pas regarder Khadidja. Il était confit de honte.

Dès que le garçon d'étage fut sorti et qu'elle se fut installée dans sa chambre, Marc fouilla la sienne de fond en comble. C'était absurde : Reverdi ne pouvait pas se cacher dans un placard. Il lança un coup d'œil par la fenêtre à droite, le parking. Rien à signaler. Pas de nouvelle voiture, pas de visiteur, pas d'ombre furtive.

Marc regarda sa montre : vingt heures trente. Ils allaient bientôt dîner. Alors il parlerait à Khadidja. Comment réagirait-elle ? Exigerait-elle de se rendre à la police ? Sans doute. Il n'y avait pas d'autre solution : lui-même en était convaincu.

Mais d'abord, tout expliquer.

Ce soir.

Khadidja lisait la carte en silence.

En réalité, elle observait Marc du coin de l'œil. En d'autres circonstances, elle aurait éclaté de rire. À elle seule, la décoration de la table était un morceau d'anthologie : les couverts étaient multipliés par cinq, les chandelles semblaient réglées par un potentiomètre, des tentures isolaient chaque table, formant des alcôves intimes.

Oui, en d'autres circonstances, elle se serait tordue de rire. Mais pas ce soir : parce que ce dîner lamentable, ce guet-apens pathétique lui étaient servis par Marc en personne. Et tout, dans son attitude, depuis le départ de Paris, sonnait faux. Son invitation, son changement d'humeur à son égard, son ton enjoué. Malgré ses efforts, il semblait étranger à tout ce qui se passait ici.

Que cherchait-il ?

Pourquoi l'avait-il amenée ici ?

Une semaine plus tôt, cette escapade l'aurait rendue folle de bonheur – ou de désarroi – mais plus maintenant. Depuis, il y avait eu cette soirée pénible, ce cocktail chaotique où son athlète de poche, avec sa main en sang et ses manières violentes, avait touché le fond. Elle le considérait désormais avec pitié. Il y avait en lui une dureté, un mystère que rien ni personne ne paraissait pouvoir percer. Un homme à l'écorce inviolable. Solitaire, désespéré, incompréhensible. Et cette soirée sinistre confortait encore ce sentiment.

Elle décida d'aller droit au but :

– Tu as quelque chose à me dire, non ?

Elle lui avait déjà posé la question dans la voiture, sans obtenir de réponse. Il louvoya une nouvelle fois :

– Non, sourit-il. Ou plutôt si, mais pas maintenant. Qu'est-ce que tu choisis ?

Il avait utilisé une voix de velours, à double fond. Pour qui la prenait-il, Bon Dieu ? Elle revint à la carte :

– Je comprends rien à ces trucs.

Marc proposa, d'une voix amusée :

– Tu n'as pas envie d'essayer la « farandole de pétoncles au jus de venaison coraillé, perlé à l'essence d'agrumes » ?

Elle sourit.

– Ou le « suprême de poularde, accompagné de ses pieds bleus fondants » ?

Elle surenchérit :

– Je vais plutôt tenter les « lentins du chêne, en cocotte lutée ».

– Je te comprends. Mais n'oublie pas les « endivettes confites au verjus ».

– Sans compter le « boudin de colvert en feuilletage » !

Ils éclatèrent de rire. En un déclic, une complicité s'épanouit entre eux. Un partage d'évidence, limpide, scintillant. Une sorte de sursis. Comme une goulée d'alcool au fond d'une tranchée. Mais elle sentit aussitôt que ça n'allait pas durer.

En effet, le visage de Marc se figea d'un coup. Sa peau prit la teinte d'un pansement dentaire.

– Excuse-moi, lâcha-t-il.

Il quitta la table en un seul mouvement.

Il en était sûr.

Dans l'encadrement de la fenêtre, il l'avait aperçu. Crâne rasé. Visage long et gris. Taille immense. Aucun doute. Reverdi. Marc traversa la salle du restaurant. Il ne savait pas ce qu'il allait faire – il n'était même pas armé. Mais il devait obtenir une certitude.

Sur le perron, il s'arrêta, comme au bord du vide. Il observa le carré de lumière de la cour. Il scruta les cailloux gris, respira l'odeur vive d'humidité, écouta le bruissement des feuilles. Rien. Il essaya de voir, plus loin, à travers les ténèbres. Personne. Une nuit de campagne, ni plus ni moins menaçante que les autres.

Une main se posa sur son épaule.

Il hurla en se retournant, glissa sur les marches et tomba en arrière. Il évita la chute de justesse et resta en position de défense, dans la lumière du lanterneau. Un homme s'avança, large sourire aux lèvres :

– Je suis désolé. Je vous ai fait peur. Je suis le directeur de l'hôtel.

Marc essaya de dire quelque chose – il n'y parvint pas.

– N'ayez crainte : notre parking est surveillé jour et nuit.

Il comprenait à peine ce que l'homme disait. Ses membres tressautaient sous ses vêtements. La sueur lui piquait le visage comme un masque d'épingles. Une nouvelle fois, il tenta de parler : pas moyen. Le directeur le rejoignit dans la cour, parlant toujours un langage incompréhensible. Marc marmonna enfin un « très bien, très bien », puis rentra tête baissée à l'intérieur, bousculant un serveur au passage.

Il revint s'installer à la table. Il tremblait tellement qu'il ne sentait plus ses mains ni ses pieds. Ses extrémités lui paraissaient détachées, et en même temps douloureuses. Il songeait à ces membres coupés qui démangent encore les soldats amputés.

– Qu'est-ce qui se passe ? demanda Khadidja. On dirait que t'as vu un fantôme.

– Un coup de fil urgent. Tout va bien.

Pour se donner une contenance, il saisit de nouveau la carte mais la reposa aussitôt. Ses mains vibraient comme des ailes d'insectes. Il les cala sous ses cuisses et se concentra sur les noms qui dansaient devant ses yeux.

Bon Dieu : il fallait qu'il lui parle.

– Ça ne te dérange pas si je laisse la porte ouverte ?

La question était ridicule, comme tout le reste. Elle n'avait pas souvenir d'avoir déjà subi un dîner aussi absurde. Les conversations, à peine ébauchées, mouraient d'elles-mêmes et les silences tombaient, lourds comme des stèles de cimetière. Elle ne comprenait pas ce qui se passait. Elle avait tant rêvé jadis de ce tête-à-tête...

Elle passa dans la salle de bains et s'observa dans le miroir. Elle portait encore des traces du maquillage des prises de vue. Elle réfléchit. Étaient-ils censés faire l'amour cette nuit ? Cela ne serait qu'une absurdité de plus. Accepterait-elle ? Non. Aucun doute. Mais en une nuit, la température pouvait tellement varier... Une angoisse la saisit : elle ouvrit son sac. Elle n'avait pas ses médicaments, ni aucune crème. S'il se passait quelque chose, comment ferait-elle ?

Elle fit couler un bain puis revint dans la chambre. Il valait mieux prendre ce décor avec humour. Le lit colossal, couvert d'une courtepointe de velours. La tapisserie au mur, représentant une scène d'amour courtois. On avait même déposé deux roses rouges sur l'oreiller, en croisant leurs tiges.

Le bain coulait toujours. Elle n'entendait plus de bruit dans la chambre voisine. Elle rangea son manteau dans l'armoire et se décida à ouvrir son lit.

Elle attrapa les roses avant d'écarter la couverture.

Le hurlement surprit Marc alors qu'il observait la cour.

Il traversa sa chambre en un bond et découvrit Khadidja pétrifiée – talons hauts et épaules plus hautes encore –, les yeux vissés sur le dessus-de-lit. Il regarda à son tour et sentit ses tripes se retourner.

Des yeux.

Des yeux reposaient sur la courtepointe.

Marc connaissait leur origine. Le visage énucléé de Vincent. VOIR N'EST PAS SAVOIR. Il remarqua aussi deux roses rouges éparses. Des filets de sang reliaient les pétales aux organes. Ils avaient été cachés à l'intérieur des deux fleurs.

Jacques Reverdi leur souhaitait la bienvenue.

À sa manière.

Marc se jeta sur la porte d'entrée et la ferma à double tour puis il courut dans sa propre chambre pour la verrouiller. Il revint auprès de Khadidja et la prit dans ses bras. Elle tremblait tellement qu'elle avait perdu tout poids, toute masse.

Par réflexe, il considéra à nouveau le lit. Sur la bordure des draps, il aperçut des traces sanglantes. Ce n'étaient pas les éclaboussures des pétales. Il se rappela les toiles du studio et l'avertissement de Reverdi. Ici aussi, le message était incomplet.

Sans hésiter, il saisit la couverture et le drap supérieur. Il les arracha d'un seul geste, balayant roses rouges et globes oculaires.

Sur le drap-housse, des lettres sanglantes tendaient leurs griffes :

CACHE-TOI VITE
PAPA ARRIVE

81

– MAIS qu'est-ce qui se passe ?

Il lui saisit la main sans répondre et l'arracha du sol. Khadidja n'eut que le temps d'attraper son sac dans la salle de bains, pendant qu'il déverrouillait la porte. Ils dévalèrent les escaliers puis traversèrent le hall sous le regard étonné de l'homme de la réception.

Sur le seuil, Marc stoppa net. Il scruta la cour éclairée. Les voitures stationnées. Les arbres bruissants. Au-delà, l'obscurité paraissait avoir gagné en profondeur. Marc arrêta son regard sur la voiture de Khadidja. Un bref instant, il fut tenté d'y plonger et de retourner à Paris. Mais Reverdi l'avait peut-être piégée. Ou bien il était à l'intérieur. Il fixa le chêne massif. Sa certitude bascula : il était là, derrière l'écorce argentée. Puis il tomba sur les portes des écuries, noyées d'ombre. Il était partout. Par sa seule menace, il saturait leur espace vital.

Rester à l'hôtel ? Appeler la police ? Remonter et s'enfermer dans leurs chambres jusqu'aux lueurs du jour ? Marc eut un flash : les yeux roulant au bas du lit, l'écriture tremblée et brune : CACHE-TOI VITE PAPA ARRIVE. Fuir. Il fallait fuir. Surtout ne pas rester dans ce manoir.

Il serra les doigts de Khadidja et s'élança. Un orage grondait au loin. À chaque seconde, les ténèbres semblaient plus lourdes, plus basses. Ils longèrent le parking. Marc observait chaque voiture, chaque parcelle d'obscurité. Parvenu au coin de la bâtisse, il repéra un sentier qui s'enfonçait dans la nuit.

– Retire tes chaussures, ordonna-t-il.

Ils coururent parmi les arbres, les ombres, les bruissements. La nuit à la campagne. Ce monde du dehors qu'on regarde par la fenêtre d'une maison chauffée en frissonnant. Cette quintessence du noir, qu'on se félicite de ne pas avoir à affronter. Eux ne la contemplaient plus à travers la vitre ; ils y étaient de plain-pied. Ils la traversaient, la piétinaient, la violaient. Comme un tabou sacré que personne d'autre n'aurait osé transgresser.

Leurs pas craquaient sur les branches. Leurs jambes s'écorchaient parmi les ronces. Leurs pieds trébuchaient contre des racines. Ils avançaient, sans direction, sans repère. Au-dessus de leur tête, le vent agitait les cimes, froissant les feuilles, fouettant la voûte sombre du ciel.

– Merde.

Devant eux, s'ouvrait une forêt de saules, agitée de longs frissons. Il songea aux bambous. Il imagina ces feuilles sur la peau du tueur. Son visage hanté par la haine, soudain frôlé par les branches. Marc le voyait s'arrêter, goûtant la douceur du contact, sentant peu à peu la folie criminelle mûrir en lui, appelée par ces caresses végétales...

– Pas par là, souffla-t-il.

Il serra encore la main de Khadidja et prit sur la gauche, à travers champs. Elle suivait, sans une plainte. Obscurément, il était fier d'elle – de son silence, de son courage.

Ils couraient maintenant à découvert, pataugeant, s'enfonçant dans les sillons d'un champ. Ils franchirent des terres nues, plongèrent dans de nouveaux sous-bois. Marc maudissait cette campagne hostile, réveillée par le vent, vivifiée par la pluie. Mais il n'osait s'arrêter ni se retourner. C'était, au sens littéral, une fuite en avant.

Quand il vit la grange, il sut que c'était ici. Un refuge ou une impasse. Soit Reverdi les avait perdus et ils pouvaient attendre le jour entre ces quatre murs, soit il était sur leurs pas et tout s'achèverait au fond de cette étable. Il tira encore Khadidja par la main. Il l'entendait souffler, haleter, mais elle ne lâchait pas le moindre gémissement.

D'un coup d'épaule, il enfonça la porte. Malgré la puanteur qui le saisit à la gorge, malgré le froid glacial, il ressentit un réconfort.

S'écrouler sous ce toit, attendre la fin de la nuit : son esprit n'alla pas plus loin. L'obscurité était presque totale. Ils se glissèrent dans les remugles solidifiés, écrasant sous leurs pieds la terre battue, jonchée de bouses séchées.

Marc referma la porte – et la nuit. Il se demandait s'il avait conservé, par hasard, au fond d'une poche, le briquet qu'il avait utilisé dans le terrain vague de Nanterre. Mais à ce moment, une flamme jaillit dans le noir. Les boucles de Khadidja brillèrent : elle tenait elle-même un briquet. La seconde suivante, la lueur se transforma en véritable foyer. Marc allait hurler mais Khadidja le prévint :

– Surtout, ne viens pas me dire qu'on va se faire repérer.

Marc demeura bouche bée. Elle avait raison. Que savait-il des lois de la chasse ? Des règles de la guerre ? Dehors, il pleuvait à verse. Les nuages étaient si bas qu'ils allaient absorber la fumée lorsqu'elle s'échapperait de la fenêtre que Khadidja était en train de débroussailler. Elle revint s'asseoir près du feu. Marc s'approcha à son tour : elle nourrissait le brasier avec les bouses les plus sèches.

Malgré la chaleur naissante, elle grelottait encore. Il ôta sa veste et la lui posa sur les épaules – c'était le moins qu'il puisse faire. Aussitôt, il se releva. Les pensées virevoltaient dans sa tête. Se préparer au siège. Organiser la résistance. Comment ? Ils n'avaient rien. Pas d'armes, pas de protection, pas de vivres...

– Assieds-toi. Tu me fous la gerbe à tourner comme ça.

Marc s'immobilisa. Le ton autoritaire le surprit – mais plus encore, le calme dans la voix. Incroyable : elle n'avait pas peur. Il s'écroula, face à elle. Entre eux, les excréments crépitaient, distillant des flammes brèves, nerveuses, d'un curieux éclat verdâtre.

– Je t'écoute, dit-elle. Je veux toute l'histoire.

Il raconta. L'usurpation d'identité. Les premières lettres. Le vol de la photo. Le pacte avec Reverdi. Son périple sur la « ligne noire », entre le tropique du Cancer et la ligne de l'Équateur.

Puis le secret du sang noir.

Il prit la peine de décrire chaque détail, fasciné, toujours et encore, par le rituel du tueur. Les incisions. Le miel. La chambre hermétique. Et l'acte final.

Khadidja, les bras enroulés autour des jambes, menton posé sur ses genoux, conservait le silence. Elle fixait les flammes fugaces. Quelque chose en elle résistait à la panique. Elle semblait être de taille à affronter tout cela. Marc songea aux « femmes à tiroirs » des toiles de Dalí, qui enfouissent leur secret dans les replis de leur corps. Où Khadidja avait-elle caché la source de sa force ?

Il passa au présent. L'évasion de Reverdi. L'assassinat d'Alain van Hêm, seul lien avec Élisabeth et son adresse en poste restante. Puis la fureur du tueur lorsqu'il avait découvert le visage de Khadidja, dans les parfumeries, et le roman *Sang noir*, dans les librairies. Marc tenta d'expliquer qu'il avait voulu éviter d'autres catastrophes, sauver Vincent, la protéger, elle... Il hésita quelques secondes puis avoua le pire : la mort du photographe.

Khadidja tressaillit, sans quitter le feu des yeux. Elle ne posa pas de questions mais il devina, à distance, qu'une fondation s'affaissait en elle. Marc poursuivit. Il ne voulait rien lui cacher. Il décrivit le martyre de Vincent. Les saignées. Les yeux arrachés – les yeux de la courtepointe. Les photos de Khadidja piétinées. Et l'inscription sur le fond : VOIR N'EST PAS SAVOIR.

Maintenant, Reverdi était là, quelque part, autour de la grange. Animé par le seul désir de se venger.

Khadidja restait toujours muette. Marc consulta sa montre. Il était une heure du matin. Et toujours pas d'attaque, toujours pas de signes alarmants. L'avaient-ils semé ? Ses membres se déliaient. La chaleur l'enveloppait maintenant. On s'habituait à l'odeur de merde brûlée. On s'habituait à attendre la mort.

– Tu ne m'as pas dit le principal, dit soudain Khadidja. Pourquoi tout ça ? Pourquoi cette quête ?

Marc balbutia quelques mots, tenta de justifier ses recherches. Elle le stoppa :

– Pourquoi tu ne me parles pas de Sophie ?

Il fit un bond comme s'il avait reçu une braise dans les yeux :

– Qui t'a parlé d'elle ?

– Vincent.

Il acquiesça avec lenteur. Elle connaissait donc la partie essentielle de l'histoire. Il chuchota – ses paroles s'entrelaçaient avec les craquements des flammes.

– Deux fois, j'ai été confronté à la mort. À la mort sanglante. Deux fois de trop, pour une vie ordinaire. La première, j'avais seize ans. Mon meilleur ami, un musicien, s'est ouvert les veines dans les toilettes du lycée. Il s'appelait d'Amico. Le meilleur violoncelliste que j'aie jamais rencontré. C'est moi qui l'ai découvert. La deuxième fois, c'était Sophie. Elle a été... Enfin...

Sa voix s'étrangla. Khadidja l'épargna :

– Vincent m'a expliqué. Mais pourquoi avoir réagi de cette façon ? Pourquoi poursuivre le mal, ne pas chercher à oublier au contraire ?

– Ces deux événements ont provoqué en moi une attirance morbide. Une fascination pour la mort. Et surtout, une volonté de savoir, de comprendre. La mort de d'Amico n'a rien à voir avec la pulsion criminelle, mais elle a été comme un préambule. L'antichambre de l'horreur. Le corps de Sophie a été l'apothéose. Une question ouverte, comme une blessure. Comment était-ce possible ? Comment pouvait-on faire ça ? Ces événements ont posé un doigt sur moi. J'étais choisi, élu, pour appréhender la nature profonde de la violence. Je crois qu'au fond, il y a aussi un remords.

– Un remords ?

Marc ne répondit pas aussitôt. Il touchait là les couches les plus profondes de son être. Des strates qu'il n'avait jamais évoquées à voix haute.

– Lorsque j'ai découvert le corps de mon ami, et celui de Sophie, je me suis évanoui. Je me suis soustrait au monde. Je ne te parle pas d'une brève inconscience. Un véritable coma. Six jours la première fois. Trois semaines la seconde. Il paraît que ça arrive, dans les cas de traumatismes graves. Mais ce coma a également causé une amnésie rétrograde.

– C'est-à-dire ?

– Le choc a effacé l'instant de la découverte, et les heures qui l'ont précédée. Comme si ma conscience avait été éclaboussée, dans les deux sens, sur l'échelle du temps, tu comprends ?

– Ce que je ne comprends pas, c'est ton remords.

Marc cria presque :

– Mais je ne sais pas ce que j'ai fait juste avant ces disparitions ! (Il frappa son poing dans sa paume.) Peut-être que j'aurais pu éviter ces événements... Je les ai peut-être même provoqués. Un mot trop dur à d'Amico, ou bien j'aurais pu rester avec Sophie, je ne sais pas. Bon Dieu, je ne me souviens même pas des dernières paroles que nous nous sommes dites...

Khadidja conserva le silence : elle laissait crépiter les secondes.

– Dans tous les cas, trancha Marc – et il savait qu'il résumait en quelques mots son propre destin –, je leur devais, à l'un comme à l'autre, cette enquête. Leur mort est une page noire dans ma tête. Je devais découvrir une vérité sur la mort, le sang, le mal, pour rattraper cet oubli. Je ne connais pas le meurtrier de Sophie. Personne n'a jamais retrouvé sa trace. Mais au moins, j'ai approché la force maléfique qui l'a tuée. C'est la même force qui habite tous les assassins, et j'ai pu la contempler de l'intérieur. Grâce à Reverdi.

Khadidja se redressa. Ces derniers mots paraissaient lui avoir rappelé quelque chose :

– Cette inscription, sur les draps, tout à l'heure : CACHE-TOI VITE PAPA ARRIVE : qu'est-ce que ça veut dire ?

– Je ne sais pas. C'est la part d'ombre de Reverdi que je n'ai pu percer.

– Pourquoi l'avoir inscrite comme une menace ?

– Aucune idée. Ou plutôt, si : je pense qu'avant de nous tuer, il veut nous offrir une dernière révélation. C'est un cinglé, tu comprends ?

Elle ne répondit pas. Elle observait Marc avec intensité, mains appuyées en arrière, tête dans les épaules. Ses pupilles dorées ne cessaient de danser sous ses paupières, comme si elle photographiait le moindre détail du visage de Marc.

Enfin, elle regarda par la lucarne bordée de paille : le jour se levait.

– On va se rendre à la police. Prie le ciel pour qu'ils nous foutent en prison et qu'ils nous protègent. Et surtout, prie le ciel pour qu'ils ne t'envoient pas, toi, à l'asile.

82

ELLE ROULAIT les mains crispées sur le volant.

Il lui avait proposé de conduire mais elle avait refusé – c'était sa voiture et c'était elle qui pilotait : point barre. D'ailleurs, il n'était pas en meilleure forme qu'elle.

À six heures, ils avaient quitté leur repaire et s'étaient enfoncés dans l'aube monochrome. Ils avaient marché à travers champs, hagards, boueux, trempés de rosée. Deux Parisiens errants, se soutenant l'un l'autre dans une campagne inconnue. Pitoyables. D'autant plus que l'hôtel n'était qu'à quelques centaines de mètres de leur planque : dans la nuit de tourmente, ils avaient simplement tourné en rond. Pitoyables.

Au manoir, le personnel s'était abstenu de tout commentaire. Marc et Khadidja ressemblaient à un couple pour qui la nuit avait été très, très dure. Un couple qui s'était disputé jusqu'à l'aube et qui rentrait à Paris soigner ses plaies. Marc était retourné dans les chambres – elle n'avait pas eu le courage de le suivre. Il avait fait le « ménage » et était redescendu, pâle, fermé, indéchiffrable. Il avait réglé la note, refusé le petit déjeuner continental, compris dans le prix, puis ils avaient repris la voiture. Tout simplement.

À mesure que le paysage retrouvait ses couleurs, les pensées de Khadidja regagnaient corps et vigueur. Il fallait en priorité qu'elle demeurât elle-même. Un bloc indestructible, que les agressions extérieures, aussi délirantes soient-elles, ne pouvaient entamer. Un noyau dur, sur lequel la vie se cassait les dents. C'était ainsi qu'elle s'en était toujours sortie. La guerre continuait, voilà tout.

Marc n'avait pas cette force – elle le sentait. Il luttait mais il n'y croyait plus. Il résistait pour elle, par devoir, par nécessité, mais sans conviction. Il était condamné. Dans sa propre tête.

Une autre chose était sûre : elle ne l'aimait plus. Trop d'ondes funestes, trop de fantômes autour de cet homme. Pourtant, elle le plaignait encore et ne voulait pas le quitter. On n'échappe pas à la loi des cycles : au lieu de lui en vouloir, elle était encore prête à le soigner, comme elle avait soigné durant des années le salopard qu'elle devait piquer entre les orteils et nourrir à la petite cuillère.

Porte d'Orléans.

Avenue du Général-Leclerc.

Alésia.

L'un des plus importants centres de police de Paris est le commissariat du 14e arrondissement, avenue du Maine. Khadidja avait tout de suite pensé à ce quartier général, situé sur leur chemin de retour. Elle le connaissait pour avoir été embarquée ici plusieurs fois, lorsqu'elle était adolescente, lors des rafles « antibeurs » du samedi soir.

Elle se gara juste en face, de l'autre côté de l'avenue, devant le restaurant La Marée. Marc semblait hésiter à sortir de la voiture. Elle se tourna vers lui :

– C'est ça ou Reverdi, qu'est-ce que tu choisis ?

Marc regarda sa montre : ils poireautaient depuis près d'une heure. La salle était bondée. Des flics, des plaignants, des malfrats. Tout l'espace bourdonnait des arrestations de la veille : un vendredi soir ordinaire, dans le quartier de Montparnasse.

Des cellules de garde à vue, sortaient avec régularité des suspects menottés, qui traversaient le hall, tête basse, ou au contraire hurlant, jusqu'à disparaître dans des bureaux adjacents. Il y avait aussi les « honnêtes gens » qui réclamaient justice au comptoir de l'accueil, comme ils auraient commandé un demi pression. Et les flics, en uniforme ou en civil, qui tentaient de calmer l'effervescence matinale.

Un lieutenant avait promis de les recevoir au plus vite. Marc ne s'était pas énervé – il n'avait pas joué son rôle de « témoin capital » dans une « affaire exceptionnelle ». Trop abattu pour cela.

D'ailleurs, il n'était ni irrité, ni impatient : simplement ravagé. La réalité qu'il percevait était à la fois assourdie et aiguë, lui renvoyant des résonances étranges, inconnues, comme au fond de l'eau. Les bruits, les odeurs du commissariat lui parvenaient à travers d'épaisses murailles liquides.

Pourtant, lentement, après l'urgence de la nuit, des vérités émergeaient. Il mesurait par exemple à quel point son existence était détruite. Le supplice d'Alain ; le martyre de Vincent : des dettes sans retour, qu'il lui serait impossible d'effacer. La nuit dernière, il avait joué au guerrier héroïque, au samouraï prêt au combat. Mais alors, il n'assumait rien – parce qu'il était certain de mourir.

Ce matin, il était toujours vivant.

Et il allait devoir payer.

Ni dans le sang, ni dans la souffrance , mais par la petite porte. Celle du bureau d'un juge, puis dans la cellule d'une prison. La seule question valable était : pourquoi n'avait-il pas été voir plus tôt la police ? Aurait-il pu éviter la mort d'Alain et de Vincent ?

Il y avait un autre mystère, beaucoup plus menaçant : pourquoi Reverdi ne les avait-il pas achevés la nuit précédente ? Il ne pouvait imaginer qu'ils l'avaient semé. Le prédateur était sur leurs traces. Il les avait surveillés toute la nuit. Pourquoi ? Qu'attendait-il pour les sacrifier ?

Khadidja se leva.

– Où tu vas ?

– Faire pipi. Je peux ?

– Non.

– Tu rigoles ou quoi ?

Elle désigna les hommes en uniforme, les lieutenants qui passaient, procès-verbaux à la main.

– Je crois qu'ici, on peut respirer, non ?

Marc la laissa s'éclipser dans le couloir. Il observa les menottes, les crosses de revolver, les écussons d'argent, et se calma. Il se raidit au contact du mur. Il s'endormait. La fatigue accumulée se libérait comme une onde tiède dans son corps. Il ne devait pas s'assoupir. En aucun cas, il...

Il sursauta.

Il s'était endormi pour de bon. En profondeur. Il regarda sa montre : plus de dix heures. Il lança des regards à droite et à gauche : il y avait de plus en plus de monde dans le commissariat, mais Khadidja n'était pas là. Avait-elle commencé l'entrevue sans lui ? Impossible.

Il bondit sur ses pieds et interrogea des agents en faction. Personne n'avait vu Khadidja. Il demanda la direction des toilettes et s'enfonça dans un couloir moins fréquenté. Au premier angle, le corridor se vida complètement. Des néons blancs. Des tuyauteries crasseuses. Des fenêtres grillagées. Marc avança encore. Ce commissariat possédait des toilettes pour chaque sexe. Les hommes d'un côté, les femmes de l'autre. Tout était désert.

Sur le seuil, il appela :

– Khadidja ?

Un bruit de chasse d'eau lui répondit. À gauche, les cabines. À droite, les lavabos, surmontés de miroirs.

– Khadidja ?

Une des portes s'ouvrit : une femme en uniforme en sortit et lui lança un coup d'œil hostile. Elle se dirigea vers les lavabos. Machinalement, il détourna le regard et pivota vers l'entrée des hommes. Il entendit le ruissellement du robinet. Le claquement du distributeur de serviettes. Il battait la semelle dans le couloir, guettant la fliquette.

Lorsqu'elle passa derrière lui, il l'interpella :

– Excusez-moi... Vous n'auriez pas vu une jeune brune, très grande, très jolie ? Elle est partie aux toilettes tout à l'heure et...

La femme tiqua aux mots « grande » et « jolie ». Elle mesurait un mètre cinquante et possédait un cul au carré. Sans répondre, elle remonta sa braguette et partit d'une démarche roulante.

Marc se retrouva seul. Il risqua un pas à l'intérieur. Silence total. Où était-elle ? Elle n'avait pas pu s'enfuir. Elle s'était peut-être endormie, dans un des compartiments ? Il s'était bien effondré, lui, sur son banc...

Marc se retrouva seul. Il risqua un pas à l'intérieur. Silence total. Où était-elle ? Elle s'était peut-être endormie dans un des compartiments ? Il s'était bien effondré, lui, sur son banc...

– Khadidja ?

Il poussa la porte de la première cabine : personne.

– Khadidja ?

Il fit pivoter la porte suivante : personne.
Il avança d'un pas encore.
Un froissement derrière lui.
Jacques Reverdi est là.
Crâne en brosse. Imperméable gris. Plus flic que nature.
– Je...
Un point sourd dans sa nuque.
Le noir.

83

DES ALVÉOLES.

Des alvéoles géants. Des cavités ovales, de plusieurs mètres de hauteur, creusées dans une paroi d'acier – ou d'aluminium. Un matériau argenté, qui scintillait en douceur dans la lumière.

Marc s'extirpa de l'inconscience. Il observa encore le mur devant lui et obtint de nouveaux détails. Les ellipses se multipliaient à l'infini, semblait-il. Il y en avait aussi de plus petites, au sol, au plafond, reproduisant la même régularité hypnotique. Elles paraissaient se mouvoir, par illusion d'optique, comme dans un tableau de Vasarely.

Il cilla encore et gagna de nouvelles informations. La paroi était non seulement circulaire ; et elle s'arrondissait à sa base et à son sommet. « Je suis dans une sphère », conclut-il. Puis il se ravisa : la pièce n'était pas totalement sphérique. Plutôt courbe et plane à la fois. Une sorte de ballon de rugby, en métal chromé, tapissé de cratères et de boulons. Il n'avait jamais vu un lieu pareil.

Une odeur étrange, sucrée, flottait dans l'air.

– Une cuve d'échanges.

La voix avait retenti derrière lui. Il chercha à tourner la tête. Impossible. Il était attaché à une chaise. Non seulement le corps mais aussi la tête. Pas attaché, collé. Le dos, le postérieur, les avant-bras, la nuque. Tous ces points étaient plaqués sur une surface froide, métallique. Il s'aperçut qu'il était nu, entièrement rivé à un fauteuil d'acier, qui paraissait solidarisé au sol.

– Une cuve d'échanges, reprit la voix. Un site de chimie lourde, parfaitement étanche.

Les souvenirs lui revinrent : la disparition de Khadidja, les toilettes du commissariat, Reverdi en imperméable, la seringue... Où était Khadidja ?

Il défaillit à nouveau puis se réveilla.

L'odeur douceâtre, lourde, revint solliciter ses narines.

– On mélange ici des gaz très dangereux, grâce à des pressions de vertige.

La voix se rapprochait. C'était celle de la cassette d'Ipoh. Grave, réconfortante. Il tenta encore de tourner la tête – il ne ressentit que brûlures et tiraillements. Ses cheveux étaient soudés au métal. D'autres sensations émergeaient : des courbatures, des crampes.

Reverdi avait dû le rouer de coups.

– Mais aujourd'hui, continuait-il, nous allons simplement répandre du gaz carbonique, afin d'accélérer la cérémonie.

Marc discernait maintenant un chuintement très net – la diffusion du CO_2. Jacques Reverdi avait mis en marche le système. L'oxygène allait être rapidement repoussé par le dioxyde de carbone.

Une suée jaillit à la surface de sa peau. Cette salle se transformait en Chambre de Pureté. Dans quelques minutes, l'atmosphère deviendrait mortelle. Il allait subir le sacrifice du sang noir.

Avec effort, il parvint à baisser les yeux : son corps portait des traces multiples d'incisions. Il n'avait pas été frappé. Il avait été percé, tranché, incisé. Les plaies avaient été refermées, mais c'était pour mieux les rouvrir tout à l'heure...

Il identifia alors l'odeur sucrée : le miel.

Ses blessures étaient enduites de miel. Il tendit son regard et repéra, sans surprise, le flacon doré, posé sur le sol. À côté, un pinceau et une lampe à huile allumée. Il chercha encore : inclinée, au fond du mur sphérique, une bouteille de plongée, munie de son détendeur.

– Khadidja..., murmura-t-il. Où est Khadidja ?

Jacques Reverdi apparut dans son champ de vision. Il était sanglé dans une combinaison de plongée, en néoprène noir. À chaque respiration, son torse se creusait d'éclairs mats, rappelant les reflets épais du mazout.

Marc était sidéré. Le tueur possédait une réalité saisissante. Les tempes grises, les rides autour des yeux, les veines gonflant sa peau bronzée. Oui : Jacques Reverdi existait. Il était un être réel. Pas un prédateur fantasmagorique. Un détail saugrenu lui donnait presque un air comique : il portait un gros compteur au poignet. Un véritable apnéiste, prêt à plonger. Dans quel abîme ?

– Où est Khadidja ? répéta Marc.

Reverdi esquissa un geste. Un reflet d'argent brilla dans sa main. Un couteau de plongée.

– Ici. Avec nous.

Marc suivit la direction du couteau. Tirant sur sa nuque et ses cheveux, il parvint à l'apercevoir. Sur sa droite, à trois mètres de distance, Khadidja était nue elle aussi, rivée sur une chaise d'acier. Tête baissée, visage enfoui sous ses boucles brunes. Inconsciente. Il savait qu'elle n'était pas morte : il voyait les blessures suturées sur sa peau sombre. Reverdi la saignerait plus tard, au moment du grand vide.

– Elle va se réveiller : ne t'en fais pas, dit-il à voix basse. Mais je me suis assuré qu'elle ne puisse pas nous emmerder avec ses jacasseries. Tu sais comment sont les femmes...

Avec terreur, Marc remarqua, entre les cheveux noirs, la mutilation particulière. Le tueur avait scellé les lèvres de la jeune fille avec des agrafes industrielles, incrustées dans sa chair. Sa beauté était défigurée pour toujours. Mais il n'y aurait plus de « toujours » : ces réjouissances ne constituaient qu'un ultime détour avant la fin.

– Elle n'y est pour rien, gémit-il. Je t'ai juste envoyé sa photo, je...

– Tais-toi.

Reverdi se déplaça latéralement et s'immobilisa, à égale distance entre ses deux victimes. Noir, étroit, immense, il formait le troisième pivot d'un triangle parfait.

– Peu importe qui a fait quoi, reprit-il d'un ton très doux. Au fond, je suis heureux que vous soyez un couple. À nous trois, nous reproduisons le triangle des origines. Le père, la mère, l'enfant. Celui du mensonge fondateur. Nous allons pouvoir rejouer la trahison initiale. Et vivre l'ultime catharsis.

– Je t'en supplie... Elle ne savait rien !

Il plaça son couteau sur ses lèvres :

– Chut ! Écoute... Tu entends ce bruit ? Nous n'avons plus beaucoup de temps. Dans moins d'une demi-heure, l'oxygène sera descendu sous le seuil crucial des dix pour cent.

Khadidja releva la tête. Ses paupières battirent avec lenteur, révélant seulement le blanc des yeux. Contraste aigu entre sa peau brune et ces fentes claires. Elle poussa un hurlement muet. Son souffle gonfla ses lèvres, enfonçant plus encore les agrafes dans sa chair.

– Voilà notre princesse qui se réveille. Très bien. L'horaire est respecté.

Reverdi attrapa une télécommande, glissée dans son dos.

– N'aie aucune crainte, commenta-t-il, comme s'il suivait les pensées de Marc. Je connais ce type de machines. Elles fonctionnent comme les caissons à haute pression des plongeurs. Pour l'instant, nous sommes à vingt pour cent. Vous allez commencer à transpirer...

Il releva les yeux. Ils brillaient d'un éclat particulier, à la fois satisfait et exalté. À ses pieds, la flamme bleue de la lampe vacillait toujours.

– D'abord, je vous dois des précisions pratiques. Comment pouvons-nous nous trouver ici ? Par quel tour de magie avons-nous pu arriver dans cette cuve circulaire ?

Il fit quelques pas. De profil, il était aussi fin qu'un câble. Marc songea à ces filins noirs qui courent sous les océans, enfouis dans le sable, bourrés de technologie et d'énergie. Il remarqua au passage qu'il était pieds nus. L'apnéiste, prêt à plonger...

– Je passerai sur nos premiers chassés-croisés, à Paris. Remonter votre piste, à tous les deux, était facile. Il n'y avait qu'à regarder les vitrines... Ensuite, il y a eu cette course-poursuite, légèrement ridicule, à travers la campagne. Je vous ai observés vous terrer dans cette grange. Vraiment, vous étiez des proies... lamentables.

Marc tenta de parler. À la place, il toussa. Le manque d'oxygène semblait plus net, plus aigu. Son torse était couvert de sueur. Une migraine s'insinuait dans les moindres replis de son cerveau. Il se racla la gorge et parvint à dire :

– Pourquoi ne pas nous avoir tués à ce moment-là ?

– Vous n'étiez pas mûrs pour le sacrifice. La peur devait vous dégraisser un peu. Vous priver de vos certitudes, de vos repères. Quand je vous ai suivis, hier, pataugeant dans le matin gris, je me suis dit que vous commenciez à être à point...

Il lança un coup d'œil à son compteur. Un analyseur numérique d'atmosphère.

– Ensuite, les choses sont devenues plus difficiles. Je savais qu'à bout de forces, vous iriez à la police. Quel commissariat ? Celui de l'avenue du Maine, bien sûr. Un des plus grands. Un des plus connus. Et surtout, le seul qui soit sur votre chemin de retour. Je vous ai regardés pénétrer dans le bâtiment. J'ai laissé passer quelques minutes, puis je suis entré à mon tour.

Je me suis simplement glissé dans le bordel général du commissariat, en prenant un air concentré. Je ressemblais à un lieutenant de police, ou à un médecin, appelé en urgence pour un malaise dans l'une des cellules. Souviens-toi de ce que je t'ai écrit une fois, « Élisabeth » : « moins on se cache, moins on est vu. »

J'ai repéré les lieux. Je vous ai aperçus, sur votre banc. Je me suis posté à distance, en attendant l'occasion. Je n'avais pas encore de plan précis mais mon cartable recelait plusieurs possibilités. Lorsque Khadidja s'est levée et s'est dirigée vers les toilettes, j'ai compris que le moment était venu. Une seule injection et je n'avais plus qu'à jouer au médecin attentif. Je l'ai emmenée, somnolente, par la sortie arrière, jusqu'au parking, où j'avais garé ma voiture, munie d'un caducée. Aucun problème.

Ensuite, je t'ai attendu, Marc, dans les toilettes. Comme tu tardais à apparaître, je suis revenu dans la salle principale. Quand je t'ai découvert endormi, j'ai failli éclater de rire. Je suis retourné dans ma planque. Après t'avoir fait une piqûre, j'ai regagné ma voiture, le moins discrètement possible, en te soutenant par les épaules. Et voilà.

Marc avait de plus en plus de mal à réprimer ses tremblements. Chaque secousse, chaque convulsion lui arrachait une souffrance, tirant sa peau collée au métal. Il devait respirer plus fort, plus serré, pour obtenir sa dose d'oxygène. Il sentait aussi la douleur profonde, et en même temps irréelle, de ses blessures internes. Il imaginait son sang bouillonnant sous sa peau, libéré des veines cisaillées, prêt à s'échapper lorsque la flamme viendrait rouvrir ses plaies. Reverdi continuait :

– Mais la vraie question est : comment pouvons-nous être là ? Et d'abord : où sommes-nous ? Tout ce que je peux vous dire, c'est qu'il s'agit d'un site industriel à hauts risques. Quelque part en banlieue parisienne, près d'un fleuve. Très important, le fleuve. Tu le sais, Marc, et tu l'as peut-être dit à Khadidja : là où il y a de l'eau, je suis invincible.

Pénétrer ici, c'était plus compliqué que dans un commissariat, crois-moi. Mais pas impossible. Il m'a suffi de quelques papiers falsifiés et d'un vocabulaire approprié pour convaincre les gardiens qu'une simulation d'alerte était en marche. Une fois dans la place, les injections ont fusé. Dans quelques heures, ils se réveilleront, avec la langue pâteuse et la migraine. Exactement comme vous, en cet instant même. Mais pour vous, cela n'a plus d'importance.

Reverdi actionna une nouvelle fois sa télécommande. Le chuintement s'amplifia.

– Quinze pour cent. Les nausées ne vont plus tarder...

Un d'appel d'air se creusa dans la poitrine de Marc. Son ventre au contraire s'alourdit, s'enlisa dans une sensation d'écœurement.

Le tueur s'assit en tailleur et disposa devant lui le flacon de miel, le pinceau, la lampe à huile. Il soupira avec lassitude, comme s'il devait maintenant passer aux sujets pénibles :

– J'ai lu ton livre, Marc. Je devrais dire : *mon* livre.

Il attrapa un cartable, planqué au fond d'un alvéole. *Sang noir* se matérialisa entre ses mains. Il feuilleta le roman distraitement, faisant passer sa lame sur les pages :

– Au fond, tu t'en es pas mal sorti. Il faut dire que tu possédais des informations de première main. Mais il reste des vérités que je voudrais mettre au clair. Il est trop tard pour effectuer des corrections dans le texte. (Il pointa son couteau.) Nous allons simplement faire ces modifications dans votre tête. Avant de subir le sacrifice, vous devez être absolument purs. Lavés de tout mensonge.

Marc lança un regard à Khadidja : ses yeux blanc et noir étaient injectés de sang. Ses boucles étaient traversées d'éclairs rosâtres.

En se débattant, elle avait tiré sur ses cheveux au point de s'arracher des lambeaux de cuir chevelu.

Reverdi se laissa aller en arrière, les deux mains en appui, sans quitter des yeux ses victimes.

– Tout a commencé avec ma mère, dit-il d'un ton de conteur. Mais pas de la façon dont tu l'as imaginé. (Il rit pour lui-même.) Lorsque j'étais une légende dans le monde de l'apnée, un journaliste a écrit que la mer était en moi. Il voulait dire que j'étais habité, hanté, submergé par la mer. Il avait raison mais il faisait une faute d'orthographe.

Il renversa la tête et fit mine d'observer les ellipses qui les surplombaient :

– Oui, depuis toujours, la mère est en moi.

84

– TOI, MARC, tu connais mon histoire. Du moins, tu crois la connaître : l'orphelin de père, qui grandit auprès de sa maman, dans une succession de HLM. À partir de là, tu as beaucoup romancé. Cette figure du père absent qui obsède l'enfant, le futur tueur, cette espèce de fantôme menaçant qui sépare le fils de sa mère. Je peux te citer, non ?

Il ouvrit le roman à une page cornée et lut à voix haute :

– « Claude ne pouvait entendre la porte sonner sans imaginer que son père revenait. Il ne pouvait s'endormir sans qu'une ombre pleine et noire se penche sur son lit. Il ne pouvait écouter les autres écoliers évoquer leurs parents sans être secoué d'un frisson. Un manque, un appel, une blessure âpre s'ouvrait alors en lui, dont il tenait secrètement sa mère pour responsable. Ne l'avait-elle pas laissé partir ? »

Il reposa le livre :

– Pas mal, Marc, pas mal... Mais ma situation était plus simple. Et beaucoup plus banale. Notre vie était sans histoire. Plutôt équilibrée, même. De ce point de vue, en tout cas. On ne parlait jamais de mon père. Nous étions deux, voilà tout. Et contrairement au personnage de ton livre, ma mère n'était pas une fanatique religieuse, une cinglée de la charité, dure envers elle-même et les autres...

Il se redressa, toujours assis en tailleur :

– Non, pour résumer, je dirais que ma mère n'avait qu'un problème : elle aimait trop le sexe.

Il dressa son couteau en levier, manche appuyé sur son ventre, fixant Khadidja, qui baissa les yeux :

– Il lui fallait ça entre les jambes, tu comprends ? Une queue bien dure, qui lui retroussait les chairs. La ramonait jusqu'à la gorge.

Il ferma les yeux, soupesant cette idée :

– Oui, ma mère, la très chère et sainte assistante sociale, était une nymphomane. Complètement accro au cul. Et son métier, cette soi-disant vocation, n'était qu'une manière de rabattre des chômeurs, des mecs oisifs, tout un tas d'étalons faciles...

Marc n'était plus sûr de ses perceptions, mais il lui semblait qu'un autre bruit se mêlait au souffle du CO_2. Un bruit plus aigu... Aucun doute, Reverdi grinçait des dents. Alors qu'il évoquait sa mère, sa haine emprisonnait ses mâchoires.

– L'appel du pénis, poursuivait-il, voilà ce qui l'animait chaque jour, quand elle arpentait les cités...

Il se tourna encore vers Khadidja, qui lui renvoyait un regard effaré. Les agrafes s'enfonçaient toujours, lui barbouillant les lèvres d'un rouge horrifique.

– Tu aimes ça, toi aussi ? (Il revint à Marc.) Elle se fend en deux quand tu l'éperonnes ? Vous pensiez à moi quand vous vous montiez dessus, tous les deux ? Vous pensiez au petit Jacques, qui n'a jamais compris sa « maman » ?

Il baissa soudain la voix :

– Il ne fallait pas se fier à sa beauté mélancolique et à ses petits cols ronds. Son trou, c'était une bonde d'évier. Un tout-à-l'égout. Qui s'ouvrait à tous, jusqu'aux viscères...

Il se leva, comme pour se ressaisir. Il se mit à marcher – l'oxygène fuyait toujours, sans que cela paraisse l'atteindre. Il eut un haussement d'épaules :

– Mais pourquoi pas, après tout ? Ces affaires-là ne regardent pas les petits garçons. D'ailleurs, lorsque ces hommes venaient la voir, je dormais déjà, la plupart du temps. Mais c'était une perverse. Il lui fallait, d'une façon ou d'une autre, m'intégrer à ses plaisirs. Quand je lui ai demandé qui venait la voir, la nuit, elle m'a soufflé sur un ton de confidence : « Ton papa. » Puis elle a éclaté de rire. Je devais avoir six ou sept ans. Cette apparition brutale de mon père, alors que personne ne m'en avait jamais parlé, m'a bouleversé. Tout de suite, je n'ai plus eu qu'une idée : le voir.

Chaque soir, je restais aux aguets, dans ma chambre, tentant d'attraper des détails, d'entendre sa voix, de sentir son odeur. Mais je n'osais pas ouvrir la porte. Tout ce que je percevais, c'étaient des bruits étouffés, des gémissements. J'en ai tiré mes propres conclusions. Mon père venait la nuit faire du mal à maman. J'imaginais une sorte de démon aux membres durs, crochus qui la blessaient, l'écorchaient, lui retournaient la peau. Je me suis mis à le détester, de toutes mes forces.

Mais en même temps, ma fascination ne baissait pas. Je ne pensais qu'à lui. Je me torturais l'esprit à l'imaginer. La nuit, j'écrasais mon visage dans la rainure de la porte, pour l'apercevoir. Le matin, je traquais les indices, dans le salon, dans la chambre de ma mère, parmi les odeurs viciées de sexe. Je cherchais sous le lit, dans les plis des draps, sous le tapis. Je trouvais des objets qui lui appartenaient. Un briquet. Des cigarettes. Un journal de PMU... Je conservais tout cela dans un coffre. Mon coffre aux trésors.

Un jour, rassemblant mon courage, j'ai demandé à maman pourquoi papa lui faisait du mal. Était-il méchant ? D'abord, elle n'a pas compris, puis elle a encore éclaté de rire, de sa voix grave. Elle s'est rengorgée. Je revois son visage étroit, barré par cette bouche trop épaisse. Dans un sourire, elle m'a dit que oui, il était très méchant. C'était pourquoi je ne devais jamais le voir... À partir de ce moment-là, elle m'a tenu éveillé, en l'attendant, puis, quand il sonnait, elle me murmurait, sur un ton de panique feinte : « Cache-toi vite, papa arrive ! » Je filais dans ma chambre, terrifié. Je me recroquevillais derrière la porte, à guetter le moindre bruit, le moindre signe, à imaginer les pires tortures. Et à redouter qu'il me surprenne...

Mais je n'en pouvais plus : il fallait que je le voie. J'ai troué ma porte. Par une fente hérissée d'échardes, je l'ai enfin aperçu. Un grand gaillard, très brun, très poilu. Il m'a tout de suite plu. On aurait dit un ours.

Mais cette nuit-là, pour la première fois, j'ai vu ce que je ne devais pas voir. Des membres enlacés, des remous de chairs, des couleurs violacées. Maman avec quelque chose dans la bouche. Des fesses brunâtres. Un « zizi » de fille qui ressemblait à une blessure irritée. Et toujours ces cris d'animaux, ces râles, ces suffocations... Sans pouvoir le caractériser, ce que je contemplais était un viol – le viol de l'espèce humaine, de tout ce que je croyais savoir sur les « grands ».

J'étais malade. Je ne voulais plus endurer ça. Pourtant, chaque soir, j'étais posté derrière ma porte. Je voulais revoir mon papa. C'est alors que j'ai commencé à perdre tout repère. Parce que à chaque fois, il était différent ! Parfois, il était petit, malingre, tout blanc. Une autre fois, il était gras, chauve, cuivré. Un autre soir, c'était un Noir, colossal, aux gestes lents et lustrés. Je devenais fou. Je me disais : Si mon papa a plusieurs têtes, alors moi aussi, je suis « plusieurs ». Je devenais mouvant, liquide, instable. Le matin, quand je me lavais les dents, j'avais l'impression que mon visage s'effritait sous la brosse. Je perdais toute identité. Je me disloquais...

Reverdi marchait toujours, allant et venant dans la salle d'acier. Il parlait tête baissée. Comme ployant sous ses souvenirs. Sa longue silhouette noire, traversée d'éclairs bleutés, donnait une forme animale à sa douleur. Une coulée sombre, puissante, familière des abysses.

– Un jour, reprit-il, ma mère m'a surpris derrière la porte. J'entends encore son gloussement. Ce flagrant délit lui a donné une nouvelle idée. Si cela m'intéressait tant que ça, eh bien, je resterais avec eux. Dans la chambre. Caché dans l'armoire. Une espèce de malle verticale, en rotin, comme on en faisait à l'époque, située en face du lit.

À partir de cette date, ce fut le même rituel. Chaque soir, la porte sonnait et, avant de me pousser à l'intérieur de l'armoire, parmi les robes suspendues, elle me chuchotait : « Cache-toi vite, papa arrive... » Cette phrase, combien de fois je l'ai entendue ? Elle est restée imprimée en moi, au fond de mon cerveau reptilien, là où siègent les instincts primitifs. La faim. La haine. Le désir...

La voix de Reverdi s'éteignit. Il demeura immobile, absent, aspiré par sa propre mémoire.

Marc sentait s'amplifier l'irritation dans sa gorge. Le mal de tête montait en puissance, avec l'intensité d'un étau industriel.

D'une manière absurde, il songea à la psychiatre de Malaisie. La femme voilée avait vu juste. La schizophrénie de Reverdi ; sa perte d'identité ; les multiples visages de son père. Mais ce qu'elle imaginait comme des fantasmes était une réalité.

L'apnéiste reprit un ton de conversation légère :

– Pourquoi ma mère faisait-elle cela ? On pourrait répondre : parce qu'elle était démente. Mais ce serait une explication trop simpliste. Il y avait autre chose. Quelque chose que nous partageons tous. Avec l'âge adulte, je me suis senti moi aussi attiré par ces extrêmes, ces contraires qui brisent des barrières et libèrent le plaisir. Ces déviations qui accroissent, on ne sait par quel sortilège, la jouissance. Je sais aujourd'hui que ma présence dans l'armoire apportait une dissonance à son intimité, une fêlure qui renforçait sa satisfaction. Ma proximité aggravait sa nudité, son exposition, sa vulnérabilité : tout ce qui fondait son délice de femme crucifiée par l'homme.

Sa voix s'étrangla. Reverdi se saisit la tête à deux mains, comme s'il subissait une névralgie foudroyante. Durant plusieurs secondes, ses dents crissèrent encore. Puis il se redressa, le visage détendu :

– Pour moi, ces moments passés dans l'armoire ont été... comment dire ? très formateurs. Mille fois, j'ai voulu sortir pour sauver ma mère – parce que je croyais encore qu'elle avait mal – mais la crainte me paralysait. J'avais peur de lui. Et surtout d'elle. Je connaissais ses crises – son sadisme latent, qui s'exerçait discrètement sur moi : la nourriture trop salée, les bains glacés, les réveils en sursaut... Ma mère a toujours prétendu qu'elle m'aimait, mais elle n'était que mensonges. L'incarnation du mensonge. Comme toutes les femmes.

Reverdi se planta face à Marc et le fixa droit dans les yeux :

– Je sais que tu aimes les détails. Je pourrais te parler des heures de cette armoire tressée, qui est devenue ma seconde peau. Ma boîte de Pandore. Je pourrais t'expliquer comment je frissonnais dans le noir, assailli de crampes, comment je tentais, malgré moi, de regarder à travers les mailles. Comment, lorsque je voyais le nouveau visage de mon père, ses traits s'infiltraient sous ma peau, jusqu'à distendre mes os. Parfois, l'homme se redressait dans le lit et demandait : « T'as pas entendu un bruit ? » Il se levait, s'approchait, à frôler l'armoire. Je m'enfonçais au fond de ma cachette, je ne respirais plus. Il s'approchait si près que je sentais son haleine lourde, chargée de bière ou de cannabis. Derrière lui, j'entendais ma mère qui ricanait : « Laisse tomber, ça doit être une souris. » Puis elle répétait plus fort, à mon intention : « Une sale petite souris vicieuse ! » Et elle éclatait de rire alors que la brute retournait la rejoindre.

Reverdi imitait chaque voix – l'homme, la femme, le souffle court de l'enfant. Le spectacle de cet athlète, à la pureté olympique, devenant tour à tour chaque personnage, était un sommet d'effroi. Encore une fois, le Dr Norman avait raison : Jacques Reverdi n'était pas constitué d'une seule personnalité. Plusieurs êtres distincts cohabitaient en lui, s'articulaient sans jamais former un ensemble cohérent.

Marc se cambra. La migraine devenait insoutenable. Des taches noires dansaient dans la pièce circulaire. Il n'était pas sûr de vivre jusqu'au bout de l'histoire.

L'apnéiste reprit, comme s'il avait voulu enchaîner sur les pensées de Marc :

– Mais surtout, je souffrais du manque d'oxygène. L'air manquait dans ma cachette. Je respirais mal. Je paniquais. Je ne cessais plus de mourir. Alors, je ne sais comment, j'ai trouvé la parade...

D'un coup, ses traits s'assouplirent en un large sourire, rayonnant, orgueilleux :

– L'arme de la lutte, qui allait me rendre invincible. L'apnée. Toutes mes biographies racontent que j'ai découvert cette discipline à Marseille, après la mort de ma mère. Moi-même j'ai propagé cette légende. Mais c'est faux. J'ai découvert l'apnée en banlieue parisienne. Au fond d'une armoire.

Je ne sais comment, un jour, au lieu de chercher désespérément l'oxygène à travers le treillis de rotin, j'ai retenu ma respiration. Là, s'est produit un miracle. Soudain, je me suis senti investi d'une force extraordinaire. Les soupirs de ma mère s'éloignèrent, la menace de mon père, ses visages multiples, tout recula... L'apnée dressait entre moi et le monde extérieur un mur, une paroi absolument étanche. Tout se brisait contre ma carapace. J'étais devenu impénétrable.

J'ai commencé à m'entraîner, toutes les nuits, dans ma

cachette. Je n'écoutais plus leurs cris, leurs gémissements, leurs insultes. Je me concentrais pour améliorer mon temps. Détail symbolique : je me chronométrais avec la montre oubliée par l'un de mes « pères ». Chaque soir, je m'améliorais. Chaque soir, je devenais plus fort. Je n'avais plus peur de l'armoire : j'étais moi-même un coffre, hermétique, inviolable, qui protégeait mon identité contre les autres.

Grâce à cette discipline, j'ai réussi à grandir. J'ai repoussé mes cauchemars, mais aussi mes pulsions, de plus en plus sombres. Ma puberté n'a pas été l'éveil de l'amour, mais celui de la mort. Bien sûr, mes envies de meurtre se focalisaient sur ma mère. Des voix me parlaient, me soufflaient de la tuer. Mais, lorsque la crise culminait, lorsque j'étais au bord de passer à l'acte, l'apnée me sauvait toujours.

En même temps, la situation à la maison évoluait. Ma mère se désintéressait de moi. J'étais devenu trop grand pour participer à ses petits jeux vicieux. Ma barbe poussait. Ma voix changeait. À douze ans, je mesurais plus d'un mètre soixante-quinze. Je n'étais plus drôle du tout. Au contraire, le rapport de force s'inversait. Plus question de m'asservir, de me torturer. D'ailleurs, elle-même s'était transformée. Sa beauté s'était flétrie. Elle se maquillait outrageusement. Elle buvait. Et quand elle sonnait aux portes des désœuvrés, avec sa gueule plâtrée, son charme n'opérait plus. Elle revenait à la maison bredouille, désespérée, ivre morte.

À treize ans, j'ai commencé à m'occuper d'elle. À la soigner, la nourrir, la coucher. Je la maintenais en vie, comme un éleveur engraisse une oie, en vue d'un festin de haine. J'attendais qu'elle soit à point. Pour la sacrifier. Mais elle a eu de la chance. Loin de l'armoire, loin des tortures, loin des séances de sexe, ma colère est retombée peu à peu. J'ai même fini par prendre en pitié cette épave, ce déchet humain qui traînait à la maison. Surtout quand j'ai cerné la maladie qui la travaillait toujours, le cancer incurable qui la rongeait. Le sexe. Ma mère, insatiable, était, toujours et encore, en manque de cul.

J'avais quatorze ans. J'assistais plus ou moins régulièrement aux cours du lycée. Suffisamment pour que mes professeurs remarquent mes aptitudes intellectuelles. Ils connaissaient ma situation familiale. Ils ont parlé de nous séparer, ma mère et moi. Ils ont parlé de pensionnat, pour moi, et d'établissement spécialisé, pour elle. C'était peut-être la solution. J'aurais pu, en quittant le foyer, surmonter mes cauchemars, mes pulsions, devenir un être normal. Peut-être. Mais comme d'habitude, elle a tout gâché.

Elle a commencé à devenir avec moi étrangement douce, câline. D'instinct, j'ai senti un danger. Je ne me trompais pas : cette cinglée comptait maintenant sur moi pour la combler. Physiquement. Quand elle a risqué sa première attaque, quand elle a posé la main sur mon sexe, elle a signé son arrêt de mort. Ma haine a déferlé de nouveau. En un éclair, j'ai su ce que j'allais faire. Alors que je lui saisissais la main et l'écartais comme une vieille patte de poulet, je programmais son exécution.

Jacques Reverdi se mit à sourire.

Marc l'observait avec fascination : malgré sa certitude de mourir, malgré sa respiration qui n'était plus qu'une souffrance, il éprouvait de la compassion pour son adversaire. À travers ce géant en combinaison noire, ce prédateur dément, il ne voyait qu'un petit garçon traumatisé, terrifié au fond d'une armoire en rotin.

– Je me suis mis au travail. Je suis revenu au projet que j'avais imaginé pour elle, deux années auparavant. Cela m'a demandé plusieurs semaines : matériel, préparatifs, tests. Un soir, après une belle cuite, ma mère s'est réveillée sur son lit. Elle s'est aperçue qu'elle ne pouvait pas bouger – ligotée aux montants. Elle a relevé la tête et m'a vu, assis par terre. Je la contemplais, en paix avec moi-même. Elle a commencé à rire, puis à hurler, puis les deux à la fois, en vomissant sur sa robe défraîchie. Au début, sa migraine ne l'a pas étonnée – elle était habituée aux gueules de bois. Mais quand elle a commencé à tousser, à happer l'air par petites bouffées, elle a compris que quelque chose n'allait pas. Son fils ne lui faisait pas une simple farce.

Durant deux semaines, j'avais soigneusement calfeutré le moindre orifice de sa chambre. Grilles de ventilation, rais de porte, rainures de fenêtre. J'avais comblé tous ces orifices avec des fils de rotin. En souvenir de l'armoire. Je voulais que ma mère goûte aux sensations qu'elle m'avait imposées jadis. L'étouffement. La terreur. L'obscurité. Pendant qu'elle sanglotait sur son lit, je ne bougeais pas : je laissais la nuit emplir la chambre. Emplir sa bouche, son cerveau.

Le supplice n'en était qu'à son début. D'après mes calculs, l'asphyxie ne devait apparaître qu'au bout de quarante-huit heures. Mais sa poitrine creuse a devancé l'appel : le lendemain soir, vers onze heures, elle commençait à suffoquer. Je ne bougeais pas, ombre dans l'ombre. Peut-être ne l'a-t-elle pas remarqué, mais j'utilisais maintenant une bouteille de plongée pour respirer, tandis qu'elle crevait à petits souffles.

Plusieurs heures sont passées. Je l'ai vue tressauter, appeler, ouvrir toute grande sa bouche et s'empoisonner avec le gaz carbonique qui saturait la pièce. Plus elle s'agitait, plus elle accélérait le processus de mort. J'ai tenté de la prévenir mais elle ne m'écoutait pas. Elle pleurait, vomissait, me suppliait avec son regard de vieille chienne lubrique. Elle a eu encore quelques sursauts puis elle s'est affaissée comme une poupée disloquée.

J'étais dans un état de jubilation indescriptible. Des particules dorées dansaient devant mes yeux. Mon cœur battait avec une lenteur de ressac nocturne. J'ai arraché mon détendeur et je me suis mis en apnée. Je voulais la voir cracher son dernier souffle. Sucer ces ultimes parcelles d'oxygène qu'elle m'avait volées durant mon enfance. Ses yeux se sont tournés vers moi – et je me suis demandé pourquoi j'avais attendu si longtemps pour exécuter ma sentence.

Mon plan comportait un deuxième acte. Je devais maquiller son exécution en suicide. J'avais prévu de lui ouvrir les veines, là où les liens l'avaient blessée, avant qu'elle ne meure tout à fait. Toujours en apnée, j'ai ôté ses cordes et j'ai pris le couteau que j'avais préparé, le plus tranchant, celui qu'elle utilisait pour l'ail et les oignons. Avec application, j'ai cisaillé ses poignets, visant le réseau veineux.

Alors, est survenu le prodige.

Dans cette pièce qui ne contenait plus d'oxygène, le sang qui s'est écoulé était noir.

Absolument noir.

J'ai d'abord reculé, effrayé, puis je suis tombé en extase. J'ai admiré ce corps qui sécrétait un tel nectar. Jamais je n'avais contemplé un aussi beau spectacle. Un tableau aussi pur, aussi vrai. C'était une simple cyanose, liée à l'anoxie, mais à mes yeux, c'était le mal qui s'évacuait du corps de ma mère. Le mal était ce goudron sombre. La vérité de cette femme – le vice et le mensonge – était ce sang noir.

Je me suis mis debout, les larmes aux yeux, et je me suis aperçu que j'avais joui dans mon froc. Joui pour la première fois. Dans la pureté de l'apnée. Pour moi, désormais, il n'y aurait plus d'autre voie. À cet instant, je le sais, une marque est apparue sur ma nuque. Une ligne de cheveux est tombée et n'a plus jamais repoussé, à l'arrière de mon crâne. Ce tracé était la marque de mon nouveau destin.

L'esprit de Marc tournait au ralenti. Son cerveau n'était plus suffisamment oxygéné. Reverdi s'approcha de lui. Sa voix était toujours aussi nette :

– Tu n'es pas allé assez loin dans ton livre. Tu n'as pas voulu – ou tu n'as pas pu – me rejoindre jusqu'à un certain point. Là où les motivations sont cristallines. Pourtant, il me semblait en avoir beaucoup dit à Élisabeth...

Marc lança un regard à Khadidja. Elle aspirait l'air comme un poisson hors de l'eau, dans un sifflement atroce. Il enrageait de son impuissance. Lui-même était proche de la syncope. Entre deux quintes, il murmura, presque aphone :

– Com... combien en as-tu tuées ?

– Chaque année, sourit Reverdi, des milliers de personnes disparaissent en Asie du Sud-Est. J'ai prélevé mon tribut sur ce chiffre. Pour moi, le Sang Noir n'est pas un phénomène physique, ni un accident. Encore moins un livre bâclé. C'est une quête perpétuelle, Marc. C'est dans ces eaux profondes que je plonge mon être. Ma réelle apnée, ma barre des cent mètres, n'a jamais été que ce plongeon-là...

La pièce circulaire ne devait plus contenir que quelques parcelles d'air respirable. La flamme bleutée de la lampe à huile résistait toujours. Le tueur jeta un regard à son compteur :

– Dix pour cent. Le temps presse. (Il se tourna vers Khadidja.) Tu pratiques l'islam, ma belle ?

Elle ne réagit pas. Évanouie. Peut-être déjà morte. Il continua, comme si elle pouvait l'entendre :

– Non ? Tu ne connais pas ce passage du Coran ?

« Il est écrit que le Prophète, avant sa Mission, tomba profondément endormi sur le sol. Et deux hommes blancs descendirent à droite et à gauche de son corps et se tinrent là. Et l'homme blanc à gauche lui fendit la poitrine avec un couteau d'or, et en tira le cœur, d'où il exprima le sang noir. Et l'homme blanc à droite lui fendit le ventre avec un couteau d'or, et en tira les viscères qu'il purifia. Et ils remirent les entrailles en place, et dès lors le Prophète fut pur pour annoncer la foi... »

Reverdi attrapa le détendeur relié à la bouteille d'air comprimé. Pour la première fois, il parla avec colère :

– Remercie-moi, Marc. Pour toi et pour elle. Après tous vos mensonges, vos profanations, je vais vous purifier, vous laver, comme les hommes blancs du Coran...

Marc n'avait plus la force de relever la tête – des éclipses, des taches sombres oblitéraient sa conscience. Son cerveau ne produisait plus qu'une seule idée : gagner du temps. Quelques secondes. Et tenter une action, n'importe quoi, pour sauver Khadidja.

Le tueur allait mordre son respirateur quand Marc haleta :

– Attends.

85

SA VOIX n'était plus qu'un frottement :

– Les bambous, pourquoi ? Pourquoi les feuilles te donnent-elles le signal de tuer ?

Reverdi s'immobilisa et sourit.

– C'est à cause des robes.

– Des robes ?

Il frôla son visage avec ses doigts, à la verticale :

– Les robes Laura Ashley de ma mère... Quand j'étais dans l'armoire, quand je crevais de terreur, quand j'étouffais, elles pendaient sur leurs cintres et me caressaient le visage. Ces frôlements se sont associés pour toujours à ma souffrance. À chaque fois que les feuilles de bambou caressent mon visage, je suis à nouveau dans l'armoire. Je sens les robes sur ma peau. J'entends ma mère et ses soupirs de jouissance. Et j'ai de nouveau soif de sang noir.

Reverdi mordit le détendeur. Puis, calmement, s'assit sur ses talons, à l'asiatique, plongeant son regard dans les yeux de Marc.

C'était la fin.

Khadidja était sans doute déjà morte. Et lui n'en avait plus que pour quelques secondes. Il entendait la respiration artificielle de Reverdi, alors qu'il suffoquait, sachant qu'il était en train de s'empoisonner à coups de gaz carbonique.

Reverdi guettait chacune de ses inspirations. Il n'avait plus besoin d'analyseur d'air. Il lui suffisait de regarder le visage de Marc. Quand ses traits seraient figés, alors l'apnéiste ôterait son masque, retiendrait son souffle et approcherait la petite flamme des chairs suturées afin de faire jaillir le sang noir.

Le sang.

Au bord du néant, Marc eut une idée.

Il n'y avait plus rien à faire, sauf gâcher le rituel de Reverdi.

Saborder son sacrifice.

Dans un effort désespéré, il gonfla ses poumons, banda ses muscles. Ce seul effort faillit le faire partir pour de bon. La seconde suivante, il relâcha tout, provoquant une dislocation de tout son torse. Il n'obtint aucun résultat, excepté un trou noir, au fond de sa conscience, provoqué par l'afflux du gaz carbonique.

Il recommença aussitôt, bombant la poitrine, faisant saillir tous ses muscles. Il étouffait, il mourait – mais avant cela, et avant que la chambre ne soit totalement pure, il saignerait. Il prendrait de vitesse le phénomène de cyanose.

Son manège paya : la tension extrême de sa peau ouvrit les plaies collées au miel. Une nouvelle fois, il détendit ses pectoraux, amollissant les bords des blessures, laissant perler l'hémoglobine.

Reverdi arracha le détendeur, en lançant un coup d'œil à son analyseur d'air. Sa voix était déformée par le défaut d'oxygène :

– Non ! Pas encore !

Marc continuait sa gymnastique : tension, repos, tension, repos... Ses chairs s'écartaient, le sang tiède s'écoulait sur sa peau. Il parvint à baisser les paupières. Son sang était foncé, mais encore rouge. La cérémonie était profanée.

– Pas encore !

Reverdi se rua sur lui, couteau en avant. Marc sourit. Que pouvait-il lui faire ? Le tuer ? La chaise bascula. Les deux hommes s'écrasèrent sur le sol. Le visage de l'assassin fut éclaboussé de sang. En tombant, il venait de presser les blessures de Marc. L'hémoglobine jaillissait en jets croisés, expulsée par la masse de Reverdi, qui s'agitait, chevrotant :

– Pas encore... pas encore...

Il tentait de boucher les blessures avec ses mains. Mais le liquide s'échappait, obstinément, à travers ses doigts serrés.

Marc ferma les yeux. Des ondes chaudes glissaient sur ses clavicules, ses côtes, ses cuisses. Son corps s'abandonnait avec langueur, dans une odeur mêlée de miel et de métal. Un lit tiède se répandait sous lui et lui offrait une sépulture visqueuse. Il avait l'impression de s'enfoncer – à la fois dans le sol et en lui-même.

En même temps, il éprouvait une sensation d'envol, de libération, presque insouciante.

Il rouvrit les yeux. Reverdi, toujours arc-bouté sur son torse, hurlait. Mais Marc n'entendait plus sa voix. Il ne sentait plus son poids. Il lui semblait que le tueur lui disait adieu alors que les gigantesques alvéoles de la chambre dansaient en le regardant partir.

Dans une dernière convulsion, il perçut un bruit sourd dans la sphère.

Il tourna la tête.

Et fut ébloui par des silhouettes blanches.

Des hommes pénétraient dans la salle. Vêtus de combinaisons, de gants et de masques respiratoires, d'une blancheur éclatante. Des espèces de chasseurs alpins, qui portaient des fusils-mitrailleurs.

Marc savait qu'il était trop tard.

Il avait basculé dans la mort.

Mais il vit Jacques Reverdi qui s'accrochait à lui, alors que les hommes masqués le saisissaient par les bras. Il sentit ses doigts s'agripper à sa chair gluante. Il vit ses lèvres s'ouvrir, articuler des prières muettes. Il songea aux cris déchirants d'un père à qui on arrache son fils.

Ce fut la dernière image qu'il emporta.

86

UNE CHAMBRE BLANCHE.

Mais c'est à la fois une chambre et son crâne.

Une lumière blanche.

Mais c'est à la fois une lumière et la chair de ses paupières.

Des flashes. Des comètes. Des sillons de phosphore traversant sa conscience. Des explosions aveuglantes déchirant ses ténèbres. Elle hurle. À chaque cri, un autre cri s'élève. Le double du premier. Un cri dans le cri. Celui de sa peau, qui tire. Celui de ses lèvres, qui brûlent. Celui de sa gorge, qui éclate.

Le rêve recommence. Des pinces d'acier ouvrent son crâne. Des mains gantées plongent à l'intérieur et mettent à nu son cerveau. Ses paupières cillent. Inexplicablement, ce mouvement provoque une vue aérienne de l'opération. Elle voit les mains transporter son cerveau. Il lui paraît brun, violacé, enduit de sueur.

Les médecins posent l'organe dans un récipient d'acier. Elle songe à un œuf de chair noire, palpitant. Alors, elle comprend. Un danger guette. Khadidja veut crier, prévenir les chirurgiens : cette entité est une pieuvre ! Son cerveau est une créature qui va leur sauter au visage. Elle veut crier, mais elle se rend compte que c'est impossible : les griffes sont toujours là, entravant ses lèvres.

– Khadidja ?

Un visage, penché sur elle.

Un petit homme gris, qui flotte entre deux eaux.

Il est chauve : elle l'a déjà vu quelque part. Elle s'en est inspirée pour son rêve. Maintenant, elle voit son front de près : grisâtre et grêlé. Une pierre ponce. Elle murmure :

– Marc ?

La douleur, aussitôt, dévore ses lèvres. L'homme sourit. Elle a prononcé « Ôrk », ou « Orgh ». Un bruit rauque.

– C'est à cause des sutures. Ne parlez pas.

Elle ferme les yeux. Un souvenir revient. Les morceaux de fer dans sa chair. Le lierre d'acier enserrant ses lèvres. Reverdi et les alvéoles géantes...

Elle rouvre les paupières, risque une nouvelle tentative :

– Môrk ?

– Il est en réanimation. Les urgentistes ont fait des miracles.

Elle ferme les yeux. « Môrk... » Elle a soif d'obscurité. Soif de paix. Mais sa bouche brûle encore. Du barbelé autour de chaque syllabe.

Soudain, elle comprend qu'elle est défigurée.

Elle s'évanouit.

Des jours, des nuits passent.

Les cauchemars, les délires se succèdent. Les voleurs de cerveau. « C'est une pieuvre ! » Reverdi en combinaison de plongée, un couteau entre les doigts. La fièvre fond sur elle comme une nappe brûlante, qui l'enduit et la consume. Elle brûle, elle ruisselle, elle s'épanche en vapeurs sous les draps.

Et la douleur.

La douleur la frappe à travers tout le corps, à la manière d'une créature vivante, se réveillant en des points chaque fois différents, selon les heures du jour et de la nuit. Une créature irascible, indomptable, prisonnière de sa chair, qui veut sortir par ses blessures à peine fermées.

Pour exploser dans sa gorge.

Morsure atroce, mâchoire invisible qui lui arrache les lèvres.

Nouvelle « crise » de conscience.

Mieux contrôlée.

Sa chambre d'hôpital est blanche, quasiment vide. Blanc usé, pour les murs, blanc argent pour les armatures du lit, blanc rayé, pour la fenêtre aux stores vénitiens.

L'homme en pierre ponce se tient devant elle. Son sourire est plus proche, moins ironique. Sa présence distille la même sensation qu'une odeur de médicaments. Du réconfort mêlé de tristesse, d'inquiétude.

– On va vous retirer les sutures dans quelques jours.

Khadidja ne peut répondre, ni même réagir. Elle est défigurée, elle le sait. Le médecin lui saisit doucement la main :

– Ne vous en faites pas, vous êtes magnifique. À terme, il n'y aura probablement même pas de cicatrices. (Il fait mine de regarder derrière lui, par-dessus son épaule.) Le médecin qui vous a opérée est le meilleur. Un des plus brillants plasticiens de la Salpêtrière. Il a réussi un petit chef-d'œuvre.

Elle l'observe encore. Chaque cillement est une question muette. L'homme poursuit :

– Moi, je me suis occupé de vous réanimer. De soigner vos blessures. Elles étaient nombreuses, mais superficielles. Vos veines cicatrisent très vite. Il y avait aussi les brûlures de la colle, mais là non plus, rien de profond. (Il lui presse légèrement la main.) Vous êtes en voie de guérison. Je ne vous raconte pas d'histoires.

Khadidja se risque à prononcer :

– Marc ?

C'est mieux. La brûlure s'atténue.

– Toujours dans le coma. Mais il va se réveiller. Nous avons son dossier médical. Cela lui est déjà arrivé deux fois. Aucune raison de penser qu'il ne va pas revenir, comme les fois précédentes.

– Ses... blessures ?

– Hémorragie. Une vraie bouillie à l'intérieur. Mais il a été soigné. Des sutures pour chaque veine. Un boulot de fourmi. Il cicatrise déjà.

Khadidja ferme les yeux. Elle ressent toujours une douleur, mais une douleur joyeuse. En un éclair, elle appelle des images réconfortantes : une maison, des enfants, l'harmonie avec Marc... Les images éclatent : ça ne marche pas. Ils ne vivront jamais ensemble, et surtout, ils n'oublieront jamais la salle aux alvéoles.

– Re... verdi ?

Le médecin esquisse une grimace incertaine.

– Mort.

– Comment ?

Il lève les épaules, en saisissant le graphique suspendu au bout du lit :

– Je n'ai pas les détails. (Il consulte la courbe de la température.) La police va venir vous voir. Ils vous expliqueront.

Khadidja ferme encore une fois les yeux. Ses pensées s'entrechoquent. Reverdi mort, Marc vivant : elle devrait se sentir heureuse, apaisée. Mais l'inquiétude tourne au fond d'elle-même. Une tourbe sombre qui ne demande qu'un courant, une sollicitation pour remonter à la surface.

– Ne réfléchissez pas trop. Reposez-vous.

Il marche vers la porte et se retourne sur le seuil :

– Et les cheveux courts vous vont très bien.

Khadidja hausse les sourcils, sans comprendre.

– Vos cheveux étaient entièrement collés au siège, dans la cuve à pression. Les urgentistes ont dû les couper sur place, alors que vous étiez sous oxygène. On a peaufiné la coupe ici même. (Il éclate d'un rire sec.) C'est ce dont nous sommes le plus fiers !

Un matin – elle n'a pas l'heure, mais elle possède une connaissance très sûre des nuances d'ombre et de lumière sur les murs –, un homme vient la voir.

Des cheveux blonds et lisses.

Un sourire doré, comme astiqué à la cire d'abeille.

Il se présente. Il est policier. Khadidja ne saisit pas son nom – elle a encore de brèves absences. Il s'approche. Son visage est long, doux, hâlé. Il porte un duffle-coat et dégage un parfum sucré. Encore une fois, elle songe aux abeilles, au miel. Sa gorge se serre : elle revoit le flacon rutilant et le pinceau...

– Il y avait deux systèmes de sécurité, explique le flic en détachant chaque syllabe, comme si elle était sourde. C'est un site à hauts risques, aux normes très strictes.

Il s'assoit à l'extrémité du lit, avec précaution : dos voûté, mains jointes, sourire clair.

– Reverdi a neutralisé le premier système – les gardiens, les alarmes, les réseaux de verrouillage. Mais il a ignoré le système latent : la surveillance de l'atmosphère. Dès que l'air ne répond plus à la norme réglementaire, un tas de protocoles se mettent en route, automatiquement. Une brigade spéciale est intervenue.

Khadidja tente de se souvenir du sauvetage. Elle voit seulement des hommes blancs, masqués, aux gestes froissés – et Marc, embourbé dans son propre sang.

– Mes collègues pensent que Reverdi ignorait ce deuxième niveau d'alerte. Moi, je suis sûr du contraire. Mais il pensait avoir le temps de « faire ce qu'il avait à faire ». (Il a un mince sourire.) Je ne sais pas ce qu'il vous a raconté, mais cela lui a tourné la tête. Il n'a pas vu le temps passer. C'est ce qui vous a sauvés.

Elle acquiesce vaguement. Sur la table roulante, elle remarque un bouquet de petits gardénias. Incroyable : il lui a acheté des fleurs. Un bouquet fripé qui ressemble à un poing serré. Elle considère à nouveau le flic : il acquiesce à son tour, d'un sourire-déclic. Ce type a du charme, mais il ressemble à un fiancé éternellement éconduit. Khadidja imagine une vie en forme de rive grise, à regarder passer les occasions manquées.

Elle écarte les lèvres avec précaution – elle ne porte plus ses sutures :

– Vous... l'a... vez tué ?

Le flic se lève. Son parfum se diffuse aussitôt. Sa blondeur se déploie. Un petit déjeuner au miel. Il marche en silence et fourre ses mains dans ses poches. Khadidja prend son élan pour prononcer une phrase entière :

– Vous... l'avez... tué... ou... pas ?

– Oui. Aucun doute. (Il marque un temps.) Mais on n'a pas le corps.

Elle ferme les yeux et la panique déferle. Le flic reprend, comme s'il lisait la peur sur son visage :

– Attendez. Dans la cuve, Reverdi a réussi à s'échapper. Les mecs étaient empêtrés dans leurs combinaisons, leurs masques respiratoires. Lui, il s'est faufilé, léger, pieds nus, en apnée. Dans les couloirs, personne n'a osé tirer : trop dangereux.

Khadidja imagine les dédales circulaires, les couloirs d'acier, les machineries. Reverdi, combinaison noire et poumons bloqués, disparaissant parmi les reflets chromés...

– Sur le parvis, les tireurs l'ont touché. Il s'est pris au moins cinq balles dans le buffet. Je vous parle de tireurs d'élite. Des mecs super entraînés. On peut leur faire confiance.

– Pourquoi... pas de corps ?

– Malgré ses blessures, il a réussi à franchir les clôtures, à l'ouest. L'usine est située à Nogent-sur-Marne, vous le savez, non ? On pense qu'il a plongé dans le fleuve qui longe le site.

Il s'arrête, s'approche de la table roulante et caresse distraitement les fleurs :

– En un sens, c'est assez effrayant à imaginer : ce type en tenue de plongée, attiré par la flotte, comme un animal qui retournerait à son élément.

Sans y prendre garde, le flic arrache quelques pétales :

– Il est tombé à l'eau. Déjà mort. C'est certain. Depuis dix jours. On drague le fleuve.

Elle ferme les yeux. Il insiste encore, comme s'il devinait ses pensées :

– Il est mort, Khadidja. Aucun doute.

Il dit encore quelque chose mais Khadidja entend la voix de Reverdi, debout dans la cuve : « Là où il y a de l'eau, je suis invincible. »

87

AU DÉBUT du mois de novembre, Marc se réveilla.

Khadidja était sur pied depuis plusieurs jours. Elle alla le voir. Il était installé dans la chambre voisine, mais c'était la première fois qu'on la laissait entrer. Lorsqu'elle le découvrit, elle eut peur. Pas à cause des machines qui l'entouraient, ni des écrans qui décryptaient le fonctionnement de son organisme, mais à cause de lui. De son visage. Ce front penché, buté, qui paraissait encore hanté par les ténèbres, sous ses cheveux en brosse – on l'avait tondu, lui aussi : ils ressemblaient tous les deux à des rescapés d'un camp.

Elle se força à sourire, malgré les tiraillements de ses lèvres. Il avait beaucoup maigri. Les os de sa figure saillaient sous sa peau, accentuant les ombres sur sa peau blanche. La tête d'un mort. En même temps, cette pâleur était vive, presque phosphorescente sous ses cheveux blond vénitien. Elle songea à ces petites lampes qu'on concocte dans une écorce d'orange, dont la pulpe blanche brûle sans discontinuer.

Elle s'approcha. Pour chaque incision, il portait un pansement. Sur les tempes, la gorge, les clavicules, les avant-bras. Elle savait que la série continuait sous sa chasuble, sous les draps. Elle avait porté les mêmes et le médecin n'avait pas menti : elle avait cicatrisé en quelques jours. Ironie de la situation : selon le docteur, c'était la présence du miel, incrusté dans les plaies, qui avait favorisé cette réparation rapide.

La première phrase que Marc prononça fut :

– Ils ne l'ont pas. Ils n'ont pas le corps.

Khadidja sourit encore, avec tristesse. Depuis qu'il avait ouvert les yeux, il devait déjà ressasser cette obsession. Reverdi était vivant. Reverdi était sur leurs traces. Reverdi allait les détruire...

Elle comprit que la psychose de Marc était désespérée : même devant le cadavre du tueur, il continuerait à craindre le pire, prêtant au meurtrier des pouvoirs surnaturels. Marc était réveillé de son coma – pas de son cauchemar.

Il ne le serait jamais.

Il était incurable.

Khadidja quitta l'hôpital.

Elle quitta Marc, le médecin grisâtre, le flic doré.

Tout ce qui pouvait la relier au traumatisme.

Elle retrouva son appartement, avenue de Ségur. Son bureau. Sa thèse. Ses philosophes. Mais plus rien ne lui était familier. Après ce qu'elle avait vécu, les théories philosophiques lui paraissaient plutôt abstraites. Pour ne pas dire absurdes.

En revanche, elle eut la surprise d'être de nouveau sollicitée par la mode. On ne l'avait pas oubliée. Plusieurs agents s'étaient présentés pour prendre la relève de Vincent. Des photographes, des agences, des couturiers avaient téléphoné. Ignoraient-ils qu'elle était défigurée ? Dans le monde du « plus-que-parfait », qui voudrait d'une fille aux lèvres trouées ?

Elle se trompait. La première, sa maquilleuse, Marine, lui expliqua que ces marques ne se verraient pas sur les photos. Question de poudre, de lumière. Mais surtout, son physique était « tendance » – et tant que cela serait vrai, elle pouvait bien avoir une jambe de bois, les photographes s'en débrouilleraient.

D'ailleurs, autre fait inattendu, son visage avait gagné en force, en envoûtement, avec les cheveux courts. Sa beauté acérée coupait maintenant comme un silex.

Enfin, l'affaire Reverdi avait fait beaucoup de bruit et lui avait conféré un grain de réalité, une odeur de soufre, que bien peu de filles possédaient dans ce métier. Khadidja n'avait jamais été transparente. Elle était maintenant éblouissante – crevant la scène de l'hiver 2003.

Par défi, elle accepta les contrats.

Elle reprit le chemin de la lumière.

Très vite, malgré ses résolutions, elle retourna voir Marc.

Simplement, pensait-elle, par solidarité.

Chaque jour, elle le visitait dans sa chambre ensoleillée. Après les paroles d'usage, un silence de lait s'instaurait entre eux. Blanc, lisse, sans sillage. Marc se complaisait dans son mutisme. Khadidja ne cherchait pas à le troubler. Elle savait que ce black-out cachait des pensées inextricables – et elle n'avait pas envie de les connaître.

Dans les couloirs, elle rencontrait parfois les médecins, qui la rassuraient : Marc guérissait. Il pourrait bientôt sortir. Elle entendait aussi ce qu'on ne lui disait pas : il était en observation. Chacun s'inquiétait de sa santé mentale.

Il ne parlait pas, mangeait à peine, dormait beaucoup. Il paraissait se réfugier dans le sommeil. S'il était assailli par les mêmes cauchemars que Khadidja, cela ne devait pas être très reposant. Mais justement, elle devinait qu'il se plongeait, volontairement, dans ces visions. Comme s'il était attiré, aimanté par ses souvenirs les plus morbides. Comme si – l'idée même lui glaçait le sang – il cherchait à communiquer avec Reverdi par la passerelle des rêves...

En surface, pourtant, Marc manifestait une angoisse constante. Il avait exigé, par l'intermédiaire de son avocat, la présence d'un gardien devant sa porte. Le juge d'instruction ne s'était pas fait prier, révélant ainsi ce que tout le monde appréhendait : Reverdi avait survécu à l'affrontement de Nogent-sur-Marne.

Le 12 novembre, Khadidja parvint à rencontrer le psychiatre chargé, officiellement, de suivre Marc Dupeyrat. Petit, sec, très brun, il portait une barbe carrée et accentuait certaines syllabes, à l'allemande.

Tout en curant sa pipe, il assena :

– Il n'y a pas de maladies mentales. Il n'y a que des conflits mal gérés.

Khadidja croisa les jambes et se dit « hou là ». À ce moment, l'homme l'observa avec insistance. Il venait sans doute de remarquer ses cicatrices. Six petits trous au-dessus de sa lèvre supérieure, six sous l'inférieure, étoilant sa bouche comme un tatouage au henné. Elle répliqua :

– En matière de conflits, Marc a eu son compte, je pense.

– Justement. (Il se leva comme propulsé par un ressort.) Justement...

Il marchait autour de son bureau, en allumant sa bouffarde :

– Marc ne peut assumer toute cette violence. Sa psyché, au lieu de l'intégrer, la refuse. (Il raya l'air avec sa pipe.) Pffffttt ! Dans le passé, c'était le rôle de ses comas. Un champ noir. Une bande effacée. Aujourd'hui, c'est pour cela qu'il dort tant : son esprit se réfugie, encore une fois, dans l'inconscience. Son surmoi...

Khadidja coupa court à ce jargon de spécialiste :

– De quoi souffre-t-il au juste ?

Il sourit, comme si cette question tombait à pic :

– De rien. Pas de psychose. Pas de défaillance neurologique. On pourrait dire que Marc souffre du réel.

– Du réel ?

– Un mauvais réglage de sa psyché face aux événements. Des événements d'une exceptionnelle violence, certes.

– Certes.

– Voilà ce qui se passe, dit-il en ouvrant les mains. Actuellement, le processus est en train de s'inverser. Tout cela est allé trop loin. L'agression de Reverdi a brisé ses barrières mentales, son système de protection. Il ne parvient plus à maintenir cette violence à distance.

– Concrètement, qu'est-ce que ça veut dire ?

Il pointa sa pipe vers sa tempe :

– La violence est entrée dans son cerveau. Elle se répand partout. Marc ne peut plus penser à autre chose. Certains animaux voient l'infrarouge mais pas la lumière ordinaire. Marc, lui, ne capte plus la vie quotidienne. Les sensations simples. Son esprit ne peut plus les distinguer. Il est entièrement imprégné, aspiré par Reverdi et sa cruauté.

À l'usage, l'accent de l'homme sonnait plutôt italien. Khadidja avait rédigé, des années auparavant, un mémoire sur l'antipsychiatrie italienne. Les années soixante. L'école de Franco Basaglia. L'époque où on ouvrait les portes de tous les asiles. Ce type-là n'aurait pas dépareillé dans le tableau.

– Encore une fois, trancha-t-il, il n'y a pas de maladies mentales. Il n'y a que des conflits...

– Je vous préviens : si vous essayez de l'interner, je...

– Vous n'avez rien compris. Marc a besoin de la vie ordinaire. C'est son seul remède possible. Il sort demain.

Quand Marc rentra chez lui, Khadidja l'attendait.

Avec son accord, elle avait investi l'atelier. La nuit précédente, elle avait rangé, astiqué, déblayé. Elle avait découvert un réduit, une sorte de petite salle, en contrebas du niveau du sol, où Marc rangeait ses livres spécialisés et ses « dossiers ». Elle n'avait pas résisté. Elle s'était plongée dans ces archives. Elle avait eu l'impression de pénétrer dans le cerveau de Marc. Des décennies de meurtres, de viols, de sang innocent versé. Témoignages, biographies, études psychologiques : tout était soigneusement classé, référencé, caractérisé. Une taxinomie de la cruauté.

Mais surtout, elle avait trouvé le dossier Reverdi. Elle avait lu les lettres, les coupures de presse, contemplé les photos. Elle avait pris la mesure du piège tendu. Cela allait bien au-delà du zèle journalistique. Marc s'était incarné dans sa machination.

Elle s'était attardée sur les copies des lettres manuscrites d'Élisabeth et s'était dit que oui, décidément, ce mec était tordu. Pervers. Cinglé. Pourtant, encore une fois, elle lui accordait des circonstances atténuantes. Elle avait cherché, jusqu'à l'aube, un dossier « Sophie », mais n'avait rien débusqué. Pas une photo, pas une ligne sur le meurtre de la « femme de sa vie ». À cinq heures, elle avait refermé la porte du cagibi comme on tourne définitivement une page.

Quand Marc franchit le seuil du loft, tout était prêt. Impeccable. Il sourit, la remercia et se prépara un café à l'aide d'une machine chromée qu'elle n'avait pas osé toucher. Puis il se plaça face à la baie vitrée, donnant sur la cour pavée, et se tut, tasse à la main.

Elle devina qu'il n'en dirait pas davantage.

Les règles étaient établies.

Ils trouvèrent leur rythme. Une cohabitation muette, fondée sur une compassion mutuelle. Une convalescence où ils partageaient un quotidien studieux. Marc passait ses journées devant son ordinateur. Il n'écrivait pas : il consultait le réseau Internet. Il lisait les journaux, les dépêches des agences de presse. Il absorbait ainsi les heures, en appel du moindre détail, de la moindre nouvelle qui concernerait Reverdi.

Les rares fois où il enchaînait plus de deux phrases à la suite, c'était au téléphone, avec son avocat. L'homme de loi lui avait évité une mise en examen pour « obstruction à la justice et dissimulation de preuves », à la suite de plusieurs plaintes émanant du ministère de la Justice de Kuala Lumpur. La Malaisie demandait même son extradition.

L'avocat espérait maintenant écarter toute menace en France, arguant auprès du juge d'instruction que Marc Dupeyrat, s'il avait commis des fautes, les avait largement payées. Entre deux conversations volées, Khadidja avait saisi que les choses s'annonçaient plutôt bien, malgré sa responsabilité indirecte dans les meurtres d'Alain van Hêm et de Vincent Timpani.

Quant à elle, elle s'était installé un bureau à l'autre bout de l'atelier, où elle avait connecté son ordinateur. Elle avait ouvert une nouvelle ligne téléphonique, réservée à Internet, grâce à laquelle elle recueillait des extraits de livres, des citations philosophiques, et correspondait avec des spécialistes de son sujet. La plupart du temps, elle écrivait sa thèse – des pages entières qu'elle n'était pas sûre de garder, mais qui lui permettaient, simplement, de passer le temps.

Marc consultait.

Khadidja écrivait.

Le bruit des deux claviers d'ordinateur résonnait dans l'atelier.

Le claquement de deux squelettes, en pleine danse macabre.

Et les recherches dans la Marne continuaient.

Sans résultat.

Pendant ce temps, au-dessus de leurs têtes, des phénomènes atmosphériques, de larges mouvements de masse continuaient.

Des mouvements qui les concernaient directement, mais qui les laissaient indifférents.

Sang noir était toujours en tête des ventes des librairies, porté par les « événements récents ». Selon Renata Santi, l'éditrice de Marc, les chiffres allaient dépasser trois cent mille exemplaires – « un cataclysme ! » Marc demeurait de pierre : il refusait les interviews, les signatures, les contacts avec qui que ce soit.

De son côté, Khadidja était un des mannequins les plus sollicités de cette fin d'année. Plusieurs couturiers l'avaient choisie pour leurs défilés, et les propositions de prises de vue photographiques fusaient des quatre coins du monde. Elle avait chargé son nouvel agent d'accepter seulement les séances situées à Paris. Il était hors de question de quitter la France et d'abandonner Marc.

Lui : auteur d'un best-seller, riche, adulé.

Elle : mannequin-vedette, princesse ethnique des tendances à venir.

Deux stars, deux paumés cloîtrés dans un atelier du 9e arrondissement.

À l'ombre de leur traumatisme, ils prenaient la mesure du mensonge qui fait courir le monde. Le succès, la réussite, le confort n'ont aucune saveur.

Marc consultait.

Khadidja écrivait.

Et les recherches dans la Marne continuaient.

Sans résultat.

88

À VINGT ET UNE HEURES, ce soir-là, Khadidja tourna la clé de l'atelier.

On était samedi. Elle sortait d'une journée de prises de vue pour un magazine japonais. Harassée, et étonnée par son propre succès. Aujourd'hui, le photographe avait volontairement accru les lumières sur ses marques de sutures, lui soufflant, penché au-dessus de son appareil : « Super, les cicatrices. On dirait des scarifications. »

À ces mots, elle avait fondu en larmes. De telles inepties lui avaient instantanément rappelé Vincent : il n'y avait que lui pour sortir des bourdes pareilles, d'un air inspiré. Et surtout, il n'y avait que lui pour les rendre supportables. Khadidja n'en finissait plus de mesurer l'étendue de son absence. Chaque heure, chaque jour accroissait son chagrin.

En ouvrant la porte, elle était d'une humeur de chien. Combien de temps supporterait-elle ce milieu grotesque ? Pour se trouver une excuse, elle se répéta qu'il s'agissait d'une thérapie personnelle. En acceptant de se faire photographier, en exhibant ses cicatrices, elle dépassait ses blessures intérieures.

Reverdi était mort – et elle était vivante.

Il était au fond du fleuve – et elle était en haut de l'affiche.

Cela, c'était la vitrine officielle. À l'étage inférieur, dans les arcanes de sa conscience, c'était surtout une manière de braver sa propre terreur, son obscure certitude que Jacques Reverdi n'était pas mort. Il rôdait quelque part. Blessé. Furieux. Déterminé. S'il était toujours de ce monde, alors il pouvait voir les nouvelles photographies de Khadidja. Vivante. Et debout.

Elle posa son trousseau dans la coupelle de bronze prévue à cet effet, et se répéta la décision qu'elle avait prise aujourd'hui : quitter Marc. À eux deux, ils ne s'en sortiraient jamais. Face à l'absence du corps, face au vide, ils se cramponnaient l'un à l'autre par pur réflexe. Ils s'entraînaient dans leur double chute.

Elle était résolue ce soir à le lui annoncer.

Elle entendait déjà son silence, son mutisme indéchiffrable.

– Marc ?

Pas de réponse.

Elle avança d'un pas décidé et répéta :

– Marc ?

Il était là, près de son bureau, recroquevillé sur le sol. Khadidja se précipita. Son corps était dur comme du bois. Elle songea à la raideur cadavérique mais la peau était tiède sous sa paume. Elle plaça sa main sur son cou et sentit battre son pouls – lent et ténu.

Pas mort : coma.

Elle se précipita sur le téléphone. En un réflexe, le numéro du SAMU se forma au bout de ses doigts. Ce numéro qu'elle avait si souvent composé, quand elle était confrontée à une overdose de son père ou de sa mère.

Tout en parlant au type de permanence, elle imaginait déjà la suite : l'arrivée des secours, l'agitation des hommes, leurs pas lourds dans l'atelier. Cette intrusion chaotique qui bousculait l'existence, violait le quotidien, retournait le foyer... Ce mélange de panique et de sauvetage qui avait été son leitmotiv, à l'époque de La Banane de Gennevilliers.

Elle raccrocha. Elle réalisa qu'elle avait conservé sa dernière tenue de scène : bottes de daim et blouson de fourrure – des matières organiques, cruelles, qui impliquaient la mort et le sang, très en vogue cet hiver. Des matières de circonstance, qui la rendaient, obscurément, plus forte, plus sauvage.

Elle revint vers Marc, toujours immobile, et contempla la tête rousse, rentrée dans les épaules, sous laquelle elle avait glissé un coussin. Définitivement « mort pour la cause ».

Plus que jamais, sa résolution était prise.

Elle allait veiller à son hospitalisation, ranger la baraque – et se casser vite fait.

– On nage en pleine hystérie.

L'urgentiste n'avait pas quitté sa parka. C'était un grand gaillard qui paraissait avoir dormi tout habillé, avec une tête énorme, hirsute. Khadidja venait de lui offrir un café, à lui et au capitaine Michel, le flic doré de l'hôpital, qui était venu à la rescousse. Deux autres hommes emportaient Marc sur un brancard, enroulé sous une couverture de survie scintillante.

– Hystérie ? répéta-t-elle.

Le médecin but le café brûlant cul sec :

– Votre mari présente tous les signes cliniques de la catatonie. Mais aucun des symptômes internes. Tout se passe dans sa tête. En un sens, c'est une bonne nouvelle. Il va s'en tirer : aucun problème. Demain ou après-demain, il sera sur pied. On l'embarque à Sainte-Anne. Son cas va intéresser nos « amis les psys ».

– Non. Surtout pas là-bas.

– Et pourquoi pas ?

– Écoutez, tenta d'expliquer Khadidja. Marc a déjà eu des problèmes... psychiatriques.

– Sans déconner ? ricana le médecin, en lui rendant sa tasse vide.

– Écoutez-moi !

Elle avait presque hurlé. Elle descendit d'un ton :

– S'il se réveille à Sainte-Anne, cela risque d'aggraver encore son état. Il vient d'être soigné à la Salpêtrière. Je peux vous donner le nom des médecins qui l'ont traité. Parmi eux, il y a un psychiatre.

L'homme soupira et sortit son téléphone portable :

– Je vais voir s'ils ont une place.

Vingt-trois heures.

Khadidja était maintenant seule. Elle n'avait pas faim. Elle n'avait pas sommeil. Son esprit accumulait les pensées vides, sans résonance. Elle décida de faire ses valises.

Mais d'abord, ménage.

Elle ouvrit les fenêtres, pour chasser l'odeur des hommes, remit les meubles en place, ordonna le bureau de Marc, alignant ses notes, ses pages imprimées, son clavier d'ordinateur.

Ce simple geste suffit à rallumer l'écran, simplement en veille.

L'atelier se mit à tourner autour d'elle.

Marc avait reçu un e-mail.

C'était ce message qui avait provoqué sa nouvelle crise.

Sur l'écran, on pouvait lire :

« Tout n'est pas fini. »

89

– C'EST LA MERDE.

Khadidja regarda l'horloge luminescente. Deux heures du matin. Elle venait tout juste d'éteindre la lumière. Après sa découverte, elle avait rappelé le capitaine Michel, qui était aussitôt revenu. Elle lui avait montré le message – lui et ses hommes avaient embarqué l'ordinateur de Marc. Tout cela n'avait pris que trente minutes. Et voilà qu'il la rappelait déjà :

– C'est la merde, répéta-t-il.

Elle eut un geste familier pour balayer ses boucles et se souvint qu'elle n'en avait plus. Elle se concentra sur le parquet sombre.

– Qu'est-ce qui se passe ?

– On a identifié l'ordinateur et la ligne utilisés pour envoyer le message.

Elle éprouvait une douleur dans le bas du dos.

– D'où venait l'appel ? Où est Reverdi ?

Silence du flic.

– Accouchez : d'où a-t-il appelé ?

– De chez vous. De l'atelier.

Un voile de givre sur le visage. L'homme continua :

– Il a utilisé la ligne téléphonique que vous avez ouverte récemment. Celle de votre modem. Nos spécialistes sont catégoriques. L'auteur du message a utilisé votre ordinateur. Et votre propre boîte aux lettres. Pour l'utiliser, il faut un mot de passe ?

– Non.

– Vous n'étiez pas chez vous à quinze heures dix ?

Khadidja lui expliqua qu'elle était en prises de vue, mais sa propre voix lui paraissait lointaine. Elle sentait son corps s'alourdir, son ventre se creuser.

– Il n'y a aucun doute : c'est Reverdi, continuait le flic. C'est bien dans son style. De la pure provocation. Il veut vous montrer qu'il peut pénétrer chez vous sans problème. J'ai envoyé des hommes pour surveiller votre porte. Ils seront là d'une minute à l'autre. Des techniciens vont venir aussi : on doit vous mettre sur écoute. Maintenant.

À tâtons, sans raccrocher, elle trouva le connecteur de la lampe de chevet, près du lit. Dans le jaillissement de lumière, elle fut surprise de découvrir l'atelier, parfaitement en place. La réalité était bien là, solide, familière.

– Vous voulez que je vienne moi-même ?

Le flic avait demandé cela d'un ton à la fois sérieux et tendre, qui rappelait son petit bouquet de fleurs chiffonné. Par pure cruauté, elle lui fit répéter sa demande :

– Quoi ?

– Vous voulez que je vienne ? Je veux dire... en personne ?

– Non.

Elle avait juré de ne plus avoir peur.

Promesse très ancienne. Genèse personnelle.

Elle se leva, enfila un jean et quitta le campement spartiate qui lui servait de lit – un simple matelas posé par terre, près du comptoir de la cuisine. Elle s'agita, se livra à de nouveaux rangements. Dès qu'elle cessait, une foule de petits bruits jaillissaient dans les coins, revêtant une signification funeste.

Jacques Reverdi était venu ici.

Tout à coup, elle s'arrêta : et s'il y était encore ? Son cœur lui sembla chuter, s'écorchant sur ses côtes. Elle se livra à une fouille en règle, faisant le plus de bruit possible, comme lorsqu'elle était enfant, seule dans la maison, et qu'elle claquait les portes, montait le son de la télévision pour effrayer les ombres...

Personne, bien sûr.

Le silence lui parut revenir à la charge. Craquer. Gémir. Palpiter. Elle resta en arrêt devant les fenêtres, tendues de toile blanche. Et s'il était dans la cour ? S'il l'observait par une faille du rideau ?

Khadidja attrapa son trousseau de clés, trouva une torche électrique dans le placard du compteur électrique puis, sans réfléchir, sortit pieds nus, en jean et tee-shirt.

Le faisceau de sa lampe tremblait devant elle. Les chocs de son cœur résonnaient au fond de son thorax. Elle pensait à Marc. Elle ne pouvait plus le quitter. Plus maintenant. Elle avait voulu l'abandonner à sa folie, mais si Reverdi était vivant, Marc n'était plus fou : il était simplement lucide.

Elle avança dans la cour. Pas une fenêtre n'était allumée dans l'immeuble, face à l'atelier. Elle orienta sa torche à gauche, vers le portail. Personne. Elle percevait seulement la rumeur lointaine de la circulation, qui ne cesse jamais à Paris. Et cette odeur de ville, acidulée, polluée, mais plus douce, plus légère à cette heure – une haleine de sommeil.

Khadidja baissa la lampe. Elle avait vaincu sa peur. Tout était dans sa tête. Tout... Elle hurla quand elle entendit les pas.

Sa torche lui échappa des mains et roula sur le sol en pente.

Pour s'arrêter contre les embouts ferrés de grosses chaussures.

– Mademoiselle Kacem ? Le capitaine Michel nous envoie.

Cinq heures du matin.

La nuit la plus longue de son existence.

Les techniciens avaient fini d'équiper les téléphones fixes, les cellulaires, les ordinateurs et les modems. Elle leur avait encore offert un café – elle commençait à bien maîtriser la machine – puis les avait virés. Deux flics demeuraient maintenant sur son seuil.

Fourbue, Khadidja éteignit les lampes et s'enfouit sous sa couette. Elle sombra immédiatement dans le sommeil.

Un nouvel appel téléphonique l'arracha du néant. Sa lucidité revint en une seconde. Elle attrapa le combiné :

– Allô ?

La fente entre les rideaux était claire. Le jour s'était levé. Coup d'œil à l'horloge : neuf heures trente du matin. Elle répéta : « Allô ? », la voix pleine d'appréhension.

– Madame Kacem ? Je m'appelle Solin. Lieutenant Solin. On s'est vus au Quai des Orfèvres, je sais pas si vous vous souvenez...

– Vos hommes sont déjà venus.

– Je sais, je suis désolé. Je vous appelle... J'ai une nouvelle... Je... Enfin, il vaut mieux que vous le sachiez tout de suite : le capitaine Michel est mort.

– Mmmmort ?

Elle ne parvenait plus à parler. Les agrafes scellaient de nouveau ses lèvres. Elle ne pouvait plus les ouvrir :

– Quuuu'est-ce... quuuu'est-ce qui s'est passé ?

– Je devais venir le chercher, à huit heures. Je l'ai trouvé chez lui. Il a été... Enfin... On l'a assassiné.

– Chez lui ?

– Je suis sur place. Il a sans doute été surpris quand il revenait de chez vous.

Sutures. Morsures. Brûlures.

Elle se força à écarter les lèvres :

– Tué par Reverdi ?

Silence. Le policier souffla enfin :

– Il est trop tôt pour...

– C'est quoi l'adresse ?

Il fit mine de ne pas entendre et continua sur sa lancée :

– ... mais bon, c'est vrai, il y a de fortes présomptions pour...

– C'EST QUOI LA PUTAIN D'ADRESSE ?

90

LA BLONDEUR de l'homme avait explosé.

S'était pulvérisée sur les murs, la moquette, le plafond.

Ce fut la première pensée de Khadidja quand elle pénétra dans l'appartement. Le capitaine Michel vivait dans un immeuble moderne, rue de la Convention. Un trois-pièces aux espaces carrés, blancs, peu meublés.

Mais une des pièces avait été transformée.

Le salon avait été vaporisé d'or.

Le tueur avait écarté les meubles et placé sa victime au centre de l'espace, torse nu, collé sur une chaise au dos d'osier. Partout autour de lui, des petits pains de cire naturelle, dont la taille oscillait entre vingt et soixante centimètres, soutenaient des bougies dont certaines étaient encore allumées. Chaque flamme se réflétait sur les flancs des autres pains et dessinait des sillons de rousseur.

Khadidja éprouvait le sentiment de pénétrer dans une ruche géante. Il ne manquait que le bourdonnement des abeilles. L'odeur sucrée de la cire emprisonnait chaque chose, à la manière d'une résine parfumée. Les petites flammes elles-mêmes ressemblaient à du miel liquide, libéré de l'apesanteur, s'élevant vers le plafond clair.

Le policier avait la tête baissée. Ses cheveux lisses renvoyaient des éclairs de blondeur, se mêlant en couleurs d'icône. Son torse cuivré s'inscrivait aussi dans le tableau. Le sang, qui lui couvrait toute la poitrine, prenait à la lueur des cierges une curieuse teinte mordorée.

– C'est hallucinant, souffla le lieutenant Solin, alors que des techniciens scientifiques, en combinaison blanche, travaillaient aux prélèvements d'échantillons. Le meurtrier a pratiqué une trachéotomie. D'après le toubib, il lui a d'abord collé du ruban adhésif sur la bouche puis il lui a ouvert la gorge. Aussi sec, il a refermé la plaie. Avec une cire spéciale, semble-t-il. Ensuite, il a fondu la même cire à l'intérieur des narines. Michel ne pouvait plus respirer. Dans son effort pour trouver de l'air, il a gonflé ses poumons, sa trachée, et a crevé sa propre plaie. C'est lui-même, en cherchant à respirer, qui a expulsé le sang de sa blessure. Le tueur a dû le regarder se vider.

Malgré elle, Khadidja baissa les yeux : la mare de sang s'étendait sur un rayon d'un mètre autour de la chaise. Elle était étonnée par son propre calme. C'était peut-être la mise en scène. L'irréalité de l'ensemble. Elle flottait dans ce théâtre rose et or. Sans y croire. Elle ne pouvait se convaincre de la nouvellle donne : elle était seule. Absolument seule face au tueur. L'unique flic qui lui inspirait confiance était mort. Et Marc, ni mort ni vivant.

– Il y a une inscription, quelque part ?

– Non.

– Les fenêtres et les portes ont été calfeutrées ?

– Non. Il n'a pas eu le temps de préparer la pièce à ce point. C'est déjà dingue qu'il ait pu forcer Michel à s'asseoir là-dessus. Sous ses airs d'ange, il était pas commode, Michel, il...

L'homme réprima un sanglot. Il avait un visage, une voix, une allure désespérément ordinaires. C'était sans doute un atout dans son métier, mais jamais Khadidja n'aurait pu le reconnaître dans la rue.

– Le plus dingue, reprit-il, après s'être mouché, c'est que les voisins n'ont rien entendu. Il l'a peut-être drogué. Les analyses nous le diront. Dans tous les cas, c'est du Reverdi tout craché. Y a plus de doute : le salopard est vivant.

Khadidja ne bougeait pas. Un froid polaire lui crispait l'extrémité des membres et remontait vers le centre de son corps. Elle se mit à marcher, pour enrayer l'engourdissement. Elle observait les hommes qui prenaient des photos, puis, avec précaution, soufflaient les bougies et saisissaient les pains de cire pour les glisser dans des sachets en plastique.

– Ces petits pains constituent une piste, commenta le flic. Ça doit pas courir les champs des produits pareils. On va interroger les apiculteurs et...

– Je ne vous demande qu'une chose, coupa-t-elle.

– Quoi ?

– C'est moi qui préviens Marc Dupeyrat.

91

– QU'EST-CE QUE TU FAIS ?

– Mon sac. Je me tire.

Debout dans sa chambre d'hôpital, Marc repliait ses affaires. Il s'était réveillé de son « coma léger » deux heures plus tôt.

– Je suis au courant.

– Comment ?

D'un bref coup de tête, il désigna la porte :

– Ils ne parlent que de ça, dehors.

– Je...

Marc bondit sur elle et lui serra les épaules :

– Je vous avais prévenue, non ? (Il descendit d'une note.) Je vous avais tous prévenus. Bon Dieu. Reverdi est vivant. On va tous y passer.

– Tu ne peux pas sortir, dit-elle faiblement, en se dégageant de son étreinte.

– Je vais me gêner.

– Pour aller où ?

– Je pars à l'étranger.

– À l'étranger ? Mais... mais les médecins ne t'y autoriseront pas.

– Les médecins ont besoin du lit – et j'ai vu le psychiatre ce matin. Aucun problème. Selon lui, je suis un malade du réel. Je dois me plonger dans le monde ordinaire. Alors, ne perdons pas de temps !

Khadidja joua une autre carte :

– Les flics ne te laisseront pas quitter la France. Tu es un témoin capital. Et tu risques une mise en examen.

Il boucla son sac, endossa sa veste :

– Tu retardes, Khadidja. On n'en est plus là. Mon avocat m'a mis à l'abri de tous ces emmerdements. J'aurais pu être impliqué en Malaisie. Mais ici, en France, je suis une victime. Une victime ! Quant à mon témoignage, les flics ont ma déposition. Je ne vois pas ce que je pourrais ajouter. À part ma frousse actuelle.

Il fit mine de se diriger vers la porte. Elle lui barra le passage :

– Où tu vas ? J'ai le droit de savoir !

– Sicile. (Il eut un sourire d'orgueil.) Je connais un coin où ce salopard ne viendra pas me chercher.

Les regards sont des livres ouverts. Celui de Marc avait toujours été fermé, mais Khadidja avait appris à y discerner des indices. Elle comprit ses véritables intentions.

Marc ne fuyait pas Reverdi.

Il voulait au contraire l'attirer sur un terrain qu'il connaissait.

Lui tendre un piège.

Stupéfaite, Khadidja s'entendit dire :

– Je pars avec toi.

92

TOUS LES AUTOMNES devraient ressembler à l'automne sicilien.

Khadidja le comprit dès l'atterrissage, le lendemain, à dix-sept heures.

L'avion plongea à travers les nuages, se redressa puis se coula dans un arc de lumière liquide, d'une douceur infinie. À travers le hublot, le paysage s'évaporait en pigments cuivrés, laissant entrevoir, entre deux éclats, la surface laquée de la mer indigo. Plus loin, on voyait le rivage : des plaines vert citron, comme éclaircies d'avoir trop brûlé tout l'été. Puis, au ras du sol, se précisèrent des bâtiments gris, et surtout des rochers. La carapace de l'île. Une pierre noire, à la fois dure et polie, émergeant des herbes calcinées.

Catane.

Elle n'avait même jamais entendu le nom.

Pourtant, sur le tarmac, respirant l'air marin, mi-sel, mi-algues, elle se sentit instantanément chez elle. Elle se dit que l'automne, dans l'un de ses pays d'origine, devait ressembler à cette caresse tiède. Elle n'avait jamais mis les pieds en Algérie ni en Égypte, mais c'était bien cet automne-là qui, depuis qu'elle était enfant, coulait dans ses veines.

Même le taxi lui plut : petit, gris, bancal, de marque inconnue. Il lui rappelait les voitures de ses premiers copains, en bas des immeubles de Gennevilliers – des Fiat, des Lada déglinguées... Elle s'enfonça dans son siège et perçut le couinement des ressorts avec un frémissement de bonheur.

En dépit de tout, de la fuite, de la menace, de la violence, elle était heureuse. Un mot frissonnait à l'orée de sa conscience, qu'elle ne se serait pas risquée à prononcer : « lune de miel »...

Au fil de la route, le paysage se révéla plus funeste. Noir, monotone, lugubre. On aurait dit qu'une tempête de cendres avait tout recouvert, figeant le moindre relief, étouffant les collines sous une croûte terne.

– Qu'est-ce qui s'est passé ici ?

– Rien de spécial, répondit Marc, le regard tourné vers la vitre. L'Etna est tout près. Les roches sont volcaniques.

Alors, elle le vit.

Le volcan. Au bout de l'horizon. Un mont noir, qui paraissait tirer à lui la ligne des nuages. Un sommet d'humeurs sombres, qui ressemblait à un lieu d'oracles et de mystères. Sans savoir pourquoi, Khadidja captait maintenant une présence antique – une histoire très ancienne, qui palpitait encore, distillant symboles et messages.

Elle se dit une nouvelle fois que Marc voulait attirer Reverdi sur cette terre ancestrale. Voulait-il l'affronter au sommet du volcan, parmi les gaz brûlants ? Il n'y avait aucun avantage à l'attirer là-haut. Elle songea à la mer. Plus absurde encore : c'était l'espace de prédilection de Reverdi. La ville ? Elle devinait déjà les ruelles, étroites et noires. Marc connaissait-il à ce point ces dédales pour tendre un piège au tueur ?

Machinalement, elle serra dans son sac son téléphone cellulaire. Avant le départ, elle avait appelé, en douce, Solin. Il avait tenté de la dissuader, mais au ton de sa voix, elle avait compris que Marc disait vrai : son avocat les avait placés, elle et lui, hors d'atteinte de toute procédure. Ils étaient libres de leurs déplacements.

Khadidja avait promis au flic de lui faxer, dès son arrivée, les coordonnées de leur hôtel. En retour, Solin préviendrait les forces de police de la ville, afin que les Siciliens se tiennent prêts à toute éventualité. Mais là encore, elle avait saisi le message dans la voix : les policiers de Catane avaient d'autres chats à fouetter.

Elle tripotait toujours son portable lorsqu'ils pénétrèrent dans la ville.

Dès le lendemain, elle tomba amoureuse.

Amoureuse de sa chambre, dans une petite pension vieillotte, absolument déserte, au fond d'une impasse. Amoureuse des motifs usés des rideaux et du couvre-lit, des porte-serviettes et des robinets en vieux cuivre. Amoureuse des toits gris, des croix d'église, des antennes satellite, qu'elle pouvait admirer en équilibre sur un balcon en fer forgé qui ressemblait à une serre d'aigle.

Elle s'aventura dans la ville. Elle arpenta les avenues, les ruelles, les places, noires et tièdes, qui semblaient contenir encore un feu rentré, très ancien. Elle aimait ces trottoirs bruns, bosselés, comme frappés par un marteau de forgeron, ces murs de moellons sombres, ces cours, ces jardins, cernés de lave froide. Curieusement, la pierre volcanique avivait chaque contraste, soulignait chaque détail. Tout ressortait ici comme un dessin à la craie de couleur sur un grand tableau d'ardoise.

Khadidja adorait aussi la vie sicilienne, l'agitation de la cité, à la fois criarde et feutrée, véhémente et intime. Les places fumées, macérées dans l'odeur des guérites qui vendaient des paninis, des brochettes, des beignets de fruits de mer. Les statues antiques, sommets d'usure grise vacillant sur leurs socles autour desquels les enfants se poursuivaient en riant. Les dalles argentées, miroitant sous les averses qui visitaient la ville de temps à autre, sans jamais s'attarder.

Oui, définitivement, Khadidja était amoureuse de Catane. Au fil des jours, elle se promenait, oubliant ses peurs, occultant la menace latente de Reverdi et les absences répétées de Marc. Chaque matin, il l'abandonnait, vaquant à de mystérieuses occupations. Il avait loué une voiture et partait tout le jour hors de la ville. Lorsqu'elle le questionnait sur ces absences, il parlait de surveillance, de repérages, de protection. Au fond, Khadidja s'en moquait. Elle se disait, avec innocence, qu'elle vivait là un paisible sursis.

Même la violence souterraine de Catane l'attirait. La ville, première d'Italie pour la criminalité, était criblée de meurtres, de faits divers, d'avertissements. Comme cette tête tranchée qu'on avait retrouvée au pied de la statue de Garibaldi. Ou ce bar de Trappetto Nord qui avait été le théâtre d'un massacre.

Ville d'ombre et de soleil, Catane était aussi la ville de la mafia.

Une semaine passa ainsi.

Tôt le matin, Marc et Khadidja se rendaient dans un cybercafé – ils n'avaient pas emporté, volontairement, d'ordinateur. Ils consultaient les éditions des quotidiens français. Ils espéraient toujours voir annoncée l'arrestation de Jacques Reverdi. Ou au moins quelques nouveautés relatives au sujet. Les journaux étaient laconiques. À l'évidence, l'enquête ne progressait pas.

Plus les jours avançaient, plus elle suivait l'affaire avec distance. Elle n'écoutait plus son répondeur, ignorant les nouveaux contrats que son agent négociait. Elle se détachait d'elle-même. Elle était en suspens, et la ville y était pour quelque chose. C'était une maladie qui l'éloignait du réel ; une convalescence où tout lui semblait vague, sans importance.

La vraie vie était à Catane. Ici, un frisson d'excitation cristallisait chaque instant, chaque sensation, à la manière de ces frises de sucre sur les gros croissants qui ouvraient sa journée. Toute la matinée, elle s'installait dans une *gelateria*, près des vitres blanches, baignée par l'odeur trop forte du café, et elle lisait les journaux italiens, dont elle ne comprenait qu'un mot sur deux.

Elle se passionnait pour les faits divers, comme cette infirmière de la banlieue de Catane, qui passait pour une sainte et qui venait de tuer son mari à l'acide. Le temps de sa lecture, elle ne cherchait plus de réponses à des questions impossibles : que faisait-elle au juste ici, avec Marc ? À cohabiter sans la moindre tendresse, la moindre attention ? Voulait-elle l'aider, tenter le diable, ou seulement compter les points ?

Et lui, quel jeu menait-il ?

Puis, un soir, cela arriva.

Non pas l'irruption de Reverdi. Pas encore. Mais l'apparition de Marc, dans l'encadrement de la porte qui reliait leurs deux chambres.

Depuis quatre jours, elle n'était pas fermée. Depuis quatre nuits, Khadidja attendait, espérant et redoutant à la fois qu'elle s'ouvrît. Elle pressentait que cela surviendrait dans cette ville antique, chargée d'oracles, qui ne se contentait pas de prédire les événements, mais de les provoquer. Une ville située au bord du destin, là où les consciences basculent, où les choses se décident, où les hommes jouent leur existence.

Sans un mot, il la rejoignit. Ils s'enlacèrent avec une étrange familiarité, comme si leurs peaux s'étaient parlé durant ces semaines, pendant que leurs lèvres se taisaient. Khadidja, comme toujours, demeura sèche, mais leurs corps, littéralement, entrèrent en fusion. Elle sentait les muscles, les os de Marc saillir sous sa peau. Elle songeait aux bulles de lave qui crépitaient au fond des gouffres, au sommet de l'Etna. La sueur les enduisait, entièrement, s'immisçant dans chaque creux, chaque interstice de leurs chairs. Ses cuisses se lubrifièrent, son sexe s'ouvrit comme un cratère. Elle humecta ses doigts avec sa salive et les glissa dans son sexe. La brûlure indienne devint brûlot de lave.

Marc faisait l'amour comme il avait vécu ces dernières semaines, les dents serrées, fermé sur son silence. Khadidja ne ressentit aucune jouissance. Mais elle l'accompagna comme elle l'accompagnait depuis la nuit de Reverdi. Sans amour, avec seulement une bienveillance docile, qui lui venait de loin. En plein acte d'amour, elle jouait encore à l'infirmière.

Peu à peu, Marc se souleva, s'arc-bouta sur elle. Ses muscles se tendirent, ses hanches s'accélérèrent. Khadidja était absente. Étrangère à l'instant. Elle délirait : elle confondait tout – son père qui brûlait, son cerveau-pieuvre, l'Etna qui rougissait... Mais elle n'oubliait pas de renvoyer les signes convenus, les soupirs de circonstance, les caresses obligées, sentant sous ses doigts la multitude de cicatrices de Marc. La seule concession qu'elle ne pouvait lui accorder était sa bouche – encore trop douloureuse. Pas une fois, elle ne l'avait embrassé, et elle en éprouvait, obscurément, un soulagement.

Soudain, il se bloqua, voûté, comme repoussé par une bulle de jouissance qui le maintenait en respect. Il grogna, gémit, puis s'épancha en un râle bestial, en rupture avec le Marc qu'elle connaissait, celui du jour et de la vie ordinaire. Il s'écrasa à son côté. Elle n'était pas sûre qu'il ait pris du plaisir à cette empoignade. La seule certitude était la détente totale de leurs corps, la décontraction merveilleuse qui les apaisait maintenant.

Elle eut une révélation : elle pourrait bien mourir ici, dans cette ville crachée par le feu. Elle envisageait cette possibilité avec calme, comme la fin logique d'un cercle dont elle n'était jamais sortie. Oui : elle pourrait mourir aux côtés de Marc, cet étranger qu'elle soignait alors qu'il était responsable de son malheur.

Il ne bougeait plus. Elle percevait sa respiration. Grave, brève, où vibrait un obscur ressentiment. Un fond d'orage, à peine apaisé. Elle se tourna vers le mur et dit :

– Tu as rendez-vous.

Pas de réponse.

Elle frôla le papier peint, avec le dos de ses doigts, et répéta :

– Je sais que tu as rendez-vous ici. Avec lui.

Le silence, les ténèbres.

Enfin, un murmure s'éleva. Une fumée de voix :

– Je ne t'ai pas forcée à venir.

Mais Khadidja n'entendit rien : elle dormait déjà.

93

ELLE S'ÉVEILLA au son des cloches.

Des tintements graves, secs, ensoleillés. Des tintements qui l'éveillèrent comme jamais elle n'avait été éveillée. Elle s'assit dans le lit : Marc était déjà parti. Tant mieux.

Elle songea à leur étreinte et à l'impression de malaise qu'elle lui avait laissée. Impossible de dire si elle aimait ou non Marc. Même, et surtout, après cette nuit. Ils en étaient toujours au stade où ils se cramponnaient l'un à l'autre, au bord du vide.

Les cloches emplissaient le ciel, vibraient dans la lumière. Khadidja se souvint qu'on était dimanche. Elle sortit du lit, se glissa dans une robe, puis regarda à travers la double porte du balcon.

Elle n'avait jamais contemplé un aussi beau spectacle. Sous les câbles électriques, les rues s'étaient transformées en coulées de lumière. La lave noire semblait liquide, dorée, étincelante. Et dans la pulvérulence de l'air, une armée de silhouettes marchaient en file indienne. Des hommes, mais surtout des femmes, dont la plupart étaient des petites vieilles, vêtues de noir, trottinant comme des fourmis en deuil en direction de l'église la plus proche.

Elle décida d'assister à la messe. Khadidja ne pratiquait aucune religion – ni celle de ses origines ni aucune autre. Mais aujourd'hui, elle voulait goûter la fraîcheur de la nef, respirer l'encens, frôler les voiles noirs des vieilles femmes.

Elle enfila un pull, une jupe, chaussa ses bottes. Elle attrapa son manteau, saisit la clé puis se dirigea vers la porte.

Elle tournait la poignée quand le téléphone de la chambre sonna.

Khadidja s'immobilisa : qui pouvait appeler à ce numéro ?

Elle décrocha en murmurant un « allô ! » hésitant :

– Khadidja ? Je suis content de vous trouver.

Elle reconnut tout de suite la voix de Solin, le flic au visage anonyme. Mais ce timbre cadrait si peu avec l'instant qu'elle ne comprit pas tout de suite ses paroles.

– Qu'est-ce que vous dites ?

Elle se tourna vers la vitre : le charme était rompu. Les cloches, les veuves, le soleil – tout cela lui semblait perdu, inaccessible.

– C'est dingue, répéta le flic. On a retrouvé le corps.

– Quoi ?

– Enfin, presque. On vient de recevoir les résultats des analyses lancées par Michel, avant sa mort. Sur le site, il y avait aussi un incinérateur. Michel avait demandé une analyse des cendres de la nuit de l'affrontement, juste au cas où. Ces examens ont pris beaucoup de temps. Des complications techniques : j'ai pas bien compris. Mais on possède maintenant une certitude : un corps vivant s'est consumé cette nuit-là. Et d'après les tests ADN, c'est Reverdi en personne. On cherchait dans le fleuve, on avait tort. Il est jamais sorti de l'usine. Il s'est planqué dans le four et est resté coincé à l'intérieur. Il a brûlé vif !

Elle voulut parler mais les agrafes se resserraient de nouveau sur ses lèvres. Les griffes hurlaient plus fort que sa voix. Enfin, elle parvint à ânonner :

– Mmmmais... mmmmais... qu'est-ce que ça veut dire ?

– Il y a un autre tueur. Un imitateur, je sais pas... Khadidja ? Vous êtes là ?

Elle ne répondit pas.

Son poids se décuplait : elle s'enfonçait dans le sol.

– Vous devez absolument rentrer. Vous et Marc. Ne m'obligez pas à demander au juge une sommation internationale. Il y a des accords avec l'Italie et... Khadidja ? Qu'est-ce qui se passe ?

Un long silence, puis elle prononça distinctement :

– Je vous rappelle.

Elle raccrocha.

Ce fut le seul mouvement qu'elle put effectuer. Tout son être s'était transformé en lave glacée.

Face à elle, les rainures de la double porte vitrée étaient calfeutrées. Avec du fil de rotin.

Oui, Jacques Reverdi avait un imitateur.

Et elle partageait son lit.

La porte mitoyenne s'ouvrit derrière elle.

– Ils l'ont retrouvé ?

La voix de Marc était douce, emplie de sollicitude. Elle se dit : « Je ne veux pas mourir. » Elle entendit la porte se refermer. Son frottement sur le sol était significatif : calfeutrée elle aussi. Du fil de rotin, partout. Et l'asphyxie, dans quelques heures.

– Ce n'est pas grave, continua la voix. Le corps n'est rien. Seul l'esprit compte.

Elle se dit à nouveau : « Je suis Khadidja et je ne veux pas mourir. » Alors seulement, elle pivota.

Marc, encore vêtu de son manteau, lui souriait. Dans sa main gauche, il tenait un sac de croissants. Dans l'autre, un couteau de pêcheur, à lame courbe.

– Jacques Reverdi est mort. Mais son œuvre continue.

Khadidja recula. Les cloches tintaient toujours. Le soleil, le vent, la vie – à des milliers de kilomètres, de l'autre côté de la vitre. Marc posa les croissants sur la commode et avança d'un pas. Il la regardait sous sa mèche naissante – elle remarqua, d'une manière absurde, que ses cheveux repoussaient très vite.

– Dans la cuve, j'ai cru que la dernière étape de mon initiation était de mourir de la main de Reverdi. Je me trompais : le dernier stade, l'ultime connaissance, c'était de *devenir* Reverdi. De poursuivre son œuvre. Jacques croyait en sa réincarnation et il avait raison.

Il avança encore. Elle se plaqua contre la double porte. Les mains dans le dos, elle sentait contre ses paumes les fils de rotin qui débordaient le long du châssis.

– C'est pas possible, chuchota-t-elle. On ne devient pas un assassin. Tu ne peux pas être influencé à ce point-là...

Nouveau sourire de Marc :

– Mais je suis un assassin. Depuis toujours.

Khadidja ne voulait rien entendre. Pas un mot de plus.

– Le rituel de Reverdi m'a révélé à moi-même. Et mon dernier coma, celui de la cuve, m'a rendu la mémoire. Quand je me suis réveillé, tout m'est revenu. La vérité qui se cachait derrière mes autres pertes de conscience. C'est moi qui ai tué d'Amico, mon copain de lycée. C'est moi qui ai tué Sophie, ma femme.

Elle se dit : « C'est faux. Il est fou. » Mais elle aperçut les rais autour de la porte derrière lui : colmatés. La grille de ventilation : obstruée. Les rainures du parquet : bouchées. Combien de temps cela lui avait-il pris ? Voilà à quoi il passait ses journées, pendant ses promenades : il préparait la Chambre de Pureté.

De la main gauche, Marc ouvrit le tiroir supérieur de la commode : il en sortit un petit coffre, revêtu de cuir, qu'il posa à terre.

– Durant toutes ces années, j'ai cru que je cherchais un tueur. Je ne cherchais qu'un miroir. Le reflet qui allait me rendre ma cohérence, ma vérité.

– C'est pas possible, souffla-t-elle, sans conviction.

Un genou au sol, Marc saisit un flacon contenant un liquide ambré – le miel. Un long pinceau. Une petite lampe à huile, en forme de burette. Il sourit encore, en se relevant :

– J'ai trouvé tout ça chez un antiquaire, dans le centre de Catane. Tu y es allée toi aussi ? Ils ont vraiment de belles choses...

Il dévissa le bouchon et huma le parfum. Fixant Khadidja, il parla plus vite :

– D'Amico était homosexuel. Il s'est trompé sur notre amitié. Il a voulu me forcer dans les toilettes du lycée. On s'est battus. Il a glissé par terre. J'ai empoigné ses cheveux et je lui ai cogné le crâne contre le rebord de la cuvette. Ensuite, j'ai eu une idée. D'Amico était un type bizarre : il portait toujours sur lui un rasoir. Je l'ai trouvé et lui ai cisaillé les veines. Mais le sang ne coulait pas. Je lui ai fait un massage cardiaque pour expurger le sang... Je savais que le médecin légiste remarquerait le choc sur la nuque, mais qu'il inverserait les événements. Il conclurait à un suicide puis à une chute.

C'est alors que je me suis aperçu que j'avais éjaculé. La violence, la mort, son humiliation : je ne sais pas... Une chose était sûre : j'aimais le sang. J'aimais le meurtre. J'ai refusé cette réalité.

De rage, je lui ai enfoncé le balai des chiottes dans la bouche. Je suis sorti de la cabine, halluciné, et quand je me suis vu dans les glaces au-dessus des lavabos, j'ai sombré dans le coma. La suite, c'est la version officielle.

Il respira encore le miel. Khadidja nia de la tête :

– Tu n'as pas tué Sophie.

– Je l'ai tuée ici même, ricana-t-il. Dans cette chambre, il y a plus de vingt ans...

L'abîme s'ouvrait. Khadidja se concentra sur les motifs vieillots des rideaux, du couvre-lit, pour retrouver des repères familiers. Mais ils lui paraissaient maintenant foisonnants, hostiles, piégés.

– Elle voulait me quitter. J'ai tenté ce voyage de réconciliation, en Sicile. Mais sa décision était prise. Un soir, elle m'a même révélé qu'il y avait quelqu'un d'autre. Je me suis jeté sur elle. Je l'ai frappée, à coups de poing, mais elle me provoquait encore, avec ses yeux blessés, sa bouche en sang...

Il rit encore et prit un ton ironique :

– Il lui fallait une petite leçon. J'ai chaussé mes baskets. Je suis sorti dans le couloir et j'ai trouvé, dans le réduit de la femme de ménage, des gants de caoutchouc, de la poudre à récurer. Je suis revenu auprès de Sophie et j'ai dénudé des fils électriques. Je l'ai bâillonnée, j'ai branché le câble et je l'ai sondée dans ses parties intimes, partout où l'autre était passé. Cela a duré longtemps. Très longtemps. La résistance physique est vraiment... étonnante. Finalement, je l'ai ouverte et je l'ai répandue sur le sol. Histoire de voir ce qu'elle avait dans le ventre.

« Ensuite, je me suis lavé et j'ai mis de la poudre à l'intérieur des gants, pour effacer mes empreintes. J'ai tout laissé tel quel et je suis parti me perdre parmi les rues de Catane. J'étais dans un état second. Quand je suis rentré, j'avais tout oublié. Mais une appréhension indicible s'est emparée de moi. Lorsque je l'ai découverte, brûlée, violée, éviscérée, j'ai de nouveau perdu conscience. Pour plusieurs semaines. Puis je me suis réveillé en France ; je n'avais plus aucun souvenir.

Il posa le flacon sur la commode. Khadidja toussa : l'air était déjà vicié. Les cloches maintenant cognaient sous son front, en résonances cruelles. Et l'odeur de miel tournoyait dans la pièce.

Tout recommençait...

Marc alluma le bec de sa lampe. La flamme était bleutée, incertaine : elle aussi manquait d'oxygène.

– Mais ces actes n'étaient que des brouillons, reprit-il. Jacques m'a montré la voie. Je n'ai plus maintenant qu'à poursuivre son œuvre. C'est une seconde naissance, Khadidja.

Il se pencha, passa son bras sous la commode, et tira une bouteille miniature d'air comprimé, reliée à un système respiratoire.

– Tu savais qu'ils en faisaient d'aussi petites ? demanda-t-il en se relevant. J'ai trouvé ça sur le port. Cette ville est décidément pleine de ressources.

Marc ouvrit la bouteille, mordit le détendeur à titre d'essai, puis le reposa. Ses gestes étaient sûrs, brefs, précis. Khadidja se sentait de plus en plus mal. Il fallait qu'elle trouve une solution. En pleine ville, dans cette chambre, elle pouvait s'en sortir.

Elle demanda, d'une voix éraillée :

– Pourquoi tu as tué Michel ?

– C'était un bon flic. Trop bon, à mon goût. Il se méfiait de moi. Il voulait demander une contre-expertise psychiatrique à mon sujet. Il avait même contacté les flics italiens pour obtenir le dossier d'archives, à propos du meurtre de Sophie. Je ne pouvais pas le laisser faire, tu comprends ? J'avais une œuvre à continuer. J'ai envoyé l'e-mail. J'ai simulé l'inconscience. J'ai fui l'hôpital pour le surprendre chez lui, après avoir récupéré les pains de cire que j'avais déjà achetés. Rien de très difficile.

Des angles sombres attaquaient sa perception. Ses fonctions cérébrales paraissaient s'éteindre, l'une après l'autre. Réfléchir. Il fallait réfléchir. Et gagner du temps.

– Mais cette nuit, gémit-elle, ce... ce que nous avons fait ? Comment tu peux... ?

Marc eut un geste d'évidence :

– Mais je t'aime, Khadidja. Je t'ai toujours aimée, depuis la première séance, chez Vincent. C'est pour ça que tu seras la première de ma série. Reverdi les aimait lui aussi. Je le sais. Je l'ai compris durant mon voyage. D'un amour radical, éternel, purificateur.

Il avança, lame en avant. Son visage, luisant de sueur, était pâle, cadavérique, comme si tout son sang s'était concentré dans son seul poing serré :

– N'aie pas peur... Nous allons attendre que la chambre soit prête. Ensuite, je te promets de travailler en douceur.

Khadidja bondit sur le côté, près du lit. Marc sourit :

– Non, ma belle. Tu ne vas plus bouger. Sinon, cela va devenir très, très douloureux.

Elle sauta encore d'un mètre. La pièce n'était pas grande – quatre mètres sur cinq, peut-être – mais largement de quoi jouer au chat et à la souris. Sa conscience revenait. Son acuité aussi. Elle se tenait penchée, concentrée. Jamais elle ne se laisserait faire. Au mieux, elle s'en tirerait. Au pire, elle provoquerait un carnage. Elle lui foutrait son rituel en l'air – comme lui-même l'avait fait face à son mentor.

– Calme-toi, Khadidja, calme-toi...

Il ouvrit les bras, pour mieux lui barrer la route. Dos au mur, elle se déplaçait latéralement vers la porte.

– Tu as tort, Khadidja. Si tu continues, ta mort n'aura aucune dignité. Je vais te saigner, je...

Elle saisit la poignée : fermée. Elle l'avait prévu. Marc s'élança derrière elle : elle s'esquiva. La lame dérapa contre la porte. Le temps qu'il se retourne, elle était près de la porte-fenêtre. Elle saisit le guéridon près du lit et fracassa la vitre.

– NON ! PAS ÇA !

Elle tendit son visage vers la trouée d'air. Cette brève bouffée la régénéra. Elle empoigna un coin du couvre-lit pour se protéger, arracha un grand tesson de verre de l'embrasure et se retourna dans le même mouvement. À cet instant, Marc se ruait sur elle, couteau dressé. Le tesson s'enfonça profondément dans ses entrailles. Le sang jaillit en un large jet chaud sur ses cuisses, à elle.

Il la fixa de ses yeux mordorés – elle découvrit qu'ils étaient bordés d'un filament de jade. Il resta là, paralysé, à quelques centimètres d'elle. Un filet de sang coulait déjà de ses lèvres, sous la moustache. Elle songea qu'elle avait embrassé cette bouche, qu'elle avait caressé ces épaules, léché ce torse. Et sa volonté redoubla. Elle se coula entre lui et le châssis fracassé.

Il tenta de l'attraper, d'un bras malhabile, et passa au travers de la vitre brisée. Khadidja était à l'autre extrémité de la chambre : elle l'observait, de dos, voûté sur son propre sang. En un flash, elle le revit arc-bouté sur elle, sur son corps nu, comme soulevé par une bulle de jouissance. Cette image l'électrisa. En hurlant, elle fonça, épaule droite en avant. Elle sentit l'échine de Marc se tendre, se cambrer, se creuser. Elle sentit le châssis voler en éclats. Elle sentit son corps partir en avant et elle avec. Il rebondit contre la balustrade du balcon et se redressa. « Une serre d'aigle », pensa-t-elle, et ces quelques mots lui donnèrent la dernière inspiration. Elle se jeta à ses pieds, enserra ses genoux et se releva en un effort surhumain, hors d'elle-même, hors de tout.

Marc bascula tête la première sans parvenir à s'agripper à la rambarde.

Khadidja s'écroula en arrière. En état de choc, le souffle bloqué dans la gorge. Du temps passa. Elle prit conscience du soleil, du froid, du silence – les cloches s'étaient tues.

Du verre s'enfonçait dans ses paumes, dans ses jambes, dans ses fesses. Il lui semblait que ses blessures se concentraient au fond de son palais. Elle avait la bouche en cuivre.

Enfin, elle se remit debout et se pencha au-dessus du balcon.

Tout était réel. Le corps de Marc, recroquevillé, le poing serré sur le sol de lave. Les vieilles femmes qui s'approchaient. Les murs étroits, accentuant encore la profondeur du vide. Un tableau en noir et noir. Avec une seule tache de couleur : le sang rouge qui s'écoulait sur les pavés, entre les grosses chaussures des veuves.

Khadidja s'inclina encore. Les femmes faisaient cercle autour du cadavre, comme des spectres reconnaissant l'un des leurs. Quelques-unes tendaient leurs visages d'hostie vers elle.

La coursive vacilla. Non : c'était elle qui chancelait. Un instant, un très court instant, elle fut tentée d'en finir – de sauter pour rejoindre la mort qui l'avait frôlée de si près, qui avait détruit tout son univers.

Mais non.

Elle serra la balustrade et murmura dans le soleil :

– Khadidja.

Au fond de ce désert, elle était vivante.
Un quartz. Une rose des sables. Une individualité pure.
C'était la seule chose dont elle était certaine.
« Khadidja. »
Vivante.

Édition exclusivement réservée aux adhérents du Club
Le Grand Livre du Mois
15, rue des Sablons
75116 Paris
réalisée avec l'aimable autorisation des Éditions Albin Michel

Composition Nord Compo
Impression Firmin-Didot avril 2004

ISBN 2-7028-9708-8
N° d'impression : 67884.
Dépôt légal : mai 2004.
Imprimé en France.